U0568720

中国历代通俗演义

清史通俗演義

蔡东藩●著

上

中国书籍出版社
China Book Press

图书在版编目（CIP）数据

清史通俗演义：全 2 册/蔡东藩著 .—北京：中国书籍出版社，2015. 10

（中国历代通俗演义）

ISBN 978 - 7 - 5068 - 5236 - 4

Ⅰ. ①清… Ⅱ. ①蔡… Ⅲ. ①章回小说 - 中国 - 现代 Ⅳ. ①I246. 4

中国版本图书馆 CIP 数据核字（2015）第 249863 号

清史通俗演义（上）

蔡东藩　著

图书策划　武　斌　崔付建

责任编辑　刘　娜

责任印制　孙马飞　马　芝

出版发行　中国书籍出版社

地　　址　北京市丰台区三路居路 97 号（邮编：100073）

电　　话　(010)52257143(总编室)　(010)52257153(发行部)

电子邮箱　chinabp@ vip. sina. com

经　　销　全国新华书店

印　　刷　阳谷毕升印务有限公司

开　　本　880 毫米 ×1230 毫米　1/32

字　　数　625 千字

印　　张　29. 25

版　　次　2016 年 1 月第 1 版　2021 年 2 月第 2 次印刷

书　　号　ISBN 978 - 7 - 5068 - 5236 - 4

总 定 价　980. 00 元（全十一卷）

自 序

革命功成，私史杂出，排斥清廷无遗力；甚且摭拾宫闱事，横肆讥议，识者喟焉。夫使清室而果无失德也，则垂至亿万斯年可矣，何至鄂军一起，清社即墟？然苟如近时之燕书郢说，则罪且浮于秦政、隋炀，秦、隋不数载即亡，宁于满清而独水命，顾传至二百数十年之久欤？昔龙门司马氏作《史记》，蔚成一家言，其目光之卓越，见解之高超，为班、范以下诸人所未及，而后世且以谤史讥之；乌有不问是非，不辨善恶，并置政教掌故于不谭，而徒采媟亵鄙俚诸琐词，羼杂成编，即诩诩然自称史笔乎？以此为史，微论其穿凿失真也，即果有文足征，有献可考，亦无当于大雅；劝善惩恶不足，鬻奸导淫有余矣。

鄙人自问无史才，殊不敢妄论史事，但观夫私家杂录，流传市肆，窃不能无慊于心，憬然思有以矫之，又自愧未逮；握椠操觚者有日，始终不获一编。而孰知时事忽变，帝制复活，筹安请愿之声，不绝于耳，几为鄙人所不及料。顾亦安知非近人著述，不就其大者立论，胡人犬种，说本不经，卫女狐绥，言多无据；鉴清者但以为若翁华胄，夙无秽闻，南面称尊，非我莫属；而攀鳞附翼者，且麇集其旁，争欲借佐命之功，博封王之赏，几何不易君主为民主，而仍返前清旧辙也。

窃谓稗官小说，亦史之支流余裔，得与述古者并列；而吾国社会，又多欢迎稗乘。取其易知易解，一目了然，无艰僻渊深之虑。书籍中得一良小说，功殆不在良史下；私心怦怦，爰始属稿而勉成之。自天命纪元起，至宣统退位止，凡二百九十七年间之事实，择其关系最大者，编为通俗演义，几经搜讨，几经考证，巨政固期核实，琐录亦必求真；至关于帝王专制之魔力，尤再三致意，悬为炯戒。成书四册，凡百回，都五六十万言，非敢妄拟史宬，以之供普通社会之眼光，或亦国家思想之一助云尔。稿甫就，会文堂迫于付印，未遑修饰，他日再版，容拟重订，阅者幸勿诮我疏略也。是为序。

中华民国五年七月

古越蔡东藩自识于临江书舍

目　录

第一回

溯往事慨谈身世　述前朝细叙源流

“帝德乾坤大，皇恩雨露深。”开场白若庄若谐，寓有深意，读者莫被瞒过。这联语是前清时代的官民，每年写上红笺，当作新春的门联，小子从小到大，已记得烂熟了。曾记小子生日，正是前清光绪初年间，当时清朝虽渐渐衰落，然全国二十余行省，还都是服从清室，不敢抗命。士读于庐，农耕于野，工居于肆，商贩于市，各安生业，共乐承平，仿佛是汪洋帝德，浩荡皇恩。比今日何如？到小子五六岁时，尝听父兄说道：“我国是清国，我辈便是清朝的百姓。”因此小子脑筋中，便印有“清朝”二字模样。嗣后父兄令小子入塾，读了赵钱孙李，念了天地元黄，渐渐把“清朝”二字，也都认识。至《学》、《庸》、《论》、《孟》统共读过，认识的字，差不多有三五千了，塾师教小子道：“书中有数字，须要晓得避讳！”小子全然不懂，便问塾师以何等字样，应当避讳？塾师写出“玄”字、“晔”字、“胤”字、“弘”字、“颙”字、“詝”字，指示小子道：“此等字都应缺末笔。”又续写“歷”字，“寧”字，“淳”字，随即于“歷”字，“寧”字，“淳”字旁，添写一“曆”字，“甯”字，“湻”字，指示小子说道：“‘歷’字应以‘曆’字恭代，‘寧’字应以‘甯’字恭代，‘淳’字应以‘湻’字恭代。”小子仍莫名其妙，直待塾师详细解释，方知“玄”字“晔”字是清康熙帝名字，“胤”字是清雍正帝名字，“弘”字“歷”字是清乾隆帝名字，“颙”字是清嘉庆帝名字，“寧”字、“詝”字、“淳”字是清道光、咸丰、同治帝的名字，人民不能乱写，所以要避讳的。这等塾师也算难得了。

后来入场考试，益觉功令森严，连恭代的字，都不敢写，方以为大清统一中原，余威震俗，千秋万岁，绵延不绝，可以与天同休了。虚写得妙。谁知世运靡常，兴衰无定，内地还称安静，海外的风潮，竟日甚一日。安南、缅甸是中国藩属，被英、法两国夺去，且不必说。清朝原是慷慨得很。忽然日本国兴兵犯界，清朝遣将抵御，连战连败，没奈何低首求和，银子给他二百四十兆两，又将东南的台湾省、澎湖群岛双手捧送，日本国方肯干休。过了两三年，奉天省内的旅顺、大连湾，被俄国租占了去；山东省内的胶州湾，被德国租占了去；胶州湾东北的威海卫，被英国租占了去；广东省内的广州湾，被法国租占了去；而且内地的矿山铁路，也被各国占去不少。这便叫作国耻。

嗣是清朝威势全失，外患未了，内忧又起，东伏革命党，西起革命军，扰乱十多年，清廷防不胜防。后来武昌发难，各省响应，竟把那二百六十八年的清室推翻了，二十二省的江山光复了。自此以后，人人说清朝政治不良，百般辱骂；甚至说他是犬羊贱种，豺虎心肠，又把那无中生有的事情，附会上去，好像清朝的皇帝，无一非昏淫暴虐，清朝的臣子，无一非卑鄙龌龊，这也未免言过其实呢。平心之论。我想中国的人心，实在是靠不住的，清朝存在的时候，个个吹牛拍马，说他帝德什么大，皇恩什么深，到了清室推翻，又个个批他一钱不值，这又何苦？帝王末路大都如是。小子无事时，曾把清朝史事，约略考究，有坏处，也有好处；有淫暴处，也有仁德处；若照时人所说，连两三年的帝位，都保不牢，如何能支撑到二百六十多年？是极是极。不过转到末代，主弱臣庸，朝政浊乱，所以民军一起，全局瓦解。现在“清朝”二字，已成过去的历史，中国河山，仍然照旧，要想易乱为治，须把清朝的兴亡，细细考察，择善而从，不善则改，古人说的“殷鉴不远”便是此意。揭出全书宗旨，何等正大光明，不比那寻常小说家，瞎三话四，乱造是非。

闲文少表，且说清朝开基的地方，是在山海关外沈阳东边，初起时，只一小小村落，聚群而居，垒土为城，地名鄂多哩，人种叫作通古斯族，他的远祖，相传是唐虞以前，便已居住此地，称为肃慎国，帝舜二十五年，肃慎国进贡弓箭，史册上曾见过的。传到后代，人口渐多，各分支派，大约每一部落，戴一首领，多生得骨格魁梧，膂力强壮，并且熟习骑射，百步穿杨。赵宋时代，金太祖阿骨打，是他族内第一个出色人物，开疆拓土，直到黄河两岸，宋朝被他搅扰的了不得。后来蒙古兴起，金邦渐衰，蒙古与南宋联兵，将他吞灭，还有未曾死亡的遗族，逃奔东北，伏处海滨，经过了二百多年，又产出一个大人物来。这个人物，说是天女所生，真正奇事！天女如何下降，不知与天孙织女作何称呼？小子尚不敢凭空捏造，是从史籍上翻阅得来：天女生在东北海滨长白山下，有姊妹三人，长名恩古伦，次名正古伦，幼名佛库伦，三人系出同胞，相亲相爱，只是塞外风俗，与内地不同，男子往来游牧，迁徙无常，女子亦性情活泼，最爱游玩。一日，姊妹三人散步郊原，到了长白山东边，有一座布库里山，洞壑清幽，别有一种可人的景致。那时正是春风澹荡，春日迷离，黄鸟双飞，绿枝连理，暗藏春色。三人欢喜非常，便从山下蹀躞前行，约里许，但见一泓清水，澄碧如镜，两岸芳草茸茸，铺地成茵，真是一副好床褥。就假此小坐。佛库伦天真烂漫，春兴正浓，就约两姊妹解衣洗浴。浴未毕，忽闻鸟声嘤喈来，三人昂首上观，约有两三只灵鹊，仿佛像姊妹花一般。绝妙对偶。就中有一鹊吐下一物，不偏不倚，正坠在佛库伦衣上，佛库伦眼快手快，急忙拾取，视之，乃一可口的食物。是何物耶？试掩卷猜之！她也不辨名目，就衔在口内。两姊问她所拾何物，她已从口中囫囵咽下，模糊答道："是一颗红色的果子。"拾到便吃，真是一个半开化的女子。两姊也不及细问，遂各上岸，着好衣服，缓步同归。谁知佛库伦服了此药，肚子竟膨胀起来，她自己也不知所以。到十个月后，竟产出一男，不但状貌魁奇，并且语言清楚。佛库伦不忍抛弃，就在家中抚养。

光阴迅速，襁褓婴儿，竟作髫年童子，只是佛库伦无夫而孕，未免惹人议论，幸而穷荒草昧，人迹稀少，始得抚育成人。可见天女之说，本来荒诞。儿名叫作布库里雍顺，系是佛库伦所取，因她在布库里山下，食了朱果，以致孕育，所以特地将"布库里"三字，作为儿名，留一纪念。布库里雍顺到了十多岁，颖悟非凡，自念有母无父、当属何族，遂问他母亲佛库伦。佛库伦命以"爱新觉罗"四字。爱新觉罗，是长白山下居民的土音。其后布库里雍顺遗裔建一满洲国，遂相传为满洲语，若作汉文解说，"爱新"与"金"字同音，"觉罗"即姓氏意义，布库里雍顺的族系，即此可以明白了解。佛库伦是否天女，小子也不消细说了。以不解解之。

且说布库里雍顺渐渐长大，也学些骑马射箭的技艺，闲暇时又在河边折柳编筏。看官！你道他折柳编筏，是何意思？他是具有大志，暗想穷居草莽，终究没有生色，若将柳条编成一筏，可以驾筏出游。果然天下无难事，总教有心人，柳条越编越多，越多越大，居然成了一叶扁舟。布库里雍顺喜不自禁，就轻轻在筏上坐住，顺着河流，飘扬而去。英雄冒险，胆大敢为，冥冥中亦像有风伯、河神当先引导，竟把那布库里雍顺送到一个安乐的地方。这是乘风破浪的模样。

原来长白山东南有一大野，名叫鄂谟辉，野中有一村落，约数十百家。这数十百家内，只分三姓，习成强悍，专喜械斗，因此自相残杀，连岁不休。近时中国内地村民，亦有好械斗者，岂亦为三姓遗风所传染耶？一笑。一日，有女子汲水，见一柳筏，随流漂至，其间有青年男子端坐在内，顿时骇异非常，急忙回告父兄。那时父兄即临河眺望，果然岸旁有一少年，头角峥嵘，仪表英伟，不觉失声道："这是天生神人。"随即引之登陆，问从何来？布库里雍顺从容对答，说是天女所生，由长白山下至此。霎时间哄动乡间，无论男女老幼，一齐出观，见了布库里雍顺，都道这个好郎君，真正难得。于是各邀布库里雍顺至家，仿佛一桃花源。东牵西扯，几至大家争论起来。还是布库里雍顺从旁劝解，说我初到此地，辱承待爱，自当次第谒候。又指汲流女子的父兄道："我与他相见最早，理应先到他家，问候起居。"众人见他举止谦恭，吐属风雅，便个个叹服，一无异言。布库里雍顺就随了汲流女子的父兄，直至家内。那家格外优待，饷以酒食。饮半酣，座上老人更详问氏族，布库里雍顺一一还答。老者又问以婚未？布库里雍顺答言未婚。老者即起身入室，半晌间引一少女出室来前。走近视之，虽是乡村弱质，倒也体态端方。未知亦是天女否？仔细端详，就是汲流女子。老者嘱女子对答行礼，布库里雍顺亦离座作答。礼毕，女子转身入室，老者便对布库里雍顺道："小女伯哩年将及笄，如蒙不弃，愿附姻好。"布库里雍顺不得不推逊一番。老者执意不允，布库里雍顺方与老者行翁婿礼。老者拟择日成婚，自是布库里雍顺就住在此家。暇时到村中各家问讯，村人见他彬彬有礼，无不欢迎。

到了吉日，一对小夫妻，谐了眷属，大众都到老者家贺喜。顿时高朋满座，佳客盈门。就中有一个白发朱颜的老丈，对主人道："好一个小郎君，被你家夺作女婿。"又向众人道：

“这是圣人出世，到吾村内，也算是阖村幸福。吾村连岁械斗，弄得家家不安，人人耽忧。现在不若奉此小郎君为主，一切听他指挥，倒可解怨息争，安居乐业，大众以为何如?”众人听这一席言语，个个鼓掌赞成，欢声如雷。也不待布库里雍顺允与不允，竟一齐请他上坐，奉他作为部长，呼为贝勒。布库里雍顺得此天假的奇缘，遂运用智谋，部勒村居人民，建设堡寨，创造鄂多哩城，成了一个爱新觉罗部，作满州开基的始祖。后人有诗赞道：

峨峨长白映无垠，朱果祥征佛库伦。
集庆星源三百载，觉罗禅亦衍云礽。

布库里雍顺后，传了数代，又出一个惊天动地的人物，比布库里雍顺似还强得多哩。看官！你道是谁？且少待片刻，容小子下回报名。

是回为全书总冒，将下文隐隐呼起；并将作书总旨，首先揭示。入后叙满洲源流，运实于虚，亦有弦外深意，确是开宗明义之笔。成为帝王，败即寇贼，何神之有？我国史乘，于历代开国之初，必溯其如何祯祥，如何奇异，真是谬论。是回叙天女产子、朱果呈祥等事，皆隐隐指为荒诞，足以辟除世人一般迷信，不得以稗官小说目之。

第二回

丧二祖誓师复仇　合九部因骄致败

却说布库里雍顺所建的鄂多哩城，在今辽宁省勒福善河西岸，去宁古塔西南三百多里。此地背山面水，形势颇佳，究竟是小小部落，无甚威名。当时明朝统一中原，定都燕京，只在山海关附近设防，塞外荒地，视同化外；就是比鄂多哩城阔大几倍，也不暇去理保，何况这一个小小土堡呢？谁知深山大泽，实生龙蛇。自布库里雍顺开基后，子子孙孙，相传不绝，其间虽迭有兴衰，到了明朝中叶，出了一个孟特穆，智略过人，把祖基格外恢拓，渐渐西略，移住赫图阿拉地。赫图阿拉在长白山脉北麓，后来改名兴京便是。

孟特穆四世孙名叫福满，福满有六子，第四子觉昌安，继承先业，居住赫图阿拉城，还有五子，亦各筑城堡，环卫赫图阿拉，统称宁古塔贝勒。觉昌安率领各贝勒，攻破邻近部落，拓地渐广，生了数子。四子名塔克世，娶喜塔喇氏为妇，这喜塔喇氏并非天女，呼应得妙。偏生出一个智勇双全、出类拔萃的儿子来。这人就是大清国第一代皇帝，清朝子孙，称为太祖，努尔哈赤是他英名。众儿郎喝一声采。他出世时，祖、父俱存。他有一个堂姊，是觉昌安女孙，出嫁与古埒城阿太章京，已有数年，不料明朝遣总兵李成梁驻守辽西，阴忌觉昌安，招诱图伦城主尼堪外兰，合兵围攻古埒城。这古埒城地方狭小，哪里挡得住大军，连忙差人到觉罗部求救。觉昌安得报，恐女孙被陷，遂与塔克斯带领全部兵士，驰救古埒城，与敌兵接仗，不分胜负。阿太章京见救兵已到，开城迎入，城中得了一支生力军，人心少安。

觉昌安上城巡视，不分昼夜，每日指挥部众，极力防御。忽见城下一人，扣马而至，大呼开门。觉昌安从上俯视，其人非他，乃图伦城主尼堪外兰也。原来尼堪外兰，旧隶觉昌安部下，因此相识。便问汝来何意？答言闻主子到此，特来禀见。觉昌安见无随兵，即开门纳入。尼堪外兰既入城，至觉昌安前，即抱膝请安。觉昌安命之起坐，问何故联明攻城？尼堪外兰婉言谢罪，并云："前未知古埒城主，与主子有亲，故敢冒犯；今闻主子远道驰救，方识有婚姻关系。现已向明李总兵前，盛说主子威德及人，不宜与敌，李总兵已愿退兵。若主子再令古埒城主，向明廷岁献方物，李总兵且当上表明廷，请给主子封爵，管领建州。"明称长白山部为建州卫。觉昌安道："汝言果真么？"尼堪外兰急得发誓道："如有狂言，愿死乱刀之下。"大诈似信。觉昌安大喜，令阿太章京设宴相待。席间叙谈，尼堪外兰极力趋承，越说得天花乱坠，什么龙虎将军印，什么建州卫都督敕书，不由觉昌安不信。喜人家拍马屁，总要吃亏。饮毕，辞去。次日，城下各军，果然齐退。

阿太章京见敌军退尽，拜谢觉昌安父子救援之恩，一面备办盛筵，款待觉昌安父子，一面烹羊宰猪，犒飨军士。大众饮得酩酊大醉，至晚各自鼾睡，醉死梦生。谁知蓦地里炮声大震，喊杀连天，众人从睡梦中惊醒，不识何处大兵，从天而下，身不及披衣而头已断，手不及持刃而臂已离，纷纷扰扰的一夜，城中的兵民，多半向鬼门关上挂号报到。觉昌安父子及阿太章京两夫妻，也亲亲热热，一淘儿归阴去了。趣语。古人说得好："福兮祸倚，乐极悲生。"只为觉昌安误信奸言，遂中了尼堪外兰的诡计。到此方说出原因。

是时努尔哈赤年方二十五岁，因祖、父二人往援古埒城，常着人探听消息。先接到明军撤围的音信，颇自安心，嗣后续闻警耗，至祖、父被害一节，不觉大叫一声，晕倒于地。颇有孝思。及众人救醒，放声大哭。连他伯叔兄弟，都各凄然。当下检查武库，只留遗甲十五副，一一携出，指示伯叔兄弟，提出“复仇”二字，哀恳臂助。那时伯叔兄弟，自然感愤得很，分着遗甲，一拥出城，向东而去。君父之仇，不共戴天，此举不谓无名。

且说尼堪外兰用诡计袭破古埒城，掳了些金银财宝，搬回图伦，终日流连酒色，任情取乐。想是活得不耐烦了。忽报努尔哈赤兵到，顿觉仓皇失措，勉强招集部众，出城对敌。努尔哈赤不待图伦兵列阵，即纵马直出，当先踹入敌阵中，部众乘势跟上，逢人便杀，见首辄斫，仿佛是生龙活虎一般。图伦兵从未见过这般厉害，霎时间纷纷退走。尼堪外兰见事不妙，忙拍转马头，落荒逃走。此时恰无计可施了。努尔哈赤追赶不及，收兵入图伦城，下令降者免死。城内外兵民，闻此号令，都投首乞降。休息一天，复发兵追寻尼堪外兰，终无下落。旋探知尼堪外兰已窜入明边，乃回赫图阿拉城，修书致明朝边吏，书中大意，是请归祖、父丧，及拿交尼堪外兰。明边吏将此书上达明廷，此时正在明朝万历年间，老成凋谢，佞人用事，文武各官，多半是酒囊饭袋，误国该死。见了此书，就纷纷议论起来：有的说是万不能允的，有的说是允他一半。嗣经执掌朝纲的大员，以李成梁无故兴兵，亦属非是，但执送尼堪外兰，有损国威，不若归丧给爵，买他欢心为是。神宗皇帝准了此议，遂令差官奉敕三十道，马三十匹，建州卫都督册书一函，龙虎将军印一颗，并送还觉昌安父子的棺木。若此，努尔哈赤，也算是万分荣幸了。

差官到了赫图阿拉城，努尔哈赤以礼迎入，北向受封。是已有君臣之分了。只因尼堪外兰未曾拿交，仍央差官回请。差官去后，待至数月，毫无音响。努尔哈赤复仇心切，镇日里招兵买马，大修战具，分黄、红、蓝、白、四旗，编成队伍，旌旗变色，壁垒生新。一日升帐宣令，饬部下头目，排队出发，直指明边。众头目请道："此去攻明，必须经过某某部落，须先向假道方可。"努尔哈赤道："不必！有我当先开路，汝等紧随便是。"大众无言可说，便跟着努尔哈赤出城。车驰马骤，风掣电驰，所过各部落，毫无防备，由他进行；稍强横的部民，拦阻马头，不是被刀杀死，便是被箭射死。太不讲理！

行了数日，距明境只三十里，努尔哈赤便命部众停住，扎好了营，令队长齐萨率壮士数十人，往明境叩关，索交尼堪外兰。是时明总兵李成梁，已由明廷谴责，说他无端启衅，褫职回籍。调了一个新总兵，懦弱无能，闻觉罗部遣众叩关，惊慌得了不得，不得已派一属弁，与军士百人，出城与齐萨会议。齐萨所说的，无非是索交尼堪外兰，否则兵戎相见，差弁无可辩驳，只得唯唯而还。也是尼堪外兰恶贯满盈，命数该绝，正在城中探听消息，踯躅前行，无巧不成话，偏与差弁相遇；差弁即将他骗入署中，禀明总兵，一声呼喝，将尼堪外兰反绑起来，推入囚车，遣两役舁出，像扛猪的扛了去，趣绝。扛到郊外，送交清营。当由垂辫的兵役数名，从囚车内一把抓出，拖入帐中，尼堪外兰已魂飞天外，但闻得一声惊堂木，接连有"你这骗贼，也有今日"两语，正思开目张望，可奈乱刃交下，血晕心迷，霎时间一道魂灵，归入地府，适应了前日誓言。一报还一报，骗子究竟做不得，假愿也是罚不得。

自是努尔哈赤与明朝和好，每岁输送方物，明廷亦岁给银八百两，蟒缎十五匹，并许彼此人民互市塞外。

这觉罗部渐渐富强，名为明朝藩属，实是明朝敌国；句中有眼。远近部落，又被他并吞不少。那时这雄心勃勃的努尔哈赤，乘着这如日方升的气象，想统一满洲，奠定国基，当命工匠兴起土木，建筑一所堂子，作为祭神的场所。工匠等忙碌未了，忽掘起一块大碑，上有六个大字，忙报知努尔哈赤。努尔哈赤不见犹可，见了碑文，暗觉惊诧异常。他却阳为镇定，仔细摩挲了一回，突然向工人道："这妖言不足信，快与我击断此碑！"确肖雄主口吻。看官！你道这碑文是如何说？乃是"灭建州者叶赫"六字。煞是可惊，隐为后文伏笔。此碑既由工人击断，努尔哈赤始退回帐中，心中却闷闷不乐。次日来了一个外使，说是奉叶赫贝勒命，来此下书。努尔哈赤暗想道："偌大这叶赫部，乃竟来与我作对么？"踌躇了一会，方唤来使入帐。来使呈上书信，努尔哈赤展视之，但见书上写着：

> 叶赫国大贝勒纳林布禄，致书满洲都督努尔哈赤麾下：尔处满洲，我处扈伦，言语相通，势同一国，今所有国土，尔多我寡，盍割地与我？

努尔哈赤看到此句，不由的怒气上冲，将来书扯得粉碎，掷还来使，并向来使说道："我国寸土寸金，就使汝主首级来换，也是不允。"说罢，命左右逐出来使。使者抱头鼠窜而去。努尔哈赤即于次日出城阅兵，严行部勒，详申军律，并命军士日夜操练，专待叶赫兵到，与他厮杀。有备无患。

且说叶赫国在满洲北方，与哈达、辉发、乌拉三部，互为联络，名扈伦四部，明朝称他为海西卫。又以哈达居南，叫作南关，叶赫居北，叫作北关。叶赫为扈伦大国，清灭叶赫，始及明境，故叙述较详。叶赫最强，又与明朝互通聘问，明朝亦略给金帛，令他防卫塞外。叶赫主纳林布禄闻努尔哈赤统一满洲，料他具有大志，宜趁势力未足的时候，翦灭了他，方无后虞，思想也自不错，可惜没有能力。只是无故不能发兵，遂想出下书的计策，借些因头，作为发兵的话柄。到了差人回国，将努尔哈赤的言语一一传达，纳林布禄勃然道："有这样大言，我明日便去灭除了他。"差人道："主子不要轻觑满洲，他部下多是勇夫，不容易对仗呢！"纳林布禄道："你休长他人志气，灭自己威风！看你爷明日踏平满洲哩。"越会说大话，越是没用。次日，便差各将弁四路下书，纠合远近各部，合攻满洲，事成当平分满洲土地。过了数日，哈达、辉发、乌拉三部，各率三千兵到叶赫；又过了数日，长白山下的珠舍哩、讷殷二部，已有复书，说已各发兵二千，在中途等候；又过了数日，蒙古的科尔沁、锡伯、卦勒察三部，或发兵一千，或发兵一千五百，也到叶赫境内。是时纳林布禄欢喜异常，忙把部下的兵卒，一齐发出，除老弱不计外，统计有一万多人，会合各部联军，祭旗出发。途中又会着长白山下二部兵士，共得三万多人，浩浩荡荡，杀奔满洲来。写得有声有色，以衬下文努尔哈赤之能。

惊报传到努尔哈赤耳中，即饬兵士驻守札喀城，阻住叶赫各部兵来路。纳林布禄到了札喀城，望见城上旗帜鲜明，刀枪森竖，料知有备，令军士退后三里，扎定营寨。次日，有探马来报，说满洲主努尔哈赤带领全部人马，扎住古埒山，纳林布禄全不在意。原来札喀城在赫图阿拉西北六十里，城右有古埒山，蜿蜿蜒蜒，包围大城。兵法云："倚山为寨。"所以努尔哈赤在山下立营。纳林布禄不知占夺此山，已输了一着。又次日，纳林布禄正准备迎敌，闻报敌兵已到，即出帐上马，率军对仗。但见前面来的满洲军，只有百余骑，老少不一，带兵的头目，也没有十分骁勇。分明是诱敌的兵。他在马上大笑道："这样小妮子，也想同我对仗，真是满洲的气数。"慢着！话未毕，旁闪出一将道："人人说满洲强盛，看这等老弱残兵，教咱们一队兵士，已杀他片甲不留，各部将弁，都可休息，主子更不必劳动呢。"纳林布禄视之，乃是叶赫西城统领，名叫布塞，即大喜道："你去罢!"布塞便率队上前，呐一声喊，直扑满洲军。满洲军不与交战，竟向后退去。其诈可知。布塞一马当先，乘势追赶，只见满洲军都退入山谷中，布塞也不管好歹，追入山谷。粗莽之至。忽喊声大起，一彪军从谷内拥出，截住布塞厮杀。正酣斗间，科尔沁部统领明安亦率部兵追至，他恐布塞得了首功，故急急赶来。满洲军见布塞得了援军，又纷纷退走。此路伏兵，乃是诱敌。布塞仍策马前进，明安率兵紧随，转了一坡，又过一坡，越走越险，越险越窄。走入死路去了。刺斜里喊声又起，复来一彪军，将布塞、明安的兵截作两段，前面的满洲军也回转身来，夹攻布塞。布塞军顿时大乱。忽有一将持刀突入，到布塞马前，布塞措手不及，被他一刀劈于马下。部下军士，无处逃生，都做了刀头之鬼。真正片甲不留。明安知前军被截，急忙退走。确是胜不相让、败不相救的情形。不想满洲军已满山遍野的掩杀前来，明安只得纵马而逃，不顾山路上下，拼命的奔走。忽闻"扑搨"一声，马被陷入淖中。明安急忙下马，轻轻的抓上山壁，已是拖泥带水的要不得，他便弃了鞍马，带扒带走的逃了去。要想争功，便落到这般田地。

当时纳林布禄信了布塞的言语，回入帐中，满望捷报，忽听帐外喊声震地，急上马出视，正遇着一彪雄军，为首的一员大将，眉现杀气，眼露威棱，手中持一大刀，旋风般杀将来。看官！你道是谁？就是满洲主努尔哈赤。此处方现。纳林布禄忙拔刀对敌，战了三五回合，不是努尔哈赤的对手。正惶急间，旁边走过了布占泰，是乌拉部贝勒的兄弟，见纳林布禄刀法散乱，忙向前敌住，纳林布禄才一歇手，猛听得大喝一声，布占泰已被努尔哈赤活擒了去。这纳林布禄吓得魂不附体，忙转身向寨后逃走，各部兵见主寨已破，尚有何心再与抵敌，人人丧魄，个个逃生。正是：

一声鼙鼓喧天日，八面威风扫地时。

不知纳林布禄得逃脱与否，且待下回说明。

图伦城主尼堪外兰，与叶赫部主纳林布禄，名为满洲之仇敌，实皆满洲之功臣。自古英雄豪杰，不经心志之拂乱，未必能奋发有为，故敌国外患之来，实磨砺英豪之一块试金石也。本回上半截，叙努尔哈赤之勇，下半截，述努尔哈赤之智，智深勇沉，信不愧为开国主，然皆由激励而成。古所谓生于忧患、死于安乐者，于此可见矣。文中运实于虚，写得英采动人，确是妙笔。

第三回

祭天坛雄主告七恨　战辽阳庸帅覆全军

却说纳林布禄从寨后逃走，直驰至数十里，不见满洲军，方教停住。少顷，喘息已定，各部兵亦逐渐趋集，约略检点，三停里少了一停，自己部下，且丧失一半。正在垂头丧气，忽见一人踉跄奔入，正是科尔沁部统领明安，尚未行礼，即大哭道："全部军士都败没了，贵统领布塞闻已战死了。"纳林布禄也忍不住垂泪道："可惜、可恨！不想努尔哈赤有这般厉害。"晓得迟了。旋与各部统领商量和战事宜，大众怵于前创，都是赞成和议。纳林布禄无计可施，只得遣使求和，彼此往来商议，约定和亲，叶赫主的侄女，拟嫁与努尔哈赤的代善，西城统领布塞的遗女，即献与努尔哈赤为妃，才算暂时了结。陪了夫人又折兵。

努尔哈赤得胜班师，尚恨长白山下二部，结连叶赫，趁势蚕食，把他灭亡。前时擒住的布占泰，因他降顺，给了他一个宗女，放他回国。嗣后布占泰复被叶赫主煽惑，服从叶赫，叶赫主又故意出攻哈达，令哈达向满洲借兵，唆使半路埋伏，歼灭满军。谁知努尔哈赤已瞧破机关，暗率部兵，绕道至哈达城，混入城中，活擒了哈达部长孟格布禄。叶赫主闻此计不成，遣使到明朝，令归还哈达部长。努尔哈赤因明使相请，将孟格布禄子武尔古岱放还，武尔古岱从此归服满洲。努尔哈赤又收服了辉发部，并乘势讨布占泰，攻入乌拉城。布占泰逃至叶赫，努尔哈赤接还宗女，差人向叶赫索布占泰。叶赫主不允，反把这许字满洲的侄女，另嫁蒙古。看官！你想这努尔哈赤，到此还肯忍耐吗？此段看似琐屑，却是不能不叙。只是努尔哈赤想攻叶赫，偏这明朝屡次出来帮护，努尔哈赤就背了明朝，自己做了满洲皇帝，比做建州卫都督，原强得多了，然不可谓非背明。筑造宫殿，建立年号，叫作“天命元年”，这正是明朝万历四十四年的事情。前数回不点年号，此处因满洲已建国称帝，故大书特书。自此以后，努尔哈赤就是清国太祖高皇帝，小子作书到此，也只得称他作满洲太祖，把“努尔哈赤”四字，暂时搁起。此后都说满洲太祖，为醒目计，非贡谀也。

太祖有十多个儿子，第八子皇太极最聪颖，太祖便立他为太子。还有二子，亦是非常骁勇，一名多尔衮，一名多铎，后来入关定鼎，全仗这二人做成，这且慢表。单说满洲太祖，自建国改元后，招兵添械，日事训故，除黄、红、蓝、白四旗外，加了镶黄、镶红、镶白、镶蓝四旗，共成八旗，分作左右两翼，准备了两年有余，锐意出发。他想“不入虎穴，焉得虎子”，欲灭叶赫，不如先攻明朝，遂于天命三年四月，择日誓师，决意攻明。命太子皇太极监国，自率二万劲旅，到天坛祭天。当由司礼各官，爇烛焚香，恭行三跪九叩首礼，读祝官遂朗诵祝文道：

满洲国主臣努尔哈赤谨昭告于皇天后土曰：我之祖父，未尝损明边一草寸土，明无端起衅边陲，害我祖父，恨一也；明虽起衅，我尚修好，设碑立誓，凡满、汉人等，无越疆圉，敢有越者，见即诛之，见而故纵，殃及纵者。讵明复渝誓言，逞兵越界，卫助叶赫，恨二也；明人于清河以南、江岸以北，每岁窃逾疆场，肆其攘夺，我遵誓行诛，明负前盟，责我擅杀，拘我广宁使臣纲古里方吉纳，胁取十人，杀之边境，恨三也；明越境以兵助叶赫，俾我已聘之女，改适蒙古，恨四也；柴河、三岔、抚安三路，我累世分守，疆土之众，耕田艺谷，明不容刈获，遣兵驱逐，恨五也；边外叶赫，获罪于天，明乃偏信其言，特遣使臣遗书诟詈，肆行凌侮，恨六也；昔哈达助叶赫二次来侵，我自报之，天既授我哈达之人矣，明又党之，胁我还其国，已而哈达之人，数被叶赫侵掠，夫列国之相征伐也，顺天心者胜而存，逆天意者败而亡，岂能使死于兵者更生，得其人者更还乎？天建大国之君，即为天下共主，何独构怨于我国也？初扈伦诸国，合兵侵我，天厌扈伦启衅，惟我是眷，今助天谴之叶赫，抗天意，倒置是非，妄为剖断，恨七也。欺凌实甚，情所难堪，因此七大恨之故，是以征之。谨告。

诵毕，便望燎奠爵，外面已吹起角声，催师出发。太祖离了天坛，骑了骏马，御鞭一指，部众齐行，一队一队的向西进发。

师行数日，由前队报说，距明边抚顺城，只二三十里了。太祖便扎住营帐，正拟遣将攻城，忽有一书生求见，自称系明朝秀才。太祖唤入，见他状貌魁奇，已有三分羡慕；及与他谈论，语语中入心坎，不由的击节叹赏；就赐他旁坐，问及姓氏里居。秀才道："仆姓范名文程，字宪斗，沈阳人氏。清朝得国，都是汉人引导进来，范文程就是首魁。太祖道："我闻得中原宋朝，有个范文正公，名叫仲淹，是否秀才的远祖？"文程答道："是。"太祖道："我已到此，距抚顺城不远，抚顺的守将，姓甚名谁？"文程道："姓李名永芳。"太祖问李永芳本领如何？文程道："没甚本领。"太祖道："这是一鼓可下了。"文程道："以力服人，何如以德服人？确是书生口吻。明主且不必用兵，请先给他一封书信，劝他投降，他若顺从，何劳杀伐。”太祖喜道：“这却仗先生手笔。”文程应命作书，一挥而就。太祖大悦，便道：“我国正少一个文馆的主持，劳你任了此责，参赞军机。”文程叩首谢恩。次日，太祖即遣将到抚顺城下，射进书信，率队而退。这抚顺守将李永芳，本是个没用的人物，他闻满洲军入境攻城，已吓得没了主意，及见此信，召集文武各官，会议了一夜，竟商就了“惟命是从”四字。亏他大众想出。翌晨开城迎接，为首的跪在城下，恭递降册，就是为明守土的李永芳。太挖苦人。太祖命侍卫接了降册，策马入城，部军一齐随入。幸亏得范先生一言，城中的百姓总算不遭杀戮。太祖便记范文程为首功，更命诸贝勒格外敬礼，称先生而不名，从此大家都呼文程为“范先生”。保全百姓之功，也不可没。

满洲兵休息三日，忽报广宁总兵张承荫，领了三路兵马，来夺抚顺了。太祖问李永芳道：“张承荫系何等样人？”李永芳答言：“是一员勇将。”太祖道：“既是勇将，想必不肯投顺，不若先发制人为妙。”遂一面派兵守城，一面发兵迎敌。离城约十里，闻报明军已相去不远，太祖仍命部众前进。此时明总兵张承荫，正与左翼副将颇廷相、右翼参将蒲世芳率军前来。两阵对圆，人人酣战，恰是棋逢敌手，将遇良材，张承荫也是不弱。自日中至傍晚，两边都余勇可贾，不肯退兵。忽然天色昏暗，一阵大风从西北吹来，猛扑明军，明军正支持不住，接连又是数阵狂飚，把明军的旗帜，刮去了好几面。岂非天乎？满洲军占住上风，格外精神抖擞，如泰山压顶般驱入明军。那时明军不由的退走，任你张承荫胆力过人，也自禁止不住。当下且战且退，适值路旁有山，正思觅径而入，为扼守计。忽山侧闪出一支满洲军，大叫道：“满洲贝勒多铎在此，敌将何不下马受缚？”来得突兀。原来满洲太祖见战明军不下，特派多铎绕出后面，夹攻明军。承荫腹背受敌，无心恋战，只得杀开血路，领兵前走。可奈天色昏暮，不辨南北，满洲军又紧追不舍，惹起承荫血性，与颇、蒲二将道："战亦死，不战亦死，不如与他拼命，就使死了，也不失为大明忠臣。"可敬可佩。于是三将复转身抵敌，舍命冲突。满洲军恰不防他出此一着，前面的兵士，被他杀死无数。俄听一声鼓响，满洲军阵内万弩齐发，箭如飞蝗，可怜三员勇将见危致命，俱死于乱箭之下。死且不朽。

这败报传到明京，神宗大惊，召见群臣，问京外将帅，何人可御胡虏？大学士方从哲保荐了一个人材，姓杨名镐。神宗准奏，立即召见，授兵部尚书，赐他尚方宝剑，往任辽东经略。看官！你道这杨镐是什么角色？他是河南商丘县人，前任佥都御史，曾充朝鲜经略，万历二十五年的时候，倭寇犯朝鲜，杨镐奉朝命往援，打了一个败仗，诡词报捷；后来调抚辽东，又是乱杀边民，被御史奏参，革去官职；此时，复起任边防，难道他的谋略，能敌得过清太祖努尔哈赤么！堂堂一个大明帝国，偏用了这等欺君罔上的臣子，去做统兵的元帅，哪得不破？哪得不亡？极大议论。

杨镐既到辽东，闻报沈阳南面的清河堡，又被满洲军夺去，守将邹储贤、张旆两人，统已战死。副将陈大道、高炫逃回辽东，见了杨镐，杨镐却仗着声威，请出尚方宝剑，把二逃将斩首示众。逃将可诛，不当死于杨镐之手。每日檄令附近将士，赶紧援辽，自己却按兵不动。大学士方从哲闻他逗留不进，常发红旗催他出战。杨镐没法，只得领兵出塞。好在四处已到了许多兵马，叶赫兵也来了二万名，朝鲜兵又来了二万名，杨镐便派作四路，分头前进。中路分左右两翼，左翼兵委山海关总兵杜松统带，从浑河出抚顺关；右翼兵委辽东总兵李如柏统带，从清河出鸦鹘关；又令开原总兵马林，合了叶赫兵，从开原出三岔口，叫作左翼北路军；辽阳总兵刘铤合了朝鲜兵，从辽阳出宽甸口，叫作右翼南路军。四路军共二十多万，他却虚张声势，说有四十七万，吓不倒努尔哈赤，奈何？满望仗此大兵，攻入满洲。预先与四路将官，定约于满洲国东边二道关会齐，进攻赫图阿拉。这正明万历四十七年二月间时事。这次战事，为明、清兴亡关键，所以详叙时日。

先一月间，天空中出现一颗长星，光芒四射，天文家称作蚩尤星，说是主兵，又说是不祥之兆。小子未曾研究星学，只援据历史，人云亦云便了。说明得妙。到了二月，塞外一带，大雪飘飘，明军在途，受了无数辛苦，人马大半冰冻，只好缓缓前行。独有山海关总兵杜松，仗着膂力，想立首功，令军士冒雪西进。到了浑河，冰冻未开，杜松驱兵径渡，河中冰冻忽解，溺死军士多名。渡至对岸，有满洲军两三小队，上前拦截。怎禁得杜军一股锐气，乱杀乱斫，顿时纷纷退走。杜军争先追赶，约里许，见前面有座高山，满洲败军统向山谷中退去。杜松恐山内设有埋伏，暂止不追，令军士堵住谷口。也自仔细，然作者因恐与前回重复，故作此活笔。一面饬役侦探，回报满洲兵聚集界藩城。杜松遂把军士分作两支，一支仍令堵住谷口，一支由自己亲领，直攻界藩城。

原来杜军屯留山谷，叫作萨尔浒山，此山距界藩城，有数里。界藩城筑在铁背山上，系满洲要塞，满洲太祖正令兵役一万五千，运石添筑，此时闻杜军进攻，急遣长子代善，引二旗兵去防界藩城，自率六旗兵四万五千人，直攻萨尔浒明营。到了萨尔浒山，正当日中，两军相遇，不及答话，便列阵开战，霎时天地晦冥，咫尺间不辨人影。明军点起火炬，与满洲军酣斗，谁知明军从明击暗，箭弹只射中柳林，满洲军由暗击明，箭弹都射着明军，这明军不知不觉的倒毙了无数。满洲军乘势驱杀过来，刀斩斧劈，好像削瓜切菜一般，眼见得明军七零八落了。

这时候的杜松正领兵到吉林崖，与铁背山相近，忽听后面喊声大起，满洲大贝勒代善，带了二旗兵杀来。杜松急命后军作前军，前军作后军，与满洲军混战。未分胜败，骤闻后军复纷纷大乱，界藩城的兵役，也一齐杀到。杜松忙命后军又作前军，迎截界藩城兵。杜松也算能手。正在你死我活的相拼，不料深林中又冲出一支人马，把杜军夹断。杜军已是腹背受敌，哪里禁得三面夹攻？杜松方舍命突围，“飕”的来了一箭，正中心窝，坠马而死。众军见无主帅，逃的逃，死的死，弄得干干净净。完了一路。看官！你道深林中人马，从哪里来的？这便是满洲太祖扫平萨尔浒明营，派来夹攻杜松的兵。至此叙明。

开原总兵马林方出三岔口，闻得杜军败没，一面飞报杨镐，一面倚山立营，停止前进。天色将晚，山上忽驰下满洲军，杀入营内，马军不及防备，自相溃乱。监军潘宗颜还想整军前敌，不意向前数步，头颅已被削去了半个。马林急忙奔窜，还算逃出了一个性命。完了二路。

这个辽东总兵李如柏，最是没用，说将起来，益发可笑。百忙中着此闲笔。他是慢慢的出了清河，到了虎栏关，猛听得关外山上，吹起螺来，山谷响应，木叶震动，仿佛有千军万马，追杀前来。李如柏忙令退军，军士也道满洲兵杀到，各自逃生，互相践踏，恰死了一千多人。其实山上并没有什么敌兵，只满洲军二十名，上山侦探，见明军出关，作鸣螺状，偏偏这个没用的李如柏上了他的当。完了三路。

独有辽阳总兵刘铤，曾经过数十百战，有万夫不当之勇，手持镔铁刀百二十斤，绰号叫作刘大刀，他已深入三百里，连攻下三个营寨，直入栋鄂路，望见前面有一山，山上有一军扎住，龙旗凤旆，护着銮驾，他想这不是满洲国王的扈军么？当即横刀跃马，跳上冈来，来杀满洲太祖。满洲太祖正由萨尔浒移兵至此，猛见刘铤上冈，急命军士下迎。刘铤舞起镔铁大刀，左右盘旋，确是有些凶勇，即满洲军抵死拦阻，只杀得一个平手。刘铤暗想，仰面上攻，实是费力，不如退至冈下，与他鏖战，便将大刀一摆，率军士下冈。满洲军亦随下，自午至暮，杀得难解难分，两军都有些疲倦起来。惟刘铤越战越勇，全无惧怯。忽有一彪军杀到，万炬齐明。刘铤从火光中望将过去，但见大旗上书一“杜”字，不觉喜道：“杜总兵到来助我，是天使我灭满洲了。”休作妄想！话未毕，一将已到马前，头戴金盔，身穿铁甲，正是一员明将，只面目恰不认识。刚思动问，那来将先问道：“你莫非就是刘大刀？”刘铤应声未完，来将手起刀落，劈刘铤于马下。奇极怪极。众军急来相救，已是不及，只见杀入的杜军，随手乱杀，弄得明军茫无头绪，自相屠戮，一时间全军尽没。四路都完结了。小子凑了四句俚言，作为刘大刀的定论：

奉命西征胆气豪，大刀示勇姓名高。
臣心原是忠明者，可惜胸中欠六韬。

毕竟杀刘铤者是谁，看官不必滋疑，待小子下回道来。

满洲太祖以七恨誓师，未必无深文周内之言，然明之无端起衅，亦不得谓无咎。自满洲出兵以后，复用一庸驽之杨镐，经略辽东，委二十万军于辽塞，是非明之自取其亡耶？明之亡在此，满洲之兴亦即在此。是此回为明、清兴亡关键，故作者亦叙述独详，不稍渗漏。

第四回

熊廷弼守辽树绩　王化贞弃塞入关

却说刘铤被杀，全军丧亡，大众入枉死城中，还是莫明其妙。实则夹入的杜军，统是满洲军假冒。满洲大贝勒代善，杀尽杜军，得了盔甲旗帜，教军士改装，扮作杜军模样，从界藩城来应太祖，巧巧碰着两军恶战，他便竖起“杜”字旗帜，踹入刘铤军中。刘铤深入敌境，尚未悉杜军败耗，还道来的是真杜军，因此中计，猝被杀死。从此刘大刀已化作两段，明朝失去了一员勇将，防边愈觉无人。可为朱氏一哭。

那时经略杨镐，还因马林败报，飞速檄止刘铤、李如柏两军。过了数日，只有李如柏领军回来。还算是他。马林因逃还开原后，坚守不出。是年六月，满洲军乘胜进攻，马林颇效死抵御，其后内无粮草、外无救兵，终被满洲军攻破，马林巷战死节，开原失守，铁岭亦不保了。明廷御史交章劾奏杨镐，说他丧师误国，罪无可赦。杨镐固无可赦，而言官亦只能以成败论人，奈何？朝命拿杨镐入京，令兵部侍郎熊廷弼代任经略。

熊廷弼系湖北江夏人氏，身长七尺，素有胆略，至是奉命出京，途中闻开原失守消息，叹道：“盈廷大臣，不知边事，一味主战，以致如此。”遂即缮就奏折，遣使赍京，折中略道：

> 臣闻辽左京师肩背，河东辽镇腹心，开原又河东根本，开原今已破，则北关难保，朝鲜亦不可恃，辽河亦何

可守？乞速遣将备刍粮，修器械，毋窘臣用，毋缓臣期，毋中格以阻臣气，毋旁挠以掣臣肘，毋独遗臣以艰危，以致误臣误辽兼误国也。谨奏。

奏入，神宗报允，并赐尚方宝剑，令便宜行事。

廷弼出山海关，见难民纷纷逃来，停车细问，方知铁岭又失，沈阳吃紧，居民为避难计，因此西奔；遂用好言抚慰，令他随回辽阳，不必惊慌。难民乃随了前行。将到辽阳，遇着逃将数人，缚住正法；逃兵令回城赎罪。既入城，复劝告百姓一番。当即督率军士，造战车，备火器，修葺城池，招集流亡。复冒雪出巡，至沈阳修城阅兵，并自制一篇痛哭淋漓的祭文，亲祭阵亡将士。随祭的军士，都感激涕零。自有此一番振作，辽沈得以渐固。不愧将材。又请聚兵十八万，分守要地，任他智勇双全的满洲太祖，也没法摆布，这正是熊经略守辽的政绩。有此良将，不能长用，明之亡也无疑。

满洲太祖见辽沈无隙可乘，便移兵去攻叶赫。叶赫主纳林布禄已死，其弟金台石袭位，闻满洲军将到城下，忙集兵保守东城，并知照西城贝勒布扬古赶紧守御，互相援应。不几日，满洲军已到，直逼东城，一攻一守，两不相下，满洲太祖固是能军，金台石颇也不弱。适西城遣军来援，被满洲太祖分兵杀败，追至城下，围住西城。东城守兵望见满洲军已去了一半，略一宽懈，不防满洲军已缘梯而上，城上急掷矢石，已是不及，反被满洲军残杀多人，未死的守兵，统下城逃走。金台石闻城已被陷，登台死守，并纵火自焚屋宇。奈满洲军蜂拥前来，一齐杀入台中，金台石冒死突围，猛被一箭射倒，被满洲军擒拿而去。

全城已破，满洲太祖入城升帐，由军士推上金台石。金台石怒气勃勃，语多不逊，恼得太祖性起，喝令枭首。但听金台石厉声道："我生前不能抗满洲，我死后无知则已，死若有知，定不使叶赫绝种，将来无论传下一子一女，总要报此仇恨。"颇是好汉，且预为后文伏笔。语未竟而首已落。太祖即令多尔衮拾起金台石首级，挑在竿上，往西城招降。

西城贝勒布扬古，系布塞的儿子。布塞的女儿，曾献与满洲太祖为妃，上回已交代明白，此番闻东城已破，惶急的了不得，经多尔衮在城下招降，用了一片顾念亲谊的话儿，说动了布扬古的心，又把金台石的首级示作榜样，威吓利诱，不怕布扬古不拜倒马前。布扬古降了妹丈，忘却父仇，有愧金台石多矣。西城一降，叶赫遂亡，满洲太祖心已快慰，把从前的碑文，撇在脑后，哪里晓得二百年后，复生出一桩大祸祟呢？这且慢表，小子又要讲那熊廷弼了。

熊廷弼守辽三年，人民安堵，鸡犬不惊，偏偏神宗光宗，相继晏驾，嗣位的称号熹宗，用了一个太监魏忠贤，搅乱朝纲，暗中嫉忌熊廷弼，遣吏科给事中姚宗文，到辽沈阅兵。白面书生，何知军务？这分明是遣他需索。偏这熊廷弼抗傲性成，不但没有馈献，抑且不甚礼貌。姚宗文甚为恚恨，阳为阅兵，阴已定稿。回朝后，即结了一班狐群狗党，诬劾廷弼。廷弼闻知，大加叹息，便拜本辞职。朝旨允准，换了一个袁应泰来代廷弼。

应泰是进士出身，曾升任巡抚，为人颇是精敏，但不是用兵能手。既到辽东，见廷弼待下甚严，他却格外放宽，把旧制更张了好几条。适值蒙古大饥，部民多入塞乞食，应泰抚慰饥民，令在部下当兵，居住辽沈二城。小不忍则乱大谋，为此一大失着，辽沈人民，又要遭劫了。妇人之仁，安可为将？

这满洲太祖灭了叶赫，正愁没法图辽，得了这个消息，喜不自胜，即发兵进攻沈阳。沈阳总兵贺世贤，忙登陴守御，并着人飞报袁应泰。应泰刚想三路出师，规复清河、抚顺，得了此报，急调集诸军，拟援沈阳。忽一探马来报道："沈阳失守，贺总军殉节。"此处用虚写。应泰大惊，及问明细底，方知沈阳有蒙人内应，贺世贤为他所卖，以致与城俱亡。这都是应泰害他。当下顿足自悔，急饬亲兵搜查城内蒙民，果得了好几封通敌书信，当即一一正法，令军士沿城掘濠，沿濠环列火器，以便守御，自率总兵侯世禄、姜弼、梁仲善等，出城五里迎战。

满洲军前队已到，梁仲善不分皂白，拍马杀入，侯世禄、姜弼恐梁有失，即上前接应。不料敌兵放进梁仲善，截住侯世禄、姜弼。侯、姜二人几次冲阵，都被敌阵中射回。霎时间一声呐喊，满洲军并力上前，突入明军阵内。明军支撑不住，望后退走，袁应泰手刃逃兵数人，仍不济事，用宽的坏处。只得退入城中。检点军士，已丧失三分之一，侯、姜二将又身负重伤，梁仲善一去不还，想总是阵亡了。火焦鬼安得复生？

袁应泰还仗着城濠深广，分陴固守，谁知到了次日，满洲军已将城西大闸掘开，把濠中水一泄无余，军士竞渡濠攻城，分作左右两翼，左翼兵奋勇直上。时已日暮，应泰列矩拒战，自暮至旦，守城兵士多半伤亡，兵官牛维曜、高出等不知去向，城中大乱。翌晨，右翼兵又陆续登城，应泰避入城北镇远楼，邀巡按御史张铨至，流涕道："我为经略，城亡俱亡。公文官无城守责，宜急去，退保河西，图后举。"张铨道："公知忠国，铨岂未知？"应泰无言，挂了剑印，悬梁毕命。还是忠臣。张铨见应泰已死，亦解带自缢。满洲军上镇远楼，见两人高悬梁上，就一齐解下，抬至满洲太祖前。太祖失声道："好两个忠臣！"语尚未已，但见张铨两眼活动，尚有生气，忙令军士用姜汤灌救。张铨徐徐醒来，望见上面坐着一位大头目，料是满洲主子，便道："何不杀我？"太祖劝他归降，张铨道："生作大明臣，死作大明鬼。"可敬！太祖道："忠臣忠臣，杀之何忍？”遂纵令还署。张铨既返署中，北向辞阙，西向辞父母，复自缢死。背主事仇者，对此曾知愧否？太祖命军士好好埋葬。

辽阳既下，辽东附近五十寨，及河东大小七十余城，皆望风投降。这信传到明廷，众明臣又记起熊廷弼来，熹宗亦有悔意，悔已迟了！命将姚宗文削职，仍召熊廷弼还朝，出任辽东经略。廷弼上三方布置策，以广宁一方为陆路界口，拟用马步军驻守，以天津、登莱二方为沿海要口，拟各用舟师驻守。熹宗准奏，仍赐尚方宝剑，且于五里外赐宴饯行。

廷弼谢恩出朝，即日就道。出山海关，到了广宁，文武各官，统出城迎接。辽东巡抚王化贞亦来相见，寒暄既毕，共商战守事宜。化贞拟分兵防河，廷弼欲固守广宁，言下未免争论起来。廷弼慨然道：“今日之事，只有固守广宁一策，广宁能守，关内外自可无虞。若分兵防河，势单力弱，一营不支，诸营皆溃，尚能守么？”言之甚当。化贞终不以为然，怏怏而退。廷弼申奏朝廷，请实行三方分置策，化贞亦上沿河分守议。明廷依廷弼言，把化贞奏议搁起，化贞愈加不乐。廷弼又致书化贞，再言沿河分守之非，化贞不答。

歇了数天，辽阳都司毛文龙，有捷报到广宁说，已攻取镇江堡，化贞大喜，亟议乘胜进兵，廷弼不可。化贞径自出奏，大略谓：“东江有毛文龙可作前锋，降敌之李永芳今已知悔，愿作内应，蒙古兵可借助四十万，此时不规复辽沈，尚待何时？愿假臣六万精兵，一举荡平，与景延广十万横磨剑相似。惟请朝廷申谕熊廷弼毋得牵掣。”此奏一上，廷弼已探闻消息，遂由广宁回山海关。化负专待朝旨一下，指日进兵。不多日朝使已到，令化贞专力恢复，不必受熊廷弼节制。廷弼亦受朝命，令他进驻广宁，作化贞后援。化贞带了广宁十四万兵士，渡河西进，廷弼不得已，亦出驻右屯。此时廷弼兵只有五千，徒拥经略虚名，心中愤闷已极，遂抗奏道：

> 臣以东西南北所欲杀之人，适遘事机难处之会，诸臣能为封疆容，则容之，不能为门户容，则去之，何必内借阁部，外借抚道以自固！

奏上，明廷留中不发。廷弼连章数上，大旨谓："经抚不和，恃有言官；言官交攻，恃有枢部；枢部佐斗，恃有阁臣。今无望矣。"语语切直，激怒政府，正欲罢廷弼，专任化贞，不防化贞已经败回。看官！欲知化贞败回的缘故，待小子一一叙来：

化贞率领大兵渡河，满望得胜奏凯，第一次出兵，走了数十里，并不见敌，只得引回；第二、三次，也是这般；直到五次，依旧不见一人。李永芳毫无信息，蒙古兵也没有到来，化贞却安安稳稳的过了一年。至熹宗二年正月，满洲军西渡辽河，进攻西平堡，守堡副将罗一贯飞报化贞，化贞亟遣游击孙得功、参将祖大寿、总兵祁秉忠带兵往援。至半途遇总兵刘渠，奉廷弼命来援西平堡。四将会师前进，到平阳桥，闻报西平堡失守，副将罗一贯阵亡，得功欲走回广宁，刘渠、祁秉忠二人，却是血性男儿，不肯中止，且欲进复西平堡，得功勉强相随，陆续过桥。不数里，见前面尘头大起，满洲军已整队而至。刘渠、祁秉忠等忙率兵前敌，独得功按兵不动。刘、祁二将正与满洲军厮杀，忽闻梆子声响，敌军中万矢齐发，伤了明军数百名。明军方拟持盾蔽矢，后面大声叫道："兵已败了，为何不逃？难道兄弟们不要性命吗？"这声一发，好像楚歌四起，人人惊惶，霎时间逃去一半。刘渠、祁秉忠舍命遮拦，已是截留不住，眼见得兵残力竭，以死报国。人生自古谁无死？留取丹心照汗青。但是后面的人声，发自何人？诸君一猜，便晓得是狼心狗肺的孙得功。该骂。得功本是王化贞心腹，化贞倚作长城，谁料他见了满兵，吓得心胆俱落；又恨刘、祁二公，硬要争先杀敌，因此未败叫败，摇乱军心。他却早早逃回，扬言敌兵薄城，居民闻信惊惶，相率移徙出城。得功暗想，一不做、二不休，索性缚住了王化贞，作为贽仪，做个满洲的大员，也自威风，就在城内扎定了兵，专待满洲兵到，作为内应。化贞视他为心腹，他却要化贞的脑袋，险极奸极！

化贞尚全然不知，阖着署门，整理文牍，从容得很。忽有人排闼入道："事急矣，请公速行！"化贞仓皇失措，也不知为着何故，只是抖个不住。那人也不及细讲，竟拉住化贞上马，策鞭出城。行了数里，化贞方望后一看，随着的是总兵江朝栋，并仆役两人，他尚莫明其妙，只管自摸头颅。直到了大凌河，见有一支人马疾驱前来，为首的一员大帅，威风凛凛，正是辽东经略熊廷弼，写熊廷弼处，仍不减声色。化贞到此，方稍觉清楚，仔细一想，惭愧的了不得，顿时下马大哭。是村妇丑态，不意得之王化贞。廷弼笑道："六万军一举荡平，今却如何？"快人快语，然却是廷弼短处。化贞闻了此言，益发号啕不止。廷弼道："哭亦何益？熊某只有五千兵，今尽付君，请君抵挡追兵，护民入关。"化贞此时，进退两难，欲与廷弼回救广宁。廷弼道："迟了迟了。"语未毕，探马来报，孙得功已将广宁献与满洲，锦州、大小凌河、松山、杏山等城，都已失陷。廷弼急令化贞尽焚关外积聚，护难民十万人进山海关。败报达明京，给事中侯震旸、少卿冯从吾、董应举等，奏请并逮廷弼、化贞以伸国法。熹宗也不明功罪，即日降旨，将化贞、廷弼拿交刑部下狱。黑暗之至！

当日御史左光斗，推荐东阁大学士孙承宗，督理军务。熹宗准奏，遂命承宗为兵部尚书。承宗高阳人，素知兵，既受兵部职，即上表奏道：

迩年兵多不练，饷多不核，以将用兵，而以文官操练，以将临阵，而以文官指挥，以将备边，而日增置文官于幕，以边任经抚，而日问战守于朝，此极弊也。今当重将权，择沉雄有气略者，授之节钺，如唐任李、郭，自辟置偏裨以下，边事小胜小败，皆不必问，要使守关无阑入，而徐为恢复之计。

熹宗览奏，深为嘉纳。喜怒不常，确肖庸主状态。是时王在晋继任辽东经略，请于山海关八里铺地方，添筑重关；并请岁给粮饷百万，招抚关外诸蒙部。朝议未决，承宗自请往视，由熹宗特许，出关相度形势，与在晋所见不合，回奏在晋不足恃，筑重关不如筑宁远城。原来宁远城为关外保障，宁远有失，山海关亦觉孤危，所以孙承宗主筑宁远，不筑重关。熹宗准奏，就令孙承宗督师蓟辽，照例赐尚方剑一口，由御跸亲送承宗启行。

承宗拜辞御驾，径至宁远，更定军制，申明职守；以马世龙为总兵官，令游击祖大寿守觉华岛，副将赵率教守前屯。遂于宁远附近，筑堡修城，练兵十一万，造铠仗数百万，开屯田五十顷，兵精粮足，壁垒森严。他在辽坐镇四年，关内外固若苞桑，不失一草一木。偏这妒功忌能的魏忠贤，又在皇帝老子前，阴行媒蘖。他起初尚想联络承宗，固结权势，暗中私馈无数物品，嗣经承宗尽行却还，反抗疏弹劾。此老别有肺肠。看官！你想这魏忠贤尚肯干休么？第一着下手，先谗杀熊廷弼，传首九边；冤哉枉也。第二着就泣谮承宗，说他兵权太重，将有异图。自此承宗迭次奏陈，大半束诸高阁，一腔热血，无处可挥，自然不安于位。小子曾有绝句一首，以纪其事：

坐镇边疆见将材，四年安堵两无猜。

如何自把长城撤？甘使胡人牧马来。

欲知孙承宗后来情事，且待下回再说。

熊廷弼、孙承宗二人，为明季良将，令久于其位，何患乎满洲？廷弼可杀，承宗可罢，镇辽无人，满军自乘间而入。明之祸，满洲之福也。虽曰天命，宁非人事？本回章法，实是一篇熊、孙合传，而袁应泰、王化贞等，皆陪宾也。

第五回

猛参政用炮击敌　慈喇嘛偕使传书

却说孙承宗在辽，因朝中阉宦用事，刑赏倒置，心中懊怅异常；适届熹宗寿期，意欲借祝贺为名，入朝面劾阉竖。到了圣寿前一日，偕御史鹿善继，同到通州，忽兵部发来飞骑三道，止其入朝。承宗知计不成，急急回关，不意朝右阉党，已劾其擅离职守，交章论罪。承宗大愤，遂累疏求罢，熹宗便糊糊涂涂的许他免官，改任高第为经略。高第一到山海关，就把关外守具，尽行撤去。自弛守备，适启戎心，又请他满洲太祖出来了。人必自侮而后人侮之，国必自伐而后人伐之。

且说满洲太祖自闻孙承宗守辽，数载不敢犯，但派兵丁至沈阳营造城池，招募良匠，建筑宫殿，把沈阳城开了四门，中置大殿，名笃恭殿，前殿名崇政殿，后殿名清宁宫，东有翔凤楼，西有飞龙阁，楼台掩映，金碧辉煌，虽是塞外都城，不亚大明京阙。太祖定议移都，遂率六宫后妃，满朝文武，齐至沈阳，犒饮三日。后来改名盛京，便是此地。移都事毕，专着人探听明边消息。嗣闻孙承宗免职，改由高第继任，正思发兵犯边，旋接到守备尽撤的实信，顿时投袂而起，立宣号令，饬大小军官，召集兵队，出发沈阳。途中一无阻挡，渡过辽河，直达锦州，四望无营垒城堡，私幸关外可以横行，遂命军士倍道前进。到了宁远城，遥见城上旗帜鲜明，戈矛森列，中架大炮一具，更是罕见之物，太祖不觉惊异起来，命军士退五里下寨。

次日，太祖率部众攻城，将到城下，但听城楼上一声鼓角，竖起一面大旗，旗中绣着一个大大的“袁”字，点出袁字，已有声色。旗下立一员大将，金盔耀目，铁甲生光，面目间隐隐露着杀气，描写威容，不可逼视。太祖见了此人，却暗暗称赞。英雄识英雄。旁有一贝勒呼道：“你是守城的主将么？”城上大将答道：“我是东莞人袁崇焕，大名鼎鼎。逐节叙来，至此始现姓名，愈为崇焕生色。现任殿前参政，为国守城，不畏强敌。”二语雄壮。贝勒道：“关外各城，已成平地，只有区区宁远，成什么事？我劝你不如献了城池，降我满洲，倒不失高官厚禄，否则督军围攻，立成齑粉。请你三思！”崇焕厉声道：“尔满洲屡次兴兵侵我边界，无理已甚，吾奉天子命，来治此土，誓死守城，宁肯降你鞑子么？”语语成金石声。说毕，梆声一响，矢石雨下。太祖急率军队，一齐回寨。众贝勒请就此进攻，太祖道：“我看这袁蛮子，不是好惹的，我等且休养一天，来日誓拔此城。”

是夕，袁崇焕与总兵满桂，会集军士，泣血立誓。军士见主将如此忠诚，莫不感愤。崇焕即与满桂分陴固守，坐待天明。鸡声初唱，东方渐白，百忙中叙此闲文，格外生采。遥听敌营中吹起画角，随发炮声，料知敌军将来攻城，越发抖擞精神，指麾军士。不多时，敌骑蔽野而来，将近城濠，城上的矢石如飞蝗般射去，满军前队伤亡多名，后军复一拥而上，又受一阵矢石，伤亡无数，只是抵死不退。刚相持间，忽见满军中拥出一队盾牌兵，把盾牌护住头颅，跃过城濠，城上射下的矢石，被盾牌隔住，不生效力。这盾牌兵便聚集城脚，架起云梯，攀援而上。崇焕急命军士缒下大石，杂以火器，把云梯拆毁殆尽。盾牌兵不能登城，复在城脚边用器凿穴。崇焕命开大炮。这大炮是西洋人所造，初入中国，当时崇焕手下，只有闽卒罗立，颇能开放，闻崇焕命，随即燃炮，轰然一声，炮弹立发，把满洲前队的兵士，弹向空中，随弹飞舞。可怜这满洲鞑子，未曾遇着这等利器，霎时间烟雾蔽天，血肉遍地。太祖急挥众逃走，脚长的方逃了一半性命。奇语。众贝勒经此厉害，不愿再攻，各劝太祖返驾，再图后举。太祖无法，只得应允。到了沈阳，检点军士，丧失数千，不禁叹息道："我自二十五岁起兵，战无不胜，攻无不取，不料今日攻一小小宁远城，遇着这袁蛮子，偏吃了一场大亏，可恨可恼！"处顺境者，最忌逆风。众贝勒虽百般劝慰，无奈这满洲太祖好胜，终自纳闷。古语道："忧劳所以致疾。"满洲太祖又是六十多岁的老人，益发耐不起忧劳，因此遂恹恹成病。到天命十一年八月，一代雄主，竟尔长逝，传位于太子皇太极。

皇太极系太祖第八子，状貌奇伟，膂力过人，七岁时，已能赞理家政，素为乃父所钟爱。满俗立储，不论嫡庶长幼，因此遂得立为太子。家法未善，故卒有康、雍之变。大贝勒代善等，承父遗命，奉皇太极即位，改元天聪，清史上称他为"太宗文皇帝"。详清略明，所以标示清史也。太宗嗣位后，仍遵太祖遗志，把八旗兵队，格外简练，候命出发。一日，适与诸贝勒商议军务，忽报明宁远巡抚袁崇焕，遣李喇嘛等来吊丧，并贺即位。看官！你想明、清本是敌国，袁崇焕又是志士，为什么遣使吊贺？这却有一段隐情，待小子叙明底细。

原来袁崇焕自击退满军后，疏劾经略高第撤去守备、拥兵不救之罪，朝旨革高第职，命王之臣代为经略，升崇焕为辽东巡抚，仍驻宁远，又命总兵赵率教镇守关门。崇焕欲复孙承宗旧制，与赵率教巡视辽西，修城筑垒，屯兵垦田，正忙个不了，会闻满洲太祖已殁，遂思借吊贺的名目，窥探满洲虚实；

又以满俗信喇嘛教，并召李喇嘛偕往。李喇嘛等既到满洲，由满洲太宗召入，相见后递上两道文书，与吊贺礼单。太宗披阅一周，见书中有释怨修和的意思，便向李喇嘛道："我国非不愿修好，只因七恨未忘，失和至今。今袁抚书中，虽欲敛兵息怨，尚恐未出至诚，请喇嘛归后，劝他以诚相见为是。"李喇嘛亦援述教旨，请太宗慈悲为念，免动兵戈。太宗乃令范文程修好答书，交与部下方吉纳，命率温塔石等，偕李喇嘛赴宁远，同见袁崇焕。当由方吉纳递上国书，崇焕展开读之，其书云：

大满洲国皇帝，致书于大明国袁巡抚：尔停息兵戈，遣李喇嘛等来吊丧，并贺新君即位，既以礼来，我亦当以礼往，故遣官致谢。至两国和好之事，前皇考至宁远时，曾致玺书，令尔转达，尚未见答。汝主如答前书，欲两国和好，当以诚信为先；尔亦无事文饰。

崇焕读到此语，将书一掷，面带怒容，对方吉纳道："汝国遣汝等献书，为挑战么？为请和么？"方吉纳见他变色，只得答言请和。崇焕道："既愿请和，何故出言不逊？余且不论，就是书中格式，汝国欲与我朝并尊，谬误已甚。今着汝回国，借汝口传告汝汗，欲和宜修藩属礼，欲战即来。本抚宁畏汝等么？"闻其声，如见其人。说毕，起身入内。

方吉纳等怏怏退出，即日东渡，回报太宗。太宗即欲发兵，众贝勒上前进谏，说是："国方大丧，不宜动众。现不若阳与讲和，阴修战备，俟明边守兵懈怠，然后大举未迟。"话虽中听，其实是怕袁崇焕。太宗乃自草国书，命范文程修饰誊写，仍差方吉纳、温塔石等投递。方、温二人迫于上命，硬着头皮，再至宁远，先访着李喇嘛，邀同进见袁崇焕，捧上国书。

崇焕复展读道：

大满洲国皇帝，致书明袁巡抚：吾两国所以构兵者，因昔日尔辽东广宁臣高视尔皇帝，如在天上，自视其身，如在云汉，俾天生诸国之君，莫能自主，欺藐陵铄，难以容忍，用是昭告于天，兴师致讨。惟天不论国之大小，止论事之是非，我国循理而行，故仰蒙天佑。尔国违理之处，非止一端，可与尔言之：如癸未年，尔国无故兴兵，害我二祖，一也。癸巳年，叶赫、哈达、乌拉、辉发与蒙古会兵侵我，尔国并未援我，后哈达复来侵我，尔国又未曾助我；己亥年，我出师报哈达，天以哈达畀我，尔国乃庇护哈达，逼我复还其人民，及已释还，复为叶赫掠去，尔国则置若罔闻；尔既称为中国，宜秉公持平，乃于我国则不援，于哈达则援之，于叶赫则听之，偏私至此，二也。尔国虽启衅，我犹欲修好，故于戊申年勒碑边界，刑白马乌牛，誓告天地，云："两国之人，毋越疆圉，违者殛之。"乃癸丑年，尔国以卫助叶赫，发兵出边，三也。又曾誓云："凡有越边境者，见而不杀，殃必及之。"后尔国之人，潜出边境，扰我疆域，我遵前誓杀之，尔乃谓我擅杀，缧系我使臣纲吉礼、方吉纳，索我十人，杀之边环，以逞报复，四也。尔以兵备助叶赫，俾我国已聘叶赫之女，改适蒙古，五也。尔又发兵焚我累世守边庐舍，扰我耕耨，不令收获，且移置界碑于沿边三十里外，夺我疆土，其间人参貂皮五谷财用产马，我民所赖以生者，攘而有之，六也。甲寅年，尔国听信叶赫之言，遣我遗书，种种恶言，肆我侮慢，七也。我之大恨，有此七端，至于小忿，何可悉数？陵逼已甚，用是兴师。今尔若以我为是，欲修两国之好，当以金十万两，银百万两，缎百万匹，布十万匹，为和好之礼。既和之后，两国往来通使，每岁我国以东珠十颗，貂皮千张，人参千斤馈尔；尔国以金十万两，银十万两，缎十万匹，布三十万匹报我。两国诚如约修好，则当誓诸天地，用矢勿渝。尔即以此言转奏尔皇帝，不然，是尔仍愿兵戈之事也。

崇焕览毕，不由的心中愈愤；转思辽西一带，守备尚未完固，现且将计就计，婉词答复，待一二年后，无懈可击，再决雌雄。笔法变换，然必如此互写，方显得有胆有谋。若说得一味粗莽，便不成为袁崇焕矣。遂命左右取过笔砚，伸纸疾书道：

辽东提督部院，致书于满洲国汗帐下：再辱书教，知汗渐息兵戈，休养部落，即此一念好生，天自鉴之，将来所以佑汗而昌大之者，尚无量也。往事七宗，抱为长恨者，不佞宁忍听之。但追思往事，穷究根因，我之边境细人，与汗家之部落，口舌争竞，致起祸端，今欲一一辨晰，恐难问之九原。不佞非但欲我皇上忘之，且欲汗并忘之也。然十年苦战，为此七宗，不佞可无一言乎？今南关北关安在？辽河东西，死者宁止十人？仳离者宁止一老女？辽沈界内之人民，已不能保，宁问田禾？是汗之怨已雪，而志得意满之日也，惟我天朝难消受耳。今若修好，城池地方，作何退出？官生男妇，作何送还？是在汗之仁明慈惠，敬天爱人耳。天道无私，人情忌满，是非曲直，原自昭然。一念杀机，启世上无穷劫运，一念生机，保身后多少吉祥，不佞又愿汗图之也！若书中所开诸物，以中国财用广大，亦宁靳此，然往牒不载，多取违天，亦汗所当酌裁也。我皇上明见万里，仁育八荒，惟汗坚意修好，再通信使，则懔简书以料理边情，有边疆之臣在，汗勿忧美意不上闻也。汗更有以教我乎？为望！

写毕，视李喇嘛在旁，令他亦作一书，劝满洲永远息兵。两书一并封固，遣使杜明忠，偕方吉纳同去沈阳。

过了数日，去使未回，警信纷至：一角文书，是平辽总兵毛文龙来报，说满洲入犯东江；一角文书，是朝鲜国王李倧，因满军入境，向明乞援。崇焕一一阅毕，立命赵率教等领了精兵，驻扎三岔河，复发水师往救东江。方调遣间，见杜明忠入帐，呈上满洲复书。崇焕约略一阅，大约分作三条：不叙原书，免与上文重复。第一条，是画定国界；山海关以内属明，辽河以东属满洲。第二条，是修正国书；满洲国主让明帝一格，明诸臣亦当让满洲主一格。第三条，是输纳岁币；满洲以东珠、参、貂为赠，明以金银、布缎为报。崇焕道："他犯我东江，并出兵朝鲜，一味蛮横，还有什么和议可言？"遂置之不答，但饬水陆各军，赶紧出发。无奈朝鲜路远，一时不及驰救，崇焕至此，也觉焦急，眼见得朝鲜要被兵祸了。正是：

玉帛未修，杀机又促。
虽鞭之长，不及马腹。

毕竟朝鲜能抵挡满洲否？且看下回分解。

本回全为袁崇焕一人写照。崇焕善战善守，较诸熊廷弼、孙承宗，尤为出色。初为殿前参政，誓守宁远，继为辽东巡抚，遗书议和，非前勇而后怯，盖将藉和以懈满军，为修复辽西计也。读《明史·袁崇焕传》，曾奏称守为正著，战为奇着，和为旁着，可知崇焕之心，固非以议和为久计者。然清太宗亦一英雄，与崇焕不相上下，书牍往还，无非虚语，读其文，可以窥其心。

第六回

下朝鲜贝勒旋师　守宁远抚军奏捷

且说朝鲜国地滨东海，古时是殷箕子分封地，后来沿革不一，到了明朝，朝鲜国王李成桂受明太祖册封，累年进贡，世为藩属。当杨镐四路出塞的时候，朝鲜曾出兵相助。应第四回。杨镐败还，朝鲜兵多被满洲擒获，满洲太祖释归朝鲜部将十数人，令他遗书国王，自审去就。此番太祖逝世，朝鲜国亦未尝差人吊问。太宗即位半年，方欲出兵报复，适值朝鲜人韩润、郑梅得罪国王，逃入满洲，愿充向导。虎伥可恨！太宗遂命二贝勒阿敏为征韩大元帅，当日点齐军马，逐队出发。临行时，阿敏入辞太宗。太宗道："朝鲜得罪我国，出师声讨，名正言顺。只是明朝总兵毛文龙，蟠踞东江，遥应朝鲜，不可不虑！"阿敏道："依奴才愚见，须两路出师。"太宗道："这且不必。"就向阿敏耳边授了密计，虚写。阿敏领命去了。

探子报到东江，说是满洲兵入犯。这东江是登莱海中的大岛，一名叫作皮岛，岛阔数百里，颇踞形势。自从明都司毛文龙，招集辽东逃民，随时教练，建寨设防，遂成了一个重镇。明朝封他为平辽总兵，他心中也自得意。有时出攻满洲，互有胜负，他却屡报胜仗。取死之由。此次闻满兵入犯，急忙发兵出防，一面向宁远告急。其实满兵此来，并非欲夺东江，不过是声东击西的计策。点明太宗密授之计。文龙只知固守东江。严防海口，不料满洲军已纷纷渡过鸭绿江，直攻朝鲜的义州。及袁崇焕调发水师，到了东江，满洲太宗恐明兵窥破虚实，就亲自出巡，到辽河左岸，扎了好几天的营寨，实在也是虚张声势，牵制宁远的援兵。太宗确是能手。

那时，满洲军入攻朝鲜，势如破竹：初陷义州，府尹李莞被杀，判官崔明亮自尽；随后又攻破定州，占据汉山城，任情杀戮，到处抢劫，吓得朝鲜兵民屁滚尿流。微词。

这朝鲜国王李倧，一向靠着明朝的威势，偷安半岛，靠人终归无益。此次闻满军进攻，边要尽失，正惊慌得了不得，忽有一大臣来报，安州又失，满军已长驱到国都，急得李倧目瞪口呆，如死人一般。还是这位大臣有点主见，一请遣使求和，一请国王速奔江华岛。原来这江华岛在朝鲜内海中，四面环水，称作天险。李倧闻了此言，忙召集妃嫔，踉跄出走；随命大臣修好国书，遣使求和。朝鲜使到满营，被阿敏训斥一顿，不允和议。嗣经贝勒济尔哈朗等，与阿敏密商，以明与蒙古两路相伺，国兵不应久出，彼既乞和，不若就此修好，收兵回国。阿敏迫于众议，方语朝鲜使臣，令他谢罪订约，朝鲜使才应命而去。

阿敏又发令进攻都城，诸贝勒复入帐谏阻，阿敏不从。帐后来了李永芳，也抗言进谏，被阿敏拍案大骂，斥他降臣走狗，不配与议，该骂！说得永芳面红耳赤，哑口无言。良心发现了。当下将令如山，莫敢违拗，便拔寨前进，直指平山。看官！你道这阿敏执意进兵，是为何故？他自领兵攻入朝鲜，战无不克，沿途掳掠，得了许多子女玉帛、金银财宝，他想朝鲜都内，总还要繁华一点，趁此攻入，抢一个饱，岂不是大大的一桩利市么？画龙点睛。满军既到平山，离朝鲜国都不远，阿敏拟夤夜入城，忽报朝鲜国王，遣族弟李觉求见。阿敏召入，见李觉献上礼单，内开马百匹，虎豹皮百张，棉紬苧布四百匹，布万五千匹，不由的喜动眉睫，令军士检收。便遣副将刘兴祚，偕李觉同往，并嘱兴祚道："若要议和，总须待我入都。"念兹在兹。兴祚告辞出帐，帐外已立着贝勒济尔哈朗，与兴祚密谈许久。兴祚点头会意，遂随李觉赴江华岛去了。故作疑团，惹人索解。

且说阿敏自遣刘兴祚后，仍饬军士攻城，军士虽不敢不去，却只在城下鼓噪，并没有什么大举动。接连好几日，仍未攻入，恼得阿敏性起，日夕詈骂不休。济尔哈朗等婉言解劝，没奈何耐住性子。一日，又拟亲督攻城，适值刘兴祚回来，先见了济尔哈朗，说明朝鲜已承认贡献，现偕李觉同来订约。济尔哈朗道："如此便好订盟。"兴祚道："须禀过元帅。"济尔哈朗说是不必。兴祚道："倘元帅诘责，奈何?"济尔哈朗微笑道："有我在，不妨。"胸有成竹。便召李觉进见，与他订定草约，随后入见阿敏，说已定盟。阿敏怒道："我为统帅，如何全未报知?"济尔哈朗道："朝鲜已承认贡献，理应许和，何苦久劳兵众?"阿敏道："你许和，我不许和。"铜气攻心。济尔哈朗仍是微笑。忽帐下来报道："圣旨到，请大帅迎接!"阿敏急令军士排好香案，率大小官员出帐跪迎。差官下马读诏，内称："朝鲜有意求和，应即与订盟约，克日班师，毋得骚扰。"阿敏无奈，起接圣旨，饯送差官毕，方把盟约签字；暗中却埋怨济尔哈朗，料知此番旨到，定是他秘密奏闻；从阿敏意中想出，以便回应上文。他要硬做名誉，钳制咱们，咱们偏要掳掠一回。就暗暗嘱咐亲信军队，四出抢夺，又得了无数子女玉帛，金银财宝，满载而归。只苦了朝鲜百姓。

李觉随了满兵入朝。满主太宗出城犒军，与阿敏行抱见礼，便赐阿敏御衣一袭，诸贝勒马一匹；李觉随即叩见，命他起坐，并赏他蟒衣一件；大开筵宴，封赏各官。过了数天，李觉回国去了。

太宗既征服朝鲜，遂一意攻明，传令御驾亲征，命贝勒杜度阿巴泰居守，自己带领八旗，由贝勒德格类、济尔哈朗、阿济格、岳托、萨哈廉、豪格等作为前队；攻城诸将携着云梯盾牌，并橐驼负着辎重，作为后队。前呼后拥，渡过辽河，向大小凌河进发。

是时辽东经略王之臣，与崇焕不睦，明廷召还之臣，命崇焕统领关内外各军。崇焕闻满兵又来犯边，急令赵率教率师往援。率教到了锦州，由探马报说："大凌河已陷。"率教急命军士濬濠掘堑，多运矢石上城；复遣人向宁远告急。次日，忽来明兵一二千人，在城下大叫开门。率教上城探视，问所自来？城下兵士，答称从大凌河逃至。率教见彼无狼狈情形，竟喝声道："养兵千日，用兵一时，难道叫汝等临阵逃走么？汝等既负了朝廷豢养之恩，还有何颜入城见我？"义正词严。说毕，城下兵士，尚哗噪不已。率教拈弓搭箭，射倒兵目一人，并厉声道："汝等再如此喧嚷，教你人人这般。"于是城下兵士，一哄而散。原来这等兵士，有一半是被满兵获住的明军，有一半是满兵伪服汉装，冒充明军来赚锦州，幸亏率教窥破，不中他计。写赵率教机智。率教下城，暗想："满主诡计，虽已瞧破，然明日必来猛攻，现在守兵不足，援师未至，倘有疏虞，如何是好。"踌躇良久，忽猛省道："有了。"当命亲卒请钦差纪用商议。

纪用本是明廷太监，因钻入魏阉门路，得了巡视锦州的差使，太监也预军事，实是明朝气数。不料满兵前来，一时不能出城，正在着急，闻率教相请，勉强出来应酬。率教与他耳语一番，纪用本来没用，只好答道："遵命！"率教大喜，遂修好文书，由纪用署名，差人赍往满营。满洲太宗阅毕，问道："尔是纪钦差遣来的么？"明使答道："是。"太宗道："纪钦差既欲求和，可出城面陈衷曲。尔边将平日欺我，正思与尔钦差言明，转奏尔主，就使攻破尔城，我亦不妄加杀害。纪钦差可自立记号，别居他所，免致误伤。”说罢，令差官回报。率教闻知，命差官再往满营，传说：“明日当出城议和。”明日纪用不出。又次日，满营遗书诘责，率教令纪用优待来人，设词延约。接连三日，太宗未免动疑，夜睡时辗转不寐，忽心中猛悟，披衣起坐道：“错了，错了！我中他计了！”到底聪明，然亦晚矣。原来率教令纪用求和，分明是缓兵之计，他要纪用出名，一面是阳为推崇，使纪用心欢，一面因太监署名求和，易使敌人相信，待至满洲太宗窥破兵谋，援师已到城下，这正是赵率教的机智。极力褒奖。

是夕，满洲太宗即传集军士，夤夜薄城，一声觱栗，三军齐动，直向锦州城扑来。迟了。赵率教也曾防着这一层，日夜留心，猛听得远远角声，料是满营出发，忙上城指麾守兵，四面防守。霎时间满军已到，急麾众齐掷矢石。满军受伤颇多，忽向城西聚集，抵死猛攻。城上守兵亦分队来援，满兵少却。此时天色黎明，两造军士都有倦容，蓦见满军后面，队伍自乱，隐约露出明军旗帜。率教见援军已到，一声号炮，开城出攻，满军前后受敌，只得突围而退，且战且走。明军趁势会合，并力追杀，约五里许，方鸣金收军而去。这一阵，杀得满军七零八落，幸亏太宗素有约束，不致全军溃散。语有分寸。

太宗见明军已退，扎住了营，遣人至沈阳调发军队，报恨泄忿。不多日，沈阳兵到，太宗令新军作了前锋，乘夜间寂静时候，偷越锦州，去袭宁远。也是妙计。此时正是仲夏天气，草木阴浓，虫声嘈杂，满军衔枚疾进，直达宁远城北冈。太宗先上冈瞭望，见城上旌旗不整，刁斗无声，便命军士倚冈下寨。众贝勒请速攻城，太宗道：“这是袁蛮子驻守的城池，难道没有防备么？此中必有诡计。”也自精细。立营未定，忽西北来了一彪人马，挂着“袁”字旗号，疾驱而至。太宗命军士迎敌，两边混战起来。不一时，明军望后而退，太宗乘势追赶，将到城下，忽刺斜里杀出一员大帅，手执令旗，指挥杀敌。

这人非别，正是统辖关内外的袁崇焕。此老又复出现。他自锦州开仗，便防着满军分袭宁远，是日由密探报知，便令城内掩旗息鼓，诱引满兵攻城，他却分兵两路，埋伏左右，俟满军一到，出来夹击。偏偏太宗倚冈立寨，逗军不进。崇焕见此计不中，就暗令左翼兵上前挑战，自己尚埋伏城右。此次太宗却上他的当，追赶前来，他就从右侧杀出，横截满军。被追的明军又转身奋斗，太宗忙分兵抵御，可奈明军越战越勇，看看有些支持不住。猛见袁崇焕带领诸将，冲入中军，太宗急命阿济格、萨哈廉等上前抵敌，阿、萨二人正奉命出战，不防一矢前来，正中阿济格右肩，险些儿落下马来，幸亏萨哈廉猛力救护，阿济格方逃入军中。太宗见阿济格受伤，别令部将瓦克达，率精兵接应萨哈廉，一面令军士向后渐退。崇焕被萨、瓦二人牵制，不及追赶。太宗退军数里，检点军士，已丧失不少。只萨、瓦二人未回，待了好多时，始见二人身负重创，带着残兵，踉跄奔还。太宗咬牙切齿道："这个袁蛮子，真正厉害！怪不得先考在日，也吃一场大亏。此人不除，哪里能夺得明朝江山？"为后文伏笔。当下令济尔哈朗断后，把败军徐退锦州。满军虽败，仍有节制，写太宗，亦是写袁崇焕。崇焕闻满军退去，料想太宗定有准备，也收兵不追。太宗过了锦州，仍令后队猛攻一番，这是假作攻势，以进为退之计。自己却排齐队伍，一队一队的退归沈阳。

话分两头，单说袁崇焕逐退满军，遣使告捷，满望明廷降旨叙功，不料朝旨下来，反斥他不救锦州之罪。真正发昏。崇焕接旨大愤，即上表乞休。圣旨准奏，仍命王之臣代崇焕。满洲太宗探得此信，方额手称庆，意图再举，只因兵士新败，不得不休养一年，拟至来岁出兵。到了冬季，探报明熹宗崩，皇五弟信王嗣位，魏忠贤伏诛，太宗尚不介意。至明崇祯元年四月，探报袁崇焕复督师蓟辽，太宗顿足道："我刚想发兵攻明，如何这袁蛮子又来了？"看官！你道袁崇焕如何再出督师？原来崇焕免官，都由魏忠贤暗中反对，至崇祯帝嗣位，开手便放戮魏阉，召用袁崇焕。崇焕陛见时，崇祯帝问他治辽方略，他却奏称假臣便宜，五年可复全辽。未免自夸。当时给事中许誉卿，已说他言过其实。崇焕复奏称"五年以内，户部发军饷，工部给器械，吏部用人，兵部调兵遣将，须中外事事相应，方能济事。但恐一出国门，便成万里，忌能妒功的人，即不明掣臣肘，亦能暗乱臣谋"云云。崇焕之言，虽确中时弊，然语近要挟，后来动帝之疑，实伏于此。崇祯帝为之动容，援为兵部尚书，赐尚方剑，命他即日启行。

崇焕到了关上，复缮折奏称"恢复之计，应以辽人守辽土，以辽土养辽人，守为正着，战为奇着，和为旁着，法在渐不在骄，在实不在虚，愿至尊任而勿贰，信而勿疑，毋偏听左右，毋堕敌反间"等语。崇焕所虑在末二语，乃后文偏如所料，令人长叹！奏上，复由崇祯帝优诏褒答。崇焕方渐渐放心，遂将关内外紧要地方，修城增堡，置戍屯田，不到一年工夫，已有成效，正是一夫当关，万夫莫入。

那时满洲太宗闻了这信，不敢轻动，只自嗟叹不已。光阴易过，转眼间便是明崇祯二年，满洲国天聪三年，编年亦不可少。太宗无聊已甚，并恐军心懈怠，时常出猎校阅，既便消遣，又资搜讨。到了初秋，太宗正出猎回来，有亲卒报道："明朝来了两员将官，说是到我国投降，现有名单在此。"太宗接单一阅，写着孔有德、耿仲明二名。太宗迟疑一回，便召贝勒多尔衮，及内阁学士范文程入帐，将名单与他传阅。多尔衮道："恐是明朝奸细。"范文程道："闻他不带兵马，只有两个光身子，何必惧他？不如召他进来，一问便知。"太宗点头称善，即命手下召入。二人入见太宗，即伏地大哭。正是：

窥辽方虑名臣在，作伥偏逢降将来。

未知二人何故愿降，且看下回便知。

满洲太宗确系能手，观其声东击西，征服朝鲜，其兵谋不亚乃父。朝鲜一失，明之左臂已断，袁崇焕虽智，至此亦穷于应付，然满军出攻宁、锦，袁、赵二将，计却强敌，满洲太宗亦遭败衄，可见明有袁崇焕，辽西未易动也。是故国家不可无良将。至五年复辽之语，虽近虚夸，要不得为崇焕咎。满洲所畏者惟崇焕一人而已。本回写满洲太宗处，即是写袁崇焕处。

第七回

为敌作伥满主入边　因间信谗明帝中计

却说孔、耿二明将，见了满洲太宗，伏地大哭。太宗问为何事，二人奏道："臣等都是东江总兵毛文龙部将，因袁崇焕督师蓟、辽，无故将我毛帅杀死，恳求大皇帝发兵攻明，替毛帅报仇，袁崇焕杀毛文龙事，从明朝二降将口中叙出，省却无数笔墨。臣等愿为前导，虽死无恨。"朝鲜有韩润、郑梅，明朝有孔有德、耿仲明、尚可喜，何虎伥之多也！

原来毛文龙蟠踞东江，素性倔强，崇焕恐他跋扈难制，借阅兵为名，诱文龙往迎。文龙见了崇焕，语多傲慢。崇焕便赚文龙登岀阅兵，帐下伏了军士，把文龙拿住，数他十二大罪，请出尚方剑，将文龙斩首。这孔、耿二人，统认文龙为义父，因文龙被杀，随即逃往满洲甘作虎伥。为私灭公，二人可诛。太宗道："照汝等说来，是真心投降么？"二人便设誓道："如有异心，神人殛之！"太宗道："汝二人欲我报仇，也可代为出力，但山海关内外，有袁崇焕把守，不易进取，汝等可有良策否？"二人沉吟许久，耿仲明先开口道："关内外不易得手，何不绕道西北，从龙井关攻入？"太宗道："龙井关在何处？"孔有德接口道："龙井关是明都东北的长城口，此去须经过蒙古，方可沿城入关。此关若入，便可向洪山、大安二口，分路进捣，直入遵化，遵化一下，明京便摇动了。"仿佛《三国演义》中，张松献益州地图。太宗喜形于色，便道："汝等愿做向导么？”二人齐声称愿。

旁闪出多尔衮道：“二将弃逆归顺，正是识时俊杰，但二将前来，曾被明廷察觉否？”二人齐声答道：“我等潜踪而来，不但明廷未知，连关上的袁崇焕也未必晓得。”多尔衮道：“既如此，请尔等速还登州。”太宗道：“我要他做攻明的向导，你如何教他速还登州？”此事我亦要问。多尔衮道：“我军此次攻明，料非一二个月可以回国，若被袁崇焕闻知，从登莱调遣水师，潜入我境，岂不是顾彼失此？好在二将前来，彼尚未晓，现仍回据登州，阳顺明朝，阴助我国，倘袁崇焕令他攻我，他可逗留勿进，若差了别将，他可预先报知，以便堵截，岂不是好？”太宗道：“好是好的，但无人导入龙井关，奈何？”多尔衮道：“蒙古喀尔沁部已归顺我国，我军到了蒙古，择一熟路的做了向导，便可入龙井关。从前蒙古尝入贡明廷，岂无人熟识路径？”太宗大喜，便手指多尔衮，对孔、耿二人道：“这是皇弟多尔衮，足智多谋，计出万全，现请汝等依了他计，仍回登州，秘密行事，将来为我立功，不吝重赏。”孔、耿二人领命去讫。多尔衮此计，仍是未信孔、耿二人，意欲借此试二人虚实，用心更细，设计更险。《明史》崇祯四年，载登州游击孔有德叛事，此处尚是崇祯二年，故有此斡旋之笔。

是年十月，太宗亲率八旗劲旅，大举攻明，方欲启行，闻报蒙古喀尔沁部，遣台吉布尔噶图入贡。太宗接见，就问龙井关路径，曾否认识。布尔噶图道：“奴才数年前，曾去过一次，略识路程。”太宗即令他作为向导，顿时满城文武，除居守外，尽随驾出发。戈铤耀日，旌旗蔽天，一程行一程，一队过一队，回环曲折，越水穿林，在途中过了数天，方到喀尔沁部。喀尔沁亲王迎宴犒劳，不待细说。

太宗即日抵龙井关，关上不过几百名守卒，见满洲军蜂拥而来，都吓得魂飞天外，四散逃去。满军整队而入，遂分两路进攻，一军攻大安口，由济尔哈朗、岳托为统领，共四旗；一军攻洪山口太宗亲率四旗兵队，连夜进发。此时明军专防守山海关，把大安、洪山二口，视作没甚要紧的区处，空空洞洞，毫不设备，一任满军攻入，浩浩荡荡的杀奔遵化州。

明廷闻警，飞檄山海关调兵入援。总兵赵率教奉檄出兵，星夜前进，到了遵化州东边，地名三屯营，望见前面密密层层的都是满军，把三屯营围得铁桶相似。率教自顾部众，不及他四分之一，眼见得不是对手，只是忠臣不怕死，有进尺，无退寸，当下激励将士，分为数队，呐喊一声，竟向满军中冲入。满军见有援师，让他入阵，复将两面的兵合裹拢来，把率教困在垓心。率教全无惧怯，率众血战，见一个，杀一个，见两个，杀一双，自辰至午，也杀了满军多名。怎奈满军越来越众，率教只领着孤军，越战越少，满望城中出兵相应，谁知寂无声响。又复死战多时，看看日光已暮，不由的愤急起来，索性拍马当先，杀开一条血路，直奔城下，大声叫道“开城”。城上乱下矢石，率教大叫道：“我是山海关总兵，来援此城，请速放入!”但闻城上守兵答道：“主将有令，不论敌兵援兵，一概不得入城。”率教此时已身受重创，至此进退无路，视部下残兵，亦受伤过半，不能再战，便下马向西再拜道：“臣力竭矣!”把剑自刎而亡。可敬可悲。

那时满兵已逼到城下，把残兵扫得精光，不留一个，当即乘胜登城。城中守将朱国彦，只守着闭关的主见，不纳援军，害得赵率教自刎身亡；到了满军登城，他已无能抵御，忙回署穿好冠带，望阙叩头，与妻张氏并投缳毕命。愚不可及。

满军夺了三屯营，又攻遵化。巡抚王元雅昼夜巡守，满军竖起云梯，四面进攻，守兵措手不及，被满军一拥而上。王元雅以下文武各官，统同殉节。满洲太宗入城，命军士检埋元雅尸首，杀牛犒饮，庆赏一天。翌日即率师进发，所过皆墟。不到一月，蓟州、三河、顺义、通州等处，都被满军占踞，乘胜直到明都城下。明廷大震，幸亏关上满桂，带兵入援。满桂也是明朝有名的猛将，见满军大至，亟麾兵迎战。两军厮杀了半日，不分胜负。忽城上放了一声大炮，弹丸四进，烟雾蔽天，满军霎时驰退；满桂军猝不及防，反被打伤了数百名，满桂也中了一弹。冤枉得很！

太宗收了兵马，就在城北土城关的东面，扎定了营，令明日奋力攻城。忽见贝勒豪格及额驸恩格德尔两人匆匆走入，道："袁崇焕又来了。"太宗惊道："袁蛮子当真又来么？"所留意者此人。原来明京自满军深入，飞诏各处迅速勤王，袁崇焕奉旨，立遣赵率教、满桂等率军入援，自己亦带领祖大寿、何可纲两总兵随后启程。所过各城，都留兵驻守。及到明京，各道援师，亦渐渐云集。崇焕入见崇祯帝，帝大加慰劳，命他统率诸道援师，立营沙河门外，与满军对垒。满洲太宗闻崇焕又至，不觉惊叹失声。豪格及恩格德尔见太宗不悦，便仗着胆道："袁蛮子没有三头六臂，何故畏他？他现在率兵初到，未免劳苦，趁此机会，劫他营寨，何愁不胜？"太宗道："汝言虽是有理，但袁蛮子饶智有略，宁不预先防备？汝等既愿劫营，须处处防他埋伏。左右分军，互相策应，方是万全之策。"可谓小心。豪格等应命出兵。

这时满营在北，袁营在南，由北趋南，须经过两道隘口。恩格德尔自恃勇力，一到右隘，就带了本部人马，从隘口进去。卤莽可笑。豪格一想，彼从右入，我应从左进，但若两边都有埋伏，那时左右俱困，不及救应，岂不是两路失败么？现不若随入右隘，接应前军为是。亏此一想。便命军士随入右隘，起初还望见恩格德尔的后队，及转了几个湾头，前军都不见了。正惊疑间，猛听得一声号炮，木石齐下，把去路截断。豪格料知前面遇伏，忙令军士搬开木石，整队急进。幸喜山上没有伏兵下来，尚能疾行无阻。行未数里，见前面聚着无数明军，把恩格德尔围住，恩格德尔正冲突不出。当由豪格催动前骑，拼命杀入，方将明军渐渐杀退，保护恩格德尔出围。非写豪格，实写袁崇焕。随令恩格德尔前行，自己断后，徐徐回营。明军见有援应，也不追赶。

恩格德尔回见太宗，狼狈万状，禀太宗道："袁蛮子真是厉害，奴才中了他计，若非贝勒豪格相救，定然陷入阵中，不能生还。"太宗道："我自叫你格外小心，你如何这等莽撞？本应治罪，念你一点忠心，恕你一次。"恩格德尔叩首谢恩，又谢过了豪格。太宗道："袁蛮子在一日，我们忧愁一日，总要设法除他方好。"令军士分头出哨，严防袭击。

当夜无话。次日，满洲探马来报，敌营竖立棚木，开濠掘沟，比昨日更守得严密了。太宗道："他是要与我久持，我军远道而来，粮饷不继，安能与他相持过去？"当即开军士会议，文武毕集，太宗令他们各抒所见。诸将纷纷献议，或主急攻，或主缓攻，或竟提出退师的意见。太宗都未惬意。旁立一位文质彬彬的大臣，一言不发，只是微笑。别有成算。太宗望着，乃是范文程，便问："先生有何良策？"文程道："有一策在，此刻不可泄漏，容臣秘密奏明。"太宗即命文武各官，尽行退出，独与文程秘密商议。帐外但听得太宗笑声，都摸不着头脑。是何妙计？看官试一猜之！好一歇，文程亦出帐而去。过了一天，传报明京德胜门外，及永定门外，遗有两封议和书，系是满洲太宗致袁崇焕的。疑案一。又过一天，满军捉住明太监二名，太宗不命审问，就令汉人高鸿中监守。疑案二。又过一天，满军退五里下寨。疑案三。又过一天，高鸿中报明太监脱逃，太宗也不去罪他。疑案四。又过一天，高鸿中面带喜色，入报明督师袁崇焕下狱，总兵祖大寿、何可纲奔出关外去了。疑案五。太宗道："范先生好似一个智多星，此番得除掉袁蛮子，真是我国一桩大幸事。”

看官！你道这位神出鬼没的范先生，究竟是何妙策？说将起来，乃是兵书上所说的反间计。原来明京两门外的议和书，都是范文程捏造情由，遣人密置。守门的兵目得了此书，飞报崇祯帝，崇祯帝便命亲近太监，出城访查，不料途中伏着满兵，被他拿去两名。这两名太监拿入满营，由高鸿中监守。高系汉人，与明太监言语相通，渐渐说得投机，非但不加刑具，并且好酒好肉的款待。是夕，鸿中与二太监酣饮，有一兵官模样，入会鸿中，见二太监在座，慌忙退出。鸿中假作酒醉，忙起座追出门外，与兵官密谈。二太监见无人在座，便掩到门后窃听，模模糊糊的，听得“袁崇焕已经允议，明晨我兵退五里下寨。”末后这一语，是“休令明太监闻知。”言毕，匆匆径去。二太监以目相视，忙即回座，鸿中亦入门再饮数巡，说是要摒挡行李，恕不陪饮。鸿中别去，二太监趁这时光，走出帐外，见帐外无人把守，便一溜烟的跑回明京，详禀崇祯帝。崇祯帝因崇焕擅杀毛文龙，已自不悦，及闻了私自议和的消息，便召见崇焕，责他种种专擅，立命锦衣卫缚置狱中。总兵祖大寿、何可纲闻主帅无故下狱，顿时大愤，率兵驰回山海关。你想满洲太宗得了此信，有不格外喜欢么？陈平间范增，周瑜弄蒋干，都是这般计策，崇祯帝号称英明，应亦晓明史事，乃竟堕入敌计，自坏长城，真正可叹！

明军失了主帅，惊惶的了不得。偏这满洲太宗计中有计，不乘势攻打明京，反向固安、良乡一带，去游弋了一回。明廷还道是满兵退去，略略疏防，不料满兵复回转北京，直逼卢沟桥。此时守城大将，只有满桂一人还靠得住，此外都是酒囊饭袋，全不中用。崇祯帝封满桂为武经略，屯西直、安定二门，统辖全军，一面命各官保荐人才。好好一个大将才，缚置狱中，还要人才何用。当由庶吉士、金声保荐两人，一个是游僧申甫，想是会念退兵咒。一个是翰苑出身的刘之纶。崇祯帝立刻召见，适刘之纶未曾在京，应召的只有申甫一人。陛见时问他有何才具，申甫答称："能造战车。"当场试验，颇觉灵动，遂擢他为副总兵，令他招募新军，即日赴敌。急时抱佛脚，有何益处？申甫奉了上命，就在京中开局招兵，所来的无非市井游手，或是申甫素识的僧徒，全然不晓得临阵打仗的格式。冒冒失失的领了出城，战车在前，步兵在后，大喊一声，向满营冲将过去。满军守住营寨，全然不动，前面的战车，也在途中停住了。蓦闻满营中一声战鼓，把寨门一开，千军万马，拥杀过来，申甫还催战车急进，怎奈推车的人早已不知去向。满军将战车尽行拨倒，提起大刀阔斧，杀入明军，好像削瓜切菜一般。这等游手僧徒，只恨爹娘少生两脚，没命的夺路乱跑。申甫也转身逃走，不到数步，被一满员赶到，刀起头落，把申甫一道魂灵，送到西方极乐世界去了。调侃得妙。

崇祯帝闻申甫败死，越加惶急，命满桂出城退敌。满桂奏言众寡悬殊，未可轻战。偏这明廷的太监，日日怂恿崇祯帝，催令速战。是满桂催命符。崇祯帝既诛魏阉，如何尚用奄寺？令人难解。满桂只得督领兵官孙祖寿等，出城三里，与满军搏战。这场厮杀，与申甫出战全然不同，兵对兵、将对将，赌个你死我活，自早晨起，竟杀得天昏地黑。叙满桂处亦是不苟。满洲太宗见部队战明军不下，想了一计，令侍卫改作明装，就夜黑时混入明军队里。满桂不防，误作城内援兵，不料这伪明军专杀真明军，一阵骚扰，明军大乱。可怜这临阵惯战的满桂，竟死于乱军之中。满桂又死，明其危矣。满军大获胜仗，个个想踊跃登城，不意太宗竟下令退军，弄得众贝勒都疑惑起来。小子且停一停笔，先诌成一诗，以纪其事云：

大好京畿付劫灰，强胡饱掠马方回，

谁云明社非清覆，内讧都从外侮来。

毕竟满洲太宗何故退军，请到下回交代。

袁崇焕杀毛文龙，后人多议其专擅，愚意不然。将在外，君命有所不受，有利于国，专之可也。况崇祯帝固许其便宜行事乎！惟文龙被杀，部下多投奔满洲，甘为虎伥，绕道入塞，不得谓非崇焕疏忽之咎。然勤王诏下，即兼程前进，忠勇若此，而崇祯帝多疑好猜，竟信阉竖之谗，误堕敌人之计，崇焕下狱，满桂阵亡，明之不亡亦仅矣。读此回令人嗟叹不置。

第八回

明守将献城卖友　清太宗获玺称尊

却说满洲太宗下令退军，众贝勒都来谏阻，太宗把意见详述一番，说得众贝勒个个叹服。原来太宗的意思，恐师老日久，有前无继，转犯兵家之忌。就使乘胜攻城，应手而下，也是万不能守。一旦援军四集，反致进退两难，所以决意离京，把畿辅打扰一番，扰得他民穷财尽，激起内乱，方好乘隙而入，唾手夺那明室江山。这正是亟肆以敝的计策。确是妙算。当下率领全军，退至通州，是时已天聪四年了。点目。到通州后，复渡河东行，克香河，陷永平；将到遵化，忽见前面有明军拦住，历历落落的炮弹，向满军打来。太宗方令军士退后，猛听得“豁喇”一声，明军这边的大炮，无故炸开，弄得自己打自己。太宗趁这机会，再令军士向前猛进。此时明军已纷纷自乱，哪里挡得住满军；只是这位统兵大员，偏不肯逃走，麾军士拼命拦截，自辰至酉，明军已矢尽力穷，这统兵大员，中了满兵两箭，坠马身亡。

看官！你道这明将是谁？就是金声保荐的刘之纶。之纶平日颇研究武备，尝借贷百金，造成木质大炮，又造独轮车、偏箱车、兽车，都是轻便利用；因闻崇祯帝召见的信息，夤夜到京，入奏称旨，超擢兵部侍郎，协理京营戎政。闻得满营齐退，之纶誓师出追，到了通州，闻满军东去，料他必取道遵化，退出关外，遂约总兵马世龙、吴自勉二人，尾满军后，趋向永平，自己由间道到遵化，截满军归路，与马、吴两总兵前后夹攻。计亦甚善。谁知马、吴两人违约不追，之纶只领了一支孤军，驻扎娘娘庙山。待满军到来，两边相较，已是众寡不敌；偏这大炮又炸，越加危急。左右请结阵徐退，之纶怒道："吾受天子厚恩，誓捐躯以报，战若不胜，愿死，敢言退者斩！"好汉子。到了矢尽力穷的时候，之纶见不可支，大呼道："死死！负天子恩！"急解佩印付给家人道："持此归报朝廷。"不一时，即被满军射倒。又死了一个忠臣。所剩残兵，霎时间一扫而空。

太宗复领兵攻陷迁安、滦州，进至昌黎，却由该县左应选，率兵民固守，连番进攻，都被击退。倒难为他。寻闻明廷复起用孙承宗，代袁崇焕守山海关，恐他遣将前来，截断归路，遂匆匆的收兵回国。既至国都，文武各官都上表庆贺，惟太宗犹有忧色。众贝勒各来进问，太宗道："袁蛮子虽已下狱，终究未死，倘或赦罪出来，又要与我国做死对头，所以放心不下。待他死了，汝等贺我未迟。"过了数日，侦察明京大事的探子，密书驰报，略说："袁崇焕已经磔死，连家产亦被籍没。"太宗方欣然道："难得此公已死，咱们可长驱入明了。"自折股肱，适以利敌。是时范文程在旁，太宗复顾着道："这是范先生第一功。"文程道："崇焕虽死，承宗尚在，山海关尚未易下。"太宗道："待来年再行图他。只是明兵惯用大炮，我国恰无此火器，须赶紧制造，方可攻明。"文程道："这正是最要紧的事情。"遂招募工匠，铸起红衣大炮，命军士沿习燃放。

转瞬间又是一年，众贝勒复请攻明，太宗约以秋高马肥，方可进兵。是时孙承宗督师关上，收复滦州、迁安、永平、遵化四城，复整缮关外旧地，军声大震。怎奈来了一个邱禾嘉，做了辽东巡抚，偏与承宗意见不合。狭路相逢，无非冤家。承宗议先筑大凌河城，以渐而进，禾嘉恰要同时筑右屯城。工程日久，两城都未曾完工，满军已进薄城下。这是天聪五年八月内的事情。

太宗带领精骑，到了大凌河，掘濠竖栅，四面合围，令贝勒阿济格等率兵往锦州，遮击山海关援兵。邱禾嘉闻满军已至，急率总兵吴襄、宋伟等自宁远趋锦州。是时阿济格军尚在中途，锦州城下，未见敌人踪迹。禾嘉令吴襄、宋伟率兵进发，到长山口，遇着满军，彼此交战，不分胜负。两边鸣金收军，各扎住营寨，准备明日厮杀。是夕，满洲太宗亦到阿济格营内，亲自督战。

次日，天色微明，满兵已张开两翼，向明营扑来。明总兵宋伟坚垒不动。满军连冲数次，都被宋伟的营兵，枪炮打回。宋伟亦能。太宗命转攻吴襄营，吴襄忙令营兵齐放枪炮，满兵亦枪炮迭施。正轰击间，忽东北角上刮起一阵狂风，顿时飞石扬沙，天昏如墨，襄军乘风举火，烈焰腾腾，扑入满军。满军正在着急，俄见大雨奔下，风随雨转，火势反向襄军扑回。襄军出其不意，霎时大乱，满军乘风猛攻，杀得襄军零零落落，吴襄忙率残兵逃走。岂真天意。满军复驰向宋伟营，此时伟军见襄军败走，已自胆怯，怎禁得满军踊跃前来？不消一个时辰，被满军冲入营内，宋伟左右阻拦，争奈支撑不住，也只得向后退下。满军随后赶来，两路残军，抱头疾走。约数里，忽前面来了一支人马，统是满洲服式，当住去路，后面追兵又至，吴襄、宋伟只得拼了性命，向前冲突。等到杀出重围，已失去了监军张道春、副将祖大乐，将士伤亡不计其数，疾忙趋回锦州。邱禾嘉见了败军，惊惶万状，弄得束手无策；自是大凌河城，虽连章告急，禾嘉装作痴聋一般，全不理睬了。这样无能，何苦与孙承宗反对。

且说大凌城守将，便是祖大寿、何可纲二人。他们本是怨恨明帝，只因孙承宗面上，坚守此城。闻援兵已经败还，格外懊丧。只大寿有一兄弟名叫大弼，曾官副总兵，有万夫不当之勇，军中称为“万人敌”，又因他素性粗莽，不管死活，别号作“祖二疯子”。他仗着勇力，一意主战，夜率死士百二十人，易服辫发，缒城而下，来袭满营。此公颇有机智，不是一味疯癫。适值太宗未寝，在帐中阅视文书，大弼执着大刀，当先入帐，把大刀左右乱劈，斫倒满侍卫两员。太宗见大弼入帐行凶，忙拔腰下佩剑，挡住大弼的大刀。幸亏太宗有些武力。当下交战数合，太宗力不逮大弼，渐渐退后。大弼手下的死士，亦陆续入帐。太宗正在着忙，亏得阿济格等带领侍卫十员，赶来护驾。一场酣斗，满侍卫中，尚有一人被斫断半臂。极写大弼。至满军越来越众，大弼始呼啸一声，冲围而出，此时大寿始知大弼出城劫营，出兵接入城去。大弼检点党与，不折一人，只有数名负伤。甘宁百骑劫曹营，祖大弼可谓媲美。

次晨，太宗遂下令急攻，大寿、可纲抵死击退。又过数日，满军运红衣大炮至，击坏城外数堡，复接连轰城。城上短堞，一半被毁，城中犹是固守。直到冬季，大凌粮尽，食牛马；牛马又尽，人自相食。大寿日盼援师，只是不至。惟满主招降书，屡射入城来，大寿未免动心，与可纲密议。可纲不从，大寿此时，也顾不得可纲了。卖国卖友，我恨大寿。夜间令部下亲兵，缒城至满营，投书愿降，即于次夕献城。可纲闻知，急来拦截，被大寿一箭射倒，由满军擒捉而去。城内兵士，非降即走。可纲见了太宗，劝降不允，从容就刑。算一个烈士。大弼不服兄意，早率同志出城去了。

大寿叩见太宗，太宗格外优待，命之起坐，亲赐御酒一樽。是夕，大寿仍宿大凌城，梦寐间只见何可纲索命。贼胆心虚。及至惊醒，自觉卖友求荣，于情理上很过不去。想是夜气发现。当时踌躇了一回，又忏悔了一回。翌晨，起见太宗，正值太宗升帐，会议进取锦州。大寿献计道："取锦州不难。臣的家小，亦在锦州，现在锦州的守将，尚未知臣降顺天朝，若臣佯作溃奔状，归赚锦州，作为内应，陛下发兵为外合，取锦州如反掌。臣的家小，亦可藉此取来。"言甘心苦。太宗道："你不要诳语！"大寿设誓允诺，太宗当即命出发。到了锦州，闻邱禾嘉已经被劾，调往南京。关上督师孙承宗亦被言官弹击，乞休回里。承宗又罢。大寿又把锦州缮城固守，诡报满洲太宗，说是："心腹人甚少，各处客兵甚多，巡抚巡按，防守甚严，请缓发兵为是。"太宗乃班师而去。

是年冬，孔有德大闹登州，逐登莱巡抚孙元化，杀总兵张可大。越年，明兵四万攻登莱，有德等不能敌，驰书满洲告急。太宗以朝鲜已服，登莱无用，复书令有德等仍返满洲。有德遂偕耿仲明，把子女玉帛载了数船，直到沈阳，应前回。见了太宗说："辽东旅顺，乃是要塞，现在守备空虚，可以袭取。"太宗遂发兵千名，偕孔、耿二人往袭旅顺。过了数日，军中报捷，说是旅顺已下，杀死明总兵黄龙，招降副将尚可喜。太宗大悦，即令孔、耿二人回国，留尚可喜居守旅顺。孔、耿奉命回国，孔受封为都元帅，耿受封为总兵官，嗣后可喜亦得封总兵。从此耿、尚、孔三将，居然做满洲开国功臣了。讥讽得妙。

话休叙烦。且说满洲太宗自大凌城班师，养精蓄锐，又历一年。一日，校阅军队毕，饬令随征察哈尔部，并征集各部蒙古兵，向辽河进发。这察哈尔部在满洲西北，源出蒙古，就是元朝末代顺帝的子孙。当满洲太祖起兵时候，察哈尔势颇强大，曾做内蒙古诸部的盟长。他的头目，叫作林丹汗。天命四年，尝遗书满洲，自称"统领四十万众蒙古国主，致书水滨三万满洲国主"。这便是自大的自吻。嗣后尝胁掠蒙古诸部，诸部受苦不堪，多来归服满洲，请满洲出兵讨伐。太宗趁兵马强壮，遂发兵渡了辽河，绕越兴安岭，向察哈尔背后攻入。林丹汗只防前面的境界，不料满军从后面扑来，蒙古本无大城，不过有几个小小的土阃，便算是头目所居的都城。满军扑到城下，林丹汗似梦初觉，仓猝不及抵敌，只得徒步飞逸。满军乘势追杀，直到了归化城，捉不住林丹汗，反把明朝边境的百姓，拿来出气。明民何辜？当下由太宗命分四路兵入明边：第一路从尚方堡进宣州，到山西省大同应州；第二路从龙门口进长城，到宣州与第一路会齐；第三路从独石口进长城，到应州；第四路从得胜堡进朔州。四路的兵，长驱直入，好像一群豺狼虎豹，钻入犬羊队里，乱咬乱嚼，随心所欲，明边的百姓，无缘无故的遭此大劫。语语含有深意。幸亏宣大总督张宗衡，总兵曹文诏、张全昌等，固守城池，击退满兵，城中的百姓，还算保全身家性命。满兵掳了人口、牲畜七万六千，已是满意，遂即唱了得胜歌，出关而去，不料明廷反将张宗衡、曹文诏等，革职坐戍。功罪不明，刑赏倒置，眼见得明室不久了。

只这位满洲太宗两次入明，所得财帛，不计其数。又把内蒙古各部落，统已收服，正是府库日充、版图日廓的时候。一日，有察哈尔部遗族来降，太宗问明情由，方知林丹汗逃奔青海，一病身亡，其子额哲，势孤力竭，只得率领家属，向满洲乞降。当下开城纳入，行受降礼。额哲叩见毕，献上一颗无价的宝物。看官！你道是什么宝贝？乃是元朝历代皇帝的传国玺。太宗得玺后，焚香告天，非常得意，于是大开朝贺。诸贝勒联名上表，请进尊号。边外诸国，亦都遣使奉书，愿为臣属。蒙古各部且挑选几个有姿色的女子，献入满洲，甘做太宗的妾媵。吹牛拍马，一至于此。太宗遂创设三院：一名内国史院，一名内秘书院，一名内弘文院。国史院是编制实录，记注起居；秘书院是草拟敕书，收发章奏；弘文院是讨论古今政事得失。命范文程作为总监，汇集三院文员，恭定称尊典礼。复营建天庙天坛，添造宫室殿陛。

不到数月，大礼已定，建筑告成，遂尊太宗为宽温仁圣皇帝，易国号为大清，改天聪十年为崇德元年。这是清室初造，所以叙述独详。择了吉日，祭告天地。当命在天坛东首，另筑一坛，排齐全副仪仗，簇拥御驾，登坛即真。适值天气晴和，晓风和煦，满洲文武百官，都随太宗至天坛，司礼各官，已鹄候两旁，焚起香烛。太宗下了御驾，龙行虎步的走近香案，对天行礼。拜跪毕，由司礼官读过祝文，于是诸贝勒拥着太宗，从中阶升上即真的坛上，到中间绣金团龙的大座椅前，徐徐坐下。但觉得万人屏息，八面威风。今而知皇帝之贵。诸贝勒大臣，及外藩各使，都恭恭敬敬的向上行三跪九叩礼。孔有德、耿仲明等降将，格外谨肃，遵礼趋跄，不敢稍错分毫。可愧可耻。宣诏大臣捧了满、汉、蒙三体表文，站立坛东，布告大众，坛下军民人等，黑压压的跪了一地。等到宣诏官读完谕旨，一齐高呼“万岁万岁”的声音，远驰百里。确是威阔，怪不得人人想做皇帝。礼毕，太宗慢慢下坛，由众贝勒大臣扈跸还宫。

次日，上列代帝祖尊号，谥努尔哈赤为“承天广运圣德神功肇纪立极仁孝武皇帝”，庙号“太祖”，追封功臣，配享太庙。名宫殿正门为大清门，东为东翊门，西为西翊门，大殿正殿，仍遵太祖时所定名目，惟后殿改名中宫，皇后居之。中宫两旁，添置四宫，东为关睢宫，西为麟趾宫，次东为衍庆宫，次西为永福宫，罗列妃嫔，作为藏娇的金屋。册封大贝勒代善为礼亲王，贝勒济尔哈朗为郑亲王，多尔衮为睿亲王，多铎为豫亲王，豪格为肃亲王，岳托为成亲王，阿济格为武英郡王。此外文武百官，都有封赏。拜范文程为大学士，作为宰相。孔有德、耿仲明、尚可喜三降将，亦因劝进有功，得了什么恭顺王、怀顺王、智顺王的称号。看似铺叙，实则奚落。盈廷大喜，独太宗尚未尽惬意。看官！你道为何？当日称尊登极，外藩各使统行跪拜礼，只有一国使臣不肯照行，因此逆了太宗的意思，又想出一条以力服人的计策来了。正是：

南面称尊，居然天子。
西略东封，雄心莫止。

欲知何国得罪太宗，请向下回再阅。

满军攻明，起初是专攻辽西，迨得了向导，始由蒙古入塞，多一间道，从此左驰右突，飘忽无常。明兵则处处设防，以劳待逸，胜负之势，已可预决。至察哈尔折入满洲，长城以北，皆为满洲所有，明已防不胜防。虽无李闯之肇乱，而明亦不可为矣。若夫满洲太宗之获玺，论者谓天意攸归，故假手额哲以赍献之。夫玺之得不得，亦何关兴替？孙坚、袁术尝得汉家之传国玺矣，试问其果终为帝耶？然则满洲太宗之改号称尊，实为图明得志，借获玺之幸，而作成之耳。虽曰天命，宁非人事？惟清室二百数十年之国祚，由太宗之获玺称尊始。故书中特详述之，所以志始也。

第九回

朝鲜主称臣乞降　卢督师忠君殉节

却说清太宗登极之日，称清太宗自此始。有不愿跪拜的外使，并非别国，乃是天聪元年征服的朝鲜。朝鲜国王李倧本与满洲约为兄弟，此次遣使来贺，因不肯行跪拜礼，即由太宗当日遣还，另命差官贻书诘责。过了一月，差官回国，报称朝鲜国王，接书不阅，仍命奴才带回。太宗即开军事会议，睿亲王多尔衮与豫亲王多铎，请速发兵出征。太宗道："朝鲜贫弱，谅非我敌，他敢如此无礼，必近日复勾结明廷，乞了护符。我国欲东征朝鲜，应先出兵攻明，挫他锐气，免得出来阻挠。"仍是声东击西之计。多尔衮道："主上所虑甚是，奴才等即请旨攻明。"太宗道："汝二人当为东征的统帅，现在攻明，但教扰他一番，便可回来，只令阿济格等前去便了。"是日即召阿济格入殿，封为征明先锋，带兵二万，驰入明畿，并授他方略，教他得手便回，阿济格即领命而去。不到一月，阿济格遣人奏捷，报称"入喜峰口，由间道趋昌平州，大小数十战，统得胜仗，连克明畿十六城，获人畜十八万"等语。太宗即复令阿济格班师，阿济格奏凯而回。此次清兵入明，不过威吓了事，明督师兵部尚书张凤翼、宣大总督梁廷栋，闻得清兵入边，把魂灵儿都吓得不知去向，一个不如一个，大明休矣！日服大黄药求死，听清兵自入自出。瘟官当道，百姓遭殃，实是说不尽的冤屈。

话分两头。且说清廷自阿济格班师后，即发大兵往讨朝鲜。时已隆冬，太宗祭告天地太庙，冒寒亲征，留郑亲王济尔哈朗居守，命武英郡王阿济格屯兵牛庄，防备明师，睿亲王多尔衮、豫亲王多铎率领精骑做了冲锋的前队。太宗亲率礼亲王代善等，及蒙旗汉军，作为后应。这次东征，是改号清国后第一次出师，比前时又添了无数精彩。清太宗穿着绣金龙团开气袍，外罩黄缎绣龙马褂，戴着红宝石顶的纬帽，披着黄缎斗篷，腰悬利剑，手执金鞭，脚下跨一匹千里嘶风马；左右随侍的，都是黄马褂宝石顶双眼翎；亲王贝子，前后拥护的，都是雄纠纠气昂昂的满蒙汉军。画角一声，六军齐发，马队、步队、长枪队、短刀队、强弩队、藤牌队、炮队、辎重队，依次进行，差不多有十万雄师，长驱东指。描写军容，如火如荼。

到了沙河堡，太宗命多尔衮及豪格，分统左翼满、蒙各兵，从宽甸入长山口，命多铎及岳托，统先锋军千五百名，径捣朝鲜国都城。这朝鲜国兵向来是宽袍大袖，不经战阵，一闻清兵杀来，早已望风股栗，逃的逃，降的降。义州、定州、安州等地，都是朝鲜要塞，清兵逐路攻入，势如破竹，直杀到朝鲜都城。朝鲜国王李倧，急遣使迎劳清兵，奉书请罪，暗中恰把妻子徙往江华岛。那时朝鲜使臣，迎谒太宗，呈上国书。太宗怒责一番，把来书掷还，喝左右逐出来使。即以其人之道，还治其人之身。李倧闻了这个信息，魂不附体，早知今日，何必当初。亟率亲兵出城，渡过汉江，保守南汉山，清兵拥入朝鲜国都，都内居民，还未曾逃尽，只得迎降马前，献上子女玉帛，供清兵使用。覆巢之下，岂有完卵？幸亏太宗有心怀远，谕禁奸淫掳掠。假仁假义。入城三日，已是残腊，太宗就在朝鲜国都，大开筵宴，祝贺新年。好快活。

又过数天，复率大兵渡过汉江，拟攻南汉山。适朝鲜国内的全罗、忠清二道，各发援兵，到南汉城，太宗遂命军士停驻江东，负水立寨。先锋多铎率兵迎击朝鲜援兵，约数合，朝鲜兵全不耐战，阵势已乱，多铎舞着大刀，左右扫荡，好像落叶迎风，飕飕几阵，对面的敌营成了一片白地。造语新颖。李倧闻援兵又溃，再令阁臣洪某，到满营乞和。太宗命英俄尔岱、马福塔二人，赍敕往谕，令李倧出城亲觐，并缚献倡议败盟的罪魁。李倧答书称臣，乞免出城觐见、缚献罪魁两事。太宗不允，令大兵进围汉城。

是时多尔衮、豪格二人，领左翼军趋朝鲜，由长山口克昌州，败安黄、宁远等援兵，来会太宗。太宗命多尔衮督造小舟，往袭江华岛，一面令杜度回运红衣大炮，准备攻城。多尔衮即派兵伐木，督工制船，昼夜不停，约数日，造成数十号，率兵分渡。岛口虽有朝鲜兵船三十艘，闻得清兵到来，勉强出来拦阻，怎禁得清兵一股锐气，踊跃登舟。不多时，朝鲜兵船内，已遍悬大清旗帜，舟中原有的兵役，统不知去向。大约多赴龙王宫内当差。

清兵夺了朝鲜兵船，飞渡登岸，岸上又有鸟枪兵千余名，来阻清兵，被清兵一阵乱扫，逃得精光。清兵乘势前进，约里许，见前面有房屋数间，外面只围一短垣，高不逾丈。那时清兵一跃而入，大刀阔斧的劈将进去，但觉空空洞洞，寂无人影。多尔衮令军士搜寻，方搜出二百多人，大半是青年妇女、黄口幼儿，当由清兵抓出，个个似杀鸡般乱抖。多尔衮也觉不忍，婉言诘问，有王妃，有王子，有宗室，有群臣家口，还有仆役数十名，即命软禁别室，饬兵士好好看守，不叫妇女侍寝，算是多尔衮厚道，然即为下文埋根。一面差人到御营报捷。

是时杜度已运到大炮，向南汉城轰击，李倧危急万分，又接到清太宗来谕，略说："江华已克，尔家无恙，速遵前旨缚献罪魁，出城来见。"至是李倧已无别法，只得上表乞降，一如命。清太宗又令献出明廷所给的诰封册印，及朝鲜二世子为质。此后应改奉大清正朔，所有三大节及庆吊等事，俱行贡献礼；此外如奉表受敕，与使臣相见礼，陪臣谒见礼，迎送馈使礼，统照事明的旧例，移作事清，若清兵攻明，或有调遣，应如期出兵，清兵回国，应献纳犒军礼物，惟日本贸易，仍听照旧云云。李倧到此，除俯首受教外，不能异议半字。当即在汉江东岸，筑坛张幄，约日朝见。届期率数骑出城，到南汉山相近，下马步行。可怜！行至坛前，但见旌旗灿烂，甲仗森严，坛上坐着一位雄主，威稜毕露，李倧又惊又惭，当时呆立不动。到此实难为李倧。只听坛前一声喝道："至尊在上，何不下拜！"慌得李倧连忙跪下，接连叩了九个响头。可叹！两边奏起乐来，鼓板声同磕头声，巧巧合拍。作书者偏要如此形容，未免太刻。乐阕，坛上复宣诏道："尔既归顺，此后毋擅筑城垣，毋擅收逃人，得步进步，又有两条苛令。每年朝贡一次，不得逾约。尔国三百年社稷，数千里封疆，当保尔无恙。"较诸今日之扶桑国，尚算仁厚。李倧唯唯连声。太宗方降座下坛，令李倧随至御营，命坐左侧，并即赐宴。是时多尔衮已知李倧乞降，带领朝鲜王妃、王子及宗室、大臣、家眷，到了御营。太宗便命送入汉城，留长子　、次子淏为质。次日，太宗下令班师，李倧率群臣跪送十里外；又与二子话别，父子生离，惨同死别，不由的凄惶起来。无奈清军在前，不敢放声，相对之下，暗暗垂泪。太宗见了这般情形，也生怜惜，遂遣人传谕道："今明两年，准免贡物，后年秋季为始，照例入贡。"猫哭老鼠假慈悲。李倧复顿首谢恩。太宗御鞭一挥，向西而去。清军徐徐退尽，然后李倧亦垂头丧气的归去了。弱国固如是耳。

太宗振旅回国，复将朝鲜所获人畜牲马，分赐诸将。过了数日，朝鲜遣官解送三人至沈阳。这三人便是倡议败盟的罪魁，一姓洪，名翼溪，原任朝鲜台谏；一姓尹名集，原任朝鲜宏文馆校理；一姓吴名达济，原任朝鲜修撰，尝劝国王与明修好，休认满洲国王为帝，也是鲁仲连一流人物，可惜才识不及。此次被解至满洲，尚有何幸，自然身首异处了。

清太宗既斩了朝鲜罪首，无东顾忧，遂专力攻明。适值明朝流寇四起，贼氛遍地，李闯、张献忠十三家七十二营，分扰陕西、河南、四川等省，最号猖獗。明朝的将官，多调剿流贼，无暇顾边。太宗遂命孔有德、耿仲明、尚可喜三降将，攻入东边，明总兵金日观战死。复于崇德三年，授多尔衮为奉命大将军，统右翼兵，岳托为扬武大将军，统左翼兵，分道攻明，入长城青山口，到蓟州会齐。

这时明蓟辽总督吴阿衡，终日饮酒，不理政事；还有一个监守太监邓希诏，也与吴阿衡性情相似，真是一对酒肉朋友。至清兵直逼城下，他两人尚是沉醉不醒。等到兵士通报，阿衡模模糊糊的起来，召集兵将，冲将出去，正遇着清将豪格，冒冒失失的战了两三回合，即被豪格一刀劈于马下，到冥乡再去饮酒，恰也快活。麾下兵霎时四散。清兵上前砍开城门，城中只有难民，并无守兵。原来监守太监邓希诏，见阿衡出城对敌，已收拾细软，潜开后门逃去；守兵闻希诏已逃，也索性逃个净尽。还是希诏见机，逃了性命，可惜美酒未曾挑去。清兵也不勾留，行进至牛阑山，山前本有一个军营，是明总监高起潜把守。高起潜也是一个奄竖，毫无军事知识，闻清兵杀来，三十六策，走为上策。崇祯帝惯用太监，安得不亡？清兵乘势杀入，从卢沟桥趋良乡，连拔四十八城，高阳县亦在其内。故督师孙承宗，时适家居，闻清兵入城，手无寸柄，如何拒敌？竟服毒自尽。子孙十数人，各执器械，愤愤赴敌，清兵出其不意，也被他杀了数十名，嗣因寡不敌众，陆续身亡。完了孙承宗，完了孙承宗全家。此外四十多城的官民，逃去的逃去，殉节的殉节。

清兵又从德州渡河，南下山东。山东州县，飞章告急。兵部尚书杨嗣昌仓猝檄调，一面檄山东巡抚颜继祖，速往德州阻截，一面檄山西总督卢象昇，入卫京畿。继祖奉到檄文，忙率济南防兵，星夜北趋，到了德州，并不见清兵南来，方惊疑间，探马飞报清兵从临清州入济南，布政使张秉文等统已阵亡，连德王爷亦被掳去。看官！你道德王爷是何人？原来是大明宗室，名叫由枢，与崇祯帝系兄弟行，向系受封济南，至此被掳，这统是杨嗣昌檄令移师，以致济南空虚，为敌所袭，害了德王，又害了济南人民。颜继祖闻报大惊，又急率兵回济南，到了济南，复是一个空城，清兵早已渡河北行。继祖叫苦不迭，只得据实禀报。杨嗣昌至此，惶急异常，密奏敌兵深入，胜负难料，不如随机讲和。崇祯帝不欲明允，暗令高起潜主持和议。适卢象昇奉调入京，一意主战，崇祯帝令与杨嗣昌、高起潜商议，象昇奉命，与二人会议了好几次，终与二人意见不合。未曾出兵，先争意见，已非佳兆。象昇愤甚，便道："公等主和，独不思城下之盟，《春秋》所耻。长安口舌如锋，宁不怕蹈袁崇焕覆辙么？"嗣昌闻言，不禁面赤，勉强答道："公毋以长安蜚语陷人。"象昇道："卢某自山西入京，途次已闻此说，到京后，闻高公已遣周元忠与敌讲和，象昇可欺，难道国人都可欺么？"是一个急性人物。随即怏怏告别。寻奏请与杨、高二人，各分兵权，不相节制。折上，由兵部复议，把宣大山西兵士属象昇，山海关宁远兵士属高起潜。崇祯帝准议，加象昇尚书衔，克日出师。

象昇麾下，兵不满二万名，只因奉命前驱，也不管好歹，竟向涿州进发。忠而近愚。途中闻清兵三路入犯，亦遣别将分路防堵。无如清兵风驰雨骤，驰防不及，列城多望风失守。嗣昌即奏削象昇尚书衔，又把军饷阻住不发。象昇由涿州至保定，与清兵相持数日，尚无胜败，奈军饷不继，催运无效，转瞬间军中绝食，各带菜色。象昇料是杨嗣昌作梗，自知必死，清晨出帐，对着将士四向拜道："卢某与将士同受国恩，只患不得死，不患不得生。”众将士被他感动，不由的哭作一团。我看到此，亦自泪下。旋即收泪，愿随象昇出去杀敌。

象昇出城至巨鹿，顾手下兵士，只剩五千名。参赞主事杨廷麟，禀象昇道：“此去离高总监大营只五十里，何不前去乞援？”象昇道：“他只恐我不死，安肯援我！”廷麟道：“且去一遭何如？”象昇不得已，令廷麟启行。临别时执着廷麟手，与他一诀，流涕道：“死西市，何如死疆场？吾以一死报国，犹为负负。”语带寒潮呜咽声。廷麟已去，象昇待了一日，望眼将穿，救兵不至。象昇道：“杨君不负我，负我者高太监，我死何妨，只要死在战场上面，杀几个敌人，偿我的命，方不徒死。”遂进至嵩水桥，正见清兵峰拥前来，胡哨一声，把象昇五千人围住。象昇将五千人分作三队，命总兵虎大威领左军，杨国柱领右军，自己领中军，与清兵死斗。清兵围合数次，被象昇杀开数次，十荡十决。清兵亦怕他厉害，渐渐退去。象昇收兵扎营。是夜三鼓，营外喊杀连天，炮声震地，象昇知清兵围攻，忙率大威、国柱等，奋力抵御，可奈清兵越来越多，把明营围得铁桶相似。两下相持，直到天明，明营内已炮尽矢竭，大威劝象昇突围出走。象昇道：“吾受命出师，早知必死。此处正我死地。诸君请突围而出，留此身以报国。卢某内不能除奸，外不能平敌，罢罢！从此与诸君长别。”此恨绵绵无尽期。遂手执佩剑，单骑冲入敌中，乱斫乱劈，把清兵杀死数十百名，自身也被四箭三刀，大叫一声，呕血而亡。如此忠臣。为权阉所陷没，可恨！

象昇自擢兵备，与流寇大小数十战，无一不胜，且三赐尚方剑，未曾戮一偏裨，爱才恤下，与士卒同甘苦。此次力竭捐躯，部下亲兵，都随了主帅殉难，大威、国柱，因象昇许他突围，方杀开血路而去。象昇既死，杨廷麟始徒手回来，到了战场；已空无一人，只见愁云如墨，暴骨成堆，二语可抵一篇吊古战场文。廷麟不禁泪下。检点遗尸，已是模糊难辨，忽见一尸首露出麻衣，仔细辨认，确是卢公象昇。原来象昇新遭父丧，请守制不许，无奈缞绖从戎。廷麟既得遗尸，痛哭下拜，我亦欲拜之。亲为殓埋，遂会同顺德知府于颖，联名奏闻。杨嗣昌无可隐讳，只说象昇轻战亡身，死不足惜。崇祯帝误信谗言，竟没有什么恤典。到了高起潜星夜遁回，廷臣始知起潜拥兵不救，交章弹劾。起潜下刑部狱，审问属实，有旨正法。这杨嗣昌仍安然如故，后来督师讨贼，连被贼败，始畏惧自杀。小子曾有一诗吊卢公象昇云：

慷慨誓师独奋戈，臣心未死耻言和。
可怜为国捐躯后，空使遗人雪涕多。

欲知后事如何，下回再行表明。

朝鲜之不敌满洲，固意中事，然亦由朝鲜漫无防备之故。乞盟城下，屈膝称臣，受种种胁迫之条约，真是可怜模样，然亦未始非其自取耳。若明廷统一中原，宁不足与满清敌？顾于熊廷弼、袁崇焕，则杀之磔之，于孙承宗则免职回里，任其殉节。独遗一善战之卢象昇，又为权阉所忌，迫死疆场。谁为人主，而昏愦至死？故人谓亡明者熹宰，吾谓熹宗犹不足亡明，亡明者实崇祯帝。

第十回

失辎重全军败溃　迷美色大帅投诚

却说清兵屡次得胜，正拟进取，忽由太宗寄谕，命回本国。多尔衮、多铎等因不敢违命，只得率领兵士，仍取道青山口而归。归国后，问太宗何故班师，太宗道："欲夺中原，必须先夺山海关，欲夺山海关，必须先夺宁、锦诸城。否则我兵深入中原，那关内外的明兵，把我后路塞断，兵饷不继，进退失据，岂不是自讨苦吃么?"多尔衮、多铎等即奏请出攻宁、锦，太宗准奏，即令发兵，直抵锦州。锦州守将还是祖大寿，多方抵御，屡却清兵，相持两年，仍屹然不动，反伤亡了清朝大将岳托。崇德五年，太宗亲征，攻锦州不下，遗书责大寿欺罔之罪，大寿不答。太宗把锦州城外四面的禾稼，尽行刈获，捆载而归。即是釜底抽薪之计。

六年，太宗大发兵攻锦州，大寿闻知，急向蓟辽总督处乞援。蓟辽总督洪承畴、巡抚邱民仰带了王朴、唐通、曹变蛟、吴三桂、白广恩、马科、王廷臣、杨国柱八个总兵，统兵十三万，马四万匹，由蓟州东指，直到宁远，所带粮草，足支一年。探马飞报清太宗，太宗即令拔营，向松山进发，不多日已到松山。原来松山在锦州城南十八里，西南一座杏山，两峰相对，作为锦州城的犄角，向有明兵屯扎，保护锦州。太宗率范文程等上山了望，见冈峦起伏，曲折盘旋，遥望杏山的形势，与松山也差不多，只有杏山后面，还有一层隐隐的峰峦。太宗把鞭遥指，问范文程道：“杏山外面的峰峦，叫什么山?”文程答道：“便是塔山。”太宗望了许久，又俯瞰山麓，见远远的有旗帜飘扬，料是明军大营，便下山回帐，令全军摆成长蛇一般，自松山至杏山，接连扎寨，横截大道。明军见清营挡住去路，忙来冲突，被清兵一阵炮箭出退。次日，清兵亦去冲突明营，明军照例对敌，也将清兵射回。

是夜，太宗复与范文程等商议军务。太宗道：“我兵依山据险，立住营寨，尽可无虑，只是彼此相持，旷日持久，如何是好?”文程道“何不前去袭他辎重。”这一番把太宗提醒，便道：“他的粮草，我想定在杏山后面，莫非就在塔山这边。”回应上文，方知上文不是闲笔。文程道：“据臣所料，也是如此。”太宗道：“此去塔山，未知有无间道?”文程把辽西地图，仔细审视，寻出一条僻径，乃是从杏山左首，曲折绕出，可通塔山，忙将地图呈阅。太宗阅过地图，见有间道，心下大喜，便召多尔衮、阿济格入帐，令率领步卒，夤夜去袭明军辎重，并将地图付给，嘱他按图觅路，不得有误。二人领命，急选健卒数千名，静悄悄的出营，靠着杏山左侧，盘旋过去。可巧星月双辉，如同白昼，疾走数十里，到了塔山，正交四鼓，昂头四望，并没有什么粮草。故作一折。阿济格道：“这都是老范主使出来，叫咱们白跑了许多路程。”多尔衮道：且待上山一望，再定行止。二人便令军士停住山下，只带亲兵数十名，上山探视，见前面复有一冈，冈上林木蓊翳，辨不出有无辎重，只冈下有七个营盘扎住，寂静无声。多尔衮对阿济格道：“我看前面七营，定是护着粮草的人马，正好乘他不备，杀将过去。”遂即下山把部兵分作两翼，阿济格率左，多尔衮率右，向明营扑入。这明营内军士，因有松山大营挡住敌兵，毫不防备，正是鼾声四起的时候，猛被清兵捣入，人不及甲，马不及鞍，连逃走都是无暇，哪里还能抵敌?霎时间七座营盘，统已溃散。

清兵驰至冈上，见有数百车辎重，立即搬运下山，从原路驰回。至洪承畴闻报，率兵追赶，已是不及，急得洪承畴面如土色。承畴之才，已可概见。

当承畴出师时，颇小心谨慎，不肯卤莽，既到宁远，又由祖大寿遣卒缒城，传语切勿浪战，只宜步步立营，逐渐出境。谁知兵部尚书已换了陈新甲，屡遣人促承畴出战，承畴只得出师松山，把粮草运至笔架冈，留兵七营守护，此次闻被劫去，安得不恼？安得不悔？迟了。没奈何进逼清营，拟与清兵大战一场，分个胜负。清太宗料知明军前来，必舍命冲突，只饬部下坚壁不动。承畴率将士冲杀数次，毫不见效，想出一个偷营的法子，故意的退兵十里下寨。随令军士饱了夜餐，扎束停当，静待中军号令。

是夕天色微黑，谈月无光，到了三鼓，传令王朴、唐通为第一队，白广恩、王廷臣为第二队，马科、杨国柱为第三队，曹变蛟、吴三桂为第四队，依次进发，后先相应，自己与巡抚邱民仰守住大营。也算持重。王朴、唐通率兵到清营附近，先叙第一队。只见清营中裹着一股杀气，阴森逼人。王朴素来胆怯，向唐通道："我看清营有备，不如退归。"唐通道："奉命前来，有进无退，安可中道折回？"于是唐通在前，王朴在后，整队望清营扑入。猛听得一声号炮，骨辘辘的弹子，豁喇喇的箭杆，从清营齐射出来，把前队冲锋的明军，一半打倒。王朴、唐通急令军士退回，行不数步，两边突出两支清兵，左系多尔衮，右系多铎，以两将对两将。将明军冲作两截。唐通、王朴忙夺路逃走，清兵随后赶来。正危急间，白广恩、王廷臣已到，明军第二队出现。放过唐通、王朴，把清军截住。两边酣斗起来，互有杀伤。忽刺斜里又杀到一支人马，为首的有三员大将，红顶花翎，乃是清降将孔有德、耿仲明、尚可喜。以明将攻明将，是清军二次接应。白广恩、王廷臣见有清兵续至，无心恋战，遂且战且走，清兵不住的追赶，幸亏马科、杨国柱兵到，明军第三队出现。得了援应，方得走脱。

那时曹变蛟、吴三桂一军，本是明营内的后应兵，待三队兵马统行出发，方率兵出营。约里许，见唐通、王朴率领残兵回来，两下晤谈，始知清营有备。第一队军已经败还，二将急策马前进，接应第二、三队人马。叙明军第四队，另换笔法。忽听后面鼓角声喧，炮声迭发，吴三桂回头一望，向曹变蛟道："莫非清兵攻我大营。"曹变蛟道："如何我们一路行来，并不见有清兵?"语尚未毕，忽一卒从背后赶到，气喘吁吁的报说："大帅有令，请二将军速回。"吴三桂问他情由，答说"清兵闯入大营，所以调回二将军，速去救应。"吴、曹二人，忙令军士转身驰归。到了大营相近，见有无数清兵，往来冲阵，洪承畴亲自督战，唐通、王朴等亦协力抵御，左阻右拦，尚是招架不住。曹变蛟一马当先，杀入清兵队里，吴三桂率兵继入，与清兵驰战多时，清兵尚是气势蓬勃，不肯退回。待白、王、马、杨四将齐到，方并力将清兵杀退。这一场恶战，明军损伤多人，方识得清兵厉害，人人畏惧。

原来清太宗料明营未败而退，必有诈谋，令豪格、阿济格等从间道绕出明军背后，袭击明营，一面令多尔衮、多铎伏在寨外，孔有德、耿仲明、尚可喜接应两边，所以明军不能得手，反被清兵前后攻击，受了损失。迤逦写来，至此方一归宿。太宗又料明军经此一挫，势必退走，当令得胜诸将，于次夜抄出杏山、塔山，分路埋伏，并一一授以密计；自己却亲督大军，严阵以待。

一朝易过，渐渐天昏，约值初更时候，探报明营已动，太宗即率军驰向明营，明洪承畴、邱民仰，率领曹变蛟、王廷臣两总兵，当即迎战。那时唐通、白广恩、马科、杨国柱、王朴、吴三桂六总兵，因营中饷绝，奉命退回宁远。六总兵更番断后，陆续退去，将到杏山，忽山侧冲出一彪清军，截住去路。明军因前次劫营，受了苦恼，至此复见清兵在前，都吓得毛发直竖，勉强上前冲突，方交战间，这胆小如鼷的王朴，已率部队扒过山头，逃入杏山城去了。剩下五个总兵，与清兵相持，但见清兵刀削剑剁，勇悍异常，不由的心惊胆战，争先逃走，当即旗靡辙乱，无复行列。蓦听山腰里鼓声如雷，驰出一支人马，高扯明军旗号，五总兵各自惊异，还疑是宁远救兵前来接应，谁知到了面前，这支人马不杀清兵，专杀明军，前授密计，至此始觉。弄得五总兵茫无头绪，叫苦不住，霎时间七零八落，眼见得不能驰回宁远，只得同王朴一般思想，奔入杏山城内。清兵见他们奔入杏山城，也不追赶，只将明兵所弃的甲胄炮械，搬运一空，向别处去了。不回清营，暗伏下文。

且说洪承畴、邱民仰等，向清兵混战许久，清兵有增无减，明军有减无增，方思向西退走，谁知清兵厚集西面，无从杀出；营盘又站立不住，没奈何退入松山城，鳖入瓮中了。清兵将松山城围住。过了一日，从杏山回来的清兵，都到御营报功，说是杏山兵欲奔宁远，被我军杀得四散，由杏山到塔山，积尸无数，逼入海里的，也不可胜计。吴三桂、王朴等人只带了几个残兵，落荒逃去。此处恰从虚写，免与上文重复。太宗大喜，命范文程一一记功，随道："此番洪承畴已中我计，恐插翅也难飞去，现请先生写一招降书，令他来降。"文程道："招降洪承畴，恐还没有这般容易，现只有多写数书，分致他部下各将，先扰惑他的军心，方可下手。"太宗称善，即连写招降书，逐日射进城去。城中只是坚守，毫不回答。太宗令军士猛攻，也未见效。

这日，李永芳上帐献计道："城内有副将夏承德，与臣向系故交，不如臣去一书，饵他高官厚禄，令他献城。"太宗道："既有此人，速即修书为是。"永芳写就书信，呈上太宗。

太宗欲召人射入城中，永芳道："这且不便，须要秘密行事方好。"太宗道："这是又费周折了。"范文程在旁道："这也不难。"太宗问他何计，文程道："臣料松山现已食尽，应想突围出走，只因我军四面围住，无隙可钻，所以闭城固守。现请暂开一面，令他出来突围，我即伏兵堵截，不许放出，他定然走回城中，趁此开城的机会，令干员假扮汉装，混入城内，便可致书夏承德，暗中行事。"太宗道："好好！依计而行。"立命豪格授计城西将士，令他遵办。

是夜，松山城西面围兵，撤去一角，果然曹变蛟开城出走，被伏兵截住，仍然回城。当时投书的干员，乘隙混入。次夜干员回营，报称与夏承德之子，缒城同来，当于明日夜间献城。太宗喜甚，命将承德子留住营内，专待明日破城。是时松山城内，粮食已尽，洪承畴等束手无策，只待一死，何不便死？是日上城巡阅一周，因清兵围攻略懈，到了傍晚，下城晚餐，到了黄昏时候，忽报清兵已经登城，承畴急命曹变蛟、王廷臣率兵抵截。自己方思上马督战，蓦见军士来报道："王总兵阵亡。"承畴大惊。少顷，邱民仰又踉跄趋入，说是："曹变蛟亦已战死，公宜自行设法，邱某一死报君便了。"道言未绝，拔出佩刀自刎。可敬。承畴此时，亦拔剑向项，转思"我死亦须保全尸首，不如投缳为是，"要死就死，全尸何用？就解下腰带，挂在梁上。不防背后来了一人，将他一把抱住，旁边又转出数人，把承畴捆缚而去。这抱住承畴的人，便是夏承德，捆缚承畴的人，便是李永芳等。

承畴知己身被擒，闭目无语，被夏承德等牵到清太宗前。太宗忙令范文程代为解缚，并劝令归降。承畴道："不降！不降！"范文程即接口道："洪先生既到此地，徒死无益，不如归顺清朝，图后半生的事业。"承畴道："我知有死，不知有降。"此时恰是满怀忠义。旁边恼了多铎、豪格等，齐说道："他既要死，赏他一刀就是，何必同他絮聒。”文程以目示意，多铎、豪格等全然不睬，想拔刀来杀承畴。太宗喝令出帐，即将承畴交与范文程，令他慢慢劝降。原来承畴颇有威望，素为孔、耿诸人所推重，禀明太宗，此次太宗费尽心机，方将承畴擒住，必欲降他以资臂助，所以把他交付文程。文程引承畴到自己营中，把什么时务不时务、俊杰不俊杰，足足的谈了半夜。偏这洪老先生垂着头，屏着息，像死人一般，随你口吐莲花，他终不发一语。次日，仍自闭目危坐，饭也不吃，茶也不喝。范文程又变了一套言语，与他谈论许久，他总是一个没有回答，文程也不觉懊恼起来。惟御营内接连报捷，锦州下了，祖大寿投降了，数年倔强，又出此着。如何对得住何可纲？杏山、塔山但已攻克了。

太宗命拔营回国，范文程带了洪承畴，同到国都，又劝了承畴一回，只是不理，回报太宗，太宗也无可如何。但因得胜回来，文武百官上朝称贺，原是照例的规矩，宫里各妃嫔，亦打扮得花枝招展，迎接太宗，一齐的贺喜请安。太宗最爱的是永福宫庄妃，生得轻盈娥媚，聪明伶俐。她本是科尔沁部贝勒寨桑的女儿，姓博尔济吉特氏，大书特书。自献与清太宗后，列为西宫，生下一子，就是入关定鼎的世祖章皇帝福临。是夕，太宗便宿在永福宫。次日辰刻，太宗出宫视事，问范文程道：“洪承畴如何?”文程答道：“此老固执太甚，看来是无可晓谕了。”太宗道：“且慢慢再商。”忽报明朝遣职方司郎中马绍愉等，持书乞和，现在都城二十里外。太宗道：“明朝既来乞和，理应迎接。”便命李永芳、孔有德、祖大寿三人出城，迎接明使。李永芳等去讫，太宗亦退入便殿。才过午牌，有永福宫太监入见，跪报洪承畴已被娘娘说下了。太宗惊喜道：“果有此事么?”连我也自惊异。

原来洪承畴人本刚正，只是有一桩好色的奇癖。这日正幽在别室，他是立意待死，毫无他念。到了巳牌，红日满窗，几明室净，正是看花时节。听门外“叮当”一声，开去了锁，半扉渐辟，进来了一个青年美妇，袅袅婷婷的走近前来，顿觉一种异香，扑入鼻中。承畴不由的抬头一望，但见这美妇真是绝色，髻云高拥，鬟风低垂，面如出水芙蕖，腰似迎风杨柳，更有一双纤纤玉手，丰若有余，柔若无骨，手中捧着一把玉壶，映着柔荑，格外洁白。妖耶仙耶。承畴暗讶不已，正在胡思乱想，那美妇樱口半开，瓠犀微启，轻轻的呼出“将军”二字。承畴欲答不可，不答又不忍，也轻轻的应了一声。这一声相应，引出那美妇问长道短，先把那承畴被掳的情形，问了一遍。承畴约略相告。随后美妇又问起承畴家眷，知承畴上有老母，下有妻妾子女，她却佯作凄惶的情状，一双俏眼，含泪两眶，亏她装得像。顿令承畴思家心动，不由的酸楚起来。那美妇又设词劝慰，随即提起玉壶，令承畴喝饮。承畴此时，已觉口渴，又被她美色所迷，便张开嘴喝了数口，把味一辨，乃是参汤。美妇知已入彀，索性与他畅说道：“我是清朝皇帝的妃子，特怜将军而来。将军今日死，于国无益，于家有害。”承畴道：“除死以外，尚有何法？难道真个降清不成？”其心已动。美妇道：“实告将军，我家皇帝，并不是要明室江山，所以屡次投书，与明议和，怎奈明帝耽信邪言，屡与此地反对，因此常要打仗。今请将军暂时降顺，为我家皇帝主持和议，两下息争，一面请将军作一密书，报知明帝，说是身在满洲，心在本国。现在明朝内乱相寻，闻知将军为国调停，断不至与将军家属为难。那时家也保了，国也报了，将来两国议和，将军在此固可，回国亦可，岂不是两全之计么？”娓娓动人，真好口才。这一席话，说得承畴心悦诚服，不由的叹息道：“语非不是，但不知汝家皇帝，肯容我这般举动否？”五体投地了。美妇道：“这事包管在我身上。”言至此，复提起玉壶，与承畴喝了数口，令承畴说一“允”字，遂嫣然一笑，分花拂柳的出去。看官！你道这美妇是何人？便是那太宗最宠爱的庄妃。因闻承畴不肯投降，她竟在太宗前，作一自荐的毛生，不料她竟劝降承畴，立了一个大大的功劳。只小子恰有一诗讽洪承畴道：

浩气千秋别有真，杀身才算是成仁。
如何甘为娥眉劫，史传留遗号贰臣？

从此清太宗益宠爱庄妃，竟立她所生子福临为太子，以后遂添出清史上一段佳话。诸君试看下回，便自分晓。

杨镐率二十余万人山塞，洪承畴率十三万人赴援，兵不可谓不众，乃一遇清军，统遭败衄。清军虽强，岂真无敌？咎在将帅之非材。且镐止丧师，洪且降清，洪之罪益浮于镐矣，读《贰臣传》，可知洪承畴之事迹，读此书，更见洪承畴之心术。

第十一回

清太宗宾天传幼主　多尔衮奉命略中原

前卷说到洪承畴降清，此回续述，系承畴降清后，参赞军机，与范文程差不多的位置；又蒙赐美女十人，给他使用，不由的感激万分。只因家眷在明，恐遭杀害，就依了吉特氏的训诲，自去施行。当时明朝的崇祯帝，还道承畴一定尽忠，大为痛悼，辍朝三日，赐祭十六坛；又命在都城外建立专祠，与巡抚邱民仰等一班忠臣，并列祠内。崇祯帝御制祭文，将入词亲奠，谁知洪承畴密书已到，略说："暂时降清，勉图后报，"崇祯帝长叹一声，始命罢祭。阅书中有"勉图后报"之言，遂不去拿究承畴家眷。崇祯帝也中了美人计。并因马绍愉等赴清议和，把松山失败的将官，一概不问。吴三桂等运气。

且说马绍愉等到了清都，由李永芳等迎接入城，承接上回。见了太宗，设宴相待，席间叙起和议，相率赞成，彼此酌定大略。及马绍愉等谢别，太宗赐他貂皮、白金，仍命李永芳等送至五十里外。马绍愉等回国，先将和议情形，密报兵部尚书陈新甲。新甲阅毕，搁置几上，被家僮误作塘报，发了抄，闹的通国皆知。朝上主战的人，统劾新甲主和卖国。那时，崇祯帝严斥新甲，新甲倔强不服，竟被崇祯帝饬缚下狱；不数日，又将新甲正法。看官！你道这是何故？原来新甲因承畴兵败，与崇祯帝密商和议，崇祯帝依新甲言，只是要顾着面子，嘱守秘密，不可声张。若要不知，除非莫为。况中外修和，亦没有多少倒霉，真是何苦！所以马绍愉等出使，廷臣尚未闻知。及和议发抄，崇祯帝恨新甲不遵谕旨，又因他出言挺撞，激得恼羞成怒，竟冤冤枉枉的把他斩首。从此明、清两国的和议，永远断绝了。

太宗得知消息，遂令贝勒阿巴泰等率师攻明，毁长城，入蓟州，转至山东，攻破八十八座坚城，掠子女三十七万，牲畜、金银、珠宝各五十多万。居守山东的鲁王以派，系明廷宗室，仰药自尽。此外殉难的官民，不可胜计。是时山海关内外设两总智，昌平、保定又设两总督，宁远、永平、顺天、保定、密云、天津六处，设六巡抚，宁远、山海、中协、西协、昌平、通州、天州、保定设八总兵，在明廷的意思，总道是节节设防，可以无虞，谁知设官太多，事权不一，个个观望不前，一任清兵横行。阿巴泰从北趋南，从南回北，简直是来去自由，毫无顾忌。

明廷乃惶急的了不得，拣出一个大学士周延儒，督师通州。周本是个龌龊人物，因结交阉寺，纳贿妃嫔，遂得了一个大学士头衔。当时明宫里面，传说延儒贡品，无奇不有，连田妃脚上的绣鞋，也都贡到。绣鞋上面用精工绣出“延儒恭进”四个细字，留作纪念。想入非非。这田妃是崇祯帝第一个宠妃，暗中帮他设法，竭力抬举。此次清兵入边，延儒想买崇祯帝欢心，自请督师，到了通州，只与幕客等饮酒娱乐，反日日诡报胜仗。这清将阿巴泰等抢劫已饱，不慌不忙的回去，明总兵唐通、白广恩、张登科、和应荐等，至螺山截击，反被他回杀一阵。张、和二将，连忙退走，已着了好几箭，伤发身死，那清兵恰鸣鞭奏凯的回去了。清兵快活，明民晦气。

清太宗闻阿巴泰凯旋，照例的论功行赏，摆酒接风。宴飨毕，太宗回入永福宫，这位聪明伶俐的吉特氏，又陪了太宗，饮酒数巡。是夕，太宗竟发起寒热，头眩目晕。想亦爱色过度了。次日，宣召太医入宫诊视，一切朝政，命郑亲王济尔哈朗、睿亲王多尔衮暂行代理，倘有大事，令多尔衮到寝宫面奏。又数日，太宗病势越重，医药罔效，后妃人等，都不住的前来谒候。多尔衮手足关怀，每天也入宫问候几回。句中有眼。

一夕，太宗自知病已不起，握住吉特氏手，气喘吁吁道："我今年已五十二岁了，死不为夭。但不能亲统中原，与爱妃享福数年，未免恨恨。现在福临已立为太子，我死后，他应嗣位，可惜年幼无知，未能亲政，看来只好委托亲王了。"吉特氏闻言，呜咽不已。太宗命宣召济尔哈朗、多尔衮入宫。须臾，二人入内，到御榻前，太宗命他们旁坐。二人请过了安，坐在两旁。太宗道："我已病入膏肓，将与二王长别，所虑太子年甫六龄，未能治事，一朝嗣位，还仗二王顾念本支，同心辅政。"二人齐声道："奴才等敢不竭力。"太宗复命吉特氏挈了福临，走近床前，以手指示济尔哈朗道："他母子两人，都托付二王，二王休得食言！"二人道："如背圣谕，皇天不佑。"多尔衮说到"皇天"二字，已抬头偷瞧吉妃，但见她泪容满面，宛似一枝带雨梨花，不由的怜惜起来。偏这吉特氏一双流眼，也向多尔衮面上，觑了两次。心有灵犀一点通。多尔衮正在出神，忽听得一声娇喘道："福哥儿过来，请王爷安！"那时多尔衮方俯视太子，将身立起，但见济尔哈朗早站立在旁，与小太子行礼了，自觉迟慢，急忙向前答礼。礼毕，与济尔哈朗同到御榻前告别，趋出内寝。回邸后，一夜的胡思乱想，不能安睡。寤寐求之，辗转反侧。

次晨，来了内宫太监，又宣召入宫。多尔衮奉命趋入，见太宗已奄奄一息，后妃人等拥列一堆，旁边坐着济尔哈朗，已握笔代草遗诏了。他挨至济尔哈朗旁，俟遗诏草毕，由济尔哈朗递与一瞧，即转呈太宗。太宗略略一阅，竟气喘痰涌，掷纸而逝。当时阖宫举哀，哀止，多尔衮偕济尔哈朗出宫，令大学士范文程等，先草红诏，后草哀诏。红诏是皇太子即皇帝位，郑亲王济尔哈朗、睿亲王多尔衮摄政，哀诏是大行皇帝于某日宴驾字样，左满文，右汉文，满汉合璧。颁发出去，顿时万人缟素，全国哀号。未必。济尔哈朗、多尔衮一面率各亲王、郡王、贝勒、贝子，暨公主、格格、福晋、命妇等，齐集梓宫前哭临，一面命大学士范文程，率大小文武百官，齐集大清门外，序立哭临。接连数月，用一百零八人请出梓宫，奉安崇政殿，由部院诸臣轮流齐宿，且不必细说。

单说太子福临，奉遗诏嗣位，行登极礼，六龄幼主，南面为君，倒也气度雍容，毫不胆怯。登极这一日，由摄政两亲王，率内外诸王、贝勒、贝子及文武群臣朝贺，行三跪九叩首各仪。当由阁臣宣诏，尊皇考为太宗文皇帝，嫡母、生母并为皇太后，以明年为顺治元年。王大臣以下，各加一级。王大臣复叩首谢恩。新皇退殿还宫，王大臣各退班归第。自是皇太后吉特氏，因母以子贵，居然尊荣无比；但她是聪明绝顶的人，自念孤儿寡妇，终究未安，不得不另外画策。画什么策？幸亏这多尔衮心心相印，无论大小事情，一律禀报，并且办理国事，比郑亲王尤为耐劳。正中太后心坎。过了数日，又由多尔衮举发阿达礼硕托诸人悖逆不道，暗劝摄政王自立为君，当经刑部讯实，立即正法，并罪及妻孥。吉特太后闻知，格外感激，竟特沛殊恩，传出懿旨，令摄政王多尔衮便宜行事，不必避嫌。叫他上钩。多尔衮出入禁中，从此无忌，有时就在大内住宿。宫内外办事人员，不谅皇太后、摄政王两人苦衷，就造出一种不尴不尬的言语来。连郑亲王济尔哈朗也有讹言。正是多事。多尔衮奏明太后，令济尔哈朗出师攻明，此旨一发，济尔哈朗只得奉旨前去，涉辽河，抵宁远。适值明吴三桂为宁远守将，严行抵御，急切难下。济尔哈朗也不去猛攻，越过了宁远城，把前屯卫中前所、中后所诸处，骚扰一番，匆匆的班师回国。

过了一年，便是大清国顺治元年，明崇祯帝十七年，是年为明亡清兴一大关键，故特叙明。元旦晴明，清顺治帝御殿，受朝贺礼，外藩各国，亦遣使入觐。“九天阊阖开宫殿，万国衣冠拜冕旒”，别有一种兴旺气象。过了一月，太宗梓宫奉安昭陵，輼辌首辙，辂仗庄严，旌旛亭盖，车马驼象，非常热闹。皇太后、皇帝、各亲王、郡王、贝子、贝勒，暨文武百官，以及公主、格格、福晋、命妇，都依次恭送。正是生荣死哀，备极隆仪。偏这摄政王多尔衮，格外小心服侍吉特太后；又见太后后面，有一位福晋，生得如花似玉，与太后芳容，恰是不相上下。多尔衮暗想道：“我只道太后是个绝代佳人，不料无独有偶。满洲秀气，都钟毓在两人身上，又都是咱们自家骨肉，倘得两美相聚，共处一堂，正是人生极乐的境遇，还要什么荣华富贵？可笑去年阿达礼硕托等人，还要劝我做皇帝。咳！做了皇帝，还好胡行么？”看官！你道这位福晋是何人眷属？我亦正要问明。乃是肃亲王豪格的妻，摄政王多尔衮的侄妇。正名定分，暗伏下文。

小子且把多尔衮的痴念搁过一边，单说奉安礼毕，清廷无事，郑亲王济尔哈朗，仍令军士修整器械，储粮秣马，俟塞外草木蕃盛，大举攻明。时光易逝，又是暮春，济尔哈朗拟出师进发，多尔衮恰不甚愿意，因此师期尚未决定。这日，多尔衮在书斋中批阅奏章，忽来了大学士范文程，向多尔衮请过了安，一旁坐下，随禀多尔衮道：“明京已被李闯攻破，闻崇祯帝已自尽了。”多尔衮道：“有这等事。”文程道：“李闯已在明京称帝，国号大顺，改元永昌了。”多尔衮道：“这个李闯，忽做中原皇帝，想是有点本领的。”文程道：“李闯是个流寇的头目，闻他也没甚本领，只因明崇祯帝不善用人，把事情弄坏，所以李闯得长驱入京。现听得李闯非常暴虐，把城中子女玉帛，搜掠一空；又将明朝大臣，个个绑缚起来，勒令献出金银，甚至灼肉折胫，备诸惨毒。金银已尽，一一杀讫；明朝臣民，莫不切齿痛恨。若我国乘此出师，借着吊民伐罪的名目，布告中国，那时明朝臣民，必望风归附，驱流贼，定中原，正在此举。”明社之屋，借范文程口中叙出，免与本书夹杂。多尔衮听罢，沉吟半晌，方答道：“且慢慢商量!”文程又竭力怂恿，说是此机万不可失。可奈多尔衮恰另有一番隐情，只是踌躇未决。所为何事？范文程怏怏告别。次日，复着人至睿亲王邸第，呈上一书，多尔衮拆书视之，只见上写道：

大学士范文程敬启摄政王殿下：迺者有明流寇，踞于西土，水陆诸寇，缳于南服，兵民煽乱于北陲，我师燮代其东鄙，四面受敌，君臣安能相保？良由我先皇帝忧勤肇造，诸王大臣祇承先帝成业，夹辅冲主，忠孝格于苍穹，上帝潜为启佑，此正欲我摄政王建功立业之会也。窃惟成丕业以垂休万禩者此时，失机会而贻悔将来者亦此时。盖明之劲敌，惟在我国，而流寇复蹂躏中原，我国虽与明争天下，实与流寇角也。为今日计，我当任贤抚众，使近悦远来。曩者弃遵化、屠永平，两经深入而返，彼地官民，必以为我无大志，纵来归附，未必抚恤，因怀携贰。是当严申纪律，秋毫勿犯，复宣谕以昔日守内地之由，及今进取中原之意，官仍其职，民仍其业，录其贤能，恤其无告，将大河以北，可传檄而定也。河北一定，可令各城官吏，移其妻子，避患于我军，因以为质；又拔其德誉素著者，置之班行，俾各朝夕献纳，以资辅翼。王于众论择善酌行，则闻见可广，而政事有时措之宜矣。此行或直趋燕京，或相机攻取，要于入边之后，山海关以西，择一坚城顿兵，以为门户，我师往来甚便，惟我摄政王察之!

多尔衮阅毕，叹道："这范老头儿的言语，确是不错，但我恰有一桩心事，不能与范老头儿说明，我且到夜间入宫，与太后商量再说。"

是夕，多尔衮入宫去见太后，便把范文程的言语叙述一遍。太后吉特氏道："范老先生的才识，先皇在时，常佩服他的。他既主张出师，就请王爷照他行事。"多尔衮道："人生如朝露，但得与太后长享快乐，已自知足，何必出兵打仗，争这中原？"太后道："这却不是这样说。我国虽是统一满洲，总不及中国的繁华，倘能趁此机会，得了中国，我与你的快乐，还要加倍。况你不过三十多岁的人，多尔衮的年纪，就太后口中叙出，无怪太后特沛殊恩。来日正长，此时出去立场大功，何等光辉？何等荣耀？将来亲王以下，人人畏服，还有哪个敢来饶舌？"此妇见识，毕竟胜人一筹。多尔衮尚是沉吟，太后见他不愿出师，便竖起柳眉，故作怒容道："王爷要什么，我便依你什么。今天要你出师攻明，你却不去，这是何意？"慌得多尔衮连忙陪罪，双膝请安道："太后不必动怒，奴才愿去！"太后便对多尔衮似笑非笑的瞅了一眼。多尔衮道："奴才出师以后，只有一事可虑。"太后问他何事？多尔衮道："只豪格那厮，很与我反对，屡造谣言，恐于嗣君不利。"太后道："这却凭你处置便是。"

多尔衮应命出宫。便召固山额真何洛会，秘密商议了一回。次晨，何洛会即联络数人，共奏肃亲王豪格言词悖妄，恐致乱政。多尔衮即偕郑亲王等，公同审鞫。豪格不服，仍出词挺撞。多尔衮遂说他悖妄属实，废为庶人。无端遭黜，请阅者猜之。于是多尔衮奏请南征，由顺治帝祭告天地太庙，不日启行。启程这一日，范文程恭拟诏敕。便在笃恭殿中，颁给多尔衮大将军敕印，敕曰：

朕年冲幼，未能亲履戎行，特命尔摄政和硕睿亲王多尔衮代统大军，往定中原。特授奉命大将军印，一切赏罚，便宜行事。至攻取方略，尔王钦承皇考圣训，谅已素谙。其诸王贝勒贝子公大臣等，事大将军当如事朕，同心协力以图进取，庶祖考英灵，为之欣慰。钦此。

多尔衮叩首受印，随同豫亲王多铎，武英郡王阿济格，恭顺王孔有德，怀顺王耿仲明，智顺王尚可喜，贝子尼堪博洛，辅国公满达海等，率领八旗劲旅，蒙汉健儿，进图中原，陆续登程，向山海关去了。正是：

虽有智慧，不如乘势。
天道靡常，一兴一替。

欲知多尔衮出师后事，且待下回再详。

和战未定，尚非致亡之因，误在崇祯帝所用非人，卒致外患日迫，内讧乘之。甲申之变，谁谓非崇祯自召耶？若清则国势方盛，太宗晏驾，以六龄之幼主，安然即位，多尔衮等忠心辅幼，竟尔匕鬯无惊。至于明社已屋，又由多尔衮出师，唾手中原。后人谓多尔衮之肯出死力，皆孝庄后有以笼络之，然则孝庄后固一代尤物乎？明亡清继，成于一妇人之手，吾訾其德，吾服其才。

第十二回

失爱姬乞援外族　追流贼忍死双亲

且说山海关内外的守将，就是明总兵吴三桂，其时三桂已封平西伯。驻守宁远，因有廷旨促他入援，遂率众西行。到山海关，闻京师已陷，明帝殉国，遂令军士扎住营寨，徘徊不进，忽探马来报道：“爵帅家属，尽被李闯拿去了。”三桂大怒，率兵入关。适李闯派降将唐通，赍白银五万两，并三桂父吴襄书札，来招降三桂，途次遇三桂军，便入帐进见。三桂问明来意，唐通取出吴襄书，交与三桂，三桂拆阅，大略说是：“君逝父存，汝宜早降，不失通侯之赏，犹全孝子之名”云云。三桂迟疑未决，唐通又说道：“崇祯已殁，明已无君，君不能使再生，父宁可以再死？不如归降为是。”三桂道：“既如此，我为老父故，无奈投降，请君先行回复，我当入京来见新主。”唐通复索回书，三桂便潦潦草草写了几句，并加了封，交与唐通带回。来往书信，无关紧要，故略之。遂即召集众将，把降顺李闯的缘故，约略说明。部将冯鹏谏阻，三桂不从，即在关上守候交卸。不数日，李闯差来的守关将吏，已率兵赶到，三桂把关上事务，交与来将，遂带了数千精兵，望燕京进发。

到了滦州，有家人求见。三桂唤入，详问家中近状。家人便将吴襄被掳，家产被抄情形，详细告禀。三桂道：“这倒无妨。我现到京，我父自然释放，家产也自然发还了。”家人道："现在京内是闹得不象样子，闯王入京，拷逼大臣，苛索财物，且不必说。宫内的皇后妃嫔，多半随崇祯帝殉节，还有未死的宫娥彩女，都被闯王收为妃妾，日夕奸淫。昨闻我家的姨太太，亦被这闯王选入后宫，不知死活哩。"三桂急问道："哪个姨太太？"家人道："便是陈……"三桂便接口道："是否陈圆圆姑娘？"家人道："不是陈圆圆姑娘，还有谁人？"三桂不听犹可，听了此语，叫了一声"爱姬"，望后便倒。爱姬重于亲父。

小子要述陈圆圆历史，且把吴三桂生死，略搁一搁，请诸君先听我说这位圆圆姑娘。圆圆本太原故家，姓陈名沅，能诗能画，又善弹琴，因遭乱流落，鬻为玉峰歌伎，艳帜高张，缠头价重。吴三桂在京师时，曾与她有一面缘，彼此企慕。嗣后沅娘艳名，为藩府田畹所闻，千金购艳，充入下陈，遂改名圆圆。田畹系崇祯帝宠妃父亲，仗着皇亲势力，蓄有数百万家私，自得了陈圆圆，百般爱宠，怎奈老夫少妇终嫌非匹。"石崇有意，绿珠无情"，田畹亦无可如何。

适值李闯陷西安，秦王存枢被执，转陷太原，晋王求枢又被杀。秦、晋二邸，累代积蓄，都扫得干干净净。田畹暗暗着急，终日愁眉不展，圆圆窥破情景，便乘机进言，说是："宁远总兵吴三桂部下都是精锐，国丈何不与他结交，作为护符？"已寓深意。田畹大喜，可巧吴三桂入京觐见，遂设宴相请。三桂正忆着陈圆圆，闻她身入田邸，苦难会面，一闻田畹相邀，忙即赴席。席间说起清兵强悍，与流寇猖獗的事情，田畹便把全家托他保护。三桂谦让一番，田畹恐他不允，格外殷勤，向后房叫出众歌姬，奏曲侑酒。三桂仔细一瞧，虽是个个妖艳，但不见那可人儿圆圆姑娘，便问田畹道："前闻玉峰歌伎陈沅娘，曾入贵邸，如何众歌姬中，独无此人？"田畹听三桂提起圆圆，呆了半晌，只因有事相干，不得不召圆圆出来。

少顷，圆圆应召而出，田畹令向三桂行礼。三桂举手相让，一面瞧那圆圆，宛似宝月祥云，别具神采，比当年初见时，虽稍清减，却越显出玉质娉婷。圆圆见三桂瞧她，恰嫣然一笑，低垂粉颈，另有一种娇羞态度。作书者亦另具一种笔墨。三桂便转眼看众歌姬，觉得蠢俗异常，仿佛嫫盐，便向田畹道："西子在前，难为众艳，请国丈令众姬入室，免得多劳，吴某只请沅姬鼓琴一曲，静心领悟，便感国丈厚谊。"田畹即令众姬退出，命圆圆侧坐鼓琴。侍女抱琴与圆圆，圆圆便轻舒皓腕，默运慧心，弹了一曲《湘妃怨》。弦外寓音。三桂系将门之子，颇识琴心，料知圆圆自怨非偶，不由的自念道："可惜可惜。"

田畹方欲启问，忽见家人呈进邸报，接过一瞧，不觉魂驰魄落。三桂从旁遥望，邸报上写着是："代州失守，周遇吉阵亡"九个大字，便道："代州一失，京畿要戒严了。"田畹道："老夫风烛残年，偏要遭此丧乱，奈何？"三桂趁此机会，竟借着酒意，慨然答道："吴某蒙国丈雅爱，愿力护尊邸，但有一事相求，请国丈见赐！"田畹问他何事？三桂道："便是这位沅姬，若承国丈赐与吴某，吴某誓为国丈效死。"田畹听到此语，又是怒，又是悔，勉强答道："老夫也不惜一歌伎，但未知圆圆愿否？"此时圆圆琴已弹完，就禀告田畹道："妾随国丈数年，安忍轻离国丈，但贱妾事小，国丈事大，国丈有命，敢不敬从！"三桂大笑道："沅姬愿了，沅姬愿了。"忙起身向田畹谢赐，随命自己仆役，抬进暖轿，令陈圆圆拜别皇亲，押着圆圆上轿，出了藩府，自己上了马，扬鞭径去。这位田国丈，弄得目瞪口呆，既不忍割舍，又不好拦阻，只得眼睁睁的由他劫去。

那三桂劫娶圆圆回家，像活宝贝的看待。圆圆又素羡他是当世英雄，三生有幸，两意相同，真个是你贪我爱，说不尽的绸缪。不料明廷谕旨，饬三桂迅速出关。军中不能随带姬妾，三桂硬着头皮，别了爱姬，率兵赶到关上，心中恰时时思念这陈姑娘。儿女情长，英雄气短，自古皆然，不足为三桂责。但为一爱妾故，背了君父，将何以自解？此番得了家人的传报，知陈姑娘被李闯劫夺了去，顿时魂灵儿飞在九霄云外，立即晕倒。你要劫人妾，人亦劫你妾，天道循环，何必着急。幸亏家人相救，苏醒转来，便咬牙切齿，誓报此恨。妻妾之仇，也是不共戴天，礼经上须加入一条。当即率诸将驰回山海关，逐去关上的闯将，令军士为崇祯帝服丧，设座遥奠，啮血结盟，决志扫灭李闯，为明复仇。这消息传达燕京，李闯方在宫中取乐，三日不朝，想是得了陈圆圆，格外荒淫。及接到此报，不觉大惊，亟发兵二十万，下令亲征。又命降将唐通、白广恩，率二万骑绕出关外，夹攻三桂。

三桂方整备抵御，忽报清国摄政王多尔衮，带领雄兵十万，将到宁远。三桂惶急道："内有闯贼，外有清兵，叫我如何对付？"转念道："与其把明室江山送与闯贼，不若送与满洲人。闯贼闯贼！你要夺我爱姬，我也顾不得许多了。"本心已坏。遂修好一书，令副将杨坤、游击郭云龙，赴清军乞援。此时清摄政王多尔衮正领兵到了翁后，距宁远城只数里，闻报平西伯吴三桂遣使求见，乃传令入帐。由杨坤呈上书信，多尔衮即展阅道：

明平西伯山海关总兵吴三桂，谨上书于大清国摄政王殿下：三桂初蒙先帝拔擢，以蚊负之身，荷辽东总兵重任，弃宁远而镇山海者，正欲坚守东陲，而巩固京师也。不意流寇逆天犯阙，京城人心不固，奸党开门纳款，先帝不幸，九庙灰烬，贼首僭称尊号，掳掠妇女财帛，罪恶已极，天人共愤，众志已离，败可立待。我国积德累仁，讴思未泯，各省宗室，如晋文、光武之中兴者，容或有之。

> 远近已起义兵，山左江北，密如星布。三桂受国厚恩，悯斯民之罹难，欲兴师以慰人心，奈京东地小，兵力未集，特泣血求助。我国与北朝通好二百余年，今无故而遭国难，北朝应恻然念之，夫除暴翦恶，大顺也；拯颠扶危，大义也。出民水火，大仁也。兴灭继绝，大名也。取威定霸，大功也。流贼所聚金帛子女，不可胜数，义兵一至，皆为王有，又大利也。王以盖世英雄，值此摧枯拉朽之会，诚难再得之时也。乞念亡国孤臣忠义之言，速选精兵，直入中协西协，三桂自率所部，合兵以抵都门，灭流寇于宫廷，示大义于中国，则我朝之报北朝者，岂惟财帛？将裂地以酬，不敢食言。

多尔衮阅毕，见范文程、洪承畴在旁，便将书递阅。两人阅过了书，范文程先开口道："王爷大喜，此番可手定中原了。"不枉前番苦劝。多尔衮道："这且仗先生等费心。"洪承畴道："此去中原，何患不灭李闯？但此番是为明讨贼的义师，与前次入塞不同，还请王爷发令，申谕将士，经过各府州县，毋屠人民，毋焚庐舍，毋掠财物。有敢违令，照军法从事。如此施行，中原人民，定当望风投诚，万里江山，唾手可下。求王爷明鉴！"多尔衮点点头，随道："吴三桂的来书，如何答复？"范文程道："请先招降三桂，令他与李闯交战，待他两边困乏，我却率领精锐，援应三桂，驱逐李闯，定卜大胜。"一鼓一吹，描尽虎伥。多尔衮道："好好！就请先生写了复书便是。"

这位才学深通的范老先生，就濡墨拈毫，伸纸疾书道：

> 大清国摄政王，复书吴平西伯麾下：向欲与明修好，屡行致书，曾无一言相答，是以三次逃兵攻略，欲明国之

君，熟筹而通好也。若今日则不复出此，惟有底定国家，与明休息而已。予闻流寇攻陷京师，明主惨亡，不胜发指，用是率仁义之师，沉舟破釜，誓必灭贼，出民水火。及伯遣使致书，深为喜悦，遂统兵前进。夫伯思报主恩，与流贼不共戴天，诚忠臣之义也。伯虽向与我为敌，今亦勿因前故怀疑。昔管仲射桓公中钩，后为仲父以成霸业。今伯若率众来归，必封以故土，晋为藩王，一则国仇得报，一则身家可保，世世子孙，长享富贵，当如带砺河山，永永无极！

文程写毕，呈与多尔衮。多尔衮看了一遍，命文程加封，交给来使去讫。多尔衮遂拔营进发，到了连山，遇明使复来，催清兵入关。多尔衮应允，遣回来使。

那时吴三桂日盼清兵到来，不料清兵未至，李闯先到，三桂急将关内的百姓，驱入营中，复挑选精锐，登关固守。正筹备间，猛听得一声大炮，如雷震耳，三桂向西了望，但见尘头起处，千军万马，向东而来，后面隐隐有一黄盖，簇拥着一个须眉如戟，鹰目鹳鼻的主帅。三桂料是李闯，恨不得一手抓来，把他碎尸万段；你的爱姬，倒被他受用久了。当即激励将士，开关出战。李闯见三桂出来，驱众直上，把三桂困在垓心。三桂毫不惧怕，率着铁骑，左冲右突，顿时喊杀连天，山摇地动。从早晨杀到日暮，闯军尚是未退，三桂恐兵士疲乏，无奈冲开敌阵，率兵入关。李闯也不敢紧逼，令部下一齐下寨。

三桂入关，升堂检点军士，已伤亡多人，不禁号啕大哭。非哭军士，实哭爱姬。众将士亦皆感泣。忽报闯将唐通、白广恩，昔为明将，今为闯将，何无心肝乃尔？已带兵二万，从关外杀来，三桂大惊，即登陴遥望，果见东南角一军，悬着“大顺”旗号，旋风般的过来。三桂自语道：“真个贼将又来了，内外受敌，奈何？”急煞！语未毕，听得东北角上，又炮声震天，一军复疾驰而至，旗帜飞扬，隐隐有红黄蓝白四色，三桂又自语道：“莫非清兵已到么？”方在踌躇，见探子已上城飞报，说是清豫王多铎、英王阿济格，已率前队兵到此。三桂不禁转悲为喜，谢天谢地，为公乎？为私乎？便下关用过夜膳，命众将士道：“清军已到，可以无虑。今夜请诸位一意守关，明日我当出见清军。”

是夕，各军都休息勿动。至翌晨，唐通、白广恩进兵攻关，三桂选了五百精兵，携着大炮，开关东出。关门甫辟，炮弹随发，冲开一条血路，直到清营，即下马求见，当由多尔衮遣将迎入。三桂既入帐，见上面坐着威风凛凛的多尔衮，即倒身下拜。为爱姬故，何妨屈膝。多尔衮出座相扶，请三桂起坐。三桂即哭诉李闯不道、残毁宫阙、故主自尽、全家被掳的情形。多尔衮道：“说来也是可恨。我到此地，即为贵爵雪仇雪恨而来。”三桂忙接着道：“王爷仗义兴师，为吴某报仇雪恨，某非木石，敢负鸿慈？”好入贰臣传了。多尔衮道：“如天之福，得定中原，当以王爵相报。”三桂称谢，并请速发兵相救。多尔衮点头，命多铎阿济格入帐，先与三桂相见，随即对二人道：“你二人带兵五千，去杀退关外贼军！”二人奉命前去。多尔衮召进洪承畴、祖大寿等，与三桂共叙寒暄。承畴是三桂故帅，大寿是三桂母舅，至此谈及明室情形，各自叹息。叹息而已，何足道哉？

不多时，多铎、阿济格二人，入帐报捷，说贼将唐通、白广恩已逐走了。原来唐通、白广恩，自松山一战，早识清兵厉害，今见清兵来援山海关，早已望风生畏，鼠窜而去。关外未曾大战，正好虚写。

三桂便请多尔衮入关，守关将士，由三桂点名参谒，复祭告天地，歃血为盟，当下多尔衮命分列坐次，会议军事。洪承畴道："现在闯贼率众东出，都城必然空虚，若潜军从关外绕道，逾入居庸，袭破京师，待贼回援，我在关之军蹙其后，在京之军扼其前，任他李闯非常凶悍，也要一鼓成擒，这却是万全的计策。"若从承畴之计，三桂家属，或犹可保。三桂听这番议论，暗暗着急，忙说道："关内人民，望大军如望云霓，若潜师袭京，多费时日，转失民望，现不如乘着锐气，驱逐逆闯，况王爷以顺讨逆，正应用着堂堂正正的举动，义师所至，无人不服，何必用这秘谋？"三桂心中，只为那人入京，早一日好一日，所以闻承畴计，极力阻挠，然亦亏他说得圆到。多尔衮道："闯贼的兵势如何？"三桂道："贼兵虽多，统是乌合之众，三桂只有七千人马，尚能与他杀个平手，何况王爷带来大队，个个英雄，哪有杀不过闯贼的道理？三桂不才，愿冲头阵。"多尔衮道："既如此，明日与他决一胜负，再作计较。"

翌晨，多尔衮升帐，令吴三桂率领本部人马，攻贼右面，自己的兵马，攻贼左面，一声鼓号，开关出战。两边排着阵势，李闯的兵，约多一倍。多尔衮向吴三桂道："贵爵愿冲头阵，请先攻入！"三桂得令，领着本部人马，向闯兵最多处，杀进去了。多尔衮恰领着英、豫二王，驰上东山，立马观战。洪承畴、祖大寿、孔有德、尚可喜等，也随着多尔衮上山，但见对面山上，李闯亦挟着明太子诸王等，指麾贼众，贼众张开两翼，把三桂军围了四五重。三桂军人人血战，冲荡数十回，呼杀声震动海峤。多尔衮道："好厉害！好厉害！自我带兵以来，入塞也好几次，从没有经过这般恶斗。"对异族则怯，对同室则勇，明朝所以终亡。说时迟，那时快，海滨忽起了一阵怪风，把地土尘沙，卷入空中，顿觉天昏地暗，不辨彼此。多尔衮惊道："不好了！吴三桂要陷没阵中了，快去救他！"多铎、阿济格应声而出，跃马下山，洪承畴、祖大寿、孔有德、尚可喜等亦随下，一声号召，万马奔腾，齐向敌阵冲入。

李闯正在山上督战，见大风过处，飞尘四散，霎时尘开见日，有无数辫发兵，横跃入阵，督兵的都是红顶花翎，不觉失声道："这是满洲兵，如何到此？"急麾盖向山下退走。贼军不见主子，纷纷大乱，满汉各军，追赶四十里，斩首数万级，方收兵回关。

多尔衮令关内兵民，尽行剃发，吴三桂首先遵令，发可剃，爱姬不可失。剃发已毕，即请作前驱，多尔衮命率兵二万名，即日就道，星夜前进。李闯奔一城，三桂捣一城。李闯遣使求和，三桂只是不允。一逃一追，直抵燕京城下。李闯驰入京中，令部众扎在城外，分作十二寨，抵敌三桂。哪禁得三桂当先踹营，无人可当，不到半日，十二寨已攻破八寨，余四寨亦绕城遁去。李闯又遣兵出城迎战，又被三桂一阵杀退，真是"一夫拼命，万夫莫当"。李闯大惧，复遣使求和，愿与三桂平分中原。三桂见了来使，也不令他开口，急喝令斩讫，当即命军士猛攻京城。忽听得城上一片哭声，三桂抬头一望，乃是自己的亲父母，并妻子等三十多名，都是两手被缚，负带刑具，向城下哀告道："阖家性命，都在呼吸，你不如投降了罢！"三桂到此，愤气填胸，大呼不降。城上复答道："你莫非连爹娘都不管么？你身从何而来？今日为爹娘的，为你一人，要身死刀下，你心何忍！"惨不忍闻。三桂抗声道："父母深恩，儿非不知。但儿与闯贼誓不两立，今日有闯无儿，有儿无闯。若闯贼敢害我父母，儿誓把闯贼生擒活剥，偿我父母的命。"忍哉三桂！道言未绝，听城上"扑"的一声，掷下一颗血淋淋的首级，接连又是二三十颗。三桂令军士拾起一瞧，不由的从马上坠下。小子叙到此处，又有一诗咏吴三桂道：

秦庭痛哭亦忠臣，可奈将军为美人。
流贼未诛家已破，忍看城上戮双亲。

欲知三桂性命如何，请诸君再阅下回。

“恸哭三军皆缟素，冲冠一怒为红颜。”此系后人咏吴三桂诗。“缟素”句是宾，“红颜句”是主。不有红颜，何有缟素？是三桂之心，本不可问。且清师入关，不与定酬劳之约，竟尔臣事满清，甘心剃发，且愿为先导，拼命穷追，激成李闯之怒，戮其父母妻孥。不忠不孝，三桂一人实兼之。读本回如燃犀照奸，直穷其隐。

第十三回

闯王西走合浦还珠　清帝东来神京定鼎

却说吴三桂见城上掷下首级，拾起一看，正是他父母妻子的首级，惊得面色如土，从马上坠下。当由军士扶起，不禁捶胸大哭。想是不见陈圆圆首级，故尚未曾晕倒。恰好清兵亦赶到城下，闻报三桂家属被害，多尔衮即下了马，劝三桂收泪，并安慰他一番。三桂谢毕，清兵乘着锐气，攻了一回都城，到晚休息。城内的李闯王，闻满洲兵也到城下，急得屁滚尿流，忙与部下商议了一夜，除逃走外无别法。遂命部下将所索金银，及宫中帑藏器皿，夤夜收拾，铸成银饼数万枚，载上骡车，用亲卒拖着，出后门先发，自率妻妾等开西门潜奔。临走时，放了一把火，将明室宫殿，及九门城楼，统行烧毁，这是何意？并把那明太子囚挟而去。

时已黎明，清兵方出寨攻城，忽见城内火光烛天，烈焰飞腾，城上的守兵，已不知去向；随即缘城而上，逾入城内，把城门洞开。吴三桂一马冲入，军士亦逐队进城。外城已拔，内城随下，皇城已开得洞穿。三桂率兵到宫前，只见颓垣败瓦，变成了一个火堆。三桂遂令军士扑灭余焰，自己恰急急忙忙的，到了家内。故庐尚在，人迹杳然。转了身，向各处搜寻一番，只有鸠形鹄面的愚夫愚妇，并没有这个心上人儿。我亦替他一急。他亦无心去迎多尔衮，竟领兵出了西门，风驰电掣般追赶李闯。到了庆都，见李闯后队不远，便愤愤的追杀过去。

李闯急令部将左光先、谷大成等，回马迎战，不数合，已被三桂军杀败，勒马逃走。抛弃甲仗无数，拥积道旁，三桂军搬不胜搬，移不胜移。等到拨开走路，眼见得闯军已去远了。

三桂尚欲前进，祖大寿、孔有德等，已从京城赶到，促令班师。三桂道："逐寇如追逃，奈何中止？"大寿道："这是范老先生意见，说是穷寇勿追，且回都再议。"三桂犹自迟疑，大寿言："军令如山，不应违拗。"三桂无奈，偕大寿等回见多尔衮。多尔衮慰劳一番，三桂道："闯贼害我故君，杀我父母，吴某恨不立诛此贼。只因军命难违，姑且从归，现请仍行往追！"口头原是忠孝。多尔衮道："将军原不惮劳，军士已经疲乏，总须休养几天，方可再出。"三桂无言可答，只得辞别到家，仍密遣心腹将士，探听陈圆圆消息。念念不忘此人。接连两日，毫无音信，三桂短叹长吁，闷闷不乐。忽有一小民求见，三桂召入。那小民叩见毕，呈上一书，三桂即展读道：

> 贱妾陈沅谨上书于我夫主吴将军麾下：妾以陋姿，猥蒙宠爱，为欢三日，遽别征旌，妾虽留滞京门，魂梦实随左右。陌头之感，不律难宣。三月终旬，闯贼东来，神京失守，妾以隶于将军府下，遂遭险难，以国破君亡之际，即以身殉，夫亦何惜？第以未见将军，心迹莫明，不敢遽死。闯贼屡图相犯，妾以死拒。幸闯贼犹畏将军，未下毒手，令妾得以瓦全。妾之偷息以至于今者，皆将军之赐也。及闯贼举兵西走，妾得乘间脱逃，期一见将军之面，捐躯明志。乃闻将军复出追寇，不得已暂寓民家，留身以待。今幸将军凯旋，将别后情形，谨陈大略。伏维垂鉴，书不尽意，死待来命。

看官！这陈圆圆既被李闯掳去，如何李闯西奔，恰把圆圆撇下呢？前未提起，阅者早已怀疑。原来圆圆秉性聪明，闻三桂来追，李闯欲走，她思破镜重圆，故意的向李闯面前，说明三桂心迹。李闯以留住圆圆，可止追军，并因妻妾多与相嫉，阴阻其行，故圆圆犹得留京，流徙民家。

三桂得了圆圆书，不禁大喜，忙赏小民二百金，这小民恰得了一注横财。令兵役肩舆至民家，接回圆圆。不一时，圆圆已到，款步而入，三桂忙起身相迎。文姬归来，丰姿如旧。圆圆方欲行礼，三桂已将她一把掖住，拥入怀中，与她接了一回吻，真是活宝贝。才对圆圆道；“不料今日犹得见卿。”圆圆道：“妾今日得见将军，已如隔世，惟妾身虽幸保全，左右不无疑虑，请今日死在将军面前，聊明妾志。”说毕，已垂下珠泪数滴，把三桂双手一推，意图自尽。一哭一死，这是妇女惯技。三桂将她紧紧抱住，便道：“我为卿故，间关万里，日不停驰，今日幸得重会，卿乃欲舍我而死。卿死，我亦不愿再生。”比君父何如？圆圆呜咽道：“将军知妾，未必人人知妾。”三桂急忙截住道：“我不疑卿，谁敢疑卿！”圆圆道：“将军如此怜妾，妾不死，无以自白，妾死，又有负将军，正是生死两难了。”三桂着急道：“往事休提，今日是破镜重圆的日子，当与卿开樽畅饮，细诉离情。”于是命侍役安排酒肴，到了上房对酌，叙这数月的相思。妾貌似花，郎情如蜜，金钉影里，半弹云鬟，秋水波中，微含春色。既而夕阳西下，更鼓随催，携手入帐，重疗相如渴病，含羞荐枕，长令子建倾心。此时三桂的心中，全把君父忘却，未知这位陈圆圆，还记念李闯否？过了数日，少不得从宜从俗，替吴襄开丧受吊。白马素车，往来不绝。嗣闻多尔衮保奏为王，又是改吊为贺，小子也不愿细叙了。

且说清摄政王多尔衮入京后，一切布置，都由范文程、洪承畴酌定。特志两人，是《春秋》书法。范、洪二人，拟就两道告示，四处张贴。一道是揭出“除暴救民”四字，羁縻百姓，一道是为崇祯帝发丧，以礼改葬，笼络百姓。那时百姓因李闯入京，纵兵为虐，受他奸淫掳掠的苦楚，饮恨的了不得，一闻清兵入城，把闯贼赶出，已是转悲为喜。又因清兵不加杀戮，复为故帝发丧，真是感激涕零，达到极点，还有哪个不服呢？小信小惠，已足服人。多尔衮见人心已靖，急召集民夫，修筑宫殿。武英殿先告竣工，多尔衮升殿入座，摆设前明銮驾，鸣钟奏乐，召见百官。故明大学士冯铨，及应袭恭顺侯吴维华，亦率文武群臣，上表称贺。富贵固无恙也。是日，即缮好奏摺，令辅国公屯齐喀和托，及固山额真何洛会，到沈阳迎接两宫。

两大臣去讫，多尔衮退了殿，忽由部将呈上密报。多尔衮一瞧，即召入范文程、洪承畴递阅。二人阅毕，范文程道：“福王朱由崧在南京监国，将来定与我为难，这事颇要费手。”洪承畴道：“朱由崧是个酒色之徒，不足深虑，只是南京兵部尚书史可法，素具忠诚，未知他曾任要职否？”多尔衮道：“洪先生谅识此人。”承畴道：“他是祥符县人，素来就职南京，所以不甚熟识。惟他有一弟在京，日前已会晤过了。”多尔衮道：“最好令伊弟招降了他。”承畴道：“恐他未必肯降。但事在人谋，当先与商议便是。”多尔衮点头，二人随即退出。

过了数日，迎銮大臣饬人回报，两宫准奏，择于九月内启銮。多尔衮遂派降臣金之俊为监工大臣，从京城至山海关，填筑大道，未竣工的宫殿，加紧筑造；又招集侍女太监，派往各宫承值，宫中需用的器具物件，特遣专员往各处采办；多尔衮当政务余闲的时候，亦亲去监察，吉特太后所居之宫，想必监察较周。一日，由探马报称明福王称帝南京，改元弘光，命史可法开府扬州，统辖淮扬凤庐四镇，江淮一带，都驻扎重兵了。多尔衮闻报，仍延这洪老先生密议邸中。此时这洪老先生，已托史可法兄弟寄书招降，又与多尔衮代作一书，寄与史公。此书曾载入史鉴，首末无非通套，中间恰说得委婉动人。其文云：

> 予向在沈阳，即知燕京物望，咸推司马。及入关破贼，与都人士相接，识介弟于清班，曾托其手书奉致衷绪，未知以何时得达。比闻道路纷纷，多谓金陵有自立者，夫君父之仇，不共戴天，《春秋》之义，有贼不讨，则故君不得书葬，新君不得书即位，所以防乱臣贼子，法至严也。闯贼李自成，称兵犯阙，手毒君亲，中国臣民，不闻加遗一矢。平西王吴三桂，介在东陲，独效包胥之哭，朝廷感其忠义，念累世之宿好，弃近日之小嫌，爰整貔貅，驱除狗鼠。入京之日，首崇怀宗帝后谥号，卜葬山陵，悉如典礼。亲郡王将军以下，一仍故封，不加改削。勋戚文武诸臣，咸在朝列，恩礼有加。耕市不惊，秋毫无扰。方拟秋高天爽，遣将西征，传檄江南，联兵河朔，陈师鞠旅，戮力同心，报乃君父之仇，彰我朝廷之德。岂意南州诸君子，苟安旦夕，弗审时机，聊慕虚名，顿忘实害，予甚惑之。国家抚定燕都，乃得之于闯贼，非取之于明朝也。贼毁明朝之庙主，辱及先人，我国家不惮征缮之劳，悉索蔽赋，代为雪耻，孝子仁人，当如何感恩图报？兹乃乘逆寇稽诛，王师暂息，遂欲雄踞江南，坐享渔人之利，揆诸情理，岂可谓平？将谓天堑不能飞渡，投鞭不足断流耶？夫闯贼为明朝祟，未尝得罪于我国家也，徒以薄海同仇，特申大义，今若拥号称尊，便是天有二日，俨为劲敌，予将简西行之锐，转旝东征，且拟释彼重诛，命为前导。夫以中华全力，受制潢池，而欲以江左一隅，兼支大国，胜负之数，无待蓍龟矣。予闻君子之爱人也以德，

细人则以姑息，诸君子果识时知命，笃念故主，厚爱贤王，宜劝令削号归藩，永绥福禄，朝廷当待以虞宾，统承礼物，带砺山河，位在诸王侯上，庶不负朝廷伏义，兴灭继绝之初心。至南州群彦，翩然来仪，则尔公尔侯，有平西之典例在，惟执事实图利之！晚近士大夫，好高树名义，而不顾国家之急，每有大事，辄同筑舍。昔宋人议论未定，兵已渡河，可为殷鉴。先生领袖名流，主持至计，必能深维终始，宁忍随俗浮沉，取舍从违，应早审定，兵行在即，可西可东，南国安危，在此一举。愿诸君子同以讨贼为心，毋贪瞬息之荣，而重故国无穷之祸，为乱臣贼子所笑，予实有厚望焉。记有之："惟善人能受尽言。"敬布腹心，伫闻明教。江天在望，延跂为劳，书不尽意。

书成，命故明副将韩拱薇，及参将陈万春，赍书去讫。多尔衮照常办事，除处理国务外，仍是监视工作，足足忙了两个多月，方报竣工。

一日，接到沈阳谕旨，知两宫已经启銮，遂派阿济格、多铎等，率兵出城巡察。嗣是连接来报，圣驾已到某处某处了。多尔衮令于通州城外，先设行殿，命司设监去设帷幄御座，尚衣监去呈冠服，锦衣卫去监卤簿仪仗，旗手卫去陈金鼓旂帜，教坊司去备各种细乐。大致齐备，传闻御驾已入山海关，进次永平，即传集满汉王大臣，统穿着吉服，往行殿接驾。是日銮驾已到通州，龙旗焕采，鸾辂和铃，两旁侍卫拥着一位七龄天子，生得秀眉隆准，器宇非凡，七岁童子，入做中原皇帝，想必器宇非凡。后面便是两宫皇太后。这位吉特氏，华服雍容，端严之中，偏露出一种妩媚。想从多尔衮眼中看出。多尔衮忙率王大臣等，排班跪接。由太监传旨平身，始一齐起立，随銮驾进了行殿。七龄天子，升了御座，旁立鸿胪寺官，俟王大臣等依次排列，一一唱名，赞行五拜三叩首礼。礼毕，退殿少息，约两三小时，复命起銮，从永定门入大清门，王大臣等仍送迎如仪。是时城内的居民，早已奉到命令，家家门前，各设香案，烟云缭绕，气象升平。銮驾徐徐经过，入了紫禁城，王大臣等始起身而退，只多尔衮随驾而入。猛见那已革的肃亲王豪格，仍然翎顶辉煌，昂头进去，多尔衮满腹狐疑，当时不便明问，只好随驾入宫。肃亲王的福晋，想尚在后未到。

接连忙了数日，无非是安顿行装，排设器具，毋庸细说。到了十月朔，顺治帝亲诣南郊，祭告天地社稷，并将历代神主，奉安太庙，随即升武英殿，即中国皇帝位。满汉文武各官，拜跪趋跄，高呼华祝，正是说不尽的热闹。汉代衣冠一旦休。礼毕，遂颁诏天下，大旨为“国号大清，定都燕京，纪元顺治”等语。这是满清入主中原之始，故不惮详述。是日，即加封多尔衮为叔父摄政王，因他功迹最高，特命礼部建碑勒铭，并定摄政王冠服宫室各制。另定摄政王宫室制度，恐多尔衮尚未快意。又加封济尔哈朗为信义辅政叔王，名为加封，实是降级。晋封阿济格为武英亲王，复肃亲王豪格爵，赐吴三桂平西王册印。谕旨一下，多尔衮因豪格复爵，心中未免不乐，恰又不便拦阻，只好缓缓设法。是日亲王及各大臣家属，亦统同到京。前文未叙及肃王福晋，故特补叙一笔，非闲文也。

畿内已定，复令直隶巡抚卫国允等，平定畿外，于是决议远略。闻李闯西奔入陕，遂授阿济格为靖远大将军，率同吴三桂、尚可喜等，由大同边外，会诸蒙古兵，入榆林延安，攻陕西的背后。多铎为定国大将军，率同孔有德等，由河南趋潼关，攻陕西的前面。两路进兵，都用汉将为前导，以汉攻汉，的是妙计。只可惜这平西王又要与爱姬话别了。两将军率兵去讫，多尔衮又遣豪格出师山东，语首特加多尔衮三字，阅者勿滑过。豪格不敢违慢，亦即奉令而去。

那时朝政始稍稍闲暇，多尔衮随时入宫，与吉特太后共叙离情。一日，正自大内回邸，忽由洪承畴入见，报称江南遣使左懋第、陈洪范、马绍愉等，携带白金十万两，绸缎数万匹，来此犒师。多尔衮道："何处的军士，要他犒赏？"承畴道："说来可笑。他说是犒我朝军士呢！还有史可法一封复书。"说至此，即袖出一书呈上，多尔衮拆开一阅，不禁惊叹起来。正是：

河山半壁留残局，简牍千秋表血诚。

毕竟书中如何说法，且看下回自知。

顺治帝之入关，人谓由多尔衮之力，吾不云然。不由多尔衮，将由吴三桂乎？应之曰唯唯否否。三桂初心，固未尝欲乞援满洲也，为一爱姬故，迫而出此。然则导清入关者，非陈圆圆而谁？圆圆一女子耳，乃转移国脉如此。夏有妹喜，商有妲己，周有褒姒，圆圆殆其流亚欤？若多尔衮之经略中原，入关定鼎，亦自吉特太后激厉而来，是又以一妇人之力，肇成大统者，孰功孰罪，阅此书者当于夹缝中求之。

第十四回

抗清廷丹忱报国　屠扬州碧血流芳

且说清摄政王多尔衮，展阅史可法复书，不禁惊叹，因史公来书，是洋洋二大篇，比原书字数还要加倍。当即交洪承畴朗诵，承畴遂徐声念道：

大明国督师兵部尚书，兼东阁大学士史可法顿首，谨启大清国摄政王殿下：南中向接好音，法随遣使问讯吴大将军，未敢遽通左右，非委隆谊于草莽也，诚以大夫无私交，《春秋》之义。今倥偬之际，忽奉琬琰之章，真不啻从天而降也。循读再三，殷殷致意，若以逆贼尚稽天讨，烦贵国忧，法且感且愧。惧左右不察，谓南中臣民偷安江左，竟忘君父之怨，敬为贵国一详陈之：

我大行皇帝敬天法祖，勤政爱民，真尧舜之主也。以庸臣误国，致有三月十九日之事，法待罪南枢，救援无及，师次淮上，凶问随来。地坼天崩，山枯海泣。嗟夫！人孰无君？虽肆法于市朝，以为泄泄者戒，亦奚足谢先皇帝于地下哉？尔时南中臣庶，哀恸如丧考妣，无不拊膺切齿，欲悉东南之甲，立翦凶仇；而二三老臣，谓国破君亡，宗社为重，相与迎立今上，以系中外之心。今上非他，神宗之子，光宗犹子，而大行皇帝之兄也。名正言顺，天与人归。五月朔日，驾临南都，万姓夹道欢呼，声闻数里。群臣劝进，今上悲不自胜，让再让三，仅允监国，迨臣民伏驾屡请，始以十五日正位南都。从前凤集河清，瑞应非一，即告庙之日，紫云如盖，祝文升霄，万目共瞻，欣传盛事。大江涌出枬梓数十万章，助修宫殿，岂非天意哉？越数日，遂命法视师江北，克日西征，忽传我大将军吴三桂，借兵贵国，破走逆成，为我先皇帝后发丧成礼，扫清宫阙，抚辑群黎，且罢薙发之命令，示不忘本朝，此等举动，震古铄今，凡为大明臣子，无不长跪北向，顶礼加额，岂但如明谕所云，感恩图报已乎？谨于八月薄治筐篚，辽使犒师，兼欲请命鸿裁，连师西讨，是以王师既发，复次江淮，乃辱明诲，引《春秋》大义，来相诘责，善哉言乎！然此为列国君薨，世子应立，有贼未讨，不忍死其君者立说耳。

若夫天下共主，身殉社稷，青宫皇子，惨变非常，而犹拘牵不即位之文，坐昧大一统之义，中原鼎沸，仓卒出师，将何以维系人心？紫阳《纲目》，踵事《春秋》，其间特书如莽移汉鼎，光武中兴，不废山阳，昭烈践祚，怀愍亡国，晋元嗣基。徽钦蒙尘，宋高嗣统，是皆于国仇未翦之日，亟正位号，《纲目》未尝斥为自立，率以正统予之。甚至如玄宗幸蜀，太子即位灵武，议者疵之，亦未尝不许以行权，幸其光复旧物也。本朝传世十六，正统相承，自治冠带之族，继绝存亡，仁恩遐被，贵国昔在先朝，夙膺封号，载在盟府，宁不闻乎？今痛心本朝之难，驱除乱逆，可谓大议复著于《春秋》矣。昔契丹和宋，止岁输以金缯，回纥助唐原非利其土地，况贵国笃念世好，兵以义动，万代瞻仰，在此一举。若乃乘我蒙难，弃好崇仇，规此幅员，为德不卒，是以义始而以利终，为贼人所窃笑也。贵国岂其然？

往者先帝轸念潢池，不忍尽戮，剿抚互用，贻误至今，今上天纵英武，刻刻以复仇为念，庙堂之上，和衷体国，介胄之士，饮泣枕戈，忠义民兵，愿为国死，窃以为天亡逆闯，当不越于斯时矣。语曰："树德务滋，除恶务尽。"今逆贼未服天诛，谍知卷土西秦，方图报复，此不独本朝不共戴天之恨，抑亦贵国除恶未尽之忧。伏乞坚同仇之谊，全始终之德，合师进讨，问罪秦中，共枭逆贼之头，以泄敷天之恨，则贵国义闻，照耀千秋，本朝图报，惟力是视，从此两国世通盟好，传之无穷，不亦休乎？至于牛耳之盟，则本朝使臣，久已在道，不日抵燕，奉盘盂从事矣。

法北望陵庙，无涕可挥，身陷大戮，罪应万死，所以不即从先帝者，实为社稷之故。《传》曰："竭股肱之力，继之以忠贞。"法处今日，鞠躬致命，克尽臣节，所以报也。惟殿下实昭鉴之！弘光甲申九月日。

洪承畴读毕，随道："据书中意思，史可法是不肯降顺我朝，但照陈洪范传说，现在明福王用了马士英、阮大铖等人，入阁办事，恐怕就要灭亡呢。"多尔衮问他何故？承畴道："马士英向来贪鄙，阮大铖是魏阉的干儿，这等人执掌朝纲，还有何幸？"多尔衮道："有史可法在。"承畴道："单靠这史老头儿，也不中用。"史老头儿不中用，洪老头儿恰很中用。多尔衮道："此外有无别说。"承畴道："来使左懋第恰有四件事要求我朝：第一件，是要在天寿山特立园陵，改葬崇祯帝；第二件，是要索还北京，只肯把山海关外，割界我朝，每年赠我岁币，只有十万两；第三件，我朝与他国书，只许称可汗，不能称帝；第四件，来使聘问，要照故明会典，不肯屈膝。"多尔衮勃然道："左懋第何人？敢说这样话！"承畴道："闻他为兵部右侍郎，兼右佥都御史。左懋第系南朝忠臣，故特借承畴口中表明官职，这也是紫阳书法。多尔衮想了一回，便道："且令他三人暂居鸿胪寺中，再作计较。"

歇了几天，承畴因染病乞假，不去上朝，忽闻朝中已遣回南使，大吃一惊，忙来见多尔衮，问道："王爷把南使都遣回了么？"多尔衮道："两国相争，不斩来使，自然令他回去。"承畴道："老臣已与陈洪范密约，愿招降江南将士。洪范可去，左、马二人不应遣归。"多尔衮道："你日前未曾声明，今已遣归，奈何？"承畴道："请速派得力人员，追回左、马二人，只放陈洪范回南。"多尔衮点头，即令学士詹霸，带着禁军，飞骑南追，不到两三日工夫，即将左、马二人截回。

多尔衮正思遣将南下，忽接西征捷报，说西安已攻下了，不禁大喜。原来李闯率众入陕，攻陷长安，复令部众分扰四川、河南等省，寻闻清豫王多铎已下河南，急遣部将张有声守洛阳，张有曾守灵宝，不防清兵势大，二张俱被击败，退回关中。李闯又命骁将刘宗敏，带着人马，出守潼关，与清兵战了数次，有败无胜。李闯复亲率铁骑到关，两下都是百战精兵，一攻一守，杀伤相当。这时候，清英王阿济格等，已向长城绕入保德州，结筏渡河，入绥德，克延安，下鄜州，直趋西安。警报传至李闯，李闯又只得回援，途次正遇阿济格军，被他大杀一阵，急急的遁入城中。那时潼关也由多铎攻破，降了闯将马世尧，乘胜来会阿济格，李闯急上加急，仍如在京时放火而逃。始终是一强盗行径，如何能统中原？这一场，被清兵前截后追，杀得尸横遍野，血流成渠，是恶贯满盈之报。只剩了几十百个残卒，保着李闯，落荒逃走去了。李闯入陕，已如强弩之末，故书中叙述，亦约略及之。

阿济格既逐去李闯，与多铎相会，即联名报捷。多尔衮大喜过望，即奏请顺治帝御殿受贺。此时已是顺治二年春天了。

受贺毕，由多尔衮等会议，令阿济格仍遵前旨，追剿李闯，多铎移师下江南。小子只有一支笔，不能并叙，且先述多铎下江南事。

且说南朝的福王，系明神宗孙，福恭王常洵长子，崇祯十六年袭封。因流寇四扰，偕从叔潞王常涝，避难淮安。崇祯帝殉国，凤阳总督马士英拟迎立福王，独南京兵部尚书史可法，以福王有七不可立，一贪，二淫，三酗酒，四不孝，五虐下，六不读书，七干预有司，一之为甚，其可七乎？拟迎立潞王常涝。偏这马士英硬要推戴，勾结总兵高杰、刘泽清、黄得功、刘良佐四人，备齐甲杖，护送福王到仪真。可法无奈，与百官迎入南京，先监国，继称尊，以次年为弘光元年。士英带兵入南京，与可法同为东阁大学士，两人心术不同，屡有龃龉。可法乃自请出镇淮扬，率总兵刘肇基于永绥等，同到江北，建议分徐泗、淮海、滁和、凤寿为四镇，即命高杰、刘泽清、黄得功、刘良佐四总兵，分地驻扎。名目上归可法节制，其实统是士英羽翼，哪个肯听可法号令？史阁部死矣！四总兵闻扬州华丽，争思居住，先到扬州城下，自杀一场。亏得可法驰往劝解，方各至汛地。自是史可法在扬州驻节，屡上书请经略中原，都被马士英搁留不报。这位弘光皇帝，偏信马士英，一切政务，全然不管，专在女色上用心。宫中不足，取诸外府。时命太监出城搜寻，见有姿色的女子，一把扯去。可怜母哭儿号，生离惨别，那弘光帝恰左拥右抱，非常快活。广罗春方服媚药，尽情取乐，无愁天子。谁知春宵不永，好事多磨，霓裳之曲未终，鼙鼓之声已起。北朝的豫亲王多铎，已分军南下了。

多铎自奉了移师的上谕，便别了阿济格，把军士分作三支，望河南进发。一出虎牢关，一出龙门关，一出南阳，约至归德府会齐。时河南尚为南朝属地，巡按御史陈潜夫，保奏汝宁宿将刘洪起，可为统领，令他号召两河义旅，阻截清兵。马士英不许，反召回陈潜夫，清兵长驱河上，如入无人之境。史可法闻警，亟令高杰出师徐州，沿河筑墙，专力防御。寻因清兵已下河南府，复促高杰进屯归德。高杰欲与睢州总兵许定国，互相联络，作为犄角，不意定国已纳款清兵，送二子渡河为质。高杰尚在梦中，领了数骑，从归德趋睢州，被定国赚入城内，设宴接风，召妓侑酒。灌得高杰烂醉如泥，连从骑也没人不醉，大家挟妓酣寝。一声鼓号，伏兵齐起，高杰从醉梦中惊醒，被四妓揿住，手足动弹不得，刀锋一下，身首两分。其余从骑，也一一被他杀死。一班风流鬼，都入森罗殿去了。牡丹花下死，做鬼亦风流。

定国即至多铎处报功，多铎随进取归德，三路兵陆续会集。适清都统准塔，随豪格至山东，因山东已平，奉朝命接应多铎，亦到归德来会多铎军。多铎令准塔率本部军出淮北，自率部队出淮南。又是二路。准塔到徐州，守将李成栋乞降，进攻宿迁，刘泽清率步兵四万，船千余，夹淮相拒。准塔令兵士放炮遥击，自己恰潜渡上游，绕出泽清背后。泽清不及防备，顿时骇退。准塔追至淮安，泽清遁入海。淮北一带，望风降清。多铎由归德趋泗州，明淮河守将李际遇，焚桥遁去。清兵遂安安稳稳的渡了淮河。

那时赤胆忠心的史可法，闻高杰被杀，流涕太息，忙令高杰甥李本身，往收部众，又立杰子元爵为世子，抚定军心。忽报清兵已渡淮河，急督师出御；行至半途，又报泗州紧急，复移师向泗州；行未数里，南京又飞檄召还，说是左良玉谋反，从九江入犯，赶即入卫。风鹤惊心，楚歌四面，可法因勤王事急，不得已舍了泗州，折回江南。史公可怜！

看官！你道这左良玉何故入犯？左良玉夙有战功，福王封他为宁南侯，驻守武昌，节制长江上游，作为南都屏障。这马士英偏暗中嫉忌，遇事裁抑，恼得良玉性起，索性借入清君侧为名，引兵东下，从汉口到蕲州，列舟三百多里。士英大惊，一面命阮大铖等，率兵至江上，会同黄得功防堵，一面飞召史可法、刘良佐等入援。可法方渡江抵燕子矶，又遇南京差官，传来谕旨，以黄得功已破良玉军，令可法速回淮扬。可法犹欲趋援泗州，探报泗州已失，急还扬州。好像磨盘心。谁知清兵已从天长、六合长驱而来，距扬州城只三十里。扬州守兵，多半逃窜，至可法入城，城中已无兵可守。飞檄各镇入援，只一总兵刘肇基，从白洋河趋赴，报称："军心多变，刘泽清已潜降清军，"弄得可法战无可战，只得决计死守。

当时有清室降将李世春，奉多铎命，入城劝降。看官！你想这效死勿贰的史督师，肯甘心降敌么？愧杀洪、吴诸人。世春尚未详说，已被可法叱逐出城。世春去后，可法急令总兵李栖凤监军，副使高岐凤扎营城外，作为援应，自率刘肇基登城巡阅。猛见清兵如江潮海浪一般，推涌前来，倒也不慌不忙，待清兵将临城下，一声号令，炮弹矢石，统向清兵打去。清兵前队，多半死伤，方略略退去。相持两昼夜，可法望见城外两营，杳无声响，只有虚幌幌两座营帐；隔了一宿，连营帐都没有了。凤兮凤兮，何德之衰？可法叹道："文官三只手，武官四只脚，奈何奈何？"刘肇基献策道："城内地高，城外地低，可决淮河之水，灌入敌军，不怕敌军不退！"可法道："民为贵，社稷次之。敌军未必丧亡，淮扬先成鱼鳖，于心何忍？"到了此时，还顾恋百姓，可谓仁人。遂不从肇基之言，专务固守。

多铎接连攻城，已是数日，兵士已被伤无数，顿时愤不可遏，督兵猛扑数次，都被守兵击退。可法检点守兵，亦已许多受伤，料知城孤援绝，终难持久，啮了指血，草定遗表，还劝这位弘光皇帝去谗远色，勉力图存。又作书寄与母妻，不及家事，但云"我死当葬我高皇帝陵侧"。精忠报国，如见其心，读此为之法然。遂交与副将史得威，令他逸出城外驰报去讫。到了第七日，城内的炮弹矢石，所剩无几，可法正在着急，陡闻炮声突发，城堞随崩，凭你史督师忠心贯日，也是无法可施，只好拼着命与他血斗。两下激战许久，城内外尸如山积，清兵践尸入城，刘肇基率士民巷战，杀伤十余人而死。可法见清兵已入，肇基阵亡，忙拔剑自刎。忽来了参将张友福把剑夺去，拥可法出小东门。可法大呼道："我便是史督师。"此时城内外统是清兵，闻可法自呼，不问真伪，一阵乱剁，可怜柱石忠臣，已成碧血，从此精诚浩气，直上青云。逾年，家人以袍笏招魂，葬于扬州城外的梅花岭。《明史》上说他是文文山后身，小子曾有《梅花岭吊古诗》道：

休言史乘太荒唐，燕市扬州一样芳。
留得忠魂埋此土，岭梅万树益馨香。

多铎既得了扬州，下令屠杀十日，这般惨戮的情形，小子恰有些不忍说了。后人著有《扬州十日记》，看官可以参阅，小子且停一停笔，待下回再叙。

史阁部一书，义正词严，可夺故人之气，惜所主非人耳。向使明福王任贤勿贰，去邪勿疑，则正位南京，犹仍汉代衣冠之旧。吾正望其不亡，乃淫荒无度，黜正崇邪；马阮用事，援引奄党；中书随地有，都督满街走，监犯多如羊，职方贱如狗，相公只爱钱，皇帝但吃酒。胡儿南下，四镇抛戈，徒一憖遗之史阁部，怀才莫试，茹苦含辛，卒抗节扬州城下，岂不哀哉？本回全为史阁部写照，历表忠悃，令人不忍卒读。

第十五回

弃南都昏主被囚　捍孤城遗臣死义

却说扬州被清兵攻入，警报传至南京，与雪片相似。马士英急遣总兵郑鸿逵，副使杨文骢，率师堵截江上。这郑杨两人，统是马党，钻营奔去，得了一个高官，晓得什么兵略，只把炮弹隔江乱放，诡报胜仗。偏这清兵故意趋避，到了炮弹声歇，他却乘着黑夜，渡江而来。待明营惊醒，清兵已经杀入，郑杨二人不知所措，只得率兵逃走。杨文骢逃至苏州，郑鸿逵越加胆小，直奔到杭州，好算是逃将军第一。清兵遂进陷镇江。

那时弘光皇帝恰罗列美女，饮酒取乐，不让当年陈叔宝。至镇江失守的信息，报入宫中，他还拥着美人，不住的饮酒。亏他镇定。次日，又由太监入报，清兵自丹阳句容，迤逦前来，至是弘光帝方有些着急，连唤奈何。太监道："现闻黄得功屯兵芜湖，请皇上赶紧前去，叫他保驾才好。"弘光帝忙收拾行装，挈了爱妃，潜开通济门出走。次晨，马士英入朝，闻弘光帝已经逃去，忙入宫中，见太后皇后，正在着忙，哭得似泪人儿一般。太后都不管，弘光帝全无心肝。士英命侍卫备驾出宫，自与阮大铖率亲兵数千名，挟了太后皇后等，匆匆逃去。

南京城内，人心惶惶，总督京营圻城伯赵之龙，束手无策，与大学士王铎等，密议了一条救急的妙法，倒也大家心安。过了两日，清兵始到城下，赵之龙即将议定的法子，施行出来，令属员写了降书一道，赍赴清营。多铎大喜，准其投降。赵之龙即率十七侯伯，开了城门，匍匐道旁，迎接清兵，衣冠扫地。多铎入城安民。因马到即降，破格宽宥，禁止部兵掳掠，所以南京还算安静。特别提出，想见其掳掠多矣。休息一天，即遣贝勒尼堪，贝子屯齐，进兵芜湖，追擒弘光帝。适明将刘良佐，奉檄入援，途次遇着清兵，并不抵御，当即迎降。尼堪令为前驱，直达芜湖江口。

是时江南四镇，高杰被杀，二刘降清，单剩了一个黄得功，他前时奉命去攻左良玉，良玉已死，其子梦庚败走，得功因回屯芜湖。忽见弘光帝狼狈奔到，大惊道："陛下何故轻身到此？"弘光帝流泪道："南京无一人可恃，唯卿秉性忠诚，所以冒死前来，仗卿保护。"何不叫马士英、阮大铖等保护？得功道："陛下死守京城，臣等尚可尽力，奈何轻身来此？且臣方对敌，何能扈驾？"弘光帝不禁大哭。得功无法，只得留住弘光帝，愿效死力。

不数日，清兵已到江口，得功戎装披挂，执了佩刀，坐下小舟，督部下渡江迎战。遥闻对岸有人大叫道："黄将军何不早降？"视之，乃刘良佐，不觉怒叱道："汝乃甘心降敌么？"言未毕，忽有一箭射来，正中喉间左偏，鲜血直喷，得功痛极，将佩刀掷去，拔去箭镞，大叫一声，晕绝舟中。总兵田雄，见得功已死，起了坏心，一手将弘光帝掖住，复令兵士缚住弘光爱妃，送至对岸，献入清营。尼堪命将弘光帝及爱妃，推入囚车，解至南京，多铎即遣使献俘。可怜这位风流天子，只享了一年艳福，到此身为俘虏，与爱妃同毕命燕京，长辞人世去了。与爱妃同死，冥中有伴了。

江南已定，范文程、洪承畴等，撰颂词，修贺表，又有一番忙碌。过了数日，又有两处捷报，一是英亲王阿济格，报称追逐李闯，无战不胜，闯贼遁至武昌，入九宫山，被村民斫毙，获住贼叔及妻妾，并死党左光先、刘宗敏等，俱审实正法了。了结李闯，即从阿济格奏报中叙明，以省笔墨。一是豫亲王多铎，报称安庆、宁国、常州、苏州、松江各府，统已降顺，别遣贝勒博洛，及新授援浙闽总督张存仁，南下杭州去了。此时佳音迭至，喜气盈廷，皇太后吉特氏，及摄政王多尔衮，统喜欢得了不得。偏提出他两人，笔亦尖刻。两人复私下商议，南征西讨诸将帅，在外多时，应召他回朝休养，再作后图，国家大事，偏称私议，句中有句。遂令英、豫两亲王，奏凯还朝。

是时英亲王阿济格，正由武昌顺流东下，略定江西，降左良玉子梦庚，得师十万，闻廷寄到来，仍自江西回湖北，规定全省，随即北还。豫亲王多铎，接到召还的谕旨，收拾金银财帛，并选了江南美妇数名，带同北返。那时美妇中有一个孀姝，姓刘名三季，后来做了豫王福晋，便是从这次挈去，稗史中曾称作孀姝奇遇，小子不得不略略说明：这个刘三季，系虞邑黄亮功的继妻。亮功病殁，三季守孀，被清军掠献多铎。多铎见她天然秀媚，不同凡艳，就要逼她侍寝。三季抵死不从，把头触柱，险些儿作了血污美人。幸亏婢媪众多，把她拦住。她尚大哭大踊，弄得乱头散发，别个妇女，到这般田地，也没甚可观，偏这三季发长委地，万缕香丝，光同黑漆，尤觉动人怜爱。多铎不敢相强，只令婢媪小心服侍，多方劝解。到了回京的时候，便带了三季同还，居以大厦，被以华縠，奉以珍馐，三季毫不转意，随后闻她有个爱女，名叫珍儿，流落江南，遂令清兵沿途访觅，竟被寻着，致书三季，三季始渐渐解忧。事有凑巧，豫邸福晋忽喇氏，一病身亡，多铎又令能说能话的婢媪，许她作为继室。毕竟妇女心肠，未免势利，不由的化刚为柔。妇女失贞，大都如此。多铎遂派良工制就凤冠命服，赐与三季，三季亲手收了。多铎喜极，就命侍女十余名，把三季换了穿戴，簇拥登堂，成就大礼。从此下邑孤孀，居然做极品命妇了。

当时英、豫二王还朝后，与摄政王多尔衮相见，俱蒙殷勤款待，独肃王豪格，自山东还京，见了摄政王，偏碰着许多钉子，竟不知所为何因。读者试猜之！摄政王平日，喜欢中亦带着三分愁闷，一班攀龙附凤的功臣，从旁窥测，无从捉摸；可巧贝勒博洛的捷音，又到北京，原来马士英自南京出走，奉了弘光帝母妃，南走杭州，适潞王常淓，流寓在杭，马士英就劝他监国。潞王尚未允洽，不意清贝勒博洛，已率兵抵余杭，马士英与总兵方国安，上前迎敌，连战连败，向西窜逸。清兵追至钱塘江，沿江立营，杭人料他潮至必没，谁知潮神也趋奉清兵，竟三日不至。清兵渡江攻城，潞王无兵无饷，哪里还能固守？只好与巡抚张秉贞等，开门乞降罢了。摄政王看了捷报，也无甚得意，淡淡的搁过一边，他的心思，无非与豪格反对，苦于无法可除，正在踌躇。

忽报故明兵部尚书张国维等，奉了鲁王朱以海，监国绍兴，故明礼部尚书黄道周等，奉了唐王朱聿键，称帝福建，多尔衮皱了一回眉，便召范文程、洪承畴等会议，并问："鲁唐二王，是否前明嫡派？"承畴答称："鲁王是明太祖十世孙，世封山东，唐王是明太祖九世孙，世封南阳。"多尔衮道："明朝的子孙，为何有这般多呢？一个弘光，方才除掉，偏偏又兴起两个来。"言未毕，复有警报传到，明给事中陈子龙，总督沈犹龙，吏部主事夏允彝，联合水师总兵黄蜚、吴志葵，起兵松江，明兵部尚书吴易，举人沈兆奎，起兵吴江，明行人卢象观，奉宗室子瑞昌王盛沥，起兵宜兴，明中书葛麟，主军王期昇，奉宗室子通城王盛澂，起兵太湖，明主事荆本彻，员外郎沈廷扬，起兵崇明，明副总兵王佐才，起兵昆山，明通政使侯峒曾，进士黄淳耀，起兵嘉定，明礼部尚书徐石麟，平湖总兵陈梧，起兵嘉兴，明典吏阎应元陈明遇，起兵江阴，明佥都御史金声，起兵徽州，有几个是通表唐王，遥受封拜，有几个是近受鲁王节制，还有明益王朱由本据建昌，永宁王朱慈炎据抚州，明兵部侍郎杨应麟据赣州，各招五岭峒蛮，冒险自守等语。螳斧虽不足当车，然皆为故明宗室遗臣，不谓无志，故每条上皆系以明字。多尔衮皇然起立道："这么，这么！起兵的人，东数支，南数支，看来东南一带，是不容易到手了。"范文程道："爝火之光，何足以蔽日月？总教天戈一指，就可一概荡平。"多尔衮道："英豫二王，甫命还朝，不便再发，现在驱遣何人？"文程道："莫如洪老先生。他能文能武，请他督理南方军务，定能奏效。"承畴闻言，谦逊一番。多尔衮不允，承畴方唯唯听命。既作贰臣，何必强辞？拟令贝勒博洛，仍驻杭州，贝勒勒克德浑暨都统叶臣，出守江南。三人议定，便照例奏请，即于次日下旨。承畴以下，除博洛在杭外，各奉命去讫。

越宿复下一谕，令海内军民人等，薙发易服，违者立斩。原来清帝入关，政从宽大，薙发与否，暂听民便，此次谕下，怕死的人，哪个敢以头易发？自然奉旨遵行。是时江南使臣左懋第，尚羁居北京太医院，他的随员艾大选，也遵旨薙发，被懋第杖死。多尔衮闻了此事，命懋第弟懋泰进去诘责。懋第正色道："汝乃满清降官，何得冒称吾弟？"叱出懋泰，懋泰回报多尔衮，多尔衮亲自提审，懋第直立不跪。多尔衮喝令跪下，懋第道："我乃天朝使臣，安肯屈膝番邦？"多尔衮道："汝国已亡，汝主已戮，尚有何朝可说？"懋第道："大明宗支，散处东南，一日不尽，一日不亡，就使绝灭，我是明臣，甘为明死，要杀就杀。"多尔衮道："汝已食清粟一年，还得自称明臣么？"懋第道："汝夺明粟，无理已甚，反说我食清粟，真是强横！"可杀不可劫，确是纯儒。多尔衮道："你何故杀你随员？"懋第道："我杀随员，与你何干！"多尔衮道："你为何不肯薙发？"懋第道："头可断，发不可断。"如闻其声。

多尔衮道："好个倔强的男子！"颇识英雄。语未毕，左侧闪出一人道："懋第为崇祯帝来，可饶命，为福王来，不可饶命。"懋第怒目道："你是大明会元陈名夏，有何面目敢来插嘴？你怕死，我不怕死。"多尔衮道："你不怕死，就令你死。"命左右推出宣武门外处斩。懋第已死，多尔衮暗暗叹息道："明朝的臣子，如此忠义，恐怕中原是未能平定呢。"

不言多尔衮担忧，且说清贝勒勒克德浑率兵南下，沿途所经，多望风迎降。苏州巡抚王国宝，松江提督吴兆胜，吴淞总兵李成栋，统遣使奉书，愿效麾下。勒克德浑用以汉攻汉的计策，令降臣前驱，出兵略地。到了常州，击败松江水师黄蜚、吴志葵，进略昆山，战胜王佐才，旁陷崇明，又破了荆本彻，乘胜到嘉定，围攻数日。偏这侯峒曾、黄淳耀二人，激厉兵民，死守不下。那时为虎作伥的李成栋，运到大炮数尊，接连攻城，守兵犹随缺随修，毫不退怯。可奈天意偏不令固守，一阵阵的大雨，似倾盆的下来，雨过炮发，随处崩陷，成栋引着清兵，一拥入城。侯、黄二人，犹率死士巷战，自朝至暮，峒曾力竭，挈二子投水死。淳耀入僧舍自缢死。城中尚有未死的兵民，被成栋下令屠戮。今日屠，明日屠，后日又屠，接连三天，共死了数万人，遍地皆血肉了。成栋之肉，其足食乎？幸亏勒克德浑檄成栋攻松江，方才罢手，率兵离城。后人称为"嘉定三日屠"，便是这场惨剧。

成栋既离了嘉定，便与清将马喇希恩格图会合，进袭松江，松江系沈犹龙把守，成栋恰想出一条赚城计，令兵士伪作汉装，冒充黄蜚、吴志葵军，夤夜叩城。犹龙堕入狡谋，开城放入。成栋饬兵士乱杀乱斫，并一阵乱箭，射死了沈犹龙。松江既陷，成栋复出师攻江阴，正在发兵，忽有清兵入报，将黄蜚、吴志葵二人，由金山获到。看官！你道这吴、黄二人，如何被获呢？原来吴、黄二人，自常州退至松江，被马喇希恩格图，分兵追袭，连战连败，船既被焚，身亦遭擒。成栋恰视为奇货，竟带了二人至江阴。暗伏下文。

江阴故典史阎应元，夙谙兵法，为城中士绅推举，一意抗清，清将军勒克德浑，曾遣降将刘良佐往攻。那城上的守具，一是毒矢，一是火砖，一是木铳，毒矢射人即死，火砖着人即燃，木铳中储火药，投下时，机发木裂，火药猛爆，所当立靡，这都是阎应元监工造成，用御敌军。良佐的部兵，围攻数日，多烧得焦头烂额。良佐想得一法，用牛皮帐遮蔽兵士，令之穴城，不意城上掷下巨石，牛皮洞穿。良佐复将牛皮帐作三层，用九梁八柱，架将起来，挡住巨石。那时城上恰用烧滚的桐油，拨将下去，帐篷又破。良佐正急得了不得，李成栋已到，率生力军去猛扑一番，也被守兵击退。成栋大怒，将黄蜚、吴志葵，推至城下，令他劝降。读至此，始知成栋用意。黄、蜚缄口无言，还是吴志葵说了数语。应元答道："大明有降将军，无降典史。"降将军听着。良佐亦拍马向前，遥语应元道："区区江阴，宁能久守，若变计降清，爵位不在良佐下，请足下三思！"应元道："大明养士三百年，不料出汝等侯伯，毫无廉耻。应元犹有心肝，宁为义死，不为利生。"言毕，一声梆响，火箭齐发，慌得良佐连忙倒退，拍马而回。黄蜚、吴志葵已被火箭射伤，由军士牵回清营，未几病殁。会江宁运到大炮数十尊，马喇希恩格图，亦率兵赶到，四面夹攻，守兵死伤无数，仍是抵死勿动。奈老天又连日霪雨，把城堞冲坏数处，守兵防不胜防，竟被清兵攻入后门。应元血战一场，身中数箭，乃下马投入水中。清兵追至，将应元曳出，牵至刘良佐、李成栋前，应元骂不绝口，遂被杀。陈明遇举家自焚，满城男妇，无一降者。李成栋又倡议屠城，将城内外居民，一一杀讫，尸如山积，共计城内死九万七千余名，城外死七万五千余名。后来江阴遗民，只有五十三人，躲避寺观塔上，方得保全。

自从清兵南下，杀戮最惨的地方，扬州、嘉定以外，要算江阴。坚强不屈的好男儿，要算故典史阎应元。大书特书。小子曾记江阴城楼，有阎典史绝笔一联云：

八十日带发效忠，表太祖十七朝人物。
十万人同心死守，留大明三百里江山。

欲知以后情事，且看下回分解。

弘光帝之死不足惜。四镇中有黄得功，使臣中有左懋第，临难捐躯，足为南朝官吏留一气节。至鲁王监国，唐王称帝，故明遗老，多投袂而起，力图规复，事虽不成，志实可嘉。阎典史以区区微官，死守孤城八十日，尤见忠诚。本回直叙事实，而详略不同，亦费斟酌。

第十六回

南下麾兵明藩覆国　西征奏凯清将蒙诬

却说江阴被陷，明遗臣已亡了一半，只有宜兴、太湖、吴江、徽州等处，尚有抗清的明臣。至是势孤力危，眼见得要保不住了。宜兴的瑞昌王盛沥，是由卢象观拥戴，象观谋潜袭南京，密约城内同党，作为内应；适洪承畴到江南，搜出奸细，设伏城外，待象观率兵到来，伏兵四起，把象观的兵，杀得七零八落，连瑞昌王也遭擒戮。只象观夺路乱窜，奔投葛麟王期昇，象观方到太湖，清降将吴兆胜，已奉洪承畴命令，率兵踵至。两下打了一仗，葛麟王期昇的兵舰，统被清兵火箭射入，随风延烧，葛王等跃岸逃去。通城王盛澂，已随了火德星君，归位去了。又亡了两个明宗室。吴兆胜又进攻吴江，途中遇着吴易伏兵，杀得大败亏输，失去兵船二十艘。当贝勒博洛，自杭州北还，击败徐石麟于嘉兴，逐走陈梧于平湖，沿途略地，直至吴江，遇着吴兆胜败军，与之联合，再攻吴易。吴易总道兆胜败走，不复防备，谁知清兵四面分攻，炮击火燃，将吴易军舰，烧得一只不留。

江南民兵，至此已尽，洪承畴遂遣都统叶臣，总兵张天璜，进攻徽州。故明佥都御史金声，方招募义勇，分驻要塞，联络故巡抚邱祖德，职方郎中尹民兴，推官温璜吴应箕等，互为援应，并遣使通表福州。是时唐王在福州称帝，年号隆武，接阅金声奏牍，喜不自胜，命他为右都御史，兼兵部右侍郎，总督诸道兵马。金声亦感激图报，取旌德，拔宁国，声威颇振。怎奈人心未死，天意难违，节守忠操，行不让乎孤竹，志图规复，事更棘于匡山。清兵从间道入丛山关，直趋绩溪，绕出金声背后，金声急麾兵回援，正与清兵相持。忽来了贼心贼肝的黄澍，口口声声，说要恢复大明，金声道他是故明臣子，可共患难，不意他竟暗通清将，乘夜开城，放入清兵。一班遗老，被杀被擒，只逃脱一个尹民兴。内中有个江天一，系金声高足弟子，同时被清兵擒住，见了承畴，说承畴是个死人，竟将崇祯帝祭承畴文朗诵起来。身虽临危，语总快意。承畴听得面红耳赤，不禁老羞成怒，将擒住的人，一一斩讫。

此时建昌抚州，已被清降将金声桓，率兵攻克。益王朱由本、永宁王朱慈炎俱窜死。长江上下游略定，捷报纷纷到京，提心吊胆的摄政王，又稍稍称快。只鲁、唐二王，尚踞浙闽，不得不再行进攻。意欲遣豪格前去，适流贼张献忠，盘踞四川，任情屠掠，难民流徙他处，纷纷泣吁清廷。多尔衮遂趁这机会，命豪格为靖远大将军，不如加他绿头巾。令偕平西王吴三桂等西略四川。浙闽的军事，仍令博洛前行，封他为征南大将军，偕都统图赖，贝子屯齐，南下杭州。

小子不能并叙，只好先叙博洛南下事：博洛奉命南下，仍到杭州，闻鲁、唐二王，自相水火，不觉大喜。看官！你道这鲁、唐二王，何故相仇呢？唐王是叔，鲁王是侄，唐王欲鲁王退就藩属，尝遣使赍饷银十万两，犒劳浙东军士，鲁王不纳。这饷银却被方国安劫去，强盗行为，何知礼义？浙、闽遂成仇敌。博洛闻此消息，正好乘隙进攻，渔人来了。率兵渡钱塘江涉江将半，东南风起，来了一只乘风鼓浪的大舰，舰首立着一位盔甲鲜明的主将，正是故明兵部尚书张国维。特为表暴。两下麾众搏战，不一时，博洛的坐船，被明军击了一个大窟窿，惊驶回岸，清兵亦相率奔回，登岸返城。国维乘胜至城下，竭力攻打，忽报方国安拥了鲁王已至东岸，国维只得退回迎驾，暂时休息。可巧马士英、阮大铖二人，亦奔到国安营，国安与他臭味相投，便在鲁王面前，力为保荐，又要这两贼来送浙东了。又请调国维守义乌。国维一去，清兵遂运舟载炮，大举渡江。国安不敢力拒，亟挟鲁王遁回绍兴。清兵渡江而进，国安大恐，马、阮二人，遂劝他降清，且嗾执鲁王以献。幸亏鲁王察觉，单身走脱，至石浦，遇着故定西侯张名振，航海东去。方国安竟率马士英、阮大铖等，赴清营投降。

大铖复导清兵进攻金华，金华城守未坚，被清兵用炮轰入，杀戮甚惨，故明大学士朱大典阖门殉节。转攻义乌，张国维抵死守御，无如势孤力弱，饷匮兵虚，相持数日，渐渐支撑不住。国维知不可为，遥望江南，拜别明陵，作了绝命诗三章，投水而死。浩气千秋。清兵遂入义乌，进拔衢州，明知府伍经正等皆死节。浙东已定，博洛遂下令移师福建，眼见得唐王也保不住了。唇亡齿寒。

且说唐王据守福建，颇思振作，不似弘光帝的昏庸，宫内也没有什么嬖宠，只有王妃曾氏，知书达礼，好算一位贤内助。当时长江下游的民兵，统已沦亡，只杨廷麟尚固守赣州，受唐王封为兵部尚书，又有故湖广总督何腾蛟，收降李闯余众，与湖南巡抚堵胤锡，上书唐王，力谋恢复。唐王封腾蛟为定兴伯，兼东阁大学士，胤锡为兵部右侍郎，兼右佥都御史。

腾蛟请唐王移都湖南，被郑芝龙等所阻。芝龙系海盗出身，崇祯初，始投降明朝，代平海寇，明朝擢封为南安伯。他仗着拥戴功劳，握了重权，挟制唐王。唐王无奈，命大学士黄道周出关募兵，为扈卫计。道周手无寸铁，只带着幕客数员，闲关跋涉，直抵婺源。偏这洪承畴侦悉行踪，竟遣兵袭击中途，将他截获。那时忠诚贯日的黄道周，怎肯做承畴第二？迫降不允，但从容赋诗，书绝命词于衣带间。临刑这一日，过东华门，立住不走，向监斩官道："此处与高皇帝陵寝相近，便是道周死地，不必他去。"监斩官怜他忠烈，就在东华门外行刑，幕下士赖雍、蔡绍谨、赵士超等皆从死。

唐王闻道周殉难，痛哭一场，决意冒险赴湘，自福州出发，直至延平。其时杨廷麟亦遣使迎驾，怎奈郑芝龙唆使军民，劫王留闽，自愿出关拒敌。唐王行推毂礼，送他出关。他一到关前，适洪承畴遣使招降，许他侯爵，他遂假托海寇入犯，须往备御，拜疏即行。何不叫唐王再行推毂礼。守关将士，多随了芝龙前去，仙霞岭二百余里，空无一人。清贝勒博洛遂自衢州出发，率兵过岭，长驱入关。方国立、马士英、阮大铖三人，引导入金衢，未得褒赏，怏怏失望，有不愿随行的意思。清兵迫令速行，大铖稍为迟慢，被清兵推入崖下，脑裂身死。该死久了。国安、士英，随至建宁，密议通闽，被博洛搜出私书，将二人双双斩首。好为崇祯弘光出气。

博洛既陷了建宁，直指延平，唐王闻报大惊，急召左右商议，延平知府王士和请唐王速奔汀州，唐王欲士和扈跸，士和道："臣有守城责，当与城存亡，只求圣驾无恙，臣死亦瞑目了。"于是唐王急挈了曾妃，并拥十余簏残书，仓皇出走。是梁湘东一流人物。士和闻清兵将到，亦麾众出避，自己退入内署，整冠自缢。清兵入城后，复西追唐王。唐王奔至汀州，从骑已多半溃散，只有故总兵姜正希，率兵来卫，方得入城守御。清前锋统令努山，阅七日始抵汀州城下，正希出战不利，退回城中。忽报城西有明军数百名，竖帜前来，正希只道是遗老入卫，开城相应，谁料来者都是敌兵，急忙挥众抵敌，已是不及。那时清兵蜂拥入城，霎时间已将唐王曾妃等掳去。正希还思截夺，可奈箭如飞蝗，不能上前，部兵多被射伤，只得遁走。

清兵掳了唐王等，东渡九泷江，渡将半，忽听得一声呜咽道："陛下宜殉国，妾先去了。"清兵忙各注视，见曾妃已跃入水中，捞救无及，只落了汪汪碧水，渺渺贞魂。贤哉曾氏，不愧知书达礼。曾妃已死，清兵监守愈严，唐王屡思自尽，苦无觅死地，遂想了一个绝粒的法子，沿途不食半菽。连寻死也要用计，可怜可叹。既到福州，城内外已统是清兵扎驻，贝勒博洛早袭占福州了。努山牵唐王见博洛，博洛也不细问，令幽系别室。这唐王已槁饿数日，奄奄垂尽，是夕便滴下血泪几许，长叹一声，瞑目而逝。福唐桂三王中，还算唐王死得明白。博洛分兵下漳泉诸郡，闽地尽为清有。郑芝龙即奉表降清，独芝龙的儿子成功，前蒙唐王赐姓，封为御营中军都督，受明厚恩，不肯携贰，竟约了郑鸿逵、郑彩，出奔海岛去讫。犁牛之子骍且角。博洛在闽休养数天，尚想发兵下赣，嗣接到洪承畴咨文，说已遣降将金声桓，攻拔吉安及赣州，明守将杨廷麟投水自尽，江西郡县已次第肃清了。杨廷麟殉节事，于此处叙明。博洛遂拜本告捷，静待后命。

话分两头，且说清肃亲王豪格偕平西王吴三桂，发兵西行，到了陕西，适明旧将孙守法、王光恩、武大定、贺珍等，起兵兴安、汉中，进踞西安。豪格令总督孟乔芳和洛辉，率兵攻破西安，连下兴安、汉中，孙守法等遁走，遂留贝子满达等，搜陕西余孽。自与吴三桂进军四川，此时四川人民，已被张献忠杀死大半。

献忠自得四川后，僭号大西国王，无一日不杀人民，将卒以杀人多少论功，小孩多被蒸食，妇女被掳，令部众轮流奸淫，并割下弓足，聚成一大堆，号称"莲峰"。缠足妇女其听之！伪府中养獒数千，部下朝会，必纵獒使嗅，被嗅者立斩，叫作"天杀"。又立出一种剥皮刑，皮未剥尽，其人已死，就将司刑的人，剥皮抵罪。伪都督张君用、王明等数十人，杀人最少，即加剥皮刑，并屠全家。自古以来，无此残贼。因此兵民交愤，常欲暗杀献忠。献忠闻知，不问谁何，一意屠戮；复尽毁成都宫室，拆去城墙，自率部众出川北，欲尽杀川北守兵。伪将刘进忠遁入陕西，到汉中遇着清兵，下马乞降，愿为向导。豪格遂令进忠前行，部兵后随，日夕催趱，直达四川西充县界，扎下营盘，饬前哨往探。回报献忠正在西充屠城，豪格立命拔营，到了凤凰山，正值漫天大雾，晓色迷濛，遂即逾山前进。适献忠屠尽西充，麾众出城，两下相遇，被清兵冲杀过去，一阵乱劈，献忠不知清兵多少，还拿着杀人的手段，左抵右挡。霎时间日光微逗，大雾渐开，献忠左右四顾，手下所剩无几，连义子孙可望、刘文秀、李定国等人都不知去向，此时方着急起来，大吼一声，杀开血路，望西而走。献忠嗜杀人粗莽可知，故作者又另具一种叙法。清章京雅布兰见献忠脱逃，忙抽弓搭箭，觑住献忠头颅，射了过去，一声喝着，献忠已翻身落马。雅布兰即纵马上前，拔刀去杀献忠，清兵踊跃随上，刀斩枪戳，把这穷凶极恶的剧贼，葅为肉酱。不足偿川民之命。豪格遂分兵四剿，计破贼营百有三十，四川略定。

吴三桂忙向豪格贺喜，偏这豪格闷闷不乐。三桂问故？豪格只是不答，反滴下几点泪来。三桂越加动疑，只是呆看豪格。迟了半晌，方见豪格答道："兔死狗烹，也是常事，但我又不在此例。"三桂惊异道："莫非功高招忌么？"豪格叹道："并非功高招忌，乃是色上有刀。"说至此，又复停住。三桂已是猛悟，不敢再提此事，另说拜本奏捷等情。豪格道："劳你嘱咐文稿员，办一奏折便了。"写尽豪格牢骚。三桂应声退出，饬缮奏疏，与豪格联衔报捷。

过了一月，谕旨已下，命豪格还朝，留吴三桂镇守汉中，特简总兵李国英为四川巡抚，豪格就把一切政务，交与李国英，自偕吴三桂回至汉中，复与三桂话别。临别时握三桂的手道："汝宜保重！咱们恐不复相见了。"断头语。三桂劝慰一番，并托豪格寄书家中，择日迁移家眷。沅姬有福，豪格可怜。豪格应允，就带了本旗人马，回京复命。

顺治帝御殿慰劳，赐宴回邸。征夫远归，陌头宜慰，谁知香衾未稳，缇骑忽来，蓦地将豪格牵入宗人府，缚置囹圄，说他克扣军饷，浮领兵费。豪格欲上书辩诬，偏偏被上峰阻抑，好似哑子吃黄连，说不尽的苦恼。又闻得福晋博尔济锦氏，竟日夜留住摄政王府中，原来为此。那时羞愤交并，免不得恹恹成病。不到一月，把生龙活虎的英雄，变作了骨瘦形枯的病鬼。

是时郑亲王济尔哈朗，英亲王阿济格，统纷论摄政王的过失，连他兄弟多铎，也有诟言。弟偎红，兄亦倚翠，何庸后言？不意贝子屯齐，竟讦告郑亲王罪状，有旨革去亲王爵，降为郡王，罚银五千两。英亲王张盖午门，又犯大不敬的罪名，亦降为郡王。豫亲王把黄纱衣一袭，赠与吴三桂子应熊，复说他私馈礼物，罚银二千两，这几个豪贵勋戚，为了细故，或贬或罚，还有何人敢忤摄政王？自然人人吹牛，个个拍马，今日一本奏疏，说是摄政王如何大功，宜免跪拜礼，明日又上一本奏疏，说是摄政王视帝如子，帝亦当视王如父。此时顺治帝不过十余龄，外事统由摄政王主持，内事都由太后吉特氏处置，这数本奏折呈入太后眼中，不由的满怀欢喜，就降下两道懿旨，一道是说摄政王勋劳无比，不应跪拜，着永远停止，一道是说叔父古称犹父。此后皇上宜尊摄政王为皇父。名足副实。从此摄政王多尔衮，毫无拘忌，凡宫中什物，及府库财帛，随意挪移，太后尚赐他禁脔，遑论什物财帛。日间在宫与太后叙旧，夜间在邸，与肃王福晋取乐，好算是清皇亲内第一个福星了。小子曾有一诗为豪格呼冤云：

欲加之罪岂无辞；缧绁横施不自知。

为语人休贪艳福，由来祸水出娥眉。

欲知后事如何，且待下回续叙。

南中义旅，屡仆屡兴，其弊在散而无纪，涣而不群。唐，鲁二王，以叔侄之亲，亦自相水火，独不思辅车相依，唇亡齿寒。曩令戮力同心，共图兴复，则清将虽勇，亦多属酒色之徒，岂必不可敌者，乃满盘散沙，不值一扫，鲁王遁，唐王俘，东南遗老，大半沦亡，宁不可恫？若张献忠之残虐，自古罕匹，史称川中人民，被杀亦万万有奇，天道好生，胡不早为诛殛，而必假手于清军耶？清豪格为明诛马阮，复为川民戮献忠，系清帅中之最得人心者，乃偏令其衅起帷房，不得其死，天耶人耶？帝阍何处，欲问无从，读本回，令人感叹不置。

第十七回

立宗支粤西存残局　殉偏疆岩下表双忠

且说明唐王败没后，其弟聿𨮁，逃至广州，故明大学士苏观生等，倡议兄终弟及，奉聿𨮁为帝，改年绍武，招海上，徐、马、郑、石四姓盗魁，授为总兵，又去招安海盗，太属不鉴覆辙。冠服不及裁制，就假诸优伶，暂时服用。正是一班优孟，可笑！同时肇庆恰拥立桂王由榔。桂王系明神宗孙，世封梧州，由故明兵部尚书丁魁楚，及兵部侍郎瞿式耜，迎驾劝进，改年永历，颁诏湖南云贵等省。湖广总督何腾蛟，与湖南巡抚堵胤锡，奉诏称臣，愿为拥护。那时桂王恰遣给事中彭燿，主事陈嘉谟，敕谕广州，令聿𨮁退就藩王礼，并与苏观生争叙伦次，龂龂抗辩，恼得观生性起，将彭、陈二人杀讫，即日发兵攻肇庆，令番禺人陈际泰督师。桂王亦遣兵部林嘉鼎，率兵赴三水拒敌。比闽、浙情形，又降一等。这陈际泰用了诱敌计，杀败林嘉鼎，乘势薄肇庆，亏得瞿式耜督兵至峡口，力御际泰，肇庆方安。

观生得了捷报，不由的意气扬扬，大作威福。小胜即骄，何足成事？忽闻清降将李成栋，奉贝勒博洛命，由闽趋粤，连下潮州惠州，观生尚毫不在意。过了数日，城外炮声四起，始出署探望，蓦见清兵已拥进东门，急忙召兵搏战。仓猝调遣，哪里还来得及？就使来了几个兵卒，也统做了无头之鬼。观生没法，逃至给事中梁鍙家，邀鍙同死。鍙佯为应诺，分室投缳，观生已直挺挺的悬在梁上，梁鍙恰慢腾腾的踱出房中，妙对。当即解下观生尸首，献与清军，复导清军追擒鐭。观生以此等人为友，安得不死？聿鐭用此等人为臣，安得不亡？聿鐭被获，清卒仍照常馈食。聿鐭道：“我若饮汝一勺水，何以见先人于地下？”挥去食具，夜间乘守卒不备，即解带自缢。与乃兄聿键相似，可谓难兄难弟。

成栋既得广州，分兵攻高雷各州，自督军进攻肇庆。此时瞿式耜尚在峡口，即奏请增兵，决一死战。偏偏桂王左右，有个司礼监王坤，只劝桂王西走。丁魁楚也附和王坤，遂不从式耜言，连夜出奔。式耜闻信，急回军挽驾。到了肇庆，闻桂王已西去数日；驰至梧州，又闻桂王已奔平乐；及抵平乐见桂王，那时肇庆梧州，统已失陷。复由王坤倡议，转走桂林。式耜想出言劝阻，转思桂林通道湖广，可与何腾蛟相倚，亦非无策，乃扈驾前行。独丁魁楚迟迟不发，密遣人至成栋处求降，比王坤且不如。数日未得回音，只得收拾财帛，挈领妻妾子女出城。城外雇了四十号船，装载眷属及行李，一帆风顺，直达岑溪，巧与成栋船相遇，魁楚便投刺请谒，总道成栋以礼相待，既过了成栋船，但见成栋端坐不动，忽一声拍案道：“左右与我拿下这匹夫!”魁楚尚欲有言，可奈两手已被反缚。又见有数十人绑缚过来，仔细一望，不是别人，正是自己的娇妻美妾，宠子爱女，不由的心如刀割，忙即跪下，哀求饶命。晚矣晚矣！成栋道：“你的主子，哪里去了？”魁楚道：“已去桂林。”成栋道：“你为何不随去？”魁楚道：“闻得将军到此，特来投诚。”成栋道：“我处却不容你贪诈的贼子。”魁楚道：“魁楚并没有什么贪诈？”成栋笑道：“你不贪诈，哪里有许多金帛？你今不必狡赖，吃我一刀便了。”魁楚哭道：“愿尽献船中所有，赎我老命!”早知命重财轻，何必贪财坏命？成栋道：“你的金帛，已在我处，还劳你献什么？”魁楚大哭道：“愿乞一子活命！”成栋不由分说，喝令左右，将魁楚子斩讫，接连又将他妻女斩讫，妾四人斩了两个，留了两个。以两妾代一子，总算成栋有情，然被人受用，何如尽付刀下？魁楚吓得魂飞天外，跌倒船中，砉然一声，化为两段。可为贪诈者鉴。

成栋既杀了魁楚，即入据平乐，越宿复进攻桂林。桂王闻报大恐，适武冈镇将刘承胤，奉何腾蛟命，率兵到全州。王坤复请桂王往投，式耜苦谏不从，自愿留守桂林，桂王乃命麾下焦琏为总兵，助式耜守城，当偕王坤等走全州。不二日，清兵已到桂林城下，总督朱盛浓，巡按御史辜延泰，皆杳如黄鹤，只式耜仗着一片忠心，激励将士，由焦琏带领出城，与清兵连战两昼夜。式耜亦出城督阵，再接再厉，连却清兵。及回城后，苦乏库帑，将夫人邵氏的簪珥，尽行取出，充作军饷。守兵感激涕零，誓杀退清兵。是夕，即捣入清营，人自为战，把清兵杀得落花流水，弃甲而逃，当即追赶数十里而回。越是拼命，越是得生。式耜又命焦琏收复平乐梧州，遣人至桂王处报捷。

时桂王已至全州，镇将刘承胤开城出迎，起初尚未尽礼，后来渐渐跋扈，自称安国公，党羽爪牙，统封伯爵，将司礼监王坤，逐出永州，王坤该逐，只是桂王吃苦。且扬言清兵将至，瞿式耜已降清，迫桂王徙武冈州。既到武冈，承胤愈加专恣，桂王不堪胁迫，密遣人求救于何腾蛟。是时清廷正命孔有德为平南大将军，偕耿仲明、尚可喜等，进兵湖南，所向皆克。腾蛟麾下的镇将，或遁或亡，连腾蛟也不能抵御，自长沙走衡州，堵胤锡亦出走永定卫。清兵连拔长沙湘阴，进薄衡州，腾蛟又自衡奔永，寻又被清兵追逼，直走白牙市。途次接桂王密函，匆匆走谒。桂王与他密议良久，怎奈腾蛟只赤手空拳，没有能力可除承胤。适赵印选、胡一青两将从赣州到武冈，桂王乃命二将隶属腾蛟，密令后图。腾蛟领命，辞还白牙，途次被承胤党羽围住，亏得赵、胡两人，前护后拥，杀出重围。既还白牙市，闻瞿式耜战胜桂林，并规复广西全省，遂徒步往依。到了桂林，与式耜相见，情投意合，稍稍安心。寻闻刘承胤已降清兵，武冈被陷，免不得一番惊惶，式耜愈加着急。嗣探得桂王已潜走象州，乃联名奏请还驾。至桂王已回桂林，即开了一番会议，命湘粤诸将分路出守，互相接应，诸将领命去讫。

这清将军孔有德，降了武冈，进拔梧州，正拟入攻桂林，忽闻金声桓、李成栋统已附明，江西、广东两省，复为明有，不觉大惊，忙引兵趋还湖南。途中已接到促归的上谕，别命尚可喜、耿仲明移师救江西，他乐得半途歇舵，匆匆北上去了。

单说金声桓本左良玉部将，清师南下，声桓自九江趋降，清廷授声桓为总兵，令取江西全省。江西已定，声桓自恃功高，欲升巡抚，不意清廷却简任章于天抚赣，一场大功，化作流水，免不得怏怏失望，密与党羽王得仁，拟通款永历。事尚未发，被巡按御史董学成察悉，告知章于天。声桓得此消息，索性一不做，二不休，令王得仁闯入抚署，杀了学成，缚住于天，迎在籍故明大学士姜曰广入城，号召全省，通表桂王，又做那故明臣子。反复小人，不足道也。

此事传到广东，广东提督李成栋，与声桓的境遇，大略相似。成栋本高杰部将，以徐州降清，奔走东南，屡作功狗，自桂林败退后，又击死明遗臣陈邦彦、张家彦、陈子壮等，还扎广州，未沐重赏，总督佟养甲，复遇事抑制，忿懑的了不得。一日，接到金声桓密函，约他反正，他尚踌躇未定；是夕，入爱妾珠圆室，闷闷不乐。

这珠圆是云间歌伎，被成栋掳掠得来，宠号专房，一双慧眼，煞是厉害，窥破成栋情形，即喁喁细问。成栋将声桓密函，递与一阅。珠圆阅毕，便问成栋道："据将军看来，反正的事情，应该不应该?"成栋沉吟不语。珠圆道："清朝是满族，我辈是汉人，为什么帮了满清，自戕同种？妾看反正事情，极是正当办法。况将军曾为明臣，如何甘降异族？妾实难解。”这妇人大有见识，与陈圆圆判若天渊。成栋不觉起立道：“看你不出，你却有这番议论，我非无意反正，但恐反正后，清兵到来，胜负难料，万一战败，如卿玉质娉婷，也恐殃及。”珠圆也起立一旁，柳眉微蹙道：“将军为妾故，甘心遗臭，这反是妾累将军，妾请即死，以成将军之志。”言毕，将成栋身上的佩剑拔出，刺入颈中。成栋连忙拦阻，已是血溅蛸蛴，遗蜕委地，遂抱尸大哭一场，随说道：“女子，女子，是了，是了！”煞是可佩！遂取了前明冠服，对着珠圆的尸首，拜了四拜，该拜。命即入殓。

次晨，令部兵齐集教场，声言索饷，佟养甲出城抚辑，成栋劫养甲叛清，一面传檄远近，一面上表桂王。此报一传，四方骚动，蜀中故将李占春，及义勇杨大展等起兵，分据川南、川东，张献忠余党孙可望、李定国等，率众据云南、山西，大同镇将姜瓖据山陕，皆上表桂王，愿为臣属。何腾蛟复自桂林出发，乘湖南空虚，攻克衡、永各州，联络湖南诸镇将。鲁王以海，亦遣张名振等进略闽、浙海滨。

风云变色，斥骑满郊，弄得清廷遣将调兵，非常忙碌。当由摄政王多尔衮，大开军事会议，以汉将多不可恃，应派亲贵重臣，分地征剿。遂命都统谭泰为征南大将军，同着都统和洛辉，自江宁赴九江，会了耿仲明、尚可喜，专攻江西、广东，复济尔哈朗亲王原爵，封勒克德浑为顺承郡王，会了孔有德，专攻湖南、广西，连孔、耿、尚三王，亦差亲贵监守，真是严密得很！进博洛为端重郡王，尼堪为敬谨郡王，令攻大同，吴三桂、李国翰等，分征川陕，洪承畴仍留镇江宁，经略沿海各地。大兵四出，昼夜不停。

谭泰等到了江西，连拔九江、南康、饶州诸府，直达南昌省城。金声桓方攻赣州，闻报急返，谭泰令精兵四伏，另率羸卒诱敌，遇着声桓前队，一战便走。声桓驱兵前进，到了七里街，伏兵尽起，四面放箭，将声桓射下马来。清兵正上前来杀声桓，忽闪出一员丑将，面目漆黑，发具五色，手执一柄大刀，盘旋左右，把清兵吓得个个倒退。眼见得声桓被救，走入城中。这丑将尚与清兵酣斗一场，从容回城。清兵探得丑将姓名，就是王得仁，因呼他为王杂毛。谭泰命军士用锁围法，掘濠载版，遍筑土垒，为久攻计。声桓大窘。王得仁请出袭九江，断敌饷道，声桓不从，只遣人缒出城外，向李成栋处求救。谁知待了月余，杳无音信，城中粮食又将告尽，不由的紧急万分。

这王杂毛日夕巡城，始终不懈，清兵怕他厉害，不敢猛攻。可巧城东武都司署内，有一年轻女子，身容窕窈，楚楚动人，被王杂毛窥见，即到都司署求为继室，不由武都司不肯，巧凤随鸦，难为都司女。克日成婚，大开筵宴。自金声桓以下，都去贺喜，不是贺喜，直是贺死。各尽欢而散。居围城中，有何欢喜？大约都是祈死。三更将尽，城外炮声大震，声桓亟登陴探视，见清兵群集得胜门，忙率众抵御，不料有清兵一队，暗从进贤门缘梯而上，城遂陷。声桓率众巷战，身中两箭，旧时的箭疮复发，遂投水死。姜曰广亦赴水自尽，清兵即搜剿余众，到了王杂毛署内，还是闭门高卧。此时王杂毛想尚在研究箭法。当即斩门而入，猛见王杂毛裸体出来，清兵晓得厉害，一阵乱箭，把杂毛身上，插成刺蝟一般，可怜这武都司女，亦死于乱军之中。箭尚不怕，何惜开刀。原来清兵已侦得王杂毛娶妇消息，先数日故意缓攻，到了杂毛娶妇这一夕，始下令攻城，却又佯攻得胜门，暗令奇兵从进贤门入，遂得了南昌城。

南昌既下，进趋赣州，赣州守将王进库，本未归明，前时金声桓攻赣，进库伪称愿降，只是诱约不出。后来声桓向粤乞援，李成栋亦越岭来攻，进库仍用老法子，去赚成栋。成栋还军岭上，嗣因进库背约，复大举攻赣，进库乘其初至，突出精骑拒战，击退成栋。成栋走信丰，清兵由赣州南追，警报达成栋左右，佥议拔营归广州。成栋不允，部下大半亡去。那时成栋进退两难，只命左右进酒痛饮；饮尽数斗，醺然大醉，左右挽他上马，到了河边，不辨水陆，策马径渡，渡至中流，人马俱沉，明时遗臣，多亡于成栋之手，一死不足赎罪，但是有负珠圆。部兵四散，清兵遂进陷广州。

是时清郑亲王济尔哈朗亦率兵下湖南，湖南诸镇将，望风奔溃。何腾蛟闻警，亟自衡州趋长沙，到了湘潭，探悉清兵将到，遂入湘潭城居守。城内虚若无人，正想招集溃兵，忽有旧部将徐勇求见，腾蛟开城延入，徐勇带数骑入城，见了腾蛟，低头便拜。拜毕，劝腾蛟降清。腾蛟道："你已降清么?"徐勇才答一"是"字。腾蛟已拔剑出鞘，欲杀徐勇，勇跃起，夺去腾蛟手中剑，招呼从骑，拥腾蛟出城，直达清营。腾蛟不语亦不食，至七日而死。湘、粤诸将，闻腾蛟凶信，多半逃入桂林。桂王复欲南奔，式耜力谏不听，遂走南宁。一味逃走，真不济事。

会清恭顺王孔有德，已转战南下，克衡、永各州，进逼桂林。式耜檄诸将出战，皆不应；再下檄催促，相率遁去。桂林城中，至无一兵，只有明兵部张同敞，自灵州来见。式耜道："我为留守，理应死难，尔无城守责，何不他去?"同敞正色道："昔人耻独为君子，公乃不许同敞共死么?"可谓视死如归。式耜遂呼酒与饮，饮将酣，式耜取出佩印，召中军徐高入，令赍送桂王。

是夕，两人仍对酌。至天明，清兵已入城，有清将进式耜室，式耜从容道："我两人待死已久，汝等既来，正好同去，"倒也有趣。便与偕行。至清营，危坐地上。孔有德对他拱手道：

“哪位是瞿阁部先生？”式耜道：“即我便是，要杀就杀。”有德道：“崇祯殉难，大清国为明复仇，葬祭成礼，人事如此，天意可知，阁部毋再固执。我掌兵马，阁部掌粮饷，与前朝一辙，何如？”式耜道：“我是明朝大臣，焉肯与你供职？”有德道：“我本先圣后裔，时势所迫，以致于此。”同敞接口大骂道：“你不过毛文龙家走狗，递手本，倒夜壶。安得冒托先圣后裔？”骂得痛快，读至此应浮一大白。有德大愤，自起批同敞颊，并喝左右刀杖交下。式耜叱道：“这位是张司马，也是明朝大臣，死则同死，何得无礼？”有德乃止，复道：“我知公等孤忠，实不忍杀公等，公等何苦，今日降清，明日即封王拜爵，与我同似，还请三思。”式耜抗声道：“你是一个男子汉，既不能尽忠本朝，复不能自起逐鹿，靦颜事虏，作人鹰犬，还得自夸荣耀么？本阁部累受国恩，位至三公，夙愿殚精竭力，扫清中原，今大志不就，自伤负国，虽死已晚，尚复何言。”语语琳琅。有德知不可屈，馆诸别室，供帐饮食，备极丰盛。臬司王三元，苍梧道彭扩，百端劝说，只是不从，令薙发为僧，亦不应，每日惟赋诗唱和，作为消遣。过了四十余日，求死不得，故意写了几张檄文，置诸案上，被清降臣魏元翼携去，献诸有德。有德命牵出两人就刑，式耜道：“不必牵缚，待我等自行。”至独秀岩，式耜道：“我生平颇爱山水，愿死于此。”遂正了衣冠，南面拜讫。同敞在怀中取出白网巾，罩于身上，自语道：“服此以见先帝，庶不失礼。”遵同就义。同敞直立不仆，首既坠地，犹猛跃三下。时方隆冬，空中亦霹雳三声。浩气格天。式耜长孙昌文，逃入山中，被清降将王陈策搜获，魏元翼劝有德杀昌文，言未毕，忽仆地作吴语道：“汝不忠不孝，还欲害我长孙么？”须臾，七窍流血死，但闻一片铁索声。有德大惊，忙伏地请罪，愿始终保全昌文。也只有这点胆量。一日，有德至城隍庙拈香，忽见同敞南面坐，懔懔可畏，有德奔还，命立双忠庙于独秀岩下。瞿张二人唱和诗，不下数十章，小子记不清楚，只记得瞿公绝命诗一首道：

从容待死与城亡，千古忠臣自主张。
三百年来恩泽久，头丝犹带满天香。

式耜一死，自此桂王无柱石臣，眼见得灭亡不远了，容待下回再叙。

何腾蛟、瞿式耜二公，拥立桂王，号召四方，不辞困苦，以视苏观生之所为，相去远矣。梁鍙、丁魁楚、刘承胤辈，吾无讥焉。然何、瞿二公，历尽劳瘁，至其后势孤援绝，至左右无一将士，殆所谓忠荩有余，才识未足者。至若金声桓、李成栋二人，虽曰反正，要之反复阴险，毫不足取，即使战胜，亦岂遂为桂王利？是亦梁鍙、丁魁楚、刘承胤等之流亚也。本回为何、瞿二公合传，附以张司马同敞，余皆随事叙入，为借宾定主之一法，看似夹杂，实则自有线索，非徒铺叙已也。

第十八回

创新仪太后联婚　报宿怨中宫易位

却说清郑亲王济尔哈朗，及都统谭泰两军，俱已奏捷清廷，郑亲王且奉旨还朝，独博洛尼堪，出征大同，尚与姜瓖相持不下，且四处接到警耗，统是死灰复燃的明故官，招集数百人，或千人，东驰西突，响应姜瓖。博洛不得不分兵堵御，一面遣人飞报北京，请速添兵。摄政王多尔衮，竟率英王阿济格等，自出居庸关，拔去浑源州，直薄大同，多时不出风头，想是心中又痒了。与博洛相会。攻扑数日，城坚难下。适京中赍来急报，因豫王多铎出痘，病势甚重，促多尔衮班师。多尔衮得了此信，遣人招姜瓖投降，瓖答以阖城誓死，乃留阿济格帮助博洛，自率军退还。到了居庸关，闻多铎已殁，忙入京临丧。刘三季仍要守孀，大约是个孤鸾命。越日，肃亲王豪格亦毙狱中，多尔衮许豪格福晋，往狱殓葬。侄妇葬夫，必由其叔允许，想是满清特别法。又数日，孝端皇太后崩，孝端太后，系顺治帝嫡母，她生平不预政治，所以宫内大权，统由吉特氏主张，此次崩逝，宫廷内应有一番忙碌。惟吉特太后，前时虽握大权，总不免有些顾忌，到此始毫无障碍，可以从心所欲了。伏笔。

多尔衮因太后崩逝，召阿济格还，令贝子吴达海往代。过了月余，始接到大同军报，略称各处叛兵，多半平定，只大同仍然未下。多尔衮未免焦急，再遣阿济格西行。阿济格一到大同，城内已经食尽，守将杨振威，刺杀姜瓖，开城降清。阿济格入城，恨城内兵民固守，杀戮无数，并铲去城墙五尺，当即上书奏捷。朝旨令诛杨振威，即日班师。阿济格奉旨，将杨振威绑出正法，该杀。随将政务交与地方官，奏凯还朝。

摄政王多尔衮，既接山陕捷音，心中自然舒畅，在邸无事，正好与肃王福晋，朝欢暮乐。偏这摄政王元妃，屡与摄政王反目。醋瓶倒翻了。摄政王看她似眼中钉，气得元妃终日发抖，酿成一种鼓胀病。心病还须心药治，心药难求，心病日重，到了临危时候，欲与摄政王诀别。怎奈贵人善忘，待久不至，那元妃越发气闷，霎时间痰涌而逝。死不瞑目。当时大小官员，得此消息，忙去吊丧。太后亦赠了许多赙仪。两白旗牛录章京以上各官，及官员妻妾，都为服孝，其余六旗统去红缨。发靷这一日，车马仪仗，不亚梓宫。送葬的大员，拟了"敬"、"孝"、"忠"、"恭"四字，作为元妃的谥法。想又是范老先生手笔。摄政王也无心推究，遂将这四字封赠元妃，算是饰终的道礼。以后继室的问题，不言可知，总轮着这位袅袅婷婷的侄妇了。

丧事已毕，摄政王拟择定吉日，与肃王福晋成婚，成就了正式夫妇。忽来了宫监二人，说是奉太后命，召王爷入宫。摄政王不敢违慢，即随了宫监入见太后。太后屏去宫女，与摄政王密谈半日，摄政王方出宫回邸。是何大事？既到邸中，即着人去请范老先生，又令邀同内院大学士刚林，及礼部尚书金之俊议事。三人应召而至，摄政王格外谦恭，将三人邀入内厅，命左右进酒共饮。饮到半酣，摄政王令左右至外厢伺候，自与范老先生耳语良久。说话时，摄政王面目微赪，范老先生也觉皱眉。刻画尽致，令人费解。语毕，由范老先生转告刚林、金之俊。毕竟金之俊职掌礼部，熟谙仪注，说是这么办，这么办，便好成功。愈叙愈迷。摄政王闻言大喜，即向三人拱手道："全仗诸位费心！"三人齐声道："敢不效力。"次日即由金之俊主稿，推范老先生为首，递上那从古未有的奏议。

看官！你道奏说什么话？小子尚记大略。内称“皇父摄政王新赋悼亡，皇太后又独居寡偶，秋宫寂寂，非我皇上以孝治天下之道。依臣等愚见，宜请皇父皇母，合宫同居，以尽皇上孝思。伏维皇上圣鉴”云云，原来为此，真是从古未有。此本一上，奉批王大臣等议复。郑亲王济尔哈朗等，向知多尔衮厉害，不敢不随声附和。复命礼部查明典礼，由金之俊独奏一本，援引比附，说得尽善尽美。如何援引，如何比附，惜著书人未曾录明。当于顺治六年冬月，由内阁颁发一道上谕，略云：

> 朕以冲龄践祚，抚有华夷，内赖皇母皇太后之教育，外赖皇父摄政王之扶持，仰承大统，幸免失坠。今皇母皇太后独居无偶，寂寂寡欢，皇父摄政王又赋悼亡，朕躬实深歉仄。诸王大臣合词吁请，佥谓父母不宜异居，宜同宫以便定省，斟情酌理，具合朕心。爰择于本年某月某日，恭行皇父母大婚典礼，谨请合宫同居，着礼部恪恭将事，毋负朕以孝治天下之意！钦此。

上谕即颁，太后宫内及礼部衙门，忙碌了好几天。到了皇父母大婚这一日，文武百官，一律朝贺，内阁复特颁恩诏，大赦天下。各省风化案，不惟宜赦，还应加赏，金之俊何见不及此？京内外各官加级，免各省钱粮一年。

太后与摄政王倍加恩爱，不必细说，只是摄政王尚忆念侄妇，未免偷寒送暖，嗣经太后盘诘，无可隐讳，不知摄政王如何恳求，始由太后特恩，许为侧福晋。顺治七年春月，摄政王多尔衮复立肃王福晋博尔济锦氏为妃，百官仍相率趋贺。后人曾有数句俚词道：“汉经学，晋清谈，唐乌龟，宋鼻涕，清邋遢。”即指此事，惟《东华录》上，只载摄政王纳豪格福晋事，不及太后大婚，闻由乾隆时纪昀所删。

闲文少叙，单说摄政王多尔衮，既娶了太后，又娶了肃王福晋，真是一箭双雕，非常快乐。此外妃嫔，虽尚有一、二十人，多尔衮都视同嫫母，不去亲幸。旁人各自艳羡，无如好色的人，有一种癖病，得了这一个，又想那一个，得了那一个，又想把天下美人，都收将拢来，藏在一室。销金帐里，夜夜试新，软玉屏中，时时换旧，方觉得心满意足。俗语说得好："痴心女子负心汉。"多尔衮也未免要作负心人了。偷汉者其听之！

一日，朝鲜国王李淏，遣使进贡，并呈一奏折，内称："倭人犯境，欲筑城垣，因恐负崇德二年之约，故特吁请，俾免残破之患"等语。多尔衮览了一遍，猛触起一件情绪来，即命朝鲜来使，暂住使馆，候旨定夺。又宣召内大臣何洛会入府，授了密语，到使馆中，与朝鲜使臣相见。两下商议多时，朝使唯唯听命，别饬随员驰禀国王。这国王李淏，前曾入质清朝，因其父李倧殁后，得归国嗣位，深感多尔衮厚恩，此时不得不唯命是从，立命返报。当由何洛会禀知多尔衮，次日即发下朝鲜国奏牍，批了"准其筑城钦此"六字。使臣即奉命而回。著书人又故作秘密，令阅者猜疑。

过了月余，摄政王府内，竟发出命令，率诸王大臣出猎山海关。王大臣奉命齐集，等候出发。越宿，摄政王出府，装束得异样精采，由仆从拥上龙驹；一鞭就道，万马相随，不多日，已到关外。此时正是暮春天气，日丽风和，草青水绿，一路都是野花香味，四面蜂蝶翩翩，好像欢迎使者一般。语带双关，非寻常稗官家笔墨。经过了无数高山，无数森林，并不闻下令驻扎，到了宁远，方入城休息。一住三日，亦没有围猎命令。醉翁之意不在酒。诸王大臣纷纷议论，统是莫名其妙。只何洛会出入禀报，与摄政王很是投机。王大臣向他诘问，也探不出什么消息。何洛会捣鬼，著书人亦捣鬼。次日，又下令往连山驿，诸王大臣一齐随行。到了连山，何洛会已经先到，带了驿丞，恭迎摄政王入驿。但见驿馆内铺设一新，五光十色，烂其盈门，把王大臣弄得越发惊疑。我亦越疑。摄政王直入内室，何洛会也随了进去。歇了片刻，始见何洛会出来，招呼诸王大臣略谈原委，王大臣俱相视而笑，阅者尚在梦中，无从笑起。随即偕何洛会同赴河口，迤逦前行。淡光映目，但见岸侧有一大船，岸上有两乘彩舆，舆旁有朝鲜大臣站立，见王大臣至，请了安，便请舱中两女子登陆上舆。两女子都服宫装，高绾髻云，低垂鬟凤，年纪统将及笄，仿佛一对姊妹花。当由何洛会及诸王大臣，导引入驿，下了舆，与摄政王交拜，成就婚礼。诸王大臣照例恭贺，便在驿中开起高宴。这一夕间，巫峡层云，高唐双雨，说不尽的欢娱。

但这两女究系何人？恐阅者已性急待问，待小子从头叙来。这两女子系朝鲜公主，崇德年间，多尔衮随太宗征朝鲜，攻克江华岛，将朝鲜国王家眷，一一拿住，当面检验，曾见有幼女二人，年仅垂髫，颇生得丰姿楚楚。多尔衮映入眼波，料知长成以后，定是绝色。及朝鲜乞盟，发还家属，多尔衮亦搁过不提。此次朝鲜国奏请筑城，陡将十年前事，兜上心来，遂遣何洛会索娶二女，作为允许筑城的交换品。朝鲜国此番筑城，应称作公主城。朝鲜国王无可奈何，只得饬使臣送妹前来。多尔衮恐太后闻知，所以秘密行事，假出猎为名，成就了一箭双雕的乐事。一箭双雕四字，格外确切。住驿月余，方挈了朝鲜两公主入京。此时对了肃王福晋，未免薄幸，多尔衮也管不得许多，由她怨骂一番，便可了事。只太后这边，不便令知，当暗嘱宫监等替他瞒住。

自是多尔衮时常出猎，临行时，定要朝鲜两公主相随。不耐福晋怨骂，所以挈艳出猎，可惜瞒不住阎罗奈何？青春易过，暑往寒来，多尔衮一表仪容，渐渐清减，旦旦而伐之，可以为美乎？只出猎的兴趣，尚是未衰。是年十一月，往喀喇城围猎，忽得了一种咯血症，起初还是勉强支持，与朝鲜两公主，研究箭法，后来精神恍惚，竟至上床闭着眼，只见元妃忽喇氏，开了眼，乃是朝鲜两公主。多尔衮自知不起，但对了如花似玉的两公主，怎忍说到死字？可奈冥王不肯容情，厉鬼竟来索命，临危时，只对着两公主垂泪，模模糊糊的说了"误你误你"四字。半年恩爱，即成死别，确是误人不少。

多尔衮已殁，讣至北京，顺治帝辍朝震悼。越数日，摄政王柩车发回，帝率诸王大臣缟服出迎。太后未知在列否？奠爵举哀，命照帝制丧葬。帝还宫，令议政诸王，会议睿亲王承袭事。是时已值残腊，王大臣照例封印，暂从搁置。至顺治八年正月，始议定睿亲王袭爵，归长子多尔博承受。只是人在势在，人亡势亡，当多尔衮在日，势焰熏天，免不得有饮恨的王大臣，此次正思乘间报复，适值顺治帝亲政，下诏求言。王大臣遂上折探试，隐隐干涉摄政王故事。惟皇太后尚念摄政王旧情，从中调护，折多留中不发。王大臣探悉此情，复贿通宫监，令将多尔衮私纳朝鲜公主禀白太后。太后方悟多尔衮时常出猎，就是借题取巧，竟发恨道："如此说来，他死已迟了。"王大臣得了此句纶音，便放胆做去，先劾内大臣何洛会，党附睿亲王，其弟胡锡，知其兄逆谋，不自举首，应加极刑。得旨，何洛会及弟胡锡，着即凌迟处死。要捣媒酱了。

原来顺治帝已十五龄，窥破宫中暧昧，亦怀隐恨，方欲于亲政后加罪泄愤，巧值王大臣攻讦何洛会，便下旨如议。王大臣得了此旨，已知顺治帝隐衷，索性推郑亲王列了首衔，追劾睿亲王多尔衮罪状。虽是多尔衮自取，然亦可见炎凉世态。大略说他种种骄僭，种种悖逆，并将他逼死豪格，诱纳侄妇等事，一一列入。又贿嘱他旧属苏克萨哈詹岱穆济伦，出首伊主私制帝服，藏匿御用珠宝等情，顺治帝不见犹可。见了这样奏章，就大发雷霆，赫然下谕道：

> 据郑亲王济尔哈朗等奏，朕随命在朝大臣，详细会议，众论佥同，谓宜追治多尔衮罪，而伊属下苏克萨哈詹岱穆济伦，又首伊主在日，私制帝服，藏匿御用珠宝，曾向何洛会吴拜苏拜罗什博尔惠密议，欲带伊两旗，移驻永平府，又首言何洛会曾遇肃亲王诸子，肆行骂詈，不述肃王福晋事，想系为吉特太后遮羞。朕闻之，即令诸王大臣详鞫皆实，除将何洛会正法外，多尔衮逆谋果真，神人共愤，谨告天地太庙社稷，将伊母子并妻，所得封典，悉行追夺。布告天下，咸使闻知。

此谕下后，复诏雪肃亲王豪格冤，封豪格子富寿为显亲王。郑亲王富尔敦，亦受封为世子。又将刚林、祁充裕二人，下刑部狱，讯明罪状，着即正法。大学士范文程，也有应得之罪，命郑亲王等审议。吓得这位范老头儿，坐立不安，幸亏他素来圆滑，与郑亲王不甚结怨，始议定了一个革职留任的罪名。范老头儿免不得向各处道谢，总算是万分侥幸。

话休叙烦，且说顺治帝尚未立后，由睿亲王在日，指定科尔沁卓礼克图亲王吴克善女为后。是年二月，卓礼亲王吴克善送女到京，暂住行馆，当由巽亲王满达海等，请举行大婚典礼。顺治帝不许。明明迁怒。延至秋季，仍没有大婚消息。这位科尔沁亲王在京，已六七月，未免烦躁起来，只得运动亲王，托他禀命太后，由太后降下懿旨，令皇帝举行大婚礼。顺治帝迫于母命，不好违违，只得命礼部尚书准备大典，即于八月内钦派满、汉大学士尚书各二员，迎皇后博尔济锦氏于行辕。龙旌凤辇，倍极辉煌，宫娥内监侍卫执事人等，分队排行，簇拥皇后入宫，至丹墀降舆。这时候天子临轩，百官侍立，诸王贝勒六部九卿，没有一个不到，正是清室入关后第一次立后盛举。大书特书。宫女搀扶皇后，徐步上殿，那皇后穿着黄服绣帔，满身都是金凤盘绕，珍翠盈头，珠光耀目，当即面北而立，由礼部尚书捧读玉册，鸿胪寺正卿赞礼，导皇后跪伏听命。册读毕，鸿胪寺导皇后起立，文华殿大学士，捧上皇后宝玺，武英殿大学士，捧上玺绶，由坤宁宫总监跪接，转授宫眷，佩在皇后身上。皇后再向帝前俯伏，口称"臣妾博尔济锦氏，谨谢圣恩"。谢讫，帝退朝，皇后正位，群臣朝贺。礼毕入宫，笙箫迭奏，仙乐悠扬，随与皇帝行合卺礼。

次日，帝率后到慈宁宫请安，遂加上皇太后尊号，称为"昭圣慈寿恭简皇太后"。叙立后事，已见大礼齐备，不应无端废立。只是顺治帝终究不乐，隔了两年，竟将皇后降为静妃，改居侧宫。大学士冯铨等，奏请"深思详虑，慎重举动，万世瞻仰，将在今日。"帝不省，反严旨申饬。礼部尚书胡世安等复交章力谏，奉旨"皇后博尔济锦氏，系睿王于朕幼冲时，因亲定婚，册立之始，即与朕意志不协，宫闱参商。该大臣等所陈，未悉朕意，着诸王大臣再议。"郑亲王济尔哈朗复奏圣旨甚明，无庸再议。全是私意。于是改册科尔沁镇国公绰尔济女为后，从前的正宫博尔济锦氏，竟自此不见天日，幽郁而死。

小子曾有诗咏顺治帝废后事云：

国风开始咏睢鸠，王化由来本好逑。
为怨故王甘黜后，伦常缺憾已先留。

清宫事暂且按下，小子又要叙那明桂王了。诸君少安，请看下回。

本回全叙多尔衮事，纳肃王福晋与娶朝鲜二女，《东华录》纪载甚明，固非著书人凭空捏造。至如母后下嫁事，乾隆以前，闻亦载诸《东华录》。胡人妻嫂，不以为怪，嗣闻为纪昀删去。此事既作为疑案，然证以张苍水诗，有“春官昨进新仪注，大礼恭逢太后婚”二语，明明指母后下嫁事，是固无可讳言者也。多尔衮好色乱伦，罪状确凿，但身殁以后，诸王弹劾，竟为其暗蓄逆谋，此则罗织成文，未足深信。以手握大权之多尔衮，摔孤儿如反掌，何所顾忌而不为乎？彼投阱下石之徒，诬陷成案，吾转为多尔衮慨矣。若顺治帝为隐怨故，至废其后博尔济锦氏，尤失人君之道。观其敕谕礼臣，谓后办睿王所主议，册立之始，即与朕意志未协，是则后固明明无罪者，特嫉睿王而迁怒于后耳。迁怒于后而废之，谓非冤诬得乎？冤诬臣子且不可，况夫妇乎？本回历历表明，于睿王之功过，顺治帝之得失，已跃然纸上。

第十九回

李定国竭忠扈驾　郑成功仗义兴师

却说明桂王自窜奔南宁后，湖广各省，已为清有，清封孔有德为定南工，镇守广西，耿仲明为靖南王，尚可喜为平南王，镇守广东。为后三藩伏根。旋耿仲明死，其子继茂袭爵，镇守如旧。桂王势日穷蹙，不得已求救于孙可望。这可望系张献忠党羽，认献忠为义父，本是个杀人不眨眼的魔星，献忠伏诛，他即窜入云南。云南本故明黔国公镇守地，被土官沙定洲所逐，夫人焦氏自焚死，可望伪称焦夫人兄弟，助天波复仇，击退定洲，乘势蟠踞。其党李定国、刘文秀、艾能奇、白文选、冯双礼等，推可望为部长。可望遣定国追杀定洲，定洲死，云南全省，统归可望，可望遂僭称为王，国号“后明”，以干支纪年，铸兴国通宝钱，居然称孤道寡起来。南面王人人想做，何怪可望？只是李定国与可望同等，可望称尊，定国不乐，可望借阅武为名，到了操场，专寻定国隙头，将定国杖了五十，定国愤恨不已。可望恐人心离散，思借名服众，遂备黄金三十两，琥珀四块，马四匹，遣使至桂王处求封。桂王命可望为景国公，定国文秀等封列侯。可望不受，自称秦王，竟派兵袭黔东，陷川南，把故明的镇将，杀逐得干干乾净净。强盗管什么忠义。桂王穷窜南宁，朝不及夕，没奈何再遣钦使，封可望为冀王，可望仍不受。又加封真秦王，乃令部将到南宁迎驾。一面派李定国冯双礼等，率步骑八万，由全州攻桂林，一面派刘文秀、王复臣、张光璧等，率步骑六万，分道出叙州重庆，直攻成都。

这李定国一枝兵，锋利无前，所到之处，无人敢当。沅靖武岗全州，统被定国攻破，孔有德忙檄部将沈永忠，出去抵截，不值定国一扫。永忠退至桂林，定国亦接踵追至。桂林兵少，有几个守陴将士，瞧见定国兵到，都静悄悄的溜脱。有德不能守御，奔入府中，偕其妻痛哭一场，双双自缢。可偿瞿式耜等性命。百姓献了城，定国飞章告捷，使者回来，报称永历帝已移驾安隆，封主帅为西宁郡王，定国倒也心喜。忽报清亲王尼堪，率队至湘，清经略洪承畴，又自江宁至长沙，湖南危急。定国立率步骑往救，到了辰州，阵斩清降将徐勇，可偿何腾蛟性命。进至衡州，遇着清尼堪大兵。两下对仗，定国佯败，诱清兵追至丛林，一声号炮，推出无数伟象，张牙舞爪，向清兵乱扑。这清兵向来没有见过，顿吓得魂胆飞扬，逃命都来不及，还管什么主帅？尼堪正想拍马回奔，突遇一象冲到，将马推翻，把尼堪掀倒地下，这象便从尼堪身上腾过，霎时皮破血流，死于非命。极写定国，为后文扈驾张本。

定国得了胜仗，暂驻武岗，方思进攻衡州，忽报秦王有使命到来，请至沅州议事。定国欲行，右军都督王之邦，出帐谏阻。定国问他缘由，之邦道："近闻秦王劫了永历帝，居安隆所，阳为尊奉，实是禁锢，每日肴馔，很是恶劣，他早已有心篡逆，只怕你王爷一人，此番请至沅州，有何好意？倘或前去，必遭毒手。"定国道："我若不去，孙可望必定追来，衡州尚有清兵，两面夹攻，如何对待？"之邦道："不如退回广西，再作后图。"定国点头，谢绝来使，竟引本部向广西退去，冯双礼自回。

孙可望得去使回信，不由的心中愤怒，亲率人马追赶；途次遇着刘文秀败还，方知入川各军，已被吴三桂杀败，复臣中箭身亡，川中打仗，用虚写实，为李定国抬高身份。惊愕之余，越加懊恼，没奈何带了文秀，向宝庆进发。中道又会着冯双礼一同进行。到了宝庆，巧与清兵相遇。这清兵就是尼堪部众，由贝勒屯齐接领，南徇衡永，望见可望军中的龙旗，随风飘舞，屯齐即拔箭在手，搭在弓上，"飕"的一箭，射倒龙旗，立率精骑冲入敌阵。可望部下，不见帅旗，已自慌张，又经清兵捣入，锐不可当，便拥着可望逃走。文秀双礼，本是不得已相随，至此亦一齐退去。可望吃了一场大亏，遁至贵州，搜获故明宗室，一律杀死，贼性复发。遂自率内阁六部等官，立太庙，定朝仪，改邱文为八叠，尽易旧制。一心思想做皇帝。

桂王在安隆闻报，料知可望心变，与中官张福禄，阁老吴贞毓等密商，遣林青阳至广西，召李定国前来扈驾。青阳出发，托词乞假归葬，一去不还。桂王等得不耐烦，又差翰林院孔目周官前往催促，不料被马吉翔得知消息。马本孙可望心腹，自然暗报可望，可望立派部将郑国至安隆，迫桂王交出首谋，曹操、司马懿尚亲自逼宫，可望只令部将进逼，可谓每况愈下。桂王战慄不能答。还亏中官福禄自出承认，明末总算这个中官。与吴贞毓等同受械系，由郑国严刑拷讯，共得通谋十八人，即将福禄凌迟，吴贞毓处绞，其余斩首。冤冤相凑，林青阳回来复命，亦被郑国杀死。郑国回报可望，可望即遣白文选至安隆劫驾。桂王闻文选到来，吓得魂不附体，只是呜呜哭泣。活像一儿女子状态，安得成中兴事业？文选进宫，见桂王神色惨沮，也觉黯然，遂跪奏道："孙可望遣臣迎驾，原来不怀好意。臣闻西宁王将到，令他护驾，尚可无虑。"桂王扶起文选道："得卿如此，不愧忠臣。但可望势力浩大，奈何？"文选道："可望蓄谋不轨，部下都说他不是，刘文秀已通款西宁了。他逆我顺，何必畏他？"桂王才放了心。

过了数日，果闻定国兵到，即开城延入。定国恰恭恭敬敬的行了臣礼，桂王喜出望外，亲书诏敕，封定国为晋王。定国即请桂王驾幸云南，并言刘文秀在云南待驾，可以无虞。桂王恨不得立刻脱险，即令定国文选等扈跸，克日出发，安安稳稳的到了云南。刘文秀果不爽旧约，排队迎入；进了城，把可望府第改作行宫。文秀受封为蜀王，文选受封为巩昌王。部署甫定，警报遥传，孙可望兴兵犯阙，桂王命文选驰谕可望，与他议和。可望将文选拘住，伪上奏章，请归妻孥。桂王即派人送还可望妻子。可望因妻子还黔，遂大起兵马，入犯云南。可望部将马进忠等，多不直可望，与文选定了密计，进说可望道："文选威名服众，欲要攻滇，非令他为将不可。"可望道："他与李定国勾通，如何可使为将？"马进忠道："闻他现已悔过，愿为大王效力。"可望遂命进忠引入文选，文选佯作恭顺状态，一味趋承，喜得可望手舞足蹈，立命文选为大元帅，马进忠为先锋，发兵十四万先行。留冯双礼守贵州，自率精兵为后应。

警报飞达滇中，桂王下旨削可望封爵，命晋王李定国，蜀王刘文秀，发兵讨贼。定国文秀，不过带了万人，甲仗又不甚完全，到了三岔河，望见敌军已扎住对岸，众寡相去，不啻数倍。定国与文秀商议，文秀拟借交趾地界，作战败退处地，定国慨然道："永历孤危，全仗你我两人，协力御敌，若未战先怯，是自丧锐气，何以行军？现在只有拼命与战，决一雌雄。我想孙贼部下，多半离心，未必定是他胜我败。"定国、文秀的心术，可见一斑。计议已定，即于翌晨渡河前进。那对岸的敌军，却退后数里，一任定国兵上岸。定国望将过去，见敌阵中悬有龙旗，龙旗又来了。料知可望亦到，遂率兵径捣中坚。此冲彼阻，才交得三、五合，定国部将李本高身中两箭，跌毙马下。定国大惊失色，方欲退兵，忽见可望阵后纷纷大乱。左有马进忠，右有白文选，旗帜鲜明，从可望军内自行杀出，招呼定国挥兵大进。弄得可望神志昏乱，忙拍马而逃。定国驱杀至十里外，方与白文选、马进忠两人，并辔而回。看官！你想这次打仗，不是白文选等暗中用计，哪肯容定国渡河、战胜可望呢？

可望奔回贵州，遥望城门紧闭，城上竖着的旗帜，大书“明庆阳王冯”字样，不觉惊讶起来，正思呼城上人答话，猛见冯双礼上城俯视道：“我已归顺永历帝了，永历帝封我为庆阳王，命守此城，与你无涉。”这数语气得可望发昏，回顾手下残骑，所剩无多，不能再战；且妻子统在城中，若与他争闹起来，定是性命难保，不得已忍气吞声，求双礼还他妻子。老贼也有今日。双礼乃开了半扉，就门隙中放出数人，可望一瞧，妻孥如故，财物荡然，禁不住垂下泪来。他的妻子更不必说。半生抢劫，一旦全休。可望痴立一回，方挈着妻子径奔长沙，投降清经略洪承畴去了。

这事且搁过一边，小子要叙出一个海外英雄来。看官！你道海外英雄，姓甚名谁？就是郑芝龙的儿子郑成功。应第十六回。芝龙降清，成功独航海赴厦门，募兵兴义，仍奉隆武正朔；至隆武帝殉国，永历帝正位，复遣使奉表永历，受封为延平郡公。成功竟大举攻闽，连陷漳浦、海澄等县，进围长泰。清闽、浙总督陈锦，自舟山移师赴援，一场海战，被成功杀得大败亏输，不但长泰被陷，连平和、诏安、南靖等处，统被成功夺去。陈锦惶急万状，急向清廷求援，清封芝龙为同安侯，令作书劝成功归降。成功接阅文书，看到“父既归清，儿亦宜薙发投诚”等语，不禁愤愤道：“今来一薙发国，当即薙发，倘来一穿心国，我亦将遵命穿心么？”快人快语。即拒绝来使，下令进攻漳州，并悬赏购陈锦首。

歇了几天，忽来了两个闽人，献上陈锦首级。成功问两人姓名职务，一个是陈锦记室李进忠，一个是陈锦仆人库成栋。

成功又问是谁杀陈锦，成栋应声“是我”，说声未绝，两手已被成功亲卒反缚，由成功喝令处斩，怪极！吓得成栋跪求饶命，连进忠亦跪倒叩头。成功指成栋道：“你与陈锦有主仆之谊，如何忍心害主，把他首级来献？我原是悬赏购陈锦首，但你不应杀他，所以我特罪你。”复问进忠道：“这罪奴有妻子否？”进忠道：“有的，现亦随来。”成功道：“好好。他妻子到来，应照赏格发给，教他死亦瞑目。”赏罚确得当，是英雄作用。便命左右推出成栋斩讫，随将赏银付与进忠，令他转交成栋妻子。进忠领了赏银，不敢多说，就退出帐外去了。保全性命，还算幸事。

忽厦门又来使人，报称鲁王以海，自舟山逃到厦门，应否接待？成功道：“鲁、唐叔侄，自相鱼肉，太属可恨。”应该责备。使人说：“鲁王已奉表永历，削去监国名号了。”成功道：“既如此，应照明宗室例优待便是。”看官！你道鲁王何故到厦门，他自窜身海外，随身只有张名振一人，应十六回。很是萧条，幸浙中遗臣张肯堂等，渡海奔赴，约得十余人，遂把南澳作了根据地。嗣后袭踞舟山，约故行人张煌言，共图恢复。不料清总督陈锦，都统金砺，提督田雄等，驾着大舰，来攻舟山。鲁王也遣张名振、张煌言等，率兵迎敌。开了几仗，倒也没甚胜负，怎奈天不容明，海面上陡起大雾，罩住舟山。清兵乘雾攻入，守兵措手不及，相率溃散。名振、煌言，亟奉鲁王出走。名振弟名扬，阖室自焚。张肯堂自缢死。鲁王的妃子张氏，及礼部尚书吴钟峦、兵部尚书李向中等，皆殉难。清兵复分追鲁王，鲁王穷蹙无归，不得已走依成功。成功遣使人回厦门，自督军围攻漳州，适清都统率兵至璋，与城中守兵夹攻成功。成功腹背受敌，只得退保海澄。金砺追至城下，被成功一阵击退，乃留兵守海澄，自回厦门见鲁王，复与张名振、张煌言晤谈。两下各述己志，二张是始终为鲁，成功是始终为唐，彼此不便节制，商定了一个分地驻扎、互相援应的计策。二张奉鲁王移驻金门，煌言复招集遗众，进窥南京，到了吴淞口，袭夺清舰数十艘，进破崇明，转趋丹阳，谒明太祖陵，激励军士，直指南京进发。忽闻鲁王逝世，只得折回吴淞，寻又闻名振病亟，驰回金门。到金门后，名振已死，仅留遗书一函，劝他勉图恢复。主丧友殁，日暮途穷，煌言至此，不禁涕泪交并。天实为之，谓之何哉？没奈何为主发丧，为友营葬，把出兵的念头，暂时搁置。

这且慢表，且说郑成功驻节厦门，改称厦门为思明州，分所部为七十二镇，设立储贤馆、储才馆、察言司、宾客司、印局、军器局等，井井有条。厅间供永历帝位，有所封拜，必向座奏闻。部下感他忠义，无不敬服。当张煌言带兵入江，正拟出师策应，嗣闻鲁王名振相继谢世。煌言退回金门，也自叹息一番，专使吊唁，暂休兵不动。一日，清廷派了两位钦差，赍敕来厦，封成功为海澄公。成功道："我只知奉明帝敕，不知有清帝敕。"将来使遣回。隔了一月，成功弟渡，随了清使三人，又到厦门。成功与清使相见于报恩寺中，清使令成功跪受诏书，成功道："成功系大明臣子，不受清诏。"直截了当。清使阿山道："今日奉皇上圣旨，赐汝福、兴、泉、漳四府地，皇恩不可谓不重，汝宜受诏，薙发投诚。"成功正色道："四府本是明地，何劳尔国赏赐？尔国旧封，只建州一区，如今踞我中原，太属无理，成功愧不能为明恢复，还说要我薙发降敌么？海不枯，石不烂，成功不降清。"言毕，拱手自回。光明磊落。

是晚，郑渡入见成功，出其父芝龙书，并略说"兄若不降，父命难保。"成功阅父书毕，慨然道："忠孝不能两全，为禀老父，乞谅愚忠。"郑渡再三相劝，成功只是不从，郑渡痛哭而出。次日，清使挈郑渡北去，成功忙写了复书，遣郑说追上郑渡，将书交讫，郑说自回。郑渡随清使归报芝龙，呈上复书。芝龙拆书瞧阅，上写道：

儿以孤身僻居海隅，尝欲效秀夫之节，修包胥之忠，藉报故国，聊达素志。不意清廷海澄公之命，突然而至，儿不得已按兵以示信，继而四府之命又至，儿又不得已按兵以示信；谈席未终，敕使乃哓哓以薙发为请。嗟嗟！今中国土地数万里，亦已沦陷，人民数万万，亦已效顺，官吏亦已受命，衣冠礼乐，制度文物，亦已更易，所仅留为残明故迹者，儿头上数根发耳。今而去之，一旦形绝身死，其何以见先帝于地下哉？且自古英雄豪杰，未有可以威力胁者，今乃啧啧以薙发为词，天下岂有未称臣而轻自去发者乎？天下岂有彼不以实许，而我乃以实应者乎？天下岂有不相示以信而遽请薙发者乎？天下岂有事体未明，而遂欲糊涂了事者乎？父试思之！儿一薙发，将使诸将尽薙发耶？又将使数十万兵士皆薙发耶？中国衣冠相传数千年，此方人性质，又皆不乐与满夷居。一旦尽变其形，势且激变，尔时横流所激，不可抑遏，儿又窃窃为满夷危也。昔吾父见贝勒时，甘言厚币，父今日岂尽忘之？父之尚有今日，天之赐也，非满夷之所赐也。儿志已决，不可挽矣。倘有不讳，儿只缟素复仇，以结忠孝之局。儿成功百拜。

芝龙阅毕，蹙着眉道："我的老命，看来要断送在他手中了。"随将原书呈奏顺治帝。顺治帝本封芝龙为同安侯，至是将他削职圈禁。一面命沿海督抚，固守汛界；一面饬郑亲王世子济度为定远大将军，率师防闽。济度出京，闻成功已连扰闽、浙海滨，进据舟山，遂兼程南下。到闽后，与成功连战数次，一些儿没有便宜，反失了战舰几艘，丧了战将几员。成功连获胜仗，遂大治兵马，锐意规复。从征甲士，选定十五万，五万习水战，五万习骑射，五万习步击，另外挑选万人，来往策应。适自滇中来使，封成功为延平郡王，招讨大将军、金门张煌言亦率兵来会，成功大喜，遂竖起奉旨招讨的大旗，命中军提督甘辉为先锋，总兵马信万礼为第二队，亲统大军为后援，请张煌言前导。扬旂鼓棹，陆续前进，行到羊山，忽遇着数阵飓风，撞沉巨舰数十艘，漂没士卒数千名，不祥之兆。于是只好停泊舟山，修理舟楫。

忽接到数处警报，海澄守将黄梧及旧部将施琅，俱背郑降清，清兵三路攻滇，成功不觉大愤，忙将舟楫修竣，扬帆再出。张煌言统领前部，由崇明入江，至金、焦二山，但见江中横截铁索，舟不能前。煌言令人泅水，暗把铁索斫断，遂乘着风潮，联樯而进。到了瓜洲，与清提督管效忠相遇。两下酣斗，郑军奋勇齐上，效忠寡不敌众，凫水而逃，被郑军水师统领罗蕴章，入水追擒，推出斩首，当下扫清瓜洲敌舰，直逼镇江，炮声隆隆，震惊天地，城外北固山上，驻有清兵，下山来救，由郑军一阵乱斫，杀得马仰人翻，濠平尸积。败兵逃入城中，门未及闭，郑军一拥而入，城遂陷。镇江属邑，望风迎降。成功命直捣南京，帐下一人大叫道："不可，不可！"正是：

斗力不如斗智，用兵先在用谋。

未知此人是谁，待下回再行交代。

有孙可望之跋扈，适形李定国之忠，有郑芝龙之卑鄙，益见郑成功之义，一则扈跸滇中，一则兴师海外，虽其后赍志以终，卒鲜成效，然忠义固有足多者。成功心迹光明，尤加定国一等，故叙述亦格外生色。张煌言、张名振二人夹写在内，即为明捐躯诸遗老，亦并叙姓名，作者风世之心，可概见矣。文字之不苟作如此。

第二十回

日暮途穷寄身异域　水流花谢撒手尘寰

却说郑成功欲进攻南京，帐内有部将谏阻，这部将便是中军提督甘辉，当下献计道："我军深入南京，清廷必发兵来救，前有守兵，后有援兵，我军孤处其间，岂非陷入重围？现不如将我军分作两路，一路取扬州，堵住山东来军，一路据京口，截断两浙漕运，严扼咽咳，号召各郡，南畿不战自困，那时可以唾手而得了。"甘辉之说，未始非策，然必须云贵未破，方用得着，否则能保清军不自江而下耶？成功道："此计未免太迂。据我看来，南京清兵，多已调往云贵，现在不乘胜攻取，更待何时？况清提督马进宝，已自松江遣人通款，南京城虚援绝，还有多大本领，敢与我对敌？自然是马到成功了。"遂不听甘辉之言，命水军泝江而上，直至南京。先向孝陵前率军祭奠，随后作了一篇檄文，传布远近；令张煌言别率所部，由芜湖进取徽、宁各路，自率兵攻南京。

两江总督郎廷佐闻郑军已至，急遣将分守要害，成功围攻不下，惟接连得煌言捷报，说是太平、宁国、徽州、池州等府，都已攻克，成功不胜欣喜，料想南京一城，不日可拔。成功之心已骄矣。忽报郎廷佐遣人下书，成功传见，把来书阅看，乃是愿献城池，惟城内人心不一，须要慢慢劝导，限期半月，方可献纳。成功喜甚，即批回照准。其实郎廷佐的书信，乃是缓兵之计，他已闻得云、贵获胜，桂王远遁，清兵可自西返东，来援南京，因此托词献城，宽延时日。成功不知是诈，竟堕入他计中，按兵不攻了。

小子且把云、贵获胜的事情，插叙数行：自孙可望降了洪承畴，具述桂王庸弱的情形，承畴遂上表清廷，请乘机大举。清政府本无心西略，欲弃云、贵两省，给与桂王偏安，及得了承畴奏疏，承畴为灭永历之魁。遂定议西征，命贝子洛讬为宁南靖寇大将军，会同经略洪承畴，从湖南进发；命平西王吴三桂为平西大将军，偕都统墨尔根李国翰，从汉中四川进发；命都统卓布泰为征南大将军，率提督钱国安，向广西进发。三路兵马，拟至贵州会齐，同入云南。洛讬、承畴一军，出靖沅、镇远，至贵阳，击走守将马进忠，遂入据贵阳城。三桂一军，由重庆至遵义，击退守将刘镇国，获粮三万石，降兵五千，遂入占遵义城。卓布泰一军，亦连陷南丹、那地、独山诸州，至贵阳来会。三路连章告捷，清廷复授豫王子信郡王铎尼为安远大将军，率禁旅至贵州，总统三路兵马。铎尼令洛讬、承畴，略屯贵阳，办理粮饷，自督诸军三路入滇。每路兵五万，各带着半月粮草，浩荡前进。

是时，桂王部下刘文秀已死，军政统归李定国执掌。定国闻贵州已陷，亟遣白文选至七星关，抵住西路，冯双礼至鸡公背，抵住中路，张光璧至黄草坝，抵住东路，自守北盘江铁索桥，居中策应。清兵三路，明兵亦三路。七星关系滇、蜀交界的要险，峭岸阻江，山同壁立，三桂到了关外，见关内已有人守住，料难攻入，他却佯作攻状，别遣部将绕出苗疆，拊击背后，文选只防前面进攻，不料后面复有清兵出现，顿时惊溃，窜入霑益州。明军一路已败。黄草坝在南盘江右岸，由张光璧率师扼守，将江中各船，一概击沉，阻住清军渡江。卓布泰到了左岸，无船可济，便在岸上扎营。两边隔江发炮，未曾接仗，适有泗城土司岑继禄，到卓布泰前献策，教他绕道下游，渡过对岸。卓布泰从土司言，遂于夜间分兵，直走下游，用人泅水，把凿沉各船，扛至岸侧，塞好漏洞，乘夜潜渡。张光璧尚呆守南盘江，谁知清兵已至北盘江。李定国闻清兵过河，急率兵三万，堵住双河口。清兵杀奔前来，定国挥军死战，击退清兵。到了次日，清兵复至，乘风纵火，火随风卷，野燎烛天，定国抵当不住，只得退走。明军二路俱败。到了北盘江见冯双礼亦狼狈奔回，报称清兵势大，不胜抵御，鸡公背已被夺去。明军三路俱败。定国惊惧，将江内铁索桥烧断，与双礼走回云南，清兵追至北盘江，见对岸已无明军，便搭造浮桥，逾江而进。

明桂王闻定国败还，拟连夜出奔，行人任国玺独请死守，尚在未决，只见定国进来，泣奏一切，桂王便与议去守情形，定国道："行人议是；但前途尚宽，今暂移跸，卷土重来，犹为未迟。"桂王听了此语，遂决意出走永昌，命定国断后。行未数里，白文选自霑益追至，定国遂把殿后军，付与文选，自率精骑扈驾前去。清兵三路会齐，直入云南城，洪承畴亦自贵阳趋云南。铎尼令诸军进追桂王至玉龙关，遇着白文选军，乘势猛扑。文选部下，只有数千人马，哪里禁得住三路大军？苦战多时，人马将尽，便拍转马头，率领残卒，逃出右甸去了。

警报传至永昌，桂王复匆匆逃走。定国令总兵靳统武，带兵四千扈驾，自率精兵六千，据住磨盘山，专待清兵。磨盘山在永昌城东，一名高黎贡山，为西南第一穹岭，山路崎岖，仅通一骑，定国料清兵穷追，必从此山经过，遂把六千兵分作三支，令部将窦名望，率兵二千伏住山口，高文贵率兵二千伏住山腰，王玺率兵二千伏住山后。自己高坐山巅，管着号炮。遥望清兵迤逦前来，正是漫山遍野，不辨多少，他却自言自语道："任你无数人马，到了此地，恐怕虎落槛阱，无能为力了。"慢着！

歇了半晌，见清兵已从山口进来，因山口狭隘，将横队变作直队，鱼贯而进，不禁大喜。约历一、二时，清兵入山，还不过一万多名，猛听得一声炮响，清兵个个下马，停住不进。接连又是无数炮声，霎时烟雾迷蒙，只觉得鼓角声、喊杀声、兵器碰撞声，合着天上的风声，山谷的回声，闹成一片，正自惊疑不定，突然来了一个飞炮，向空坠下，不偏不倚的，在定国头上滚将下来，故作惊人之笔。吓得定国心头乱跳，急忙把头一偏，那飞炮恰恰在定国身边擦过，坠落脚边。前面尘土，被这飞炮一激，扬起空中，任你定国智勇深沉，也自镇定不住，忙回身逃落山下，向西急走。到了半路，始见高文贵踉跄奔来，手下残兵，只剩一千多人，报称："清兵迭放巨炮，烟火满山，我军无从暗伏，不得已出来对仗，可奈清兵势大，窦、王二将，已经阵亡，六千人已失四千，某只得冲围前来。"定国道："可恨可恨，不知谁人泄漏消息。"随即合兵而去。

原来清兵自云南出发，渡过路江，沿途经过，不遇一敌，他即仗着锐气，越岭进行，适有故明大理寺卿卢桂生，热心富贵，竟至铎尼军前，报说山上有伏。桂生可恶。铎尼急令前队，舍骑而步，以炮发伏。伏兵齐起，与清兵鏖斗一场，杀死清都统以下十余员，精兵数千。窦名望、王玺亦战死。此次若非桂生泄计，就使不能杀尽清兵，也要大大吃亏，只是天已亡明，不容定国成功，所以清兵得转败为胜。可为长太息者此也。

那时桂王西走腾越，为从官李国泰、马吉翔所阻，转走南甸，顺着江流前去。到一大河，四望无际，招问土人，答称此河名囊木河，过河即是缅甸国界。靳统武请走还腾越，李国泰、马吉翔不从。桂王恐清兵追来，亦不愿退回，巧值故黔国沐天波前来扈驾，说与缅人相识，遂决议渡河。惟靳统武不愿，仍奔觅定国去了。

桂王至缅甸境，缅人令从官尽去兵器，方许前行。桂王无奈，命从官抛弃兵械，雇了车马，进蛮暮，缅人具四舟来迎。行三日，至缅都，不令桂王登岸。又五日，至赭硁停舟，方导桂王上陆，引入草屋中。屋外编竹为城，左右都是缅妇贸易。缅人多短衣赤足，桂王从官，亦忘却本来面目，杂入缅妇贸易场中，坐地喧笑，呼奴纵酒，正是“孱君无志，徒成失国之寓公，从吏贪生，甘作穷途之丐卒”，这且按下慢提。

且说清信郡王铎尼，因桂王已奔缅甸，奏捷北京，得旨令大军回朝，留吴三桂镇守云南，封三桂妻为福晋，命其子应熊在京供职，妻以太宗第十四女和硕公主，清降将中，要算是第一优待了。顺治帝以荡平云、贵，方拟郊迎功臣，饮至策赏，不期江南警报，纷纷递到，顺治帝大惊，忙召满廷文武，商议退敌，便道：“朕即位十数年，南征北讨，没有一日安息，现闻云、贵已捷，明宗垂尽，朕道是舆图一统，得享承平，不料这个郑成功，又来作祟，江南四府三州二十二县，都报失守，南京危在旦夕，看来还不能安枕。朕想做皇帝很没趣味，倒不如做个和尚，像西藏的达赖、班禅，安闲也安闲，尊荣也尊荣，岂不快活自在么？”顺治帝自知苦趣，颇已悟道，奈何后人偏喜做皇帝？当时文武百官都跪奏道：“天子英武圣明，古今无两，区区小丑，不日敉平，何庸过劳圣虑。”确肖马屁朋友的口吻。顺治帝道：“朕拟简率六师，自去亲征，除绝那厮逆众，然后脱卸万几，择个安静地方，去享清福。明日各王大臣，随朕至南苑阅师，不得有误！”文武百官，齐声遵旨而出。次日，各官都先集南苑，恭候御驾，到了辰牌时候，御驾已至，两旁文武站立，俟顺治帝登座，个个请过了安，遂命满汉健儿，八旗劲旅，整整的操练了一天。操毕，御驾回宫，次晨升殿，拟择日出师。适兵部尚书呈递驿奏，系是江南总督郎廷佐拜发，内称崇明总兵梁化凤，击退郑逆，阵斩贼将甘辉等，镇江、瓜州俱已克复。世祖大喜，命梁化凤为江南提督，先图形进呈，并授内大臣达素为安南将军，会同闽、浙总督李率泰进击厦门，务绝根株。旨下，文武百官，又皆叩贺，随即退朝不表。惟这梁化凤如何击退郑成功？应由小子表明。

上文说到郑成功进薄南京，中了郎廷佐的缓兵计，按兵不攻，这是成功第一失着。郎廷佐恰飞檄调兵，梁化凤即奉檄往援，两边相持数日，化凤登高望敌，遥见敌营不整，樵苏四出，军士都在后湖嬉游，郑军如此怠玩，安得不败？然亦由骄盈而致。便入署禀明廷佐，夤夜袭营。是夕，化凤带了劲骑五百，潜出神策门，先捣白土山，出郑军不意，冲入前锋余新寨内。余新从睡梦中惊醒，仓卒起来，不及持械，被化凤活擒而去。成功闻报，忙率军相救，化凤已自入城，无从夺回余新。次晨，成功因廷佐失信，令甘辉守营，自出江上调发水师，夹攻南京。不料成功去后，清兵倾城出来，杀入郑营，甘辉上前拦阻，两下酣战，胜负未分。突闻营后射入铳炮，后队不战先乱。甘辉前后受敌，只自死战不退，无奈部将多已逃走，仅剩数百残兵，东冲西突，哪里还支持得住？清兵执着长枪，四面攒聚，甘辉尚竭力招架，无如马已被搠，蹶倒前蹄，眼见得甘辉坠地，不得生存了。

此时成功适在江上，见败军陆续奔来，方知大营已破，长叹一声，命残兵次第下船，自己亦匆匆下舱。未曾坐定，梁化凤已率水师追到，把火箭火球抛掷过来。成功无心恋战，急饬军舰东走，驶到崇明，已丧失了好几艘。遂扬帆出海，逃回厦门，张煌言尚在徽宁，闻报郑军败退，刚在惊疑，忽长江上游，来了一支清兵，乃是从贵州凯旋，还援江南。煌言挥兵奋击，打沉敌舰数艘，余舰退去。谁知夜间炮声震天，煌言登舟四望，前后左右，都是敌舰，连忙换坐小船，偷出重围。回头一瞧，自己的舰队，尽由祝融氏替他收拾，也无暇顾惜，只命水手驶入小港，舍舟登陆，逾山过岭，绕出浙省，仍渡钱塘江出海。到了海外，闻郑成功去夺台湾，顿足浩叹，遂贻书成功，略说道：

> 中原板荡，明社为墟，仅存思明州一块土，为四海所属望，遗民所依归。殿下奈何弃此十万生灵，而与红毛夷争海岛乎？且苟安一隅，将来金、厦两门，亦不可守。古人云："宁进一寸死，毋退一尺生。"惟殿下实图利之！

原来闽海中有一大岛，名叫台湾，直长二千五百里，横阔五百里，倒是一个海外桃源。成功父芝龙为海盗时，曾恃此岛为出没地，芝龙入降，此岛为荷兰人所据。荷兰向称红毛夷，在岛中寄泊市舶，并筑土城数十处，屯住侨民。成功自江南败归，以进取无成，谋夺台湾为窟穴，适清靖南王耿继茂，自广东移镇闽地，与将军达素，总督李率泰，分出漳州、同安，合攻厦门，被成功一鼓击退。回应前文。成功遂移师至台湾，巧值潮涨风顺，麾舰进鹿耳门，荷人仓卒难支，遂与成功议和，愿即迁让。荷人已去，成功遂入居台湾，与金、厦作为犄角。独这张煌言恐他无志恢复，因作书相劝，待了多日，不见回音，乃浮海至台州，到南田岛停泊，入居岛中，暂且慢表。

再说吴三桂留守云南，本没有什么大事，可以安稳度日，他偏欲剪灭明宗，上了一本奏章，这奏叫作"三患二难疏"。他说："李定国、白文选等，托名拥戴，引着溃众，肆扰边境，患在门户；土司易被煽惑，偏地蜂起，患在肘腋；投诚将士，或系念故明，边闻有警，携贰乘机，患在腠理；这便叫作三患。"又说："滇中米粮腾踊，输挽络绎，在在需资，养兵难，安民亦难；这便叫作二难。"总结是："当及时进剿，净尽根株，方得一劳永逸。"等语。顺治帝因中原混一，已存一厌世心，不欲再劳兵众，清不欲除永历，偏这三桂硬要出头，真正可杀！览了此奏，犹在迟疑。朝上一班大臣，都赞成三桂议论，乃命内大臣爱星阿为定西将军，赴滇会剿。爱星阿到滇后，与三桂进兵木邦，擒住白文选，直入缅境。一面传谕缅酋，索献桂王，一面飞报捷音。

顺治帝得此捷奏，料知大功告成，已在旦夕，悠然远念，有心高蹈。只是宫中有位董鄂妃，乃是南中汉人，被虏北去，没入宫内，顺治帝见她身材窈窕，秀外慧中，竟把她格外宠幸，封为贵妃。“回头一笑百媚生，六宫粉黛无颜色。”少年天子，未免多情，为此一缕丝牵，未忍遽辞尘网。这老天偏要成全顺治帝初志，竟降了二竖下来，陪着董妃左右，从此董妃日渐瘦弱，一病不起，膏肓成痼，药石无灵，可怜一朵娇花，竟与流水同逝。顺治帝十分悲痛，辍朝五日，特谕礼部，略称：“皇贵氏董鄂妃薨逝，奉圣母皇太后懿旨，宜追封为皇后，以示褒崇。朕仰承慈谕，用特追封，加以谥号，谥曰‘孝献庄和至德宣仁端敬皇后’。”顺治帝颇称英武，只废后宠妃两大案，为一生缺憾。礼部奉旨，办理丧葬事宜，自必格外从丰，无庸细说。这是顺治十七年仲秋事。梧桐叶落，翡翠衾寒，转眼间霜雪连天，益增怮怛。顺治帝经此惨事，益看破世情，遂于次年正月，脱离尘世，只留重诏一纸，传出宫中。诏曰：

> 太祖太宗创垂基业，所关至重，元良储嗣，不可久虚。朕子玄晔，佟氏所生，八岁岐嶷颖慧，克承宗祧，兹立为皇太子；即遵典制，持服二十七日，释服即皇帝位，特命内大臣索尼苏克萨哈遏必隆鳌拜为辅臣。伊等皆勋旧重臣，朕以腹心寄托，其勉矢忠荩，保翊冲主，佐理政务，布告中外，咸使闻知。

此诏一传，各王大臣非常惊疑，都说昨日早朝，皇上康健如恒，怎么今日会晏起驾来？且遗诏上面，亦并没有说起病源，正是奇怪得很。当下照例哭临，辅政四大臣及信郡王铎尼、大学士洪承畴等，奉了八龄的新主，即帝位于太和殿，这便是皇三子玄晔嗣位。拟定年号叫康熙，次年改元，尊为清圣祖仁皇帝。后人有清凉山赞佛诗，相传是咏清世祖事，其诗道：

双成明靓影徘徊，玉作屏风璧作台。
薤露雕残千里草，清凉山下六龙来。

诗中有“双成”及“千里草”字样，是暗指董鄂妃，“清凉山”是五台山上一峰，是暗指世祖出家，小子也不能辨别真假，只好作为疑案。顺治朝事已终，下回开篇，要说康熙朝了。

翦灭明宗之策，尸之者洪承畴，成之者吴三桂。二人旧为明臣，何无香火情乃尔？清世祖颇称知足，本欲留片土以存明祀，而洪、吴二臣，先后怂恿，箭在弦上，不得不发，其初心固堪共谅也。厥后中原大定，敝屣尊荣，借过眼之昙花，证前途之觉果，斯正所谓大解脱者。明眼人浏览本章，应知所褒贬矣。

第二十一回

弑故主悍师徼功　除大憝冲人定计

却说康熙帝即位，由四位辅政大臣，尽心佐理，首拟肃清宫禁，将内官十三衙门，尽行革去。什么叫作十三衙门？即司礼监、尚方司、御用监、御马监、内官监、尚衣监、尚膳监、尚宝监、司设监、兵仗局、惜薪司、钟鼓司、织染局便是。这十三衙门中，所用的都是太监，顺治帝在日，曾立内十三衙门铁牌，严禁太监预政，只因衙门未撤，终不免鬼鬼祟祟，暗里藏奸，康熙帝即位，就裁撤十三衙门，宫廷内外，恭读上谕，已自称颂不置。清圣祖为一代令主，所以开场叙事即表明德政。到了元年三月，平西王吴三桂、定西将军爱星阿先书三桂，特标首恶。奏称："奉命征缅，两路进兵，缅酋震惧，执伪永历帝朱由榔献军前，滇局告平。"此奏一上，特降殊旨，进封三桂为亲王，镇守如故，命爱星阿即日班师。原来桂王寄居缅甸，本已困辱万分。李定国时在景线，连上三十余疏，迎驾往彼，都被缅人阻住。定国复出军攻缅城，缅人固守不下，忽闻清兵亦来攻缅，只得引还景线。适缅酋巴哇喇达姆摩弑兄自立，欲借清朝的势力，压服缅人，遂阴使通款清兵，愿执献桂王。三桂应允，限期索献。缅酋遂发兵三千，围住桂王住所，托名诅盟，令从官出饮咒水。马吉翔先出，开了头刀，李国泰作了吉翔第二，接连是走出一个，杀死一个，共死四十二人。惟沐天波与将军魏豹，格死缅人数名，自刎而亡。马、李等死有余辜，惟沐天波似觉可惜。桂王自知不免，含泪修书，遣人投递清营，交与吴三桂，其辞非常沉痛，详录如下：

将军新朝之勋臣，亦旧朝之重镇也。世膺爵秩，封藩外疆，烈皇帝之于将军，可谓厚矣。国家不造，闯贼肆恶，覆我京城，灭我社稷，逼我先帝，戮我人民，将军志兴楚国，饮泣秦庭，缟素誓师，提兵问罪，当日之初衷，固未泯也。奈何遂凭大国，狐假虎威，外施复仇之名，阴作新朝之佐？逆贼既诛，而南方土宇，非复先朝有矣。诸臣不忍宗社之颠覆，迎立南阳，枕席未安，干戈猝至，弘光北狩，隆武被弑，仆于此时，几不欲生，犹暇为社稷计乎？诸臣强之再三，谬承先绪，自是以来，楚地失，粤东亡，惊窜流离，不可胜数。犹赖李定国迎我贵州，接我南安，自谓与人无患，与世无争矣。而将军忘君父之大德，图开创之丰功，提师入滇，覆我巢穴，由是仆渡荒漠，聊借缅人以固我圉，山遥水长，言笑谁欢，只益悲矣。既失山河，苟全微息，亦自息矣。乃将军不避阻险，请命远来，提数十万之众，穷追逆旅，何以视天下之不广哉？岂天覆地载之中，犹不容仆一人乎？抑封王赐爵之后，犹欲歼仆以徼功乎？既毁我室，又取我子，读鸱鸮之章，能不惨然心恻乎？将军犹是世禄之裔，即不为仆怜，独不念先帝乎？即不念先帝，独不念列祖列宗乎？即不念列祖列宗，独不念己之祖若父乎？不知大清何恩何德于将军，仆又何仇何怨于将军也？将军自以为智，适成其愚，自以为厚，适成其薄，千载而下，史有传，书有载，当以将军为何如也？仆今日兵衰力弱，茕茕之命，悬于将军之手矣，如必欲仆首领，则虽粉骨碎身，所不敢辞；若其转祸为福，或以遐方寸土，仍存三恪，更非敢望，苟得与太平草木，同沾雨露于新朝，纵有亿万之众，亦当付于将军矣。惟将军命之！

这封书信，若到别人手中，也要存点恻隐，为桂王顾恤三分，偏这忍心害理的吴三桂，毫不动心，仍檄催缅酋速献桂王。桂王方等三桂复书，忽见缅兵七、八十名，蜂拥而入，不问情由，把桂王连人带座，抬了就走。还有桂王眷属二十五人，号哭相随。桂王此时精神恍惚，由他抬着，经过了若干路程，满望是荆蔓葛藤，无情一碧。正是荆天棘地。到了缅都城外，见有大营数座，旗帜分悬，右首是“平西大将军”字样，左首是定西大将军字样，缅兵从平西大将军营内进去，放下桂王，出营自去。这里自有营兵接住，桂王问此处是哪里？营兵道：“是清平西大将军吴王爷大营。”桂王道：“是否平西王吴三桂。”营兵应了一个“是”字，桂王叹了数声。又见眷属多蓬头赤足，被缅兵押令入营，到桂王前，个个放声大哭。营内走出一员部将，大喝道：“王爷出来，休得胡闹！”狐假虎威。眷属被他一吓，噤住哭声。

少顷，一位雄纠纠气昂昂的大员，带了数名护卫，缓步出来，对了桂王，一个长揖。桂王见他头戴宝石顶，身穿黄马褂，早料着是大将军模样，恰故意问是谁人？答称“清平西王吴，……”说到“吴”字，停住。桂王道：“你便是大明平西伯吴三桂么?”偏要提出大明二字，桂王也算辣口。三桂闻得“大明”二字，好像天雷劈顶一般，顿时毛骨俱悚，不由的双膝跪下，颤声道：“是。”天良终自难泯。桂王道：“好一个平西伯，果然能干！可惜是忘本了。但事到如今，也不必说，朕正思北去，一谒祖宗十二陵寝，你能替朕办到，朕死亦瞑目了。”三桂仍颤声道：“是。”桂王命他起来。三桂即辞归营内，对众将道：“我自从军以来，大小经过数百战，并没有什么恐惧，不意今日见这末代皇帝，偏令我跼蹐难安，真正不解，真正不解。”有何难解？随令部将护着桂王及桂王家眷，簇拥前行，自己邀同爱星阿，拔营归滇。

不几日到了云南省城，将桂王拘禁别室，与爱星阿商议处置桂王的法子。爱星阿拟献俘北京，听朝廷发落。吴三桂道：“倘中途被劫，奈何？据我愚见，不如奏请就地处决为是。”爱星阿系满人，尚不欲死永历，何物三桂，悍忍至此？爱星阿不便抗议，照三桂意拜发奏折。到了四月十四日，奉了清圣祖谕旨：“前明桂王朱由榔，恩免献俘，着即传旨赐死。钦此。”志明月日，作为明宗绝灭一大纪念。三桂立即升帐，传齐马、步各军，将桂王及眷属二十余人，都拥到篦子坡法场，令即绞决。桂王也不多说。只有桂王储嗣，年只十二龄，大骂三桂道：“三桂黠贼！我朝何负于汝？我父子何仇于汝？乃竟置我死地。天道有知，必不令黠贼善终！”是日，天昏地暗，风霾交作，滇人无不悲悼，改唤篦子坡为迫死坡。福、唐、桂三藩事，至此结局。

时李定国方联结暹罗、古剌诸国，拟大举攻缅，索还桂王，忽闻缅人已把桂王献与吴三桂，急引兵追截；途次，又闻桂王被弑，望北大哭，呕血数升。兵士见主帅已病，请即退还。回到猛猎，病势日重一日，临危时，尚三呼“永历帝”，悠然而逝。还算是他。

定国已死，西陲无遗患，独东南尚有张煌言、郑成功。煌言隐居南田岛，随从只有数人，明知大势已去，无能为力，只是忠心未泯，还与台湾常通音问，屡促成功进兵。不料成功一病身亡，煌言闻讣大哭道：“延平一殁，还有何望？”从此深岛屏居，谢绝一切，暇时或著书遣闷，借酒消愁。一日，方在门外闲眺山水，见有数人着了明装，走到煌言面前，瞧了又瞧。煌言方自惊诧，但听来人道：“君非张煌言先生么？”煌言不便道出姓名，却转问来人。来人道：“我等皆故明遗民，因闻先生居此，特来拜谒。先生何必隐匿名姓，难道疑我等为奸细么?”煌言便邀到窟穴，彼此各道姓字，无非是张三、李四一流人物。坐谈之顷，满口思明，声声忠义，与煌言说得非常投机，并云：“岛口有来舟数号，舟中同志，约数百人，一成一旅，也可中兴，请先生出去一会，订定盟约，共图恢复便是。”煌言热心复明，便随了来人，步至岛口，果见口外泊船数艘，将要上船，舟中突起数人，都是辫发的清兵，煌言始知中他诡计。清兵提起铁索来缚煌言，煌言厉声道：“士可杀不可辱!”道言未绝，岸上引诱煌言的来人，即摇手阻住。当下偕煌言上船，乘着风势，到了宁波，复由宁波转达杭州，由清兵上岸，雇了肩舆，抬煌言入署。巡抚赵廷臣下阶迎接，请他上坐，便唠唠叨叨的劝他降清。煌言道：“如公厚谊，非不足感，但煌言义不事清，有死无二。任他辩如秦、仪，不能摇动方寸，还是早日就死，完我贞心。”廷臣见无可说，便从他志愿，送出清波门，令他就义，把遗骸送入凤凰山中。迄今凤凰山有张苍水先生墓，就是煌言遗冢。

这时候，镇守闽地的耿继茂，复与闽督李率泰，水师提督施琅，借了荷兰国夹板船数艘，攻克金、厦二岛，复名思明州为厦门。郑军退保台湾，由成功子经据守台地，仍奉永历正朔，效节海外。清廷将郑芝龙正法，并其子郑成恩、世恩、世荫等，亦一律斩首。芝龙临刑时，长叹道：“早知如此，何必投降。”悔已迟了。郑经闻芝龙受刑，痛乃祖之被戮，悲厥考之无成，抢地呼天，枕戈饮血，可奈逋地徒成孤立，衔石不足填波，只得遵晦养时，再作计较。

那时八龄天子，坐享承平，归马放牛，修文偃武，太常纪绩，颁世禄以报功，胜国搜贤，予隆谥以表节。光阴荏苒，已是四年，天子大婚，册内大臣噶布喇女何舍里氏为皇后，龙凤双辉，满廷庆贺。太皇、太后与皇太后，各上徽号，虽是照例应有的事情，免不得锦上添花，愈加热闹。只范文程、洪承畴等一班勋臣，先后逝世，朝纲国计，统归辅政四大臣管理。

这四大臣中，索尼是四朝元老，资格最优，人品亦颇公正。遏必隆苏克萨哈勋望较卑，凡事俱听索尼主裁。独这鳌拜随征四方，自恃功高，横行无忌，连索尼都不在眼中，他想把索尼诸人，一一除掉，趁着皇帝冲幼，独揽大权，因此暗中设法，先从苏克萨哈下手。苏克萨哈系正白旗人，鳌拜乃镶黄旗人，顺治初年，睿亲王多尔衮曾把镶黄旗应得地，给与正白旗，别给镶黄旗右翼地，旗民安居乐业，已二十多年。鳌拜倡议，欲将原地各归原旗，明明是借题生衅。宗人府会议照准，遂命直隶总督朱昌祚，巡抚王登联，会同国史馆大学士苏纳海，经理易地事宜。俗语说道："多一事不如少一事。"这安居乐业的旗民，无缘无故要他迁徙，不免要多费财力；况且原地易还，屯庄亦须互换，彼此各有损失，各有困难，自然而然的怨恨起来。苏纳海、朱昌祚、王登联等，俯顺舆情，奏请停止，康熙帝召见四大臣，将原奏交阅。鳌拜怒道："苏纳海拨地迟误，朱昌祚阻挠国事，统是目无君上，照例应一律处斩。"这是鳌拜自创的律例。康熙帝问索尼等人道："卿等以为何如？"遏必隆连忙答道："应照辅臣鳌拜议。"索尼亦随即接口道："臣意也是如此。"口吻略有不同，然都是敲顺风锣。只苏克萨哈俯首无言。鳌拜怒目而视，恨不将苏克萨哈吞入肚中，转向康熙帝道："臣等所见皆同，请皇上发落！"康熙帝犹在迟疑，鳌拜即向御座前，检出片纸，提起御用的朱笔，写着："苏纳海、朱昌祚、王登联，不遵上命，着即处斩"十七个大字，匆匆径出。索尼等亦随了出来。鳌拜就将矫旨付与刑部，刑部安敢怠慢，即提到苏纳海、朱昌祚、王登联三人，绑出市曹，一概枭首。暗无天日。

康熙帝见鳌拜这副情形，遂有意亲政，阴令给事中张维赤等联衔奏请。贝勒王大臣同声赞成，独鳌拜不发一词。康熙帝又延了年月，直到康熙六年秋季，始御乾清门听政。隔了数日，索尼病逝，鳌拜欲加专恣，苏克萨哈恐不能免祸，遂呈上奏折，略云：

> 臣以菲材，蒙先皇帝不次之擢，厕入辅臣之列，七载以来，毫无报称，罪状实多。兹遇皇上躬亲大政，伏祈令臣往守先皇帝陵寝，如线余息，得以生全，则臣仰报皇上豢育之恩，亦得稍尽。谨此奏闻。

帝览奏，即用另纸写就朱谕道：

> 尔辅政大臣等，奉皇考遗诏，辅朕七载，朕正欲酬尔等勤劳。兹苏克萨哈奏请守陵，如线余息，得以生全，不识有何逼迫之处？在此何以不得生？守陵何以得生？着议政王贝勒大臣会议具奏。

此谕一下，鳌拜已经闻知，遂至议政王处运动。这时候，议政王中，要算康亲王杰书位望较高，然见了鳌拜，亦非常畏惧。鳌拜便授意杰书，教他如此如此，杰书唯唯听命，遂照鳌拜意奏复。康熙帝见了复陈，不觉惊异起来。看官！你道他复奏中是什么说话？他说“苏克萨哈系辅政大臣，不知仰体遗诏，竭尽忠诚，反饰词欺藐主上，怀抱奸诈，存蓄异心，本朝从无犯此等罪名，应将苏克萨哈官职，尽行革去，即凌迟处死，所有子孙，俱着正法”云云。查清朝律例，凌迟处死，乃是大逆不道的处分，苏克萨哈请守陵寝，不过语言激烈一点，如何可加他凌迟，并且还要灭族？康熙帝幼年岐嶷，哪有不惊异之理，便召康亲王杰书等，及遏必隆、鳌拜二人入内，说他复奏谬误。鳌拜即上前辩驳，康熙帝道：“你与苏克萨哈不知有什么仇隙，定要斩草除根，朕意恰是不准。”鳌拜道：“臣与苏克萨哈并无嫌隙，只是秉公处断。”康熙帝道：“恐怕未必。”鳌拜道：“若不如此办法，将来臣下都要欺君罔上了。”康熙帝道：“欺君罔上的人，眼前何曾没有？朕看苏克萨哈，倒还是有些规矩。”鳌拜仍是力请，康熙帝坚执不允。鳌拜不禁大怒，攘臂直前，欲以老拳相向。康熙帝究属少年，吓得惶恐失色，便支吾道：“就要办他，亦不应凌迟处死。”鳌拜抗声道：“即不凌迟，也应斩首。”康熙帝战栗不答，还是杰书同遏必隆，参了末议，定了绞决，鳌拜方无言而出。可怜苏克萨哈七载勤劳，竟被权奸构陷，惨死法场。

康熙帝经此一激，到慈宁宫内去见太后，泣述鳌拜不法情状。太后女流，无计可施，只用好言抚慰。究竟圣明天子，别有心思，他向各王邸中，选了百名亲王子弟，年纪多与康熙帝仿佛，一班儿练习武艺，研究拳术。将门之子，骨种不同，不到一年，都学得拳术精通，武艺高强，连康熙帝也得了一点本领。于是康熙帝不动声色，先封鳌拜为一等公；歇了数日，单召鳌拜入内议事。鳌拜欣然前往，到了内廷，见康熙帝端坐上面，两旁站立的，便是一往少年贵胄。鳌拜昂着头，走至康熙帝前。说道：“皇上召臣何事！”康熙帝竖起龙目，怒向鳌拜道：“你知罪么？”鳌拜毫不畏惧，直答道：“臣有何罪？”康熙帝道：“你结党树私，妒功害能，罪不胜举，还说无罪！”鳌拜听了此语，恼着性子，忍耐不住，仍旧发作攘臂故态。康熙帝索性激他一激，便道：“左右与我拿下！”鳌拜厉声道：“哪个敢来拿我！”言未毕，一少年应声而出，走近鳌拜，鳌拜即拍面一拳，那少年不慌不忙，把鳌拜拳头接住，喝一声道：“去。”鳌拜站立不住，倒退数步。众少年趁这机会，拥住鳌拜，你一拳、我一脚，鳌拜不防这童子军，竟有如许能力，方想极力招架，谁知已被众少年掀翻，打得皮破血流，奄奄一息。康熙帝便召杰书、遏必隆入内，痛骂一顿。两人连忙下跪，捣头如蒜。康熙帝便命两人拖出鳌拜，叫他据实讯鞫，不得徇私。这两人魂胆消扬，自然遵旨勘实，奏复鳌拜罪状共三十款。末后有“鳌拜为勋旧大臣，正法与否，出自皇上圣裁”等语。正是：

当道豺狼遭失势，满城狐鼠亦寒心。

未知鳌拜性命如何，且看下回分解。

第二十二回

蓄逆谋滇中生变　撤藩镇朝右用兵

却说清康亲王杰书等，既审问鳌拜，明白复奏，不日，由内阁传下谕旨。其词道：

> 鳌拜系勋旧大臣，受国厚恩，奉皇考遗诏，辅佐政务，理宜精白乃心，尽忠报国。不意鳌拜结党专权，紊乱国政，纷更成宪，罔上行私，凡用人行政，鳌拜欺藐朕躬，恣意妄为。文武官员，欲令尽出其门。内外要路，俱伊之奸党。班布尔善、穆里玛塞本得、阿思哈、噶褚哈讷莫、泰壁图等，结为党与，凡事先于私家商定乃行；与伊交好者，多方引用，不合者即行排陷，种种奸恶，难以枚举。朕久已悉知，但以鳌拜身系大臣，受累朝宠眷甚厚，犹望其改行从善，克保功名以全始终。乃近观其罪恶日多，上负皇考付托之重，暴虐肆行，致失天下之望。遏必隆知其恶，缄默不言，意在容身，亦负委任。朕以罪状昭著，将其事款命诸王大臣公同究审，俱已得实，以其情罪重大，皆拟正法。本当依议处分，但念鳌拜效力多年，且皇考曾经倚任，朕不忍加诛，姑从宽免死，着革职籍没，仍行拘禁。遏必隆无结党事，免其重罪，削去太师职衔及后加公爵。班布尔善、穆里玛、阿思哈、塞本得噶褚哈、讷谟、泰壁图，或系部院大臣，或系左右侍卫，乃皆阿附

权势，结党行私，表里为奸，擅作威福，罪在不赦，概令正法。其余皆系微末之人，一时苟图侥幸，朕不忍尽加诛戮，宽宥免死，从轻治罪。至于内外文武官员，或有畏其权势而倚附者，或有身图幸进而依附者，本当察处，姑从宽免。自后务须洗心涤虑，痛改前非，遵守法度，恪共职业，以期副朕整饬纪纲、爱养百姓之至意。钦此。

刑部奉到谕旨，即遵照办理，自是文武百官，方晓得康熙帝英明，不敢肆无忌惮。这事传到外省，别人倒还不甚介意，只有那两朝柱石功高望重的吴三桂，偏觉心中不安起来。事有凑巧，广东镇守平南王尚可喜，因其子之信酗酒暴虐，不服父训，恐怕弄出大祸，遂用了食客金光计，奏请归老辽东，留子镇粤，他的意思，无非望皇上召还，得以面陈一切，免致延累。适值康熙帝除了鳌拜，痛恨权臣，见了此奏，即令吏部议复。吏部堂官，早窥透康熙的意思，议定“藩王现存，儿子不得承袭，尚可喜既请归老，不如撤藩回籍”等语。康熙帝遂照议下谕。

吴三桂在云南，日日探听朝廷消息，他的儿子吴应熊曾招为驸马，在京供职，所有国事，朝夕飞报。尚可喜还未接谕，吴三桂早已闻知，当下写了密函，寄到福建。此时靖南王耿继茂已死，由其子靖忠袭封，仍镇守福建地方，得了三桂密书，就照书中行事，上了折子，奏请撤兵。折奏到了北京，吴三桂奏折亦到，大致与靖忠相同。如此恭顺，殊出意料。及看到后文，始知吴、耿命意。康熙帝召集廷臣会议，各大员多胆小如鼷，主张勿撤；又命议政王及各贝勒议决，也是模棱两可。康熙帝道：“朕阅前史，藩镇久握重兵，总不免闯出祸来，朕意还是早撤。况吴三桂子应熊，耿精忠弟昭忠、聚忠等，都在京师供职，趁此撤藩，彼等投鼠忌器，尚不至有变动。”独具见解。兵部尚书明珠，户部尚书米思翰，刑部尚书莫洛，听到此语，就随声附和起来，不是说圣意高深，就是说圣明烛照。极力谄媚。康熙帝遂准奏撤藩，差了侍郎哲尔旨，学士博达礼往云南，户部尚书梁清标往广东，吏部左侍郎陈一炳往福建，经理各藩撤兵起行事宜。

三桂闻了此信，大吃一惊，暗想道："我去奏请撤藩，乃是客气说话，不料他竟当起真来。"遂密与部下夏国相马宝计议。马宝道："这乃调虎离山之计，王爷若愿弃甲归田，也不必说，否则当速谋自立，毋再迟疑。"夏国相道："马公之言甚是。但现在且练兵要紧，等待朝使一到，激动军心，便好行事。"一吹一唱，吴氏香火，要被他断送了。三桂便于次日升帐，传齐藩标各将，往校场操演。各部将遵着号令，不敢懈怠。以后日日如此，除夏国相、马宝及三桂两婿郭壮图、胡国柱外，统是莫明其妙。

一日，传报钦使到来，三桂照常接诏，一面留心腹部员款待两使，一面部署士卒，检点库款，宛似办理交卸的样子。整顿已毕，便召众将士齐到府堂，令家人抬出许多箱笼，开了箱盖，搬出金银珠宝，绸缎衣服各类，摆列案前，随向将士说道："诸位随本藩数十年，南征北讨，经过无数辛苦，现今大局渐平，方想与诸位同享安乐，不期朝廷来了两使，叫本藩移镇山海关，此去未知凶吉，看来是要与诸位长别了。"并不要他就死，如何说是长别？众将士道："某等随王爷出生入死，始有今日，不知朝廷何故下旨撤藩？"三桂道："朝旨也不便揣测，大约总是'鸟尽弓藏，兔死狗烹'的意思。本藩深悔当年失策，辅清灭明，今日奉旨戍边，不知死所，这也是本藩自作自受。确是自作自受。只可怜我许多老弟兄，汗马功劳，一旦化为乌有。"说到此处，恰装出一种凄惶的形状；并把手指向案前道："这是本藩历年积蓄，今日与诸位长别，各应分取一点，留个纪念。他日本藩或有不测，诸位见了此种什物，就如见了本藩。罢罢罢，请诸位上来，由我分给！”众将士都下泪道：“某等受王爷厚恩，愿生死相随，不敢再受赏赐。”

三桂见众将士已被煽动，随即说道：“钦使已限定行期，不日即当起程，诸位还要这般谦逊，反使本藩越加不安。”众将士方欲再辞，忽从大众中闪出两人，抗声道：“什么钦使不钦使？我等只知有王爷，不知有钦使。王爷若不愿移镇，难道钦使可强逼么？”三桂视之，乃是马宝、夏国相，却假作怒容道：“钦使奉圣旨前来，统宜格外恭敬，你两人如何说出这等言语，真是瞎闹！”马宝、夏国相齐声道：“清朝的天下，没有王爷，哪里能够到手？这语是极。今日他已非常快乐，反使王爷跋涉东西，再尝苦味，这明明是不知报德。王爷愿受清命，某等恰心中不服！”三桂道：“休得乱言！俗语说道：‘君要臣死，不得不死。’只我前半生是明朝臣子，为了闯贼作乱，借兵清朝，报了君父大仇。你尚知有君父么？本藩因清朝颇有义气，故尔归清，至永历帝到云南时，本藩也有意保全，无如清廷硬要他死，不能违拗，只得令他全尸而亡，亏他饰词。把他好好安葬。现在远徙关外，应向永历帝陵前祭奠一回，算作告别，诸位可愿随去么？”众将士个个答应。

三桂入内更衣，少顷，即出。众将士见他蟒袍玉带，竟浑身换了明朝打扮，所谓反复小人。又都惊异起来。三桂令家人扛了牛羊三牲，带同将士，到永历帝坟前酬酒献爵，伏地大哭。这副急泪，如何预备？众将士见他哭得悲伤，也一齐下泪，正在悲切之际，不料两钦差又遣使催行。三桂背后跃出胡国柱，拔了佩刀，把来人砍翻。三桂大哭道：“你如何这般卤莽？叫我如何见钦使？军士快与我捆了国柱，到钦使前请罪！”众将士呆立不动，三桂催令速捆。马宝上前道：“王爷如要捆绑国柱，不如将某等一齐捆去。”三桂道：“你们如此刁难，难道钦使不要动气么?”马宝道：“两个京差，怕他什么!”三桂道：“钦使不怕，还有抚台，你可怕么?”胡国柱道：“不怕不怕，我就去杀他!”众将士道：“我等同去!”三桂连忙拦阻，只拦得一半，一半随着国柱忿忿前去。不消多少工夫，胡国柱提着血淋淋的人头，向地下一掷。三桂拾起一看，正是巡抚朱国治的首级，复恸哭道：“朱中丞！朱中丞！本藩并不要害你，九泉之下，休怨本藩!”分明叫国柱去杀朱抚，还说不要害他，哪个相信？复对众将士道：“你等无法无天，叫我如何办理?”众将士同声道：“请王爷做了主子，杀往北京便了。”满盘做作，都为这两句说话。三桂收泪道：“当真么？当真可做此事么?”众将士道：“王爷系明朝旧臣，复明灭清，乃堂堂正正的事情，如何不可?”此语乃三桂所厌闻。三桂道：“北兵到来，奈何?”众将士道：“火来水淹，将来兵挡，有什么害怕?”三桂道：“你等陷我至此，肯为我尽力么?”大家统大呼道：“愿尽死力!”这一声，仿佛像雷声一般，震惊百里。

三桂率兵回府，急命手下将哲博两钦差捉住，拘禁狱中，写了旗帜，竖起府前。旗上写的是“天下都招讨兵马大元帅吴”十一字。一面赶撰檄文，其文道：

> 本镇深叨明朝世爵，统镇山海关，一时李逆倡乱，聚众百万，横行天下，旋寇京师，痛哉毅皇烈后之崩摧，痛矣东宫定藩之颠跌。文武瓦解，六宫纷乱，宗庙丘墟，生灵涂炭，臣民侧目，莫敢谁何，普天之下，竟无仗义兴师。本镇独居关外，矢尽兵穷，泪血有干，心痛无声。不得已许虏藩封，暂借夷兵十万，身为前驱，斩将入关，李贼遁逃，誓必亲擒贼帅，斩首以谢先帝之灵，复不共戴天之仇。幸而渠魁授首，方欲择立嗣君，更承宗社，不意狡虏再逆天背盟，乘我内虚，雄踞燕京，窃我先朝神器，变

我中国冠裳，方知拒虎进狼之非，追悔无及。将欲反戈北逐，适值先皇太子幼孩，故隐忍未敢轻举，避居穷壤，艰晦待时，盖三十年矣。彼夷君无道，奸邪高位，道义之士，悉处下僚，斗筲之辈，咸居显爵。君昏臣暗，彗星流陨，天怨于上，山岳崩裂，地怒于下。本镇仰观俯察，正当伐暴救民，顺天听人之日也。爰率文武共谋义举，卜甲寅正月元旦，推奉三太子，水陆兵并发，各宜懔遵诰诫！

上首署衔，就是大旗上面的十一字，只是檄文中有“推奉三太子”一语，他是凭空捏造，说是崇祯帝三太子，留在周皇亲家，当迎他为主，自己权称元帅以便号召。遂以甲寅年为周元年，甲寅年乃康熙十三年。令军民蓄发易服，改张白帜，择日祭旗出兵。

三桂处置已毕，时已夜深，退入内寝，甫抵寝门，忽一妇人号啕前来，扯住三桂袍袖道：“你要杀我儿子了。”三桂一看，乃是继室张氏。原来三桂元配，被李闯所杀，三桂即继配张氏为妻，应熊即张氏所出。后来重得陈圆圆，不甚宠爱继室。三桂嗔目道：“死一儿子何妨，叫我不死便好。”君父尚且不管，管什么儿子？把袖一扯，摔倒张氏，张氏放声大哭。这时陈圆圆早到云南，正在内室，闻得门外吵闹，急移步出来，两面劝解，一面扶起张氏，劝慰一番，令侍女送回正寝，一面迎三桂入卧室，问明原委。

三桂将当日情形，叙述一遍，圆圆俯首长叹。三桂问道：“爱妃亦以此举为未然否？”圆圆道：“妾自出世以来，起初遭家不造，鬻为歌伎，辗转流离，得侍王爷。每忆当年留住京师，为寇所掠，心中尚时常震恐，到了今日，安荣已极。妾闻‘知足不辱，知止不殆’，长此奢华，恐遭天忌，愿王爷赐一净室，俾妾茹素修斋，得终天年，实为万幸！”三桂道：“我正思创立帝业，册你为后，你却欲净室修斋，令我不解。”圆圆道：“自古到今，都为了争帝争王，扰得人民不宁，实在是做了皇帝，一日万几，也是没甚趣味。妾少年时，自顾姿容，亦颇不陋，常有非分的妄想，目今身为王妃，安享荣华，反觉尘俗难耐。为王爷计，倒不如自卸兵权，偕隐林下，做个范大夫泛舟五湖，宁不快乐？何苦争城夺地，再费心力，再扰生灵？”陈圆圆颇已了解，可惜三桂不醒。三桂默然不答。圆圆复再三相劝，怎奈三桂已势成骑虎，不能再下，喟然道：“不能流芳百世，亦当遗臭万年。”为此一念，误尽人心。圆圆知无可挽回，便于次晨起来，向三桂前求一僻室静居。三桂此时心乱如麻，便即应允。当下圆圆即出游城外，见城北一带地方空敞，枕水倚山，中间有一沐氏废园，甚为幽雅，便入园布置，令奴仆等就地整刷，作为净修的居室。一住数年，三桂也不去缠扰，别选美人，充了下陈。圆圆毕竟有福，到三桂将败时，一病身逝，三桂命葬在商山寺旁。绝代尤物，倒安安稳稳的与世长辞了。

这也不在话下，单说三桂既叛了清朝，号召远近，贵州巡抚曹申吉，提督李本深，云南提督张国柱，亦起兵相应。独云贵总督甘文焜，得了此信，仓猝出贵阳府，带了一子及十余从骑，兼程赶至镇远，调兵守城。偏这兵士不从号令，反把甘文焜围住。文焜先将儿子杀死，然后自刎。兵部郎中党务礼，户部员外郎萨穆哈，正在贵州办差，迎接三桂眷属至京，一闻警信，吓得魂不附体，忙坐上快马，疾忙加鞭，星夜趱行，一口气跑到北京，下了马，闯入午内。守门侍卫，拦阻不住。他二人直到殿下，大声报道：“不好了！不好了！吴三桂反！”说到“反”字，已神昏气厥，扑倒阶前。适值早朝未罢，殿上百官下阶俯视，回奏是党务礼、萨穆哈二人，康熙帝即命侍卫将二人抹入。二人尚是神昏颠倒，歇了半晌，方渐渐醒转，开眼一看，乃在殿上。这二人官微职卑，从没有上殿启奏的故例，到了此时，悚惶万状，急忙跪伏丹墀，口称："奴才万死，奴才万死。"康熙帝传旨，叫他们据实奏来！二人把三桂造反，抚臣朱国治，督臣甘文焜被杀事，详奏一遍。复称："奴才昼夜疾驰，一路到京，已十二日，只望奏渎天听，不意神魂不定，闯入殿前，自知谬戾，求皇上处重！"康熙帝道："尔等闻警驰报，星夜前来，倒也忠实可嘉。只是欠镇定一点，以致如此。朕特赦尔罪，下次须谨饬方好！"两人忙谢恩趋出。

康熙帝问王大臣道："这事应如何办理?"大学士索额图奏道："奴才前日曾虑撤藩太速，致生急变，现在事已如此，只好安抚三桂，令世守云南，当可了事。"康熙帝道："三桂已反，难道尚肯听命么?"索额图道："三桂若不肯听命，请将主张撤藩的人，从重治罪，这也是釜底抽薪的一法。"米思翰、明珠、莫洛三人，亦在殿上，听到"治罪"一语，不觉面如土色。既要谄媚，何必畏缩？康熙帝道："胡说！徙藩是朕的本意，难道朕先自己治罪，谢这叛贼?"索额图连忙跪伏，自称"不知忌讳，该死该死"。康熙帝叱退索额图，立命兵部尚书明珠，在殿前恭录上谕，命都统巴尔布，率满洲精骑三千，由荆州驰守常德，都统珠满率兵三千，由武昌驰守岳州，都督尼雅翰、赫叶席布根、特穆占、修国瑶等，分驰西安、汉中、安庆、兖州、郧阳、汝宁、南昌诸要地，听候调遣。写到此处，外面又递到湖广总督蔡毓荣，加紧急报，也是奏闻云南变事。康熙帝旁顾顺承郡王勒尔锦道："劳你一行，就封你为宁南靖寇大将军，统师前敌！"勒尔锦遵旨谢恩。又顾莫洛道："命你为经略大臣，督理陕西军务！"莫洛亦遵旨谢恩。康熙帝复命明珠，录写三桂罪状，削除官爵，宣布中外；并令锦衣卫拿逮额驸吴应熊下狱。明珠恭录圣旨毕，即奏道：

“闽、粤两藩，如何处置，应乞圣旨明示！”康熙帝道：“暂令勿撤可好么?”明珠奉命续录，随即退朝。自是羽檄飞驰，劲旅四出，周太尉发兵泗上，乘传前来，裴节度进捣蔡州，轻车夜至，这一场有分教：

荡荡中原开杀运，隆隆方镇挫强权。

欲知战事如何，请诸君续看下回。

自古藩镇，鲜有不生变者。撤亦反，不撤亦反；与其迟撤而养祸益深，不若早撤而除患较易。清圣祖力主撤藩，正英断有为之主。洎乎仓卒告警，举朝震动，圣祖独从容遣将，镇定如恒，且不允索额图之请，自损主威，圣祖诚可谓大过人者。或谓满汉相猜，由圣祖始，不知满人入关，汉人实为之伥，罪在汉人，不在满人。吴三桂为汉贼之魁，天道有知，断不令其长享安荣也。本回叙三桂狡诈，及圣祖英明，非颂圣祖，实病三桂，插入陈圆圆一段，尤足令三桂愧死。

第二十三回

驰伪檄四方响应　失勇将三桂回军

却说吴三桂既据了云贵，遂遣部将王屏藩攻四川，马宝等自贵州出湖南，陷了沅州。三桂闻湖南得胜，复令夏国相、张国柱等，引兵继进。湖南守将，已十多年不见兵革，弓马战阵，统已生疏，此番遇着吴军，个个望风奔窜。吴军直逼长沙，巡抚卢震，即调提督桑额入援，谁知桑额早已逃去。卢震仓皇无措，也只得弃了长沙，奔往他方。清都统巴尔布、珠满等，奉命出师，行至途次，闻报吴军已得长沙，惊慌得了不得，遂扎住营寨，逗留不进。满员多是没用。于是常德、岳州、衡州、沣州一带，先后失陷，四川巡抚罗森，因王屏藩攻入境内，急就近向湖广乞救，寻闻湖南已经失守，清兵不敢前进，他暗想吴军势大，清兵不能救湖南，哪里能救四川？遂召提督郑蛟麟，总兵谭洪、吴之茂等商议。郑蛟麟已受三桂密札，方想动手，到了巡抚署内，遂怂恿降吴，罗森正中下怀，命通款吴军，联络王屏藩，背叛清朝。眼见得四川全省，又为三桂所有了。

耿精忠镇守福建，本与三桂通同一气，至是闻三桂已得湘、蜀，欲起兵遥应，是时福建总督范承谟，系三朝元老文程之子，与精忠谊关亲戚，精忠也管不得许多，把他拘禁起来；易了汉装，三路出兵，派总兵曾养性出东路，攻打浙江省内的温州、台州，白显忠出西路，攻打江西省内的广信、建昌、饶州，又令都统马九玉出中路，攻打浙江省内的金华、衢州。滇、闽、粤三藩中，已是两路构变，独尚可喜始终事清，毫无叛志。三桂通书招诱可喜，可喜将来使拘住，把来书呈奏清廷。三桂闻使人被拘，大怒，急密函致耿精忠，令攻击广东。精忠遂勾通潮州总兵刘进忠，差他进兵图粤，复约台湾郑经，夹攻粤海。中原大震，各地告急本章，像雪片般传达清廷。康熙帝复令贝勒尚善为安远靖寇大将军，出助顺承郡王勒尔锦，由鄂攻湘，贝勒洞鄂为定西大将军，出助经略大臣莫洛，由陕攻蜀，这两路是协攻吴三桂。又命安亲王岳乐为定远平寇大将军，出师江西，康亲王杰书为奉命大将军，贝子傅喇塔为宁海将军，出师浙江，这两路是攻耿精忠。另授简亲王喇布为扬威大将军，镇守江南。这一路是策应四路。

诏旨甫下，忽报广西将军孙延龄戕杀巡抚，降顺三桂，康熙帝叹气道："不料孙延龄也是这般。"原来延龄系故定南王孔有德女婿，有德殉难广西，阖门死事，仅遗一女，名四贞，留养宫中，视郡主食俸，及长，嫁与延龄为妻。夫以妻贵，因命他镇守广西，管辖南藩，禄位与滇、闽、粤三王，相去无几。只是这位孔郡主，仗着自己势力，常要挟制延龄，延龄屡与他反目。三桂起事，密使相招，延龄想背了清朝，免受闺房压制，为了河东狮，甘从滇南狼，延龄殊不值得。因此降顺三桂。康熙帝还道是待他厚恩，无端背义，谁知他却是为厚恩所迫，生了异心。

闲文少表，单说康熙帝闻延龄附逆，急封尚可喜为亲王，授可喜子之孝为平南大将军，之信为讨寇将军，会同广西总督金光祖，进讨延龄。四面八方，派遣停当，满望旗开得胜，马到成功，不料湖南、四川、江西、浙江、广西诸省，还没有克复消息，陕西的警报，又纷达北京了。

先是清经略大臣莫洛入陕西境，提督王辅臣，总兵王怀忠，先去迎接。莫洛自以为身任经略，节制全省，要摆点威风出来，镇压军心，见了王辅臣、王杯忠两人，并不用好言抚慰，反责他观望迁延，不即赴敌。速死之兆。辅臣等怏怏退出。莫洛到了西安，西安将军瓦尔喀与莫洛同是满人，两下会叙，颇觉亲热。莫洛发议，欲把提督以下，尽易满员，还亏瓦尔喀谏阻，说是“用兵之际，难易生手。”因此辅臣、怀忠，官职如旧，但心中已未免怀恨了。

莫洛令瓦尔喀出师汉中，自己留守西安。瓦尔喀带了辅臣、怀忠，兼程前进，到汉中，尚无敌踪，遂一路进至保宁。忽有探马来报，敌将王屏藩已出略阳，分扼栈道了。瓦尔喀大惊，与王辅臣等商议行止。辅臣道：“略阳一断，水运阻塞，栈道一断，陆运阻绝。我军无饷可运，不战亦困，看来只好急退广元，向经略处催饷，免致意外疏虞。”瓦尔喀依了辅臣的计议，退至广元驻扎，遣人到西安催饷。西安饷道亦断，哪里还发得出？分明是辅臣狡谋。待了月余，毫无音响。军中你言我语，互相怨望。瓦尔喀令王怀忠出去劝谕，兵士反哗噪起来，都说没有粮饷，如何打仗？怀忠制服不住，只得回禀瓦尔喀。又令王辅臣出帐抚慰，辅臣甫出帐外，外面顿时大闹，喧声四起，吓得瓦尔喀惊魂不定，身子都发抖起来。幸王怀忠犹有良心，一手扯住瓦尔喀，从帐后逃走。还是保全官职的好处。外面的兵士，随辅臣入帐，见瓦尔喀不知去向，也不喧哗了。显见是辅臣授意。

辅臣向兵士道：“将军已逃，将来劾奏一本，我等都要受罪，奈何？”兵士道：“闻得平西王优礼将士，到处传檄，现在不如前去通款，免得受死。”辅臣道：“汝等既有此心，我可为汝等成全。吾初意欲事一而终，今事已至此，只得与汝等共生死了。”道言未绝，帐外递进驿报，乃是莫经略出发西安，将到宁羌州。辅臣道：“莫洛前来，如何是好？”兵士道：

"大家上前抵御，杀死这混帐经略，便可了事。"辅臣道："既如此，快随我前行。"兵士都踊跃愿从，星夜赶到宁羌，分头埋伏；又在大路中立了虚营，竖着大清旗帜，专等莫洛到来。

莫洛因清廷屡次催战，又遣贝子洞鄂来陕，他想洞鄂一到，我若仍在西安，显是逗留不进，没奈何带兵出城，一步懒一步，一日缓一日。辅臣等得不耐烦，着人催逼，只说是："保宁兵变，急求援应。"莫洛方催兵趱程。这日正到宁羌，已近日暮，宁羌四面皆山，径路崎岖，树木丛杂。莫洛上冈瞭望，见山下有清营驻扎，料是辅臣遣来接应，忙令部队向前接进。猛听得一声号炮，伏兵四起，箭弹齐发，统向莫洛军中射来。莫洛茫无头绪，只是率兵前进。不向后退，偏望前进，想是责人观望，所以如此。他想过了此地，便好与辅臣合军，就使伤折几个人马，也没甚要紧。原来为此。行出山口，巧遇辅臣前来，莫洛大喜，不防一弹射中咽喉，翻身落马。死得爽快。辅臣杀了莫洛，便大叫道："降者免死！"莫洛部兵，见无路可逃，只得投降。贝子洞鄂，方到西安，适瓦尔喀逃回，已知保宁兵变；旋又闻莫洛被戕，哪里还敢出来？都是一班饭桶。忙饬八百里加紧驿报，飞递入京。

辅臣即与王屏藩会合，乘势攻陷各郡。三桂闻陕南得手，发银二十万，犒赏辅臣部下，命与王屏藩分扰秦陇，自率大兵出发云南，赴常沣督战。临行时，其妻张氏复要向三桂索还儿子，三桂乃放出哲、博二钦使，浼他回京复奏，愿与清廷议和，清廷如肯裂土分封，不杀应熊，当即罢兵。哲、博二使唯唯连声，回京去讫。算是明哲保身。三桂又通使西藏，请达赖喇嘛代为奏陈，大约不外息事罢兵数语。康熙帝连接警报，也焦灼万分；又因哲、博二使复奏，及达赖喇嘛疏陈，越加忐忑不定，复开军士会议。

此时明珠已升任协办大学士，上前奏道："三桂不除，朝廷断没有安枕日子，乞皇上始终用兵，勿为摇动。”康熙帝道：“朕意亦是如此，可惜各路将士，都不肯用力。”明珠道：“各路将士，受了国恩，亦未必个个无良；但将士固应效劳，军械亦贵精利，奴才闻得西洋人南怀仁，善造火炮，比我国红衣大炮厉害得多，并且非常轻便，可以越山渡水。若令他多制此炮，运到军前，不怕三桂不败。”康熙帝道：“南怀仁么？是否现任钦天监副官？”明珠应了声“是”。康熙帝忙谕兵部传旨，户部发银，叫南怀仁招募西人，赶紧制炮。明珠又奏道：“三桂子应熊，现已监禁，应即处死，俾各路将帅，晓得天威震赫，不敢观望。就是西藏达赖，亦应严旨申斥方好。”

康熙帝便命将吴应熊处绞，及应熊子世霖，亦俱绞死。一面传旨严斥达赖，复向明珠道：“陕西兵变，辅臣附逆，莫洛闻已被戕，恐怕洞鄂亦靠不住。”明珠道：“辅臣子继贞，前曾举发逆札，驰奏来朝，怎么今朝甘心附逆？”康熙帝道：“莫非与莫洛有隙么？”明珠道：“继贞尚在京中，请召他一问便知。”康熙帝即令侍卫召入继贞，继贞只道是为父受罪，跪在阶下，身子乱抖。驸马且要处绞，怪不得继贞发抖。康熙帝见他觳觫情形，反怜恤起来，随问道：“你父与莫洛，是否有隙？”继贞战声道：“是。”康熙帝道：“你父果与莫洛有隙，朕意还可恕他。”继贞仍答称：“是是。”康熙帝又道：“朕命你持敕招抚，叫你父速即归诚。”继贞不说别话，只接连说了好几个“是”字。多说“是，”少说话，是清吏秘诀。明珠向继贞道：“何不谢恩？”继贞被明珠提醒，方磕头道：“谢万万岁隆恩！”康熙帝命他急速动身，继贞还是俯伏谢恩。外面呈进驿奏，乃是甘肃提督张勇，奏称：“斩了伪使，附缴伪札。”康熙帝即命张勇为靖逆将军，便宜行事，交来使领诏回去。康熙帝退朝，王大臣散班，只有王继贞在阶下，还象犬儿一般的伏着；确是犬儿。幸得太监通知，方起身趋出，向内阁领了诏敕，匆匆奔回。脚膝倒还不痛吗？

且说三桂既到湖南，夏国相等连请渡江北犯，三桂不从，他只望清廷允他要求，划江为国；嗣闻其子应熊被戮，勃然大愤，遂留兵七万，守住岳沣诸水口，又分兵七万，守住长沙及湘、赣交界，亲率精骑赴湖北松滋县，遥应西北，拟从陕西绕攻京畿。是时王辅臣已由陕入陇，攻陷平凉、巩昌、秦州一带，烽火四彻。甘肃提督张勇，偕总兵王进宝，急至巩昌阻遏敌军，两边相持不下，忽闻宁夏提督陈福，为标兵所戕，急向清廷告急。清廷遣天津总兵赵良栋，驰赴宁夏，并命大学士都统图海为抚远大将军，任西征事，节制洞鄂以下诸军。图海颇谙兵略，为满大臣中翘楚。因闻王辅臣占据平凉，当即向平凉进发，一面约张勇夹攻。到了平凉，张勇亦率王进宝来会，图海道："王辅臣在平凉，王屏藩在汉中，两人隐为犄角，我军围攻平凉，王屏藩必来相救，现请两将军轻骑入陕，截住屏藩，此处待老夫督兵围攻，不患不胜。"张勇、王进宝奉命去讫。

图海扎住了营，自去相度形势，回帐召集部将，各授密计。是夜严装以待，到了二更时候，闻城内隐隐有号炮声，随率部将出营。不多时，王辅臣开城潜出，率兵到清营前，一声喊杀，突入清寨，不料寨中毫无人影，只有灯光数点，辅臣知是中计，急率军退出，见寨外已布满清兵，好像天罗地网一般。辅臣一马当先，提起大刀，左斫右劈，把清兵冲开两边，剩出一条血路，率军逃走。奔至城下，见有一军前来接应，辅臣一看，乃是虎山墩守兵，忙道："谁叫汝等前来？"守兵答道："适有一卒来报，据言主帅劫营被困，所以特来援应。"辅臣顿足道："吾中图海诡计，看来此城难保了。"部将问明情由，辅臣道："此城保障，全在虎山墩，我故用精兵扼守，不料清兵冒充我卒，调兵离山，他却不费气力，占住此墩，居高望下，城内虚实，都被瞧见，如何能守？”图海密计，从辅臣口中叙出。部将道：“某等前去夺回便好。”辅臣道：“他用心占住此墩，还肯被我夺回么？”部将执意要去，辅臣乃派兵五千，前去夺墩，自率兵入城防守。不到数时，果然五千兵只剩一半，踉跄逃回。辅臣忙差人去汉中乞援，数日不见回音，复派兵出城冲突数次，都被清兵杀退。图海分兵断敌饷道，城中益加惶恐。又闻炮声隆隆，溜弹飞入城中，守兵多被打伤。辅臣恐兵心溃变，没奈何上城弹压，昼夜不懈。

这日正在巡城，见城下来一清将，叫开城门，辅臣开城延入，通问姓名，乃是参议道周昌，奉抚远大将军命，前来招抚。辅臣踌躇未决，周昌道：“将军困守孤城，身处绝地，此时不亟图反正，尚待何时？况圣恩高厚，前曾遣令郎特敕抚慰，格外体恤，将军当早接洽。趁此自返，朝廷决不加罪，将军仍可完名，岂不甚善？”辅臣道：“犬子继贞，曾持敕到来，某亦尝具疏谢罪，但至今未蒙赦诏，恐怕一旦归降，仍遭不测。”继贞持敕事，即从两人口中补叙。周昌道：“将军如虑及此事，尽可放心。现在抚远大将军，因前日一战，将军能杀出重围，格外爱重，曾嘱某致意将军，倘虑天威不测，愿力为担保，誓不相负。”周昌也算能言。辅臣道：“既如此，请阁下先回！某当遣部将前来订约。”

周昌随出城回营，禀报图海。图海道：“现已接得固原捷报，张勇等将王屏藩击退，辅臣内乏粮草，外无救兵，不怕他不降。”到了次日，果然来了谢天恩，由辅臣遣至乞降。图海召入天恩，呈上辅臣书，内称如蒙保全，即愿投诚。图海当即批回。辅臣即开城迎入清兵。图海入城，表闻清廷，并请特颁赦诏，康熙帝自然应允，这也不在话下。

时三桂已到松滋，方遣降将杨来嘉等进略陨阳，命与王辅臣、王屏藩联络进兵。忽传到王屏藩败报，接连又闻平凉失守，辅臣降清，三桂面色骤变。正惊疑间，有一将匆匆奔入，递上急报，三桂连忙拆阅，乃是留守长沙夏国相乞援，即问道："常沣并没有警信，如何长沙告起急来？"我亦要疑。来将道："现因江西军大至，运到西洋大炮数十尊，我军不能抵挡，所以前来告急。"三桂道："江西的耿军，已被清兵杀退么？"来将道："耿军没有什么确实消息，大约总是败仗。现闻江西的清兵，乃是什么安亲王岳乐统带，来攻湖南的。"三桂道："军情如此，看来只好回援湖南，再作计较。"于是拔营回湘，先令胡国柱、马宝火急前进，去守长沙，自率水师顺流而下。途次，闻勒尔锦出虎渡口，尚善入洞庭湖，江湖险要，多被清兵占去，不觉大惊；忙令舟子扬帆飞驶，到了虎渡口，见岸上已无清兵，略略放心；转入洞庭湖，亦没有什么尚善，越加宽慰。原来勒尔锦、尚善等，闻三桂回军援湘，早已遁去，因此三桂由江入湖，毫无阻挡。到了长沙，马宝已扎营城外，四围浚掘重濠，布满铁蒺藜。三桂见守法严密，大加奖励。入城见胡国柱，方知夏国相往醴陵御敌，遂命部将高大节，带领精骑四千，往助夏国相，高大节骁勇善战，乃是三桂部下最得用的大将，此番出赴醴陵，又有一番恶战。正是：

彼思逐鹿，此愿从龙；
不有天甲，谁戢元凶。

未知高大节能得胜否，请向下回再阅。

本回以吴三桂为主脑，耿精忠、孙延龄、王辅臣等，皆旁枝也。然叙辅臣事独详，盖三桂既得湖南，非不欲涉江北上，只因清兵云集荆襄，不得已按兵常沣，待衅而动。王辅臣兵变之日，正有衅可乘之时，若使通道秦晋，潜袭燕京，则荆襄重兵，几成虚设，勒尔锦、尚善辈，又皆庸懦无能，未必能返旆回援。是知辅臣之叛降，实三桂成败之关键。叙辅臣，即所以叙三桂也。阅本回，方见详略之间，自费斟酌。

第二十四回

两亲王因败为功　诸藩镇束手听命

却说高大节到了醴陵，来助夏国相，相见毕，国相道："前时我军已入江西，夺了萍乡县，方思与耿军会合，直攻南昌，不料清安亲王岳乐，杀败耿军，把广信、建昌、饶州等处，都占了去，他又从袁州来攻长沙。我领军至江西阻御，因他有西洋大炮数十尊，很为厉害，所以敌他不过，退回醴陵。"高大节道："岳乐前来，江西必然空虚，末将不才，愿带本部兵四千，绕出岳乐背后，公击其前，我掩其后，必获全胜。"夏国相道："此计甚妙！但将军只有四千部兵，恐怕不够，须就我处拨添兵马方好。"大节道："兵在精不在多，从前岳飞只有嵬兵五百，能破金人数万。况部下的兵，已有四千，哪里还不够用？"的是将才。国相大喜，即令大节去讫。

且说清安亲王岳乐，奉命南征，到了建昌，适值闽藩总兵白显忠，攻陷城池，岳乐督攻不下。嗣从北京运到西洋大炮，接连轰城，显忠大恐，弃城遁去，岳乐乘胜克复广信、饶州。会清廷命他进攻湖南，遂从袁州进发，遇着夏国相前锋，一阵炮弹，把他击退，乃在袁州休息三日，进攻湖南，一面咨请简亲王喇布，移镇江兵至南昌，在后策应，也算精细。自是放心大胆，督兵前进。将至醴陵，忽闻流星马来报，敌将高大节已率兵数万，从间道去攻袁州了。岳乐惊道："袁州是吾后路，若被占领，大有不便，这却如何是好？"部将伊坦布道："看来只好催简王爷进守袁州，我军方可前进。若不如此，恐要腹背受敌哩。”岳乐依议，扎住营寨，差人飞咨简亲王。不防前面又有探子前来，报称夏国相从醴陵来了。岳乐急传令回军，霎时大营齐拔，卷旆还辕。

约行百余里，天色已晚，见前面有一大山，岳乐便命倚山扎营，待明日再行。这时候军心已懈，巴不得扎营留宿，部署已毕，埋锅造饭，饱餐一顿，正欲就寝，突闻山下炮声响亮，全营大惊。岳乐急命侦骑探望，回报这山名螺子山，山形如螺，树木蓊翳，也不知敌兵多少，只是遍插伪周旗号，岳乐道：“山势既如此峭峻，我军不宜上山，速发大炮向山轰击。”营兵得令，就扛着西洋大炮出营。岳乐亲自督放，对着山上，“扑通扑通”放着无数弹子。等到烟雾飞散，遥望过去，大周旗帜，仍然如旧。岳乐再命放炮，又是“扑通扑通”的一阵，山上旗帜，虽打倒了数十面，还有多半竖在那里。岳乐道：“不好了，我中了敌计了。”伊坦布惊问缘由，岳乐道：“这分明是疑兵，你听山下并没影响，反使我军失却无数弹子。”晓得迟了，炮弹已放完了。便止住兵士放炮，命将大炮抬还营内。甫入营，忽山上鼓声乱鸣，矢石齐发。岳乐复出营观望，见山上有一队敌兵驰下，当先一骑，大叫道：“岳乐休走！”此时岳乐魂胆飞扬，急上马逃走。营兵见统帅已逃，还有哪个敢去截阵，自然没命的乱跑了。一阵乱窜，自相践踏，竟死了无数人马，连伊坦布也不知下落，西洋大炮，更不必说。

岳乐既逃过了螺子山，天已黎明，惊魂渐定，遂收拾残兵，奔回袁州，满望简亲王喇布，在袁州接应，不料袁州城上，已插了大周旗帜。周帜又见，能不惊心。岳乐正在惊疑，又听城东北角有一片喊杀声音，岳乐忙登高遥望，正是周兵追杀清兵。岳乐捏了一把汗，暗想：“此时不上前救应，我军亦没有站足地了。”遂下山部勒队伍，绕城驰救。周兵见后面有清军杀到，只得回马来敌岳乐。岳乐驱兵掩杀，怎奈周兵队里的大将，一支枪神出鬼没，竟把清兵刺倒无数。岳乐知不能取胜，领兵杀出，望东北而去。那将也不追赶，收兵入袁州城。原来那将正是高大节，他从间道绕出袁州，把袁州城夺下，当下遣了百骑，埋伏螺子山，作为疑兵。他料岳乐回军，必从此山经过，见了旗帜，定要放炮，炮弹已尽，那时回到袁州，可以截击。适值清简亲王喇布，来应岳乐，到了大觉寺，大节即出兵对仗，杀得喇布大败而逃。总算岳乐去挡了一阵，大节方才退回。只是大节部兵，仅有四千，为什么探马报称恰有数万？这叫作兵不厌诈，大节欲恐吓清军，所以有此诈语。

语休叙烦，这一句是说部常套，实则上文数语，乃是要言，若非如此表明，阅者都要不明不白。且说岳乐迤逦奔回，喇布等还道是敌军追赶，后来见了清帜，方把部兵扎住，与岳乐相会。两下细叙，岳乐始知高大节厉害，叹道："此人若在江西，非朝廷福。"言未毕，探报吉安亦已失守。岳乐与喇布道："看来我等只好暂回南昌，再图进取。"喇布已经丧胆，自然依了岳乐，同到南昌去了。

那边高大节既得了全胜，复分兵占据吉安，飞遣人至醴陵、长沙告捷。此时吴三桂已移师衡州，只留胡国柱居守。国柱得了捷报，也自欢喜。不意国柱部下，有副将韩大任素与大节不睦，入见国柱道："大节确是勇将，但恐不能保全始终。"国柱道："你何以见得？"大任道："平凉的王辅臣，非一员勇将么？援此进谗，不怕国柱不信。为什么转降清朝？"国柱道："他前时本是清臣，所以仍旧降清。"大任道："清臣且不怕再降，何况大节？前闻大节在王爷下，常自谓智勇无敌，才力出王爷上，若使清廷遣人招致，封他高爵，哪有不变心之理，"谗人之口，偏是格外中听。国柱道："据你说来，如何而可？"大任献了调回的计策，国柱道："调回大节，何人去代？"大任又做了自荐的毛遂，国柱遂令大任去代大节，大节不服，大任也不与争论，遣人飞报国柱，说他拥兵抗命。四字足矣。国柱大怒，飞檄召回，大节无奈，把军事交与大任，出城叹道："周家气运，看来要断送在他们手中了。"随即怏怏而回。既到长沙，又被国柱痛斥一番。大节愤无可泄，遂致得疾。临危时，函报夏国相，请他注意袁州，末署"大节绝笔"四字。也是伤心，可惜事非其主。

国相接读来函，大为叹息，急向长沙添兵，拟再进江西略地。忽接江西警信，袁州已失，韩大任退守吉安，不禁顿足道："大节若在，何至于此？"正欲发兵赴援，适长沙遣马宝、王绪带兵九千来到，国相遂命两人去救吉安。两人行了数日，已抵洋溪下游，隔溪便是吉安城，遥见城下统扎清营，布得层层密密，城上虽有守兵，恰不十分严整。马宝向王绪道："我看清兵很多，城中应危急万分，为什么城上守兵，不甚起劲？"王绪道："我们且先开炮，遥报城中。若城中有炮相应，我军方可渡河。"马宝点了点头，便命兵士开炮，接连数响，城中恰寂然无声。马宝道："这正奇怪！莫非韩大任已降清兵么？"王绪道："大任害死大节，刁狡可知，难保今日不投降清兵？"马宝道："他若已经降清，我等不宜深入，还须想个善全的法子。"言未毕，见清营已动，忙道："不好了！清兵要过河来了。"忙令后军作了前军，前军作了后军。马宝与王绪亲自断后，徐徐引退。行未数里，后面喊声大起，清兵已经追到。马宝令军士各挟强弩，等到清兵相近，一声号令，箭如雨发，清兵只得站住。马宝能军。马宝复退数里，清兵又追将过来，马宝仍用老法子射住清兵。此法用了数回，清兵仍依依不舍，马宝恼了性子，大喝一声，领兵回马厮杀。这边清兵，系简亲王喇布统带，喇布本是个没用人物，因见敌军退走，想趁此占些便宜，立点功劳，不防马宝回身酣斗，眼见得敌他不过，即拍马驰回，军士都跟了退去，反被马宝杀了一阵，夺了许多甲仗，从容归去。

喇布仍退到吉安城下，也不敢急攻。城内的韩大任，并未曾投降清兵，只因隔河鸣炮，还疑是清兵诱他出来，所以寂然不动，嗣闻清兵追击马宝，已自懊悔不及，遂于昏夜间开城逃去。喇布还道大任出来劫营，只令部兵守住营寨，由他渡河去讫。康熙帝用了这等庸将，反能逐去敌军，一来是康熙帝洪福齐天，二来是吴三桂恶贯满盈，天道不容，所以转败为胜。

江西略定，浙江亦迭报胜仗，康亲王杰书等，起初到了浙江，亦没有什么得利，幸亏总督李之芳，扼守浙西，连败曾养性、马九玉等军，敌势少衰。无如马九玉固守衢州，之芳累攻不下，曾养性固守温州，杰书等亦围攻无效，清廷屡次诘责，杰书焦急异常，还亏贝子傅喇塔，请移师衢州，与之芳并力合攻，免得兵分力弱。杰书依议，便舍了温州，连夜赶到衢州，与之芳合军攻打。时马九玉拥兵数万，占住衢河南岸的九龙山，保护城池，又分兵万人屯扎大溪滩，保护饷道。傅喇塔复献了截击敌饷的计策，带了精骑，冲破大溪滩敌营。九玉闻饷道被截，急下山来救，巧遇杰书、李之芳两军，渡河过来，九玉欲乘流邀击，偏这清兵连放西洋大炮，伤了九玉兵数百，九玉立足不住，引兵退还。杰书、之芳渡河追杀，九玉急收兵回营，可奈山下密布木桩，前时想阻住清兵，到此反把自己阻住，须要鱼贯而入，不能骤进。清兵又接连放炮，可怜九玉部下的兵，不是折胝，便是断臂。之芳复令兵士纵火，烈烈腾腾的烧将起来，大小木桩，一概燃着，顿时飞焰扑叠，焚去营帐无算。九龙山变作火焰山。九玉见势不支，忙领了步骑数百，从山后逃下。冤冤相凑，碰着傅喇塔回军接应，数百残兵，不值喇塔一扫，九玉没命的乱跑，走了数里，见喇塔不来追赶，方才停住。检点手下，只剩了三十骑，长叹一声，逃回福建去了。

杰书等立拔衢州，令李之芳回军攻击曾养性，自偕傅喇塔南下，转西攻仙霞关。这时候的耿精忠，方联络郑经，去攻广东，陷潮州、惠州二郡，平南亲王尚可喜，急命其子之孝，趋惠州拦截耿军，不料广西提督马雄，与孙延龄通同一气，来攻高、雷二州，总兵祖泽清，又望风迎降。可喜东西受敌，一面向江西乞援，一面促其子之信拒敌。之信本不服父训，至是已隐受三桂伪札，运动部兵，把可喜幽禁起来，可喜忠清不忠明，故受逆子之信之报应。也自易帜改服，叛了清朝。可喜气愤已极，呕血身亡。之信越加猖獗，江西将军舒恕，及都统莽依图，率兵援广州，反被之信用炮击退。总督金光祖及巡抚佟养巨，亦与之信相连，通款三桂。三桂封之信辅德亲王，命他助款充饷，又遣董重民来代金光祖，冯苏来代佟养巨。这信传到之信耳中，暗想三桂索饷遣款，分明是来箝制，忙与金光祖商议，仍旧背周降清。等了董重民等到粤，把他拘住，率军民薙发反正，西出兵拒马雄，东出兵拒耿精忠。

精忠方拟对敌，闻报清兵已破马九玉，攻入仙霞关，急回军福建，途次，又闻曾养性、白显忠二将，统已降清，不觉魂飞天外。原来李之芳回军浙东，适遇白显忠自江西败回，声言将由浙趋闽，断绝康亲王后路，之芳颇觉惊恐。随营委员陆孔昭入帐禀道："某与白显忠二裨将，素来相识，请前去说降，教他擒献白显忠。"之芳大喜，立命前去。隔了数日，果然把白显忠擒来。之芳召入，当由陆孔昭引二将进来，代为绍介。一姓范名时荣，一姓王名镐，之芳奖慰一番，随后将白显忠推入。之芳下座，亲解其缚，劝他悔过投诚，显忠便即依允。之芳与显忠同到温州，又命显忠入城劝降。曾养性势孤力蹙，哪有不愿降之理。看官！你想耿精忠三路出兵，至此尽归乌有，能不进退维谷吗？赶到福州，又闻清兵将到，精忠忙檄令各处总兵严守。檄差回报，建宁、延平等郡，已投降清军，漳州、泉州、汀州等郡，已献降郑经，精忠经此一吓，晕绝于地。左右用姜汤灌醒，下泪道："这遭休了！"

坐定后，见府外递进文书，精忠拆阅，乃清康亲王前来劝降。精忠一想，欲要不降，如何抵敌清军？欲要降清，总督范承谟尚在，定要陈他逆迹，将来仍难保全。左思右想，毫无计策，忽想了一条两头烧通之计。一面遣他儿子显祚，赴延平去接清兵，并献出伪总统印，一面将范承谟绞死，省得将逆迹表扬。到了此时，还要杀害范承谟，煞是凶狡过人，然亦是速死之道。康亲王杰书，遂进据福州，耿精忠率文武百官属出城迎降，愿随大兵立功赎罪。杰书当将实迹奏闻，同时尚之信亦遣人赴江西，到清简亲王喇布军前乞降，喇布亦据实上奏。康熙帝因三桂未除，不便声罪，仍留耿尚爵位，命他立功抵罪。

于是浙江、福建、广东三省，次第略定，只广西尚在未靖，孙延龄降周叛清时，受临江王封爵，曾瞒住郡主孔四贞。后来被四贞闻知，劝他反正，他却不从。适故庆阳知府傅宏烈，旧被三桂攻讦，谪戍苍梧，此时独招集民夫，力图恢复。莽依图复出师广东，去会宏烈，延龄闻了此信，未免悔恨，又因闽、粤二藩，统已降清，越加着急。踌躇再四，只有请教娘子军一法，当下入见四贞，四贞却满脸怒容，不去理睬。延龄挨至四贞面前，轻轻的叫了几声"郡主"。四贞道："你叫我什么？"延龄道："我从前不听你言，弄错主意，目下危急万分，求郡主怜念夫妇恩情，为我解围。"四贞含嗔道："像你的负恩忘义，还念什么夫妻？我从前再三相劝，叫你不要叛清，你不但一句不听，反从此不入我室，离开了我，去做什么王爷。好好！你去做王爷去！我是没福的人，不要再来惹我！"说毕，将身子扭转一边。惟妙惟肖。延龄到了此时，也顾不得什么气节，只得向郡主脚边，跪了下去，做一出梳妆跪池。

一面扯着郡主衣衫，“千姊姊、万姊姊”的哀告。从来妇女的性情，容易发恼，亦容易转软，又况延龄丰姿俊美，与四贞本是一对璧人，两美并头，卿卿我我，只因意见微异，渐致乖离，此次经延龄一番温柔，自然回过心来，便道：“你悔已迟了，叫我如何解围?”延龄道：“我已仍愿降清，但恐皇上罪我，求郡主入京去见太后，暗中转圜，免我受罪，我死亦感激你了。”无端说一死字，亦是谶语。四贞闻延龄说一“死”字，顿时泪下，毕竟还是夫妇。便道：“你是好好儿活着，为什么自己咒死，你既然要我赴京，事不宜迟，我就明日动身。”延龄喜极，忙与郡主料理行装。是夕，就在郡主前极力报效一宵，只此一宵欢聚，嗣后无相见期了。次日，即送孔郡主北上。

事有凑巧，傅宏烈亦致书相劝，邀他共迓清军。延龄答书：“请宏烈先至广东，导达悔意，此外一律遵命。”这等事情，传达湖南，三桂急调胡国柱、马宝二将，速出广东，复嘱从孙吴世琮密计，驰赴广西。世琮倍道前进，径至桂林，仍用给临江王文书，教他前来领饷。就是密计。延龄正缺饷项，还道三桂未悉彼情，乐得取些饷银，聊救眉急，当即开城出迎。世琮诱他入营，暗中却已布满伏兵，等到延龄入帐，世琮方数他背叛的罪状。延龄即欲退出，被伏兵一阵乱剁，砍为肉泥。我为孔四贞一哭。世琮入据桂林，复进占平乐。

时清将莽依图，正由广东赴广西，闻胡国柱、马宝奉三桂命，来夺广东，亟回军赴援，适遇于韶州城下，与战不利，退入韶州固守。胡国柱等极力攻扑，莽依图巡视城北，见城堞未坚，令部卒筑起一层土墙，两重守护。果然胡国柱兵，登高发炮，把城堞毁去，惟土墙无恙，城得不陷。莽依图正在焦灼，突闻城东鼓角喧天，回头一望，遥见清兵如飞而至，前面的大纛，绣着“江宁将军”四大字。莽依图趁这机缘，领兵杀出，内外互应，将胡国柱等杀退，追斩无算，遂接江宁兵入城。江宁将军，叫作额楚，奉廷命来援广东，巧与莽依图合军，并力杀退胡、马二人，遂留额楚守韶州，莽依图赴广西去讫。

胡国柱、马宝两人，奔回湖南，三桂大惊，又闻清廷命将军穆占，来助岳乐，连拔永兴、茶陵、攸县、酃县、安仁、兴宁、郴州、宜章、临武、蓝山、嘉禾、桂东、桂阳十三城，益自震恐。他却在恐惧的时候，发生一个痴念，竟想做起皇帝来了。不做皇帝死不休。小子又发了诗兴，凑成七绝一首，咏吴三桂道：

燕北甘招强虏入，滇南又执故皇还。
君亲陷尽思为帝，可惜皤皤两须斑。

这时候，三桂已六十七岁了。他想势力日蹙，年纪又衰，得做了一番皇帝，就使不能传世，也算英雄收场。遂令军士在衡山筑坛，居然郊天即位，小子暂停一回笔，俟下回再行细表。

陕西入清，三桂已失攻势，至江西复为清有，断湖南之右臂，三桂且不能守湖南，遑言攻耶？闽、粤二藩，更不足论。延龄辈尤出闽、粤下，小胜即喜，小挫即惧，安能为三桂臂助？三桂既失陕西、闽、粤诸奥援，其领地自云、贵以外，只存四川、湖南，及广西之一部，反欲南面称帝，岂以一称帝号，遂足笼络人心，令诸将乐为之用乎？皇帝皇帝！误尽天下英雄，害尽世间百姓，吾愿自今以后，永远不复闻此二字。本回叙江西事，是记三桂之失势，叙闽、粤及广西事，是记三桂之失援，末以称帝作总写，尽三桂一生魔障，炎炎者灭，隆隆者绝，世人可以醒矣。

第二十五回

僭帝号遘疾伏冥诛　集军威破城歼叛孽

说吴三桂起事以来，已历五年，康熙十三年创建国号，假称迎立明裔，其实称“周”不称“明”，早已存了帝制自为的思想。所以争战五年，并没见有什么三太子。到了康熙十七年，竟在衡州筑坛，祭告天地，自称皇帝，改元“昭武”，称衡州为“定天府”，置百官，封诸将，造新历，举云贵川湖乡试，号召远近。殿瓦不及易黄，就用黄漆涂染，搭起芦舍数百间，作了朝房。这日正遇三月朔，本是艳阳天气，淑景宜人，不料狂风骤起，怒雨疾奔，把朝房吹倒一半，瓦上的黄漆，亦被大雨淋坏，莫谓天道无知。三桂未免懊恼，只得潦草成礼，算已做了大周皇帝。黄袍已经穿过，可谓心满意足。当下调夏国相回衡州，命他为相，令胡国柱、马宝为元帅，出御清兵。

是时清安亲王岳乐，由江西入湖南，前锋统领硕岱，已攻克永兴。永兴县系衡州门户，距衡州只百余里，胡国柱、马宝等，奋勇杀来，清兵出城抵敌。两下混战一场，清兵不能取胜，仍退入城中。歇了数日，清兵又出城掩击，复被胡国柱等杀回。接连数战，总是周军得胜。原来清前锋统领硕岱，也是满族中一员骁将，只因永兴是周军必争的地方，永兴一失，衡州亦保不住，所以胡国柱等冒死力争，硕岱虽勇，总不能敌，只得入城固守，静待援兵。岳乐闻周军猛攻永兴，即遣都统伊里布，副都统哈克山，前来援应，就在城外扎营，作为犄角。

不防马宝分军来攻，个个是踊跃争先，上前拚命，伊里布哈克山，本没有什么勇力，遇了周军，好像泰山压顶一般，连逃走都来不及。一阵厮杀，两人都战殁阵中。硕岱出城接应，又被胡国柱截住，没奈何退入城内。将军穆占，自郴州发兵来援，因闻伊里布等战殁，不敢前进，只远远的立住营寨。胡国柱三面环攻，止留出城东一角，因有河相阻，不便合围。还亏硕岱振刷精神，昼夜督守，城坏即补，且筑且战。胡国柱又与马宝分军，马宝截住援兵，不能并力攻城，清营虽是远立，倒也还算有力。因此城尚不陷。

康熙帝恐师老日久，屡欲亲征，议政王大臣纷纷谏阻，有的说是："京师重地，不宜远离。"有的说是："贼势日蹙，无劳远出。"于是令诸将专力湖南，暂罢亲征的计策。惟这三桂因即位的时候，冒了一点风寒，时常发寒发热，由夏及秋，没有爽适的日子。好汉只怕病来磨，又况三桂年近古稀，生了几个月的病，如何支持得起？到了八月初旬，痰喘交作，咯血频频，有时神昏颠倒，谵语终宵。夏国相领了文武各员，日日进内请安。

这日，国相又复入内，到卧榻前，见三桂双目紧闭，只是一片呻吟声。国相向诸将道："永兴未下，军事紧急，皇上反病势日重，如何是好？"诸将尚未回答，忽见三桂睁开双目，瞪视国相多时，失声道："阿哟！不好了！永历皇帝到了！"寻复闭目惨呼，大叫"皇上饶命！皇上饶命！"国相等闻此惨声，都吓得毛发森竖，只得到三桂耳边，轻轻叫道："陛下醒来！"连叫数声，三桂方有些醒悟，又开眼四顾，见了夏国相等人，忍不住流泪道："卿等都系患难至交，朕还没有什么酬劳，偏这……"说到"这"字，触动中气，喘作一团。国相道："陛下福寿正长，不致有什么不测，还请善保龙体为是。"三桂把头略点一点。国相复请太医入内，诊了一回脉，退与国相耳语道："皇上脉象欠佳，看来只有一日可过了。"国相把眉一皱，也不言语。三桂气喘略平，又向国相道："朕非不欲生，但这冤鬼都集眼前，恐要与卿等长别，未识目前军事如何？"国相道："永兴已屡报胜仗，谅不日可以攻下，请陛下宽心！"三桂道："陕西、广西，有警信否？"国相等答道："没有。"三桂道："卿等且退！容朕细思，到晚间再商。"国相等奉命退出，将到二更，复一同入宫，但觉宫门里面，阴风惨惨，鬼气森森，作者素乏迷信，因三桂作恶多端，理应有此果报。国相等助桀为虐，贼胆心虚，当亦因虚生幻，因幻成真。甫入宫门，见众侍妾团聚一旁，不住的发颤。猛闻三桂作哀鸣状，一声是"皇上恕罪！"一声是"父亲救我！"大书君父。又模模糊糊的说了数语，仿佛是"不忠、不孝、不仁、不义"八字。就三桂口中自述，笔愈透辟。国相等听了半晌，心头都突突乱跳。大家站了一回，三桂似又清醒起来，咳嗽了好几声，侍儿撩起床帐，捧过痰盂，接了三桂好几口血。三桂见帐外有许多官员，命侍儿悬起半帐，国相等复上前请安。三桂道："卿等少坐，待朕细嘱。"国相等告了坐，三桂一丝半气的说道："朕神气恍惚，时患昏晕，自思生平行事，大半舛错，今日悔已无及。人之将死，其言也善。长子应熊，也是为朕所害，目下只一孙世璠，留居云南，可惜年幼，朕死后，劳卿等同心辅助！"国相等齐声应命。三桂歇了一歇，又道："湘、滇遥隔，朕当亲书遗嘱。"命侍儿取笔墨过来，自己欲令侍儿扶起，可奈浑身疼痛，片刻难支，复睡下呻吟一回。国相便请道："陛下不必过劳，臣可恭录圣谕。"三桂点头，国相便展笺握管，待了许久，三桂一言不发，仔细一看，已自晕了过去。国相即命众侍妾上前调护，自率百官出了宫门。好一歇，复偕太医同入宫中，但听宫内已动了哭声。国相忙对大众摇手，大家方把哭声止住。国相复目示太医，令太医临榻诊视，诊毕，太医道：

“皇上此时，不过稍稍痰塞，还未宴驾，大家切勿再哭!”痰塞不死，这是话里有话。言毕，即匆匆退出。国相命侍儿放下御帐，朝夕守护，只是大忌哭声。众侍妾莫明其妙，只得唯命是从。

国相退出宫外，忙令人召回胡国柱、马宝。胡、马二人，自永兴急归，由国相延入，屏去左右，密语二人道:“主上已宴驾了。”胡、马二人，大吃一惊，问道:“何时宴驾?”国相道:“就在昨夜。主上命太孙世璠嗣立，我已夤夜令人去迎，阅此方知上文出去一歇的事情。并命宫中秘不发丧。主上遗嘱，要我等同心辅助，还请两公遵旨。”胡、马二人，自然答应。国相又道:“我前时劝先帝疾行渡江，全师北向，先帝不从，今日敌兵四合，较前日尤觉困难，依我愚见，只好仍行前计，越是拚命，越不会死，越是退守，越不得生。这四语却是名言。不但云南、贵州可以弃去，连湖南也可不管，目前只有北向以争天下。陆军应出荆襄，会合四川兵马，直趋河南，水军顺下武昌，掠夺敌舰，据住上游。那时冒险进去，或可侥幸成功，二公以为何如?”马宝道:“这且不可!先帝经过百战，患难余生，尚不肯轻弃滇、黔，自失根本，目下先帝又崩，时事日非，哪里还可冒险轻举?况滇、黔山路崎岖，进可战，退可守，万一为敌所败，还可退据一方。”国相不待马宝说毕，便叹道:“我能往，寇亦能往，恐怕敌兵云集，就使重谷深岩，也是保守不住。”马宝还欲争辩，胡国柱道:“现在且暂主保守，俟有机会，再图进取。”国相见识颇高，但此时清兵四合，北上亦非善策。国相默然。

过了数日，世璠已到衡州，就在衡州即位，国相率百官叩贺，议定明年为洪化元年，随发哀诏，颁布国丧。胡国柱等因新帝尚幼，不宜久居衡州，仍令随员郭壮图、谭延祚等，迎丧扈驾，还处云南。郭壮图等挈了世璠，回滇而去。

清兵闻三桂已死，人人思奋，个个图功，安亲王岳乐，简亲王喇布，统率大兵入湖南，克复岳州、常德，顺承郡王勒尔锦，驻扎荆州，已好几年，此时亦胆大起来，渡过长江，攻取长沙。千军万马，直逼衡州，任你夏国相足智多谋，胡国柱、马宝冲锋敢战，也只得弃城遁走。广西巡抚傅宏烈，与将军莽依图，又攻破平乐，进复桂林，吴世琮败死陕西。大将军图海，偕提督王进宝、赵良栋等，攻破汉中，连拔保宁，王屏藩穷蹙自杀，王进宝、赵良栋复乘胜入川。川地自归三桂后，只担任周军粮饷，未见兵革，忽闻王、赵二将，率军杀来，逃的逃，降的降，成都一复，川西川南，势如破竹，迎刃而下。于是吴世璠所有的地方，只剩得云、贵两省了。兔起鹘落，是一手好笔仗。

康熙帝迭接捷报，把亲征的议论，原是搁起不谈，且因康亲王杰书、安亲王岳乐在外久劳，召还京师，复逮回顺承郡王勒尔锦、简亲王喇布、贝子洞鄂、贝勒尚善、都统巴尔布珠满将军舒恕等，说他劳师糜饷，误国病民，一律治罪。另命贝子彰泰为定远平寇大将军，代岳乐后任，自湖南趋云、贵，又以云、贵多山，当令步兵绿营居前，满骑居后，特授湖广总督蔡毓荣为绥远将军，节制汉兵先进。另授赵良栋为云、贵总督，统川师进捣，贝子赖塔为平南将军，统闽、粤兵进攻。三路大兵，浩浩荡荡，统向云、贵进发。

彰泰既到湖南，与蔡毓荣相会，督兵进攻枫木岭，击死守将吴国贵，进攻辰龙关。径狭箐密，只容一骑，夏国相等自衡州败还，留胡国柱守住隘口，一夫当关，万夫莫入。相持数月，彰泰焦急起来，悬了重赏，招募敢死士卒，潜逾峻岭，绕入关后，袭破国柱营寨。国柱败走，退至贵阳，这枫木岭与辰龙关，系是由湘通黔的要隘，二隘既破，清兵由险入夷，勇往直前。忽又接到清廷诏旨，略道：

军兴数载，供亿浩繁，朕恐累民，不忍加派科敛，因允诸臣条奏，凡裁节浮费，改折漕贡，量增盐课杂税，稽查隐漏田赋，核减军需报销，皆用兵不得已之意，事平自有裁酌。至满洲、蒙古汉军，久劳于外，械朽马毙，朕深悉其苦，其迅奏肤功，凯旋之日，所有借贷，无论数百万，俱令户部发币代还。朕不食言，昭如日月，其宣示中外，咸使闻知。

此诏一下，军士格外效命，遂自平越趋贵阳。胡国柱出战不利，退守数日。清兵用西洋巨炮，连日轰放，城陷数丈，清兵一鼓而上，国柱又弃城遁去。蔡毓荣率兵径进，彰泰暂屯贵阳，分兵复遵义、安顺、石阡、都匀、思南等府。别命提督桑格，进攻盘江。盘江守将李本深，毁去铁索桥，向后退走。桑格招土官速搭浮桥，允给重资。土司齐集江边，争来搭造，众擎易举，一夕便成。钱可通灵。桑格率兵渡过对岸，急追李本深，本深还是慢慢退去，只道清兵筑桥，断没有这等迅速，谁知清兵已经追到，吓得本深心胆俱碎，忙下了马，匍匐乞降，总算蒙桑格收受了。

这时候，蔡毓荣进兵黔西，直指平远，夏国相自云南调集劲旅，练成象阵，与王会、高起隆同至平远城抵御。平远西南多山，国相令部兵依山扎营，掩住象阵，专候毓荣到来。毓荣仗着战胜的锐气，驱兵大进，路上毫不停留，既到平远，见山下敌营林立，便上前冲突，国相令营兵坚壁勿动。待清兵冲突数次，锐气少懈，然后发了密令，把营兵分开左右，推出象阵。毓荣急令兵士发炮，怎奈兵士已心慌意骇，脚忙手乱，炮未燃着，象已冲来，那时只顾保全性命，还有何心放炮？兵士逃得快，象愈赶得快，顷刻间倒毙无数，尸如山积，毓荣也没命的逃去，直退了三十里，方收拾残兵，扎住了寨。

隔了两日，复进军十里立营。又次日，复进军十里。兵士都怕象阵厉害，未敢前进，只因军令如山，不得不硬着头皮，勉强上前。是夕，毓荣升帐，召诸将听令。将士还道又要出战，个个胆战心惊，到了帐下，但见毓荣向诸将道："云南多产野象，从前敬谨亲王尼堪，为象阵所迫，身殁阵中，应前一十九回事。我前次失记，中了敌计，为他所败，部下多遭惨死，今已有计破他象阵，众将应同心敌忾，为我弟兄们复仇。"诸将听得有破敌的谋划，又复鼓舞起来，一齐喊声"得令"。毓荣又道："野象非人力可敌，当用火攻的计策，今夜先在营外密布火种，待明日前去诱敌，引了敌兵至此，纵火烧他，象必返奔，转为我用，乘此追杀，必得全胜。"诸将遵令自去，分头布置。

次晨，毓荣手执红旗，督兵进战，国相等开营接仗，约战数合，又把营兵两旁分开，毓荣即掉转红旗，望后急走。国相又驱出象阵，猛力追赶，毓荣佯作惊慌之状，令兵士四散奔窜。敌军恃有象阵，只望前追，约行十里，不防火种骤发，势成燎原，那些野象，已有好几只跌入火坑，余象都向后返奔，反冲动敌军本队。国相知是中计，忙令军士分列两旁，让各象奔过，勒兵再战，怎奈军心已经恐慌，队伍不免错乱，这边蔡毓荣又合兵杀来，顿时全军溃窜，国相无法阻住，令王会、高起隆率军先走，自领精骑断后，一边且战且走，一边且追且击。毓荣又传令穷追，把国相逐出贵州境界，方才收军。从此吴世璠又失贵州了。叙次明白。

且说贝子赖塔，自广西攻云南，令傅宏烈在后策应，是时马雄已死，其子马承荫降清，留守南宁，部下多桀骜不驯，仍有变志。宏烈奏请马军随征，免为内地患，未接复旨，不料为承荫所闻，邀宏烈亲往部勒。宏烈即行，部将多说承荫狡悍，不如勿去。宏烈道："承荫已降，奈何疑他？"径领数十骑往南宁。承荫率众出迎，格外恭顺。宏烈偕承荫入城，城门陡阖，伏兵齐起，竟将宏烈拿下囚送云南。吴世璠劝宏烈降，宏烈大骂道："尔祖未叛时，我即劾奏，早知尔家必要造反，我恨不早灭尔家，难道还肯从你么？"世璠命左右将宏烈处斩，宏烈骂不绝口而死。此信传到赖塔军中，赖塔急檄莽依图攻南宁，承荫也率象阵迎敌。亏得莽依图已闻蔡军消息，也照毓荣计策，击败承荫。承荫入城拒守，莽依图围攻数日，总督金光祖亦率兵前来，两下合军攻破南宁。活擒承荫，解京磔死。

广西已定，赖塔遂一意进攻，与蔡毓荣军相遇，直趋云南。贝子彰泰继进，沿途相率迎降。各军至归化寺，距云南只三十里，世璠惶急万状，方拟遣夏国相等再出拒敌，忽报赵良栋由川赴滇，乃令夏国相、胡国柱、马宝等，移阻赵军，别命郭壮图领步骑数万迎战三十里外。郭壮图向守云南，未尝御敌，至是亦驱野象数百头，列为前军。部将武安时谏道："夏国相曾用象阵，为敌所败，驸马何故复循覆辙？"郭壮图道："夏国相贪功追敌，是以致败，吾不过令象冲锋，并非靠象追敌，有何不可。"谁知不然。于是直趋归化寺，与清兵接仗。清贝子彰泰在左，赖塔在右，两路夹攻，郭壮图率军死战，自卯至午，五却五进，蔡毓荣见不能取胜，忽生一计，纵火焚林，林中烈焰上腾，吓得众象纷纷乱窜。彰泰赖塔，乘势掩击，郭壮图只得败走。三用象阵，都被击退，可谓至死不悟。

清兵遂进逼云南省城，世璠复调夏国相等回救，赵良栋又尾追而来。孤城片影，四面楚歌，吴世璠保守五华山，饬健卒乞师西藏，又被赵良栋查获，眼见得围城援绝，指日灭亡。夏国相、马宝、胡国柱、郭壮图等，明知灭亡不远，只因身受遗命，以死自誓，两边复血肉相薄，延续数月。到康熙二十年十月中，城中粮尽，军心遂变，南门守将方志球，阴与蔡毓荣相通，放蔡军入城，由是诸军齐进，胡国柱急来拦阻，一炮飞来，正中面颊，立即毙命。夏国相、马宝犹督兵巷战，被清兵围裹，大叫："降者免死。"部兵遂倒戈相向，把夏国相、马宝都戳下马来，擒献清军。蔡毓荣即驰上五华山，守将郭壮图自杀，余兵统已溃散，当即冲入世璠住所，见世璠已悬梁自尽，侍女等一齐下跪，哀乞饶命。毓荣约略一顾，忽觉侍女中间，有两人生得非常美丽，泪容满面，犹自倾城。毓荣仔细询问，方知是三桂遗下的宠姬，便命军士好生保护，不得有违。正嘱咐间，将军穆占亦率兵进来，听见毓荣嘱咐的言语，忙道："蔡将军不要独得，须留一个与我。"这样东西，原来人人欢喜。毓荣无法，遂将一美姬分与穆占，一美姬带出自用。随后诸军齐到，争取子女玉帛，只赵良栋严禁部下掳掠，仅取藩府簿籍，留献京师。捷报传达清廷，下旨析三桂骸骨，颁示海内。世璠首级及夏国相等，解送北京。后来夏国相、马宝等，尽被凌迟处死，吴氏遂亡。小子又有一诗道：

滇南一破籍长沦，天定由来竟胜人。
假使吴宗能永古，人生何必重君亲。

滇藩已灭，还有闽、粤二藩，尚在未撤，究竟作何处置，且俟下回再说。

三桂称帝之日，天大风雨，虽属适逢其会，要不可谓非天怒之兆。称帝以后，未几遘疾，曩昔冤厉，丛集而来，此亦作者烘托笔墨，然固一神道设教之苦心也。三桂已死，大局瓦解，作者故作简笔，一一收束，愈见灭亡之速。三寸不律，缭绕烟云，忽如万岫迷濛，忽如长空迅扫，不可谓非神且奇云。

第二十六回

台湾岛战败降清室　尼布楚订约屈俄臣

却说诸清将歼灭滇藩，陆续班师，到了北京，闻尚之信、耿精忠，亦已逮到治罪。原来尚之信归命后，清廷屡促出师，他只逗留不进，及三桂已死，始从征广西，驻军宣武，会之信弟之孝，谋袭藩位，遣藩下人张士选赴京告密。清京遂遣侍郎宜昌阿等，驰往按问，当由都统王国栋出证罪状。之信闻知，自广西驰归，袭杀国栋。宜昌阿便檄粤军，擒归之信，有旨赐死。之孝亦坐罪革职。尚藩完了。耿精忠亦为诸弟所劾，召至京师，交部议罪。大学士明珠首言精忠应加极刑，遂把精忠磔死。耿藩又了。惟孙延龄妻孔四贞，为太后义女，且劝夫反正，先至京师声明，有旨实封郡主，禄赡终身。于是大赦天下，诏户部发帑代偿宿负，并减免用兵各省赋税，特下一道明谕道：

> 当滇逆初变时，多谓撤藩所致，欲诛建议之人以谢过者。朕自少时，见三藩势焰日炽，不可不撤，岂因三桂背叛，遂诿过于人？今大逆削平，疮痍未复，其恤兵养民，与天下休息。

三藩已平，中国本部十八省，及关东三省，都属大清版图，真成了浩荡乾坤，升平世界。独有台湾郑经，抗志海外，偏不受清朝命令。海外田横。先是精忠叛清时，与经同攻广东，精忠归闽降清，汀州、泉州、漳州等郡，皆为经所据。精忠与清亲王杰书，合军攻经收复各郡。经退守厦门，嗣复令部将刘国轩等，分路入犯，攻陷海澄，围攻漳泉，巡抚吴兴祚与将军赖塔，出兵泉州，总督姚启圣与提督杨捷，出兵漳州，郑军始退。只海澄仍为国轩所据，湖南水师万正色，督率战舰二百艘，由海赴闽，与兴祚、启圣等，水陆夹攻，遂复海澄，并夺回金、厦二岛。郑经及国轩，仍退据台湾。将军赖塔意欲招抚郑经，省得再来缠扰，遂着人致书郑经，意旨婉转，颇承朝廷屡次招抚苦心。其中涉及议约不成之事，均将责任推诿于封疆诸臣，执泥削发登岸，彼此龃龉，对于郑经，则匆恕词，信中有云：

> 足下父子，自辟荆榛，且眷怀胜国，未尝如吴三桂之僭妄。本朝亦何惜海外一弹丸地，不听田横壮士，逍遥其间乎？今三藩殄灭，中外一家，豪杰失时，必不复思嘘已灰之焰，毒疮痍之民。若能保境息民，则从此不必登岸，不必薙发，不必易衣冠，称臣入贡可也。不称臣，不入贡，亦可也。以台湾为箕子之朝鲜，为徐福之日本，与世无患，与人无争，而沿海生灵，永息涂炭，惟足下图之！

郑经得书，复请如约，只要把海澄县作为互市公所。赖塔倒也有意允许，不意总督姚启圣，偏说出许多后患，坚持不可。偏是汉人作梗。一场和议，化作飞灰。

郑经有子数人，长子克臧，最贤，颇知礼贤下士，经连年出外，一切国事，都交克臧管理，并不闻有什么失政。只克臧乃是乳婢所生，并非嫡出，家人统看他不起，不过郑经爱宠克臧，又无过可摘，只得大家隐忍。嗣郑经连为清军所败，退归台湾，郁郁不得志，乃效战国时信陵君故事，日近醇酒妇人，借消愁闷，哪里晓得酒能伐性，色足戕身，警世名言。天下没有流连酒色的人，能延年益寿，不到一二年，酿成一种头昏目眩的病症，心肾两亏。日渐加重，竟致不起。遗言命克臧嗣位，奈家人素来轻视克臧，群小又惮他明察，合力构谋，不怕克臧不死。侍卫冯锡范甘作祸首，勾通内外，此时成功妻董氏尚存，听了左右谗言，平白地将克臧鸩死，拥立郑经次子克塽为主，袭爵延平郡王。克塽幼弱，不能理事，诸事统由冯锡范决断。锡范骄横不法，大失人心。台湾要保不牢了。谍报传入内地，闽督姚启圣非常得意，想乘此吞灭台湾了。

姚启圣系浙江会稽人，证明汉族。少年时已胆大敢为，后来从征有功，康亲王杰书竭力保奏，竟擢为福建总督。福建迭遭兵燹，十室九空，康亲王收服耿藩，驱逐郑氏，表面看是平靖，内容实是撩乱。当时闽中住着一王、一贝子、一公、一伯，及将军、都统各员，都带着皇室禁旅、满洲健儿。这班兵士，吃了百姓的粮米，占了百姓的房屋，还要百姓的子弟，给他当差，百姓的妻女，畀他侍寝，可怜这等小百姓，敢怒而不敢言。到了康亲王奉旨班师，兵士们掳去金帛，不可胜计，还有眉清目秀一班俊仆，娇娇滴滴的一班妇女，兵士不肯舍去，也要把他们带回。姚启圣假义行仁，面请康亲王下令禁止，暗地里设法偿还，计捐金二十万两，拔还难民二万多人，这不可谓非姚氏功德。因此闽人感激异常，多摆着长生禄位，供奉这位总督姚公。人人说乱世时难以做官，吾谓乱世时做官反易，如若不信，请看姚启圣。启圣暗想，人民已受笼络，功劳还是寻常，总要做一件大大的事业，方不愧为清家柱石。适值台湾内乱，立即奏了一本，说是台湾主少国危，时不可失。康熙帝便令王大臣会议，内阁学士李光地请即照准，康熙帝遂降旨准奏。启圣复力保降将施琅，材可大用，得旨授施琅为福建水师提督，加太子太保衔。武将加文衔，也是清朝创举。

施琅本郑氏旧将，习知海上险要，到任后，日夕督操，练成水师军二万，分载战船三百艘，指日攻打台湾。会彗星出现，尚书梁清标，及给事中孙蕙，疏陈天象告警，不宜用兵，有诏暂停进剿。施琅力主出师，朝议又迁延数月。到康熙二十二年，因施琅屡次上奏，遂如所请。又是一个卖主求荣。台湾在福建东北，姚启圣欲候北风进取台湾，施琅独请乘南风先取澎湖。且言："澎湖不破，台湾无取理，澎湖失，台湾不战自溃。"遂疏请力任讨贼，留督臣在厦门济饷。康熙帝又言听计从，于是施琅遂进兵澎湖。守将刘国轩四面筑垣，环列火器，把澎湖守得格外严密。施琅遣游击蓝理为先锋，乘潮进薄，自乘楼船继进。国轩令守兵连放火炮，间以矢石，自昼至夜，相持不下。忽然飓风大起，波如山立，战船随流簸荡，支撑不住。国轩驾船而出，直冲楼船，施琅急督兵迎敌，猛被一箭射来，正中琅目，琅不禁失声，几乎跌倒。幸亏总兵吴英，见主帅受伤，一面令亲卒保护施琅，一面率军士力战，炮矢齐发，射退国轩，大风亦渐渐平息，两边鸣金收兵。

次晨，施琅定计分攻，力惩前创，命总兵陈蟒，率五十艘攻鸡笼屿，总兵魏明，率五十艘攻牛心湾，自督五十六艘分作八队，直捣中坚，仍用蓝理为先锋，另具八十艘为后应。国轩见清军继出，正拟坚守，仰见东南角上，微云渐合，立命发兵。部长曾遂道："施琅再来，必惩前辙，我军不如固守为是。"国轩道："今日必有大风，正可一鼓歼敌，何为不出？"曾遂问道："主帅何以知有大风？"国轩以手指东南角，示曾遂道："汝在海上多年，难道不知海上气候，云合风生，雷鸣风止么？"曾遂喜跃而出，率领战舰，先来迎敌。适遇一清舰驶至，舟上大书"蓝理"二字，曾遂知清军前锋已到，喝令水兵接仗。此时正值盛暑，蓝理裸着半体，立在船头，两手执着双刀，先把敌兵劈下了数十个，敌兵见蓝理凶猛，各执长枪刺来，蓝理将双刀乱削，削断枪杆无数，又砍了好几个敌兵。自身也着了十多枪。谁叫你裸体？陡遇一弹飞来，掠过蓝理肚腹，蓝理向后而倒。那边曾遂大呼道："蓝理死了！"突见蓝理跃起，持刀大吼道："蓝理尚在，曾遂死了。"应对有趣。复连呼："杀贼，杀贼！"震声如雷。施琅闻蓝理被伤，急率军舰上前，见蓝理腹破肠出，鲜血淋漓，忙令蓝理弟蓝瑗、蓝珠，翼蓝理下了小舟，掬肠入腹，裹好创处，载回营中。

说时迟，那时快，国轩已联樯而来，接应曾遂，奋力相扑。施琅命各队分列，人自为战，枪戟并举，箭弹互施，真杀得天日无光，风云变色。突然间天空中一声霹雳，响彻海滨，国轩不胜骇愕，曾遂以下诸将士，都相顾失色，军心一乱，哪里还愿抵敌？眼见得败阵退还。清军乘势掩杀，焚毁敌舰百余艘，毙敌兵万余名，国轩仓卒退至牛心湾，遇清将魏明杀来，不敢抵当，另走鸡笼屿，又遇着清将陈蟒，前后左右，统是清兵，没奈何逃奔台湾去了。

施琅乘胜至台湾，舟泊鹿耳门，胶浅被搁，敌舰复来攻击。施琅连忙对仗，火箭火弹，互掷一阵，怎奈敌兵如蚁而来，施琅舟不能动，被他四面围住。正紧急间，蓝理摇舟来救。敌大惊，相率披靡。蓝理左手执盾，右手执刀。跃上敌船，连斩巨魁十余人，敌兵凫水遁去。乃请施琅易舟，琅执理手，并问创疾。蓝理笑道："主帅有急，就使创裂至死，亦顾不得许多。"副将义务，理应如此。遂与施琅轰击郑军，郑军退去。

次晨，海上大雾迷濛，潮高丈余，施琅、蓝理等鼓舟而入，国轩方在岛上督守，见清军随潮进来，推案起立，叹道："闻先王得台湾，鹿耳门潮涨，今又这般，岂非天数么？"遂遣使迎降，缴出延平郡王招讨大将军印，献出台湾版籍。自顺治十八年，成功据台湾独立，二十三年而亡。

施琅遣人由海道告捷，七日至京，康熙帝大喜，封施琅为靖海侯，命克塽等入都，授克塽海澄公，刘国轩、冯锡范亦封伯爵。克塽以下，皆得受封，康熙帝算是厚道，然冯锡范亦得伯爵，未免赏罚不当。遂于台湾辟地垦荒，设一府三县，隶属福建省。自是清朝威力，远达海外，琉球、暹罗、安南诸国都，遣使朝贡，连欧洲的意大利、荷兰等国，亦通使修好，请开海禁，求互市。廷议准海滨通商，设粤海、闽海、浙海、江海四关，置吏榷税，这就是沿海通商的基础，小子且按下慢表。

且说中国北方，有个俄罗斯国，元朝时，已被蒙古兵灭掉大半，到了元朝衰微，俄罗斯又渐渐强盛起来，把蒙人尽行驱逐，独霸一方。满清初兴，遣兵略黑龙江，俄罗斯亦发远征军，越外兴安岭，到黑龙江北岸。会清兵入关，无暇远略，俄将喀巴罗领了几百个俄兵，将黑龙江北岸的雅克萨地占据了去，用土筑城，屯兵把守，复分兵下黑龙江，被清都统明安达礼及沙尔呼达，先后击退，只是雅克萨城占据如故。

康熙二十一年，三藩削平，海内无事，康熙帝想驱除俄人，略定东北，先差副都统郎坦，托名出猎，渡过黑龙江，侦探雅克萨城形势。郎坦回奏俄兵稀少，容易扫除，康熙帝乃决意征俄，预命户部尚书伊桑阿，赴宁古塔督造大船，并筑造墨尔根、齐齐哈尔两城，添置十驿，以便水陆通饷。又遣萨布素为黑龙江将军，筹画战备，令蒙古车臣汗，断绝俄人贸易。

二十二年，俄将模里尼克率可萨克兵六十多人，自雅克萨城出发，直到黑龙江下流。适遇清船巡弋，一鼓而起，把六十多个可萨克兵，尽行拿住。模里尼克没有飞毛腿，自然一并捉来，送到齐齐哈尔拘禁。

二十三年，清兵至雅克萨城劝降，俄兵不从。

二十四年，清都统彭春率水陆两军北征，陆军约万人，随带巨炮二百门，水军五千人，战舰百艘，从松花江出黑龙江，齐集雅克萨城下，俄将图尔布青严行拒守，部下兵只四百多名，彭春令他把城退让，引兵归国，图尔布青恃着骁勇，不肯听命，清兵始用巨炮轰城，图尔布青开城接战，以一抵十，以十抵百，倒也一番鏖斗，确是一员勇将。怎奈众寡悬殊，究不相敌，只得弃了土城，退至尼布楚。彭春令军士将土城毁去，率兵凯旋。

谁知到了次年，图尔布青偕了陆军大佐伯伊顿，又到雅克萨地，不怕死的硬头皮。筑起土垒，驻兵守御。彭春复引兵八千，运大炮四百门进攻，图尔布青令伯伊顿守住土垒，自率部兵抵死拒战。他手下不过四百多人，前次伤亡了数十名，只剩得三百多人，他独能与八千清兵往来冲突，清兵围住了这边，他冲到那边，围住了那边，复冲到这边。清初劲旅，尚难把三百俄兵，一鼓歼灭，可见俄兵强悍情形。彭春焦躁起来，督令开炮。图尔布青还不管死活，来夺炮具。"轰"的一声，图尔布青中弹倒毙，俄兵方逃入垒中。伯伊顿部下，亦只一、二百名，同了图尔布青部下遗兵，死守不去。清兵放炮轰垒，他却掘了地洞，令部兵穴居避弹，弹来躲入，弹止钻出，垒有残缺，随时修补，弄得清兵没法。

适荷兰贡使在都，自称与俄罗斯毗邻，愿作居间调人。康熙帝遂命荷兰使臣，遗书俄国，责他无故寇边。旋得俄皇大彼道复书，略言："中俄文字，两不相通，因致冲突。现已知边人构衅，当遣使臣诣边定界，请先释雅克萨围兵。"康熙帝因穷兵徼外，未免过劳，遂允与议和，饬彭春解围暂退。于是俄遣全权公使费耀多罗，到外蒙古土谢图汗边境，遣人至北京，请派官与议。康熙帝命内大臣索额图等往会，途次闻土谢图与准噶尔构兵，不便交通，复折回京师，再遣从官绕道出境，通信俄使，议定以尼布楚为会场。索额图又奉使至尼布楚，带领西洋教士张诚、徐日升作为译官，另备精兵万余人，水陆并进，直达尼布楚城外。俄使费耀多罗亦率千人到尼布楚，见清使兵卫甚盛，颇有惧色。外交全恃兵力。

次日在城外张幕开会，两国公使及从人毕集，护兵各二百余人，手执兵刃，侍立两旁。俄使开议，语言軥磔，索额图全然不懂，经张诚翻译，始知俄使要求，以黑龙江南岸归清，北岸畀俄。索额图道："哪有此理？今日俄欲议和，须东起雅克萨，西至尼布楚，凡俄领黑龙江及后贝加尔湖殖民地，一律归我方可。"以尼布楚归中国，足阻俄人东来之锋，索额图初议，很是有理。俄使费耀多罗也不懂索额图的说话，复由张诚译出，交与俄使。俄使阅毕，只是摇头。索额图见和议不谐，径自回营。翌日复会，索额图稍稍退让，拟把尼布楚地，作为两国分界。俄使亦不允，索额图又盛气回营。张诚等往来调停，复由索额图少让，北以格尔必齐河及外兴安岭为界，南以额尔古纳河为界，俄人所有额尔古纳河南堡寨，当尽移河北。俄使尚坚执不从，索额图遂召水陆两军，会齐城下，拟即攻城。俄使不得已照允。遂于康熙二十八年订约互换，约凡六条，大旨如下：

一　自黑龙江支流格尔必齐河，沿外兴安岭以至于海，凡岭南诸川，注入黑龙江者，属中国，岭北属俄。

二　西以额尔古纳河为界，河南属中国，河北属俄。

三　毁雅克萨城，雅克萨居民及物用，听迁往俄境。

四　两国猎户人等，不得擅越国界，违者送所司惩办。

五　两国彼此不得容留逃人。

六　行旅有官给文票，得贸易不禁。

约成，勒碑格尔必齐河东及额尔古纳河南，作为界标，用满、汉、蒙古、拉丁及俄罗斯五体文字，这叫作中俄《尼布楚条约》。正是：

外交开始成和约，后盾坚强怵外人。

自是中俄修好，百余年不兴兵革。蒙古以北，已断轇轕，只蒙古尚未平靖，且待下回再说平定蒙古的方略。

台湾孤悬海外，向未入中国版图，郑成功占踞二十余年，至其孙克塽降清，台湾始为清有，风止潮涨，一战成功，岂真天意使然？亦强弱不敌之一证也。至若尼布楚议和，清史上称为最荣誉之条约，实则俄兵远来，势孤而弱，清军近发，势盛而强。此约之成，宁非强弱不同之再证乎？然彭春再出，穷年累月，不能破一雅克萨土垒。索额图原议不谐，终至让步，俄之强已可知已。文中一鳞一爪，莫非叙述，亦莫非眉目，在善读者默会可耳。

第二十七回

三部内哄祸起萧墙　数次亲征荡平朔漠

上回说到索额图赴会时，本自蒙古通道，因土谢图与准噶尔构兵，中道被阻，以致折回。索额图与俄订约，已于上回叙毕，只准噶尔构兵一事，还未说明，本回正要续说下去。

却说中国长城外，就是蒙古地方，分作三大部：一部与长城相近，叫作漠南蒙古，亦称内蒙古；内蒙古的北境，又有一部，叫作漠北喀尔喀蒙古，亦称外蒙古，这两部统是元太祖成吉思汗的后裔；还有一部在西边，叫作厄鲁特蒙古，乃是元太师脱欢，及瓦剌汗也先的后裔。漠南蒙古，内分六盟，清太宗时已先后归附，独喀尔喀、厄鲁特两大部，尚未帖服。喀尔喀还遣使乞盟，厄鲁特从未通使，清朝亦视同化外，不去过问。只厄鲁特自分四部，一名和硕特部，一名准噶尔部，一名杜尔伯特部，一名土尔扈特部。准噶尔部最强，顺治年间，准噶尔部长巴图尔浑台吉，并吞附近部落，势力渐盛。康熙初，浑台吉死，其子僧格嗣立。僧格死，其子索诺木阿拉布坦嗣立。僧格弟噶尔丹，把侄儿杀死，篡了汗位，（外人称头目为汗）并将和硕特、杜尔伯特、土尔扈特等部，尽行霸据；于是向东略地，欲夺喀尔喀蒙古。

喀尔喀蒙古，旧分土谢图、札萨克、车臣三部，土谢图与札萨克相连，札萨克汗，娶了一妾，人人说她是西施转世，天女化身；此女又来作祟。艳名传到土谢图部，土谢图汗，竟成了一个单相思病，他却想出了一个计策，阳称到札萨克部贺喜，令部下包裹军械，分载橐驼身上，假说是贺喜的送礼，随带了部役数百名，向札萨克部进发。这蒙古地方，本没有什么宫室城郭，就使是头目住所，也不过立个木栅，叠些土垒，便算了事。土谢图汗既到，就有札萨克部役接着，通报头目。札萨克汗出来迎入，席地而坐。土谢图汗便道："闻得贵汗新纳宠姬，特来道贺！"札萨克汗答道："不敢当，不敢当！小妾已娶得多日了。"土谢图汗道："敝处与贵部，虽系近邻，有时也消息不通，直到近日方知，特备薄礼相遗，尚祈笑纳。"札萨克汗道："这是更不敢拜领了。"土谢图汗道："这也何必客气！只是贵姬艳名远噪，叨在邻谊，可否一容相见？"札萨克汗道："这又何妨。"说罢，便召爱姬出室，与土谢图汗行相见礼。土谢图汗见她颀长白皙，楚楚可人，不觉心旌摇曳，魂魄飞扬，即定一定神，召部役解囊入内，喝声道："何不动手？"札萨克汗茫无头绪，但见土谢图汗的部役，从橐中取出物件，光芒闪闪，都是腰刀。好一分贺礼。札萨克汗也管不得爱姬，转身就逃。那位爱姬，正想随走，怎奈两脚如钉住一般，不能前行，被土谢图汗拦腰抱住，出外就跑。喜可知也。这等部役一声吆喝，赶了橐驼，都回去了。

札萨克汗既失爱姬，顿时大怒，召齐部役，来攻土谢图部。土谢图汗知札萨克汗不肯干休，急遣人联络车臣汗与札萨克汗对敌。札萨克汗不能抵当，率众败走。三部相哄，遂惹出一个大祸祟来。祸首非别，就是准噶尔部大头目噶尔丹。其实祸首不是噶尔丹，乃是札萨克的美姬。噶尔丹闻了此信，差人到札萨克部，愿与调停。札萨克汗大喜，便叫原使到土谢图部，索还爱妾。覆水难收，索还何用？原使应命至土谢图，坐索札萨克汗的爱姬。看官！你想土谢图汗费了好些心机，把这个美人儿，抱回取乐，哪里肯原璧归赵？已非全璧。偏这使人恶言辱骂，恼了土谢图汗，将使人杀死。噶尔丹借词报复，扬言借俄罗斯兵，来攻土谢图。土谢图汗大惧，忙整守备，待了数月，毫无影响，到边界窥探，亦没有俄兵入境，只有几个外来喇嘛，四处游牧。蒙俗向以游牧为生，邻境往来，也是常事，土谢图汗毫不在意。镇日里与抢来的美人调情饮酒，不防噶尔丹领了三万劲骑，道出札萨克部，越过杭爱山，直入土谢图境，与游牧喇嘛会合，使为前导，引至土谢图汗住所。时正夜静，土谢图汗拥着美人，酣卧帐中，忽觉得火焰飙起，呼声震天，宛如千军万马排山倒海而来，他也不辨是何处人马，忙从帐后窜去。噶尔丹杀入帐中，不见一人，到处搜寻，只剩得一个美人儿，睡在床上，缩做一团。噶尔丹也不去惊她，命部骑在帐外驻扎，自回内室，做了札萨克汗第三，慢慢的抱住娇娃，享受个中滋味。一夕换得二郎君，毕竟美人有福。到了次日，复分兵为两路，一路东出，袭破车臣部，一路西出，袭破札萨克部。假虞伐虢，噶尔丹颇有狡谋。他便踞着喀尔喀王庭，募集兵士数十万，声势大张。

这喀尔喀三部人民，穷蹇无归，只得投入漠南，到中国乞降。康熙帝命尚书阿尔尼发粟赈赡，且借科尔沁水草地，暂畀游牧。噶尔丹也遣使入贡，康熙帝便令阿尔尼劝谕噶尔丹，要他率众西归，尽还喀尔喀侵地。噶尔丹拒绝清命，反日夕练兵，竟于康熙二十九年，借追喀尔喀部众为名，选锐东犯，侵入内蒙古。尚书阿尔尼急率蒙古兵截击。噶尔丹佯败，沿途抛弃牲畜帐幙。蒙古兵贪利争取，队伍错乱，噶尔丹返身来攻，阿尔尼不及整队，被他一阵掩击，杀得大败亏输，鼠窜而遁。

康熙帝得了败报，定议亲征，先命裕亲王福全为抚远大将军，率同皇子允禔，出长城古北口，恭亲王常宁为安北大将军，率同简亲王雅布，出长城喜峰口，并命阿尔尼率旧部，会裕亲王军，听裕亲工节制。又别调盛京吉林及科尔沁兵助战。

车驾拟亲幸边外，调度各路大兵。是年七月，康熙帝启銮出巡，方出长城，忽得探报，恭亲王军在喜峰口九百里外，被噶尔丹杀败回来，康熙帝命诸军急进；途次，又闻噶尔丹前锋，已到乌兰布通，距京师只七百里，康熙帝倒也惊愕起来，飞诏征调裕亲王军，到乌兰布通，会截敌兵。旋得裕亲王军报，已至乌兰布通驻扎，帝心少安。

且说噶尔丹乘胜南趋，到乌兰布通，遇着清营阻住，遂遣使入见裕亲王，略言追喀尔喀仇人，阑入内地，非敢妄思尺土，但教执畀土谢图汗，即当班师。裕亲王福全，把来使叱回。次日，两军对仗，噶尔丹用了驼城，依山为阵。什么叫作驼城？他用橐驼万余，缚足卧地，背加箱垛，蒙盖湿毡，环列如栅，作为前蔽，所以名叫驼城。前有象阵，后有驼城，倒是极妙巧对。清军隔河立阵，前面纯立火炮，遥轰中坚，自午至暮，驼皆倒毙，驼城中断。清军分作两翼，越河陷阵，遂破敌叠，噶尔丹乘夜遁去。次日，遣喇嘛至清营乞和。福全飞报行在，有诏“速即进兵，毋中他缓兵之计”，于是福全急发兵追赶，已自不及。噶尔丹奔回厄鲁特，遗失器械牲畜无算，复遣人赍书谢罪，誓不再来犯边，康熙帝偶有不适，遂谕来使回报噶尔丹，嗣后不得犯喀尔喀一人一畜，来使唯唯而去，遂诏诸王班师。第一次亲征，第一次班师。

三十年，康熙帝以喀尔喀新附部众数十万，应用法令部勒，且准部寇边，由土谢图汗启衅，不能不严加训斥，乃议出塞大阅，先檄内外蒙古各率部众，豫屯多伦泊百里外，静候上命。过了数日，车驾出张家口，至多伦泊，盛设兵卫，首召土谢图汗，责他夺妾开衅。土谢图汗顿首谢罪，帝乃加恩特赦，留他汗号。复谕车臣、札萨克二汗，约束本部，永远归清，二汗亦即首谢恩。于是编外蒙古为三十七旗，令与内蒙古四十九旗同例，又因蒙俗素信佛教，命在多伦泊附近，设立汇宗寺，居住喇嘛，仍听蒙人游牧近边，自此外蒙归命。

隔了两年，拟遣三汗各归旧牧，谁知噶尔丹又来寻衅，屡奉书索土谢图汗，并阴诱内蒙古叛清归已，科尔沁亲王据实奏闻，康熙帝令科尔沁亲王，复书噶尔丹，伪许内应，诱令深入。噶尔丹果选骑兵三万名，沿克鲁伦河南下。克鲁伦河在外蒙古东境，他到了河边，竟停住不进。康熙帝又令科尔沁致书催促，去使还报，噶尔丹声言借俄罗斯鸟枪兵六万，等待借到，立刻进兵。真是乖刁。科尔沁复驰奏北京。康熙帝道："这都是捏造谣言，他道是前次败走，因火器不敌我军的缘故，所以佯言借兵，恐吓我朝，朕岂由他恐吓的?"料敌颇明。遂召王大臣会议，再决亲征。

康熙三十五年，命将军萨布素，率东三省军出东路，遏敌前锋。大将军费扬古，振武将军孙思克等，率陕、甘兵出宁夏西路，断敌归道。自率禁旅出中路，由独石口趋外蒙古，约至克鲁伦河会齐，三路夹攻。是年三月，中路军已入外蒙古境，与敌相近，东西两军，道阻不至，帝援兵以待。讹言俄兵将到，大学士伊桑阿惧甚，力请回銮。康熙帝怒道："朕祭告天地宗庙，出师北征，若不见一贼，便即回去，如何对得住天下？况大军一退，贼必尽攻西路，西路军不要危殆么?"叱退伊桑阿，不愧英主。命禁旅疾趋克鲁伦河，手绘阵图，指示方略。从行王大臣，还是议论纷纷，各执一见，帝独遣使噶尔丹促他进战。噶尔丹登高遥望，见河南驻扎御营，黄幄龙纛，内环军幔，外布网城，护卫兵统是勇猛异常，不由的心惊脚痒，拔营宵遁。狡黠的人，往往胆小。翌日，大军至河，北岸已无人迹，急忙渡河前追，到拖诺山，仍不见有敌踪，乃命回军；独命内大臣明珠，把中路的粮草，分运西路，接济费扬古军。

是时噶尔丹奔驰五昼夜，已到昭莫多，地势平旷，林箐丛杂，噶尔丹防有伏兵，格外仔细，步步留心。俄闻林中炮声突发，拥出一彪兵来，统是步行，约不过四百多名，噶尔丹手下尚有万余人，统是百战剧寇，遇着这厮小小埋伏，全不在意。大众争先驰突，清兵不敢抵抗，且战且走，约行五六里，两旁小山夹道，清兵从山右趋入。噶尔丹勒马，遥见小山顶上，露出旗帜一角，大书“大将军费”字样，便率众上山来争。清兵据险俯击，矢铳迭发，敌兵毫不惧怯，前队倒毙，后队继进，幸亏清兵阵前，设列拒马木，阻住敌骑，噶尔丹乃止住东崖，依崖作蔽，一面令部兵举铳上击，声震天地，自辰至午，死战不退。忽山左绕出清兵千名，袭击噶尔丹后队，后队统是驼畜妇女，只有一员女将，身披铜甲，腰佩弓矢，手中握着双刀，脚下骑着异兽，似驼非驼，见清兵掩杀过来，她竟柳眉直竖，杀气腾腾，领着好几百悍贼，截杀清兵，清兵从没有与女将对仗，到了此时，也觉惊异，便与女将战了数十回合，只杀得一个平手。不料噶尔丹竟败下山来，冲动后队，山上清兵，从高临下，把子母炮接连轰放。山脚下烟雾迷漫，但见尘沙陡起，血肉纷飞，敌骑抱头乱窜，约有两三个时辰。山上山下，只留清兵，不留敌骑。清兵停放铳炮，天地开朗，准部兵倒地无数，连穿铜甲的这位女将，也头破血流，死于地下。红颜委地，吊古战场文中，却未曾载入。看官！你道这员女将是哪一个？就是噶尔丹妃阿奴娘子，准部呼她为可敦。此时札萨克汗的爱姬，未知尚生存否？若尚存在，倒可升作可敦了。可敦善战，力能抵住清兵，只因噶尔丹闻后队被袭，返顾却退，清兵乘势杀下，敌兵大乱，自相凌藉，遂至可敦战殁，只逃去了噶尔丹。

费扬古止诸将穷追，收兵回营，当即置酒高会，与诸将道：“今日战胜，都是殷总兵化行之力，殷总兵劝我如此设伏，方得一鼓破敌，还请殷总兵多饮数杯，聊申本帅敬意。”说毕，亲自酌酒，递与殷化行。化行双手捧杯，一饮而尽，接连又是两杯，化行统共饮干，离座道谢。化行是宁夏总兵，上文曾叙说费扬古率陕、甘兵出宁夏西路，化行随征献计，得此胜仗，所以费扬古特别奖劳。当时清营中欢声雷动，由费扬古飞报捷音。康熙帝大悦，慰劳有加，仍命费扬古留防漠北，遣陕、甘军凯旋，自率禁旅还京。第二次亲征，第二次班师。

噶尔丹复奔回厄鲁特，途中闻报僧格子策妄阿布坦，为兄报仇，占据准噶尔旧疆，拒绝噶尔丹。噶尔丹欲归无所，窜居阿尔泰山东麓。康熙帝闻噶尔丹穷蹙，召使归降，噶尔丹仍倔强不至。越年，康熙帝复亲征，渡过黄河，到了宁夏，命内大臣马思哈，将军萨布素，会费扬古大军深入，并檄策妄阿布坦助剿。噶尔丹闻大军又出，急遣子塞卜腾巴珠，到回部借粮。回部在天山南路，当噶尔丹强盛时，亦归服噶尔丹，至是回人将其子拘住，囚献清军。噶尔丹待粮无着，不知所为，左右亲信，又相率逃去，或反投入清营，愿为清兵向导。噶尔丹连接警信，有的说："清兵将到。"有的说："策妄阿布坦亦领部众来攻。"有的说："回部亦助清进兵。"好像打落水狗。一夕数惊，徬徨达旦。噶尔丹自言自语道："中国皇帝，真是神圣，我自己不识利害，冒昧入犯，弄得精锐丧亡，妻死子虏，目今进退无路，看来只好自尽罢了。"遂即服毒而死。帐下只遗一女，他的族人丹吉喇，便挈了他的女儿，随带噶尔丹骸骨，拟至清营乞降，札萨克汗爱姬不知下落，想已被噶尔丹弄死了。不想中途被策妄阿布坦截住，将丹吉喇等捆绑起来，送交行在。康熙帝颁诏特赦，命丹吉喇为散秩大臣，噶尔丹子塞卜腾巴珠，也得了一等侍卫，俱安插张家口外，编入察哈尔旗。土谢图、车臣、札萨克三汗，遣归旧牧。此时土谢图汗与札萨克汗相遇，不知应作何状。辟喀尔喀西境千余里，增编部属为五十五旗。

朔漠悉定，康熙帝铭功狼居胥山而还。第三次亲征，第三次班师。既至京师，大飨士卒，俘得老胡人数名，能弹筝，善作歌，帝赏以酒，各使奏技。中有一人能作汉语，笳歌凄楚，音调悲壮，但听他呜呜咽咽的唱道：

雪花如血扑战袍，夺取黄河为马槽。灭我名王兮，虏我使歌，我欲走兮无骆驼，呜呼黄河以北奈若何！呜呼北斗以南奈若何！

康熙帝闻歌大笑，并赏他金银数两，橐驼一匹。小子读这歌词，又技痒起来，随作诗一首道：

绝北亲征耀六师，往还三次始平夷；
镌碑勒石夸奇绩，算是清朝全盛时。

看官欲知后事，请至下回再阅。

天生尤物，必倾人国，既亡札萨克，复亡土谢图，至车臣部亦遭累及，甚至噶尔丹亦因此兴师，因此覆灭。是可知妹喜祸夏，妲己祸商，褒姒祸周，史册垂戒，非无因也。康熙帝为有清一代英主，三次亲征，卒平朔漠，挞伐之功，未始不盛；但必镌碑纪绩，沾沾自喜，毋乃骄乎！秦始皇琅琊刻石，窦车骑燕然勒铭，殊不足训。以康熙帝之明，胡为效此？假故事以警世，揭心迹以垂训。作者之用意深矣。

第二十八回

争储位冢嗣被黜　罹文网名士沉冤

却说康熙帝聪明英武，算作绝顶，即位以后，灭明裔，扫叛王，降台湾，和俄罗斯，服喀尔喀，平准噶尔，他的圣德神功，小子已叙述大略。他还巡幸五台山，共计五次，南巡又六次。巡幸五台的缘故，有人说他是出去省亲，因顺治皇帝即位十八年，看破红尘，到五台山削发为僧，康熙帝屡去探视，每到五台，必令从骑停住寺外，单身进谒，直至顺治帝已死，方才不去。这件事只可付作疑案，小子未曾目见，不敢信为实事。若讲到巡幸东南，《东华录》上，明明说为治河的缘故，其实康熙帝意思，亦并不是单为治河，当时治河能手，有于成龙、靳辅等人，专管河务，都是考究地理，熟悉水性，难道康熙帝真是生而知之的圣人，略略巡阅，便能将河道大势，了然目中，格外筹画得精密么？他的深意，无非是昭示威德，笼络人心；所以禅山谒陵，蠲租免税，凡经过的地方，威德并用；东南的小百姓，从此怕他的威严，感他的德惠，把前明撇在脑后，个个爱戴清朝，清朝二百多年的基业，就此造成。若呆读《东华录》上文字，不加体会，便是笨伯，哪里晓得康熙帝的作用？小说中有这般大议论，可谓得未曾有。但本书于叙述间，亦常夹有微议，我请将原文略换数字，指示阅者云，若呆读此书的文字，不加体会，便是笨伯，哪里晓得著书人的作用。只是康熙帝恰有一大失着，晚年来弄得懊丧异常，到去世的时候，反致不明不白，待小子细细道来。

康熙帝有二十多个儿子，长子名叫允禔，就是初征噶尔丹时，作裕亲王福全的副手。古语道："立嫡以长"，论起年纪来，允禔应作太子，但他乃妃嫔所生，不由皇后产出。皇后何舍里氏，只生一子允礽，允礽生下，皇后便殁，康熙帝夫妇情深，未免心伤；且因允礽是个嫡长，宜为皇储，就于允礽二岁时，先立为皇太子。二岁立储，未免太早。后来重立皇后，妃嫔亦逐渐增加，一年一年的生出许多儿子，内中有四皇子胤祯，秉性阴沉，八皇子允禩，九皇子允禟，更生得异常乖巧，康熙帝格外爱宠一点。但既立允礽为太子，自然没有掉换的心思。允礽渐长，就令大学士张英为太子师傅，教他诗书礼乐，又命儒臣陪讲性理，南巡北幸时，亦尝带了允礽出去游历，总算是多方诱导；至亲征噶尔丹，又要太子监国，宫廷中也没有生出事来。

噶尔丹既平，东西南北，都已平靖，万民乐业，四海澄清，康熙帝春秋渐高，也想享点太平弘福，有时读书，有时习算，有时把酒吟诗，选了几个博学宏词老先生，陪侍左右，与他评论评论。这老先生辈，总是极力揄扬，交口称颂。康熙帝又叫他纂修几种书籍，什么《佩文韵府》，什么《渊鉴类函》，什么《数理精蕴》，什么《历象考成》，什么《韵府拾遗》，什么《骈字类编》，还有《分类字锦》，《子史精华》，《皇舆全览》等书；就是人人购买的《康熙字典》，也是这时候编成的。开了书橱，一律搬出。每种书籍，统有御制序文，究竟是皇帝亲笔，也不知是儒臣捉刀，涉笔成趣。小子无从深考。但日间与儒臣研究书理，夜间总与后妃共叙欢情，枕边衾里，免不得有阴谋夺嫡、媒孽允礽的言语。起初康熙帝拿定主意，不听妇言，后来诸皇子亦私结党羽，构造蜚语，吹入康熙帝耳中，渐渐动了疑心。宫中后妃人等，越发摇唇鼓舌，播弄是非，你唆一句，我挑一语，简直说到允礽蓄谋不轨，窥伺乘舆，可笑这个英武绝伦的圣祖仁皇帝，竟被他内外蛊惑，把允礽当作逆子看待。怪不得周幽、晋献。康熙四十七年七月，竟降了一道上谕，废皇太子允礽，并将他幽禁咸安宫，令皇长于允禔及皇四子胤祯看守。于是这个储君的位置，诸皇子都想补入。皇八子允禩，模样儿生得最俊，性情亦格外乖刁，在父皇面前，越自殷勤讨好，暗中却想害死允礽，绝了后患。

事有凑巧，有一个相面先生，叫作张明德，在都中卖艺骗钱，哄动一时。贝子贝勒等，统去请教，明德满口趋奉，统说他是什么富，什么贵。看官！试想社会中人，有几个不喜欢奉承？因此都说这明德知人休咎，仿佛神仙一般。允禩怀着鬼胎，暗想自己相貌，究竟配不配做皇帝，遂换了衣装，去试明德，谁知明德一边，早已有人知风通报，等到允禩进去，明德即向地跪伏，口称万岁。允禩连忙摇手，明德见风使帆，导允禩入内室，细谈一番，一面说允禩定当大贵，一面又俯伏称臣。允禩喜甚，不但露出真面，反与明德密定逆谋。明德伪称有好友十余人，都能飞檐走壁，他日有用，都可招致出来效劳。允禩遂与他定了密约，辞别回宫。

甫入禁门，遇着大阿哥允禔，被他扯住，邀至邸中，原来允禔曾封直郡王，另立府邸，当时屏去左右，向允禩道："八阿哥从哪里来？"满俗向称皇子为阿哥，所以允禔沿习俗语，叫允禩为八阿哥。允禩道："我不过在外边闲游，没有到什么地方去？"允禔笑道："你休瞒我！张明德叫你万岁呢。"允禩惊问道："大阿哥如何晓得？"允禔道："我是个顺风耳，自然听见。"允禩道："你既晓得，须要为我瞒过父皇。"允禔道："这个自然，只可惜允礽不死，昨日闻有消息，父皇欲仍立允礽为太子。"允禩顿足道："这恰如何是好？"允禔道："我恰有一个妙法，但不知你做皇帝，什么谢我？"允禩道："我若得了帝位，当封大阿哥为并肩皇帝。”允禔道：“不好不好，世上没有并肩皇帝。况我仍要受你的封，不如勿做为是。”急得允禩连忙打恭，恳求妙策。允禔道：“你既要我设法，现在牧马厂中，有个蒙古喇嘛，精巫蛊术，能咒人生死，若叫他害死允礽，岂不是好？”允禔非真心待弟，观下文便知。允禩喜甚，便托允禔即日照行，揖别而去。想做皇帝，便要弄杀阿哥，帝位之害人甚矣。

允禔即去与蒙古喇嘛商议，蒙古喇嘛，名叫巴汉格隆，与允禔为莫逆交，至是允禔与商，便取出镇压物十多件，交与允禔。允禔携归，想去通知允禩，转念道：“我明明是皇长子，太子既废，我宜代立，为什么去助允禩？”当下踌躇一会，忽跃起道：“照这样办法，好一网打尽了。”葫芦中卖什么药？遂匆匆入宫，见了康熙帝，把允禩与张明德勾通事，密奏一遍。康熙帝即令侍卫捉拿张明德，霎时间，明德拿到，立召内大臣问过口供，绑出宫门，凌迟处死。张明德面貌中，定要犯凌迟罪，但明德自会相面，何不趋吉避凶？一面饬宗人府将允禩锁禁，允禩一想，这事只有大阿哥得知，我叫他瞒住父皇，他莫非转去密奏么？他要我死，我亦要他死，一班犬子，奈何奈何？遂对宗人府正道：“愿见父皇一面！”宗人府落得容情，便带入宫内。

康熙帝见了允禩，勃然大怒，把他批颊两下。允禩泣道：“儿臣不敢妄为。都是大阿哥教儿臣行的。”康熙帝怒道：“胡说！他教你行，还肯告诉我么？”允禩道：“父皇如若不信，可去拿问牧马厂内的蒙古喇嘛。”康熙帝又命侍卫将蒙古喇嘛拿到，严刑拷讯，得供是实，随差侍卫至直郡王府，不由允禔分说，竟入内搜索，连地板尽行掘起，果然有好几木人头儿，埋在土内。侍卫取出，回宫奏复，康熙帝震怒得了不得，拔出佩刀，叫侍卫去杀允禔。侍卫至此，也不敢径行奉命，跪伏帝前，代允禔求恕。此时早有宫监报知惠妃，惠妃系允禔生母，得了此信，三脚两步的趋入，跪在地下，膝行而前，连磕了几个响头，口称求皇上开恩开恩。康熙帝见此情状，不由的心软起来，便道："爱妃且起！"惠妃谢过了恩，起立一旁，粉面中珠泪莹莹，额角上已突起两块青肿。美人几乎急杀，天子未免有情，遂将佩刀收入，命侍卫起来，带出允禔拘禁；又对惠妃道："看你情面，饶了允禔，但我看他总不是个好人，须派人看管方好。"惠妃不敢再言，谢恩回宫。康熙帝即亲书硃谕，将允禔革去王爵，即在本府内幽禁，领班侍卫，奉旨去讫。

康熙帝经此一怒，便激出病来，是晚遂不食夜膳，次日，微发寒热，便令御医诊治。诸皇子亲视汤药，皇四子胤祯晨夕请安，且从中婉说废皇太子的冤枉，深惬帝意，于是释放废太子，亦令入宫侍疾。越数日，帝疾渐愈，乃令废皇太子及诸皇子近前，并宣召诸王入内，随即申谕道："朕暇时披览史册，古来太子既废，往往不得生存，过后人君又莫不追悔。朕自拘禁允礽后，日日挂念。近日有病，只皇四子默体朕心，屡保奏废皇太子允礽，劝朕召见。朕召见一次，愉快一次，嗣命在朕前守视汤药，举止颇有规则，不似从前的疏狂，想从前为允禔镇魇，所以如此迷惑，现在既已改过，须要从此洗心。古时太甲被放，终成令主，有过何妨改之。即是今日诸臣齐集，或为内大臣，或为部院大臣，统是朕所简用，允礽应亲近伊等，令他左右辅导。崇进德业，方不负朕厚望。四皇子胤祯，幼年时微觉喜怒不定，目下能曲体朕意，殷勤恳切，可谓诚孝。五皇子允祺，七皇子允祐，为人淳厚，蔼然可亲，允礽亦应格外亲热。自此以后，朕不再记前愆，但教允礽日新又新，朕躬何憾！尔王大臣等须为我教导允礽，毋致再蹈覆辙！"诸王大臣未曾答复，只见皇四子跪奏道："儿臣奉皇父谕旨，说儿臣屡保奏废皇太子，儿臣实无其事。蒙皇父褒嘉，儿臣不敢承受。”故意推辞，所谓秉性阴沉。康熙帝微哂道：“尔在朕前，屡为允礽保奏，尔以为没有证据，所以当众强辩。尔果不欲居功，尔衷尚堪共谅；尔如畏允禔、允禩，故意图赖，便非正直，转大失朕意了。”知子莫若父。皇四子叩首称谢，又奏道：“十年前侍奉皇父，因儿臣喜怒不定，时蒙训诫，近十来年，皇父未曾申饬，儿臣省改微诚，已荷皇父洞鉴，今儿臣年逾三十，大概已定，“喜怒不定”四字，关系儿臣身上，仰恳皇父于谕旨内，恩免记载，儿臣深感鸿慈。”康熙帝便对王大臣道：“近十年来，四阿哥确已改过，不见有忽喜忽怒形状，朕今不过偶然谕及，令他勉励，不必尽行记载便了。”喜怒不定四字，都要争辩，显见阴鸷。不知《东华录》已俱登出，争辩何益？

诸王大臣遵旨退出，私自议论，都料废太子又要重立，果然到了次年，复立允礽为皇太子，颁诏天下，遣官祭告天地宗庙社稷，并封皇三子允祉为诚亲王，皇四子胤祯为雍亲王，皇五子允祺为恒亲王，皇七子允祐为淳郡王，皇十子允䄉为敦郡王，皇九子允禟、皇十二子允祹、皇十四子允禵俱为固山贝子。又追究魇魅事，将蒙古喇嘛巴汉格隆，处以磔刑，人家不怕他魇死，他却被人剐死了。这事暂算了结。不料翰林院编修戴名世，作了一部《南山集》，又兴起大狱来了。

先是康熙初年，浙江湖州府庄廷鑨，素习儒业，平时颇留心史籍，一日，到市上闲游，见有一爿旧书坊，他却踱将进去，随手翻阅，旧书内中有一抄本夹入，视之，乃是明故相朱国桢的稿本。稿中记录明朝史事，自洪武至天启，都有编述，他即将此稿买回。招了几个好朋友，互览一番，友人统未曾见过，个个说是秘本。文人常态，专喜续貂，就各搜集崇祯年间事情，补入卷末，并将自己姓名，及友人姓名，一一附记，算是生平得意之作。廷鑨死后，家人将此书刊行，适故归安县令吴之荣，失业家居，见了此书，读到崇祯朝，有毁谤满人等语。之荣遂上书告讦，清廷即令浙江大吏，按书中姓名，一一搜捕。已死的开棺戮尸，未死的下狱正法。廷鑨是个首犯，开棺戮尸，不消说得，还把他兄弟骈戮，家产籍没，真是可怜。吴之荣复职升官。

为了此事，士人多钳口结舌，不敢妄谈。偏这戴名世身居翰苑，清闲无事，著了一部《南山集》出来，集中采录明桂王事，乃抄袭桐城人方孝标遗书，并不是名世创造的。都察院御史赵申乔，竟指使是诽谤朝廷，拜疏奏发。又是一个拍马屁的官吏。康熙帝准了奏章。即饬拿名世下狱，命六部九卿会审。名世供词抄录方孝标《滇黔纪闻》是实。当由六部九卿议奏，内说戴名世有心抄录，作大不敬论，应置极刑，方孝标亦应戮尸，方、戴族人，俱应坐死。此奏一上，自然照准，可怜名世为这文字因缘，身被寸磔，戴氏族中，与名世五服相连，统皆斩首。进士方苞，因是方孝标同宗，亦系狱论死。幸亏大学士李光地极力洗释，方苞得以出狱。方氏族人，除孝标子弟外，也总算矜全了几个。

这是康熙五十年间事。自此体制愈严，蒙蔽愈重。康熙帝年已六旬，精神亦渐渐衰退，比不得壮年时候，事事明察。到了五十一年，皇太子允礽，又不知为着什么事，触怒了康熙帝，又把允礽废黜，禁锢起来。小子但闻有御笔硃谕一道，略云：

> 前因允礽行事乖戾，曾经禁锢，继而朕躬抱疾，念父子之恩，从宽免宥。朕在众前，曾言其似能悛改，伊在皇太后众妃诸王大臣前，亦曾坚持盟誓，想伊自应痛改前非，昼夜警惕。乃自释放之日，乖戾之心，即行显露，数年以来，狂易之疾，仍然未除，是非莫辨，大失人心。朕今年已六旬，知后日有几，天下乃太祖、太宗、世祖所创

之业，传至朕躬，非朕所创立，恃先圣垂贻景福，守成五十余载，朝乾夕惕，耗尽心血，竭蹶从事，尚不能详尽，如此狂易成疾，不得众心之人，岂可付托乎？故将允礽仍行废黜禁锢，为此特谕。

允礽再废后，康熙帝立定主意，不再言立太子事。诸皇子个个窥测，探不出什么消息，便浼王大臣上书奏请。谁知上一次书，受一次训责，甚且还要治罪。诸王大臣方在疑虑，忽西域来了警信，报称策妄阿布坦杀进西藏去了。正是：

大内未曾蠲宿衅，极边又已启兵争。

西藏系清朝藩属，遇着外侮，又要劳动清兵了。诸君试看下回，便自分晓。

冢嗣被黜，名士沉冤，皆专制之焰使然。惟专制故，天下始羡皇帝之尊严。官民受皇帝之压制，不敢妄想，独众皇子济济比肩，皆有世袭之望，于是勾通内外，觊觎储位，虽以清圣祖之英明，不能免巫蛊咒诅之祸。惟专制故，天下始怨皇帝之刻毒，一语失检，罪及妻孥，祸延宗族，生固难免，死且戮尸，当时畏其威而不敢动，后世必有起而报复者，虽以清圣祖之德惠，不能逃千秋万世之讥。本回为清圣祖病，抑且为清圣祖惜。且隐悬一专制影子，留戒后世，是文字有关国体者，可谓稗官中上乘文字。

第二十九回

闻寇警发兵平藏卫　苦苛政倡乱据台湾

却说中国西偏，有最高的大山一座，名叫喜马拉雅。喜马拉雅山北，有一种图伯特人，聚族而居，号为西藏，古时与中国不相通，唐朝时部众渐盛，入侵中华，唐史上称它为吐蕃国。唐太宗李世民，因它屡次寇边，没有安靖的日子，不得已将宗女文成公主，嫁他国王噶木布，算是两国和亲，干戈得以少息。这文成公主素信佛教，在西藏设立佛寺，供奉释迦牟尼佛像，自此西藏臣民，个个皈依，变成了一个佛教国。传到元朝时候，元世祖南下吐蕃，邀请吐蕃拔思巴为帝师，册封大宝法王，令他管领藏地，总握政教两大权。他的子孙，取名萨迦胡土克图。"萨迦"就是释迦的转音，"胡土克图"乃是再世的意义。服饰尚红，得娶妻生子，世人称为红教。传到明朝，红教徒渐渐不法，信用日衰，甘肃西宁卫中，出了一个宗喀巴，入大雪山修行得道，别立一派，禁娶妻生子，衣饰尚黄，称作黄教。蕃众大加敬信，势力不亚法王。

宗喀巴死，有两大弟子，一名达赖，一名班禅，统居前藏拉萨地。他因教中严禁娶妻，不得生子，遂另创一嗣续法，说是达赖、班禅两喇嘛，喇嘛即高僧之意。世世转生，达赖死后，第一世转生，是敦根珠巴，第二世转生，是根敦坚错。传到第三世转生，是锁南坚错，较有高行，蒙古诸部，入藏欢迎，邀他至漠南说教，黄教遂流传蒙古。第四世转生，是云丹坚错，势力越加扩张，漠北蒙古，因居地荒僻，不得亲承教旨，另奉宗喀巴第三弟子哲卜尊丹巴后身，为大胡土克图，总理外蒙古教务，居住库伦。第五世达赖转生，叫作罗卜藏坚错，用他近亲桑结为第巴。什么叫作第巴？便是中国所称管理政务的官员。达赖喇嘛，只理教务，不管政事，自第二世达赖起，已另置第巴等官，代理国政。是时红教未绝，后藏地方护法教主，叫作藏巴汗，藏巴汗反对黄教，桑结欲除灭了他，省得出来作梗，遂联络厄鲁特蒙古，遣和硕特部长固始汗，引兵入后藏，袭杀藏巴，另奉班禅喇嘛移驻后藏。从此藏地分前后二部，前藏属达赖管辖，后藏属班禅管辖。叙述详明。

固始汗本居青海，曾受清太宗册封，康熙三十七年，固始汗第十子达什巴图尔，来京朝贡，康熙帝又封他为亲王。固始汗得清廷援助，声势颇强，至是有功黄教，复得了前藏东部喀木地，命子达责镇守，渐渐干涉前藏事情。桑结一想，杀了一个藏巴汗，又来了一个达延汗，未免引狼入室，自取祸殃。适值噶尔丹威振西域，桑结复阴与连结，叫他出兵青海，袭破和硕特部。桑结初意，颇高于吴三桂等，但仍不能脱离外人，终非善策。达赍势力，亦因此一挫。未几达赖五世殁，桑结秘不发丧，伪传达赖命令，任意妄行。噶尔丹入寇中国，桑结亦阴为怂恿，至噶尔丹败走，乃遣使入贡，诈称奉达赖命，求赐桑结封爵。清廷未察真伪，封桑结为图伯特国王，到了噶尔丹走死后，丹吉喇等来降，方报桑结矫伪情状，康熙帝赐书切责，桑结还诈称部属未靖，不敢遽泄达赖丧事，今当另立达赖，择日发丧。康熙帝因道途辽远，不便细查，且由他将错便错的过去。桑结又欲去毒杀拉藏汗，事泄无成。拉藏汗即和硕部达赍侄儿。达赍死，拉藏汗嗣，闻桑结有意害他，遂集众潜入拉萨，将桑结捉来，一刀两段。刁狡的人，总归速死。复把桑结所立的达赖，指为赝鼎，擒献清廷，另立新达赖伊西坚错为第六世。

康熙帝嘉他恭顺，封拉藏为翼法恭顺汗。偏这青海诸蒙古，不信伊西坚错为真达赖，另立了一个噶尔藏坚错，在青海坐床，请清廷速赐册印。自是达赖变了两个，谁真谁假，不能辨悉，倒象一出双包案。两下争论，遂引出策妄阿布坦的兵祸来了。策妄截献噶尔丹骸骨，奉表清廷，非常逊顺，康熙帝命划阿尔泰山西麓至天山北路一带，给彼游牧。策妄得此广土，竟想做第二个噶尔丹，并吞诸部。第一着下手，是娶了土尔扈特部阿玉奇汗女，做了妻室，复诱他妻弟背了阿玉奇，将父逐出俄罗斯。他假称发兵帮助，竟把土尔扈特部占据起来。土尔扈特部势本衰弱，自然也服了他。第二着下手，又是依样画葫芦，拉藏汗有一姊，年近花信，不知经策妄如何运动，复许嫁了他。我怪拉藏汗的阿姊，何故甘心做小老婆？想是策妄定有媚内手段，一笑。策妄娶了拉藏姊，又把那元配生的女儿，许与拉藏汗子丹衷，令他入赘伊犁，不即放归。亲上加亲，外面似非常亲热，谁知他满怀鬼蜮，诡计多端，丹衷离国日久，欲挈妇偕回，策妄许他归国，发兵护送。行了好几个月，方入藏境，拉藏汗闻子妇回来，率领次子苏尔札，到达穆阿附近，一面迎接新妇，一面犒赏护送军。两下相遇，丹衷夫妇，谒见已毕，拉藏汗便命在行帐开筵，令护送军一律与宴。拉藏汗素性嗜酒，至此因子妇回国，格外畅饮，一杯未了又一杯，接连是十百千杯，饮得酩酊大醉，酣卧床上。这边的护送军，饮毕出外，就在拉藏汗行帐外扎好了营。

是夜准部将官大策零又至，部下有六千兵马，会合护送军，杀入拉藏帐内。拉藏汗手下卫兵，本是不多，况又大家吃得沉醉，还有何人抵当？准部兵一拥而入，杀死了拉藏汗，把他次子苏尔札捆绑起来，余外不是被杀，便是被捆，只剩了一对新夫妇，一个是策妄娇婿，一个是策妄娇儿，总算用些情面，不去缚他。丹衷还算运气。随即潜到拉萨，骗入拉萨城，把个半真半假的新达赖拘入暗室，做个坐关和尚。妙语解颐。

这信传到清廷，康熙帝本已遣靖逆将军富宁安，率兵驻扎巴里坤，防备西域，至是急命傅尔丹为振武将军，祁里德为协理将军，出阿尔泰山，会合富宁安军，严备准噶尔入寇，另遣西安将军额鲁特，督兵入藏，侍卫色棱为后应，康熙五十七年，两军次第渡木鲁乌苏河，分道深入。大策零分军迎战，只数合便退。明是诱敌。额鲁特率兵追入，色棱继进，到喀喇乌苏河岸，大策零留有伏兵，顿时四起，截住清兵。额鲁特等料知陷入重地，率兵猛扑，怎奈这番敌军，纯是精锐，与前时接仗，大不相同。额鲁特不能前进，只得退后，不料后面流星马又到，报称准兵绕出后路，把军饷截夺去了。清兵闻军饷被劫，不战自乱，额鲁特、色棱两人，极力弹压，勉强镇定。过了数日，粮尽矢穷，准兵四面聚集，好似天罗地网一般，一阵攻击，清兵全营覆没，都做了沙场之鬼。虽是战死，幸而死在西方，免得童男童女接引。

康熙帝接了败报，再命皇十四子允禵为抚远大将军，驻节西宁，升任四川总督年羹尧，备兵成都，拟分道进发。敕封噶尔藏坚错为达赖六世，檄蒙古兵扈从达赖，随大军直入西藏，于是蒙古各汗王贝勒，各率部兵至青海，恭候清兵出塞。康熙五十九年春，诏移允禵移驻木鲁乌苏河治饷，令将西宁军付都统延信出青海，年羹尧仍坐镇四川，令将川军付护军统领噶尔弼出打箭炉，分趋藏境。大策零闻清兵分出，自拒青海军，另遣部兵三千余人，抵当噶尔弼。

噶尔弼副将岳钟琪，素有胆略，领亲兵六百名，首先开路，至三巴桥，系入藏第一险要。岳钟琪招募番众，许他重赏，令诈降守桥兵，里应外合，竟把三巴桥占住。噶尔弼率军来会，忽闻准部兵来夺三巴桥，头目叫作黑喇玛，有万夫不当之勇，噶尔弼颇惊慌起来。岳钟琪道："有钟琪在，就使来了红喇玛，也不怕他，待明日擒他便是。”是夕，岳钟琪率兵出营，潜掘陷坑，上用青草盖住，令兵士带了钩索，伏在陷坑里面。部署已定，然后回营。次晨，黑喇玛仗着勇力，飞奔前来，岳钟琪出兵对敌，诱黑喇玛至陷坑旁。黑喇玛有勇无谋，但知上前追杀，不料脚下有坑，一脚蹈空，坠入坑内，任你黑喇玛膂力过人，至此被伏兵钩住，急切不能展身。伏兵紧紧捆缚，扛入清寨。黑喇玛受擒，余众不战自降，方拟鼓行入藏，忽来了大将军檄文，令待青海军并进。噶尔弼踌躇未决，岳钟琪道：“我兵只赍两月粮饷，从川西到此，已过了四十多日，若再待青海军，粮饷食尽，如何入藏？现不如乘机疾进，沿途招抚番众，用番攻番，约十日可抵拉萨，出其不意，容易荡平。”噶尔弼欲集众议决，钟琪道：“事在必行，何须多议！钟琪不才，愿喷此一腔热血，仰报朝廷，请于明晨即行。”钟琪系岳武穆王二十一世孙，武穆仇金，钟琪忠清，似不能善绳祖武，惟为清攻藏，恰有可原。噶尔弼也不多言。

次晨，岳钟琪即用皮船渡河，直趋西藏，途中遇土司公布，用好言抚慰，公布很为感激，遂代为招集番兵七千，引钟琪入拉萨。钟琪观番兵可恃。遂分部兵三千名，绕截大策零饷道，自领番众趋拉萨城。拉萨城内，只有几个准兵，见岳军大至，尽行逃散。钟琪长驱入城，号召大小第巴，宣示威德，除助逆喇嘛的，杀了五人，并幽禁九十多人，其余一概赦免，那时僧俗都顶礼膜拜，感谢再生。

这时候，青海军统领延信，正与大策零相持，连败大策零数阵，策零欲退回拉萨，又被岳军截住，进退两难，遂扒山过岭，遁回伊犁，途中崎岖冻馁，死了大半。延信遂送新达赖入藏登座，令拉藏汗旧臣康济鼐，掌前藏政务，颇罗鼐掌后藏政务，留蒙古兵二千驻守，奉诏班师，各回原地镇守，西藏暂归平靖。康熙帝又要咬文嚼字，亲制一篇平定西藏碑文，命勒石大招寺中，小子也不暇细录。

只是康熙帝安乐一次，总有一次忧愁，相逼而来。忧乐相循，祸福相倚，是颠扑不破的事理。入藏军已报凯旋，台湾忽报大乱。说来可笑，台湾乱首，乃是一个贩鸭营生的小百姓，名叫一贵，他的姓恰与大明太祖皇帝相同。尝见人家婚丧事，排列仪仗，每借同姓的头衔，书入头行牌，以示烜赫。一贵虽是贩鸭，然与明祖同姓，亦自足夸。自施琅收服台湾后，台民虽稍有蠢动，事发即平，至康熙晚年，用了一个贪淫暴虐的王珍，实授台湾知府，没有税的要加税，没有粮的要征粮，百姓不服，就要拿来打屁股，或枷号几个月，还有一切诉讼事件，有钱即赢，无钱即输，因此台民怨愤异常。官逼民反。这个朱一贵，虽是贩鸭为生，他却有几个酒肉朋友，一叫黄殿，一叫李勇，一叫吴外，这三人素不安分，与朱一贵恰很是莫逆，一日，到了酒楼，一面吃酒，一面谈论平日事情，黄殿问一贵道："近日朱大哥生意可好？"一贵摇头道："不好不好！现在这个混帐知府，棺材里伸手，死要铜钱，连我贩卖几只鸭，也要加捐。我此番贩鸭一千只，反蚀了好几千本钱，看来只好罢休哩。"小本经营，不应加重捐，观此便知。李勇、吴外齐声道："这般狗官，总要杀掉他方好。"该杀！一贵道："只有我等几个小百姓，哪里能杀知府？"黄殿道："要杀这个混帐知府，也是不难，只此处非讲事堂，兄弟们不要多嘴。"黄殿乖。言毕，以目示意。

大家饮完了酒，由一贵付了酒钞，遂同至一贵家内，彼此坐定，黄殿道："朱大哥你道是贩鸭好，是做皇帝好？"一贵醉醺醺的笑道："黄二弟真吃醉了，贩鸭的人，怎么好同皇帝去比？"黄殿道："朱大哥想做皇帝否？"一贵大笑道："像我的人，只能贩鸭，哪里会做皇帝？"黄殿道："明太祖朱元璋曾充庙祝，后来一统江山，好端端的做了皇帝。大哥也是姓朱，贩鸭虽贱，比庙祝要略胜三分，水无斗量，人无貌相，要做皇帝，何难之有？”一贵听了此言，不觉手舞足蹈起来，便道：“我就做皇帝，黄二弟等须要帮助我。”黄殿道：“总教大哥不要惊慌，明日就请大哥南面为王。”一贵乘着醉意，便道：“我果有一日为王，就使千刀万剐，亦是甘心。”赌什么气？罚什么咒？天道昭彰，不容妄说。黄殿道：“一言为定，不要图赖。”一贵道：“自然不赖。”黄殿便邀同李勇、吴外，告别而去。

到了次日，黄殿复同李勇、吴外，带了一、二百个流氓，抬了箱笼，匆匆到一贵家来。一贵不知何故，慌忙问道：“黄二弟！你同这许多人，到我家何干？”黄殿道：“请你即日做皇帝。”一贵此时，已把昨日的酒话，统共忘记，至此始恍惚记忆起来，便笑道：“昨日乃是酒后狂言，如何作准？”黄殿道：“不能，不能！昨日你已认实，今朝不能图赖。就使你要不做，也不容你不做。”说毕，就命手下开了箱衣，取出黄冠黄袍，把朱一贵改扮起来。一贵道：“你等太会戏弄我了。”黄殿道：“哪个来戏你？”顿时七手八脚，将朱一贵旧服扯去，穿了黄冠黄服，一个贩鸭的小民，居然要他坐在南面，做起强盗大王来了。看官！你道这套黄冠黄袍，是哪里来的？他是从戏子那里借来，暂时一穿，还有一套蟒袍宫裙，续行取出。黄殿趋入内室，扶出一个黄脸婆子，教她改装。可怜这黄脸婆子，吓得发抖，哪里敢穿这衣服？黄殿也顾不得什么嫌疑，竟将蟒袍披在黄脸婆子身上，引她至一贵左侧坐下。不与她系宫裙，黄殿未算周到。于是大众取出衣服，一律改扮，穿红着绿，挤作一堆，向朱一贵夫妇叩起头来。煞是好看。弄得朱一贵夫妇受也不是，不受也不是，索性像木偶一般。大家拜毕，竟去外边劫掠，掳些金银财帛，做起旗帐，造了军器，占了民房数十间，就揭竿起事。

一夫作俑，万人响应，不到十日，竟招集了数千人。台湾总兵欧阳凯，急议发兵往剿，游击刘得紫素称知兵，至是请行。欧阳凯不许，偏遣一个庞大无能的周应龙，领兵前去。敌寨距府城只三十里，周应龙沿途停止，三十虽路，走了三日，敌众依山拒守，应龙也不去攻击，反纵兵焚掠近村。村民大愤，相率从贼。南路奸民杜君英，亦乘此作乱，与朱一贵连合，袭杀凤山参将苗景龙，府城大震。欧阳凯带了刘得紫，及副将许云，率兵一千五百，亲剿一贵，黄殿、李勇、吴外等，出寨迎敌，许云跃马陷阵，贼皆辟易，黄殿等都逃入山中。会水师游击游崇功，亦自鹿耳门入援，欧阳凯大喜，只道是敌众胆落，毫不设备。过了两日，朱一贵、杜君英合军大至，遥见尘头起处，约有数万人马，迤逦前来。清兵先已胆寒，面面相觑。欧阳凯急出抵御，正接仗间，把总杨泰立在欧阳凯背后，忽然跃起，将欧阳凯刺落马下。刘得紫急忙趋救，不防杨泰又一枪刺来，得紫急闪，坐骑已中了一枪，那马负痛踣地，把得紫掀落地上，也被叛兵擒住。霎时官军大乱，许云、游崇功拦阻不住，贼军又围裹拢来，只得拼命血战。到了日中，矢炮俱尽，各手刃数十人，自刎而亡。

于是水师游击张贤、王鼎等，率兵千余，战舰数十艘，逃出澎湖。台湾道梁文煊，知府王珍等，尽驱港内商舶渔艇，逃出鹿耳门。周应龙逃得更快，竟遁入内地。朱一贵进陷台湾府，大掠仓库，复得郑氏旧贮炮械硝磺铅铁等，非常欢喜。北路奸民赖池、张岳，亦同日陷诸罗县，击杀参将罗万仓，凡七日而全台陷。朱一贵大会部众，犒宴三日，自称中兴王，国号“永和”，封黄殿为辅国公，兼衔太师，李勇、吴外等为侯，以下封了许多将军总兵。袍服不及裁制，戴了一顶明朝冠，便算了事。里面掳了无数妇女，充作妃嫔。一贵左拥右抱，说不尽的快活。比黄脸婆子何如？台湾百姓，编出一种歌谣道：

头戴明朝冠，身衣清朝衣。

五月称永和，六月还康熙。

看了这种谣传，朱一贵的王位，恐怕是不稳固了。究竟朱一贵做了几日台湾王，下回再行详叙。

达赖转生，明是佛教欺人之说，狡黠诸徒，利用之以揽权势，于是真伪达赖之问题生。内哄未休，外侮已至，卒至全藏大乱，欺人者适以自欺，亦何益乎？清圣祖既遣将平藏，何不于此时设置贤吏，昌明政教，有以移其风而易其俗？乃复送一无知无识之达赖，入藏坐床，平一时之乱或有余，平一世之乱则不足，此所谓敷衍目前之计，无怪其旋平旋乱也。若台湾收入版图，已数十年，芟荆棘，夷溪洞，用夏变夷，推行风教，吾知数十年内，亦可收功。乃所用非人，徒知殃民，不知化民，一贩鸭徒揭竿作乱，仅七日而全台俱陷，何扰乱之速耶？有清一代，惟圣祖最号英明，而于绝域政教，不甚厝意，遑问自郐以下乎？阅本回，应令人叹惜。

第三十回

畅春园圣祖宾天　乾清宫世宗立嗣

却说朱一贵既陷台湾，逃官难民，尽至澎湖，澎湖守将，仓猝不知所为，亦尽室登舟，将渡厦门，百姓惊惶得了不得。独守备林亮决计固守，驰赴海滨，拦住官民家眷，不准内渡，人心稍稍镇定。水师提督施世骠，自厦门至澎湖，南澳总兵蓝廷珍，奉闽督檄令，亦至澎湖来会。于是命守备林亮，千总董芳为先锋，率领舰队八千人，直捣鹿耳门。适朱一贵与杜君英争长，自相残杀，确是强盗行为。乡民愤一贵暴掠，又各结民团，保护村落。清兵闻一贵内乱，百姓不附，顿时勇气百倍；到了鹿耳门，岸上大炮迭发，林亮、董芳，冒死直进，遥望岸上炮台，火药累积，林亮饬水兵用炮还击，注射火药，炮声过处，火药上冲，震得海水陡立，天地为昏。那时岸上的守兵，统弹得不知去向。林亮、董芳，即舍舟登岸，率兵直入。施世骠、蓝廷珍，亦带领大军随进，节节进攻，随剿随抚。看官！你想这等朱一贵、杜君英的混帐东西，哪里敌得住几员虎将？连战连败，连败连走，清兵乘势追杀，直薄台湾城下，东西南北，布满兵队，大炮的声音，镇日不息。朱一贵束手无策，只躲在伪宫内，对了一班王妃王妾，哭泣不止。此时究竟是贩鸭好？是做皇帝好？还是外面的军师黄殿，想了一个劫营的计策，于夜间潜开城门，突击清营，谁知早被蓝廷珍料着，摆了一个空营计，待李勇、吴外等杀入，伏兵一齐掩击，像砍瓜切菜一般。林亮斩了李勇，董芳刺死吴外，只剩了后队的黄殿，急忙逃回，转身一望，城门已闭，城上立着一员大将，不是别人，乃是清游击刘得紫。突如其来。原来刘得紫被杨泰擒去，献与一贵，一贵颇重得紫名，不去杀他，把他禁住学宫。得紫不食三日，情愿饿死。诸生林皋、刘化鲤，密劝得紫受食，徐图恢复，得紫乃饮食如常，此次黄殿出城劫营，把城中部众，尽行拔出，林、刘二生，遂邀集良民，拥得紫出学宫，闭了城门，请得紫上城拒守。黄殿进退无路，投濠自尽。施世骠下令，降者免死，于是叛众尽降。刘得紫开城迎入，把前情叙说一遍，世骠即令导入伪宫，擒出朱一贵，审问属实，推入囚笼。室内的伪妃伪嫔，统教民间自认，令他带去。做了数日妃嫔，滋味如何？统计清兵攻入鹿耳门，进复台湾府城，也是七日。世骠复分兵搜剿南北两路，擒到杜君英等，与朱一贵槛送北京，一概凌迟处死。千刀万剐之言验了，一贵自思，甘心不甘心？复将弃台逃走的道府厅县，尽行治罪。只王珍已惧罪自尽，命即剖棺枭示。王珍是个首恶，可惜不把他凌迟。施世骠等各邀奖叙，也不必细说了。

且说康熙帝因台湾再平，八荒无事，自己又年将七旬，明知风烛草霜，衰年易迈，索性开了一个盛会，凡满、汉在职官员，及告老还乡，得罪被谴的旧吏，年纪六十五以上的人，统召入乾清宫，一一赐宴。这时候，正是康熙六十一年春间，天气晴和，不寒不暖，一班老头儿，团坐两旁，差不多有一千个，围住这个老皇帝，饮起酒来，皇帝又特别加恩，叫他们不要拘谨，大众奉谕，开怀畅饮。酒兴半酣，老皇帝动了诗兴，做成七律诗一首，命与宴诸臣，按律恭和。这班老头儿，把诗文一道，多半束诸高阁，满员是简直未曾用过工夫，至此要他个个吟诗，几乎变成一种虐政，幸亏这班老人有些乖刁，预料这老皇帝召他饮酒，免不得咬文嚼字，因此早打好通关，先与几个能诗作赋的老朋友，商量妥当，倩他作了抢替，一面复贿通宫监，托令传递，所以当场都吟成一诗，恭呈御览，虽是好歹不一，总算不至献丑。诗中大意，千首一律，无非是歌功颂德一套烂语。等到诗已做成，日近黄昏，大众散席，谢了圣恩，出宫而去。这场盛宴，叫作“千叟宴”，康熙帝倒也非常得意。太监得了银子，还要得意。

可奈盛筵不再，好景难留，转瞬间已是冬月，大学士九卿等，方拟次年圣寿七旬，预备大庆典礼，谁料天有不测风云，人有旦夕祸福，康熙帝竟生起病来。这场病非同小可，竟是浑身火热，气急异常，太医院内几个医官，轮流入内诊脉，忙个不了。服药数剂，稍稍减退，身子渐觉爽快，气喘也少觉平顺，只是精神衰迈，一时未能回复，所以未便起床。诸皇子朝夕问安，皇四子胤祯，此次侍奉，却不见十分殷勤，每遇夜间，总要到理藩院尚书府内，密谈一回。有何大事。这理藩院尚书名叫隆科多，乃是皇四子的母舅。句中有眼。

过了数日，康熙帝病体，又好了一些，因卧床多日，未免烦躁，要出去闲逛一番。皇四子胤祯入奏，父皇要出去散心，不如至畅春园内，地方宽敞，又是近便，最好静养。康熙帝道：“这也是好，只冬至郊天期已近了，朕躬不能亲往，命你恭代，须预先斋戒为是。”皇四子胤祯闻了此谕，未免踌躇。为什么事踌躇？康熙帝见他情形，便问道：“你敢是不愿去？”胤祯即跪奏道：“儿臣安敢违旨，但圣体未安，理应侍奉左右，所以奉命之下，不觉迟疑。”康熙帝道：“你的兄弟很多，哪个不能侍奉？你只管出宿斋所，虔诚一点便好。”胤祯无奈，遵旨退出。是夜，又与这个母舅隆科多，密议了一夕大事。

次日，康熙帝到畅春园，诸皇子随驾前往，隆科多本是皇亲，也随同帮护。独皇四子胤祯已去斋所，不在其中。有隆科多作代表，已经够了。又过了数天，康熙帝病症复重，御医复轮流诊治，服了药全然无效，反加气喘痰涌，有时或不省人事，诸皇子都着了忙，只隆科多说是不甚要紧。是夜，康熙帝召隆科多入内，命他传旨，召回皇十四子，只是舌头蹇涩，说到十字，停住一回，方说出四子二字。隆科多出来，即遣宫监去召皇四子胤祯，翌晨，胤祯至畅春园，先见了隆科多，与隆科多略谈数语，即入内请安。康熙帝见他回来，痰又上涌，格外喘急。诸皇子急忙环侍，但见康熙帝指着胤祯说道："好！好！"只此两字，别无他嘱，竟两眼一翻，归天去了。诸皇子齐声号哭，皇四子胤祯，大加哀恸，比诸皇子尤觉凄惨。真耶假耶？

隆科多向诸皇子道："诸阿哥且暂收泪，听读遗诏！"此时诸皇子中，惟允禵远出未归，允禔仍被拘禁，未能擅出奔丧，允祺先已释放，一同在内，听得"遗诏"二字，先嚷道："皇父已有遗诏么？"隆科多道："自然有遗诏，请诸阿哥恭听！"便即开读道："皇四子人品贵重，深肖朕躬，必能仰承大统，着继朕登基，即皇帝位。"允祺、允禟齐声道："遗诏是真么？"隆科多正色道："谁人有几个头颅，敢捏造遗诏？"于是嗣位已定，皇四子趋至御榻前，复抚足大恸，亲为大行皇帝更衣，可谓诚孝。随即恭奉大行皇帝还入大内，安居乾清宫。丧事大典，悉遵旧章，不必细表。后人有满清宫词一首，纪此事道：

新月如钩夜色阑，太医直罢药炉寒。
斧声烛影皆疑案，是是非非付史官。

统计康熙帝在位六十一年，守成之中，兼寓创业，南征北讨的事情，上文已经详叙，若讲到内外各大吏，也算是清正的多，贪污的少。自鳌拜伏罪后，后来只有大学士明珠，佐命有功，得康熙帝信任，未免露出骄恣情状，然总不如鳌拜的专横。此外名臣如魏裔介、魏象枢、李光地、汤斌等，都通理学，于成龙、张伯行、熊赐履、张鹏翮、陆陇其等，都守清操，彭孙遹、高士奇、朱彝尊、方苞等，虽没有什么功业，也要算治世文臣，有的通经，有的能文，肚子中含有学问，与一班酒囊饭袋，究竟两样。康熙帝也好学不倦，上自天象地舆音乐法律兵事，下至骑射医药，蒙古西域拉丁文书字母，无乎不窥，无乎不晓；兼且自奉勤俭，待民宽惠，六十年间，蠲租减赋的谕旨，时有所闻，所以全国百姓，统是畏服；满族中得此奇人，总要算出乎其类，拔乎其萃了。评论确当。可惜晚年来储位未定，遂致宴驾后，出了一桩疑案。

这位秉性阴沉的四阿哥，竟登了大宝，拟定年号是“雍正”两字，以次年为雍正元年，是为世宗宪皇帝。第一道谕旨，便封八阿哥允禩，十三阿哥允祥为亲王，令与大学士马齐，舅舅隆科多，总理内外事务。第二道谕旨，命抚远大将军允禵，回京奔丧，一切军务，由四川总督年羹尧接续办理。两谕俱有深意，休作闲文看过。

过了残腊，就是雍正元年元日。雍正皇帝升殿，受朝贺礼毕，连下谕旨十一道，训饬督抚提镇以下文武各官，大致意思是“守法奉公，整躬率物，倘有不法情事，难逃朕衷明察，毋贻后悔！”次日复视朝，百官俱至，雍正帝问百官道：“昨日元旦，卿等在家，作何消遣。”众官员次第回答，或说饮酒，或说围棋，或说是闲着无事；只有一个侍郎，脸色微赧，听众人俱已答毕，不能再推，只得老老实实的说道：“微臣知罪，昨晚与妻妾们玩了一回牌。”雍正帝笑道：“玩牌原干例禁，昨日乃是元旦，你又只与家中人消遣，不得为罪。朕念你秉性诚实，毫无欺言，特赏你一物，你持回去，与妻妾并看罢！”说毕，掷下小纸包一个。侍郎拾在手中，谢恩而退；回到家中，遵着上谕，取出御赐的物件，叫妻妾同看；当即拆开纸包，大家一瞧，个个吓得伸舌，复将昨日玩过的纸牌，仔细一检，恰恰少一张。看官试掩卷一猜！应知这纸包中，不是别物，定是昨日所失的一张纸牌儿。那时有一位姨太太道："昨日的纸牌，是我收藏，当时也不及细检，不知如何被皇帝拿去一张？难道当今的圣上，是长手佛转世么？"侍郎道："不要多嘴，以后大家留意便是。"这位姨太太偏要细问，侍郎走出户外，四周围瞧了一番，方入户闭门，对妻妾道："我今日还算大幸，圣上问我昨日的事，我晓得这个圣上，不比那大行皇帝，连忙老实说了，圣上方恕我的罪，赐我这张纸牌；若少许欺骗，不是杀头，便是革职哩！"众妻妾又都伸舌道："有这么厉害！"侍郎道："当今皇上做皇子时，曾结交无数好汉，替他当差办事，这班人藏有一种杀人的利器，名叫血滴子。"说到此处，忽听檐上一声微响，侍郎大惊失色，连忙把头抱住。疑心生暗鬼。众妻妾不知何故，有几个胆小的，忙躲入桌下。歇了半晌，一物从窗中纵入，侍郎越加胆怯，勉强一顾，乃是一只狸斑猫。侍郎至此，不觉失笑，随令众妻妾各归内室。众妻妾经此一吓，也不敢再问这血滴子。

小子恐看官尚未明白，只好补说数语，再入正传。这血滴子是什么东西？外面用革为囊，里面却藏着好几把小刀，遇着仇人，把革囊罩他头上，用机一拨，头便断入囊中，再用化骨药水一弹，立成血水，因此叫做血滴子。这乃雍正皇帝同几位绿林豪客，用尽心机想出来的。

这班绿林豪客的首领，便是四川总督年羹尧，羹尧系富家之子，幼时脾气乖张，专喜要枪弄棍，他的父亲年遐龄，请了好几个教书先生，教他读书，都被羹尧逐去。后来得了一个名师，能文能武，把羹尧压服，方才学得一身本领。这名师临别赠言，只有"就才敛范"四字。羹尧起初倒也谨佩师训，嗣后与皇四子胤祯结交，受他重托，招罗几个好汉，结拜异姓兄弟，帮助这位皇四子。皇四子就保荐年羹尧，说他材可大用。康熙帝召见，果然是一个虎头燕颔，威风凛凛的人物，遂连次超擢，从百总、千总起，直升至四川总督。皇四子外恃年羹尧，内仗隆科多，竟得了冠冕堂皇的帝位。他恐人心不服，有人害他，遂用了这班豪客，飞檐走壁，刺探人家隐情。抚远大将军允禵，督理西陲军务，是雍正帝第一个对头，不但怕他带兵，还要防他探悉隐情。因此借奔丧为名，立刻调回，令年羹尧继任。上文第二道谕旨，已自表明。至允禵回京后，免不得有点风声闻知，且允禩、允禟辈，又要同他细叙前情，语言之间，总带了三分怨望，谁知早已有人密奏，雍正帝即调往盛京，令他督造皇陵。允禵已去，又降了一道上谕，命总理王大臣道：

> 贝子允禵，原属无知狂悖，气傲心高，朕屡加训诲，望其改悔，以便加恩，但恐伊终不知改，而朕必欲俟其自悔，则终身不得加恩矣。朕惟欲慰我皇妣皇太后之心，着晋封允禵为郡王，伊从此若知改悔，朕自叠沛恩施，若怙终不悛，则国法具在，朕不得不治其罪。允禵来时，尔等将此旨传谕知之！

这道上谕，真正离奇，既要封他为郡王，又说他什么无知，什么不悛，这是何意？古人说得好："将欲取之，必姑与之。"雍正帝登位，先封允禩为亲王，也是这个用意。不过允禩本得罪先帝，人人晓得他的罪孽，所以加他封爵，绝不多谈。上文第一道谕旨，更自表明。独这允禵，乃先帝爱宠的骄子，前时并没有什么处分，只可先把他无影无踪的罪名，加在身上，一面假作慈悲，封为郡王，令臣民无从推测，然后好慢慢摆布。

过了数月，又想出一个新奇法子，召集总理王大臣及满、汉文武官员，齐集乾清宫。大众不知有什么大事，都捏着一把汗。雍正威权，已见一斑。到了宫内，但见雍正皇上，南面高坐，谕众官道："皇考在日，曾立二阿哥为太子，后来废而又立，立而又废。皇考晚年，常闷闷不乐，朕想立储系国家大计，不立不可，明立亦不可。尔等有何妙策？"王大臣齐声道："臣等愚昧，凭圣衷定夺便是！"雍正帝道："据朕想来，建立太子，与一切政治不同。一切政治，须劳大众参酌，立太子的事情，做主子的理应独断。譬如朕有几个皇子，倘必经大众议过，方可立储，恐怕这个王大臣，说是这个阿哥好，那个王大臣，说是那个阿哥好，岂不是筑室道旁，三年不成么？既如此说，何必召王大臣会议？只是明立太子，又未免兄弟争夺，惹出祸端，朕再三筹画，想出一种变通的法子，将拟定皇储的诏旨，亲写密封，藏在匣内。"说到此处，把头向上面一望，手向上面一指，随即道："便安放在这块正大光明匾额后面，可好么？"诸王大臣等，自然异口同声，都说思虑周详，臣下岂有异议？雍正帝遂命诸臣退出，只留总理事务王大臣在内，自己密书太子名字，封藏匣内，令侍卫缘梯而上，把这锦匣安放匾额后面，总算储位已定。这方匾额，悬在乾清宫正中，"正大光明"四字，乃是雍正帝御笔亲书，这也不在话下。

总理事务王大臣，只看见这匣子，不晓得里面的名字，究竟是哪一位阿哥，后来雍正帝晏驾，方将此匣取下，开了匣子，才识密旨中写着皇四子弘历，正大光明，恐未必是这样讲法。这弘历是皇后钮祜禄氏所出，相传钮祜禄氏，起初为雍亲王妃，实生女孩，与海宁陈阁老的儿子，是同年同月同日生的。钮祜禄氏恐生了女孩，不能得雍亲王欢心，佯言生男，贿嘱家人，将陈氏男孩儿抱入邸中，把自己生的女孩了，换了出去。

陈氏不敢违拗，又不敢声张，只得将错便错，就算罢休。后人也有一首宫词，隐咏这事道：

果然富贵亦神仙，内使传呼敞御筵。
不辨吕嬴与牛马，上方新赐洗儿钱。

立储事已毕，忽接到川督年羹尧八百里紧报，“青海造反”，为这四字，又要劳动兵戈了。看官少憩，待小子续编下回。

本回起首二十行，只结束台湾乱事，不足评论。接续下去，便是清圣祖晏驾事，后人互相推测，议论甚多。或且目世宗为杨广，年羹尧、隆科多为杨素、张衡，事鲜左证，语不忍闻，作书人所以不敢附和也。惟圣祖欲立皇十四子允禵，皇四子窜改御书，将“十”字改为“于”字，此则故父老皆能言之，似不为无因。但证诸史录，亦不尽相符。作者折衷文献，语有分寸。至世宗嗣位，开手即鬼鬼祟祟，绘出一种秘密情状，立储，大事也，乃亦以秘密闻，然则天下事亦何在不容秘密耶？司马温公云：“事无不可对人言，”清之世宗，事无一可对人言，以视乃父之宽仁，盖相去远矣。

第三十一回

平青海驱除叛酋　颁朱谕惨戮同胞

却说青海在西藏东北，本和硕特部固始汗所居地，固始汗受清朝册封，第十子达什巴图尔，又受清封为和硕亲王，前文已经表过。应二十九回。达什死，子罗卜藏丹津袭爵。罗卜藏丹津阴谋独立，欲脱清廷羁绊，遂于雍正元年，召集附近诸部，在察罕罗陀海会盟，令各复汗号，不得再遵清廷封册，自己叫作达赖浑台吉，统率诸部。又暗约策妄阿布坦为后援，拟大举入寇。偏是丹津的同族额尔德尼，及察罕丹津两人，不愿叛清，被丹津用兵胁迫，两人竟挈众内奔。是时清兵部侍郎常寿，适驻西宁，管理青海事务，因额尔德尼来奔，奏闻清廷。雍正帝尚未探悉隐情，只道是青海内哄，即遣常寿往青海调停，常寿到了青海，丹津不由分说，竟将常寿拘禁起来。川督年羹尧，飞草奏报，奉命授年羹尧为抚远大将军，进驻西宁，四川提督岳钟琪，任奋威将军，参赞军务。年羹尧分兵两路，北路守疏勒河，防丹津内犯，南路守巴塘里塘，阻丹津入藏，又檄巴里坤镇守将军富宁安等，见上第二十九回。出屯吐鲁番，截住策妄援兵。丹津三路援绝，只号召远近喇嘛二十万众，专寇西宁。岳钟琪自四川出发，沿途剿抚，解散丹津党羽，西陲一带，统已廓清，乘势至西宁，遥见西北郭隆寺旁，聚集番僧无数，钟琪即令兵士前进，驱杀番僧。那时番僧并没有十分勇略，不过一点劫掠的伎俩，忽见大军纷至，势甚凶猛，哪里还敢抵敌？呼啸一声，四散奔逃，被岳军追过三条峻岭，焚去十七寨及庐舍七千余，斩首六千级，余众都窜还青海，丹津闻败大惊，送归常寿，奉表请罪。原来是银样镴枪头。清廷不许，益促年羹尧进兵。

羹尧拟集兵四万余名，由西宁松潘甘州疏勒河，四面进攻，约于雍正二年四月内出发。岳钟琪请道："青海地方寥阔，寇众不下十万，我军四路会攻，彼若亦四散诱我，击彼失此，击此失彼，恐要四面受敌哩。愚见不如先期发兵，乘春草未生时，捣其不备，方为上策。"羹尧迟疑未决，钟琪飞驿上奏，并愿率精兵四千，自去杀贼。颇有胆略。雍正帝准奏，把西征事专任钟琪。钟琪遂于二月出师，途次见野兽奔逸，料知前面定有间谍，严阵前行，果遇敌骑数百，四面兜围，杀得一个不剩；复连夜进兵，沿路歼敌数千，于是敌无哨探，钟琪令部兵蓐食衔枚，宵行百六十里，直抵丹津帐外，拔栅而入。这时丹津正抱着两三个番妇，并头睡熟，不料清兵扑至，仓猝之中，扯了一件番妇衣，披在身上，从帐后逃出，骑了白驼，向西北逃去。男装女扮，倒也好看。钟琪一阵追剿，杀毙无数，真个是尸横遍野，血流成渠，一面扫穴犁庭，搜出丹津的弟妹，及敌党头目数十人，头目杀讫，弟妹押解京师，招降男女数万，夺得驼马、牛、羊、器械、甲仗无算。自出师至破敌，凡十五日，往返两月，好算奇捷。诏封年羹尧一等公，岳钟琪三等公，勒碑太学，如康熙时征准部例。岳钟琪又进剿余党，以次荡平，先后拔青海地千余里，分其地赐各蒙古，分二十九旗，设办事大臣于西宁，改西宁卫为府城。青海始定。

雍正帝既平外寇，复一意防着内讧，这日召舅舅隆科多入内议事，议了许久，隆科多始自大内退出。众王大臣闻这消息，料知雍正帝必有举动。到了次日，降旨派固山贝子允禟往西宁犒师，王大臣亦看不出什么异事。过了两日，又命郡王允禟巡阅张家口，王大臣也没有什么议论。只是廉亲王允禩未免闷闷不乐。调虎离山，其兆已见。又过了十余日。兵部参奏，允䄉“奉使口外，不肯前往，捏称有旨令其进口，竟在张家口居住”云云。有旨：“着廉亲王允禩议奏。”恶！允禩复陈，应由兵部速即行文，仍令允䄉前往，并将不行谏阻的长史额尔金，交部议处。有旨：“允䄉既不肯奉差，何必再令前往，额尔金无关轻重，何必治罪，着允禩再议具奏。”专寻着允禩，其意何居？允禩无法，只得再奏：“允䄉不肯前往，捏旨进口，应革去郡王，逮回交宗人府禁锢。”于是雍正帝批交诸王、贝勒、贝子、公，及议政大臣，速议具奏。诸王大臣已俱知圣意，不得不火上添油，井中投石，把一个郡王，逮回圈禁宗人府去了。拿了一个。允䄉罪状已定，不料宗人府又上一本，弹章内称：“贝子允禟，差往西宁，擅自遣人往河州买草，踏看牧地，抗违军法，横行边鄙，请将允禟革去贝子，以示惩儆。”当即奉旨：“允禟革去贝子，安置西宁。”拿下两个。

是年冬月，废太子允礽，忽在咸安宫感冒时症，雍正帝连忙着太医诊治，复派舅舅隆科多，前往探问。废太子见了隆科多愈加气恼，病势日增，服药无效。雍正帝又许他入内侍奉，不到十天，废太子竟死了。雍正帝立即下旨，追封允礽为和硕理密亲王，又封弘皙母为理亲王侧妃，命弘皙尽心孝养。理亲王侍妾曾有子女者，俱令禄赡终身。又亲往祭奠，大哭一场。并封弘皙为郡王。一班拍马屁的王大臣，都说圣上仁至义尽，就是雍正帝自说：“二阿哥得罪皇考，并非得罪朕躬，兄弟至情，不能自已，并非为邀誉起见。”吾谁欺，欺天乎？只郡王弘皙奉了遗命，在京西郑家庄辟一所私第，奉母宁居，不闻朝事，总算一个明哲保身的贵胄。

雍正三年春，廉亲王允禩，怡亲王允祥，大学士马齐，舅舅隆科多，奏辞总理事务职任，得旨照允，惟廉亲王允禩怀挟私心，遇事阻挠，不得议叙。看官！试想人非木石，哪有不知恩怨的道理？这雍正帝对待兄弟，这般寡恩，这般树怨，自然那兄弟们满怀忿恨，也想报复，偏这雍正帝刻刻防备，凡允禩、允禟、允䄉、允禵的秘密行为，令随带血滴子的豪客，格外留心侦察。

一日，西宁探客来报，说："九阿哥允禟在西宁，用西洋人穆经远为谋主，编了密码，与允禩往来通递，大约是蓄谋不轨，请圣上密防！"随呈上一封密函，乃是九阿哥与八阿哥的书信，被探客窃取得来。雍正帝反复观看，任你聪明伶俐，恰是一句不懂；当即收藏匣中，令探客再去细察。又一日，盛京探客亦到，报称："十四阿哥允禵，督守陵寝，有奸民蔡怀玺，到院投书，称允禵为真主，允禵并不罪他，反将书上要紧字样，裁去涂抹，所以特来报闻。"雍正帝夸奖一番，打发去讫。这个探客已去，那个探客又来，据言，"八阿哥允禩，日夜诅咒，求皇上速死。"雍正帝勃然大怒，诏大学士等撰文，告祭奉先殿，削允禩王爵，幽禁宗人府，移允禟禁保定，逮回允禵治罪。复阴令廷臣上本参奏，不到数天，参劾允禩、允禟、允禵的奏章，差不多有数十本。隆科多等尤为着力，胪陈罪状，允禵四十大罪，允禟二十八大罪，允禩十四大罪，俱乞明正典刑。雍正帝恰令诸王大臣，再三复议。诸王大臣再三力请，尧曰宥之三，皋陶曰杀之三，本出苏东坡论说，想雍正帝定是读过，所以作此情状。方才下旨，把允禩、允禟削去宗籍，允禵拘禁，改允禩名为阿其那，允禟名为塞思黑。"阿其那"、"塞思黑"等语，乃是满洲人俗话，"阿其那"三字，译作汉文，就是猪。"塞思黑"三字，译作汉文，就是狗。还有数道长篇大论的硃谕，小子录不胜录，只好将着末这一道，录供众览如下：

我皇考聪明首出，文武圣神，临御六十余年，功德隆盛，如征三藩，平朔漠，皆不动声色，而措置帖然。凡属凶顽，无不革面洗心，望风响化。而独是诸子中，有阿其那、塞思黑、允禵者，奸邪成性，包藏祸心，私结党援，妄希大位，如鬼如蜮，变幻千端，皇考曲加矜全宽宥之恩，伊等并无感激悔过之意，以致皇考震怒，屡降严旨切责，忿激之语，凡为臣子者，不忍听闻。圣躬因此数人，每忧愤感伤，时为不豫，朕侍奉左右，安慰圣怀，十数年来，费尽苦心，委曲调剂，此诸兄弟内廷人等所共知者。及朕即位，以阿其那实为匪党倡首之人，伊若感恩，改过自新，则群邪无所比昵，党与自然解散，是以格外优礼，晋封王爵，推心任用。且知其素务虚名，故特奖以诚孝二字，鼓舞劝勉之。盖朕心实望其迁善改过也。乃伊办理事务，怀私挟诈，过犯甚多，朕俱一一宽免，未罚伊一人之俸，未治伊家下一人之罪，亦始终望其迁善改过耳。迄今三年有余，而悖逆妄乱，日益加甚，时以蛊惑人心，扰乱国政，烦朕心激朕怒为事。而公廷之上，诸王大臣之前，竟至指誓天日，诅咒不道，不臣之罪，人人发指。朕思此等凶顽之人，不知德之可感，或知法之可畏，故将伊革去王爵，拘禁宗人府，而阿其那反向人云："拘禁之后，我每饭加餐，若全尸以殁，我心断断不肯。"似此悖逆之言，实意想所不到，古今所罕有也。总之伊自知从前所为之事，久为朕心洞悉，且为天地所必诛，扪心自问，殊无可赦之理，遂以伊毒忍之性度朕，故为种种桀骜狂肆之行，以激朕怒，但欲朕置伊于法，使天下不明大义之人，或生议论，致朕之声名，有损万一，以快其不臣之心，遂其怨望之意。

朕受皇考付托之重，统御寰区，一民一物，无不欲其得所，以共享皇考久道化成之福，岂于兄弟手足，而反忍有伤残之念乎？且朕昔在藩邸时，光明正大，诸兄弟才识，实不及朕，待朕悉皆恭敬尽礼，不但不敢侮慢，并无一语争竞，亦无一事猜嫌，此历来内外皆知者，不待朕今日粉饰过言也。今登大位，岂忽有藏怒匿怨之事，而欲修报复乎？无奈朕昆弟中，有此等大奸大恶之徒，而朕于家庭之间，实有万难万苦之处，不可以德化，不可以威服，不可以诚感，不可以理喻，朕展转反复，无可如何，含泪呼天，我皇考及列祖在天之灵，定垂昭鉴。

阿其那与塞思黑、允禵、允䄉、允禔结为死党，而阿其那阴险诡谲，实为罪魁；塞思黑之恶，亦与相等；允禵等狂悖糊涂，受其笼络，听其指挥，遂至胶固而不解。总之此数人者，希冀非分，密设邪谋，贿结内外朋党，煽惑众心，行险徼幸之辈，皆乐为之用，私相推戴，而忘君臣之大义。此风渐积，已二十余年，惟朕知之最详最确。若此时不将朕所深知灼见者，分晰宣谕，晓示天下，垂训后人，将来朕之子孙，欲明晰此逆党之事，恐年岁久远，或有怀挟私心之辈，借端牵引，反致无罪之人，枉被冤抑。况朕之所深知者，在廷诸臣，未必能尽知之，三年以来，朕遇便则备悉训示，明指伊等居心行事之奸险；今在廷诸臣，虽知之矣，而天下之人，未必能知之。此是非邪正，所关甚大，朕所以不得不反复周详，剖悉晓谕也。诸王大臣胪列阿其那、塞思黑、允禵各款，合词纠参，请正典刑以彰国法，参劾之条，事事皆系实迹，而奏章中所不能尽者，尚有多端，难以悉数。

今诸王大臣以邪党不翦，奸宄不除，恐为宗社之忧，数次力引大义灭亲之请者，固为得理，但朕受皇考付托之重，而手足之内，遭遇此等逆乱顽邪，百计保全而不得，实痛于衷，不忍于情。然使姑息养奸，优柔贻患，存大不公之私心，怀小不忍之浅见，而不筹及国家宗社之长计，则朕又为列祖列宗之大罪人矣。允禔、允祉、允禵，虽属狂悖乖张，尚非首恶，已皆拘禁，冀伊等感发天良，悔改过恶。至阿其那复塞思黑治罪之处，朕不能即断，俟再加详细熟思，颁发谕旨，可将诸王大臣等所奏，及朕此旨颁示中外，使咸知朕万难之苦衷，天下臣工，自必谅朕为久安长治之计，实有不得已之处也。特谕。

这谕下后，不到数日，顺承郡王锡保入奏，阿其那死了。雍正帝故作惊讶道："阿其那有什么重病，竟致身死？看守官也太不小心，既见阿其那有病，为何不先报知？"锡保道："据看守官说，昨日晚餐，阿其那还好好儿吃饭，不料到了夜间，暴疾而亡。"雍正帝顿足道："朕想他改过迁善，所以把他拘禁，不忍加诛，谁知他竟病死了。"正嗟叹间，宗人府又来报道："塞思黑在保定禁所，亦暴疾身死。"雍正帝叹道："想是皇考有灵，不是皇考乃是血滴子。把二人伏了冥诛，若使不然，他二人年尚未老，为什么一同去世呢？"次日，诸王大臣合词奏请，阿其那、塞思黑逆天大罪，应戮尸示众，其妻子应一律正法。同党允禵、允祉亦应斩决。允禩、允禟等即果不法，究是雍正帝兄弟，允禩、允禟已死，允禵、允祉不过残喘苟延，诸王大臣还要奏请斩决，连妻子都要正法，若非暗中唆使，哪有这般大胆？奉旨："阿其那、塞思黑已伏冥诛，应毋庸议！其妻子从宽免诛，逐回母家，严加禁锢。方不再奏。后人有诗咏此事道：

阿其那与塞思黑，煎豆燃萁苦不容。
玄武门前双折翼，泰陵毕竟胜唐宗。

允禩、允禟死后，雍正帝已除内患，复想出一种很毒的手段，连年羹尧、隆科多一班人物，也要除灭了他，这真算是辣手。下回表明一切，请看官往后续阅！

荡平青海，功由岳钟琪，年羹尧第拱手受成而已，封为一等公，酬庸何厚？且闻其父年遐龄，亦晋公爵，其长子斌列子爵，次子富列男爵，赏浮于功，宁非别有深意耶？后人谓世宗之立，内恃隆科多，外恃年羹尧，不为无因。作者既于前回表明，本回第据事直叙，两两对勘，已见隐情。若允禩、允禟等，不过于圣祖在日，潜谋夺嫡而已，世宗以计得立，即视之若眼中钉，始则虚与委蛇，继则屡加呵责，匪惟斥之，且拘禁之；匪惟禁之，且暗杀之。改其名曰阿其那，曰塞思黑，曾亦思阿其那、塞思黑为何人之子孙？自己又为何人之子孙乎？辱其兄弟，与辱己何异，与辱及祖考又何异。虽利口喋喋，多见其忍心害理而已。作者仅录硃谕一道，已如见肺肝，王大臣辈无讥焉。

第三十二回

兔死狗烹功臣骄戮　鸿罹鱼网族姓株连

却说抚远大将军年羹尧，本是雍正帝的心腹臣子，青海一役，受封一等公；其父遐龄，亦封一等公爵，加太傅衔，赐缎九十匹；长子斌封子爵；次子富亦封一等男，古人说得好："位不期骄，禄不期侈"，年羹尧得此宠遇，未免骄侈起来。况他又是雍正帝少年朋友，并有拥戴大功，自思有这个靠山，断不至有意外情事，因此愈加骄纵。平时待兵役仆隶，非常严峻，稍一违忤，立即斩首。他请了一个西席先生，姓王字涵春，教幼子念书，令厨子馆僮，侍奉维谨。一日，饭中有谷数粒，被羹尧察出，立即处斩。又有一个馆僮，捧水入书房，一个失手，把水倒翻，巧巧泼在先生衣上，又被羹尧看出，立拔佩刀，割去馆僮双臂。吓得这位王先生，日夜不安，一心只想辞馆，怎奈见了羹尧，又把话儿噤住，恐怕触忤东翁，也似厨子馆僮一般，战战兢兢，过了三年，方得东翁命令，叫幼子送师归家。这位王先生，离开这阎罗王，好像得了恩赦，匆匆回家；到了家门，蓬荜变成巨厦，陋室竟作华堂，他的妻子，出来相迎，领着一群丫头使女，竟是珠围翠绕，玉软香温，弄得这位王先生，茫无头绪，如在梦中。后经妻子说明，方知这场繁华，统是东家年大将军，背地里替他办好，真是感激不尽。那位年少公子，奉了父命，送师至家，王先生知他家法森严，不敢叫他中道折回；到了家中，年公子呈上父书，经先生拆阅，乃是以子相托，叫幼子居住师门，不必回家。先生越发奇怪，转想年大将军既防不测，何不预先辞职，归隐山林？这真不解！其实羹尧总难免一死，即使归隐，亦恐雍正不肯放过。当时亦不便多嘴，便将来书交年公子自阅。公子阅毕，自然遵了父命，留住不归。先生也自然格外优待，且不必说。

只年将军总是这般脾气，喜怒无常，杀戮任性，起居饮食，与大内无二，督抚提镇，视同走狗，在西宁时，见蒙古贝勒七信的女儿，姿色可人，遂不由分说，着兵役抬回取乐，一面令提督吹角守夜，提督军门，总道他得了娇娃，无暇巡察，差了一个参将，权代守夜。谁知这位年大将军，精神正好，上了一次舞台。又起身出营巡逻，见守夜的乃是参将，并不是提督，遂即回营，把提督、参将，一齐传到，喝令斩决示众。但他既残忍异常，如何军心这般畏服？他杀人原是厉害，他的赏赐，也比众不同，一赐千万，毫不吝惜，所以兵士绝不谋变。惟这赏钱从哪里得来？未免纳贿营私，冒销滥报。雍正帝未除允禩、允禟等人，虽闻他种种不法，还是隐忍涵容，等到允禩、允禟，已经拘禁，他索性把同与秘谋的人，也一律处罪，免得日后泄漏。手段真辣。一日下谕，调年羹尧为杭州将军，王大臣默窥上意，料知雍正帝要收拾羹尧，便合词劾奏。雍正帝大怒，连降羹尧十八级，罚他看守城门。他在城门里面，守得格外严密，任你王孙公子，丝毫不肯容情，因此挟怨的人，愈沿愈多。王大臣把他前后行为，一一参劾，有几条是真凭实据，有几条是周内深文，共成九十二大罪，请即凌迟处死。还是雍正帝记念前劳，只令自尽，父子等俱革职了事。惟年富本不安本分，着即处斩，所有家产，抄没入官。

年羹尧已经伏法，还有隆科多未死，雍正帝又要处治他了。都察院先上书纠劾隆科多，说他庇护年羹尧，例应革职。得旨："削去太保衔，职任照旧。"嗣刑部又复上奏，劾他挟势婪赃，私受年羹尧等金八百两，银四万二千二百两，应即斩决。有旨："隆科多才尚可用，恰是有才。免其死罪，革去尚书，令往理阿尔泰边界事务。"隆科多去后，议政王大臣等，复奏隆科多私钞玉牒，存贮家中，应拿问治罪。奉旨准奏，即着缇骑逮回隆科多，饬顺承郡王锡保密审，锡保遵旨审讯，提出罪案，质问隆科多。隆科多道："这等罪案，还是小事，我的罪实不止此。只我乃是从犯，不是首犯。"锡保道："首犯是哪一个？"隆科多道："就是当今皇上。"锡保道："胡说！"隆科多道："你去问他，哪一件不是他叫我做的。他已做了皇帝，我等自然该死。"仿佛隋朝的张衡。锡保不敢再问，便令将隆科多拘住，一面锻炼成狱，说他大不敬罪五件，欺罔罪四件，紊乱朝政罪三件，奸党罪六件，不法罪七件，贪婪罪十七件，应拟斩立决，妻子为奴，财产入官。雍正帝特别加恩，特下谕旨道：

隆科多所犯四十款重罪，实不容诛，但皇考升遐之日，召朕之诸兄弟，及隆科多入见，面降谕旨，以大统付朕。是大臣之内，承旨者惟隆科多一人，不啻自认。今因罪诛戮，虽于国法允当，而朕心实有所不忍。隆科多忍负皇考及朕高厚之恩，肆行不法，朕既误加信任于初，又不曾严行禁约于继，惟有朕身引过而已。在隆科多负恩狂悖，以致臣民共愤，此伊自作之孽，皇考在天之灵，必昭鉴而默诛之。何不用血滴子。隆科多免其正法，于畅春园外，附近空地，造屋三间，永远禁锢。伊之家产，何必入官，其妻子亦免为奴。伊子岳兴阿着革职，玉桂着发往黑龙江当差。钦此。

雍正帝本是个刻薄寡恩的主子，喜怒不时，刑赏不测，他于年羹尧、隆科多二人，一令自尽，一饬永禁，惟家眷都不甚株累，分明是纪念前功，格外矜全的意思。只前回说这年大将军，系血滴子的首领，此次年将军得罪，难道这种侠客，不要替他复仇么？据故老传说：雍正帝既灭了允禩、允禟一班兄弟，复除了年羹尧、隆科多一班功臣，他想内外无事，血滴子统已没用，索性将这班豪客，诱入一室，阳说饮酒慰劳，暗中放下毒药，一古脑儿把他鸩死，绝了后患，所以血滴子至今失传。这种遗闻，毕竟是真是假，小子无从证实，姑遵了先圣先师的遗训，多闻阙疑便了。

只是年羹尧案中，还牵连文字狱两案：浙人汪景祺，作《西征随笔》，语涉讥讪，年羹尧不先奏闻，目为大逆罪，把汪景祺立即斩决，妻子发往黑龙江为奴。还有侍讲钱名世，作诗投赠年羹尧，颂扬平藏功德，谄媚奸恶，罪在不赦，革去职衔，发回原籍。榜书“名教罪人。”悬挂钱名世居宅，总算是格外宽典。此外文字狱，亦有数种：江西正考官查嗣庭，出了一个试题，系大学内“维民所止”一语，经廷臣参奏，说他有意影射，作大逆不道论。小子起初也莫名其妙，后来觅得原奏，方知道他的罪证，原奏中说“维”字“止”字，乃“雍”字“正”字下身，是明明将“雍正”二字，截去首领，显是悖逆。可怜这正考官查嗣庭未曾试毕，立命拿解进京，将他下狱，他有冤莫诉，气愤而亡。还要把他戮尸枭示，长子坐死，家属充军。欲加之罪，何患无辞！又有故御史谢济世，在家无事，注释《大学》，不料被言官闻知，指他毁谤程、朱，怨望朝廷。顺承郡王锡保参了一本，即令发往军台效力。这个谢济世竟病死军台，不得生还。秦皇焚书坑儒，亦是此意。相传雍正年间，文武官员，一日无事，使相庆贺，官场如此，百姓可知，这真叫法网森严呢。

另有一种案子，比上文所说的，更是重大，待小子详细叙来：浙江有个吕留良，表字晚村，他生平专讲种族主义，隐居不仕。大吏闻他博学，屡次保荐，他却誓死不去。家居无事，专务著作，到了死后，遗书倒也不少，无非论点夷夏之防，及古时井田封建等语。当时文网严密，吕氏遗书，不便刊行，只其徒严鸿逵、沈在宽等，抄录成编，作为秘本。湖南人曾静，与严、沈两人，往来投契，得见吕氏遗著，击节叹赏。寻闻雍正帝内诛骨肉，外戮功臣，清宫里面，也有不干不净的谣传。他竟发生痴想，存了一个尊攘的念头。中了书毒。他有个得意门生，姓张名熙，颇有胆气，曾静与他密议，张熙道："先生之志则大矣，先生之号则不可。"曾静道："《春秋》大义，内夏外夷，若把这宗旨提倡，哪有不感动人心？你如何说是不可？"张熙道："滔滔者，天下皆是也，靠我师生两个，安能成事？"曾静道："居！吾语汝！"满口经书，确是两个书癫子。遂与张熙耳语良久。张熙仍是摇头，曾静道："他是大宋岳忠武王后裔，难道数典忘祖么？况满廷很加疑忌，他亦昼夜不安，若有人前往游说，得他反正，何愁大业不成？"张熙道："照这样说来，倒有一半意思，但是何人可去？"曾静道："明日我即前往。"张熙道："先生若去，吉凶难卜，还是弟子效劳为是。"有事弟子服其劳，张熙颇不愧真传。曾静随写好书信，交与张熙，并向张熙作了两个长揖，张熙连忙退避。次日，张熙整顿行装，到业师处辞行。曾静送出境外，复吩咐道："此行关系圣教，须格外郑重！"迂极。张熙答应，别了曾静，径望陕西大道而去。

这时川陕总督正是岳钟琪，张熙昼行夜宿，奔到陕西，问明总督衙门，即去求见。门上兵役，把他拦住，张熙道："我有机密事来报制军，敢烦通报。"便取出名帖，递与兵役。由兵弁递进名帖，钟琪一看，是"湖南靖州生员张熙"八个小字，随向兵弁道："他是个湖南人氏，又是一个秀才，来此做什么？不如回绝了他！”兵弁道：“据他说有机密事报闻，所以特地前来。”钟琪道：“既如此，且召他进来！”兵弁出去一会，就带了张熙入内。张熙见了岳钟琪只打三拱，钟琪也不与他计较，便问道：“你来此何干？”张熙取出书信，双手捧呈。钟琪拆阅一周，顿时面色改变，喝令左右将张熙拿下。左右不知何故，只遵了总督命令，把张熙两手反绑。张熙倒也不甚惊惧，钟琪便出坐花厅，审问张熙，两旁兵弁差役，齐声呼喝，当将张熙带进，令他跪下。钟琪道：“你这混帐东西，敢到本部堂处献书，劝本部堂从逆，正是不法已极，只我看你一个书生，哪有这般大胆，究竟是被何人所愚，叫你投递逆书？你须从实招来，免受刑罚！”张熙微笑道：“制军系大宋忠武王后裔，独不闻令先祖故事么？忠武王始终仇金，晓明攘夷大义，虽被贼臣搆陷，究竟千古流芳。公乃背祖事仇，宁非大误，还请亟早变计，上承祖德，下正民望，做一番烈烈轰轰的事业，方不负我公一生抱负。”钟琪大喝道：“休得胡说！我朝深恩厚泽，浃髓沦肌，哪个不心悦诚服？独你这个逆贼，敢来妄言。如今别话不必多说，但须供出何人指使，何处巢穴。”张熙道：“扬州十日，嘉定三日，这是人人晓得的故事，我公视作深恩厚泽，真正奇闻。我自读书以来，颇明大义，内夏外夷，乃是孔圣先师的遗训，如要问我何人指使，便是孔夫子，何处巢穴，便是山东省曲阜地方，所供是实。”诙谐得妙。钟琪道：“你不受刑，安肯实供？”喝左右用刑。早走上三四个兵役，把张熙撳翻，取过刑杖，连挞臀上，一五一十的报了无数，连臀血都浇了出来。张熙只连叫“孔夫子”，“孔老先生”，终没有一句实供。钟琪复命左右加上夹棍，这一夹，比刑杖厉害得多，真是痛心彻肺，莫可言状。张熙大声道：“招了，招了。”兵役把夹棍放宽，张熙道：“不是孔夫子指使，乃是宋忠武王岳飞指使的。”妙语。钟琪连拍惊堂木，喝声快夹。兵役复将夹棍收紧，张熙哼了一声，晕绝地上。兵役忙把冷水喷醒，钟琪喝问实供不实供？张熙道："投书的是张熙，指使的亦是张熙，你要杀就杀，要剐就剐。哼、哼、哼！我张熙倒要流芳百世，恐怕你岳钟琪恰遗臭万年。"钟琪暗想道："我越用刑，他越倔强，这个蠢汉，不是刑罚可以逼供的。"当命退堂，令将张熙拘入密室。

过了两夕，忽有一个湖南口音，走入张熙囚室内，问守卒道："哪个是张先生？"守卒便替他指引，与张熙照面。张熙毫不认识，便是那人开口道："张兄久违了！"张熙不觉惊异起来。那人道："小弟与张兄乃是同乡，只与张兄会过一次，所以不大相识。"张熙问他姓名。那人道："此处非讲话之所。惟闻张兄创伤，特延伤科前来医治，待张兄伤愈，再好细谈。"说毕，便引进医生，替他诊治，外敷内补，日渐痊可。那人复日夕问候，张熙感他厚谊，一面道谢，一面问他来历。那人自说现充督署幕宾，张熙越加惊疑。那人并说延医诊治，亦是奉制军差遣，张熙道："制军与我为仇，何故医我创伤？"那人起身四瞧，见左右无人，便与张熙附耳道："前日制军退堂，召我入内，私对我说道：'你们湖南人，颇是好汉。'我当时还道制军不怀好意，疑我与张兄同乡，特来窥探，我便答道：'这种人心怀不轨，有什么好处？'制军恰正色道：'他的言语，倒是天经地义，万古不易，只他未免冒失，哪里有堂堂皇皇，来投密书，我只得把他刑讯，瞒住别人耳目，方好与他密议。'随央我延医诊治。我虽答应下来，心里终不相信，所以次日未来此处。处处反说，不怕张熙不入彀中。不意到了夜间，制军复私问延医消息，并询及张兄伤痕轻重如何？我又答道：'此事请制军三思，他日倘传将出去，恐怕未便，况当今密探甚多，总宜谨慎为是。'制军怅然道：'我道你与他同乡，不论国防，也须顾点乡谊，你却如此胆小，圣言微义，从此湮没了。’随又取出张兄所投的密书，与我瞧阅，说着：‘书中语语金玉，不可轻视。’我把书信阅毕，缴还制军，随答道：‘据书中意思，无非请制军发难，恐怕未易成功。’这一句话，恼了制军性子，顿时怒容满面道：‘我与你数年交情，也应知我一二，为什么左推右阻?’我又答道：‘据制军意见，究属如何?’制军道：‘我是屡想发难，只惜无人帮助，独木不成林，所以隐忍未发，若得写书的人，邀作臂助，不患不成。你且将张某医好，待我前去谢罪，询出写书人姓字，前去聘他方好。’又叫我严守秘密，我见制军诚意，并因张兄同乡，所以前来问候。”张熙听他一派鬼话，似信非信，便道：“制军如果有此心，我虽死亦还值得。但恐制军口是心非。”那人便接口道：“现今皇上也很疑忌制军，或者制军确有隐衷，也未可知。”故作腾挪之笔，可谓善餂。说毕辞去。

隔了一宿，那人竟与岳制军同至密室。岳制军谦恭得了不得，声声说是恕罪；又袖出人参二支，给他调养，并说道：“本拟设席压惊，只恐耳目太多，不便张皇，还请先生原谅!”叙了许久，也不问起写书人姓字，作别而去。嗣后或是那人自来，或是制军同至，披肝露胆，竭尽真诚。张熙被他笼住，不知不觉的把曾静姓名，流露出来。岳钟琪当即飞奏，并移咨湖南巡抚王国栋，拿问曾静。雍正帝立派刑部侍郎杭奕禄，正白旗副都统海兰，到湖南会同审讯。曾静供称生长山僻，素无师友，因历试州城，得见吕留良评论时文，及留良日记，因此倾信。又供出严鸿逵、沈在宽等，往来投契等情。杭奕禄等据供上闻，雍正帝复飞饬浙江总督李卫，速拿吕留良家属，及严鸿逵、沈在宽一干人犯，并曾静、张熙，一并押解到京，命内阁九卿谳成罪案。留良戮尸，遗书尽毁。其子毅中处斩，鸿逵已病殁狱中，亦令枭首。在宽凌迟处死。罪犯家属，发往黑龙江充军。曾静、张熙，因被惑讹言，加恩释放。惟将前后罪犯口供，一一汇录刊布，冠以圣谕，取名《大义觉迷录》，颁行海内，留示学宫。可怜吕留良等家眷，被这虎狼衙役，牵的牵，扯的扯，从浙江到黑龙江，遥遥万里，备极惨楚，单有一个吕四娘，乃留良女儿，她却学成一身好本领，奉着老母，先日远飏去了。小子凑成七绝一首道：

文字原为祸患媒，不情惨酷尽堪哀。
独留侠女高飞去，他日应燃死后灰。

雍正帝既惩了一干人犯，复洋洋洒洒的下了几条谕旨，小子不暇遍录，下回另叙别情。

年羹尧、隆科多二人，与谋夺嫡，罪有攸归，独对于世宗，不为无功。世宗杀之，此其所以为忍也。且功成以后，不加裁抑，纵使骄恣，酿成罪恶，然后刑戮有名，斯所谓处心积虑成于杀者。读禁隆科多谕旨，不啻自供实迹。言为心声，欲盖弥彰，矫饰亦奚益乎？文狱之惨，亦莫过于世宗时，一狱辄株连数十百人，男子充戍，妇女为奴，何其酷耶？本回于雍正帝事，仅叙其大者，此外犹从阙略，然已见专制淫威，普及臣民，作法于凉，必致无后。吕嬴牛马，亶其然乎？

第三十三回

畏虎将准部乞修和　望龙髯苗疆留遗恨

却说罗卜藏丹津远窜后，投奔准噶尔部，依策妄阿布坦。清廷遣使索献，策妄不奉命。是时西北两路清军，已经撤回，惟巴里坤屯兵，仍旧驻扎。雍正五年，策妄死，子噶尔丹策零立，狡黠好兵，不亚乃父。雍正帝拟兴师追讨，大学士朱轼，都御史沈近思，都说时机未至，暂缓用兵，独大学士张廷玉，与上意相合。乃命傅尔丹为靖远大将军，屯阿尔泰山，自北路进，岳钟琪为宁远大将军，屯巴里坤，自西路进，约明年会攻伊犁。雍正帝亲告太庙堂子，随升太和殿，行授钺礼，并亲视大将军等上马启行。是日天本晴朗，忽然阴云四合，大雨倾盆，旌纛不扬，征袍皆湿。不祥之兆。沿途露餐风宿，到了讯地，驻扎数月。会罗卜藏丹津，与族属舍楞，谋杀噶尔丹策零，夺据准部。事泄，丹津被执。身作寓公，还想吞灭主人翁，真正该死！噶尔丹策零遣使特磊到京，愿执丹津来献。于是有旨令两大将军暂缓出师，回京面授方略。令提督纪成斌，副将军巴赛，分摄两路军事。不料噶尔丹策零闻将军召还，竟遣兵二万，入袭巴里坤南境科舍图牧场，抢夺牲畜。纪成斌仓卒无备，不及赴援，幸亏总兵樊廷、副将冶大雄，急率二千兵驰救。总兵张元佐亦领兵来会。力战七昼夜，方杀退敌众，夺回牲畜大半。诏奖樊廷、张元佐等，降纪成斌为副将，仍令傅尔丹、岳钟琪各赴军营。

傅尔丹容貌修伟，颇有雄纠气象，无如徒勇寡谋，外强中干。一个绣花枕头。先是与岳钟琪同时出师，沿途扎营，两旁必列刀槊，钟琪问他何用？傅尔丹道："这种刀槊，统是我的家伙，摆立两旁，所以励众。"钟琪微笑，出了营，语自己的将佐道："将在谋不在勇，徒靠这个军器，恐不中用。这位傅大将军，未免要临阵蹉跌呢！"此次奉命再出，亟至科尔多，策零遣大小策零敦多布，率兵三万，进至科尔多西边博克托岭。傅尔丹闻报，命部将往探，捉住番兵数名回来，由傅尔丹讯问。番兵答道："我军前队千余人，已至博克托岭，带有驼马二万只，后队现尚未到。"傅尔丹道："你等愿降否？"番兵道："既已被捉，如何不降？"傅尔丹大喜，令为前导，即发兵万人随袭敌营。忽有数人入谏道："降兵之言不可信，大帅宜慎重方好！"傅尔丹视之，乃是副都统定寿、永国、海寿等人，便道："你等何故阻挠？"开口便说他阻挠，活肖卤莽形状。定寿道："行军之道，精锐在先，辎重在后，断没有先后倒置的道理，况据降兵报称，敌兵前队，只千余名，驼马恰有二万头，这等言语，显是不情不实，请大帅拷讯降卒，自得真供。"已经道破，人人可晓，偏这傅尔丹不信。傅尔丹叱道："他已愿降，如何还要拷讯？就使言语不实，他总有兵马扎住岭上，我去驱杀一阵，逐退贼兵，亦是好的。"总是恃勇轻敌。便令副将军巴赛，率兵万人先进，自率大兵接应。

巴赛挑选精骑四千，跟降卒前行，作为先锋，三千为中军，三千为后劲，勒马衔枚，疾趋博克托岭。去寻死了。到了岭下，望见岭上果有驼马数十头，番兵数十名，巴赛忙驱兵登岭，番兵立刻逃尽，剩下驼马，被清兵获住。是钓鱼的红曲蟺。复向岭中杀入，山谷间略有几头驼马，四散吃草，仍是诱敌。前锋不愿劫夺，大抵嫌少。只管疾行。后队见有驼马，争前牵勒，猛听得胡笳远作，番兵漫山而来。巴赛亟想整队迎敌，各兵已自哗乱，霎时毡裘四合，把清兵前后隔断，前锋到和通泊陷入重围，只望后队援应，后队的巴赛又望前队回援，两不相顾，大众乱窜。番兵趁这机会，万矢齐射，清兵前锋四千名陷没和通泊，巴赛身中数箭，倒毙谷中。六千人不值番兵一扫，荡得干干净净。

这时候，傅尔丹已到岭下，暂把大兵扎住，拟窥探前军情形，再定进止。忽见番兵乘高而下，呼声震天，傅尔丹亟命索伦蒙古兵抵御，科尔沁蒙古兵，悬着红旗，土默特蒙古兵，悬着白旗，白旗兵争先陷阵，红旗兵望后遁走。索伦兵惊呼道："白旗兵陷没，红旗兵退走了。"各军队闻了此语，吓得心惊胆战，你也逃，我也走，只恨爹娘少生两条腿子，拼命乱跑。傅尔丹惊惶失措，也只得且战且走。勇在哪里？番兵长驱掩杀，击毙清兵无数，伤亡清将十余员，只傅尔丹手下亲兵二千名，保住傅尔丹逃回科尔多。番兵俘得清兵，用绳穿胫，盛入皮囊内，系在马后，高唱胡歌而去。清兵都做了入网之鱼。

败报传到北京，雍正帝急命顺承郡王锡保代为大将军，降傅尔丹职。别遣大学士马尔赛，率兵赴归化城，扼守后路。那边大小策零，既败傅尔丹，遂乘胜进窥喀尔喀，绕道至外蒙古鄂登楚勒河，惹出一个大对头来。

这个大对头，名叫策凌，他是元朝十八世孙图蒙肯的后裔，幼时曾居北京，侍内廷，尚公主，后来带了家眷，还居外蒙古塔米尔河。他的祖宗蒙肯，尊奉黄教，达赖喇嘛给他一个"三音诺颜"的美号。藏俗叫善人为"三音"，蒙古俗叫"官长"为"诺颜"，蒙、藏合词，译作汉文，就是"好官长"的意义。策凌袭了祖宗的徽号，隶入土谢图汗下，他因喀尔喀与准部毗连，预练士卒，防备准寇，适值小策零绕道来攻，策凌先遣六百骑挑战，诱他追来，自率精骑，跃马冲入。敌将喀喇巴图鲁，勇悍善战，持刀来迎，被策凌大喝一声，立劈喀喇巴图鲁于马下。小策零部众，见喀喇被杀，无不股栗，当即退走。策凌追出境外，俘馘数千名，方令退兵。驰书奏捷，奉旨晋封亲王，命他独立，不复隶土谢图。自是喀尔喀蒙古内，特增三音诺颜部，与土谢图、札萨克、车臣三汗，比肩而立了。

小策零败还后，屯兵喀喇沙尔城，至雍正十年六月，纠众三万，偷过科尔多大营，复图北犯。顺承郡王锡保，急檄策凌截击，策凌兼程前进，将至本博图山，忽接塔米尔河警信，准兵从间道突入本帐，把子女牲畜，尽行掠去，策凌愤极，对天断发，誓歼敌军，一面返旆驰救，一面告急锡保，请师夹攻。策凌部下，有一个脱克浑，绰号飞毛腿，一昼夜能行千里，他浑身穿着黑衣，外罩黑氅，每登高峰，探敌虚实，用两手张开黑氅，好像老鹰一般，敌兵就使望见亦疑是塞外巨鹰，不去防备，他却把敌兵情势，望得明明白白，来报策凌。活似戏子中一个开口跳。策凌至杭爱山西麓，得脱克浑报知，敌兵就在山后，便令部兵略略休息，到夜间逾山而下，如风如雨，杀入敌营。这等番兵得胜而归，饱餐熟睡，迨至惊觉，摸刀的不得刀，摸枪的不得枪，也有钻出头而头已落，也有伸出脚而脚已断，也有掣出刀，却杀了自己头目，点起铳，却打了自己部兵，只有脚生得比人长的，耳生得比人灵的，先行疾走，方得逃出。策凌奋力追赶，杀到天明，追至鄂尔昆河，左阻山，右逼水，中间横亘一大喇嘛庙，叫作额尔德尼寺，敌无去路，仍冒死回扑。策凌跃出阵前，也不顾死活，恶狠狠的与敌相搏。究竟敌兵已败，未免胆怯，蒙兵方胜，来得势盛，两下拼命，也有分别。这一场恶战，敌兵一半被杀，一半挤入水中，不但掠去的子女牲畜，尽被策凌夺回，就是小策零带来的辎重甲杖，亦统行丢弃。小策零率领残骑，扒山遁去。策凌满望锡保出兵邀击，谁知锡保所遣的丹津多尔济，观望却避，竟被小策零生还。马尔赛已奉命移守拜达里克城，亦约束诸将，闭门不出。小策零沿城西走，城内将士，请马尔赛发令追袭，马尔赛仍是不允。将士大愤，自出追敌，怎奈敌已走尽，只得了少许敌械，回入城中。策凌一一奏闻，诏斩马尔赛，革锡保郡王爵，封策凌为超勇亲王，授平郡王福彭为定边大将军，代锡保职，用策凌为副手，守住北路。

时西路将军岳钟琪，驻守巴里坤，按兵不动，只檄将军石云倬等，赴南山口截准兵归路。石云倬迁延不进，纵令溃兵远飏。岳钟琪劾奏治罪，大学士鄂尔泰并劾岳钟琪拥兵数万，纵投网送死之贼，来去自如，坐失机会，罪无可贷，遂诏削岳钟琪大将军号，降为三等侯，寻复召还京师，命鄂尔泰督巡陕甘，经略军务，并令副将军张广泗，护宁远大将军印。广泗奏言准夷专靠骑兵，岳钟琪独用车营，不能制敌，反为敌制，因此日久无功，雍正帝复夺钟琪职，交兵部拘禁。

张广泗受任后，壁垒一新，无懈可击，准酋噶尔丹策零，亦遣使请和。雍正帝召王大臣会议，或主剿，或主抚，还是雍正帝乾纲独断，对王大臣道："朕前奉皇考密谕，准夷辽远，不便进剿，只有诱他入犯，前后邀截，方为上策。现经上年大创，他已远徙，不敢深入，我两路大兵，暴露已久，不如暂时主抚，再作远图。"这谕一下，诸王大臣同声赞成，乃降旨罢征，遣侍郎傅鼐，及学士阿克敦，往准部宣抚。准酋欲得阿尔泰山故地，超勇亲王策凌，坚持不可，往复争论，直到乾隆二年，始议定阿尔泰山为界，准部游牧，不得过界东，蒙人游牧，不得过界西，总算勉就和平，这且按下慢表。

且说中国西南，有一种苗民，很是野蛮，相传轩辕黄帝以前，中国地方，本是苗民居住，后来轩辕黄帝，与苗族头目蚩尤，战了一场，蚩尤战败被杀，余众窜入南方，后复逐渐退避，伏处南岭，名目遂分作几种：在四川的叫作僰；在两广的叫作僮；在湖南贵州的叫作猺；在云南的叫作倮。这数省中的苗民，要算云、贵最多，官长管不得许多，向来令他自治。地方自治制，要算由苗民发起。他族中有几个头目，总算归官长约束，号为土司。吴三桂叛乱时，云、贵土司颇为所用，事平后，清廷也无暇追究，苗民不服王化，专讲劫掠，边境良民，被他骚扰得了不得，雍正皇帝用了一个镶黄旗人鄂尔泰，做了云、贵总督，他见苗民横行无忌，竟独出心裁，上了一本奏折，内说："苗民负险不服，隐为边患，要想一劳永逸，总须改土为流，所有土司，应勒令献土纳贡，违者议剿。"这奏一上，盈廷王大臣，统吓得瞠目伸舌，这也是寻常计策，王大臣等诧为奇议，可见满廷多是饭桶，毫无远见。只雍正帝服他远识，极力嘉奖道："奇臣，奇臣！这是天赐与朕呢。"因饬铸滇、黔、桂三省总督印，颁给鄂尔泰，令他便宜行事。鄂尔泰剿抚并用，擒了乌蒙土司禄万锺，及威远土目札铁匠，镇远叛首刁如珍，降了镇雄土司陇庆侯，及广西土府岑映震，新平土目李百叠，于是云、贵生苗二千余寨，一律归命，愿遵约束。自从雍正四年，到了九年，这五年内，鄂尔泰费尽苦心，开辟苗疆二三千里，麾下文武，如张广泗、哈元生、元展成、韩勋、董芳等，统因平苗升官，鄂尔泰亦受封伯爵，雍正帝连下批札，有"朕实感谢"等语。这位鄂伯爵的功劳，真正是独一无二了。功劳恰也不小。

雍正十年，召鄂尔泰还朝，授保和殿大学士，旋因准部内侵，命督巡陕、甘，经略军务。张广泗又早调任西北，护理宁远大将军事，自是苗疆又生变端，雍正十三年春，贵州台拱九股苗复叛，屯兵被围，营中樵汲，都被断绝。军士掘草为食，凿泉以饮，死守经月，方得提督哈元生援兵，突围出走。哈元生拟大举进剿，怎奈巡抚元展成，轻视苗事，与哈元生意见不合，只遣副将宋朝相，带兵五千，进攻台拱，甫至半途，遇苗民倾寨而来，众寡不敌，相率溃退。苗民遂迭陷贵州诸州县，有旨发滇、蜀、楚、粤六省兵会剿，特授哈元生为扬威将军，副以湖广提督董芳，嗣又命刑部尚书张照为抚苗大臣，熟筹剿抚事宜。

哈元生沿途剿苗，迭复名城，颇称得手，不想副将冯茂，诱杀降苗六百余名，暨头目三十余人，余苗逃归传告，纠众诅盟，先把妻女杀死，誓抗官兵，遍地蔓延，不可收拾。张照到了镇远，还是腐气腾腾的密奏改流非计，不如议抚。哈元生、董芳，亦因政见不同，互相龃龉。寻议分地分兵，滇、黔兵隶哈元生，楚、粤兵隶董芳，彼此不相顾应，一任苗民东冲西突，没法弭平。朝上这班王大臣，争说鄂尔泰无端改流，酿成大祸，专事咎入，实属可恨！鄂尔泰时已还朝，迫于时论，亦上表请罪，力辞伯爵，雍正帝允如所请，只仍命鄂尔泰直宿禁中，商议平苗的政策。

张广泗闻鄂尔泰被贬，心中也自不安，奏请愿即革职，效力军前，雍正帝尚在未决。一日，正与庄亲王允禄，果亲王允礼，大学士鄂尔泰、张廷玉，在大内议事，自未至申，差不多有两个时辰，方命退班。鄂尔泰因苗族未平，格外掂念，回到宅中，无情无绪的吃了一顿晚餐。忧心君国，是爱新觉罗氏忠臣。忽见宫监奔入，气喘吁吁，报称："皇上暴病，请大人立刻进宫！"鄂尔泰连忙起身，马不及鞍，只见门外有一煤骡，跨上疾走，驰入宫前，下了马，疾趋入内，但见御榻旁人数无多，只皇后已至，满面泪容。鄂尔泰揭开御帐，不瞧犹可，略略一瞧，不觉哎哟一声，自口而出。正在惊讶，庄亲王果亲王亦到，近瞩御容，都吓了一大跳。庄亲王道："快把御帐放下，好图后事。"一面并请皇后安，皇后呜咽道："好端端一个人，为什么立刻暴亡？须把宫中侍女内监，先行拷讯，有究原因方好。"还是鄂尔泰顾全大局，随道："侍女宫监，未必有此大胆，此事且作缓图，现在最要紧的是续立嗣君。"庄亲王接口道："这话很是，乾清宫正大光明匾额后，留有锦匣，内藏密谕，应即祗遵。"随督率总管太监，到乾清宫取下秘匣，当即开读，乃"皇四子弘历为皇太子，继朕即皇帝位。"二语。

是时皇子弘历等，已入宫奔丧，随即奉了遗诏，命庄亲王允禄，果亲王允礼，大学士鄂尔泰、张廷玉辅政。经四大臣商酌，议定明年改元乾隆。乾隆即位，就是清高宗纯皇帝。但雍正帝暴崩的缘故，当时讳莫如深，不能详考，只雍正以后，妃嫔侍寝，须脱去衵衣，外罩长袍，由宫监负入，复将外罩除去，裸体入御。据清宫人传说，这不是专图肉欲，乃是防备行刺、惩前毖后的缘故。小子不敢深信，雍正帝能侦探内外官吏，宁独不能制驭妃嫔？惟后人有诗一首道。

重重寒气逼楼台，深锁宫门唤不开；
宝剑革囊红线女，禁城一啸御风来。

据这首诗深意，系是专指女侠，难道是上文所说的吕四娘为父报仇么？是真是假，一俟公论。下回要说乾隆帝事情了。

惟战而后能和，惟剿而后可抚。对待外人之策，不外乎此。准部入犯，非战不可，清世宗决意主剿，善矣。乃误任一有貌无才之傅尔丹，致有和通泊之败，若非策凌获胜，不几殆甚。至苗疆之变，罪不在鄂尔泰，张照、董芳辈实尸其咎。不能剿，安能抚？此将才之所以万不可少也。世宗自矜明察，而所用未必皆材，且反以明察亡身，蒲留仙《聊斋志异》载有侠女一则、或说即吕四娘轶事，信如斯言，精明之中，须含浑厚，毋徒效世宗之察察为也。

第三十四回

分八路进平苗穴　祝千秋暗促华龄

却说乾隆帝即位后，朝政颇尚宽大，凡宗室人等，旧被圈禁，至是一律释放。封允䄉、允禵公爵，复阿其那、塞思黑红带，收入玉牒。自己的兄弟骨肉亦均封为亲王。已故弟兄，各追封赐谥。尊母钮祜禄氏为皇太后。册立元妃富察氏为皇后。母族、后族，都另眼相看。又把岳钟琪、陈泰等释出狱中。赦汪景祺、查嗣庭家属罪，命他回籍。因此宗室觉罗，勋戚故旧官吏人民，没一个不颂扬仁德。确能干蛊。只云、贵叛苗，未曾平靖，乾隆帝初次用兵，不得不稍示威严，特逮回张照、哈元生、董芳治罪，哈元生似属可免。别授张广泗为七省经略，节制各路人马。广泗本是治苗的熟手，到了贵州，统盘筹算，想了一个暂抚熟苗、力剿生苗的计策，握定宗旨，自易下手。随即上奏道：

> 臣到任后，巡阅大势，默观夫叛苗之所以蔓延，张照等之所以无功者，由分战兵、守兵为二，而合生苗、熟苗为一也。兵本少而复分之使单，寇本众而复殴之使合，其谬可知。且各路首逆，咸聚于上下九股、清江、丹江、高坡诸处，皆以一大寨，领数十百寨，雄长号召，声势犄角，我兵攻一方，则各方援应，彼众我寡，故贼日张，兵日挫。为今日计，若不直捣巢穴，歼渠魁，溃心腹，断不

能涣其党羽。惟暂抚熟苗，责令缴凶献械，以分生苗之势，而大兵四出，同捣生苗逆巢，使彼此不能相救，则我力专而彼力分，以整击散，一举可灭，而后再惩从逆各熟苗，以期一劳永逸，庶南人不复反矣。伏乞圣鉴！

乾隆帝览毕，命他照奏办事。张广泗遂调集贵州兵马，齐屯镇远，扼守云、贵通衢，特选精兵万余人，用四千兵攻上九股，四千兵攻下九股，自统五千余名，攻清江下流各寨。号令严明，所向克捷。

乾隆元年春，复檄调各省援兵，分作八路，一齐发动，如潮前进。那时苗民虽奋死抗拒，究竟一隅草寇，不敌七省大兵，风飘雨扫，瓦解土崩，所有未死的逆苗，都逃入宿巢去了。广泗会集大军，进攻巢穴，行了数日，遥见一座大山，挡住去路，危崖如削，峻岭横空，四围又都是小山攒住，蜿蜿蜒蜒的约有数百里。好称山国。广泗扎住了营，召进熟苗数名，问道："这个地方叫作什么？"熟苗道："这名牛皮大箐，广阔得了不得，北通丹江，南达古州，西拒都匀八寨，东至清江台拱，差不多有五百里方圆，向系生苗老巢。幽密得很，就是近地苗蛮，亦没有晓得底细。"广泗道："据你说来，简直是无人可入的，本经略却是不怕，偏要进去。"不入虎穴，焉得虎子？便令熟苗退出。

次日，召集部将，令攻牛皮大箐，将士统有难色，广泗拍案道："养兵千日，用兵一时，国家费了无数军饷，所为何事？难道叫你坐食不成？本经略受国厚恩，图报正在今日，如得一战成功，好与你等同膺巨赏，万一失败，本经略亦不忍独生，愿与大众同死此地。天下事不患不成，但患不为，果使戮力同心，生死与共，何怕这牛皮大箐？何惮这待死苗民？"慷慨激昂。将士见主帅发怒，自然唯唯从命。广泗又道："据熟苗言这牛皮大箐内，险恶异常，本经略岂肯冒昧从事，叫你前去寻死？但我来彼入，我去彼出，旷日持久，何时得了，好在各处已无叛苗，我军粮饷尚足，正应设法搜掘，谋个一劳永逸的善策。现在令各军分守箐口，先截叛苗出路，他向来不知耕作，料想箐内，决无良田，不出一月，他自坐困，我们却节节进攻，步步合围，何愁不济？”将士听了此言，方个个欢喜起来，争愿效力。是所谓好谋而成。

广泗遂传令诸军，密堵箐口，又在箐外四布伏兵，严防逋逸，围了半月，始渐渐进逼，得步进步，得尺进尺，叛苗无处觅食，多在箐中饿毙。起初还有几个强悍的，出来驰突，统被围军斩捕，后来不见苗踪。广泗遂驱军大进，行入箐内，但见丛莽塞径，老樾蔽天，雾雨冥冥，瘴烟幂幂，极大的蛇虺，极恶的野兽，出没其间。广泗令军士纵火焚林，霎时间火势腾上，满山满野，统是浓烟，动植各物，无不烧死。就是这等叛苗，也躲无可躲，窜出峒外，一半被杀，一半被捉，还有这种苗妻、苗女、苗子、苗孙，都已饿得骨瘦如柴，跪在峒旁，抱着头惨呼饶命。官兵也无暇分辨，乱砍乱戳，覆巢下无完卵，游釜中无生鱼，幸亏广泗下令禁止惨戮，还算保存了几个。红顶子都由人血染成。

大箐已破，又搜剿附逆熟苗，分首恶、次恶、胁从三等，首恶立诛，次恶严办，胁从肆赦。约历数月，先后扫荡，共毁除一千二百二十四寨，赦免三百八十八寨，阵斩苗民一万七千余名，俘二万五千有零，获铳炮四万六千五百具，刀矛弓弩标甲，多至十四万八千件。宥其半俘，收其叛产，设九卫屯田，养兵驻守。乾隆帝闻报大喜，命广泗总督贵州，兼管巡抚事，赐轻车都尉世职，并豁免苗疆钱粮，永不征收。苗民诉讼，仍从苗俗习惯，不拘律例。自是云、贵边境，才算平靖。

苗疆已定，海内承平，乾隆帝乃偃武修文，命大学士等订定礼乐，鄂尔泰、张廷玉两大臣，悉心斟酌，规据三礼，考正八音，把朝仪定得格外严密，乐章采得格外整齐。又复连年五谷丰登，八方朝贡，真个是全盛气象，备极荣华。此时做个皇帝，方称踌躇满志。乾隆帝记起世宗遗旨，令在京三品以上，及各省督抚学政，保荐博学鸿词，嗣因世宗晏驾，不及举行，至此正好缵成先志，开试文科。遂命各省文士，一律进京，计得一百七十六员，在保和殿考试。吟风弄月，摛藻扬华，篇篇是锦绣文章，个个是鼓吹盛世。当由大总裁等评定甲乙，恭呈御览。乾隆帝拔取隽才十五员，遵照康熙年例，一等五人，授翰林院编修，二等十人，授翰林院检讨及庶吉士。各员谢恩任职，也不在话下。

只这乾隆帝坐享太平，垂裳而治，未免要想出这欢娱的事情来。禁城里面的花园，算是畅春园最大，前明时懿戚徐伟作为别墅，园内花木参差，亭台轩敞，别具一番风景。圣祖在日，曾赐名畅春，复命于园内北隅，筑屋数间，赐名圆明，令皇子在此读书。世宗未登位时，最喜在圆明园饮酒吟诗，登位后，大兴建筑，楼台亭榭，添了无数。畅春园附近，又有一长春仙馆，比畅春园规模略小，馆中倒也异样精致，乾隆帝踵事增华，令把三处并为一处，发出库中存款，命工部督工改造。这一场建筑，比世宗时阔大得多。东造琳宫，西增复殿，南筑崇台，北构杰阁，说不尽的巍峨华丽。又经这班文人学士，良工巧匠，费了无数心血，某处凿池，某处叠石，某处栽林，某处莳花，繁丽之中，点缀景致，不论春秋冬夏，都觉相宜。又责成各省地方官，搜罗珍禽异卉，古鼎文彝，把中外九万里的奇珍，上下五千年的宝物，一齐陈列园中，作为皇帝家常的供玩。略略数语，金银已不知费得多少了。从前秦始皇筑阿房宫，陈后主起临春、结绮、望仙三阁，隋炀帝营显仁宫芳华苑，料想也不过如此。以秦始皇、陈后主、隋炀帝相比，价值何如？

这年园工告成，乾隆帝奉了皇太后，到园游览，并下特旨，自后妃以下，凡公主福晋，宗室命妇，以及椒房眷属，概令入园玩赏，于是大家遵旨入园。是日，春光蔼蔼，晓色融融，乾隆帝护着皇太后銮驾，到了园内，后妃公主等，一律相随，两旁迎驾的人，统已站着。乾隆帝龙目一瞧，一半是风鬟雾鬓，素口弯腰，此时也不暇评艳。直至行宫里面，下了舆，随太后步入，大众向两宫磕头，除老年妇人外，都装扮得天仙相似，独有一位命妇，眉似春山，眼如秋水，面不脂而桃花飞，腰不弯而杨柳舞，真个是闭月羞花，沉鱼落雁。乾隆帝顾了这个丽人，暗想道："这人很有些面善，未识是谁家眷属？"只是当众人前，不好细问，便呆呆的坐着。众人又转向皇后处，请过了安，但见皇后起立，与那丽人握手道："嫂嫂来得好早！"丽人却娇滴滴道："应该恭候！"乾隆帝听了两人问答，方记起这位丽人，乃是皇后的亲嫂子，内务府大臣傅恒的夫人。当由太后传下懿旨道："今日来此游览，大家不必拘礼。"众人都又谢恩。太后又谕道："游览不如徐步，坐了舆，反没甚趣味。"乾隆帝恰不听见，心不在焉，听而不闻。还是皇后答了"恐劳圣体"四字。太后道："我虽年老，徐步数里，想亦不至吃力。"乾隆帝方禀道："圣母既要步行，叫辇驾跟着便是。要徐步，便徐步，要乘舆，便乘舆。"太后道："这倒很好。"宫监献茶，太后以下，统已饮毕，遂出来四处闲游。皇帝、皇后紧紧的跟着太后。皇后后面，便是傅夫人。皇帝频频回顾，傅夫人颇有些觉得，也有意无意，瞻仰御容。到一处，小憩一处。日中在离宫午餐，直到傍晚，太后方兴尽回宫，皇帝、皇后，亦一同随返。皇后与傅夫人，又是握手叙别，皇帝更恋恋不舍，临别时还回顾数次。傅夫人站立了好一歇，等到两宫不见，方坐轿回去。一缕情丝，已经牵住。

乾隆帝自此日起，常掂念着傅夫人，镇日里无情无绪，连皇后也不晓得他的心思，请问数次，不见回答。一日，遇着皇后千秋节，由太后预颁懿旨，令妃嫔开筵祝寿。乾隆帝竟开心起来，忙至慈宁宫谢恩，皇后更不必说。乾隆帝回到坤宁宫，对皇后道："明日是你生辰，何不去召你嫂子入宫，畅饮一天？"皇后道："她明日自应到来，何必去召？"乾隆帝道："总是去召她稳当。前日去逛圆明园，我见你两人很是亲热，此番进来，好留她盘桓数日，与你解闷。"恐要增闷。皇后嘿然。乾隆帝即传宫监，叫他奉皇后命，明晨召傅夫人入宫宴赏。宫监去了一回，复奏傅夫人正预备祝千秋节，明日遵旨入宫。是夕，乾隆帝便宿在皇后宫内。次日早起视朝，不见有什么大事，当即辍朝入宫。文武百官，随驾至宫门外，祝皇后千秋。祝毕，大众散去。

乾隆帝到坤宁宫，见众妃嫔及公主福晋等，齐集宫中，傅夫人亦已在内。此时乾隆帝目中，只见有傅夫人。因御驾进来，个个站立，按照仪注行礼。乾隆帝忙道："一切蠲免。今日为皇后生辰，奉皇太后懿旨赐宴，大家好欢饮一天。若仍要拘牵礼节，倒反自寻苦恼，朕却不愿吃这苦头。"随令大家卸了礼服，一概赐坐。偏是傅夫人换了常服，越加妖艳，头上梳就旗式的髻子，发光可鉴，珠彩横生；身上穿一件桃红洒花京缎长袄，衬着这杏脸桃腮，娇滴滴越显红白；袄下露出蓝缎镶边的裤子，一双天足，穿着满帮绣花的京式旗圆。乾隆帝目不转睛的瞧着了她，她却嫣然一笑道："寿礼未呈，先蒙赐宴，这都是皇太后、皇上的厚恩，臣妾感激不尽。"理应以身报德。乾隆帝道："姑嫂一体，何用客气。"嫂可代姑，原是一体。当下传旨摆宴，乾隆帝请傅夫人上坐。傅夫人道："哪有冠履倒置的道理？"于是皇帝坐首席，皇后坐次席，第三席应属傅夫人。傅夫人又谦让一番，各位公主福晋等因傅夫人系皇后亲嫂，自然格外尊崇，定要傅夫人坐第三席，傅夫人仍坚执不肯。乾隆帝道："此处不是大廷上面，须按品列次，嫂子就坐了罢！"傅夫人无奈遵旨。比坐位重大的事情，亦应遵旨，但只一坐何妨。公主福晋等依次坐下，众妃嫔亦侍坐两旁。这次寿筵，正是异常丰盛，说不尽的山珍海味。饮到半酣，大众都带着酒意，脱略形迹，乾隆帝发了诗兴，要大家即事联诗。公主福晋等嚷道："这个旨意，须要会吟诗的方可遵从，若不会吟诗，只得违旨。就使皇上要治罪，也是无可奈何了。"乾隆帝道："不会吟诗，罚饮三杯，只皇后与嫂嫂，却不在此例。"大众方各无言。当由乾隆帝起句道："坤闱设帨庆良辰。"皇后即续下道："奉命开筵宴众宾。"乾隆帝闻皇后吟毕，便道："第三句请嫂嫂联吟！"傅夫人道："这却不能，情愿遵旨罚饮三杯。"乾隆帝道："前说过嫂嫂不在此例，就使不会吟诗，也要硬吟的。况且姑姑能诗，嫂嫂没有不能的道理。"这是从姑嫂一体语推阐出来，傅夫人只得想了一想，便吟道："臣妾也叨恩泽逮。"乾隆帝道："我接罢，'两家并作一家春'，这句好不好？"恰是妙句。傅夫人极口赞扬。此心已许君皇了。乾隆帝又命众人拇战一回，钗声钏声，及一片呼三喝四的娇声，挤成一番热闹。傅夫人连饮了几杯，酡颜半晕，星眼微饧，一片春意。乾隆帝见她已醉，命宫女扶至别宫暂寝，复令大家闲散一番，乾隆帝也出宫而去。

隔了一小时，大家重复入席，饮酒数巡，时已未刻，皇后令宫女去视傅夫人，宫女去了，好一歇，未见回报。等到大家用过了膳，宫女始含笑而来，报称傅娘娘卧室紧闭，不便入内。皇后道："皇上呢？"宫女道："皇上么？"说了两声"皇上"，停住后文。皇后已微觉一半，不问下去。隐忍得妙。大家散了宴，少坐片刻，日影西沉，宫中统已上灯，便各谢宴退出。是晚只傅夫人不胜酒力，留住宫中。不胜酒力，却胜人力。次晨，乾隆帝仍出视朝，不愧英主。傅夫人方至坤宁宫告辞，皇后对她一瞧，云鬟半亸，犹带睡容，昨宵的况味如何？便微哂道：“嫂子恭喜！”已含醋意。这一语，说得这位傅夫人，不知不觉，面上一阵一阵的热起来了，当即匆匆辞去。

自此皇后见了乾隆帝，不似前日的温柔，乾隆帝也觉暗暗抱愧，少往坤宁宫。昭阳殿里，私恨绵绵，谁知祸不单行，皇后亲生子永琏，竟于乾隆三年，一病不起，医药无灵。这位琏哥儿，本已由乾隆帝遵照家法，密立皇储，至此溘逝，这皇后恨上加恨，痛上加痛，哭得死去活来。乾隆帝趁这时机，打叠起温柔功夫，百般劝解，再三引咎，允她再生嫡子，定当续立为储，并谥永琏为端慧皇太子，赐奠数次，皇后方才回心转来，过了数年，又生下一子，赐名永琮，总道他长命长寿，克承大统，怎奈生了两年，陡出天花，又致夭折。看官！你想这富察皇后，此时还有趣味么？乾隆帝想了一法，借东巡为名，奉皇太后率皇后启銮，暗中实为皇后忧闷，借此消遣。伉俪情也算从重。谒了孔陵，祭了岱岳，凡山东名胜的地方，统去游览，奈这皇后悲悼亡儿，无刻去怀，外边虽强自排遣，内里不知怎样难过。沿途山明水秀，林静花香，别人看了，都觉襟怀爽适，入她眼中，独成惨绿愁红；又复冒了一些风寒，遂在舟中大发寒热。乾隆帝即令随带医官，诊脉进药，服了下去，好似饮水一般，复征召山东名医，尽心诊治，亦是没效，连忙下旨回銮，甫到德州，皇后已晕了数次，乾隆帝随时慰问，也没有一言相答；到皇太后来视，方模模糊糊的说了“谢恩”二字。临终时，对着乾隆帝，只滴了数点红泪。后人有诗惋叹道：

星霓苍龙失国储，巫阳忽又叫苍舒。
长秋从此伤尽落，云黯纤阿返桂舆。

皇后已崩，乾隆帝念自结褵以来，与皇后非常恩爱，只为了傅夫人，稍稍乖离，后来又复和协，不想中道沦亡，失了一位贤后，正是可痛，遂对棺大恸一场。皇太后闻知，忙令乾隆帝先归，自己与庄亲王允禄、和亲王弘昼，缓程回京。乾隆帝遵了母训，带同大行皇后梓宫，兼程回去。欲知后事，下回再讲。

苗疆未平，清高宗无此愉快，皇后千秋节，亦无此闹热，虢姨不来，内蛊何从而起？皇后富察氏之犹得永年，未可知也。本回叙平苗事，写得声威震叠，叙祝寿事，写得喜气汪洋，而最后尾声，则又写得哀痛动人。欢容变作啼容，好景无非幻景，读此可以悟往复平陂之理。

第三十五回

征金川两帅受严刑　降蛮酋二公膺懋赏

却说乾隆帝自德州回京，途次感伤，不消细说；到京后，命履亲王允祹等，总理丧事，奉安皇后梓宫于长寿宫，诸王大臣，免不得照例哭临；宫中妃嫔及福晋命妇，统为皇后服丧。傅夫人系皇后亲嫂子，自然格外尽礼。乾隆帝见她淡装素服，别具丰神，未免起了李代桃僵的思想，可惜罗敷有夫，不能强夺，只得背地里做个襄王，重证高唐旧梦。好在傅夫人每日伴灵，在宫内留宿，不是伴死，却是伴生。柳暗抱桥，花欹近岸，费长房暂缩相思地，女娲氏勉补离恨天，这位乾隆帝，方渐渐解了悼亡的忧痛。嗣因皇太后还宫，恐乾隆帝悲伤过甚，要替他续立皇后，乾隆帝以小祥为期，太后也不便勉强。因此坤宁宫中，尚是虚左以待，只册谥大行皇后为孝贤皇后，并把大行皇后母家，格外恩遇，晋封后兄富文公爵。余外不是封侯，就是封伯，共得爵位十四人，并升任傅恒为保和殿大学士，兼户部尚书。一大半为了令正。“外家恩泽古无伦”，这句满清宫词，就是为此而作。

内丧粗了，外衅复起，大金川土司莎罗奔，忽又侵入川边来了。这个金川土司，是四川省西边土司中的一部，本系吐蕃领地，明朝时，部酋哈伊拉本内附，因他信奉喇嘛教，封为演化禅师。嗣后分为二部，一部居大金川，一部居小金川。顺治七年，小金川酋卜儿吉细，与川吏往来，由川吏保为土司，康熙五年，复授大金川酋嘉勒巴演化禅师印。嘉勒巴孙莎罗奔，从清将军岳钟琪征藏，颇有功，清廷又升他为金川安抚司。乾隆初，莎罗奔势渐强盛，令旧土司泽旺，管辖小金川部，又把他爱女阿扣，嫁与泽旺为妻。

阿扣貌美性悍，憎泽旺粗鄙，不甚和睦，泽旺事事依从，她总闷闷不乐；只泽旺弟良尔吉，生得姿容壮伟，阿扣见了，未免动心。良尔吉正在青年，哪有不知风月的勾当？与阿扣眉来眼去，非止一日，奈因泽旺在旁，不便下手，这日应该有事，泽旺拟出外游猎，良尔吉托病不从，等到泽旺已去，他即闯入内寝，想与阿扣调情。色胆天来大。阿扣正手托香腮，呆坐出神，见良尔吉进来，便起身相迎。良尔吉久蓄邪念，管什么叔嫂嫌疑，竟似饿鹰一般，将阿扣搂住求欢。阿扣假作推开，急得良尔吉下跪道："我的娘！今日须救我一救！"阿扣道："我不是观世音菩萨，如何救你？"良尔吉道："阿嫂正是救苦救难的观世音。"阿扣瞅了良尔吉一眼，便道："好一个急色儿，起来罢！"良尔吉站起身来，不由分说，竟将阿扣抱入帐中，你半推半就，我又惊又爱，小子若再描绘情状，要变作诲淫导奸，只说一句良尔吉盗嫂便了。到了步武陈平地步。

泽旺游猎回来，那时叔嫂二人，早已云收雨散，内外分居。但天下事若要不知，除非莫为，闺房中暧昧事情，免不得要传到泽旺耳中，泽旺不得不少加管束。阿扣及良尔吉，不能常续旧欢，心中未免懊恼，会闻莎罗奔侵略打箭炉土司，颇得胜仗，良尔吉乘间与阿扣商量，拟请莎罗奔调泽旺从军，省得阻拦好事。阿扣大喜，佯托归宁，密禀她老子莎罗奔，献了调遣泽旺的计策。莎罗奔遂着人征调泽旺，泽旺向来懦弱，不愿与别部土司启衅，当即辞却。来人回报莎罗奔，莎罗奔大怒，饬部众去拿泽旺。阿扣忙出帐请道："要拿泽旺，何须兴动部众，只叫着数人，随女儿前去，包管泽旺拿到。"回去续欢，也是要紧。莎罗奔遂依他女儿的计策，挑选头目二人，率健婢数十名，送女回小金川。泽旺接着，只得款待来使，犒饮已毕，来使辞归，由泽旺送出帐外；忽来使变了脸，命手下健卒擒住泽旺，泽旺大叫我有何罪。来使道："你奉调不至，所以特来请你。"泽旺部下，攘臂而起，方想夺回泽旺，当由良尔吉拦阻道："我兄系大金川女婿，此去当不至受辱，若一动兵戈，大家伤了和气，反不得了。"小金川部众，闻了此语，遂束手不动，由大金川来使，劫了泽旺而去。良尔吉回入帐中，忙至内寝，但见阿扣含笑道："我的计策好不好？"良尔吉道："今日当竭力报效。"阿扣啐了一声，便整顿酒肴，对酌起来。饮酣兴至，两人又宽衣解带，做那鸳鸯勾当。从此名为叔嫂，暗实夫妇。

清廷闻莎罗奔内侵，遂命张广泗移督四川，相机勦治。广泗入川后，率兵至小金川驻扎，忽报良尔吉求见，当由广泗召入。良尔吉跪在地下，假作大哭道："莎罗奔不道，将长兄泽旺擒去，现在生死未卜，恳大帅急速发兵，攻破大金川，夺回长兄，恩同再造。"张广泗不知是诈，便叫他起来，劝慰一番，令作前军响导，往讨莎罗奔。

这大金川本是天险，西滨河，东阻大山，莎罗奔居勒乌围，令他兄子郎卡，居噶尔厓，勒乌围、噶尔厓两处，非常险峻，四川巡抚纪山，曾遣副将马良柱等，率兵进，未得深入。张广泗奏调兵三万，分作两路，一由川西入攻河东，一由川南入攻河西；河东又分四路，两路攻勒乌围，两路攻噶尔厓，以半年为期，决意荡平。怎奈河东战碉林立，易守难攻。什么叫作战碉？土人用石筑垒，高约三四丈，仿佛塔形，里面用人守住。四面开窗，可放矢石，每夺一碉，须费若干时日，还要伤死数百人。这碉虽毁，那碉复立，攻不胜攻，转眼间已是半年，毫无寸效。张广泗急得没法，牛皮大箭不足畏，遇着战碉，反致没法，军事之难可知。命良尔吉另寻间道。良尔吉道：“此处无间道可入，只有从昔岭进攻，方可直入噶尔厓，但昔岭上面，恐已有人固守，进攻亦是难事。”张广泗道：“从前贵州的苗巢，何等艰险，本制军还一鼓荡平，何怕这区区昔岭呢？倘若畏险不攻，何时得平大金川？”遂命部将宋宗璋、张应虎，及张兴、孟臣等，分路捣入，仍用良尔吉作为前导，谁知这良尔吉早已密报莎罗奔，令他赶紧防御，等到清兵四至，番众鼓噪而下，把清兵杀得四分五裂。张兴、孟臣战死，宋宗璋、张应虎逃回。广泗还道良尔吉预言难攻，格外信用。良尔吉两面讨好，莎罗奔竟将爱女充赏，令与良尔吉为夫妇。良尔吉快活异常，只瞒住张广泗一人，日间到了清营，虚与周旋，夜间回入本寨，偕阿扣通宵行乐。乐固乐矣，如天道难容何？广泗毫不觉察，惟仍用以碉逼碉的老法子，自乾隆十二年夏月攻起，到十三年春间，只攻下一二十个战碉，此外无功可报。

会闻故将军岳钟琪到来，广泗出营迎接，因他老成望重，虽起自废籍，倒也不敢轻视。钟琪入广泗营，两下会议，广泗愿与钟琪分军进攻。钟琪攻勒乌围，广泗攻噶尔厓，方在议决，忽报大学士讷亲，奉命经略，前来视师。张、岳两人，又至十里外远迎，但见讷亲昂然而至，威严得了不得，见了两帅，并不下马。两帅上前打拱，他只把头略点一点。该死的东西。既到战地，扎住大营，广泗等又入营议事，讷亲把广泗饬责一番，广泗大不谓然，负气而出。讷亲遂调齐诸将，下令限三日取噶尔厓，总兵任举，参将贾国良，最号骁勇，奉讷亲命，领兵急进。此时良尔吉得了此信，忙遣心腹到噶尔崖，报知郎卡，教他小心抵御。郎卡遂挑选劲卒，埋伏昔岭两旁，自率精骑下噶尔崖，专待清兵厮杀。任举、贾国良驱军直入，如风驰电掣一般，到了昔岭，山路崎岖，令军士下马前行，任举在前，贾国良在后，任举兵已逾岭而进，贾国良兵尚在岭中，忽两边突出两路番兵，把清兵冲断。任举令前军排齐队伍，与番兵角斗，互有杀伤，只贾国良的后军，截留岭内，无可施展，番兵用箭乱射，任你贾国良武艺绝伦，也被无情的箭镞，攒集身中，伤重而亡，这边任举还不知国良战死，抖擞精神，驱杀番兵，不想郎卡又到，一支生力军杀入，任举不能支持，奈前后无路，自知不能生还，便拼了命，杀死番兵数十名，大叫一声，呕出狂血无数。番兵围将拢来，复格死数人，方才晕绝，兵士亦大半做了刀头之鬼。

讷亲闻了败报，方识大金川厉害，亟召张广泗等商议，随向广泗道："任举、贾国良，两员骁将，统已阵亡，我不料区区金川，有这般厉害。还请制军等别图良策！"广泗道："公爷智深勇沉，定能指日灭贼，如广泗辈碌碌无能，老师糜饷，自知有罪，此后但凭公爷裁处，广泗奉命而行便了。"这番言语，分明是讥讽讷亲。这亦是广泗短处。讷亲暗觉惭愧，勉强道："凡事总须和衷办理，制军不应推诿，亦不可别生意见。"广泗道："据愚见想来，只有用碉逼碉一法，待战碉一律削平，勒乌围、噶尔厓等处，便容易攻入了。"俟河之清，人寿几何？广泗未免呆气。岳钟琪接口道："据大金川地图看来，勒乌围在内，噶尔厓在外，若从昔岭进攻，就使得了噶尔厓，距贼巢还有数百里，道迂且长，不如改寻别路为是。"广泗道："昔岭东边，尚有卡撒一路，亦可进兵。"钟琪道："从卡撒进兵，中间仍隔噶尔厓，与昔岭也差不多。愚见不如另攻党坝，党坝一入，距勒乌围只五六十里，山坡较宽，水道亦通，破了外隘，便可进攻内穴，敢请公爷与制军斟酌！"讷亲茫无头绪，不发一言。广泗复道："党坝一方，已着万人往攻，但亦不能得手。且泽旺弟良尔吉等，都说取道党坝，不如从昔岭、卡撒，两路进兵便当。良尔吉是此地土人，应熟悉地理，况又有志救兄，谅不致误。"钟琪微笑道："制军休再信良尔吉，良尔吉与他嫂子，暗里通奸，土人多已知晓，制军不可不防！”广泗道：“良尔吉与嫂子犯奸，不过是个人败德，于军事没甚关系。”广泗不致这般呆，大约受了马屁的滋味。钟琪道：“嫂可盗，要什么兄长，难道还肯真心助我么？”广泗道：“如此说来，都是我广泗不好，嗣后广泗不来参与军情，那时定可成功呢。”说毕，起身别去。钟琪亦辞了讷亲，回到营中，暗想广泗这般负气，将来恐累及自己，遂修了一本奏折，劾广泗信用汉奸，防生他变。讷亲亦奏劾广泗老师糜饷各事。乾隆帝览奏大怒，立命逮广泗回京，又因讷亲旷久无功，另遣傅恒代任经略，亲赐御酒饯行，并命皇子及大学士，送至良乡。内嫂子已叠受厚恩，内兄自应加礼。

傅恒去后，张广泗已逮解到京，先由军机大臣审问。广泗把许多错误，都推在讷亲身上。乾隆帝亲自复讯，广泗仍照前复对。乾隆帝怒道：“你果好好布置，克日奏功，朕亦不令讷亲到川，你既失误军机，还要诿过别人，显是负恩误国。朕若赦你，将来如何御将？”便问军机大臣道：“张广泗应如何处罪？”军机大臣道：“按律应斩。”乾隆帝即命德保勒尔森为监刑官，把广泗绑出午门斩讫。负气的人，终归自苦。随传旨令讷亲明白复奏。

过了月余，复奏已到，也是一派诿过的话头，乾隆帝又恼了性子，将原奏掷地，饬侍卫至讷亲家，取出讷亲祖父遏必隆的遗剑，发往军前，令讷亲自裁。川内三大帅，只剩岳钟琪一人，还算保全，将士们都吓得胆战心惊。

傅恒至军，由岳钟琪密禀良尔吉罪状，遂召良尔吉入帐。良尔吉从容进见，傅恒喝左右拿下。良尔吉忙道：“大帅何故拿我？”傅恒喝道：“你蔑兄奸嫂，漏泄军机，本经略已探闻的确，今日叫你瞑目受死。”良尔吉还想抗辩，傅恒喝左右斩讫报来。霎时间献上首级，傅恒令悬竿示众，一面摆队出营，入小金川寨中，令军士擒出阿扣，比良尔吉拥抱时趣味何如？责她背夫淫叔的罪名。阿扣哀乞饶命，恁你如何长舌，已不中用。傅恒道："万恶淫妇，还想求生么？"责人固明，责已若何？亦喝左右斩讫。可怜一对露水夫妻，双双毕命。是淫恶的果报。

敌间已除，军容复整，傅恒又定了直捣中坚的计策，随即上表奏道：

臣经略大学士傅恒跪奏：金川之事，自臣到军以来，始知本末。当纪山进讨之始，惟马良柱转战直前，其锋甚锐，斯时张广泗若速济师策应，乘贼守备未周，殄灭尚易，乃坐失机会，宋宗璋逗留于杂谷，张应虎失机于的郊，致贼将尽据险要，增碉备御，七路十路之兵，无一路得进。及讷亲至军，未察情形，惟严切催战，任举败没，锐挫气索，晏起偷安，将士不得一见，不听人言，不恤士卒，军无斗志，一以军务委张广泗，广泗又听奸人所为，惟恃以卡偪卡，以碉偪碉之法。无如贼碉林立，得不偿失，先后杀伤数千人，尚匿不实奏。

臣查攻碉最为下策，枪弹惟及坚壁，于贼无伤，而贼不过数人，从暗击明，枪不虚发，是我惟攻石，而贼实攻人，且于碉外开濠，兵不能越，而贼得伏其中，自上击下，又战碉锐立，高于中土之塔，建造甚巧，数日可成，随缺随补，顷刻立就。且人心坚固，至死不移，碉尽碎而不去，炮方过而又起。客主劳佚，形势迥殊，攻一碉难于克一城。即臣所驻卡撤左右山顶，即有三百余碉，计半月旬日得一碉，非数年不能尽，且得一碉辄伤数十百人，较唐人之攻石锋堡，尤为得不偿失。如此旷日持久，老师糜饷之策，而讷亲、张广泗尚以为得计，臣不解其何心也。

兵法："攻坚则瑕者坚，攻瑕则坚者瑕"，惟有使贼失其所恃，而我兵乃得展其所长。臣拟俟大兵齐集，同时大举，分地奋攻，而别选锐师，旁探间道，裹粮直入，逾碉勿攻，绕出其后，即以围碉之兵，作为护饷之兵，番众无多，外备既密，内守必虚，我兵即从捷径捣入，则守碉之番，各怀内顾，人无斗志，均可不攻自溃。卡撒为攻噶尔厓正道，岭高沟窄，臣既身为经略，当亲任其难。至党坝一路，岳钟琪虽称山坡较宽，可以水陆并进，兼有卡里等隘，可以间道长驱，但臣按图咨访，隘险亦几同卡撒，且泸河两岸，贼已阻截，舟难径达，惟可酌益新兵，两路并进，以分贼势，使其面面受敌，不能兼顾，虽有深沟高垒，汉奸不能为之谋，逆酋无所恃其险矣。至于奋勇固仗满兵，而向导必用土兵，土兵中小金川尤骁勇。今良尔吉之奸谍已诛，驱策用之，自可得力。前此讷亲、张广泗，每得一碉，即拨兵防守，致兵力日分，即使毁除，而贼又于其地立卡，藏身以伤我卒，是守碉毁碉，均为无益。近日贼闻臣至，每日各处增碉，犹以为官兵狃于旧习，彼得恃其所长，不知臣决计深入，不与争碉，惟俟大兵齐集，四面布置，出其不意，直捣巢穴，取其渠魁，约四月间当可奏捷矣。谨此上奏。

这篇大文，乃是乾隆十四年正月奏闻，乾隆帝留中不发。过了数日，反促傅恒班师回朝。傅恒复奏：“贼势已衰，我兵且战且前，已得险要数处，功在垂成，弃之可惜。若不扫穴擒渠，臣亦无颜回京”等语。乾隆帝复颁寄谕旨，反复数千言，且说：“蕞尔土司，即扫穴犁庭，不足示武。”看官！你道乾隆帝是何命意？他因兴师以后，已经二年，杀了两个大臣，又失了任举良将，未免懊悔，因此屡促班师。

此时大金川酋莎罗奔，已断内应，并因连年抵御，部众亦死了不少，遂释归泽旺，遣师至清营谢罪。傅恒叱退来使，与岳钟琪分军深入，连克碉卡，军声大震。莎罗奔又遣人至岳钟琪营，愿缴械乞降，钟琪因前征西藏，莎罗奔旧隶麾下，本来熟识，遂轻骑往抵勒乌围。莎罗奔闻钟琪亲至，遂率领部众，出寨恭迎，罗拜马前。钟琪责他背恩负义，莎罗奔叩首悔过，愿遵约束，随遣番人至大营前，辟地筑坛，预设行幄。坛成，莎罗奔父子，从钟琪坐皮船出峒，及到坛前，清经略大学士傅恒已高坐坛上，莎罗奔等俯伏坛下，由傅恒训责一番，令返土司侵地，献凶酋，纳兵械，归俘虏，供徭役。莎罗奔一一听命，乃宣诏赦罪。诸番焚香作乐，献上金佛一尊，首顶佛经，誓不复反。傅恒始下坛归营，莎罗奔率众退去。讷亲、张广泗连战无功，傅恒独一鼓平蛮，想系傅夫人的帮夫运。捷报奏达京师，乾隆帝大悦，优诏褒奖，比傅恒为平蛮的诸葛武侯，盟回纥的郭汾阳，遂封他为一等忠勇公，何不封他元绪公。岳钟琪为三等威信公，立召凯旋，命皇长子及诸王大臣郊劳。既入禁城，乾隆帝御紫光阁，行饮至礼，赐经略大学士忠勇公傅恒，及随征将士宴于丰泽园，复赏他御制诗章。中有一联云：

两阶干羽钦虞典，大律官商奏采薇。

傅恒既归，傅夫人不能时常进宫，乾隆帝要继立皇后了。继后为谁？容待下回叙明。

讷亲、张广泗二人，处罪从同，而罪状不同。广泗信汉奸，比匪人，轻视讷亲，积不相容，固有难逭之罪，然金川艰险，战碉林立，非广泗之出兵捣毁，则傅恒分路深入之计，恐亦未能骤行。且广泗逮还，高宗亲讯，以其抗辩而杀之，尤为失当。广泗有罪，理屈词穷，杀之可也，乃广泗尚有可辨之处，而高宗不问曲直，立置重刑，刑戮任情，得毋太过！况广泗有平苗之大功，尤应曲为赦宥乎？傅恒一出，叛酋乞降，虽由间谍之被诛，然其时金川精锐，已皆伤亡于张广泗之手，广泗不幸而冲其坚，傅恒特幸而乘其敝耳。莎罗奔旧隶岳钟琪麾下，至此亦由钟琪轻骑往抚，始悔罪投诚，是则金川之平，功亦多出岳钟琪，傅恒因人成事，得沐荣封，兼邀诸葛、汾阳之誉，宁能无愧？意者其殆由虢姨承宠，特别施恩欤？本回叙金川战事，实隐指高宗刑赏之失宜。至良尔吉蔑兄盗嫂，阿扣背夫淫叔，不过作为渲染词料，然其后授首军前，揭竿示众，亦可见天道祸淫之报，于世道人心，不无裨益云。

第三十六回

御驾南巡名园驻跸　王师西讨叛酋遭擒

却说孝贤后崩逝后，已是小祥，乾隆帝至梓宫前亲奠一回。奠毕，慈宁宫传到懿旨，宣召乾隆帝进宫。到太后前请过了安，太后道："现在皇后去世，已满一年，六宫不可无主，须选立一人方好。"乾隆帝嘿然不答。其将谁语？太后道："宫内妃嫔，哪一个最称你意？"乾隆帝道："妃嫔虽多，没一个能及富察，奈何？"富察二字，含糊得妙。太后道："我看娴贵妃那拉氏，人颇端淑，不妨升她为后。"乾隆帝沉吟半晌，便道："但凭圣母主裁！"太后道："这也要你自己愿意。"乾隆帝平日颇尽孝道，至此也不欲违逆母命，没奈何答了一个"愿"字。退出慈宁宫，又辗转思想了一番，想什么？乃于次日下旨，册封娴妃那拉氏为皇贵妃，摄六宫事。那拉氏不即立后，乾隆帝之意可知。直到孝贤皇后二周年，尚未册立正宫，经太后再三催促，方立那拉氏为皇后。参商之兆，已萌于此。此时鄂尔泰已死，张廷玉亦因老乞归，鄂、张二人，本受世宗遗旨，身后俱得配享太庙，嗣因鄂、张各存党见，朝官依附门户，互相攻讦，事为乾隆帝所闻，心滋不悦。廷玉乞归时，又坚请身后配享，触忤龙颜，严旨诘责，追缴恩赐物件，革去伯爵，并不令配享。硬要做满族奴才，致触主怒，何苦何苦！廷玉惊慌得了不得，后来一病身亡，总算乾隆帝优待老成，仍令配享太庙，廷玉好瞑目了。这是后话。

乾隆帝因宫廷中事，都未惬意，不免烦恼，便想到别处闲游，借作排遣。十五年春季，奉了皇太后，巡幸五台山，秋季又奉皇太后临幸嵩岳，两处游玩，仍不见有什么消遣的地方。他想外省的景致，还不及一圆明园，就时常到圆明园散闷，这日，在园中闲逛，起初是天气阴沉，不甚觉得炎热，到了午后，云开见日，遍地阳光，掌盖的忘携御盖，被乾隆帝大加申斥，忽随从中有人说道："典守者不得辞其责。"乾隆帝便问道："谁人说话?"那人便跪倒磕头。乾隆帝见他唇红齿白，是一个美貌的少年，随问道："你是何人?"那人禀道："奴才名和珅，是满洲官学生，现蒙恩充当銮仪卫差役，恭奉御舆。"乾隆帝道："你是官学生，充这舁舆的差使，未免委屈，朕拔你充个别样差使，可好么?"和珅感激的了不得，便磕了九声响头，朗声道："谢万岁万万岁天恩!"和珅初蒙主知，已极意贡谀，望而知为妄臣。乾隆帝便令他跟住身后，有问必答，句句称旨，引得龙心大开，回到宫中，竟命他作宫中总管。这和珅骤膺宠眷，打叠精神，伺候颜色，乾隆帝想着什么，不待圣旨下颁，他已暗中觉察，十成中总管八九成，因此愈加宠任，乾隆帝竟日夜少他不得，后人说他是弥子瑕一流人物，小子无从搜得确据，不敢妄说。

只乾隆帝素爱冶游，得了和珅以后，越加先意承志，说起南边风景，很是繁华。乾隆帝道："朕亦想去游幸一次，只虑南北迢遥，要劳动官民，花费许多金钱，所以未决。"和珅道："圣祖皇帝六次南巡，臣民并没有多少怨咨，反都称颂圣祖功德。古来圣君，莫如尧舜。《尚书·舜典》上，也说五载一巡狩，可见巡幸是古今盛典，先圣后圣，道本同揆，难道当今万岁，反行不得么?况且国库充盈，海内殷富，就使费了些金银，亦属何妨。"乾隆帝生平，最喜仿效圣祖，又最喜学着尧舜，听了和珅一番言语，正中下怀，自来英主多愿爱民，后来亦多被小人导坏，汉武、唐玄与清高宗皆此类也。便道："你真是朕的知己！"遂降旨预备南巡。和珅讨差，督造龙舟，建得穷工奇巧，备极奢华，把康、雍两朝省下的库储，任情挥霍，好像用水一般；和珅从中得了数十万好处，乾隆帝还奖他办事干练，升他做了侍郎。这叫做升官发财。和珅复飞咨各省督抚，赶修行宫，督抚连忙募工修筑，又把水陆各道，一律疏通，准备巡幸。乾隆十六年春正月，乾隆帝奉皇太后启銮，宫中挑选了几个妃嫔，作为陪侍，皇后独没福随游，伉俪之情可想。外面除留守人等，尽令扈从，仪仗车马，说不胜说，数不胜数。开路先锋，便是新任侍郎和珅，御驾所经，督抚以下，尽行跪接，一切供奉，统由和珅监视。和珅说好，乾隆帝定也说好，和珅说不好，乾隆帝定也说不好。督抚大员，都乞和珅代为周旋，因此私下馈遗，以千万计。

两宫舍陆登舟，驾着龙船，沿运河南下，由直隶到山东，从前已经游历，没甚可玩，只在济宁州耽搁一日。由山东到江苏，六朝金粉，本是有名，乾隆帝为此而来，自然要多留几天。扬州住了好几日，苏州又住了好几日，所有名胜的地方，无不游览。苏杭水道最便，复自苏州直达杭州，浙省督抚，料知乾隆帝性爱山水，在西湖建筑行宫，格外轩敞。两宫到了此地，游遍六桥三竺，果觉得湖山秀美，逾越寻常。乾隆帝非常喜悦，不是题诗，就是写碑；有时脑筋笨滞，命左右词臣捉刀，并召试诸生谢墉等，赏给举人，授内阁中书。又亲祭钱塘江，渡江祭禹陵，复回至观潮楼阅兵。

忽报海宁陈阁老，遣子接驾，乾隆帝奇异起来，还是太后叫他临幸一番，太后应已觉着了。遂自杭州至海宁。此时陈阁老闻御驾将到，把安澜园内，装潢得华丽万分，陈府外面的大道，整治得平坦如镜，随率领族中有职男子，到埠头恭候。隔了数时，遥见龙舟徐徐驶至，拍了岸，便排班跪接，奉旨叫免。陈阁老等候两宫上岸登舆，方谢恩而起，恭引至家。陈老夫人，亦带了命妇，在大门外跪迎，两宫又传旨叫免，乃起导两宫入安澜园，下舆升坐。接驾的一班男妇，复先后按次叩首。两宫命陈阁老夫妇，列坐两旁，陈阁老夫妇又是谢恩。余外男妇等奉旨退出。于是献茶的献茶，奉酒的奉酒，把陈家忙个不了。幸亏随从的人，有一半扈跸入园，有一半仍留住舟中，所以园内不致拥挤，两宫命陈阁老夫妇侍宴，随从的文武百官，宫娥彩女，亦分高下内外，列席饮酒，大约有一、二百席，山南海北的珍味，没一样不采列，并有戏班女乐侑宴，这一番款待，不知费了多少金钱。只乾隆帝御容，很有点像陈阁老，陈老太太有时恰偷觑御容，似乎有些惊疑的样子，究竟乾隆帝天禀聪明，口中虽是不言，心中恰是诧异，酒阑席散，奉了太后，与陈阁老夫妇，到园中游玩一周，回入正厅。乾隆帝谕陈阁老夫妇道："这园颇觉精致，朕奉太后到此，拟在此驻跸数天。但你们两位老人家，年力将衰，不必拘礼，否则朕反过意不去，只好立刻启行了。"陈阁老忙回道："两宫圣驾，不嫌亵陋，肯在此驻跸数日，那是格外加恩，臣谨遵旨！"皇帝到了家里，陈阁老以为光宠，我说实是晦气。太后亦谕道："此处伺候的人很多，你两老夫妇，可以随便疏散，不必时时候着。"阁老夫妇谢恩暂退。

是夕，乾隆帝召和珅密议，说起席间情况，嘱和珅密察。和珅奉旨，屏去左右，独自一人在园间踱来踱去，假作步月赏花的情形。更深夜静，四无人声，和珅不知不觉，走到园门相近，仍不闻有什么消息，正想转身回至寝室，忽见园角门房内，露出灯光一点，里面还有唧唧哝哝的声音，便轻轻的掩至门外，只听里面有人说道："皇上的御容，很像我们的老爷，真是奇怪。"接连又有一人道："你们年纪轻轻，哪里晓得这种故事？"前时说话的人又问道："你老人家既晓得故事，何不说与我们一听。”和珅侧着耳朵，要听他对答，不料下文竟尔停住，只有一阵咳嗽声，咯痰声，不肯直叙，这是文中波澜。不免等得焦躁起来。亏得里面又在催问，那时又闻得答语道：“我跟老爷已数十年，前在北京时，太太生了一位哥儿，被现今皇太后得知，要抱去瞧瞧，我们老爷只得应允，谁料抱了出来，变男为女，太太不依，要老爷立去掉转，老爷硬说不便，将错就错的过去。现在这个皇上，恐怕就是掉换的哥儿呢。”这两句话，送入和珅耳中，暗把头点了数点。忽听里面又有人说道：“你这老总管亦太粗莽，恐怕外面有人窃听。”和珅不待听毕，已三脚两步的走了。路中碰着巡夜的侍卫，错疑和珅是贼，的确是个民贼。细认乃是和大人，想上前问安，和珅连忙摇手，匆匆的趋回寝室。睡了一觉，已是天明，急起身至两宫处请安。乾隆帝忙问道：“有消息么？”和珅道：“略有一点消息，但恐未必确实。”乾隆帝道：“无论确与不确，且说与朕听！”和珅道：“这个消息，奴才不敢奏闻。”乾隆帝问他缘故，和珅答称：“关系甚大，倘或妄奏，罪至凌迟。”乾隆帝道：“朕恕你罪，你可说了。”和珅终不敢说，乾隆帝懊恼起来，便道：“你若不说，难道朕不能叫你死么？”和珅跪下道：“圣上恕奴才万死，奴才应即奏闻，但求圣上包涵方好！”乾隆帝点了点头，和珅便将老园丁的言语，述了一遍。乾隆帝吃了一惊，慢慢道：“这种无稽之言，不足为凭。”聪明人语。和珅道：“奴才原说未确，所以求圣上恕罪！”乾隆帝道：“算了，不必再说了。”忽报陈阁老进来请安，乾隆帝忙叫免礼，并传旨今日启銮，还是陈阁老恳请驻跸数天，因再住了三日，奉太后回銮，陈阁老等遵礼恭送，不消细说。

两宫仍回到苏州，复至江宁，登锺山，祭孝陵，泛秦淮河，登阅江楼，又召试诸生蒋雍等五人，并进士孙梦逵，同授内阁中书。驻跸月余，方取道山东，仍还京师。回京后，乾隆帝欲改易汉装，被太后闻知，传入慈宁宫，问道："你欲改汉装么？"乾隆帝不答，太后道："你如果要改汉装，便是不忠不孝，不仁不义，我亦要让你了。"乾隆帝连称不敢，方才罢议。冕旒汉制终难复，徒向安澜驻翠葆。

日月如梭，忽忽间又过三年，理藩院奏称准噶尔台吉达瓦齐，遣使入贡，乾隆帝问军机大臣道："准部长噶尔丹策零，数年前身死，嗣后立了那木札尔，又立了喇嘛达尔札，扰乱数年，朕因他子孙相袭，道途又远，所以不去细问。什么今日，换了个达瓦齐？"军机大臣道："那木札尔，系噶尔丹策零次子，策零死，那木札尔立，后来因昏庸无道，被他女儿的丈夫弑掉了，另立策零庶长子喇嘛达尔札，现在喇嘛达尔札，又被部众弑掉，改立达瓦齐，这达瓦齐闻是准部贵族大策零子孙呢。"乾隆帝道："照这般说，达瓦齐系策零仆属，胆敢篡立，实是可恨，朕拟兴师问罪，免他轻视天朝。"正商议间，又接边臣奏折，内称："辉特部台吉阿睦撒纳，为达瓦齐所败，愿率众内附"等语。乾隆帝即命阿睦撒纳来京陛见，并却还达瓦齐贡使。

阿睦撒纳奉了上谕，当即到京求见，由理藩院尚书带入，阿睦撒纳叩首毕，乾隆帝问道："你便是辉特部台吉么？"阿睦撒纳答道："是。"乾隆帝又问道："你如何与达瓦齐开战？"阿睦撒纳道："达瓦齐篡了准部，还想蚕食他方，臣本与他划疆自守，毫无干涉，他无端侵入臣境，臣与他战了一场，被他杀败，因此叩关内附，仰乞大皇帝俯赐矜全！"乾隆帝见他身材雄伟，言语爽畅，不觉喜悦，便道："朕正想发兵讨达瓦齐，你来得很好。"阿睦撒纳道："大皇帝果发义师，臣愿作为前导。"乾隆帝道："你肯为朕尽忠，朕却不吝重赏。"阿睦撒纳谢恩而出。乾隆帝即召集王大臣，会议发兵计划，并言荡平准部，就在阿睦撒纳身上。军机大臣舒赫德奏道："臣看阿睦撤纳相貌狰狞，必非善类，请圣上不要信他!”乾隆帝怫然不悦，便厉声道：“据你说来，达瓦齐是不应讨么?”舒赫德道：“达瓦齐非不应讨，但阿睦撤纳，乞皇上不可重用!”乾隆帝复厉声道：“阿睦撤纳是生长彼地，地理人情，都应熟悉，朕若不去用他，难道用你不成!”舒赫德素性刚直，还要接口道：“圣上要用这阿睦撤纳，请将他部下余众，徙入关内，免得后患。”乾隆帝怒道：“你这般胆小，如何好做军机大臣?”叱侍卫逐出舒赫德。舒赫德叹息而去。忠言逆耳，令人呜咽。傅恒见乾隆帝发怒，忙上前道：“圣上明烛万里，此时正好出征准部，戡定西陲。”这等拍马屁的伎俩，想是从闺训得来。乾隆帝怒容渐霁，徐答道：“究竟是你有些智谋。但还是今年出兵，明年出兵?”傅恒道：“据臣愚见，今年且先筹备起来，待明年出兵未迟。”乾隆帝准奏，遂下旨饬八旗将士先行操练，并封阿睦撤纳为亲王。

看官！你道这阿睦撤纳，究竟是何等样人？他的言语，究竟可靠不可靠？小子须要补述一番方好。阿睦撤纳是丹衷的遗腹子，丹衷系策妄女婿，策妄借结婚政策，灭了丹衷的父亲拉藏汗，应第二十九回。丹衷穷无所归，寄食准部，免不得怨恨策妄，策妄又把丹衷害死，将自己的女儿，改醮辉特部酋，只五六月生了一个男孩子，就是阿睦撤纳。阿睦撤纳长大起来，继了后父的位置，见准部内乱，蓄志并吞，先帮助达瓦齐，杀了喇嘛达尔札，自己迁至额尔齐斯河，胁服杜尔伯特部。达瓦齐也阴怀疑忌，大举攻阿睦撤纳，阿睦撤纳乃托名内附，想借清朝兵力，灭掉达瓦齐，自己好占据准噶尔。巧遇乾隆帝好大喜功，听了阿睦撤纳的言语，决计用兵。会准部小策零属下萨拉尔，及达瓦齐部将玛木特，先后降清，阿睦撤纳又促请出师。于是乾隆二十二年春，命尚书班第为定北将军，出北路。陕甘总督永常为定西将军，出西路。北路用阿睦撤纳为前导，授他做定边左副将军。西路用萨拉尔为前导，授他做定边右副将军。玛木特做了北路参赞，西路参赞，用了内大臣鄂容安。两副将军各领前锋先进，将军参赞等次第进行。浩浩荡荡，直达准部。沿途经过的部落，望见两副将军大纛，多识是前时故帅，望风崩角，拜谒马前。到了夏间，两路大军并至博罗塔拉河，距伊犁只三百里。达瓦齐闻报，慌做一团，仓猝征兵，已来不及，只带了亲兵万人，向西北出奔，走入格登山去了。清军长驱追袭，将到格登山，夜遣降将阿玉锡等，率领二十余骑，往探路程。阿玉锡想夺头功，竟乘夜突入敌营，拍马横矛，威风凛凛，达瓦齐部众，还道是清军齐到，四散奔逃。真不济事。达瓦齐也落荒窜去，扒过大山，投入回疆。他想平日要好的回酋，只有乌什城主霍吉斯，一口气奔到乌什城。霍吉斯也出城迎接，谁知进了城门，一声胡哨，伏兵尽发，把达瓦齐拿住。达瓦齐向霍吉斯道："我与你一向至交，如何缚我？"霍吉斯也不与多说，取出清帅檄文，与他细瞧。达瓦齐道："好好！你总算卖友求荣了。"该骂！当下被霍吉斯推入囚车，解送清营。清两帅回到伊犁，这时候，罗卜藏丹津还絷在伊犁狱中，遂一并擒出，与达瓦齐槛送京师。

乾隆帝得了红旗捷报，召两军凯旋，亲御午门，行献俘礼。达瓦齐及罗卜藏丹津，觳觫万状，捣头如蒜。隆乾帝大笑道："这样人物，也想造反，正是夜郎自大，不识汉威哩。"遂传旨赦他死罪。一面大封功臣，首奖大学士傅恒襄赞有功，再加封一等公。马屁又被他拍着了。定北将军班第封一等诚勇公，副将军萨拉尔，封一等超勇公，副将军阿睦撒纳，晋封双亲王，食亲王双俸，参赞玛木特封为信勇公，铭功勒石，说不尽的夸耀。永常、鄂容安等未沐荣封，不识何故。

又拟复额鲁特四部遗封，封噶尔藏为绰罗斯汗，巴雅特为辉特汗，沙克都为和硕特汗，还有杜尔伯特部，就封了阿睦撒纳。乾隆帝的意思，无非是犬牙相错、互生箝制的道理，谁知阿睦撒纳雄心勃勃，竟想雄长四部，渐渐的跋扈起来。正是：

> 非我族类，其心必异；
> 过严则怨，过宽则肆。

不数月，留守伊犁大臣，奏报阿睦撒纳造反了，乾隆帝闻报大惊，究竟阿睦撒纳如何谋反，且看下回分解。

此回叙陈阁老事，非传陈阁老，传高宗也。叙阿睦撒纳事，非传阿睦撒纳，亦传高宗也。高宗第一次南巡，便觉挥霍不赀，厥后南巡复数次，劳民费财，可想而知。陈阁老事，尚是本回之宾，不过假故老遗传，作为渲染耳。南巡以后，复议西征，写出高宗好大喜功气象，阿睦撒纳来降，乃是适逢其会，是阿睦撒纳亦一宾也，达瓦齐则成为宾中宾矣。阅者当如此体会，方见作书人本旨。

第三十七回

灭准部余孽就歼　荡回疆贞妃殉节

却说达瓦齐就俘后，清师奉旨凯旋，只留班第、鄂容安二人，带了随兵五百名，与阿睦撒纳，办理伊犁善后事宜。阿睦撒纳移檄邻部，讳言降清，阳称清廷命他统领各番，来平此地；又暗嘱党羽四布流言，欲安准部，必须立阿睦撒纳为大汗。班第鄂容安遣使密奏，乾隆帝亦付他密旨，令诱诛阿睦撒纳。看官！你想阿睦撒纳率众西行，已似大鱼纵壑，哪里还肯来入网呢？况班第、鄂容安，手下只有五百名随兵，也不好冒昧举事。接了朝旨，按住不发，惟促阿睦撒纳入朝。阿睦撒纳竟号召徒众，来攻班第、鄂容安。班第、鄂容安且战且走，驰了三百余里，死的死，逃的逃，只剩了数十骑，番兵却有数千追来，班第料不能脱，拔刀自刎，鄂容安也只得步他后尘了。这是乾隆帝害他。

是时定西将军永常，已奉朝旨出驻木垒，闻报番兵大至，退兵巴里坤，移粮哈密，因此阿睦撒纳，声焰愈盛。清廷逮回永常，命公爵策楞前代、玉保、富德达尔党阿为参赞，出巴里坤进剿。玉保分军先进，忽有番卒来报，阿睦撒纳已由他部下诺尔布擒献，玉保大喜，即向策楞处报捷。策楞也不辨真伪，飞章奏闻，不想过了数日，毫无影响。将军参赞，先后驰至伊犁，阿睦撒纳，已远飏至哈萨克了。原来阿睦撒纳闻大兵前进，恐不能敌，特差了番卒，驰到清营，假称被擒，他却望西遁去。策楞、玉保中了他的缓兵计，到了伊犁，你怨我，我怨你，怨个不了，总归无益。策楞玉保统是没用人物，还亏阿睦撒纳不用诱敌计，只用援兵计，尚得安抵伊犁。

乾隆帝闻知消息，复将策楞玉保革职。令达尔党阿为将军，飞速追剿，又命巴里坤办事大臣兆惠，为定边右副将军，出兵赴援，满望旗开得胜，马到成功。谁知达尔党阿，到哈萨克边界，又被阿睦撒纳骗了一回，佯称哈萨克汗愿擒献阿酋。往返驰使，仍无要领，额鲁特三部新封台吉，反一律谋变，与阿睦撒纳通同一气。阿睦撒纳间道驰还，大会诸部。这达尔党阿还在哈萨克边境，檄索罪人，正是可笑。只定边右副将军兆惠，率兵千五百人，已至伊犁，探得额尔特诸部，已皆叛乱，自知孤军陷敌，不能久驻，忙领兵驰回。沿途一带，统是敌垒，兆惠拼命冲突，走一路，杀一路，杀到乌鲁木齐，刀也缺了，弹也完了，粮也尽了，可怜这等兵士，身无全衣，足无全袜，每日又没有全餐，只宰些瘦驼疲马，勉强充饥，正苦得了不得。老天又起风下雪，非常严冷，兆惠想遣人乞援，也不知何处有清兵，驿传声息，到处隔断。忽闻番兵又踊跃前来，把乌鲁木齐围得铁桶相似，兆惠泣向军士道："事已至此，看来我辈是不得活了。但死亦要死得合算，狠狠的杀它一场，方值得死哩。"军士道："大帅吩咐，安敢不从！但粮尽马疲，奈何？"正在危急，忽东北角鼓声喧天，有一支兵马到来，兆惠登高一望，遥见清军旗帜，不禁大喜，谢天谢地。番兵见援兵已到，不知有多少大兵，一声吆喝，解围而去。番众实是无能。兆惠出寨迎接，乃是侍卫图伦楚，因兆惠久无音信，率兵二千来探信息，无意中救了兆惠。兆惠与他握手进营，住了一日，便同回巴里坤。当下飞书告急。

乾隆帝命逮达尔党阿回京，授超勇亲王策凌子成衮扎布，为定边左副将军，出北路，仍令兆惠出西路往剿。此次兆惠惩鉴前辙，挑选精骑，带足粮草，誓师进发，决平叛寇。巧值绰罗斯部噶尔藏汗，被兄子噶尔布篡弑，噶尔布又被部下达瓦杀死。辉特和硕特两部中，痘疫盛行，多半死亡，兆惠趁这机会，杀将过去，好像摧枯拉朽一般。番众战一阵，败一阵，诸部酋长先后败死，阿睦撒纳又弄得仓皇失措，急急如丧家犬，漏网鱼，仍窜至哈萨克。兆惠率兵穷追，到哈萨克界，哈萨克汗阿布赉，遣使至军，愿擒献阿睦撒纳。兆惠对来使道："你主愿擒献阿逆，须于三日内缴到，过了三日，本将军恰是不依，驱兵进攻，玉石俱焚，那时不要后悔！"来使唯唯而去。越二日，哈萨克又遣使到军，报称阿睦撒纳，狡黠万状，我国正欲擒献，不料被他走脱，逃入俄罗斯去了。现奉汗命，前来请罪，并贡献方物，仰求大帅赦宥！"兆惠见他惶迫情状，料知语言无欺，只得略加训斥，命他回去。一面即飞奏清廷，由理藩院行文俄国，索交叛酋。后来俄国饬人搜捕，阿睦撒纳已患痘身亡，只把尸首送交清吏。于是命成衮扎布归镇乌里雅苏台，留兆惠搜剿余孽。自乾隆二十二年至二十五年，清兵先后追剿，自山谷僻壤及川河流域，没一处不寻到，没一处不搜灭，统计额鲁特二十余万户，出痘死的约四成，窜走俄罗斯哈萨克等处约二成，被清兵剿灭的约三成，还有一成编入蒙古籍，不过二万户，而且妇女充赏，丁壮为奴，额鲁特遗民，自此寥落了。阿睦撒纳料是绝大的扫帚星转世。

准部既平，清廷乃画疆分土，设官筑城，驻防用满兵，屯粮用旗兵，特简任伊犁将军，作了一个统辖的元帅。天山北路，方入清室版图，免不得镌碑勒石，旌德表功，费了几个儒臣笔墨，成了几篇煌煌大文，这也不消细说。

但乾隆帝得陇望蜀，平了准部，又想南服回疆。这回疆就在天山南路，与准部只隔一山，起初系元太祖次子察哈台领土，传了数世，回教祖摩诃末子孙，由西而东，争至天山南路，生齿渐蕃，喧客夺主，察哈台的后裔，反弄到没有主权。因此天山南路，变作回疆。康熙时，噶尔丹强盛，举兵南侵，把元裔诸汗，迁到伊犁，并将回教头目阿布都实特，亦拘去幽禁。噶尔丹败死，阿布都实特脱身归清，圣祖赏他衣冠银币，遣官送到哈密，令还故地。阿布都实特死，其子玛罕木特，想自立一部，不受准噶尔约束。策妄又遣兵入境，将玛罕木特及他两个儿子，统拿至伊犁，幽禁起来。及清将军班第等到伊犁后，玛罕木特已死，长子布那敦，次子霍集占，尚被拘絷。班第奏闻清廷，得旨释布那敦归叶尔羌，令他统辖旧部，留霍集占居住伊犁，职掌教务。不到数月，阿睦撒纳谋反，准部复乱，霍集占反率众助逆，等到清副将军兆惠，攻入伊犁，阿睦撒纳西走，霍集占亦遁入回疆。兆惠剿平准部，奏遣副都统阿敏图，南往招抚。

这个那布敦胆子颇小，愿遵清朝指挥，偏偏胞弟霍集占，自北路遁归，谏那布敦道："我远祖摩诃末，声灵赫濯，天下闻名，传到我辈子孙，反受人家压制，真是惶愧万分。现在准部已亡，强邻消灭，不谋独立，更待何时？"语颇不错，可惜不度德，不量力。那布敦道："清兵来攻，如何抵当？"霍集占道："清军新得准部，大势未定，料他无暇进兵，就使率军南来，我也可据险拒守，等他兵疲粮绝，逃去都来不及，怕他什么？"那布敦尚在迟疑，霍集占又道："哥哥若要降清，恐怕从今以后，世世要做奴仆过去，他要我的金钱，我只得将金银奉去，他要我的妻子，我只得将妻子送去，他要我的头颅，我也只得把头颅献去。我们兄弟两人，还有安静的日子么？"我亦要问霍集占道，你不降清，金银管得住么？妻子守得牢么？头颅保得定么？这叫做自去寻死。那布敦被他说得动心，遂依了阿弟的计划，错了，完了。便召集回众，自立为巴图尔汗，传檄各城，戒严以待。

回户数十万众，向来迷信宗教，因那布敦兄弟，的是摩诃末后裔，称他为大小和卓木，“和卓木”三字，乃是回语，译作汉文，便是圣裔的意义，至此得了圣裔的檄文，自然望风响应。只库车城主鄂对，恐怕强弱不敌，率了党羽，拟奔伊犁，途次与阿敏图相遇，仍令回转库车，同去招抚。不料霍集占闻鄂对出走，已遣部下阿布都驰到库车，把鄂对亲族一一杀死，登陴固守。鄂对闻报，大哭一场，嗣与阿敏图商议，请亟归伊犁，添兵复仇。阿敏图道：“我是奉命招抚，今不见叛众，便想回去，叫我如何对将军?”鄂对再三谏阻，阿敏图只是不从，也是一个不识时务。且令鄂对先回伊犁。他只带了百余骑，驰到库车，阿布都诱他入城，一阵乱剁，凭你阿敏图如何忠诚，也入阎罗宝殿去了。清廷因兆惠剿抚准部，尚未竣事，别命都统雅尔哈善为靖逆将军，率兵征回。雅尔哈善自吐鲁番进攻库车，大小和卓木引军数千，越大戈壁来援，与清兵战了两次，都被打得落花流水，大小和卓木，退入城中；清兵乘势围攻，城坚难拔，提督马得胜，募敢死兵六百名，暗掘地道，昼夜不息，将及城中，守兵闻地下隐有响声，料是穿穴，便循途按索，到了城脚边，掘下一洞，适通地道守兵，把草塞住，用火燃着，烟焰冲入穴中，可怜六百个清兵，不能进，不能退，都被烧得乌焦巴弓。好像竹管里煨泥鳅。雅尔哈善经此大创，不敢力攻，大小和卓木乘机遁还，阿布都也率众逃去。

清兵只得了一个空城，乾隆帝闻知大怒，饬将雅尔哈善、马得胜等，尽行正法，仍命兆惠移师南征。兆惠檄调各路兵，尚未到齐，因朝旨催促，即率步骑四千余先进，过了天山，收复沙雅尔、阿克苏乌什等城，住阿克苏城数日。后兵未至，兆惠性急如火，留副将军富德驻阿克苏，等待后军，他竟带了二三千人，冒险前行。途中侦知大和卓木那布敦，在叶尔羌，小和卓木霍集占在喀什噶尔，乃再分兵八百名，使副都统爱隆阿，遏住喀什噶尔援路，自率千余骑，径趋叶尔羌。叶尔羌城东有河，叫作叶尔羌河，亦称黑水，兆惠兵少，不能进攻，便倚水立营。遥见叶尔羌城南驼马往来，是个阔大的牧场，兆惠欲夺作军用，径命兵士渡河，河上本有木桥，清兵跨桥而过，桥未拆断，诱敌可知。方过了四百骑，谁知桥下暗有伏兵，铙钩齐起，将木桥钩断，城中出回兵五千骑，前来邀击。隔河清兵，不能相救，河西四百骑，哪里当得住回兵？急忙弃了马匹，凫水逃回。贪小失大。回兵复搭好了桥，逾桥东来，后面又添了步兵万人，张着两翼，来围清兵。兆惠左右冲突，马中枪，再毙再易，总兵高天喜战殁，参赞明瑞亦受伤，虽杀了番兵千名，究竟众寡悬殊，支持不住，只得退入营中，赶紧筑垒，准备固守。番兵亦筑起长围，四面攻打，枪炮如雨，幸亏清营靠着丛林，枪弹多飞入林中，清兵伐树，得了铅弹数万枚，还击回兵，又复掘井得水，掘窖得粟，赖以不困。

兆惠遣了五卒，分路赴阿克苏告急，又檄爱隆阿还军阿克苏，催援军同至。爱隆阿未到阿克苏，富德已接警报，忙率军三千，冒雪赴援，到了呼拉玛，距叶尔羌尚三百余里，忽遇喀什噶尔回兵，截住去路，转战四昼夜，回兵越来越多，将富德军围住，接连数日，杳无援兵，富德急得了不得，一日，天气昏黑，入夜尤甚，回兵各燃着火把，轮流进扑，富德连忙抵御，拼命鏖斗，突闻一片喊声，自东而至，回兵纷纷倒退。富德乘势杀出，火光中来了一员清将，乃是爱隆阿，富德大喜，即与爱隆阿合兵。爱隆阿道："巴里坤参赞阿公，亦到。"富德忙拍马去会阿大臣，这位阿大臣，名叫阿里衮，他奉了廷旨，领兵六百名，解马二千匹，驼一千头，至阿克苏，适值爱隆阿去催援军，遂合军前来，解了富德的围。回兵在夜间不辨多少，四散溃遁。富德、爱隆阿，与阿里衮两下相见，欣喜过望，也不及休息，同趋叶尔羌。兆惠日望援军，遥闻炮声大作，料知援军已至，即勒兵突围，内外夹攻，杀敌千余，毁了敌垒，同还阿克苏。

过了冬，已是乾隆二十四年。阿克苏已集清兵新旧军凡三万人，分道进行，兆惠由乌什攻喀什噶尔，富德由和阗攻叶尔羌，每路兵各万五千，大小和卓木闻清兵大至，不敢迎敌，带了妻孥仆从，并携辎重，逾葱岭西遁，清兵奋勇追赶，到阿尔楚山，前面见有回众，大半是老弱残兵，富德料是诱敌，令明瑞、阿桂为左翼，阿里衮、巴禄为右翼，先据了左右二峰，然后富德领着中军，从山口进去。进了山口，果然伏兵四起，那时清兵左右两翼，从上杀下，把伏兵一齐杀退，追攻二十余里，戮回兵无数，并斩他骁将阿布都，大小和卓木逃至巴达克山，大和卓木那布敦，挈了家眷先走，小和卓木霍集占，手下还有万人，倚山为阵，率众死战。富德又分军两路，左右夹攻，用了大炮，向敌轰击，霍集占不能支，逾山而遁，谁知前面山路逼促，又有辎重塞住，一时急走不脱；后面又被清军追上，进退两难。富德令降人鄂对等，竖起回纛，大呼招降，回众情愿投顺，蔽山而下，声如奔雷，霍集占忙夺路逃脱，偕那布敦急入巴达克山。

巴达克山部酋，闻大小和卓木，拥众而至，遣使探问，霍集占见了来使，命回报酋长，立刻亲迎。来使出语不逊，霍集占拔出佩刀，把他斩首。穷蹙至此，还要妄为，真正该死。于是巴达克山部酋，兴兵拒战，和卓木兄弟，连妻孥旧仆，只有三四百人，被巴达克兵围住，上天无路，入地无门，都束手就缚，个个被他擒去。巴达克部酋，为使臣报仇，将大小和卓木，一齐枭首，还想将他家属，统行处死，适清使持到檄文，索献罪犯，他乐得卖个人情，把大小和卓木的头颅，及他家眷等，尽行缴出。金银也丢了，妻子也抛了，头颅也断送了。富德命军士押着回酋家属，驰归大营，与兆惠联衔奏捷。乾隆帝命陕甘总督杨应琚，筹办回疆善后事宜，兆惠等俱召还京师，遂封兆惠为一等公，加赏宗室公品级鞍辔，富德封一等侯，并赏戴双眼翎，参赞大臣阿里衮明瑞等，俱赏戴双眼翎，又记起从前舒赫德的忠直，还他原职，其余在事各官员，俱交部议叙。又做了几篇平定回部的碑文，内外勒石，称颂功德。

到次年二月，兆惠等奏凯还朝，乾隆帝亲至良乡，举行郊劳典礼。兆惠富德等领队到坛，格外严肃。乾隆帝下坛迎接，兆惠以下，都下马见驾，叩首谢恩。乾隆帝亲自扶起，说了许多慰劳话儿，遂一同登坛。乾隆帝升了御幄，当由军士将大小和卓木家眷，推到坛前。这时乾隆帝龙目俯瞧，见有一位绝色妇女，也是两手反绑，列入罪犯队里，乾隆帝不禁怜惜起来，便问道："这是叛回的家眷么?"兆惠应了声"是。"乾隆帝道："妇女无知，也遭此缧绁，瞧她情状，很是可怜，朕拟一律赦宥。"兆惠忙道："罪人不孥，乃是圣主仁政，皇上恩赦了她，她定然感激不浅。"拍马屁的又到了。乾隆帝传旨释缚，众回家眷，叩首谢恩，独这绝色女子，虽是随班俯伏，她口中恰绝不道谢。比众不同。

郊劳礼毕，御驾还宫，立召和珅入见，和珅进内请安毕，乾隆帝问道："朕见叛回眷属中，有个绝色妇人，未知是谁?"和珅道："待奴才探问的确，再来奏闻!"说毕，趋出，不一时又入大内，奏称"绝色妇人"，乃是小和卓木霍集占的妃子，回人叫她香妃，因她身上有一种奇香，天然生成，所以有此佳号。"乾隆帝叹道："朕做了天朝皇帝，不及那回部逆酋。"和珅道："逆酋已死，这个佳人，被我军拿来，圣上要如何处置，便作如何处置。据奴才想来，回酋的幸福，究竟不及我天朝皇帝哩。"乾隆帝道："朕想把她叫入宫中，但恐外人谈论，奈何?"和珅道："罪妇为奴，本是我朝成例，今将香妃没入掖廷，有何不可?"小人最喜逢君之恶。乾隆帝大喜，便命宫监四名，随和珅去取香妃，好一歇，这三字乃从乾隆帝心中勘出。和珅已到，宫监导入香妃，玉容未近，芳气先来，既不是花香，又不是粉香，别有一种奇芬异馥，沁人心脾。走近御座前，乾隆帝见她柳眉微蹙，杏脸含颦，益发动人怜爱。宫监叫她行礼，她却全然不睬，只是泪眼莹莹。乾隆帝道："她生长外域，未识中朝礼制，不必多事苛求。"便命宫监引入西苑，收拾一所寝宫，令她居住，并命宫监小心伺候。宫监已去，和珅亦退。次日，乾隆帝视朝毕，又召和珅入内，和珅见乾隆帝面带愁容，暗暗惊异，只听乾隆帝谕道："香妃不从，如何是好？"和珅道："她蒙恩特赦，又承圣上格外抬举，如何不从？"乾隆帝道："她口中说的回语，朕却不能尽懂，幸宫中有个番女，颇谙回文，朕命她翻译出来，据言：'国破君亡，情愿一死。'朕亦不好强逼，你可有什么计策？"和珅想了一会，便道："从前豫亲王多铎，得了刘三季，起初也很是倔强，后来好好儿做了豫王福晋，和睦得了不得。应二十二回。妇人家大都如此，总教待得她好，她自然回心转意。"乾隆帝道："恐不容易。"和珅道："她是做过回妃，一切饮食起居，统是回部格式，现若令她吃回式的菜蔬，穿回式的衣服，居回式的房屋，另择回部老妇，伺候了她，不怕她不渐渐服从。"乾隆帝依了和珅的计策，凡香妃服食，概募回教徒供奉，又在西苑造起回式房屋，并筑回教礼拜堂，选了数名老回妇，导香妃出入游览。怎奈香妃情钟故主，泪洒深宫，一片贞心，始终不改。乾隆帝百计劝诱，她却寂然漠然。有一日，被宫女苦劝不过，她竟取出一柄匕首来，刀光闪闪，冷气逼人，宫女都吓得倒躲。这事传到慈宁宫，太后恐乾隆帝被害，趁着乾隆帝郊天，住宿斋所，竟传旨宣召香妃，问她志趣。她只说了一个"死"字，太后遂勒令殉节。后人有诗咏香妃事道：

雏鬟生长大苑西，钿合无情宝剑携。
帝子不来花已落，红颜黄土玉钩迷。

香妃已死，乾隆帝尚未闻知，后来得了音耗，究竟伤感与否，容小子下回表明。

阿睦撒纳及大小和卓木，统不过胁惑徒众，盗弄潢池，故卒为兆惠所歼灭耳。不然，兆惠一卤莽武夫，只知猛进，动辄被围，得一智勇兼全之敌帅，吾恐兆惠将为塞外鬼，安能生还玉门，昂然为座上公乎？惟香妃以一被虏之妇人，临以天子之尊威，始终不为所辱，凛节捐躯，临难不苟，番邦中有是妇，愧煞世人多矣。作者亟为表扬，可作彤史一则。

第三十八回

游江南中宫截发　征缅甸大将丧躯

却说乾隆帝郊天礼毕，回至宫中，闻报香妃已死，这一惊非同小可，忙走入香妃寝室，但见室迩人远，凄寂异常。便把侍过香妃的宫监，传来问话，宫监就将太后赐香妃自尽事，说了一遍。乾隆帝道："可曾入殓么?"宫监道："早经入殓，且已埋葬得两日了，"乾隆帝道："为什么不来报知?"宫监道："奉太后娘娘命，因圣上郊天，不准通报。"乾隆帝顿足道："这件事情，太后也太辣手了，"宫监道："太后娘娘，恐香妃不怀好意，所以把她赐死。"乾隆帝道："香妃死时，形状如何?"宫监道："香妃虽死，面色如生，全不见有惨死形状。"乾隆帝道："可敬，可敬，毕竟是朕没福消受。"乾隆帝得了香妃，未尝强暴，嗣闻太后赐香妃自尽，也不与太后呕气，这等举动，尚是难得。当下凭吊了一回，洒了几点惜花的眼泪。自此闷闷不乐，几乎激成一种急病，还亏御医早日调治，方能渐渐平安。只是悲怀未释，无从排解，偏偏皇十四子永璐，皇三子永琪，又接连病逝；正是花凄月冷，方深埋玉之悲，芝折兰摧，又抱丧明之痛，未免有情，谁能遣此？傅恒和珅等百计替他解闷，总不能得乾隆帝欢心，还是和珅知心着意，想出重幸江南的计议来，乾隆帝颇也愿意，到慈宁宫禀知太后，太后正因皇帝过伤，没法劝慰，闻了此语，便道："我也想出去散闷。俗语说得好：'上有天堂，下有苏杭'，这苏杭地方的风景，很是可玩。只前次南巡，皇后未曾随去，她已正位数年，也应叫她去玩耍一番，你意何如？”乾隆帝不敢违命，只得答道：“圣母命她随去，谨当遵旨！”

当下定了日子，启跸南巡，一切仪仗，仍照前时南巡成制，不过多备了皇后凤辇一乘，龙舟等略加修饰，水陆起程，概如上年旧例。各省督抚，接驾当差，格外勤谨，只山东济宁州颜希深，下乡赈饥，擅令开仓发粟，把供奉皇差的事情，反一律搁起。两宫到了济宁州，御道上并没有什么供张，也不见知州迎驾。和珅道：“哪个混帐知州，敢如此藐法么？”便令役从立传知州颜希深，回报颜希深下乡赈饥去了。和珅大怒，方想饬拿知州家属，适山东巡抚前来接驾，和珅向他发怒道：“你的属官，为什么这般糊涂？想你前时忘记下劄的缘故。”山东巡抚道：“卑职于月前下劄，早饬他恭迓銮舆，哪里敢忘记一点？”和珅道：“他下乡赈饥，应有公文申详，你既叫他办差，哪里还有工夫赈饥？这件事显见得老兄糊涂了。”山东巡抚道：“卑职也没有允他赈饥，他亦没有公事上来，真正不解。”和珅微笑道：“一点点知州官儿，不奉抚台札饬，擅敢发仓赈饥，自来也没有的。老兄欺我，我去欺谁，你自己去奏明皇上罢！”写出和珅威势。这句话，吓得山东巡抚屁滚尿流，一面令仆役去拿颜希深，一面下了龙舟，跪在两宫面前，只是磕头，口称“奴才该死，奴才该死”。奴膝婢颜，无逾于此。两宫倒惊疑起来，问他何故？这时和珅已踱了进来，代奏道：“济宁知州颜希深，目无皇上，既不来供差，又不来迎驾，奴才正问这山东抚臣哩。”乾隆帝道：“颜希深到哪里去了？”和珅答道：“闻说颜希深下乡赈饥，抚臣糊涂，佯作不知，求圣上明察！”寥寥数语，比上十款还要厉害。

乾隆帝正想亲鞫山东抚臣，遥听岸上隐隐有哭泣声，便问和珅道：“岸上何人哭泣？”和珅出外探望，回奏：“颜希深的老母，由山东抚役拘到，是以哭泣。”乾隆帝怒道：“令她进来！”一声诏谕，外面即推进一个白发老妪，眼泪汪汪，向前跪下，口称“臣妾何氏叩头”。太后见她老态龙钟，暗加怜恤，急开口问何氏道：“你是济宁知州的母亲么?”何氏微应道：“是。”太后又问道：“你儿子到哪里去?”老妪道：“前日河工出了险，地方绅士，环请急赈，臣妾儿子颜希深，因预备恭迎圣驾，不敢离身，怎奈难民纷纷来署，哀吁不休。臣妾见他凄惨万状，令儿子希深发粟赈饥，希深因未奉省饬，不敢擅行，臣妾素仰圣母仁慈，圣上宽惠，一时愚见，竟把仓粟开发，嘱子希深下乡施赈，快去快回。不料希深今尚未到，将供差接驾的大礼，竟致延误，臣妾自知万死，伏乞慈鉴!”老妇颇善口才。太后见她应对称旨，不禁喜形于色道：“你倒是一片婆心。古语说道：‘国无民，何有君?’就使礼节少亏，亦应赦宥。”说到这句，便顾乾隆帝道：“赦了她罢!”不愧“孝圣”二字。乾隆帝尚未回答，和珅却见风使帆，忙道：“圣母仁恩，古今罕有。”忽而作威，忽而贡谀，这种人最是可恨。乾隆帝至此，自然也说出“遵旨”二字。太后便令何氏起来，何氏谢恩起立。这时山东巡抚，还是俯伏一旁，仿佛犬儿一般，太后也命他退出。山东巡抚，真是蒙着皇恩大赦，连磕数头，起身退出。外面又禀报济宁知州颜希深，恭请圣安，太后问道：“颜希深来了么?”便传旨着令进见。希深膝行而进，匍匐近前，急得“微臣该死”四字，都说不清楚。太后却笑起来道：“你不要这般惊慌！皇上已加恩赦你。本来巡幸到此，亦没有这般迅速，巧巧遇着顺风，所以先到一二天，想你总道是来得及的，因此贻误。”好太后。颜希深闻已恩赦，便放下了心，慢慢的奏道：“微臣下乡赈饥，总道事已速了，不意饥民很多，误了日子，微臣因胥吏放赈，恐致干没，不敢不亲自监察，今日返署，敬闻圣驾已巡幸到此，不及恭迎，罪当万死。幸蒙恩赦，感激莫名!”太后道：“你的母亲，亦已在此，你起来罢!”颜希深谢过了恩，慢慢起身，方见老母也站立一旁。太后复赐何氏旁坐，问了年龄子女等情，由何氏一一奏明。太后复道：“你回署去，须常教你儿子爱国爱民，方不失为贤母。”何氏连声遵旨。太后又命宫监两名，扶她上船，令颜希深随母回署。后来颜希深历级上升，做到河南巡抚，且不必细表。

单说两宫自济宁启行，一路上看山玩水，颇觉爽适，乾隆帝命先幸江宁，一面向和珅道：“江宁是个名胜的地方，前次南巡，只留驻了几日，闻得秦淮灯舫，传播一时，究竟不知如何?”和珅道：“此次皇上可多留数天，奴才谨当探察。”到了江宁，文武各官，照例迎驾，不消细说。和珅见了江宁总督，密令他饬办秦淮画舫，预备游览。是日两宫登陆，驻跸江宁，隔了一宵，和珅借观风问俗的名目，导皇上微行。乾隆帝早已会意，不带随员，只命和珅扈从前往，行到秦淮河岸边，早泊有绝大画舫一艘，和珅引乾隆帝登舟，舟中都是花枝招展的美人儿，一拥上前，磕头请安。乾隆帝与和珅，虽不道出真相，假名假姓的说了一番。那班美人儿，统是有名的妓女，见多识广，料知不是俗客，况经地方官饬他当差，定然是扈跸南巡的著名人物，还差一着。便格外殷勤，奉了乾隆帝上坐，大家四围簇拥。乾隆帝龙目四瞧，这一个绰约芳姿，那一个窈窕丽质，默默的品评了一回，随向和珅道：“北地胭脂，究不及南朝金粉，你道如何?”和珅应了声：“是。”当下摆好酒席，乾隆帝面南而坐，和珅面北而坐，君臣礼总算不乱。东西两旁，统是美人儿挨次坐下。席间备极丰腆，浅斟缓酌，微逗轻颦，已而酒热耳红，兴高采烈，一面令舟子划入江心，一面令众妓齐唱艳曲，娇声婉转，响遏行云，耳鬓撕磨，魂消新雨。迨至夕阳西下，已近黄昏，万点灯光，荡漾水面，仿佛此身已入仙宫，别具一番乐境。此时乾隆帝已自醺然，免不得色迷心醉，左拥右抱，玉软香温，和珅亦趁这机会，分尝数脔。好一个篾片。到了次日，尚恋恋不舍，仍在舟中饮酒言欢，忽闻外面一片闹声，送入耳中，和珅即到后舱探望，见外面有一来船，船中有数人与舟夫争闹，和珅忙探头舱外，向邻船摇手，邻船中人，见是和珅，方欲开口，和珅忙道："知道了，你等去罢！"原来邻船不是别人，乃是两个侍卫及太监数名，奉太后命，来寻皇帝。和珅早已猜着，不便与他细说，所以含糊回答。邻船得了消息，自然回去。和珅入舱，与乾隆帝附耳数语，便命舟夫摇船拢岸，饮完了酒，起岸而返。

太后见皇帝已回，也不暇细究，便命起銮至杭，乾隆帝遂传旨明日启跸，次晨即自江宁启行，直达杭州。途次为了秦淮河事，与皇后反目起来。皇后自正位后，没有什么恩遇，心中早已郁闷，此次秦淮河事，被宫监泄漏，忍耐不住，便与乾隆帝斗口。乾隆帝本不爱这皇后，自然没有好话，皇后气愤不过，竟把万缕青丝，一齐翦下。这也未免过甚。满俗最忌翦发，发已翦去，连仁爱的太后，也不便回护。乾隆帝大加忿怒，竟命宫监数名，将皇后送回京师，两宫到杭，又游览数日。乾隆帝因皇后挺撞，余怒未息，也不愿久留在外，便奉太后匆匆回京。自此与皇后恩断义绝，皇后忧愤成疾，延了一载，泪尽血枯，临危时候，乾隆帝反奉皇太后，到木兰秋狝去了。皇后闻知此信，痰喘交作，霎时气绝。当由留京王大臣奏闻行在，乾隆帝下谕道：

> 据留京办事王大臣奏：皇后于本月十四日未时薨逝。皇后自册立以来，尚无失德，去年春，朕恭奉皇太后巡幸江浙，正承欢洽庆之时，皇后性忽改常，于皇太后前，不能恪尽孝道；比至杭州，则举动尤乖正理，迹类疯迷，因令先程回京，在宫调摄。经今一载余，病势日剧，遂尔奄

逝。此实皇后福分浅薄，不能仰承圣母恩眷，长受朕恩礼所致，若论其行事乖违，即予以废黜，亦理所当然，朕仍存其名号，已为格外优容，但饰终典礼，不必复循孝贤皇后大事办理，所有丧仪，止可照皇贵妃例行，交内务府大臣承办，着将此宣谕中外知之！

这是乾隆二十九年八月内的谕旨。乾隆帝罢猎回京，满大臣力争后仪，只是留中不报，自是乾隆帝竟不立后，到乾隆六十年，禅位嘉庆帝，其时嘉庆帝生母魏佳氏，已经病殁，乃追封为孝仪皇后。这且慢表。

且说中国南徼的缅甸国，自执献永历后，与中国毫无往来，不臣不贡。至乾隆十八年，云南石屏州民吴尚贤，赴缅东卡瓦部开矿，立了一个茂隆银厂。尚贤运动部酋，请将矿税入贡。中国复劝缅王莽达喇上表称藩，缅王遂遣使进贡，呈上驯象数匹，涂金塔一座，乾隆帝也颇加赏赉。不料云南大吏，诱尚贤回国，说他中饱厂课，拘入狱中。尚贤一片爱国心，被疆吏无端诬陷，有冤莫诉，愤极而亡。滇吏可杀。茂隆银厂，当即闭歇。嗣后缅甸内乱，木疏地方的土司，名叫雍藉牙，率众入缅，杀平乱党，自立为缅甸王，称新缅甸国，缅都无人反对，只桂家、木邦两土司，不肯服他，联兵进攻。雍藉牙命子莽纪瑞率兵迎战，把桂家、木邦部众，尽行杀败。木邦土司罕底莽被杀，桂家土司宫里雁，窜入滇边。桂家本明桂王官属后裔，尝设波龙银厂，很有资财，云南总督吴达善，闻他巨富，令他倾囊以献。贪官可杀。宫里雁不允，吴达善命边吏驱逐出境。宫里雁没法，走入孟连土司。这孟连土司刁派春，素与吴达善交通，闻知宫里雁入境，潜率部众，邀击宫里雁。宫里雁不及防备，被他擒住，并将宫里雁妻孥金银，一并拿去。

刁派春将宫里雁缚献云南，复将宫里雁的金银，一半分送吴达善，一半留作自用。只宫里雁妻囊占，颇有三分姿色，他却不忍割爱，想她做小老婆，不愧姓刁。遂于夜间召囊占入室，逼她同寝。囊占不从，他竟想用强暴手段，急得囊占路绝计生，佯言愿侍巾栉，但须释放仆役，并择吉行礼，方好从命。刁派春中了她计，遂将仆役放出，令仍侍囊占，又命大设筵宴，与囊占成婚。囊占装出柔媚态度，侍刁派春饮酒。刁派春乐的要不得，由囊占接连代斟，灌得酩酊大醉。囊占召齐故仆，将刁派春剁作几段，刁派春算刁，谁知别人比他更刁。遂命故仆引导，启户窜去。此时孟连部众，因吃了喜酒，都已睡熟，哪个去管他这种闲帐。到了次日，始知头目被杀，急忙去追囊占。谁知她早已逃入孟艮土司去了。

囊占到了孟艮，探闻丈夫已被吴达善杀死，哭得死去活来；好一个智女，好一个烈女。既怨缅甸，复怨中国，遂吁请孟艮土司，要他入犯滇边，为夫报仇。孟艮部酋，见她悲惨，也不论什么强弱，便入侵滇边。总督吴达善只知搜括金银，此外毫无本领，闻报滇边不靖，忙遣人到京运动调任。俗语道："钱可通神。"用了几万金银，便奉旨调任川陕，令湖北巡抚刘藻，往督云南。

刘藻到任，令总兵刘得成，参将何琼诏，游击明洪等，三路防剿，没有一路不败。刘藻束手无策，朝旨严行诘责，并命大学士杨应琚往滇督师。杨应琚到云南，刘藻恐他前来查办，忧惧交并，自刎而死。这是乾隆三十年间事。

会滇边瘴疠大作，孟艮士兵退去，杨应琚乘间派兵进攻孟艮，孟艮兵多半病死，不能抵御，一半逃去，一半迎降。应琚见事机顺手，欲进取缅甸，腾越副将赵宏榜且言："缅酋新立，木邦、蛮莫诸土司，统愿内附，应乘胜急进。"应琚即上疏奏闻，极陈缅甸可取状。一面移檄缅甸，号称天兵五十万，大炮千门，将深入缅境，如该酋畏威知惧，速即投降，免致涂炭。大言何益？一面分遣译人到孟密、木邦、蛮莫、景线各土司，诱使献土纳贡，并为具表代陈。其时缅酋雍藉牙早死，再传至次子孟骏，他见了应琚檄文，毫不畏惧，反率众略边。各土司又首鼠两端，并不是诚心内附，于是赵宏榜领兵五百，由腾越出铁壁关，袭据蛮莫土司的新街。新街系中缅交通要道，缅兵不肯干休，水陆并进。陆兵攻陷木邦、景线，水军进攻新街，赵宏榜闻缅兵突至，急抛了器械，烧了辎重，走还铁壁关。惯说大话的人，最是没用。缅兵尾追宏榜，直至关外。

应琚得了败耗，又惊又悔，顿时痰喘交作，飞章告病。清廷急令两广总督杨廷璋赴滇襄办，又遣侍卫傅灵安，带了御医，往视应琚疾，并察军事。杨廷璋驰入滇境，遣云南提督李时升，率兵万四千人，进防铁壁关，时升又分道出兵，遣总兵乌尔登额出木邦，朱仑出新街。缅酋闻清兵分出，率众佯退，遣使乞和。时升信为真情，停止两路进兵，与缅人议款。杨应琚闻了议和消息，喜欢起来，病也渐愈，遂与时升联衔奏捷。又要做假戏文了。杨廷璋知缅事难了，乐得退职，遂奏言应琚病痊，臣谨归粤，得旨召还京师。应琚也巴不得廷璋离滇，省得窥破隐情。廷璋去后，忽闻缅兵绕入万仞关，纵掠腾越边境，应琚又惶急万分，飞檄乌尔登额，及总兵刘得成赴援。缅兵见有援军，向铁壁关退走，铁壁关本由李时升等把守，不敢截击，由他杀出，应琚反匿不上闻。会傅灵安密奏赵宏榜、朱仑失地退守，李时升临敌畏避，未亲行阵，于是清廷始悉军情，严旨诘责应琚。应琚反尽推到乌尔登额仑刘得成身上，得旨一并逮问，令伊犁将军明瑞，移督云、贵，明瑞未至时，由巡抚鄂宁代理。鄂宁奏称应琚贪功启衅，掩败为胜，欺君罔上各情形，乾隆帝大怒，立逮应琚到京，迫他自尽。此时杨应琚不知作何状。

及明瑞到滇，先后调满洲兵三千，云、贵仑四川兵二万余名，大举征缅，令参赞额尔景额，及提督谭五格，率兵九千名出北路，由新街进行，自率兵万余人，由木邦南下，约会于缅都阿瓦。启行时，连旬淫雨，泥泞难行，明瑞只得缓缓前进，自夏至冬，始至木邦。木邦守兵，闻风早遁，明瑞留兵五千驻守，使通饷道，自率军渡锡箔江，进攻蛮结，连破缅兵十二垒，军威大振。乾隆帝闻报捷音，封明瑞诚勇嘉毅公。明瑞越加感奋，向缅都进发；途次险峻异常，马乏草，牛踣途，缅人又坚壁清野，无粮可掠。走入绝路。将士请结营驻守，俟北路军有消息，再定进止，明瑞不允，仍督兵前趋。这时向导乏人，屡次迷路，旋绕了好几日，方到象孔，部兵疲惫已极，北路军仍无音信。象孔距缅都尚有七十里，明瑞因兵劳食尽，料知难达，乃回兵至猛笼，得了敌粮少许，留驻数日，待北路军；北路军仍旧不至，乃拟由原路退归，不防缅酋率众来追，声势浩大，明瑞且战且行，令部将观音保、哈国兴等，更番殿后，步步为营，每日只行三十里。缅兵虽不敢围攻，奈总尾追不舍，每晨听清军吹角起行，他也起身追逐，行至蛮化，山路丛杂，明瑞令部兵扎营山顶，缅兵亦扎营山腰。明瑞传集诸将道："敌兵藐我太甚，须杀他一阵方好。"观音保、哈国兴等，唯唯听命。当下明瑞令观音保等分头埋伏，次日五鼓，命兵士接连吹角，呜呜之声，震彻山谷。缅兵只道清兵启行，争上山追逐，忽遇伏兵突出，万枪齐发，那时连忙奔逃，走得快的，失足陨崖，走得慢的，中枪倒毙，趾顶相藉，坑谷皆满。小胜不足喜。自是缅兵不敢近逼，每夜必遥屯二十里外。明瑞饬将士休息数日，徐徐退回。到了小猛育，已与木邦相近，猛听得胡哨齐起，四面敌兵蝟集，约有好几万人，明瑞大惊道："罢了！罢了！"正是：

瓦罐不离井上破，将军难免阵中亡。

未知明瑞性命如何，请看下回分解。

高宗南巡，皇后截发，当时史官讳恶，只载迹类疯迷之谕，实则伏有原因，中宫固非无端疯迷也。著书人把赏花饮酒诸事，显为揭橥，虽或言之过甚，然亦出自故老传闻，未尝凭空蜮射。且多归罪和珅，和珅固导帝微行者，不得谓事无左证也。下半回叙征缅事，与上文不相关涉，乃是从编年体裁，接连叙下。吴达善、刘藻、杨应琚等，无一胜任，贼帅当道，蠹吏盈边，清室盖中衰矣。明瑞猛将，孤军征缅，徒自丧躯，可为太息。高宗不悟，犹以好大喜功为事，其亦可以已乎。

第三十九回

傅经略暂平南服　阿将军再定金川

却说明瑞到小猛育，见缅兵四集，不觉大惊，急忙扎住了营，召诸将会议。将士自象孔退回，途中已行了六十日，这六十日内，昼夜防备追兵，没有一刻安闲，此时四面皆敌，眼见得不能抵挡，当下会议迎敌诸将，面面相觑。明瑞道："敌已知我力竭，所以倾寨前来，但不知北路军情，究竟如何？难道是统已覆没么？我现在只决一死战，明知不能脱身，然到援绝势孤的时候，还没有一人不尽力，没有一人不致死，将来敌人亦知难而退，我死后，继任的人，当容易办理了。诸将以为何如？"观音保道："大帅且不怕死，何况我辈？惟我辈死在沙场，内地还没人知晓，这倒可虑。"明瑞道："我拟乘夜突围，令兵士前行，我愿断后，那时敌兵追来，我好死挡一阵，前面的兵士，总可逃脱几个，通报内地，叫他严守边疆，奏调别帅，岂不是好？"倒是赤胆忠心。当下议决，人人已知必死，倒也没有甚么伤感。

转瞬间已是黄昏，鼓角不鸣，拔寨齐出，哈国兴率领前队，观音保率领中队，明瑞与侍卫数十人，率领亲兵数百名断后。哈国兴一马当先，冲杀出来，缅兵不及措手，竟被他冲开血路，杀出重围。及观音保继进，缅兵已四面包围，把观音保围住，明瑞见中队被围，急率后军援应，舍命相争，人自为战，以一当十，以十当百，怎奈缅兵密密层层，旋绕上来，明瑞、观音保等，冲破一重，又被第二重截住，冲破第二重，又被第三重截住。从黄昏杀到天明，四面一望，仍旧是铜墙铁壁一般，手下将士，已伤亡过半，再接再厉，酣斗了两小时。观音保中枪倒毙，明瑞带领的侍卫，丧失殆尽。明瑞亦着了枪弹数粒，大吼一声而死。这场死战，只哈国兴带兵数百名逃归，余都覆没，真是可痛。

但北路的额尔景额一军，究竟到哪里去呢？原来额尔景额从新街南行，进次老官屯，被缅兵阻住，相持月余，额尔景额病死，他的阿弟额尔登额代统全军，屡战屡败，退至旱塔。缅兵由间道袭击木邦，木邦兵守五千人，出战不利，飞书至滇中告急。总督鄂宁，七檄额尔登额往援。额尔登额不应，反迂道回铁壁关，再从明瑞出师的路程，往救木邦。古语说道："救兵如救火。"他却不走近路，转回关内，远绕而出，那时木邦早已陷没。留守参赞珠鲁讷等，早已阵亡。缅兵从木邦回到小猛育，适值明瑞退到彼处，遂乘机邀击。后面追赶明瑞的缅兵，又乘势追上，还有老官屯及旱塔诸处的缅众，也一并趋至，四面楚歌，遂把明瑞逼入鬼箓。补叙得明明白白。

总督鄂宁，飞报败耗，乾隆帝大怒，立命鄂宁押解额尔登额，及谭五格到京治罪，另授傅恒为经略大臣，阿里衮阿桂为副将军，舒赫德为参赞大臣，迅速赴滇，再议大举。傅恒等遵旨起程，额尔登额、谭五格已解到，有旨将额尔登额凌迟处死，谭五格立斩决，罪犯亲族，一律充戍。旋因鄂宁不亲援明瑞，降补福建巡抚，戴罪自效。云、贵总督，着阿桂补授。阿桂先至云南，闻缅甸与西邻暹罗国开衅，拟约暹罗夹攻缅甸，旋因交通不便，复至罢议。乾隆三十四年四月，经略傅恒至云南边境，拟分兵三路，水陆并进，调满、汉精锐五六万名，骡马六万余匹，凡京城之神机火器，河南之火箭，四川之九节铜炮，湖南之铁鹿子，及在滇制造的军装药械，靡不齐备。直到新秋，经略祭纛启行，渡过金沙江上游的戛鸠江，由西而南，孟拱、孟养各土司，献象献牛，还算效顺。无如南方炎热未退，暑雨熏蒸，士马已多僵病；又未识道路，愈难深入。傅恒无可如何，退归蛮莫。

先是阿桂在蛮莫造舟，及是舟成，得战舰百艘，闽粤水师，陆续趋集，遂由蛮莫江出伊腊瓦底河，遥望缅兵，舣舟对岸，并有陆兵驻扎沙滩。阿桂、阿里衮率步兵登岸，专攻敌营，副将哈国兴，侍卫海兰察，率舟师专攻敌舟。缅兵出营截击，阿桂令步兵齐放矢铳，复用劲骑左右冲入，缅兵抵敌不住，哗然溃散。哈国兴亦乘上风进攻敌舟，正欲迎敌，被风簸荡，自相撞击，覆溺数千，江水为赤。阿里衮经此一役，积劳成病，傅恒亦病不能兴，虑深入非计，令转攻老官屯敌垒。

老官屯本额尔登额屯兵处，敌垒甚坚，编竖木栅，栅外掘濠，濠外又横卧大树，锐枝外向，清兵用大炮轰击，弹丸都被树枝隔住，不得奏效；再伐箐中数百丈老藤，系以巨钩，夜往钩栅，又被敌人斫断；复用盾牌兵持了油柴，沿栅纵火，适值反风，栅不能爇，反烧了自己的盾牌，只得却下。阿桂百计绸缪，想不出破敌法子，最后用了穴地埋药的计策，药线一燃，药性猛发，敌栅突起丈余。清兵鼓噪而前，总道这次可以破栅，谁知栅忽平落，俄顷栅复突起，旋又平落，如是三次，栅不复动。仍旧无效。缅兵也颇危惧，阿桂又遣战舰越过木栅，阻截西岸敌援，于是缅兵有乞和意，老官屯非敌根据地，傅恒出了全力去攻老官屯，已非胜算，况又不能攻入乎？强弩之末，难穿鲁缟，信然。遣使议款。傅恒令进表纳贡，返土司侵地。缅使欲归他木邦、蛮莫、孟拱、孟养诸土司。议未协，缅使竟去。会阿里衮病殁，傅恒病亦加重，乃遣哈国兴单骑入栅，与缅帅议定和约：缅甸对中国行表贡礼，归俘虏，返土司侵地，中国将木邦、蛮莫、孟拱、孟养诸部人口，还付缅甸。傅恒逐焚舟熔炮，匆匆班师。

这番出征，先后糜饷数千万，明瑞战死，傅恒、阿桂等，虽称胜敌，其实也不算有功。所订和议，两边仍未尝实行，缅人索还土司，清廷征他入贡，双方仍然龃龉。傅恒回京后，忧恚而亡。夫人尚在否。乾隆帝令阿桂备边，酌出偏师，略缅边境，阿桂探闻缅酋孟骏，破灭暹罗，气势张甚，奏言："偏师不足济事，不如休息数年，复图大举。"乾隆帝因他忤旨，将阿桂召还，遣尚书温福往代。

缅事未了，两金川警报复至，自大金川酋莎罗奔乞降后，川边平静了十多年，莎罗奔老病，兄子郎卡主土司事，渐渐桀骜，侵扰邻境，不受四川总督的命令。乾隆帝命川督阿尔泰，檄川边九土司，环攻郎卡，九土司中，惟小金川与绰斯甲，还算强大，其余如松冈、梭磨、卓克基、沃日、革布什咱、党坝、巴旺七土司，统是弱小，不是大金川敌手。阿尔泰虽奉了上谕，他意中只想苟且息事，命郎卡释怨修和。郎卡遂与绰斯甲联婚，并以女嫁小金川酋僧格桑。僧格桑即泽旺子，泽旺昏耄，由僧格桑代主土司。未几，郎卡病死。郎卡子索诺木，与僧格桑为郎舅亲，订立攻守同盟的条约。番人专恃结婚政策，为并吞邻部计，两金川以和亲故，独结攻守同盟，知识程度，颇出准部诸酋上，但其不利清室则一也。索诺木诱杀革什布咱土司，僧格桑亦屡攻沃日，阿尔泰因沃日被侵，发兵往援，僧格桑竟与川军开仗，川军退还。乾隆帝闻报，责阿尔泰养痈贻患，罢职召回，寻即赐死。另调滇督温福，自云南赴四川督师征讨，又命侍郎桂林为川督，襄赞军事。

温福、桂林，先后到川，温福由汶川出西路，桂林由打箭炉出南路，夹攻小金川，南路副将薛琮，恃勇轻进，入黑龙沟，被番兵围住。薛琮向桂林处求救。桂林逗留不进，薛琮战死，全军陷没，桂林还隐匿不报。旋由温福奏闻，乃授阿桂为参赞大臣，代桂林职。阿桂至军，督兵渡小金川，连夺险要，直抵美诺。美诺系小金川巢穴，僧格桑出战不利，遂带了妻妾数人，逃入大金川，只留老父泽旺，病卧床中。宁可无父，不可无妻妾。阿桂入帐，把泽旺缚献京师，另檄索诺木缴出僧格桑。索诺木不奉命，当由温福、阿桂，请旨清廷。廷命温福为定边将军，阿桂为副将军，移师讨大金川，仍分两路进发。

大金川地本险恶，从前讷亲、张广泗，屡遭失败，至此温福进兵，也被番众阻住。温福令提督董天弼，还守小金川，自率军驻扎木果木地方。番众照昔年故事，遍筑碉卡，抗拒清兵。温福也徒知攻碉，得不偿失。两边正相持不下，忽有探马飞报："番众入小金川，董军门兵溃散了。"温福令他再探，忽又报道："粮台被劫了。"温福仍饬令再探，粮已被劫，还探什么？他却视若无事，仍不设备。如此从容，不念退兵咒，定念往生咒。俄闻枪声四起，番众如潮涌至，先夺炮局，继断汲道，清营内运粮夫役，纷纷避入。温福令营兵闭住垒门，一概不准入营。于是内外鼓噪，军心大震。番众乘势突进，枪如雨发，温福茫无头绪，一弹飞来，适中要害，当即晕毙。营兵见主将已死，霎时四散，被番众兜杀一阵。幸亏海兰察闻警往援，救出溃兵万数千名，且战且退。

此时阿桂方出河东，闻报小金川复陷，忙整军驰回，出屯翁古尔垄，奏报温福阵亡情形，得旨命阿桂为定西将军，丰伸额、明亮为副将军，调发键锐火器营二千名，至川助剿。阿桂再与明亮等，分攻小金川，转战五昼夜，仍抵美诺，驱出番兵，再复小金川地，仍奏请力攻大金川。乾隆帝以土司恃险反复，重劳用兵，非大举深入不可，遂先将泽旺磔死，阿扣待久了。随饬阿桂等扫穴犁庭，方许蒇事。阿桂誓师进讨，复分三路进行：一军由东路入，阿桂自为统帅，一军攻大金川西南，一军攻大金川西北，由丰伸额明亮各为统领，三道并进，如火如荼。怎奈大金川里面，重重筑垒，层层设隘，自乾隆三十九年正月，阿桂出师，奋力杀入，节节进攻，击破敌垒无数，大小数百战，直到七月，始至勒乌围附近。

勒乌围前面皆山，番兵据险扼守，第一重名博瓦山，第二重名那穆山，最是险峻，阿桂令海兰察、额森特、海禄三路绕攻博瓦山后，福康安、成德特、成额三路仰攻博瓦山前。猛搏三昼夜，方杀上博瓦山，占了第一重门户。休息二日，复进攻那穆山。这山地势尤险，防守越严。阿桂仍令前后分攻，数日无效。适西北路统领明亮亦已杀到，会集阿桂军，并力攻扑，仍是不下，海兰察向称骁勇，至是大愤，遥望那穆山上，守兵布得密密层层，只西边最高峰上，虽有两个大战碉，碉里恰空若无人，他独带领死士六百名，乘昏夜时候，猱升而上，趾顶相接，直到黎明，六百人都登了高峰，捣入碉中。每碉不过数十名番兵，一阵狂扫，立刻歼除。余外守山的番众，总道是绝壁峭立，没人可上，谁料上面插起大清旗号，错疑是飞将军从天而下，顿时人心大乱，被山下的清兵，杀上山腰，番众除逃窜外，概被杀死。第二重门户又破，勒尔围已无可守，索诺木没法，鸩杀僧格桑，并将僧格桑家属，一并献出，请停止攻击。阿桂讯验僧格桑的尸首，的确是真，只僧格桑的家属内，只有僧格桑的妾，没有僧格桑的妻，索诺木颇有手足情。怒斥来人，勒兵再入。索诺木无从乞和，命部下极力防守。

这时已是秋末冬初，天气阴寒，雨雪霏霏，凭你阿桂奋厉无前，也不能直捣敌穴。过了年，又过了春季，渐渐冰雪消融，路上方可行动。阿桂等转战而前，只一二十里地面，却攻了三四个月，方到乌勒围。丰伸额军亦至，三路会攻，又足足一月，方破入乌勒围。可谓艰险。索诺木已与从祖莎罗奔，先期走噶尔崖，清兵整队复进，番兵又分道拒战，接连又是数月，始抵噶尔崖城下。阿桂自启行以来，至此已历两年，途中几经艰苦，恨不得立平噶尔崖，稍泄胸中忿气，奈攻了三五日，毫不见效，又攻了一二十日，虽轰坏城堞数处，仍被敌兵补好。直至乾隆四十一年二月，城中食尽，索诺木始与莎罗奔，挈家族二千余人出降，阿桂立饬人献俘京师，乾隆帝御午门受俘，因索诺木、莎罗奔等罪大恶极，着凌迟处死。其余家族人等，或斩或绞，或永远监禁，或充发为奴。封阿桂为一等诚谋英勇公，丰伸额本袭公爵，加赏继勇字号，明亮封一等襄勇伯，海兰察摧坚夺隘，格外超擢，封为一等超勇侯，额森特、福康安等，均各封赏有差，留明亮为四川将军，改大金川为阿尔吉厅，小金川为美诺厅，直隶四川省，令明亮镇守。阿桂等一律凯旋，郊劳饮至，如傅恒例。

越数月，再令阿桂赴云南，与总督李侍尧，勘定边界，严守战备，拟再图缅甸。缅酋孟炮，闻风知惧，原奉表入贡，献还俘虏，惟求开关互市。阿桂令先将俘虏释放，他只放出了一半，阿桂不允，仍移檄诘责。偏这孟炮病殁，嗣子赘角牙继立，国内大乱，叛臣孟鲁，弑了赘角牙，孟鲁又被国人杀死，迎立雍藉牙少子孟云。西邻暹罗，因缅甸内讧，背缅独立，推戴侨民郑昭为国王，规复旧土，驱逐缅甸守兵，移都盘谷，复兴兵攻缅甸，报复旧怨，并遣使航海入贡中国。郑昭殁，子华嗣，清封郑华为暹罗国王。孟云恐清廷联络暹罗，夹攻缅甸，乃由木邦赍金塔一，驯象八，及宝石、番毯等，款关来贡，并将俘虏一并送还。清廷乃敕赐册印，封孟云为缅甸国王，并谕暹罗、缅甸，不得继续用兵。自是暹罗、缅甸，统服属清朝，小子曾有七绝一首云：

连番降旨命征诛，一将功成万骨枯。
为问紫光遗像在，可曾顶上血模糊？

俚句中有“紫光”二字，乃是指紫光阁故事。乾隆帝命绘功臣列像于紫光阁，前傅恒，后阿桂，是乾隆朝最智勇的大将。紫光阁上，后先辉映。方在纪实铭勋，忽接台湾警报，土豪林爽文作乱；一波才平，一波又起，欲知台湾肇乱情形，请诸君续阅下回。

傅恒、阿桂系乾隆朝名将，抑亦乾隆朝福将。有明瑞之丧师小猛育，而后傅恒乃慎重将事，有温福之战死木果木，而后阿桂乃坚忍成功。天下事经一度失败，始增一番惩创，明瑞、温福之不幸，即所以成傅、阿二人之幸耳。傅、阿二人殁，嗣后有名将，少福将，故乾隆朝为清室极盛时代，亦即清室中衰时代。此回传傅、阿二人事，实隐伏清史关键云。

第四十回

平海岛一将含冤　定外藩两邦慑服

却说台湾自朱一贵乱后，清廷因地方辽阔，添设彰化县及北淡水同知，政府意思，总道多设几个官吏，可以勤求民隐，哪里晓得多一个官，只多一分剥削，与百姓这方面，反有损无益呢？乾隆五十一年，台湾土豪林爽文乱起，这林爽文本没有什么势力，只因台民半是土著，半是客籍，彼此不睦，时常械斗，地方官不去弹压，爽文假和解为名，结了几个党羽，设起一个天地会来，起初入会的人，不过数十名，后来越结越多，连官署的差役，也都入会。官吏虽有些风闻，终究得过且过，不愿查究，因循坐误，是官吏老手段。因此天地会竟横行了数十年。适值总兵官柴大纪，受职到台，闻知天地会横行无忌，遂令台湾知府孙景燧，彰化知县俞峻，副将赫生额，游击耿世文，带兵缉捕。这孙景燧等统是酒囊饭袋，哪里敢去缉捕会匪？奈因上峰督饬，没奈何前去搜查。

林爽文本住彰化县的大理杙，地方很是险僻，孙景燧等不敢深入，只在五里外扎营，无缘无故，将五里外的村落，纵火焚毁，兵役乘势抢掳，劫夺一空。村中的百姓，并非天地会党羽，无罪遭祸，铤而走险，都逃入大理杙中，哭报爽文，哀求保护。又是一场官逼民反。爽文乃纠众出来，夤夜攻营，孙景燧等连忙逃走，带去的兵士，多被杀死，爽文遂进陷彰化，破诸罗，扰淡水，贪官污吏，死的死，逃的逃。柴大纪忙令兵备道永福，固守府城，自率兵出城五十里，到盐埕桥，遇着爽文前锋，奋力杀退，府城总算保全。大纪派人到福建告急，水师提督黄仕简，陆路提督任承恩，副将徐鼎士，陆续带兵渡海，来援台湾。大纪接着，由黄仕简分派将士，督令恢复诸城，不想福建的援兵，统是没用，都被爽文杀败；任承恩亲攻敌巢，见了路途险僻，也畏惧不前；只柴大纪收复诸罗，浚濠增垒，力任守御。

清廷因黄任无功，严旨召还，命提督常青为靖逆将军，往台湾督师；父命署浙闽总督李侍尧，调粤兵四千，浙兵三千，驻防满兵一千，赴台助剿。且因江南提督蓝元枚，系蓝廷珍子，素习台事，调赴军前，与福州将军恒瑞，同为参赞，各将吏次第进行，蓝元枚到台病卒，常青、恒瑞率兵数千，至府城相近，与林爽文相遇，望将过去，旗戟隐隐，队伍层层，不知有多少人马，吓得常青、恒瑞拍马而逃，走入城中。林爽文料他没用，不去攻城，只蚕食村落，胁令入会，旬日得十余万众，围攻诸罗。

诸罗当南北要冲，为府城屏蔽，爽文因大纪扼守，最称勇悍，誓要破灭此城，免他作梗，因此把诸罗城团团围住，并分了一支党羽，截他饷道。大纪率守兵四千，昼夜防御，看了敌势少懈，复引兵突出，夺他辎重。城中粮饷，赖以不绝。爽文想截人饷道，谁知自己的饷，反被人夺去，所谓乌合之众，不敌纪律之师。爽文遣人诈降，又贿通内应，都被大纪察出，一一斩首。

这时候，常青也遣总兵魏大斌，参将张万魁，游击田蓝玉，副将蔡攀龙等，往援诸罗，三次进兵，三次败退。恒瑞督兵进援，亦因敌势浩大，在途中扎住。清廷屡次催问，常青、恒瑞只请添兵，乾隆帝又将他革职，命福康安代常青，海兰察代恒瑞，升柴大纪为陆路提督参赞大臣，密令大纪卫民出城，再图进取。大纪奏言："诸罗为府城北障，诸罗失陷，府城亦危，且半年来深沟高垒，守御甚固，一朝弃去，难以克复。城箱内外的百姓，不下四万，也不忍一概抛弃，任贼蹂躏，只有死守待援”等语。好总兵，好提督，好参赞大臣。乾隆帝览了奏章，眼泪都熬不住，一点一滴，湿透奏本；真耶假耶！随即传旨到台湾，嘉奖大纪，封大纪为义勇伯，改诸罗县为嘉义县，俟克复台湾，与福康安同来瞻觐云云。

福康安是傅恒的儿子，乾隆帝非常眷爱，未知是否龙种？他随阿桂出征有功，曾封三等嘉勇男，嗣复出定回疆，平了几个小小回匪，晋封侯爵。福康安往援台湾，途次闻爽文势盛，也奏请增兵，奉旨严饬。亏得海兰察愿当前敌，飞速进兵，仗着顺风，越海抵港，帆樯列数里，各村民见大兵云集，望风解散，争为乡导。海兰察扬言攻大理杙，暗中拟直趋嘉义城。爽文恐大理杙有失，分兵回救，海兰察遂进兵嘉义，沿途遇着几处埋伏，统由海兰察冲散，怒马直入，所向披靡。到嘉义城下，奋战一场，杀退敌围。福康安闻前锋得胜，自然胆大起来，也领兵到嘉义城，柴大纪出城相迎，只向福康安请安，不行跪拜礼，福康安心中已是不悦，佯为谦逊，叫大纪并马入城。大纪也不推辞，跨马导入，照清朝军制，下属迎接上司，须要身执櫜鞬，不能并马入城，柴大纪屡受褒封，身膺伯爵，自思与福康安也差不多，少许失礼，料亦不妨。岂知这福康安度量浅狭，挟恨怀仇，柴大纪的性命，要断送在福康安手中了。

福康安入城后，休息一昼夜，仍命海兰察先进，自率兵为后应，往捣大理杙巢穴。到了大理杙，时已昏暮，大理杙中，冲出一支人马，烈炬迎战。海兰察分兵千余，暗伏沟塍间，候敌近来，铳矢齐发。从暗击明，发无不中，敌众连忙灭火，鸣鼓来攻。海兰察复命军士按声冲击，毙敌无数，敌众倒也抵死不退。海兰察跃马入阵，冲出敌背，竟赴大理杙。部众想回马去追，福康安兵已到，此时敌众仓皇失措，霎时溃散。海兰察入大理杙，林爽文拦截不住，携家属走集埔，大理杙巢穴，一鼓荡平。只林爽文遁入集埔间，依险窜伏，垒石为垒，回环数里，海兰察偕侍卫数十名，易服缉捕，寻至集埔，已得敌踪，遂暗伐箐中老藤，扳垒而上，林爽文不及防备，被他擒住，爽文家属，没一个走脱，献至京师，尽行磔死。

福康安、海兰察，俱晋封公爵，独柴大纪偏革职拿问。读至此语，令人吃惊。自福康安入嘉义城后，已着人驰递密奏，说大纪诡谲取巧，奏报不实，乾隆帝倒也圣明，料知大纪屡蒙褒奖，稍涉自满，对福康安失礼，因被参劾，遂将这种旨意，批发出来，福康安受了几句申饬。看官！你道福康安肯就此罢手么？接连又是几本弹章，复运动那奉旨查办的德成，复奏："大纪如何贪黩，如何宽纵，"乾隆帝尚在未信，命浙、闽总督李侍尧查奏。李侍尧畏福康安威势，自然随声附和，乾隆帝又将任承恩、恒瑞等，逮回亲讯，任承恩、恒瑞等一干人犯，都说大纪酿成祸乱，暗中掣肘，恁你乾隆帝什么英明，柴大纪什么义勇，至此昏蔽诬蔑，就降了革职拿问的圣旨。

柴大纪自念无辜，到京被讯，宁有凭空自诬的道理，自然呼冤不置。乾隆帝亲加复讯，大纪仍微诉枉曲，龙颜动怒，竟命正法，可怜一片忠心的柴大纪，无罪遭刑，横尸燕市。比杀张广泗还要冤枉，可见做皇帝的人，多是没良心。任承恩、恒瑞等，反得保全性命，还有这位谄媚取容的和珅，前已屡次超升，授职大学士，至此说他办理军机，勤劳懋著，封他为三等伯，赏用紫缰。悬空夹入。

乾隆帝又命将功臣图像，方亲制功臣像赞，镇日里咬文嚼字，忽接两广总督孙士毅奏报，略称："安南内乱，国王黎维祁出亡，遗臣阮辉宿，奉王族二百多人，叩关乞援"等语。这安南国在暹罗东边，明时尝服属中国，嗣分为大越、广南二部，黎氏主大越，阮氏主广南。清顺治末年，吴三桂等定云南，大越王黎维□，曾遣使劳军。康熙五年，嗣王黎维禧，又奉表入贡，受清册封。后来黎氏渐衰，摄政郑栋，阴图篡立，恐广南王干涉，乃阴嗾广南土酋阮文岳，举兵作乱，自为外援。文岳与弟文惠、文虑，乘此发难，转战十数年，竟将广南王攻灭，分北部三州与郑栋。文惠自称泰德王，郑栋也自称郑靖王。隔了几年，郑栋死了，栋子二人，一名宗，一名斡，争夺父位。文惠引文岳趋入，阳称排解，诱杀宗、斡兄弟，遂进至大越。大越王黎维□，惊慌的了不得，忙与他议和，给他两郡；又把娇娇滴滴的爱女，送与文惠，畀他受用。文惠总算罢休，在大越称臣拜相。越年，黎维□卒，嗣孙黎维祁立，文惠载了许多珍宝，及驯象百头，还归广南，留郑氏遗臣贡整，镇守都城。贡整想扶黎抗阮，夺回象五十头，文惠大怒，发广南兵攻大越，贡整战死，维祁出走。文惠攻入黎京，尽毁王宫，把宫内妃嫔及金银财宝，搜括而去。一个爱女尚且不足，又添了许多妃嫔，许多金帛，大越总算晦气。

高平府督阮辉宿，挈了黎氏宗族二百口，遁至广西求救。

乾隆帝览了孙士毅奏章，暗想黎氏守藩奉贡，理应保护，遂命孙士毅安抚黎氏家属，发兵代黎氏复仇。这旨一下，孙士毅立即调兵，与提督许世亨出镇南关，至凉山分路而进，沿途得土民欢迎，进薄富良江。阮文惠派兵扼住南岸，据险列炮，阻截清军。许世亨见江势缭曲，望不及远，遂令军士佯运竹木，筑桥待渡，他自己率兵二千，恰绕道潜渡。南岸守卒，只防对岸的清兵，用炮轰击，不料世亨绕出背后，乘高大呼，声震山谷。是夕，天色黑暗，广南兵陡闻喊声，只道清兵大至，霎时溃退。黎明，清兵毕济，整队至大越国都，城中百姓，都来迎接，跪伏道旁。孙士毅、许世亨入城宣慰，见宫室拆毁殆尽，已平成瓦砾场，不便留驻，仍出城还营。黎维祁避匿民村，到夜间方敢出来，诣营见孙士毅，九顿首谢援。

先是乾隆帝因安南道远，奏报需时，特豫撰册封，邮寄军前，令孙士毅便宜从事。士毅遂宣诏封维祁为安南国王，且驰报广西，归黎家属。捷奏到京，乾隆帝促令班师，士毅以阮氏未俘，还想深入广南，执渠立功。贪心不足。阮文惠暗筹军备，阳言乞降，士毅信以为真，悬军黎城，专待降人。痴心妄想。乾隆五十四年元旦，士毅令军士饮酒张乐，庆祝新年，大帅逍遥，万人醺醉，自旦至暮，筵席始散。众人正要就寝，营外炮声震天，阮兵蜂拥而至。士毅即率军出营，火光中见前面排着象阵，蹀躞而来，士毅知是厉害，急令军士退走。黑夜间不辨彼此，自相践踏，当下抛戈弃甲，奔至富良江。士毅一马当先，逾桥径渡，随着的兵士，三停中只过一停，士毅回顾，对岸追兵，奋勇杀来，忙命军士将桥拆去。是时许世亨等尚未逾桥，弄得进退无路，那边追兵上前围攻，许世亨等都战死。官兵夫役万余人，一半被杀，一半落水。逃还镇南关的残兵，只剩了三千名。士毅上疏自劾，你要保全性命，还装出什么矫情？乾隆帝恰说他变出意外，罪有可原，这正是特别殊恩，令人莫测。

福康安时适督闽，奉旨调任两广，代孙士毅，福康安方到任，阮文惠已遣兄子光显，奉表请降，他的降表上改名光平，略言："世守广南，与安南乃是敌国，并没有君臣名分。文惠曾在大越摄政，尚得谓非君臣么？且只蛮触自争，非敢抗衡上国，请来年亲觐京师，并愿立庙国中，祀中国死绥将士。"福康安得了降表，遂奏请阮光平恭顺输诚，不必用兵。乾隆帝准奏，只责他两件事情：第一件，因次年八旬万寿，饬光平来京祝嘏；第二件，饬他在安南地方，为许世亨等立祠。他已自己情愿，何用复饬？光平一一应允。遂赐光平敕印，封安南国王，黎维祁的家属，光平算不去灭他，由他投入广西。乾隆帝以天厌黎民，不堪扶植，天何言哉？命他挈属来京，编入汉军旗籍。

次年，乾隆帝八旬万寿，举行庆典，礼部定出祝嘏仪注，比从前万寿圣节，格外繁华，格外郑重。届了诞辰，阮光平遵旨入觐，先行到京，暹罗、缅甸、朝鲜、琉球及西藏两喇嘛，蒙古各盟旗，西域各部落，俱遣使表祝。乾隆帝御太和殿，受庆贺礼。八荒环叩，万众嵩呼，礼毕入宫，皇子、皇孙、皇曾孙、皇玄孙，依次舞彩，称祝如仪。宫廷内外，大宴三日，特旨普免天下钱粮，表示普天同庆的意思。真是千载一时，可惜极盛难继。

只西藏虽遣使祝釐，境内恰非常扰乱，驻藏大臣保泰，专务蒙蔽，经藏使来京详陈，始悉藏境情状。西藏自康熙晚年，服属中国，不侵不叛，雍正初，复设驻藏大臣，监察政治，达赖、班禅两喇嘛，不能自由行动，因此安静了数十年。乾隆帝七旬万寿时，第六世班禅喇嘛，曾至京祝寿，内廷赏赐，及王公大臣布施，约数十万金，还有许多珍品宝物。班禅欣喜过望，方拟西还，忽病痘而死。随从僧侣，奉骸骨归藏，所有遗资，统行带回。班禅兄仲巴胡土克图，向为班禅管理内库，得了这种竟外财帛，一古脑儿收入私囊，不但没有布施寺院，分给将士，连自己的阿弟，也分文不与。知利己不知利人，世人皆然，无怪仲巴。他的阿弟玛尔巴，愤懑的了不得，遂南入廓尔喀，诱使入寇。阿兄原是无情，阿弟也是不义。廓尔喀在喜马拉耶山南麓，与藏境毗连，向系蛮民杂居，分叶楞、布颜、库木三部，嗣为西境酋长布拉吞并，合作一国，称廓尔喀。廓酋因玛尔巴的诉请，遂兴兵犯藏边，驻藏大臣保泰，檄问廓酋起衅的缘故，他却借商税增额，食盐糅土等事，作为话柄。保泰尚未奏闻，只欲与廓人议和，会藏使在京祝嘏，奏陈一切，乾隆帝始命保泰据实陈奏，一面令侍卫巴忠，将军鄂辉、成德等，援藏征廓。去了数月，巴忠等奏称廓人畏罪投诚，愿入贡乞封。乾隆帝览奏，疑是真话，召还巴忠，留鄂辉为四川总督，成德为四川将军。

次年，廓人又大举入藏，保泰奏称敌势浩大，请移班禅至前藏。班禅亦飞章告急，略说：仲巴胡土克图，已挈资遁去。后藏被廓人骚扰，有"日夕待援"等语。是时乾隆帝在热河行围，连接警报，大加惊疑，适巴忠正在扈驾，忙召入讯问，巴忠言语支吾，只说前时办理不善，愿驰赴藏地，效力赎罪。乾隆帝严加申斥，巴忠即投水寻死。乾隆帝越加怀疑，飞饬鄂辉、成德，明白复奏。鄂辉、成德不敢隐瞒，始将前时办理隐情，和盘托出，惟只称于己无与，都推在死人巴忠身上。原来巴忠、鄂辉、成德三人，前时到藏，按兵不战，只与廓人调停贿和，阳嘱廓人奉表入贺，阴令西藏许给岁币五千金，廓人乃退。达赖班禅尚在梦里，后来廓人索交岁币，杳无回音，因再举深入，大掠后藏。乾隆帝既悉此情，方知鄂辉、成德，也是靠不住的人物，遂命嘉勇公福康安为将军，超勇公海兰察为参赞，调索伦满兵，及屯练士兵进讨。

乾隆五十七年二月，福康安等由青海入后藏，廓人已饱掠财帛，陆续运回，只留千余人驻守，探得清兵入剿，退至铁索桥，断桥相拒。福康安与敌相持，海兰察潜由上游结筏，渡河登山，绕出敌营后面，廓兵见前后受敌，自然窜去。福康安等直入廓境，廓酋遣使乞和，福康安不许，三路进兵，六战六捷，逾大山二重，先后杀敌数千，入敌境七百多里。将近廓尔喀都城，两面皆山，中隔一河，廓兵分扎山上，互为犄角，福康安采悉南岸山后，即廓尔喀国都，拟渡河直攻南山。海兰察请扼河立营，阻住北岸廓兵，福康安仗着锐气，渡过南岸，冒雨登山。山上木石雨下，隔河隔山的敌兵，又三路来犯，福康安不能支，且战且却。亏得海兰察率着后队，未曾前进，当即奋力杀敌，救还福康安。福康安的功劳，纯是海兰察帮他造成，富察氏实有天幸。

廓人赴印度行援，印度已为英吉利属国，设有总督，允他出兵，无如待久不至，廓人恐清军复攻，再遣使卑词请和。福康安乃与订和议，令献还所掠财宝，定五年一贡例，随即班师回藏，留番兵三千名，汉、蒙兵一千名，驻守藏境，余师凯旋。乾隆帝复赏福康安世袭一等轻车都尉，海兰察旧系二等公爵，晋封为一等公，随征将士，交部议叙。又因达赖、班禅的嗣续法，积久生弊，兄弟子姓，相继擅权，弄出仲巴兄弟，慢藏诲盗的祸祟来，此时惩前毖后，立了一个掣签的法子，将藏俗所称达赖、班禅的化身，书名签上，插入瓶中。等到前绝后继，掣签为定。这瓶供在西藏大昭寺，叫作“金奔巴瓶”，无非是神道设教，笼络藏民的政策。乾隆帝遂自称“十全老人”，御制《十全记》，用满、汉、蒙、藏四种文字，刊碑立石，留作乾隆朝的大纪念。什么叫作“十全”？小子有杜撰的歌词道：

清高宗，六十年，为了准噶尔，两次征边。

定回疆，再定金川，靖台湾，服安南缅甸，紫光阁上竞凌烟。

又有那廓尔喀，先后乞怜，功也全，福也全，这才算十样完全。

一年一年的过去，乾隆帝已六十年了。乾隆帝年已八十五岁，想出一个内禅的计议来，欲知内禅情事，请俟下回披露。

本回为福康安立传，平台湾，曰福康安之功，平安南，曰福康安之功，平廓尔喀，曰福康安之功，其实福康安亦安得谓有功者，台湾一役，赖海兰察奋勇争先，一战破敌，即日解诸罗围，叛党夺气，大乱以平。至若廓尔喀之战，福康安冒险轻进，微海兰察在后援应，彼且无生还之望，遑能平敌耶？最可恨者，柴大纪忠勇绝伦，第以不执櫜鞬礼，必欲置诸死地，良将风度，断不若是。高宗极加宠眷，无怪后世以龙种疑之。读本回，可以知福康安之为人，可以知清高宗之驭将。

第四十一回

太和殿受禅承帝统　白莲教倡乱酿兵灾

却说乾隆帝在位六十年，多福多寿多男子，把人生荣华富贵的际遇，没一事不做到，没一件不享到。他的武功，上文已经略叙，他的文治亦非常讲究。即位的第一年，就开博学鸿词科；第二年又令未曾预考各生，一律补试。十四年，特旨命大学士九卿督抚保举经儒，授任国子监司业；南巡数次，经过的地方，尝召诸生试诗赋，举人进士中书等头衔，赏了不少，又编造巨籍，上自经注史乘，下至音乐方术语学，约有数十种，比康熙时还要加倍。三十六年，开五库全书馆，把古今已刊未刊的书籍，统行编校，汇刻一部，命河间才子纪昀，做了总裁。

纪昀字晓岚，博古通今，能言善辩，乾隆帝特别眷遇，别样事情，讲不胜讲，只据“老头子”三字的解释，便见纪昀的辩才。他身子很是肥硕，生平最畏暑热；做总裁时，在馆内校书，适值盛夏，炎酷异常，他便赤着膊圈了辫，危坐观书。巧逢乾隆帝踱入馆门，他不及披衣，忙钻入案下，用帷自蔽，不料已被乾隆帝瞧见，传旨馆中人照常办事，不必离座，馆中人一齐遵旨。乾隆帝便踱到纪昀座旁，静悄悄的坐着。纪昀伏了许久，汗流浃背，未免焦躁起来，听听馆中人寂静无声，就展开了帷，伸首问众人道：“老头子已去么？”语方脱口，转眼一瞧，座旁正坐着这位首出当阳的乾隆帝，这一惊正是不小。

向着他道："纪昀不得无礼。"纪昀此时只得出来穿好了衣，俯伏请罪。乾隆帝道："别的罪总可原谅，你何故叫我'老头子'？有说可生，无说即死。"众人听见这句上谕，都为纪昀捏一把汗。谁知纪昀却不慌不忙，从容奏道："'老头子'三字，乃京中人对着皇帝的统称，并非臣敢臆造，容臣详奏。皇帝称万岁，岂不是老？皇帝居兆民之上，岂不是头？皇帝便是天子，所以称子。这'老头子'三字，从此流传了。"聪明绝顶。乾隆帝拈须笑道："你真是个淳于髡后身，朕便赦你起来罢。"纪昀谢恩而起。自此乾隆帝越加优待，等《四库全书》告竣，连番擢用，任总宪三次，长礼部亦三次。此外如沈德潜彭元瑞诸人，也蒙乾隆帝恩遇，然总不及纪昀的信任。

只是乾隆帝虽优礼文士，心中恰也时常防备：内阁学士胡中藻，著《坚磨生诗集》，内中有触犯忌讳等语，遂把他枭首；鄂尔泰侄儿鄂昌，做了一篇《塞上吟》，称蒙古为胡儿，也说他暗斥满人，将他赐死；沈归愚录有《黑牡丹》诗，身后被讦，追夺官阶；江西举人王锡侯，删改《康熙字典》，别著《字贯》，又饬逮下狱；浙江举人徐述夔，著《一柱楼》诗，不知如何吹毛索瘢，指他悖逆，他已经病死，还要把他戮尸。乾隆朝的文字狱，比雍正朝也差不多。

总之专制时代，皇帝是神圣无比，做臣子的能阿谀谄媚，多是好的，若是主文谲谏，便说他什么诋毁，什么叛逆，不是斩首，就是灭族，所以揣摩迎合的佞臣，日多一日。到乾隆晚年，佥壬之徒，贿赂公行，乾隆帝只道是安富尊荣，威福无比，谁知暗地里已伏着许多狐群狗党，这狐群狗党的首领，系是谁人？就是大学士和珅。

无论皇亲国戚，功臣文士，没有一个及得来和珅的尊宠。乾隆帝竟一日不能离他，又把第十个公主，嫁他儿子丰绅殷德。未嫁时候，乾隆帝最爱惜十公主，幼时女扮男装，常随乾隆帝微行，乾隆帝又常带着和珅扈驾。十公主见着和珅，叫他丈人，和珅格外趋奉。十公主要什么，和珅便献什么。一日，同行市中，见衣铺中挂着红氅衣一件，十公主说了一声好，和珅便向铺中买来，费了二十八金，双手捧与十公主。乾隆帝微笑，对着公主道："你又要丈人破钞。"十公主原是欢喜，和珅却比十公主还要得意。这件故事，都人传为趣谈，其实常人家的用人，也多是趋奉东家儿女，不足为和珅责。后来十公主长成，就配了丰珅殷德，丰珅殷德比男妾差不多。和珅与乾隆帝竟作了儿女亲家。一个抬轿夫，宠荣至此，可谓古今罕闻。因此和珅肆行无忌，内外官僚，多是和珅党羽，把揽政柄三十年，家内的私蓄，乾隆帝还不及他。他的美妾娈童，艳婢俊仆，不计其数。还有一班走狗，仗着和珅威势，在京城里面，横冲直撞，很是厉害。御史曹锡宝，为了他家奴刘全，借势招摇，家资丰厚，劾奏一本；乾隆帝令廷臣查勘，廷臣并不细查，只说锡宝风闻无据，反加他妄言的罪名。一个家奴，都参他不倒，何况和珅呢？

一日，乾隆帝召诸王大臣入内，拟把帝位传与太子，自己称太上皇。诸王大臣，倒也没甚惊疑，不过表面上总称圣上康颐，内禅事还可从缓。独和珅吃了一大惊，他想嗣王登位，未免失却尊宠，急忙启奏道："内禅的大礼，前史上虽是常闻，然也没有多少荣誉。惟尧传舜，舜传禹，总算是旷古盛典。但帝尧传位，已做了七十三载的皇帝；帝舜三十征庸，三十在位，又三十余载，始行受禅。当时尧舜的年纪，都已到一百岁左右，皇上精神矍铄，将来比尧舜还要长寿，再在位一二十年，传与太子，亦不算迟，况四海以内，仰皇上若父母，皇上多在位一日，百姓也多感戴一日，奴才等近沐恩慈，尤愿皇上永远庇护；犬马尚知恋主，难道奴才不如犬马么？"情现乎词。这番言语，说得面面圆到。从前的时候，和珅如何说，乾隆帝便如何行，偏这次恰是不从，也是和珅数到。只听乾隆帝下谕道："你等只知其一，不知其二。朕二十五岁即位，曾对天发誓，若得在位六十年，就当传位嗣子，不敢上同皇祖六十有零的年数。今蒙天佑，甲子已周，初愿正偿，何敢再生奢望？皇子永琏，不幸早世，惟皇十五子颙琰，克肖朕躬，朕已遵守家法，书名密缄，藏在正大光明匾额后面，现即立颙琰为皇太子，命他嗣位；若恐他初登大宝，或致丛脞，此时朕躬尚在，自应随时训政，不劳你等忧虑。"和珅无词可说，只得随王大臣等一同退出，暗中复运动和硕礼亲王永恩等，联名汇奏，请乾隆帝暂缓归政。乾隆帝仍把对天发誓的大意，申说一番，并拟定明年为嘉庆元年，即饬礼部恭定典礼。

于是内禅已决，礼部因内禅制度，乃是创例，清朝未曾行过，须要参酌古制，揆合时宜，定得冠冕堂皇，方餍乾隆帝的心目。巧于迎合。足足忙碌了一个月，才把内禅大典，录奏圣裁。乾隆帝见得体制尊崇，立批照行。先册立颙琰为皇太子，追封皇太子生母令懿皇贵妃为孝仪皇后，位居孝贤皇后之次。候嘉庆元年元旦，举行归政典礼。和珅知事无可挽，忙到皇太子处贺喜，说了无数恭维的话。偏这皇太子不甚喜欢，只淡淡的对答数语。和珅随即辞退。马屁拍错了。皇太子传进长史官，命嗣后和珅来见，不必进报，和珅颇为惊惧。还亏乾隆帝虽拟归政，仍是大权在手，乾隆帝活一日，和珅也活一日，因此和珅早夜祝祷，但愿乾隆帝永远活着，免生意外的危险。

话休叙烦，且说湖南贵州交界的地方，有一大山，绵亘数百里，叫作苗岭，统是苗民居住。康、雍、乾三朝，次第招徕，苗民多改土归流，与汉民往来交接，汉民亦渐渐移居苗地，嗣后喧宾夺主，不免与苗民涉讼。地方官单论财势，不讲曲直，苗民多半吃亏，心很不悦。适贵州铜仁府悍苗石柳邓，素称桀黠，倡议逐客民，复故地。苗众同声附和，遂揭竿叛清。湖南永绥苗石三保，镇筸苗吴陇登，吴半生，乾州苗吴八月，各聚众响应，四出劫掠，骚扰川、湖、贵三省边境。于是湖南提督刘君辅，驰保镇筸，湖广总督福宁，亦调集两湖诸军，援应刘君辅，云、贵总督大学士福康安，又督云、贵兵进铜仁府，四川总督和琳，复统川兵至贵州，与福康安会攻石柳邓，柳邓败走，苗寨四十余被毁，贵州苗略定。福康安遣总兵花连布，率兵二千人攻永绥，刘君辅亦自永绥转战而至，两军相会，攻破石三保，解了永绥的围。只乾州已由吴八月等陷没，各军分道进攻，多被苗民截住，只刘君辅因乾州险阻，绕出西北，得了两三回胜仗，怎奈兵单饷寡，一时未能规复。旋经福康安迭破要塞，逐走石三保，生擒吴半生，永绥镇筸的悍苗，稍稍平定，一意规复乾州。不料石三保石柳邓等，都窜依吴八月，吴八月复进据平陇，居然称起吴王来了。吴八月也要发赚。

清廷方定期内禅，急望福康安等剿平叛苗，首封福康安贝子，和琳一等伯，加赐从征兵丁一月饷银，限期荡平。福康安亦悬赏招抚，添兵会剿，吴陇登虽已愿降，并诱擒吴八月，奈吴八月的儿子廷礼廷义，后与陇登等仇杀不休，福康安手下将士，又触冒瘴雨，病的病，死的死，弄得剿抚两穷。海兰察已死，福康安何能为。

转眼间已是残冬，过了除夕，便是嘉庆元年第一日。乾隆帝御太和殿，举行内禅大典，亲授皇太子御宝。皇太子敬谨跪受，率诸王大臣先恭贺太上皇，贺毕，太上皇还宫，皇太子遂登帝位，受群臣朝贺，随颁行太上皇传位诏书，普免全国钱粮，并下大赦诏。是日的繁华热闹，不消细说。授受成礼，内外开宴，欢呼之声，遍达宫廷。越数日，奉太上皇帝命，册立嫡妃喜塔腊氏为皇后。又越数日，侍太上皇帝御宁寿宫开千叟宴。正在兴高采烈的时候，外面递进湖北督抚的奏折，内说枝江、宜都二县，白莲教徒聂杰人、刘盛鸣等，纠众滋事，请派兵迅剿等语。嘉庆帝总道是区区教匪，有什么伎俩？即饬湖北巡抚惠龄，专办剿匪事宜，谁知警报接续传来，林之华发难当阳县，姚之富发难襄阳县，齐林妻王氏发难保康县，郧阳、宜昌、施南、荆门、来凤、酉阳、竹山、邓州、新野、归州、巴东、安陆、京山、随州、孝感、汉阳、惠临、龙山数十州县，同时扰乱。教徒的声势，几遍及湖北了。

嘉庆帝大惊，忙禀知太上皇，与太上皇商议妥当，即传旨命西安将军恒瑞，率兵趋湖北当阳县，剿林之华，都统永保，侍卫舒亮，鄂辉，剿姚之富及齐王氏，枝江教匪，专饬鄂督毕沅，及惠龄剿办。诸军奉诏并进，自正月至四月，先后奏报，杀贼数万，其实多是虚张功绩。只枝江教徒聂杰人，总算被总兵富志那擒住，余外的教徒，反越加鸱张。

看官！你道这等教徒，为什么这般厉害呢？白莲教的起源，也不知始自何时，小子参考史策，元末有韩林儿，明季有徐鸿儒，相传是白莲教中人，后来统归剿灭，追溯源流，方是历史小说。但总没有搜除净尽。已死的灰，尚且复燃，何况是未尽死呢？

乾隆年间，有一个安徽人，姓刘名松，他是白莲教首领，在河南鹿邑县传教，借持斋治病的名目，伪造经咒，诳骗钱财，即是黄巾贼一流人物。官吏因他妖言惑众，把他捕着，问成重罪，充发甘肃。他的徒众刘之协、宋之清等，未曾被获，仍分投川、陕、湖北一带，传播邪教，呆头呆脑的百姓，受他欺骗不少。到乾隆晚年，教徒竟多至三百万人。刘之协复捏造谣言，遣徒四播，传说劫运将至，清朝又要变作明朝，百姓若要免祸，须亟求真命天子保护。可怜这种呆百姓，闻了此言，统求刘之协指出真命天子，刘之协遂奉了鹿邑同党王姓的孩子，本名发生，冒充朱明后裔，作为真命天子。煽动流俗，择日竖旗。忽被官吏探悉，将王发生一干人犯，统同擒住，刘之协亦提拿在内，由吏役押至半途，得了刘之协重贿，将之协放走，只解到了王发生。年犹乳臭，乾隆帝格外开恩，把他充军了事，还有几个叛徒，尽行斩首。另下旨大索刘之协。

河南、湖北、安徽三省的官吏，得了圣旨，遂命一班狼心狗肺的差役，骂得很是。下乡搜缉，挨户索诈，有钱的百姓，还好用钱买命，无钱的百姓，被差役指作叛徒，下狱受苦。武昌同知常丹葵，更糊涂得了不得，不怕罪人多，只怕罪人少，索性将无辜百姓，捉了数千人，罗织成罪，因此百姓大加怨愤。适值贵州、湖南、四川等处，兴师征苗，沿途不无骚扰，贩盐铸钱的愚民，又因朝旨严禁私盐私铸，穷困失业，遂仇官思乱，把“官逼民反”四字，作了话柄，趁着教民四起，一律往投；从此向入教的，原是结党成群，向未入教的，也是甘心从逆。

这班统兵剿匪的大员，又都变作和珅党羽，总教和珅处恭送金银，就使如何贻误军事，也属不妨。豺狼当道，安问狐狸。嘉庆帝略有所闻，因太上皇宠爱和珅，不好就用辣手，只得责成统兵各官，分地任事。保康的教徒，归永保恒瑞剿办，当阳的教徒，归毕沅、舒亮剿办，枝江、宜都的教徒，归惠龄、富志那剿办，襄阳的教徒，归鄂辉剿办。

永保奏言“教匪现集襄阳，异常猖獗，姚之富、齐王氏俱在此处，刘之协亦在其中，为各路教匪领袖，应调集诸军，合力并攻”等语。嘉庆帝览奏，复命直隶提督庆成，山西总兵德龄，各率兵二千往会。无如官多令杂，彼此推诿，姚之富狡悍异常，且不必说，独这齐林妻王氏，虽是一个妇人，她却比男子还要厉害。

齐林本是教徒，起事的时候，还未曾死，经了一回小小的战仗，便中了弹子，把性命送脱。齐王氏守了寡，却继着先夫遗志，组织一大队，由襄阳府冲出安陆府，直向武昌，头上带着雉尾，身中围着铁甲，脚下穿着小蛮靴，跨了一匹骏马，仿佛是戏中装扮的一员女将军。她的脸面颇也俊俏，性情颇也贞烈，手中一对绣鸾刀，颇也有数十人敌得住，可惜迷信邪教，弄错了一个念头，徒然作了叛众的女头目。若使不然，那南宋的梁夫人，晚明的秦良玉，恐怕不能专美呢。平心之论。只是官兵遇着了她，往往望风遁走，究竟是怕她的娇力，抑不知是惧她的色艺，幸亏天公连日大雨，洪水暴发，阻住她的行踪，不令进薄武昌，湖北省城还算平静。清廷屡加诘责，命永保总统湘北诸军，打了几个胜仗，方把姚之富、齐王氏驱回西北。当阳、枝江等处，亦屡破教徒，陕、甘总督宜绵，又奉旨助剿，略定郧阳一带。湖北境内，只襄阳及宜昌二府，尚有余寇未靖，其余已统报肃清了。谁知四川达州民徐天德，与太平县民王三槐、冷天禄等，又纠众作乱，告急奏章，又似雪片一般，飞达京师。正是：

日中则昃，月盈则蚀；
乱机一发，不可收拾。

未知嘉庆帝如何处置，且待下回表明。

清高宗决意内禅，自谓不敢拟圣祖，此是矫饰之论。高宗好大喜功，达于极点，十全备绩，五世同堂，谕旨中屡有此语；但尊不嫌至，贵不厌极，因发生一内禅计议，举帝位传与仁宗，自尊为太上皇，大权依然独揽，名位格外优崇，高宗之愿，于是偿矣。岂知累朝元气，已被和珅一人，斲丧殆尽，才一内禅，才一改嘉庆年号，白莲教徒，即骚然四起，岂仁宗之福，果不逮高宗？若酿之也久，则发之也烈，谁为之？孰令致之？吾则曰惟和珅，吾又曰惟清高宗。本回处处指斥和珅，即处处揭櫫高宗。用人不慎，一至于此，固后世之殷鉴也。

第四十二回

误军机屡易统帅　平妖妇独著芳名

却说四川的乱事，也是从搜捕教徒而起。先是金川一役，温福阵亡，官兵溃散，一班游勇，欲归无所，与失业夫役，无赖悍民，互相勾结，四处剽掠。官吏闻警往捕，遂收入白莲教会，冀他援应。适达州知州戴如煌，老昏颠倒，饬胥吏搜缉教徒，把富户拘了无数，乘势勒索。徐天德也被拘去，费了些钱财，方得释放。戴如煌仿佛常丹葵，徐天德仿佛刘之协，可谓无独有偶。天德本达州土豪，平日与教徒隐通声气，至是越加愤激，乘襄阳教徒窜入川东，遂结连举事。王三槐、冷天禄等，亦是天德要好朋友，天德倡乱，他亦闻风而起。四川总督英善，成都将军勒礼善，出兵防剿，毫无功效。徐天德等反由川入陕，大掠兴安，陕督宜绵闻警，急回军至陕，与教徒相遇，大战于兴安城外，教徒败走，陕边虽已略靖，川省仍然糜烂。警信达至北京，嘉庆帝正急得没法，幸湖南、贵州的叛苗，已由内大臣额勒登保、将军明亮等，先后剿平，乃命额勒登保移赴湖北，明亮移赴达州。

但前回说的征苗大员，乃是云、贵总督福康安，暨四川总督和琳，此次忽变作额勒登保等人，小子须要交代明白。嘉庆元年五月，福康安始擒住苗酋石三保。吴八月子廷礼亦病死，官兵遂进逼乾州。城将破，福康安竟卒于军中。和琳代福康安任，攻陷乾州，乃遣内大臣额勒登保等，专攻平隆。隔了两月，和琳又殁，额勒登保复奉旨继任。湖北将军明亮，亦接清廷命令，往会额勒登保，助攻平陇，到了冬天，才把平陇攻破，将吴氏庐舍，尽行焚毁。又擒斩石柳邓父子及吴廷义等，苗乱算已肃清。嘉庆帝封额勒登保为威勇侯，明亮为襄勇伯，移剿教匪。

额勒登保驰赴湖北，明亮驰赴达州，是时湖北方面，由永保剿办襄阳教徒，惠龄剿办宜昌教徒。永保部兵最多，本可兜围叛众，一鼓歼敌，奈永保专知尾追，不知迎击，教徒忽东忽西，横躏无忌，嘉庆帝怒他纵敌，逮京治罪，命惠龄总统军务。惠龄至襄阳，拟圈地聚剿，飞檄河南巡抚景安，发兵截击。景安系和珅族孙，仗着和珅势力；升任抚台，得了惠龄檄文，率兵四千出屯南阳，表面上算是发兵，其实逍遥河上，无非喝酒打牌。部下的弁兵，不见有什么军令，乐得坐酒肆，嫖妓女，消遣时日。有几个狡黠的，还要去奸淫掳掠，畅所欲为，景安也不过问。因此教徒分作三队，直趋河南，姚之富、齐王氏出中路，李全出西路，王廷诏出北路，到处掳胁。不整队，不迎战，不走平原，只数百为群，忽分忽合，忽南忽北，牵制官兵。此之谓流寇。景安反避匿城中，闭门不出。湖北追兵，也是随意逗留，由他冲突。一班糊涂虫。嘉庆帝随下旨切责诸将道：

去岁邪教起长阳，未几及襄郧，未几及巴东归州，未几四川达州继起。至襄阳一贼，始则由湖北扰河南；继且由河南入陕西，若不亟行扫荡，非但老师糜饷，且多一日蹂躏，即多一日疮痍。各将军督抚大臣，身在行间，何忍贸无区画？若谓事权不一，则原以襄阳一路责惠龄，达州一路责宜绵，长阳一路责额勒登保，若言兵饷不敷，已先后调禁旅及邻省兵数万，且拨解军饷及部帑，不下二千余万。昔明季流寇横行，皆由阉宦朋党，文恬武嬉，横征暴敛，厉民酿患；今则纪纲肃清，勤求民隐，每遇水旱，不惜多方赈恤，且普免天下钱粮五次，普免漕粮三次，蠲免积逋，不下亿万万。此次邪匪诱煽，不过乌合乱民，若不指日肃清，何以奠九寓而服四夷？其令宜绵惠龄额勒登保等，各奏用兵方略，及刻期何日平贼，并贼氛所及州县若干，难民归复若干，疮痍轻重，共十分之几，善筹恤以闻。钦此。

这诏一下，各路统兵将帅，未免有些注意起来。彼议分剿，此议合攻，忙乱了一会子，仍旧没有结果。

只将军明亮，及都统德楞泰，引征苗军赴达州，连败徐天德、王三槐等。四川乡勇罗思举，亦助清兵奋击，先后毙教徒数万名。徐、王、冷三人，止剩残众一二千，势少衰。忽河南教徒，将三队并为一队，趋入陕西，复由陕西渡过汉水，仍分道入川，徐天德等得了这路援兵，又猖獗起来。嘉庆帝复责惠龄、恒瑞等，追贼不力，防汉不严，尽夺从前封赏，令戴罪效力。改命宜绵总统川陕军务，惠龄以下，悉听节制。连易三帅，统是没用。

宜绵既任了统帅，仍立定合围掩群的计议，想把教徒逼至川北，一古脑儿杀个净尽，偏这齐王氏、姚之富等人，也会使刁，只怕清帅行这一策，他自突入川北，见路径崎岖，人烟稀少，掠无可掠，夺无可夺，便急急忙忙的想窜回陕西。不料川陕交界地方，清兵密密层层，截住去路。齐王氏、姚之富、王廷诏、李全等，当下会议，拟仍走湖北，独李全仍欲留川。于是齐王氏、姚之富作了头队，王廷诏作了后队，纠众东走，与李全相别。两队各带万余人，出夔州，趋巴东，破兴山，再分路疾趋。齐王氏、姚之富由东北行，出保漳南康，直向襄阳，王廷诏由东南行，出远安当阳，直窥荆州。叙述处笔颇豪壮。清帅宜绵，急檄明亮、德楞泰等，带了精兵健马，兼程追蹑，留惠龄、恒瑞等，在川中防御李全。明亮、德楞泰，遂追入湖北，沿途转战而前，倒也歼敌数千名。恐怕齐王氏等仍还据老巢，遂分作水陆两路，紧紧赶上，德楞泰自水路径趋荆州，明亮自陆路径赴宜昌。

适朝旨发吉林、黑龙江索伦兵三千，察哈尔马八千匹，令侍卫惠伦，都统阿哈保，带至河南湖北。阿哈保至宜昌，刚与明亮接着，忽报王廷诏已到宜城东北，明亮令阿哈保为后应，自率兵先去邀击，两下相遇，兵对兵，枪对枪，酣战一场。自辰至午，不分胜败，阿哈保怒马而来，随着东三省劲旅，冲入敌阵，左荡右决，所向无敌。王廷诏乃败窜入山，由官兵追奔二十里，杀得尸横遍野，血流成渠，德楞泰至荆州，亦杀败齐王氏、姚之富等，令村民沿江树栅，筑堡自固。因此齐王氏、姚之富回到湖北，不比前次在荆襄时候，可以沿途焚掠，只得折回西走。

适留川教徒李全，与川中王三槐，互有龃龉，亦欲由陕还楚，沿汉水东行，到了兴安南岸，齐王氏、姚之富亦到，王廷诏又复窜至湖北，教徒复合为一。清将明亮、德楞泰，从东边追到西边，惠龄、恒瑞，从西边追到东边，两路大军，云集兴安，齐王氏、姚之富等，尚欲渡汉北扰，因被清军截住，不能前进，当由齐王氏定了一计，佯折军南回，暗遣党羽高均德，从间道绕出宁羌州，偷渡汉水。

明亮、惠龄等，正追赶齐王氏，忽接到宜绵札子，调恒瑞回川。恒瑞去后，又接陕西警报，闻高均德渡汉。明亮大惊道："这番中了贼计了。"齐王氏智略，确是过人，可惜误入歧途。急与德楞泰等商议。明亮道：论起贼情，要算齐王氏首逆，但高均德已渡过汉水，陕西又要遭殃。不但陕西又危，就是河南、湖北，亦随在可虑。看来我军只得先入陕西，截住高均德，再作计较。德楞泰等各无异议，遂引大兵驰入汉中。

齐王氏亦由南返北，督马步二万，分道踵渡汉水，复密令高均德，引清兵向东北追去，自与姚之富、李全、王廷诏，大掠鄠县盩厔县等处，将乘势进薄西安。亏得清总兵王文雄，带了兵勇三千名，奋力击退。齐王氏等复折回东南，从山阳趋湖北。明亮、德楞泰闻报，复引兵急追，到郧西界上，飞檄郧阳乡勇，扼住敌兵前面，并悬重赏募齐王氏首。一妇人头，须重赏悬募，这个妇人，也是特锺戾气。

适四川东乡县人罗思举桂涵，赴营投效，受扎令斩齐王氏首级。罗思举智谋出众，胆略过人，尝率乡勇数十名，劫破丰城王三槐巢穴，教徒称为罗家将。桂涵曾为大盗，能飞檐走壁，两足尝裹铁沙数十斤，行千里外，闻官募义勇，因愿效力。至是受了清帅的扎子，易服而往，探得齐王氏屯大寺内，遂到寺前后伏着，等到夜半，越墙进去，展使绝技，寻着内室。室外有数十人守护，都执着明晃晃的刀，料室内定是齐王氏卧处，二人轻轻的纵上屋檐，翻瓦一瞧，室内红烛高烧，中垂纱帐，帐外有一足露出，不过三寸有余。令人销魂。两人因室外有人，不敢径入，等了好一歇，室外人仍然未去，两人不耐久待，破檐下去，踅到床前，从帐隙窥入，海棠春睡，芍药烟笼，两语用在此处，尤觉艳丽。两人暗想道："这样齐整的妇人，也会造反，今日命合休了。"便各执巨斧，劈入帐内，突见帐中一足飞出，亏得桂涵眼明手快，一边将头让过，一边用斧劈去，削下莲钩一只，只听帐中"啊唷"一声。两人恐外人入救，拾了莲钩，纵上了屋，三脚两步的走了。回到清营，已交五鼓，明亮、德楞泰，尚在帐中等候，二人入帐禀见，献上莲钩一只，视之，不过三四寸左右，但已是血肉模糊，未便细辨。明亮令二人出外候赏，一面立传号令，命诸军速攻敌寨。

此时齐王氏将死未死，昏晕床上，部众正惊惶得了不得，陡闻帐外一片喊声，料知清兵已来攻营，急忙舁了齐王氏，由姚之富开路，杀出寨外。清兵围攻一阵，击毙敌众数千，尚有八九千悍敌，走据山中。明亮、德楞泰大呼道："今日不要再失机会，将士须一齐努力，杀净贼众方好!"诸军闻了此语，正是人人效命，个个争先，追入山内，遥见敌众分据左右两峰，矢石齐下。明亮与德楞泰道："首逆齐王氏等，不知在左在右，我等还是分攻还是并力一处?"德楞泰道："适有一贼目获住，尚未处斩，现不如饬他遥望，指定首逆处向，并力合攻，免他逃脱。"明亮点头称善。德楞泰遂饬军士推倒贼目，问他姓名，叫作王如美，并把好言劝诱，令他探明首逆处向。王如美仔细探瞧，回报现驻左山，德楞泰拍马上冈，诸将顺势随上，只留后队在山下，防备右山敌众。那时左山的教徒，已知身陷重围，拼命拦阻。德楞泰亲冒矢石，左手执着藤牌，右手握着短刀，连步直上。这班兵士，藤牌队在前，枪炮队在后，以次毕登，仿佛明朝常遇春破鸡头山一般，涉笔成趣。把教徒逼得无路可走，乱向峻崖窜下。这峻崖本是削壁，窜将下去，不是头破，就是脚断，有几个还跌得一团糟。齐王氏已成独脚仙，一跌便死，姚之富跳到崖下，辗转晕毙。霎时间，左山上面，杀死的一半，坠崖的一半，落得干干净净，回顾右山上面的敌众，已逃得不知去向。明亮、德楞泰令军士缒崖下去，检点尸首，只有齐王氏、姚之富，是著名首逆，军士将两尸首级割下，又把他尸身支解，直一刀，横一刀，不计其数，就使三十六刀鱼鳞剐，也没有这般惨酷。还有齐王氏莲钩一只，如何不取来成对?传首三省，争说渠魁就戮，可以指日荡平。

谁知死了一个头目，又出了两个头目，死了两个头目，又出了四个头目。湖北一方，稍稍安静，四川教徒，偏日盛一日。川督宜绵，自明亮、德楞泰、惠龄、恒瑞等，先后东去，势成孤立，部下兵又不敷调遣，王三槐、徐天德等，乘间驰突，骚扰川东，又有罗其清、冉天俦等，复蜂起川北。州县十余处乞援，宜绵即檄调恒瑞回川，又咨调额勒登保等，自湖北入川会剿，并奏请别简大臣，总统军务，自己愿专任一方讨贼事宜。嘉庆帝以宜绵不善办理，回督陕甘，改命威勤侯勒保督师，兼四川总督，调度诸军。

这勒保系满洲人氏，是永保的胞兄，本没有甚么韬略。他的侯爵，是一个蛮寨佳人帮他造成的。这个蛮寨佳人，乃是黔中土司龙跃的妹子，小名么妹，《清史》上不甚提起，小子倒要替她表扬。阐幽扬隐，是稗官本分。

原来苗疆自额勒登保平定后，善后事宜，无暇办理，即移师湖北。当时洞洒寨苗妇王囊仙，与当丈寨苗目韦七绺须勾通，号召徒众，扰乱南笼。清廷命勒保驰往剿捕，及到南笼后，闻得王囊仙挟有妖术，不敢急进，妖术二字，就吓住勒保，显见无能。只檄黔中各土司助剿。龙跃的曾祖，是有名的苗长，康熙初，曾帮辅清军，剿平滇乱，圣祖封他为总兵官，传到龙跃，世职递降，只剩了一个千总职衔。他的妹子龙么妹，颇生得才貌兼全，能文能武，此次接到勒保檄文，偏值龙跃生病不能充役，龙么妹便代兄当差，竟跨了骏马，带了数十苗女，及数百苗兵，赴清营听调。巧值王囊仙韦七绺须，至南笼与清军对仗，两路夹攻，把勒保围住，龙么妹飞骑陷阵，杀退王韦，救出勒保，是晚便作为向导，引勒保兵袭洞洒寨。寨主王囊仙，因出兵得胜，留住韦七绺须筵宴，正乘着酒兴，裸体讲经，肉身说法，应妖术。不防龙么妹引着清兵，突入寨中，王、韦二人，连穿衣都来不及，韦七绺须赤身接战，王囊仙只着了一件小衫，也来助阵。龙么妹匹马当先，巧与王囊仙遇着，两下厮杀，颇是一对敌手。么妹亦防她有妖术，把手中宝剑，绕住王囊仙不放，囊仙不觉着急，只得拼命相扑。王囊仙对着韦七绺须，或有笼络的幻术，偏偏遇了龙么妹，以女对女，哪里还使得出幻术来？此时韦七绺须，已被清兵围住，不能脱逃，你一枪，我一刀，双拳不敌四手，被清兵活捉了去。囊仙见七绺须遭擒，心中着忙，刀法散乱，么妹一手舞着宝剑，隔开囊仙的刀，一手把囊仙腰下的丝绦用力一扯，囊仙支持不住，跌倒地上。么妹手下的苗女，一拥上前，将她捆缚停当，扛抬去了。洞洒寨已破，当丈寨自然随陷，勒保修本报捷，只说是自己的功劳，并不提起么妹。九重深远，哪里知晓？只命将王囊仙、韦七绺须，就地正法，封勒保为威勤侯。么妹的官绩，都付诸流水而去。后人陈云伯留有长歌一阕，赞龙么妹道：

罗旗金翠翻空绿，鬟云小队弓腰束。
乐府重歌花木兰，锦袍再见秦良玉。
甲帐香浓丽九华，玉颜龙女出龙家。
白围燕玉天机锦，红压蛮云鬼国花。
小姑独处春寒重，巫峡云间不成梦。
唤到芳名只自怜，前身应是洞花凤。
一卷龙韬荐褥薰，登坛婉婳自成军。
金阶台榭森兵气，玉寨阑干起阵云。
昔年叛将滇池起，金马无声碧鸡死。
水落昆池战血斑，多少降旛尽南指。
铜鼓无声夜渡河，独从大师挽天戈。
百年宣慰家声在，铁券声名定不磨。
起家身袭千夫长，阿兄意气凌云上。
改土归流近百年，传家犹赛龙台丈。
雪点桃花走玉骢，李波小妹更英雄。
星驰蓬水鱼婆剑，月抱罗洋凤女弓。

白莲花压黔云黑，九驿龙场堠烽逼。
一纸飞书起段功，督帅羽檄催军急。
阿兄卧病未从征，阿妹从容代请缨。
元女兵符亲教战，拿龙小部尽婼娙。
红玉春营三百骑，美人虹起鸦军避。
战血红销蛱蝶裙，军符花蹔鸳鸯字。
秋夜谈兵绣鞰凉，白头老将愧红妆。
围香共指花鬘市，箓骑争看云髻娘。
敌中妖女金蚕蛊，甲仗弥空胜白羽。
金虎宵传罗鬘力，红罗夜演天魔舞。
八队云旂夜踏空，擒渠争向月明中。
晋阳扫净无传箭，都让肃娘第一功。
春山雪满桃花路，铸铜定有铭勋处。
八百明驼阿槛归，三千铜弩兰珠去。
当年有客赋从戎，亲见傜仙玉帐中。
珠髻翠眊天人样，艳夺胭脂一角红。
军书更有簪花格，蛮笺小幅珍金碧。
谁傍相思寨畔居，钤名红军芙蓉石。
功成归去定何如，跳月姻缘梦有无？
惆怅金钟花落夜，丹青谁写美人图。

南笼已平，清廷总道勒保很有智略，就调任四川，命他督师。究竟勒保的战略如何，容待下回分解。

川楚变起，宿将凋零，初任永保为统帅，而永保无功，继以惠龄，而惠龄无功，代以宜绵，而宜绵仍无功。此由和珅当道，专阃者多系庸将，第知迎合，未娴韬略，以至于此。勒保平一区区苗寨，犹仗龙么妹之力，始得成功。么妹战绩，不获上闻，赖陈云伯先生作歌赞美，始知蛮寨中有此奇女子。可见天下不患无才，一蛮女且足千秋，何况丈夫？弊在上下蒙蔽，妒功忌能，庸驽进，骐骥退，衰世之兆成矣。君子闻鼓鼙声，则思将帅之臣。读此回，应为太息，不第阐幽索隐已也。

第四十三回

抚贼寨首领遭擒　整朝纲权相伏法

却说勒保驰驿入川，川中教徒，势甚猖獗，勒保率兵进剿王三槐，擒杀几个无名小卒，便虚张功绩，连章奏捷。嘉庆帝下旨嘉奖，说他入川第一功，专令搜捕王三槐。这时候湖北教徒，因齐姚已死，谋与川北教徒联络，悉众南趋，李全高均德一股，由陕入川，还有张汉潮刘成栋一股，也是齐姚余党，由楚入川。朝旨以陕楚各贼，均逼入川境，四川满汉官兵，不下五万，勒保宜会同诸将，齐心蹙贼，毋致窜逸。其令额勒登保明亮，专剿张汉潮刘成栋，德楞泰专剿高均德李全，并会同惠龄恒瑞，夹剿罗其清冉天俦，宜绵专守陕境，毋使川寇入陕，景安专守楚境，毋使川寇入楚，勒保于专剿王三槐徐天德外，仍兼侦各路敌情，相机布置，务期荡平等语。勒保接了此旨，自思身任统帅，总要擒住一二首逆，方好立功扬名，初意恰是不错。遂接连发兵先攻王三槐。怎奈三槐据守东乡县的安乐坪，地势很险，手下党羽又多，官兵不能进去，反被他出来攻击，伤毙不少。勒保还是一味谎奏，今天杀贼数百，明天杀贼数千，不想嘉庆帝有些觉察，竟下谕责他徒杀胁从，不及首逆，官兵阵亡，以多报少，杀贼乃以少报多，无非妄冀恩赏，有意欺上，此后不得再行尝试。这数语正中勒保心病，勒保见了，吓得浑身是汗。

想了一日，又定出一个妙计，广募乡勇，令冲头阵，绿营兵，八旗兵，吉林，索伦兵，以次列后，再教他去攻三槐。他的意思，是乡勇送死，不必上报，免得朝廷有官兵阵亡，以多报少的责罚。好主见！起初如罗思举桂涵等人，颇也为他尽力，杀败敌兵一二阵，后来闻知自己的功劳，统被别人冒去了，也未免懊恼起来。自此乡勇同官兵，互相推诿，索性由教徒自由来往。勒保的妙策，又遭失败。朝旨复严责勒保老师养贼，勒保忧闷已极，左思右想，毫无计策。勒公也智尽能索了。无奈与几个心腹人员，私下密议，各人都蹙了一回眉头，无词可对。

忽有一个办文案的老夫子，起立道："晚生倒有一条计策，未知可行不可行?"勒保喜形于色，便拱手问计。那人道："朝廷的谕旨，是要大帅专剿王三槐，若得擒住了他，便可复命。"勒保道："这个自然。"那人道："现任建昌道刘清，前做南充知县时，曾奉宜制军命，招抚王三槐，三槐尝随他至营，嗣因宜制军放他回去，他复横行无忌，现在不如仍命刘清前往招抚，诱他前来，槛送京师，那时岂不是大大的功劳?"勒保大喜，随命他办好文书，传刘道台速即来营。

刘清是四川第一个清官，百姓呼他为刘青天，王三槐罗其清等，也素尝敬服，若使四川官员，个个似刘青天，就使叫他造反，也是不愿。无如贪污的多，清廉的少，所以激成大祸。此次刘清奉了统帅的文书，遂带了文牍员贡生刘星渠，星夜赶来，到大营禀见。勒保立即召入，见面之下，格外谦恭。刘清便问何事辱召。勒保便把招抚王三槐计策，叙说一遍。刘清道："三槐那厮，很是刁蛮，卑职前次曾去招抚，他明允投降，后来又是变卦，这人恐不便招抚，还是用兵剿灭他才好。"勒保道："朝廷用兵，已近三年，人马已失掉不少，军饷已用掉不少，仍然不能成功。若能招抚几个贼目，免得劳动兵戈，也是权宜的计策。老兄大名鼎鼎，贼人曾佩服得很，现请替我去走一趟！三槐如肯投顺，我总不亏待他。贼目一降，贼众或望风归附，也未可知，岂非川省的幸福么？”口是心非，奈何？刘清无可推诿，只得应允，当下即起身欲行。勒保令派都司一员，随同前往。

三人到了安乐坪，通报王三槐。三槐闻刘青天又到，出寨迎接，非以德服人者不能。请刘清入寨，奉他上坐。刘清就反复劝导，叫他束手归诚，朝廷决不问罪。三槐道：“青天大老爷的说话，小民安敢不遵？但前次曾随青天大老爷，到宜大人营里，宜大人并没有真心相待，所以小民不敢投顺。现在换了一个勒大人，小民未曾见过，不知他是否真意？倘将我骗去斩首，还当了得。”颇肖强盗口吻。刘清道：“这却不用忧虑。勒大帅已经承认，决不亏待。”三槐尚是迟疑，刘清心直口快，便道：“你既有意外的疑虑，就请你同了我的随员，往见勒大帅，我便坐在此处，做个抵押，可好么？”三槐道：“这却不敢，我愿随青天大老爷同往，如青天大老爷，肯将随员留在此处，已是万分感激。”刘清应诺。

三槐即随了刘清，动身出寨，安乐坪内的徒党，素知刘青天威信，也不劝阻三槐，于是刘清在前，三槐在后，直到勒保大营。先由刘清入帐禀到，勒保即传集将士，站立两旁，摆出一副威严的体统，好看不中用。传王三槐入帐。三槐才入军门，勒保就喝声拿下，两旁军士，应命趋出，如狼如虎，将王三槐捆住。刘清忙禀道：“王三槐已愿投降，请大帅不必用刑！”谁知这位勒大帅，竖起双眉，张开两目，向着刘清道：“呸！他是大逆不道的白莲教首，还说是不必用刑么？”刘清道：“大帅麾下的都司，卑职属下的文案生，统留在安乐坪中，若使将王三槐用刑，他两人亦不能保全性命，还求大帅成全方好。”勒保转怒为笑道：“你道我就将他正法么？他是朝廷严旨拿捕，自然解送京师，由朝廷发落。朝旨要赦便赦，要杀便杀，不但老兄不能作主，连本帅也不敢作主呢。若为了一个都司官，一个文案生，就把他释放，将来，朝旨诘责下来，哪个敢来担任？”总教自己官职保牢，别人的性命都又不管。刘清道：“卑职愿担此责。”到底不弱。勒保哈哈大笑道：“今朝捕到匪首，也是老兄功劳。本帅哪里好抹煞老兄，请你放心！”以小人之心，度君子之腹。刘清道：“功劳是小事，信实是大事。今朝王三槐来降，若将他槛送京师，将来贼众都要疑阻，不敢投诚，那时恐要多费兵力，总求大帅三思！”勒保道：“这恰待日后再说，且管目前要紧。”随令军士将三槐监禁，自己退入后帐，命这位定计诱贼的老夫子，修折奏捷去了。

刘清叹息而退，待了一日，文牍员刘星渠逃回，刘清问他如何得脱？答称：“贼众因三槐未归，欲将贡生及都司偿命，贡生无法，只得哄称勒公要重用三槐，自当暂时留住。贼众因贡生是刘青天属员，半疑半信，贡生就与他说代探消息，溜了出来。都司也欲同回，被众贼留住。如果勒公变计，恐怕都司的性命，是不保了。”刘清道：“勒公无信，我亦上他的当，将来办理军务，必较前为难。我们且回任去罢！”随即写了辞行的禀单，饬役夫投递大营，自己带了刘星渠，匆匆去讫。

过了数日，上谕已下，内称“据勒保奏攻克安乐坪贼巢，生擒贼首王三槐，朕心深为喜悦，着晋封勒保为威勤公，伊弟永保，前因剿匪不力，革职逮京，交刑部监禁，现并加恩释放，以示权衡功罪，推恩曲宥至意”。接连又是一道上谕，晋封军机大臣大学士和珅公爵，户部尚书福长安侯爵，这个旨意，显见是太上皇诰敕，嘉庆帝难违父命，方有这道谕旨。勒保遂令部将把王三槐解送京师，一面再攻安乐坪。其时安乐坪余党，闻王三槐押解进京，将都司杀死，另奉冷天禄为头目，抗拒官兵。官兵昼夜围攻敌寨，盐粮将尽，冷天禄诈请投降，夜间却偷袭清营，官兵不及防备，顿时败退。

徐天德亦屡攻川东州县，骚扰不休，勒保再想招抚，奈教徒防着王三槐覆辙，个个拼出性命，不来上钩，反比从前越加刁悍。人而无信不知其可。只川北的罗其清，被额勒登保擒获，冉其侍被德楞泰惠龄击毙，川北巨酋，总算授首。此外如陕督宜绵，专在教匪不到的地方，安营立寨，终年未曾一战。他倒享福。景安越加无事，寇至则避，寇去则出，军中号他“迎送伯”。肇锡嘉名。

悠悠忽忽，已是嘉庆四年了。四年以前，外间军事，日日吃紧，宫廷里面，没甚大事，只皇后喜塔腊氏病逝，改册皇贵妃钮祜禄氏为皇后，未免忙碌了一回，四年正月，太上皇生起病来，嘉庆帝侍疾养心殿。吁天祈祷，倍切虔诚。无如寿数已终，帝阍梦梦，太上皇的病，陡然沉重，名医都束手没法，竟尔“呜呼哀哉，”嘉庆帝擗踊大恸，颇尽孝思；越四日，即命军机大臣拟了一道谕旨，颁给四川湖北陕西诸将帅道：

> 我皇考临御六十年，四征不庭，凡穷荒绝徼，无不指日奏凯，从未有劳师数年，糜饷数千万，尚未蒇事者。自末年用兵以来，皇考宵旰勤劳，大渐之前，犹时望捷音，迨至弥留，亲执朕手，频望西南，似有遗憾。若教匪一日不平，朕即一日负不孝之疚，内而军机大臣，外而领兵诸将，同为不忠之臣，迩年皇考春秋日高，从事宽厚，即如贻误军事之永保，严交刑部治罪，仍旋邀宽宥。其实各路纵贼，何止永保一人，奏报粉饰，掩败为功，其在京谙达侍卫章京，无不营求赴军，其归自军中者，无不营置田产，顿成殷富，故将吏日以玩兵养寇为事。其宣谕各路领兵大小诸臣，戮力同心，刻期灭贼，有仍欺玩者，朕惟以军法从事。

这旨一下，内外大臣，已觉得嘉庆亲政第一道上谕，便已严厉异常，不同前日，暗料数日以内，必有一番大大的黜陟。不防嘉庆帝格外迅速，过了两日，便令侍卫锁拿大学士公和珅，户部尚书侯爵福长安下狱。

自太上皇崩后，和珅原是栗栗危惧，不过想不到这般辣手，这日正与姬妾们谈论后事，忽有十数个侍卫。直入府中，豪仆还不知死活，上前喝阻。众侍卫大声道："有圣旨到来，请你相爷接读！"豪仆闻圣旨二字，方个个伸舌，入内通报。和珅此时，心里已七上八下，勉强出来接旨。当由宣诏官站在上面，和珅跪在下边，但听宣诏官朗诵上谕道："和珅欺罔擅专，情罪重大，着即革职，锁交刑部严讯！钦此。"和珅不听犹可，听了数句上谕，魂灵儿飞入九霄，正在没法摆布，那侍卫铁面无情，将他牵曳而去。还有好几个侍卫，留管前后门，准备查抄。早知今日何必当初。里面的老太太姨太太驸马爷少公子少奶奶等，都哭哭啼啼，急得没法，只得请出乾隆帝的十公主来，一班儿跪在地上，向她磕头求救。额驸丰绅殷德，且抢上几步，也顾不得夫妻名义，忙向公主绣鞋边跪下，捣头如蒜，床下踏板想亦跪惯，此次也不算奇怪。弄得公主难以为情，忙叫大众从长商议。大家方才起来，统是泪容满面，万分凄惶。公主也不禁流泪，情愿入宫转圜，当即带了侍女四名，乘舆出门。侍卫见了公主，不便拦阻，由她去讫。谁想过了两日，又有数行谕旨道：

> 和珅受大行太上皇帝特恩，由侍卫拔擢至大学士。在军机处行走多年，叨沐殊施，无有其比。朕亲承付托之重，猝遭大故，苫块之中，每思三年无改之义，皇考简用重臣，断不肯轻为变易。今和珅情罪重大，并经科道诸臣，列款参奏，实有难以刻贷者。是以朕于恭颁遗诏日，即将和珅革职拿问，胪列罪状，特谕众知，除交在京王公

大臣会审定拟外，着通谕各督抚，将指出和珅各款，应如何议罪？并此外有何款迹？各据实复奏。

原来嘉庆帝素恨和珅，因太上皇在日不好显斥，廷臣也不敢参奏。到太上皇已崩，御史广兴，给事中广泰王念孙等，窥破嘉庆帝意旨，一个说和珅偷改硃谕，一个说和珅擅取宫女，一个说和珅私藏禁物，一个说和珅漏泄机密，此外如遇事把持，贪赃不法，勾结党羽，残害贤良等款，不计其数。共列成二十大罪，惹得嘉庆帝怒气勃勃，立欲将和珅治罪。适值十公主入宫面请，嘉庆帝越加懊恼。嗣经公主再三哀求，只准饶了和珅家属，不饶和珅，因此遂下了这道谕旨。公主倒脸。和珅家内，还道公主不肯着力，其实公主到嘉庆帝前，也似丰绅殷德一般，下跪磕头，无如皇帝不允，公主也没奈何。嘉庆帝遂令刑部严讯，二十款大罪中，和珅虽赖了一半，有一半寻出证据，无可抵赖，只得招认。当下就着钦差查抄，钦差到和珅宅内，便将前堂后厅，内室寝房，统行查阅。但见和珅的房屋，统用枬木造成，体剩仿佛宁寿宫，华丽仿佛圆明园，陈列的古玩奇珍，却比大内还多一二倍，顿时由侍卫带同番役，一一抄出。计开：

赤金首饰共三千六百五十七件，东珠八百九十四粒，珍珠一百七十九挂，散珠五斛，红宝石顶子七十三个，祖母绿翎管十一个，翡翠翎管八百三十五个，奇楠香朝珠六百九十八挂，赤金大碗五十对，玉碗十对，金壶四对，金瓶两对，金匙四百八十个，金盆一对，金盂一对，水晶缸五对，珊瑚树二十四株，玉马一只，银杯四千八百个，珊瑚筷四千八百副，镶金象箸四千八百副，银壶八百个，翡翠西瓜一个，猞猁猻皮八十张，貂皮二百六十张，青狐皮三十八张，黑狐皮一百二十张，玄狐皮统十件，白狐皮统十件，洋灰皮三百张，灰狐腿皮一百八十张，海虎皮三十张，海豹皮十六张，西藏獭皮五十张，紬缎四千七百三十卷，纱绫五千一百卷，绣蟒缎八十三卷，猩红洋呢三十匹，哔叽三十匹，各色布四十九捆，葛布三十捆，各色皮衣一千三百件，绵夹单纱绢衣三千二百件，御用纬帽二顶，织龙黄马褂二件，酱色缎四开褉袍二件，白玉玩器六十四件，西洋钟表七十八件，玻璃衣镜十架，小镜三十八架。铜锡等物七千三百余件，纹银一百零七万五千两，赤金八万三千七百两，钱六千吊，房屋一千五百三十间，花园一所，房地契文五箱，借票二箱，杂物不计。

统共一百零九号，除金银铜钱外，有二十六号，当时估起价来，已值银二万二千三百八十九万余两。另外八十三号，还未曾估价。若照样计算，差不多有八九万万两。自古以来，无论王崇石恺，不及和珅十分之一，就是中外的皇帝，也没有这种大家私。嘉庆帝见了查抄的数目，也不觉暗暗惊异，下旨赐和珅自尽。福长安事事阿奉和珅，着收监，候秋后处决。和珅弟和琳，追革公爵，只额驸丰绅殷德，因顾着十公主脸面，曲加体恤，免他罪名，叫他在家安住，不许出外滋事。和珅次子丰绅殷绵等，概革去封爵，回本旗当闲散差。大学士苏凌阿，系和琳姻亲，和珅引他入相，年逾八十，老迈龙钟，勒令休致。侍郎吴省兰李潢，太仆寺卿李光云等，统系和珅引用，黜革有差。此旨一下，眼见得和珅休了。贪刻一生，徒归泡影。丰绅殷德，亏是娶了一个公主，还好安耽度日。应该补磕几个响头。就是和珅的妻妾家眷，也都是公主暗中保全。小子有诗咏和珅道：

权奸贪冒古来无，一死何曾足蔽辜？
毕竟犹留郎舅谊，九重特旨赦妻孥。

和珅伏法后，嘉庆帝振刷精神，又有一番作为，姑俟下回再详。

王三槐无端起乱，假邪教以惑民，川中生灵，因之涂炭，律以应得之罪，固无可贷。但既诱之来降，不宜再行槛送，兵不厌诈，此事恰不宜诈也。勒保急功近利，但顾目前，不顾日后，当时封为上公，固觉显赫，然勒保所恃者，惟和珅，勒保封公，和珅亦封公，内外蒙蔽，不问可知，和珅败而勒保亦无幸矣。和珅为相二十余年，家中私蓄，几乎不可胜算。乾隆时，清政府岁入，止七千万，和珅家产，适当清廷二十年岁入之一半而强，然卒之全归籍没，贪官污吏之结局如此。后之身为公仆者，亦何不奉为殷鉴耶？炎炎者灭，隆隆者绝，况为贪官？况为污吏？读此回，可为居官鉴。

第四十四回

布德扬威连番下诏　擒渠献馘逐载报功

却说和珅伏诛之日，正王三槐押解到京之时。嘉庆帝命军机大臣等，审问三槐，供称“官逼民反”四字。嗣经嘉庆帝亲讯，三槐仍咬定原供。嘉庆帝道：“四川的官吏，难道都是不法么?”三槐道：“只有刘青天一人。”三槐被刘清诱擒，仍然不怨，供出刘青天行状，可见良心未泯，公论自存，贪官污吏，不如盗贼远甚。嘉庆帝道：“哪个刘青天?”三槐道：“现任建昌道刘清。”嘉庆帝又道：“只有一个刘青天么?”三槐道：“刘青天外，要算巴县老爷赵华，渠县老爷吴桂，虽不及刘青天，还算是个好官，另外是没有了。”嘉庆帝听了此言，不由的感慨起来，随命将三槐下狱，暂缓行刑。又下谕道：

> 国家深仁厚泽百余年，百姓生长太平，使非迫于万不得已，安肯不顾身家，铤而走险?皆由州县官吏朘小民以奉上司，而上司以馈结和珅。今大憝已去，纲纪肃清。下情无不上达，自当大法小廉，不致复为民累。惟是教匪迫胁良民，及遇官兵，又驱为前行以膺锋镝，甚至剪发刺面，以防其逃遁，小民进退皆死，朕日夜痛之。自古惟闻用兵于敌国，不闻用兵于吾民，其宣谕各路贼中被胁之人，有能缚献贼首者，不惟宥罪，并可邀恩；否则临阵投出，或自行逃出，亦必释回乡里，俾安生业。百姓困极思

安，劳久思息，谅必一见恩旨，翕然来归。其王三槐所供川省良吏，自刘清外，尚有知巴县赵华，知渠县吴桂，其量予优擢以从民望。至达州知州戴如煌，老病贪劣，胥役五千，借查邪教为名，遍拘富户，而首逆徐天德、王学礼等，反皆贿纵，民怨沸腾，及武昌府同知常葵，奉檄查缉，株连无辜数千，惨刑勒索，致聂人杰拒捕起事，其皆逮京治罪。难民无田庐可归者，勒保即督同刘清，熟筹安置，或仿明项忠原杰，招抚荆襄流民之法，相度经理。遍谕川楚陕豫地方，使咸知朕意。

自此谕下后，内外官吏，方知嘉庆帝平日实是留心外事，并非没有知觉。且谕旨中含有慈祥恻怛意思，颇不愧庙号仁宗的“仁”字。仁宗二字，就此补出。但当时统兵的将帅，一时不能全换，嘉庆帝逐渐改易，另有数道谕旨，并录于后。

和珅压阁军报，欺罔擅专，致各路领兵大臣，恃有和珅蒙庇，虚冒功级，坐糜军饷，多不以实入奏。姑念更易将帅，一时乏人，勒保仍以总统授为经略大臣，其川陕湖北河南督抚，及领兵各大将咸受节制，以一事权。明亮额勒登保，均以副都统授为参赞大臣，别领官军，各当一路，有不遵军令者，指名参奏。川楚军需，三载经费，至逾七千余万，为从来所未有，皆由诸臣内恃和珅护庇，外踵福康安和琳积习，在军惟笙歌酒肉自娱，以国帑供其浮冒，而各路官兵乡勇，饷迟不发，致枵腹无裈，牛皮裹足，跣行山谷。此弊始于毕沅在湖北，而宜绵英善在川，相沿为例。今其严行察核，毋得再蹈前愆，致干重咎！

宜绵前后奏报，皆屯驻无贼之处，从未与贼交锋，且已老病，令解任来京。惠龄旷久无功，为贼所轻，着即回京守制。景安本和珅族孙，平日趋奉阿附，每于奏事之便，禀承指使，恃为奥援，剿堵皆不尽力，驻军南阳，任楚贼犯豫，直出武关，惟尾追，不迎截，致有“迎送伯”之号。甚至民裹粮请军，拒而不纳，武员跪求击贼，不发一兵，为参将广福面诮，反挟愤诬劾，其获封伯爵，亦攘道员完颜岱捕浙川邪教功，张皇入奏，欺君罔上，误国病民，着即拿解来京，照律惩办！

数道上谕，真似雷厉风行，统兵各官，不寒而栗。勒保也只得打叠精神，悉心筹画，令额勒登保德楞泰，剿徐天德冷天禄，明亮剿张汉潮，自己驻扎梁山，居中调度。自嘉庆四年正月至六月，只额勒登保一军，斩了冷天禄，德楞泰一军，与徐天德相持，追入郧阳，明亮一军，徒奔走陕西境内，未得胜仗。勒保虽有所顾忌，不敢全行欺诈，然江山可改，本性难移，终究是见敌生畏，多方诿饰。新任湖广总督倭什布，据实参奏，嘉庆帝复下谕道：

勒保经略半载，莫展一筹，惟汇报各路情形，按旬入告。近据倭什布奏，川贼接踵入楚，不下二万，有北趋荆襄之势，既不堵截，又不追剿，是勒保竟择一无贼之处，驻营株守，罪一；且屡奏均言不必增兵，而附奏又请拨饷五百万，若迫不及待，自相矛盾，意图浮冒，罪二；各路奏报，多王三槐余党，勒保止将首逆诱擒，而置余匪于不问，罪三；军营报奏，大半亲随之人，而兵勇钱粮，并不按期给发，以致枵腹跣行，冻馁山谷，几同乞丐，士马何由饱腾，罪四。勒保上负两朝委任之恩，下贻万民倒悬之苦，着即令尚书魁伦，副都御史广兴，赴川逮问治罪！其经略事务，暂由明亮代理。钦此。

勒保逮回京师，永保偏出署陕抚，这也奇怪。因明亮剿办张汉潮，迟延无功，陕西未能肃清，于自己方面，大有不便，因劾明亮观望，明亮亦劾永保推诿，双方互讼，嘉庆帝命陕督松筠密查。松筠上疏，大略言："经略明亮素号知兵，所言似合机宜，究无实效。将军恒瑞前在湖北，战迹称最，但年近六旬，精力大减，恐不胜任。提督庆成，身先士卒，颇有胆量，奈中无主见，只能带领偏师，不能出谋发虑。署陕抚永保无谋无勇，专图利己，过辄归人，独额勒登保英勇出群，其次惟德楞泰，若要平贼，非用此二人不可。"松公颇有知人之识。于是朝旨命尚书那彦成，佩钦差大臣关印，赴陕监明亮军，兼会同松筠勘问。那彦成到陕后，细探情实，两人俱有不合，遂与松筠联衔奏参。明亮永保褫职逮问，连庆成也在其内。适明亮追斩张汉潮，朝旨以挟嫌偾事，功不蔽罪，仍令逮解至京，命额勒登保代任经略。

额勒登保系满洲正黄旗人，旧肃海兰察麾下，讨台湾，征廓尔喀，尝随海公建功立业，每战必策马当冲，争先陷阵。海公曾对他道："你真是个将材，可惜不识汉字。我有一册兵书，叫你熟读，他日自然会成名将。"额勒登保得了赠书，遂日夕揣摩，居然熟练，能出奇制胜。看官！你道这兵书是甚么典籍？原来是一册《三国演义》，由汉文译作满文，海公也曾作为枕中秘本，赠了额勒登保，无非是传授衣钵的意思。仿佛范仲淹授狄青《左氏春秋》。额勒登保手下，且有汉将两员，统是姓杨，一名遇春，四川崇庆州人，一名芳，贵州松桃厅人。遇春梦神授黑旗，故以黑旗率众，敌望见即知为杨家军。杨芳好读书，通经史大义，应试不售，乃出充行伍，为遇春所拔识。阵斩冷天禄，实出二杨的功势。额勒登保为经略时，遇春已授任总兵，杨芳尚只一都司官，额公特保举遇春为提督，杨芳为副将。二人得额公知遇，尤为出力。就是罗思举桂涵两乡勇，亦因额公做了统帅，有功必赏，愿效驱驰。可见为将不难，总在知人善任呢。

话休叙烦，单说额勒登保受了经略的印信，大权在手，不患掣肘，便统筹全局，令文案员修好奏折，独自上疏道：

臣数载以来，止领一路偏师，今蒙简任经略，当通筹全局，教匪本内地编氓，原当招抚以散其众，然必能剿而后可抚，且必能堵而后可剿。从前湖北教匪多，胁从少，四川教匪少，胁从多，今楚贼尽逼入川，其余川东巫山大宁接壤者，有界岭之险可扼，是湖北重在堵而不在剿；至川陕交界，自广元至太平千余里，随处可通，陕攻急则折入川，川攻急则窜入陕，是汉江南北，剿堵并重；川东川北，有嘉陵江以阻其西南，余皆崇山峻岭，居民大半依山傍水，向无村落，惩贼焚掠，近俱扼险筑寨，大者数千人，小亦数百名，团练守御，而川北形势，更便于川东，若能驱各路之贼，逼归川北，必可聚而歼旃，是四川重在剿而不在堵；虽贼匪未必肯逼归一处，但使所至俱有堡寨，星罗棋布，而官兵鼓行随其后，遇贼即迎截夹击，所谓以堵为剿，宁不事半功倍？此则三省所同。

臣已行知陕楚，晓谕修筑，并定赏格，以期兵民同心蹙贼。至从征官兵，每日遄征百十里，旬月尚可耐劳，若阅四五年之久，无冬无夏，即骡马尚且踣毙，何况于人？而续调新募之兵，不习劳苦，更不如旧兵之得力，臣之一军所以尚能得力者，实以兵士所到之处，亦臣所到之处；兵士不得食息，臣亦不得食息。自阖营将弁，无不一心一力，而各路不能尽然。近日不得已将臣所领之兵，与各提镇互相更调，以期人人精锐，足以歼敌。恐劳圣虑，特此奏闻。

据这奏牍看来，确是老成谋画，不比凡庸，自是军务方有起色。

会德楞泰追逐徐天德，转战陕境，与高均德等相遇，德楞泰乘着大雾，袭击高均德，把他擒住，有旨授德楞泰为参赞大臣。高均德死后，不料复有冉天元，收集均德残众，与徐天德合，非常厉害。额勒登保亲自督剿，令杨遇春领左翼，穆克登布领右翼，穆克登布也是一员骁将，但与杨遇春不甚相合。遇春因天元善战，非他贼比，须先用全力相搏，杀败了他，方好分队追击。额公亦赞成此议，独穆克登布意不为然。到了苍溪，闻与冉天元相近，穆克登布竟恃勇先进，绕出冉天元前面，忽伏兵齐起，前后夹攻，将穆克登布围住。穆克登布猛力冲突，不能出围，幸亏山寨乡勇，出垒救应，始拔出穆克登布，将士伤了不少。穆克登布经此大创，别人料他总要小心，谁知他依然如故，仍力追冉天元，驰至老虎垭，旁有大山，穆克登布跃马径上，直据山巅。杨遇春据山腰，天元正伏山中，先出攻杨遇春军。遇春坚壁不动，天元无可奈何。转身攻穆克登布，冒死突上，山巅促狭，恁你穆克登布如何骁勇，也施展不出什么伎俩。天元进一步，穆克登布退一步，愈逼愈紧，穆克登布的营帐，自山巅坠下，顿时军中大乱，陷死副将十余名，兵士不能悉计。

右翼军败溃，天元再攻左翼军，乘高下压，遇春抵死力战。自傍晚杀到天明，天元始退。遇春部下，也伤亡了若干名。师克在和，不和必败。额勒登保大愤，檄德楞泰夹击冉天元，不防川北的王廷诏一股，竟由川北入汉中，西窥甘肃，额勒登保闻报，又引军星夜赴援，并令德楞泰随后策应。冉天元复东渡嘉陵江，分犯潼川锦州龙安，将北合甘肃诸寇。川陕甘一带，同时告警。清廷不得已，再用明亮为领队大臣，赴湖北，赦勒保罪，授任四川提督，赴四川，屡黜屡陟，清廷可谓无人。并诏德楞泰回截冉天元，命为成都将军。

德楞泰奉命回南，探得冉天元在江油县，急由间道邀击。天元层层设伏，德楞泰步步为营，十荡十决，连夺险隘，转战马蹄冈。时已薄暮，德楞泰见伏兵渐稀，正思下马稍憩，偶见东北角上，赤的的一枝枝号火腾起，直上云霄，德楞泰惊道："我兵已陷入伏中了。"一急。话言未绝，西北角上，又见起了两支号火，再急。德楞泰忙令众兵排开队伍，分头迎敌。转身一望，西南角及东南角上，都是闪闪火光，冲天四起，马声杂乱，人声鼎沸。三急。德楞泰料知伏兵不止一、二路，亟分作四路抵御，布置才毕，敌兵已由远及近，差不多有七、八路。四急。德楞泰传令齐放矢铳，放了一阵，敌兵毫不退怯，反围裹拢来。德楞泰见敌兵各持竹竿，竿上缠绕湿絮，矢中的箭镞，铳中的弹丸，多射在湿絮上，不甚伤敌，所以敌仍前进，于是传令人自为战。五急。官兵知身入重围，也不想什么生还，恶狠狠的与他鏖斗，血战一夜，天色黎明，敌兵仍是不退。六急。再战一日，方渐渐杀退敌兵。官兵埋锅造饭，蓐食一餐，餐毕，四面喊声又起，忙一齐上马，再行厮杀，又是一日一夜。七急。是日官兵又只吃了一顿饭，夜间仍是对敌。八急。德楞泰暗想道："敌兵更番迭进，我兵尚无援应，若再同他终日厮杀，必至全军覆没呢。"遂下令且战且走。

官兵阵势一动，冉天元料是败却，麾众直进，行得稍慢的，多被悍目自行杀死，此时敌众不得不舍命穷追。官兵战了三日三夜，气力已尽，肚子又饥，没奈何纷纷溃散。九急。德楞泰亦觉得人困马乏，便带了亲兵数十名，跃上山巅，下马喘息，自叹道："我自从军以来，从没有遇着这等悍贼，看来此番要死在此地了。"正自言自语间，猛听得一声大叫道："德楞泰哪里走？"这一句响彻山谷。德楞泰忙上马了望，见山下一人，挥着鞭，舞着刀，冲上山来。这人为谁？正是冉天元。十急。德楞泰胸中已横着一"死"字，倒也没甚惊恐，且因走上山来，只有一冉天元，越发胆壮，便也大呼道："冉贼！你来送死么?"一面说话，一面拈弓搭箭，飕的一声，正中冉天元的马。那马负着痛，一俯一仰，把冉天元掀落背后，骨碌碌滚下山去。德楞泰拍马下山，亲兵亦紧随而下，见冉天元正搁住断崖藤上，德楞泰忙从亲兵手中，取了钩头枪，将冉天元钩来，掷在地上，亲兵即将他缚住。山下的兵，正上山接应冉天元，见天元被擒，拼命来夺，德楞泰复与交战，忽山后又有一支人马，逾山而至，从山顶冲下。又为德楞泰一急。德楞泰连忙细瞧，认得是山后的乡勇，德楞泰大喜。此中真是天幸。敌兵见乡勇驰到，转身复走。德楞泰偕乡勇下山招集余兵，逐北二十里。这一场恶战，自古罕有，"德将军"三字惊破敌胆，另外带兵官，多冒德将军旗帜，教徒不辨真假，一见辄逃。川西肃清，川东北虽有余孽，不足为患。适勒保至川，遂将肃清余党事，交付勒保，自赴额勒登保军。

额勒登保追王廷诏，沿途屡有斩获，王廷诏复自甘返陕，那彦成堵剿不力，有旨严谴，会河南布政使马慧裕，缉获教主刘之协于叶县，槛送京师，立正典刑。并谕军机大臣道：

前据马慧裕奏宝丰郏县地方，有匪徒焚掠之事，旋据叶县禀，缉获首犯刘之协，本日马慧裕驰奏，已收宝丰等处，白莲教匪徒千余名，悉数歼除，并提到眼目，认明刘之协属实，刘之协为教匪首逆，勾连蔓延，荼毒生灵，乃该犯仍敢在豫省纠结，潜谋起事，并欲为陕楚教匪接应，实堪痛恨。仰赖昊穹垂慈，皇考默佑，俾豫省新起教匪一千余人，立时剿捕净尽，擒获首逆，明正刑诛，可见教匪劫数已尽，从此各路大兵，定可刻期蒇事。朕于欣慰之余，转觉恻然不忍，盖教匪本属良民，只因刘之协首先簧鼓，附从日众，征兵剿办，已阅数年，无论百姓无辜，横遭杀戮，被胁多人，迫于不得已，即真正白莲教，皆我大清赤子，只因一时愚昧，致罹重罪。至各股贼首，先后就诛者，无不身受极刑，全家被戮，虽孽由自作，亦系听从刘之协倡教而起。白莲教获罪于天，自取灭亡，其顽梗可恶，其愚蠢可怜。朕仰体上天好生之仁，于万无可贷中，宽其一线，着经略额勒登保，参赞德楞泰，及各路带兵大员，与各督抚等，将刘之协擒获一事，广为宣传，并传谕贼营，伊等教首，已就诛戮，无可附从。至于裹胁之人，本系良善百姓，何苦为贼所累，自破身家，如能幡然悔悟，不但免诛，并当妥为安置。即实系同教，畏罪乞命，弃械归诚，亦必贷其一死。若经此番晓谕之后，仍复怙恶不悛，则是伊等甘就骈诛，大兵所到，诛戮无遗，亦气数使然，不能复加矜贷。额勒登保等鼓励将士，务期迅归贼氛，奠安黎庶，同膺懋赏，将此通谕知之。

嘉庆帝又亲制一篇邪教说，有“但治从逆，不治从教”的意旨。自是教徒失所倚靠，逐渐变计，化作良民。此时剧寇，只有王廷诏在陕西，徐天德在湖北，德楞泰由川赴陕，与额勒登保合军，追袭王廷诏。杨遇春为先锋，至龙池场，分兵埋伏，诱廷诏追来，一鼓擒住，并获散头目十数人，余众走湖北，由德楞泰引兵追剿，与明亮夹击、圈逼徐天德、樊人杰于均州。天德、人杰，先后投水溺死。川楚陕三省的悍目，斩俘殆尽，不过还有余孽未靖了。此时已是嘉庆六年的夏季。正是：

万丈狂澜争一霎，七年征伐病三军。

诸君欲知后事，且待下回再阅。

仁宗初政，颇有黜佞崇忠扶衰起敝之象。和珅一诛，而军务已有起色，勒保一黜，而寇氛以次肃清，可见立国之道，全恃元首，元首明则庶事康，元首丛脞则万事隳，彼额勒登保德楞泰之得建奇功，莫非元首知人之效，然七年劳役，万众遭殃，不待洪杨之变，而清室衰兆见矣。故善读满史者，皆以高宗之末为清室盛衰关键云。

第四十五回

抚叛兵良将蒙冤　剿海寇统帅奏捷

却说川楚陕三省的教徒，头目虽多归擒戮，余孽尚是不少。额勒登保德楞泰，又往来搜剿，直到嘉庆七年冬季，始报大功戡定。嘉庆帝祭告裕陵，高宗陵。宣示中外，封额勒登保一等威勇侯，德楞泰一等继勇侯，均世袭罔替，并加太子太保，授御前大臣。勒保封一等伯，明亮封一等男，碌碌因人。杨遇春以下诸将，爵秩有差。

自此以后，裁汰营兵，遣散乡勇，兵勇或无家可归，或归家不敷食用，又经发放恩饷各官吏，层层克剥，七折八扣，煞是可恨。因此游兵冗勇，又纠众戕官，出没为患。复经额德两将帅，东剿西抚，忙了一年，事始大定。自教徒肇乱，劳师九载，所用兵费，竟至二万万两，杀伤的教徒不下数十万，清兵乡勇的阵亡，五省良民的被难，且算不胜算，无从查考。和珅之肉，其足食乎？只这位嘉庆帝，当军事紧急时，很是审虑周详，励精图治，到西北平定，内外官吏，又是歌功颂德，极力铺张，嘉庆帝也道是功德及民，渐渐的骄侈起来。逸豫忘身，中主多半如此。庆赏万寿，下嫁公主，挑选妃嫔，仪注都非常繁备，金银也用了许多。

还有一桩赏罚倒置的事情：川楚陕平靖后，因地势阻奥，增设营汛，陕西省中添了一个宁陕镇，就用杨芳做了镇台，宁陕的地方，地险粮贵，当时创议的人，因例饷不足兵用，酌定每月加给盐米银，每人五钱，三年递减，次年届期应减一钱，布政使朱勋，以未奉部文，并四钱也都停发，兵士大哗。会陕西提督杨遇春，方奉旨入觐，宁陕总兵杨芳调署提督，副将杨之震护宁陕镇，将哗噪的兵士，不问曲直，统拿来笞杖一顿，一味蛮做。兵士愈加怨愤。内有两个小头目，都是姓陈，一名达顺，一名先伦，居然纠众抗命，杀死副将游击，劫了库中的银两，放出狱中的罪犯，趁势大乱。时杨遇春尚未出境，朝旨即命他回剿，另简成都将军德楞泰为钦差大臣，赴陕督师，遇春到方柴关，叛兵设伏以待，推蒲大芳为首领，大芳骁桀善战，竟将遇春围住，官兵叛卒，互相认识，竟不肯听遇春号令，纷纷四散。遇春止率亲兵数十名，登山断后，见大芳策马而来，大声叱道："你何故造反？"大芳见是遇春，就下马遥跪，哭诉营官克饷的情形。遇春道："营官克饷，你可上诉，何苦做此大逆不道的勾当。"大芳道："现在已处骑虎之势，不能再下，须求大帅谅我！"言毕，起身径去。还亏遇春平日恩信及人，不至被迫。

是时杨芳亦驰来相救，遇春与他商议，杨芳道："叛兵都经过百战，并非一时乌合，若要除灭了他，很不容易。况官兵九载勤劳，疮痍未复，又前时与叛兵多系同功一体，以兵攻兵，终无斗志。闻叛首蒲大芳见了大帅，尚下马遥跪，卑镇家属，亦由大芳送至石泉。可见大芳虽叛，还有旧部情谊。卑镇愿亲自出抚，若得大芳归降，便可迎刃而解。"遇春喜甚，即命杨芳去抚大芳。到了大芳营前，敌矛林立，军垒森严，杨芳的背后，有随员数名，都吓得战战兢兢，请杨芳折回。杨芳道："天佑苍生，我必不死。且为国息兵，虽死何恨。汝等若果畏惧，不妨退还。让我一人前去便了。"遂扬鞭独进，直入大芳营。大芳忙出来迎见，杨芳向着大芳，恸哭失声道："我与汝等戮力数年，同患难，共生死，仿佛如家人骨肉一般，今朝两下对垒，反同仇敌，我不忍见汝等身陨族灭，所以单骑前来，请你等先杀了我，免得见你惨祸。”蒲大芳等听了这番言语，不由的不感激，便道：“我等小兵，安敢冒犯镇台大人？大人真心相待，大芳也有天良，宁不知感。只朝廷未必肯赦前罪，奈何？”杨芳道：“你果诚心悔过，我当于钦差大人前，极力保免，要生同生，要死同死，要犯罪同犯罪，不使你等独受灾殃。”沉痛语，亦刻挚语，安得不令大芳敬服？大芳到此，不禁涕零，即声随泪下道：“镇台大人，真是我的生身父母。我若再自逆命，恐怕皇天也不容我呢。”已五体投地了。当下对众人道：“大芳今日已悔前过，情愿听这位杨镇台大人，杨镇台令我活，我就活，杨镇台要我死，我亦甘死，若兄弟们不以为然，一概听便。”大众齐声道：“愿随杨大人。”杨芳见叛兵都愿就降，便道：“众位都愿相随，乃是很好的了。但倡乱的人，曾在此处么？”大芳道：“不在此处。”杨芳道：“这却不便赦他。他戕了官，劫了库，破了狱，无法无天，若不照律究办，还要什么政府？”先宽后紧，可谓善于操纵。大芳道：“这都在大芳身上，请大人放心！”杨芳随即回营。

过了两日，大芳果诱缚陈先伦陈达顺二人，献至清营，束手归命，这次乱事，若非杨芳单骑招抚，以诚服人，眼见得叛兵四出，如火燎原，比川楚陕三省的教徒，还要厉害几倍呢。德楞泰将二陈磔死，其余依了杨芳的议论，尽行赦宥，释归原伍。只奏折上却说是叛卒穷蹙乞命，把杨芳招抚事，搁起不提。

讵料嘉庆帝忽下严旨，说德楞泰宽纵专擅，竟要将他严谴。德楞泰急得没法，又上了一篇奏章，推在杨芳一人身上。德公尚且不德，何况别将。嘉庆帝遂将杨芳革职充戍，蒲大芳二百余人，亦命随杨芳发充伊犁，又密令伊犁将军松筠，将蒲大芳等诱诛。杨遇春亦坐罪降为总兵，德楞泰处罚罪轻，总算革职留任。后德楞泰调任陕西，剿平西乡叛兵，赏还原职。德公也天良发现，密奏杨芳功，方将杨芳赦回，然已受侮不少了。忠而被谤，最堪愤惋。西北一带，经数次痛剿，已算无事，偏偏东南的海寇，又兴起波，掀起浪来。海洋开禁，自康熙年间起头，康熙帝尝任用客卿，如西洋人汤若望、南怀仁等，俱命司历务，外洋商船，得了内援，便在中国海滨互市，往来江浙闽粤间。乾隆末年，安南阮光平父子，窃位据国，国库中很是缺乏，他却想了一个盗贼政策，招集沿海无赖，给他兵船，封他官爵，叫他在海中劫掠商船，充作国用，这种政策，倒是特色。于是海寇日盛一日。嘉庆五年，海寇驾艇百余艘，聚逼台州，居然想上岸劫夺，浙江定海镇总兵李长庚，生长闽海，素识海中险要，且忠勇得了不得，是日闻警，带领三镇水师，出口抵御，巧值飓风陡起，雷雨大作，寇艇多半撞溺，有几百个海寇，避风上岸，被长庚捉得一个不剩，当场审讯，内中有四个头目，系是安南总兵，佩有安南王敕印。长庚大怒，把四人磔死，并行文安南，将敕印掷还。

会安南又有内乱，广南王后裔阮福映，自暹罗入国，得暹人援助，恢复旧土，灭了新阮，方思联络清朝，遂一面声明纵寇诲盗，系阮光平父子所为，与己无涉，一面奉表入贡，求清册封，乞仍以越南名国。嘉庆帝封他为越南国王，令严杜海寇，阮福映遵敕照办。怎奈海寇已是不少，虽失了安南政府的保护，终究野心未戢，仍然出没海上。就中有两个悍头目，叫着蔡牵朱濆，兼并群盗，号令一方。蔡牵有百数十艇，朱濆也有百艇，把闽海作了根据，无论何国的商船，一出海洋，须要缴通行税四百圆，进港加倍，就是买路钱的别名。因此他二人竟做了海上富豪。又交通陆地会匪，使阴济兵械，饷械充足，猖獗万分，官兵都奈何他不得。

只一智勇深沉的李长庚，还好与他酣战几场，但长庚单知忠国，不善逢迎，不如是，不足为忠臣。往往为上司所忌。可恨可叹！嘉庆帝因长庚有功，擢他为福建提督，闽督玉德，偏与长庚反对，奏称长庚籍隶福建，须要回避，似乎名正言顺。朝旨乃调任浙江。浙江巡抚阮元，系江苏仪征县人，素擅文名，兼通武略，见了李长庚，谈了一回剿寇事宜，甚为合意，遂大加赏识。惺惺惜惺惺。长庚献造船制炮两大策，阮抚台一律采用，即为筹款十余万两，交与长庚。天下无难事，总教现银子，长庚得了这项巨款，就放着胆子，造起大船三十艘，名叫"霆船"，铸就大炮四百尊，就各船配搭，乘风破浪，所向披靡，连败蔡牵于岐头东霍等洋，擒住贼目张如茂等，兵威大振。嘉庆八年，蔡牵至定海，到普陀山进香，长庚探悉，将霆船一齐放出，四面掩击。蔡牵不及防备，忙跳下小船，单舸逃去。余外大艇，多被长庚一阵炮弹，打得篷穿桅折；并传令舟师追赶。

此时的蔡牵，正如丧家犬，漏网之鱼，逃至闽洋，又见霆船追至，据着上风，不能冲突，他连忙取了数万银子，遣人至闽督玉德处乞降。玉德见了银子，好似苍蝇见血，叮住不放，为了此物，误尽天下官吏。还管什么真假，立饬兴泉道庆徕，赴海口招抚。蔡牵与庆徕约，如果许降，须令李长庚退兵回港，勿得穷追。庆徕飞报玉德，玉德飞饬李长庚回兵。长庚明知蔡牵诈降，无如提督的位置，要受督抚节制，总督有命，不得违拗，未免落了几点英雄泪，带兵回港。

蔡牵恰慢慢儿修好樯桅，备好糇粮，扬帆遁去。暗地里恰贿通奸商，替他制造巨舰，比霆船还要高大，只说载货出洋。一出了口，便交与蔡牵。蔡牵得此巨舰，又纵横海上，劫得台湾米数千担，接济朱濆，与濆合势，再犯温州。温州总兵胡振声，仓皇失措，领了一班不整不齐的水师，出去截击，不值牵、濆两人一扫，非但全军覆没，连胡振声亦溺毙水中。牵、濆连□八十余，返驰入闽，闽中没有一人敢上前抵敌。

嘉庆帝闻悉情形，命长庚总统闽浙水师。长庚感恩图报，令温州海坛二镇为左右翼，日夕操练，于嘉庆九年仲秋，向马迹洋出发。净海无波，水天一色，正好行军时候。兵行数十里，遥见前面有一海岛，左右两翼，泊着敌船，帆樯矗立，簇隐如林，差不多一二百艘。长庚把令旗一挥，大小战舰，并行而进，看看敌船将近，令各舰队齐放巨炮。蔡牵、朱濆也将战船驶开，一字儿的排着，用炮还击。霎时间烟雾迷濛，波飞浪立。长庚仔细一瞧，右边是蔡牵战船，左边是朱濆战船。他却把自己坐船，直冲中心，轰的一炮，把敌阵中间的船篷，打落半边，那船向后倒退。长庚乘势突入，将敌阵冲作两段。朱濆见阵势已乱，率舰逃走。蔡牵势成孤立，也转舵前奔。长庚扯满风篷，追杀过去，击沉敌船二艘，并将蔡牵的坐船篷索，亦都击断。亏得蔡牵的船身高大，船篷虽坏，尚能驰驶，拼命逃了出去。长庚方传令收兵。

是年冬，败朱濆于甲子洋。次年夏，又败蔡牵于青龙港，蔡牵屡败屡奋，索性聚船百余艘，东犯台湾，攻入鹿耳门，沉舟塞港，截阻官兵援应，并结连土匪万余人，围攻府城，自称镇海王。全台大震。闽督玉德，飞报清廷。嘉庆帝忙饬成都将军德楞泰，佩钦差大臣关防，调四川兵三千赴剿，将军赛冲阿为副，令速出兵。

两将军尚未出境，李长庚已到台湾，总是他捷足。他见鹿耳门已被塞住，寻出一条小港来，这港名叫“安平港”，可以直入府城，于是令总兵许松年、王得禄，驾了小舟，率兵潜入，自己守住南汕北汕两口，堵住蔡牵出路。蔡牵只道鹿耳门已经塞住，尽可向前进攻，谁料许松年、王得禄，已从间道攻入。蔡牵急分兵抵御，五战都败，失了三十多号小战船，并党羽千余人。蔡牵料台湾难下，急从北汕港遁走，将要出口，见口外有大舰数艘堵住，最高的舰上，立着一位大帅，手执令旗，威风凛凛，望将过去，不是别人，正是生平最怕的李长庚。蔡牵想上前冲突，后面的追兵又至，前后都用大炮轰击，蔡牵管了前，不能管后，管了后，又不能管前，急得叫苦连天，投身无路。长庚下令道："今日不擒蔡逆，更待何时，诸将士宜乘此努力。"这令一下，诸将士奋力前攻，巴不得立擒蔡牵。

怎奈将士固已齐心，老天偏不做美，一阵怪风，从海中掀起，波涛怒立，战舰飘摇，官兵急切不能自主，被蔡牵夺路逃走。一出海外，辽廓无垠，长庚只率兵三千，哪里阻截得住？仅夺了十多号战船。嘉庆帝还说他任贼远飏，夺去翎顶，皇帝总没良心。德楞泰等一律截回，长庚愤极，复率兵力剿，退至福宁，岸上无一卒夹击，蔡牵、朱濆，复连合来攻。长庚猛力杀退，蔡牵又与朱濆分兵，窜入浙海。只台州到定海，长庚尾追不舍，专击牵舟，牵受创又遁，有旨赏还翎顶。长庚愤怒少舒。

不防浙抚阮公，丁忧去任，长庚慨然太息，与三镇总兵商议道："我自统领水师以来，全仗阮公帮助，稍得舒展。今阮公又去，知我无人，看来是难望成功呢？"三镇总兵道："浙抚已去，闽督尚在，统帅何必忧虑。"长庚道："不要提起这位闽督玉公，我要造船，他说无银；我要调军，他说无兵。台湾一役，我与诸君尽力截住蔡逆，虽是天公不公，起了飓风，被他走脱，然使玉公出兵相助，这蔡逆已被我杀败，狼狈万状，何患不能追擒？就令玉公不愿出兵。却肯预先给发银两，畀我造成大船，那时船身高大，究竟抵得住风潮，不妨冲风追袭。你看蔡逆的坐船，比我的坐船，要高五六尺，他在惊风骇浪中，尚能驾驶自如，我却不能，睁着眼由他逃去，真正可恨！"良将无功，多被上峰掣肘之故，不独李公为然。三总兵听到此语，也不禁忿恨起来，便一齐道："统帅既要造船，某等愿捐廉相助。"长庚道："诸君美意，煞是可敬。但我亦早有此意，还恐玉帅不允。"三总兵道："且禀报玉帅，再作计较。"长庚修好禀单，饬呈闽督，得了回批，果然说造船需时，朝廷有旨速剿，不便久待，毋得濡滞干咎。妒功忌能，莫逾于此。长庚忙召三总兵，将回批与他瞧阅，三总兵愤愤道："统帅本可专折奏陈，何不详报皇上呢？"长庚叹道："我辈统是汉人，汉人十句话，不及满人一句。朝廷总是信玉帅，不信长庚，如何是好？"满汉界限，区画早分。三总兵道："今上圣明，或不至此，统帅总是奏陈为是。"长庚不得已，便将平日情形，据实列奏。嘉庆帝果真圣明，把闽督玉德革职拿问，另命阿林保继任闽督。

阿林保到任，长庚免不得到闽贺喜，阿林保置酒款待，席间叙起剿寇事。这位新总督阿公，拈着几根鼠须，沉吟一回，已露奸象。随笑嘻嘻的向长庚道："大海捕鱼，何时入网？我兄弟恰有一策，不知可用得否？"长庚道："敢不请教。"我亦要请教。阿林保道："海外辽阔，事无左证，李总统但斩了一酋，即说是蔡牵首级，报至我兄弟衙门，我兄弟便可飞章报捷，余外的贼子，统归善后办理。照这样处置，你受上赏，我亦得邀次功，比穷年累月的跋涉鲸波，侥幸万一，岂不是较好么？"原来如此！长庚不禁勃然道："大帅叫长庚杀贼，长庚恰不怕死，久视海舶如庐舍，若照这样捏诈虚报的办法，长庚不敢闻命。"阿林保道："我也无非为你打算，你定要擒真蔡牵，兄弟也不便多管。"长庚道："长庚誓与贼同死，不与贼同生。"阿林保不待长庚言毕，便道："算了！好好一个人，如何情愿求死？要死何难，要死不难。"长庚至此，不能不死。长庚满腹愤怒，只是不好发泄，勉强饮了几杯，谢宴趋出。阿林保即密劾长庚，不到一月，弹章三上，不是说长庚恃才，就是说长庚怯战，一心想置长庚于死地，小子叙说到此，也满怀愤激，吟成一绝句道：

> 岳王功败遭秦桧，道济名高嫉义康，
> 自古忠奸不两立，但凭人主慎端详。

未知嘉庆帝如何发落，且待下回再叙。

康熙以后，已乏练达之满员，而满汉畛域，反日甚一日。盖满员渐成无用，内而政务，外而边事，多仗汉人赞助，相形之下，未免见绌，由愧生妒，由妒生忌，于是汉员立功，往往为满员所侧目，不加残害不止。张广泗、柴大纪等事，见于乾隆朝，杨芳充戍，李长庚殉难，见于嘉庆朝，后人或目为专制之毒，实则不仅专制而已。汉人十语，不及满人一语，即为本回中眼目。德楞泰已负杨芳，后且求如德楞泰者，尚不可得，此汉满之所以终成水火也。

第四十六回

两军门复仇慰英魄　八卦教煽乱闹皇城

却说嘉庆帝连得阿林保密疏，也未免疑惑起来，只因前时阮元等人，都极力保荐李长庚，且海上战功，亦惟长庚居多，半信半疑，暂且留中不发，密令浙抚清安泰查复。清安泰虽不及阮元，恰不是阿林保的糊涂，但看他复奏一本的文词，已略见一斑了。大旨说道：

长庚熟海岛形势，风云沙线，每战自持柁，老于操舟者不能及；且忘身殉国，两载在外，过门不入，以捐造船械，倾其家资，所俘获尽以赏功，故士争效死；且身先士卒，屡冒危险，八月中剿贼渔山，围攻蔡逆，火器雨下，身受多创，将士亦伤百有四十人，鏖战不退，故贼中有“不畏千万兵，只畏李长庚”之语。

惟海艘越二三旬，即须燂洗，否则苔粘爟结，驾驶不灵，其收港并非逗留。且海中剿贼，全凭风力，风势不顺，虽隔数十里，旬日尚不能到也，是故海上之兵，无风不战，大风不战，大雨不战，逆风逆潮不战，阴雨濛雾不战，日晚夜黑不战，飓期将至，沙路不熟，贼众我寡，前无泊地，皆不战。及其战也，勇力无所施，全以大炮相轰击，船身簸荡，中者几何？我顺风而逐，贼亦顺风而逃，无伏可设，无险可扼，必以钩镰去其皮网，以大炮坏其舵牙篷胎，使船伤行迟，我师环而攻之，贼穷投海，然后获其一二船，而余船已飘而远矣。贼往来三省，数千里皆沿海内洋，其外洋灏瀚，则无船可掠，无嶴可依，从不敢往。惟遇剿急时，始间以为逋逃之地，倘日色西沉，贼直窜外洋，我师冒险无益，势必回帆收港，而贼又逭诛矣。且船在大海中，浪起如升天，落如坠地，一物不固，即有覆溺之忧。每遇大风，一舟折桅，全军失色。虽贼在垂获，亦必舍而收泊，易桅竣工，贼已远遁；数日追及，桅坏复然，故尝累月不获一贼。

夫船者，官兵之城郭营垒车马也。船诚得力，以战则勇，以守则固，以追则速，以冲则坚。今浙省兵船，皆长庚督造，颇能如式。惟兵船有定制，而闽省商船无定制，一报被劫，则商船即为敌船。愈高大，多炮多粮，则愈足赍寇。近日长庚剿贼，使诸镇之兵，隔断贼党之船，但以隔断为功，不以擒获为功；而长庚自以己兵专注，蔡逆坐船围攻，贼行与行，贼止与止；无如贼船愈大，炮愈多，是以兵士明知盗船货财充足，而不能为擒贼擒王之计。且水陆兵饷，例止发三月，海洋路远，往返稽时，而事机之来，间不容发，迟之一日，虽劳费经年，不足追其前效，此皆已往之积弊也。非尽矫从前之失，不能收将来之效；非使贼尽失其所长，亦无由攻其所短，则岸奸济贼之禁，尤宜两省合力，乃可期效。谨奏。

这篇奏牍，说得剀切真挚，把李长庚一生经济，及海上交战情形，统包括在内。确是前清奏牍中罕见之作。嘉庆帝览了此奏，方悉阿林保妒功情状，下旨切责。略说：“阿林保甫莅任旬月，专以去长庚为事，倘朕误听谗言，岂非自杀良将？嗣后剿贼事宜，责成长庚一人，阿林保不得掣肘！若再忌功诬劾，玉德就是前车之鉴。”谕旨也算严切，无如巨奸未去，忠臣总无安日。并饬造大梭船三十艘，未成以前，先雇大商船助剿。阿林保见弹劾无效，反遭诘责，气得暴跳如雷，独自一人乱叫道：“有我无长庚，有长庚无我，我总要他死。他死了，方出我胸中的气。”遂飞檄催战。

原来清廷定例，总督多兼兵部尚书职衔，全省水陆各军，统归节制。长庚虽总统水师，不能不受阿林保命令。长庚方思修理船只，整备军械，为大举出洋的计划，那阿林保的催战文书，三日一道，五日两道，长庚休战，不到一月，他恰下了十数道檄文。秦桧用十二金牌，促岳武穆班帅，阿林保恰用十数道檄文，促李忠毅出战，行迹不同，用心则一。长庚叹道：“我不死在海贼手里，也难逃奸臣计中，看来不如与贼同死罢！”遂召集诸将克日出师，一面修好家书，寄与夫人吴氏，内说：“以身许国，不能顾家。”并将落齿数枚，一同缄固，着人送回家中。这次出发，凭着一股怒气，驶船出港。敌船见长庚出来，望风趋避，都逃至粤海中。长庚追至竿塘，方寻着敌船数只，接连放炮，击坏敌船两艘，活擒盗目一名，系是蔡牵侄儿，名叫天来。蔡牵因长庚至粤，复北航至浙，长庚也追到浙江，到温州海面，把他击败。他又自浙窜粤，自粤窜闽，盘旋海上，长庚只是不舍。遇着了他，便首先冲阵，不管死活，与他争战，弄得蔡牵走头无路，连败数次。

嘉庆十二年，命总兵许松年等击朱濆，自率精兵专剿蔡牵，朱濆被许松年击败，势已穷蹙，长庚亦连败蔡牵数阵，蔡牵只剩得海船三艘，长庚拟一鼓歼敌，檄福建水师提督张见升一同穷追。蔡牵逃至黑水洋，长庚率水师追及，蔡牵逃无可逃，与长庚决一死战。长庚亲自擂鼓，督众围攻，约战了两个时辰，牵船上的风帆，触着弹子，霎时破裂，长庚令兵士乘势纵火，直逼牵船后艄，火势炎炎，燔及牵船，兵士各握着兵器，想随着火势，扑将过去。猛听得蔡牵船后，一声炮发，弹丸穿入长庚船中，兵士向后一顾，见统帅长庚，已跌倒在船板上，连忙施救，咽喉中已鲜血直流，无可救药。阿林保闻报，谅必得意非凡。军中失了主帅，自然慌乱。本来张见升跟着后面，不妨过船代督士卒，少持半日，即可歼贼，谁知他是阿林保心腹，不愁蔡牵生，但愿长庚死，当下便引船径退，众兵船亦相率退驶。蔡牵带了残船三艘，竟遁安南。这信传达京师，嘉庆帝大为震悼，何益？特旨追封壮烈伯，赐谥“忠毅”，饬地方官妥为保护，送柩回籍，俾立专祠。已经死了，特恩何用？随命长庚裨将王得禄、邱良功二人，升任提督，分率长庚旧部，叫他同心敌忾，为长庚报仇。

是时蔡牵、朱濆，俱已势衰力竭，闽督又改任方维甸，浙抚又重任阮元，军机大臣复换了戴衢亨，将相协力，内外一心，歼除这垂亡小丑，自然容易得很。许松年在闽海击毙朱濆，濆弟朱渥，率众乞降。王、邱二提督，闻松年已立大功，自己恐落人后，随慷慨誓师，决擒蔡牵，蔡牵已招集残众，再入闽浙海面，直到定海的渔山，二提督蹑踪追剿，乘着上风，奋呼轰击，转战至绿水洋，天已昏黑，纵火烧贼舟，不想风浪大起，蔡牵复乘浪脱走。二提督愤极，当晚商议，邱良功对王得禄道：“前日临行时，抚帅阮公，曾教我等分船隔攻，专注蔡逆，明日要擒蔡牵，须用此策。”王得禄道：“此计甚好。”次晨复出师穷追，蔡牵一见即逃，驶出黑水洋，邱良功赶忙追上，令舰队各自分堵，自己坐的船，与蔡牵坐船并列，专攻蔡牵。王得禄坐船亦至，与邱良功船并列，接应邱良功。两下里誓死猛扑，烟硝蔽天，忽良功坐船上的风篷，与蔡牵坐船上的风篷，结成一块，蔡众持着长矛，将良功的风篷扯毁，复用椗札住良功坐船。良功大喝一声，执了雪亮的宝刀，去劈敌椗，说时迟，那时快，敌众的长矛，已刺入良功脚上，血流如注。

良功部下，见主帅受伤，毁椗脱出。蔡牵正思逃走，王得禄又挥众直上，弹如贯珠，蔡牵仍誓死抵拒，战至日暮，牵船中弹丸已尽，待别舟相援，又被闽浙二军隔住，自顾不暇。王得禄料敌势已蹙，纵火焚牵船尾楼，忽身上中了数颗炮弹，虽觉得疼痛，却没有弹丸的猛烈。仔细一瞧，并不是弹丸，那是外洋通用的银圆。得禄大呼道："贼船内弹药已完，打过来统是银圆，不能伤人。军士替我尽力向前，擒渠受赏。"军士一看，果见船板上面，银圆爆入不少，顿时胆子愈壮，气力愈大，一面放火，一面用枪矛钩断牵船篷桅。牵知无救，遂首尾举炮，将坐船自裂，连人连船，沉落海中。积年逋寇，逃入龙王宫里去躲避，余党大半乞降。王得禄、邱良功收兵而回，忙用红旗报捷。诏封王得禄二等子，邱良功二等男，于是闽浙二洋，巨盗皆灭。若叙首功，当推李长庚第一，阮元为次。粤洋尚存几个艇盗，被粤督百龄严断接济，饬兵搜剿，弄得个个穷蹙，情愿投诚乞命，粤盗亦平。

嘉庆帝内惩教匪，外惩海盗，遂下旨严禁西洋人刻书传教，适粤民陈若望，私代西洋人德天赐，递送书信地图，事发被拿，下刑部讯鞫，究出传教习教多人，遂把德天赐充发热河，幽禁额鲁特营房，陈若望充发伊犁，给额鲁特人为奴，传教习教一干人犯，亦照例充配。过了数年，西洋人兰月旺，又潜入湖北传教，被耒阳县查悉，将他获住，解入省中，报闻刑部，又照律治罪，处以绞决。教案萌芽。

这时候，英吉利人屡乞通商，亦奉旨批斥，忽广东沿海的澳门岛外，来英舰十三艘，舰长叫作度路利，投书粤督，声明愿协剿海寇，只求通商为报。粤督吴熊光，以海寇渐平，抗词拒绝，英舰仍逗留未去，反入澳门登岸，分据各炮台。熊光据事奏闻，有旨责熊光办理迟延，革职留任。并说："英舰如再抗延，当出兵剿办。"熊光通知英将，英将乃起椗回国。五口通商之朕兆。

已而英国复遣使臣墨尔斯，直入京师，与政府直接交涉，愿结通商条约，清廷迫他行跪拜礼，他恰不从，当即驱逐回国。英人未识内情，暂时罢手，清廷还道是威震五洲，莫余敢侮。夜郎自大。嘉庆帝方西幸五台，北狩木兰，消遣这千金难买的岁月，到嘉庆十六年，彗星现西北方，钦天监奏言星象主兵，应预先防备，嘉庆帝复问星象应在何时？经钦天监细细查核，应在十八年闰八月中，应将十八年闰八月，移改作十九年闰二月，或可消弭星变。天道远，人道迩，徒将闰月移改，难道便可弭变么？嘉庆帝准奏，又诏百官修省，百官为重，君为轻，也是当时创例。这等百官，多是麻木不仁的人物，今朝一慌，明朝没事，就罢了。

忽忽间已是二年，嘉庆帝也忘了前事。七月下旬，秋狩木兰，启銮而去，不想宫廷里面，竟闹出一件大祸祟来。原来南京一带，有一种亡命之徒，立起一个教会，叫作天理教，亦名八卦教，大略与白莲教相似，号召党羽，遍布直隶河南山东山西各省，内中有两个教首：一个是林清，传教直隶；一个是李文成，传教河南。他两人内外勾结，一心思想谋富贵，做皇帝，眼目。闻得钦天监有星象主兵，移改闰月的事情，便议乘间起事，捏造了两句谶语，说是："二八中秋，黄花落地。清朝最怕闰八月，天数难逃，移改也是无益。"这几句话儿，哄动愚民，很是容易。又兼直隶省适遇旱灾，流民杂沓，聚啸成群，林清就势召集，并费了几万银子，买通内监刘金高广福阎进喜等作为内应，京中发难，比外省尤为厉害，我为嘉庆帝捏一把汗。一面密召李文成作为外援。

文成到京两次，约定九月十五日起事，就是钦天监原定嘉庆十八年闰八月十五日。但天下事若要不知，除非不为，林、李两人密干的谋画，只道人不知，鬼不觉，谁料到滑县知县强克捷，竟探闻这种消息，飞速遣人密集巡抚高杞，卫辉知府郎锦麒，请速发兵掩捕。那高抚台与郎知府，疑他轻事重报，搁过一边。克捷急得了不得，申详两回，只是不应。克捷暗想："李文成是本县人氏，他蓄谋不轨，将来发泄，朝廷总说我不先防备。抚台府宪，今朝不肯发兵，事到临头，也必将我问罪，哪个肯把我的详文宣布出来？我迟早终是一死，还是先发制人为妙。就使死了，也是为国而死，死了一个我，保全国家百姓不少。"好一个知县官。主见已定，待到天晚，密传衙役人众，齐集县署听差。衙役等闻命，当即赶到县衙，强克捷已经坐堂，见衙役禀到，便吩咐道："本官要出衙办事，你等须随我前去，巡夜的灯笼，拿人的家伙，统要备齐，不得迟误！"衙役不敢怠慢，当即取出铁索脚镣等件，伺候强克捷上轿出衙。

克捷禁他吆喝，静悄悄的前行，走东转西，都由强克捷亲自指点。行到一个僻静地方，见有房屋一所，克捷叫轿夫停住，轿夫遵命停下。克捷出了轿，分一半衙役，守住前后门，衙役莫名其妙，只得照行。有两三个与李文成素通声气，也不敢多嘴。还有一半衙役，由克捷带领，敲门而入。李文成正在内室，夜餐方毕，闻报县官亲到，也疑是风声泄漏，不敢出来。克捷直入内室，文成一时不能逃避，反俨然装出没事模样。强克捷原是精细，李文成恰也了得。克捷喝声拿住，衙役提起铁链，套入文成颈上，拖曳回衙。

克捷即坐堂审问，文成笑道："老爷要拿人，也须有些证据，我文成并不犯法，如何平空被拿？"克捷拍案道："你私结教会，谋为不轨，本县已访得确确凿凿，你还敢抵赖么？好好实招，免受重刑！"文成道："叫我招什么？"克捷道："你敢胆大妄为，不用刑，想也不肯吐实。"便喝令衙役用刑。衙役应声，把夹棍碰的掷在地上，拖倒文成，脱去鞋袜，套上夹棍，凭你一收一紧，文成只咬定牙关，连半个字都不说。强克捷道："不招再收。"文成仍是不招。克捷道："好一个大盗，你在本县手中，休想活命！"吩咐衙役收夹加敲，连敲几下，刮的一声，把文成脚胫爆断。文成晕了过去，当由衙役禀知。克捷令将冷水喷醒，钉镣收禁。

克捷总道他脚胫已断，急切不能逃走，待慢慢儿的设法讯供，怎奈文成的党羽，约有数千人，闻得首领被捉，便想出劫狱戕官的法子。于九月初七日，聚众三千，直入滑城，滑城县署，只有几个快班皂役，并没有精兵健将，这三千人一拥到署，衙役都逃得精光，只剩强克捷一门家小，无处投奔，被三千人一阵乱剁，血肉模糊，都归冥府。是清宫内的替死鬼。乱众已将县官杀死，忙破了狱，救出李文成。文成道："直隶的林首领，约我于十五日到京援应，今番闹了起来，前途必有官兵阻拦，一时不能前进，定然误了林大哥原约，奈何奈何？"众党羽道："我等闻兄长被捉，赶紧来救，没有工夫计及后事，如今想来，确是太卤了。"文成道："这也难怪兄弟们，可恨这个强克捷误我大事，我的脚胫，又被他敲断，不能行动，现在只有劳兄弟们，分头干事，若要入都，恐怕来不及了。林大哥！我负了你呢。"当下众教徒议分路入犯，一路攻山东，一路攻直隶，留文成守滑养病。

嘉庆帝在木兰闻警，用六百里加紧谕旨，命直隶总督温承惠，山东巡抚同兴，河南巡抚高杞，迅速合剿；并饬沿河诸将弁，严密防堵。这旨一下，眼见得李文成党羽，不能越过黄河，只山东的曹州定陶金乡二县，直隶的东垣长明二县，从前只散布教徒，先后响应，戕官据城，余外防守严密，不能下手。京内的林清，恰眼巴巴望文成入援，等到九月十四日，尚无音信，不知是什么缘故？焦急万分。他的拜盟弟兄曹福昌道："李首领今日不到，已是误期，我辈势孤援绝，不便举动。好在嘉庆帝将要回来，闻这班混帐王大臣，统要出去迎驾，这时朝内空虚，李首领也可到京，内外夹攻，定可成功。”林清道：“嘉庆回京，应在何日?”曹福昌道：“我已探听明白，一班王大臣，于十七日出去接驾。”林清道：“二八中秋，已有定约，怎好改期?”曹福昌道：“这是杜撰的谣言，哪里能够作准?”林清道：“无论准与不准，我总不能食言，大家果齐心干去，自然会成功的。”强盗也讲信实。他口中虽这般说，心中倒也有些怕惧，先差他党羽二百人，藏好兵器，于次日混入内城，自己恰在黄村暂住，静听成败。

这二百个教徒，混入城内，便在紫禁城外面的酒店中，饮酒吃饭，专等内应；坐到傍晚，见有两人进来，与众人打了一个暗号，众人一瞧，乃是太监刘金高广福，不觉喜形于色，就起身跟了出去，到店外分头行走。一百人跟了刘金，攻东华门，一百人跟了高广福，攻西华门，大家统是白布包头，鼓噪而入。东华门的护军侍卫，见有匪徒入内，忙即格拒，把匪徒驱出门外，关好了门。西华门不及防御，竟被教徒冲进。反关拒绝军禁，一路趋入，曲折盘旋，不辨东西南北，巧值阎进喜出来接应，叫他认定西边，杀入大内，并用手指定方向，引了几步。进喜本是贼胆心虚，匆匆自去。这班教徒向西急进，满望立入宫中，杀个爽快，夺个净尽，奈途中多是层楼杰阁，挡住去路，免不得左右旋绕，两转三转，又迷住去路。遥见前面有一所房屋，高大的很，疑是大内，遂一齐扑上，斩关进去，里面没有什么人物，只有书架几百箱，教徒忙即退出，用火把向门上一望，扁额乃是文颖馆，复从右首攻进，仍然寂静无声，也是列箱数百具，一律锁好，用刀劈开，箱中统是衣服。又转身出来，再看门上的扁额，乃是尚衣监，写出昏瞶形状，真是绝妙好辞。不由的焦躁起来，索性分头乱闯。有几个闯到隆宗门，门已关得紧闭，有几个闯到养心门，门亦关好。内中有一头目道："这般乱撞，何时得入大内？看我爬墙进去，你等随后进来，这墙内定是皇宫呢。"言毕，即手执一面大白旗，猱升而上，正要爬上墙头，墙内爆出弹丸，正中这人咽喉，哎的一声，坠落墙下去了。正是：

顺天者存，　逆天者亡；
天不亡清，　宁令猖狂？

毕竟墙内的弹丸是何人放的？待小子下回表明。

海寇剿平，未几即有天理教之变，内乱相寻，清其衰矣。要之皆内外酣嬉，用人未慎之故。闽有玉德阿林保，于是蔡牵朱渍，扰攘海上数年，良将如李长庚，被迫而死。迨疆吏得人，内廷易相，王邱二提督，即以荡平海寇闻。迨教徒隐伏直豫，温承惠高杞等，又皆漫无觉察，尸位素餐；强克捷既已密详，高杞尚不之应，微克捷之首拘李文成，则届期发难，内外勾通，清宫尚有幸乎？然克捷被戕，高杞蒙赏，死者有知，宁能瞑目？以视李长庚事，不平尤甚。且煌煌宫禁，一任奄竖之受贿通匪，直至斩关而进，尚未识叛党之由来，吾不识满廷大吏，所司何事？嘉庆帝西巡北幸，方自鸣得意，而抑知变患生于肘腋，干戈伏于萧墙，一经爆发，几至倾家亡国，其祸固若是其酷也。展卷读之，令人感慨不置。

第四十七回

闻警回銮下诏罪己　护丧嗣统边报惊心

却说教徒中弹坠下，放弹的人，是皇次子绵宁。皇次子时在上书房，忽闻外面喊声紧急，忙问何事？内侍也未识请由，出外探视，方知有匪徒攻入禁城，三脚两步的回报。皇次子道："这还了得！快取撒袋鸟铳腰刀来！"内侍忙取出呈上。皇次子佩了撒袋，挂了腰刀，手执鸟铳，带了内侍到养心门。贝勒绵志，亦随着后面，皇次子命内侍布好梯子，联步上梯，把头向外一瞧，正值匪徒爬墙上来，皇次子将弹药装入铳内，随手一捺，弹药爆出，把这执旗爬墙的人，打落地上，眼见得不能活了。一个坠下，又有两个想爬上来，皇次子再发一铳，打死一个，贝勒绵志，也开了一铳，打死一个，余众方不敢爬墙，只在墙外乱噪，打死一两个人，便见辟易，这等教徒，实是没用。齐声道："快放火！快放火！"大家走到隆宗门前，放起火来。皇次子颇觉着急，忽见电光一闪，雷声隆隆，大雨随声而下，把火一齐扑灭。有几个匪徒，想转身逃去，天色昏黑，不辨高低，失足跌入御河。当时内传来报，说是天雷击死，皇次子方才放心。

此时留守王大臣，已带兵入卫，一阵搜剿，擒住六、七十名，当场讯问，供称由内监刘金高广福阎进喜等引入。随命兵士将三人拿到，起初供词狡展，经教徒对质，无可报赖，始供称该死。皇次子一面飞报行在，一面入宫请安，宫中自后妃以下，都已吓得发抖，及闻贼已净尽，始改涕为欢。嘉庆帝接到皇次子禀报，立封皇次子为智亲王，每年加给俸银一万二千两，绵志加封郡王衔，每年加给俸银一千两，并下罪己诏道：

朕以凉德，仰承皇考付托，兢兢业业，十有八年，不敢暇豫。即位之初，白莲教煽乱四省，黎民遭劫，惨不忍言，命将出师，八年始定。方期与我赤子，永乐升平。忽于九月初六日，河南滑县，又起天理教匪，由直隶长垣，至山东曹县，亟命总督温承惠率兵剿办，然此事究在千里之外；猝于九月十五日，变生肘腋，祸起萧墙，天理教匪七十余众，犯禁门，入大内，有执旗上墙三贼，欲入养心门，朕之皇次子亲执鸟枪，连毙二贼，贝勒绵志，续击一贼，始行退下，大内平定，实皇次子之力也。隆宗门外诸王大臣，督率鸟枪兵，竭二日一夜之力，剿捕搜拿净尽矣。

我大清国一百七十年以来，定鼎燕京，列祖列宗，深仁厚泽，爱民如子，圣德仁心，奚能缕述？朕虽未能仰绍爱民之实政，亦无害民之虐事，突遭此变，实不可解。总缘德凉愆积，惟自责耳。然变起一时，祸积有日，当今大弊，在“因循怠玩”四字，实中外之所同，朕虽再三告诫，奈诸臣未能领会，悠忽为政，以致酿成汉唐宋明未有之事。较之明季梃击一案，何啻倍蓰？言念及此，不忍再言。予惟返躬修省，改过正心，上答天慈，下释民怨。诸臣若愿为大清国之忠良，则当赤心为国，竭力尽心，匡朕之咎，移民之俗；若自甘卑鄙，则当挂冠致仕，了此残生，切勿尸禄保位，益增朕罪。笔随泪洒，通谕知之。

这次禁城平乱，除皇次子及贝勒绵志外，要算仪亲王永璇，成亲王永瑆，最为出力。两亲王都是嘉庆帝的阿哥，嘉庆帝对待兄弟，颇称和睦，不像那先祖的薄情，所以平日仪成两邸，很有点势力。此次留守禁城，督剿教匪，又蒙嘉奖，将所有未经开复的处分，一概豁免。革步军统领吉纶，及左翼总兵玉麟职，命尚书托津英和回京，查办余逆，饬陕西总督那彦成为钦差大臣，督兵飞剿河南，然后从白涧回銮。

托津英和到了黄村，闻教首林清，已经擒住，赶即进京。自九月十五日起，至十九日，雷电不绝，风霾交作，镇日里尘雾蔽天，昼夜差不多的光景，因此京城里面，人心恐慌，谣言四起，亏得托津英和等，已经到京，方晓得銮舆无恙，到嘉庆帝回宫，遂渐渐镇定。都是巡幸的滋味。二十三日，嘉庆帝亲御瀛台，讯明教首林清，及通匪诸太监，证供属实，均令凌迟处死，传首畿内。

是时李文成胫疾未愈，不能远出，众教徒又为官兵所阻，只聚集道口镇，钦差大臣那彦成，偕提督杨遇春，率兵至卫辉府。遇春向来英勇，即日带亲兵数十名，由运河西进，直至道口，遇着教徒一队，约有数千人，当即大呼突击，策马先驱。教徒见他黑旗远扬，知是杨家军，先已惊慌得很，纷纷渡河遁回。遇春追过了河，擒斩教徒二百多名，方拟回营；检点亲兵，尚少二人，复冲入敌队，夺还二尸，始暂归北岸，待那彦成到来，一齐进兵。

不想等了两日，那钦差竟不见到，原来那彦成到了卫辉，本想即日进兵，因接高抚台来文，内说教徒势大，未免也有些胆怯，高杞自己胆怯，还要去吓别人。拟俟调山西甘肃吉林索伦兵来助，然后进战。遇春是个参赞，拗不过大帅，只得日日等着，亏得嘉庆帝闻知消息，严促那彦成进兵，方不敢违慢，驰至军营。

杨遇春进攻道口镇，教徒出营探望，瞧见杨家军又至，齐声叫道："不好了！不好了！髯将军又来了！"遇春年已将老，颏下多髯，因此教徒称他作髯将军。髯将军一到，教徒弃营而遁，一边逃，一边追，那钦差又渡河策应，克复桃源进围滑城。

忽探马来报，尚书托津，已平定直隶教匪，所带的索伦兵，已奉旨来助剿滑城了。接连又有人报道："山东的教匪，也被盐运使刘清，剿杀净尽。"那彦成向杨遇春道："直隶山东统归平靖，只河南未平，滑县又是古滑州旧治，城坚土厚，一时不能攻下，奈何?"遇春道："刘清文吏，尚建奇功，参赞受国厚恩，誓破此城，擒这贼首。"那彦成道："刘清向称刘青天，不特能文，兼且能武，真不愧本朝名臣。老兄亦是本朝人杰，成功应在目前，不必着急。"这且颇得激将之法。

正谈论间，索伦兵已到，由那彦成召入，命随杨遇春攻城。遇春督兵开炮，弹丸迭发，打破城墙外面，中间恰是不动，反把弹丸颗颗裹住；经遇春仔细察看，方知墙土裹沙，炮遇土则入，遇沙则止，所以不能洞穿。遇春连攻数日，总不能破，又用了掘隧灌水的计策，亦被守兵察觉，统归无效。是时杨芳仍任总兵，也在营中，便献计道："这城坚固难下，若要攻入，必须多费时日，愚意不如三面围攻，留出北门，待他出走，掩杀过去，方可得手。"遇春依计，便将北门留出不攻。果然这日黄昏，桃源贼首刘国明，从北门潜入，护李文成出城，将西走太行山，为流寇计。杨芳连忙追击，文成走入辉县山，据住司寨，经杨芳奋勇杀入，正在乱剁乱斫的时候，猛见里面火光冲起，直透云霄，教徒统已四散。由杨芳驰入寨中，扑灭了火，拨出文成尸首，已是乌焦巴弓，当下收兵回到滑城。滑城尚未攻入，杨芳佯向北门筑栅，似乎要四面兜围，守兵专力攻御，他却到西南角上，暗掘旧隧，装满火药，等到夜半，令官兵退下三里，甲骑以待，自率亲卒燃着药线，引入地道，药性暴发，宛似天崩地陷，把城墙轰坍二十多丈，砖石上腾，尸骸飞掷，官兵争先夺城，蚁附而入。守城首领牛亮臣、徐安国等，巷战许久，都就擒获，槛献京师磔死，滑县平定，天理教徒，悉数殄灭，那彦成得晋封三等子，授太子太保，杨遇春三等男，杨芳刘清等，赏赉有差。强克捷首发逆谋，为贼所害，赐谥“忠烈”，世袭轻车都尉，饬于滑县及原籍韩城，建立专祠。

那彦成拟请入觐，朝旨命移剿陕西三才峡贼。三才峡贼，多是木商夫役，岁饥停工掠食，地方官下令捕缉，他即推了万二为首领，纠众抗命。巡抚朱勋，张皇入告，托词教匪作乱，因此朝命那彦成迅速赴剿。及那彦成到陕，这个万二的小丑，已由总兵祝廷彪、吴廷刚两人破灭掉了。此后各地乱民，亦时思蠢动：江西百姓胡秉辉，买得残书一本，内有阵图及俚语，假称天书，拥朱毛俚为首领，居然设立国号，叫作后明，适阮元调任赣抚，率兵密捕，把朱毛俚、胡秉辉等，一齐捉住，首犯凌迟，从犯斩决。安徽百姓方荣升，伪造匿名揭帖，上印九龙木戳，散布大江南北，江督百龄，多方侦探，竟得首从主名，拿到百数十人，先后正法。云南边外夷民高罗衣，聚众万人，劫掠江外土司，自称窝泥王，被滇督百龄击破，罗衣走死；从子高老五，又袭称王号。渡江攻临安府，又由百龄派兵擒获，立即正法。虽是癣疥之疾，总非承平之兆。

到嘉庆二十五年，嘉庆帝闲着无事，循例秋狩木兰，亲王贝勒，免不得出去扈驾。不意嘉庆帝到木兰后，驻跸避暑山庄，竟生了一种头痛发热的病症。起初总道偶冒暑气，不足为患，仍然照常治事，嗣后日日加重，竟尔大渐。召御前大臣赛冲阿，索特那木多布齐，军机大臣托津，戴均元，卢荫溥，文孚，内务府大臣禧恩和世泰，恭拟遗诏。嘉庆帝回光返照，心中尚是清楚，传示诸大臣，说于嘉庆四年，已遵守家法，密立次子绵宁为皇太子，现在随跸至此，着即传位于皇太子绵宁，即皇帝位。未几驾崩，皇次子智亲王，稽颡大恸，擗踊无算，当命御前侍卫吉伦，驰驿回哀，请母后安，尊母后钮钴禄氏为皇太后，封弟惇郡王绵恺为惇亲王，绵愉为惠郡王，绵忻已封瑞亲王，无从加封，仍从旧称。皇太后懿旨，传谕留京王大臣驰寄皇次子，即正大位，皇次子因梓宫未回，命即起程，奉梓宫回京，方行即位礼。八月中旬，梓宫至京师，奉安乾清宫，皇次子始即帝位于太和殿，颁诏天下，以明年为道光元年，是为宣宗，尊谥大行皇帝为“仁宗睿皇帝”，卜葬昌陵。

道光帝即位数日，想起自己的名字，上一字与兄弟相同，若要避讳，未免不便，遂改“绵”为“旻，”叫作旻宁。“旻宁”二字，饬臣民不得妄写，“绵”字不讳。专从小节上着想，道光帝行谊可知。他又念着乾隆、嘉庆两朝，东征西讨，南巡北幸，把库款用尽，只好格外俭省，把宫中需用的银两，省而又省，自己服食一切，也比从前的皇帝，减下若干；后妃以下，统教屏去繁华，概从朴实；宫娥彩女，又放了许多出宫。且命亲王贝勒等，务从节俭，不得广纳姬妾，任意挥霍。用意颇善，可惜不知大体。朝上一班王大臣，揣摩迎合，上朝的时候，格外装出节俭的样子，朝冠朝服，多半敝旧，道光帝瞧着，颇也喜欢，谁知他退朝回府，仍旧是锦衣美食，居移气，养移体呢？

还有一个豫亲王裕兴，酗酒渔色，竟闹出一桩风化案来。豫邸中有一使女，名叫寅格，年方二八，楚楚动人，裕兴看上了她，时常向她调戏，她却怀着玉洁冰清的烈志，始终不肯顺从。落花有意，流水无情，惹得裕兴懊恼，情急计生，趁着大行皇帝几筵前行大祭礼，亲王贝勒及福晋命妇，统去磕头，他也不能不去按班排列；轮着了他，匆匆忙忙的行过了礼，赶即乘车先回。别人还道他染着急病，谁知他的病证，不是什么受寒冒暑，乃是一种单思病。到了邸中，不叫别人，只叫那心上人儿寅格。寅格不知何故，忙即趋入，裕兴哄她跟入内室，将门关住。寅格方慌张起来，裕兴道：“你也不必慌张，今日不由你不从。”随手去扯寅格，急得寅格脸色通红，只说“王爷动不得”五字。裕兴见她红生两颊，愈觉可爱，色胆如天，还管什么主仆名义，竟将她推倒炕上，不由分说，乱褫下衣。寅格极力撑拒，怎奈窈窕女儿，不敌裕兴的蛮力，霎时间，被裕兴剥得一丝不挂，恣意轻薄，约过了一个时辰，方才歇手。既要磕老头，又要磕小头，裕兴此日也忙极了。寅格负着气，忍着痛，开门走出，回入自己房中，越想越羞，越羞越恨，哭了一会，闻得外面一片喧声，料是福晋等归来，急忙解带悬梁，自缢而死。身虽被污，心实无愧。这时福晋等不见寅格，正饬婢媪使唤，一呼不应，两呼三呼又不应，撬开房门，向内一瞧，吓得乱跑，顿时满屋鼎沸，通报裕兴，别人都甚惊异，独裕兴视作平常。经众人留心探视，才晓得强奸情由，一传十，十传百，被宗人府得知，据实参奏。道光帝大怒，欲将裕兴赐死，还是惇瑞两亲王，替他挽回，从轻发落，革裕兴王爵，交宗人府圈禁三年，期满释放。强奸逼死，照清朝律例，应置大辟，裕兴从轻发落，总未免顾全面子，只难为了寅格。

道光帝余怒未消，回疆又来警报。据说回酋张格尔，纠众滋事，屡寇边界，道光帝即召集王大臣问道：“回疆已安静多年，为什么又会作乱？莫非参赞大臣斌静，昏庸失德，不能安治回民么？”王大臣道：“圣上明见，洞烛万里，大约总是斌静不好，惹出这个张格尔来。现在且令伊犁将军就近查勘，再定剿抚事宜。”道光帝准奏，即令伊犁将军庆祥，往勘回疆。

庆祥奉旨，即日出发，一到回疆，回民争来控诉，不是贪虐，就是奸淫，又是一个闯祸的祖宗。当即据实奏闻。原来回疆自大小和卓木死后，各城统设办事领队大臣，独喀什噶尔，设一参赞大臣，统辖各城官吏。参赞大臣的上司，就是伊犁将军，每年征收贡赋，十分中取他一分，以前时准部的苛求，两和卓的骚扰，宽得许多。清廷又尝慎选边吏，或是由满员保举，或是由大吏左迁，抚驭得法，回民赖以休息，视朝使如天人。到嘉庆晚年，保举不行，派往回疆各官，多用内廷侍卫，及口外驻防，这班人员，偏把回疆作了利薮，与所属司员章京，任情剥削，一切服食日用，统向回城伯克征索。伯克系回城土官的名目，他与清吏狼狈为奸，借着供官的话柄，敛派回户，需索百端，回疆通用赤铜普尔钱，钱形椭圆，中无孔，每一枚当内地制钱五文，大约如近今通用的铜圆。喀什噶尔每年征收普尔钱八九千缗，叶尔羌征收万余缗，和阗征收四五千缗，还有各种土产，如毡裘金玉缎布等类，统要随时奉献，只嫌少，不嫌多。伯克得四成，章京得四成，办事大臣得二成，大家作福作威，肆行无忌；甚且选有姿色的回女，入置署中，要陪酒，就陪酒，要侍寝，就侍寝。这位参赞大臣斌静，乐得同他混做一淘，司员章京及各城伯克，又向参赞大臣处竭力讨好，采了上等的子女玉帛，供奉进去。回女本没甚廉耻，见了参赞大臣，仿佛如天上神仙，斌静又是个色中饿鬼，多多益善，竟至白昼宣淫，裸体相逐。好做参赞大臣肉屏风。只是回女的父兄丈夫，既受了层层克剥，还要把家中女眷，由他糟塌，正是痛上加痛，气上加气。适值大和卓木孙子张格尔，随父萨木克，遁居浩罕国边境，通经祈福，传食部落，闻知参赞斌静荒淫失众，遂思报复祖仇，声言替回民雪愤，纠众寇边。头目苏兰奇忙来通报，章京绥善，反说他无风生浪，叱逐出去。苏兰奇大愤，出寨从贼，反做了张格尔的向导。当时领队大臣色普征额，领兵防御，打了一回胜仗，将张格尔驱逐出境，擒了百余人，回入喀城，与斌静同赏中秋节。斌静先将擒住各人，一概斩首，然后肆筵设席，坐花赏月。司员把盏，回妇侑歌，正高兴得了不得。讵料庆将军暗查密访，把他平日所做的事情，和盘托出，奉旨将斌静革职逮问，派永芹代任，正是：

昨日酣歌方得意，今朝铁链竟加头。

嗣后永芹接任，能安抚回民与否，且看下回分解。

木兰秋狩，本清代祖制，所以示农隙讲武之意。但观兵第为末务，耀德乃是本原，仁宗连番北狩，一变而乱兴宫禁，再变而驾返鼎湖，可见讲武之举，不足为训。及宣宗嗣位，力自撙节，清帝中之以俭德闻者，莫宣宗若。然亦徒齐其末，未揣其本，省衣减膳之为，治家有余，治国不足。内如裕兴，外如斌静，荒淫失德，宁知体黼座深衷，随时返省乎？读此回，可以知人君务末之非计。

第四十八回

愚庆祥败死回疆　智杨芳诱擒首逆

却说永芹到了回疆，也是没有摆布，虽不比斌静荒淫，无如庸庸碌碌，总不能立平匪乱。张格尔却外集党羽，内通回户，屡次骚掠近边，清兵出塞，他即远遁；又或诡词乞降，变端百出，弄得永芹束手无策，因循迁延，直达三年。道光五年夏季，边报张格尔大举入寇，领队大臣巴彦图，自恃勇力，率兵二百人，出塞掩捕，走了四百里，并没有张格尔踪迹，他竟勃然大愤，行到布鲁特地方，见有回众游牧，率妻挈子，约有二、三百人，遂纵兵杀将过去。回众吓得四散，只有青年妇女，黄口儿童，一时不能急走，被他见一个，杀一个，可怜这班无罪无辜的妇孺，都做了身首异处的尸骸。大约命中注定，要被巴彦图杀死。巴彦图愤已少泄，当下回军，逾山越岭而还，无复行列。谁知逃走的回民，因妇子被杀，哭诉回酋汰列克，汰列克大怒，领部众二千名前来追袭，把巴彦图围住，十个杀一个，霎时间把清兵扫光，随即与张格尔联合进兵，势甚猖獗。永芹无可隐讳，慌忙拜本乞援。道光帝召还永芹，令伊犁将军庆祥往代。又命大学士长龄往代庆祥。

庆祥到喀什噶尔，召集司员章京，及各城伯克会议。伯克中有个阿布都拉，自称详悉回务，庆祥便把张格尔情形，详细问他。他却说张格尔乃是假名，冒充和卓木后裔，前时乃是阿奇木王努斯谎报，遂至哄动一时，为丛驱雀殴爵。参赞大人现到此处，不必劳动兵戈，只教声明张格尔不是回裔，那时回众自不去从他，乱事便可消灭了。庆祥信以为真，一面出示晓谕回民，一面奏劾阿奇木王努斯谎报的罪状。纯是呓语。张格尔得了此信，也恐众心离散，带了五百多人，突入回城，拜奠他先祖和卓木坟墓。回徒叫和卓坟为玛杂，非常敬信。玛杂在喀城外，距喀城约八十多里，乾隆时，大小和卓木被诛，所有喀城外旧存和卓等墓，仍奉旨令回户看守，毋得樵采污秽，下此谕时，实是为了香妃。张格尔欲借祭祖为名，固结众心，因有这番举动，协办大臣舒尔哈善，领队大臣乌凌阿，忙入报庆祥。庆祥急召阿布都拉，阿布都拉已不知去向，想也去拜奠和卓墓了。顿时仓皇失措，还是舒乌两人禀道："张格尔深入喀境，非发兵驱逐不可。"庆祥点头，命二人带兵千余名，去攻张格尔。朝发夕至，仗着锐气，击杀回众四百人，张格尔退入大玛杂内，倚着三重墙垣，誓死固守；复遣人出布谣言，说清军要铲除圣墓，屠尽回族子孙。回民闻言大恐，遂聚集数千人，去救张格尔。舒乌两大臣，正围攻玛杂，忽见回众如潮涌至，急分兵抵御，不防张格尔也乘势杀出，内外夹攻，把清兵杀得七零八落。舒大臣阵亡，乌大臣踉跄奔回，入见庆祥。庆祥急调各营卡兵，尽集喀什噶尔，保守喀城。

张格尔倒还不敢进逼，饬人往浩罕国乞援。浩罕王摩诃末阿利，新即位，知人善任，威服附近哈萨克诸部，当时有百回兵不如一安集延的传闻。安集延就是浩罕东城。张格尔联约浩罕，俟得回疆西四城后，子女玉帛，情愿公分，还许割让喀城，作为酬劳。浩罕王大喜，即允发兵，令去使先回。张格尔知有后援，遂率军大进，前哨到了浑河，探得喀域外面，只有三座清营，报知张格尔，张格尔道："这么说来，天山北路的清军，尚未南下，我等赶紧前进方好。"遂下令渡河。

忽报浩罕王率兵亲到，不由的惊疑道："浩罕兵来得这般迅速，真出意外，我初意总道清兵大集，所以通使浩罕，乞师相助，现在喀城守兵甚少，旦夕可下，还要浩罕兵何用?”就想抵赖。随遣使赴浩罕军前，叫他不必前进。浩罕王愤怒，竟率军渡河，围攻喀城。张格尔却止住不行，暗中密布兵队，阻截浩罕王归路。太觉阴险。浩罕王攻城数日，急切难下，又探知张格尔不怀好意，恐腹背受敌，乘夜遁回。才渡过浑河对岸，树林中杀出一班回众，大叫浩罕王休走，吃我一刀。浩罕王不瞧犹可，瞧了一瞧，正是张格尔，气得无名火高起三丈，麾兵接战，黑夜里不辨回众多少，越杀越多，只觉得四面八方，统是回子旗帜，凭尔安集延兵马精锐，到此也心慌胆怯，败阵而逃。浩罕王夺路走脱，还有安集延兵二三千名，被张格尔围住，无可投奔，没奈何缴械乞降。

张格尔收为亲兵，进攻喀城，此时喀城外面的清营，抵御安集延兵，已是数日，累得人疲马倦，药尽刀残，哪里禁得起张格尔这支生力军，又复杀到，领队大臣乌凌阿，穆克登布，统同战殁。庆祥坐守孤城，左思右想，无能为计，只认定了一个死字，投缳自尽。还算忠臣。喀城无主，即被张格尔攻破，张格尔又分据英吉沙尔叶尔羌和阗三城。回疆西四城俱陷。

清廷连接警信，遣兵调将，忙个不了。圣旨下来，命署陕甘总督杨遇春为钦差大臣，统陕甘兵五千，驰赴回疆，会诸军进剿。署陕西巡抚卢坤，赴肃州理饷。这旨方下，又接到伊犁将军长龄急奏，内称：“逆酋已踞巢穴，全局蠢动，喀城距阿克苏二千里，四面回村，中多戈壁，断非伊犁乌鲁木齐六千援兵，所能克复，恳请速发大兵四万，以一万五千分护粮台，以二万五千进战”等语。道光帝览奏毕，即硃批授长龄为扬威将军，颁给印信，军营大小官员，悉听节制，伊犁将军职务，暂由德英阿代理。又命山东巡抚武隆阿，率吉林黑龙江三千骑，出嘉峪关，与陕甘总督杨遇春，同为参赞大臣，进剿逆回。

统计回疆分八城，西四城已俱失陷，还有东四城未失，一名喀喇沙尔，一名库车，一名乌什，一名阿克苏。阿克苏为东方屏蔽，张格尔遣兵入犯，直至浑巴什河，距阿克苏只四十里，城中兵不盈千，人心惶惶，亏得办事大臣长清，遣参将王鸿仪，领兵六百，扼住河岸，再战再胜，回众始却。会援兵亦云集阿克苏，东四城方得保全。

道光帝又饬长龄查办历任回疆各吏，长龄复奏斌静色普徵额巴彦图绥善各人情状，有旨拘斌静色普徵额下狱，拟斩监候，绥善充发黑龙江，巴彦图滥杀偾事，不得因阵亡例，列入恤典。又诏令办理粮饷大臣，定则例，绘图说，核实开销，不准妄费。并开回疆铜山，铸普尔钱，拨乌里雅苏台及伊犁各牧厂中牛马橐驼，接济军用。自是回疆军务，渐有起色。

道光七年，扬威将军长龄，率步骑二万二千名，由阿克苏出发，一路进行，未见敌踪。至洋阿巴特沙漠，时已半月，粮且食尽，方惶急间，忽探报五六里外，有敌营数座。长龄下令道："我兵自阿克苏到此，粮食将尽，现闻敌营已在前面，不乘此杀贼囤粮，尚待何时！"将士得了此令，个个摩拳擦掌，踊跃愿往。长龄分军士为三队，自与杨遇春督率中军，武隆阿领左翼，杨芳领右翼，三路进攻。回众据冈迎敌，由高临下，声势颇锐。清兵夺粮心急，不顾矢石，拼命杀上，回众不能抵抗，纷纷溃窜，遗下牲畜糗粮，尽被清兵搬回。清兵得食，勇气百倍，追至沙布都特，地多苇湖，回徒四处分扎，决水成沮，阻住清兵去路。长龄命步卒冒险越渠，用短兵接战，复麾骑兵绕左右浅渠，横截入阵。回营见清兵骤至，忙开铳迎击，不料贮药失火，把自己营帐燃着，那时救火都来不及，还有何心接仗。清兵趁势杀入，射死回徒头目，夺了回徒旗鼓，回众又复四窜，追北数十里，擒馘万计。回众实是没用。

清兵复进至阿瓦巴特，见有侦骑数百，遇清兵，慌忙反走，长龄恐有埋伏，饬兵止追，夜遣吉林劲骑，从左右间道绕出敌后，次日方拔营齐进，用枪炮兵为前列，藤牌兵为后劲，沿途果遇埋伏，两下酣斗，枪炮迭施，回众也冒死撑拒。藤牌兵自清阵内驱出，个个穿着虎衣，跃入敌阵，回众尚是死战，怎奈回马疑虎至，向后倒退，顿时辙乱旗靡。吉林劲骑，又从后面杀到，回众大溃。安集延二帅，亦被清兵杀死。

清兵再进至浑河北岸，张格尔亲率众十余万，阻河列阵，横亘二十余里，筑垒为蔽，凿穴列铳，鼓角震天。长龄望见敌势浩大，未免心怯，上文逐层叙来，长龄颇有韬略，此次见敌势浩大，便自心怯，所谓一鼓作气，再衰三竭者欤？忙与杨遇春商议，遇春道："贼势果然浩大，但我兵且坚垒不动，夜遣死士分扰敌营，不要杀入，只叫他扰乱贼心，使他自眩，便好相机进攻。"长龄依计而行，遂遣死士数百人，乘筏夜渡，鼓噪河中。张格尔屡出巡哨，喧嚣达旦。次夜，长龄拟仍用疑兵，忽西南风起，撼木扬沙，天昏如墨，不辨南北，长龄急令退营。杨遇春入帐道："大帅退营何故？"长龄道："贼据形势，逼近咫尺，且彼众我寡，恐不相敌，倘因天昏地黑，渡河而来，四面蹙我，岂不要全军覆没么？所以我拟退营十余里，俟明晨天霁，再进未迟。"总不脱一怯字。遇春道："大帅所虑虽是，据愚见想来，乃是天助我兵的时候，要擒张格尔，就在今夜。"有胆有识。长龄不觉起立，便道："参赞有何妙计？"遇春道："贼军虽众，只知并作一队，依垒自固，兵略疏浅，可想而知。我兵远来，利在速战，若与他隔河相持，今日不战，明朝不攻，师老粮竭，那时不能进，不能退，反中了深沟高垒的贼计。现在天适昏暗，贼不防我急渡，我竟渡河过去，出其不意，攻其无备，不怕张格尔不败。看杨某仗剑为大帅杀贼哩！"写得精采。长龄道："参赞此言，也是有识，但我军渡河，倘被他半渡邀击，如何是好?”遇春道：“这也不难，大帅可遣索伦兵千骑，绕趋下游，牵制贼势，遇春愿自率亲兵，向上游急渡，据住上风，两路得手，大帅自可从容过河了。”长龄尚在踌躇，遇春道：“寇不可玩，时不可失，请大帅急速准行!”

于是长龄把退营的军令，改作进兵的军令，照遇春计划，先从上下游潜渡，乘风破浪，直达彼岸。遇春令前队扛着巨炮，直薄敌营。张格尔尚在梦里，被炮声震醒，忙起床督战，这时候，炮声与风沙声相杂，宛似数十万大兵，摧压垒门，弄得人人丧胆，个个惊心。到了天明，索伦兵从下游趋至，长龄亦亲督大兵，逾河前来，风止雾霁，乘势冲入敌垒，张格尔率众窜去。回俗统着高履，履后无跟，行走时许多不便，且各裹糗粮，负载累重，至此为逃命要紧，抛了重负，弃去高履，遍地统是橐舄。清军遂进薄喀什噶尔城下，一鼓登城，擒住张格尔甥侄，及安集延两伪帅，并从逆伯克等，杀敌无算，活擒回徒四千多名。

长龄即将克复喀城情形，由六百里加紧驰奏，满望朝廷论功行赏，不想朝旨批回，略说：“命将出师，期歼元恶，今乃临巢兔脱，弃前功，留后患，罪无可辞，长龄夺紫缰，杨遇春夺去太子太保衔，武隆阿夺去太子少保衔，仍着勒限捕获!”这谕旨也出人意外。长龄未免怏怏，杨遇春倒不在意，仍率师攻克英吉沙尔及叶尔羌，又使杨芳复和阗。西四城都已规复，乃出塞觅捕张格尔。二杨各率兵四千，分道西进，遇春屯色勒库，芳屯阿赖，南北相去十余站。阿赖系葱岭山脊，乃回疆通浩罕要道，浩罕留兵驻守，闻清兵骤至，据险阻截，杨芳当先突阵，浩罕兵且战且退，才行一二里，岭路越险，伏兵遽发，鏖战一昼夜，清兵损失甚众，还亏杨芳素有节制，步步为营，严阵出险，方得生还。长龄复据事陈奏，有旨责“诸将孤军深入，劳师縻饷，不如罢兵。姑留官兵八千防喀城，余兵九千，即随杨遇春出关，杨芳代为参赞，与长龄武隆阿筹画善后事宜，明白奏闻！”这旨下后，遇春自然遵旨东还，长龄与两参赞筹议一番，武隆阿议将西四城仍归回徒，长龄意见亦同，杨芳因新任参赞，不便力争，由长龄武隆阿分上奏折，驿呈清廷。道光帝见有二奏本，先展开长龄的奏折，把官衔等不去细瞧，单瞧那善后的筹画道：

> 愚回崇信和卓，犹西番崇信达赖喇嘛，已成不可移之锢习，即使张逆就擒，尚有其兄弟之子在浩罕，终留后患，势难以八千留防之兵，制百万犬羊之众。若分封伯克，令其自守，则如伊萨克玉素普等，助顺官兵，均非白回所心服之人，惟有赦故回酋那布敦之子阿布都里，乾隆中羁在京师者，令归总辖西四城，庶可以服内夷，制外患。

道光帝览到此处，大怒道：“长龄想是老昏颠倒了。高宗纯皇帝，费了无数心力，方将逆酋那布敦除灭，逆裔阿布都里囚解进京，给功臣家为奴，朕即位时，照例恩赦，畀脱奴籍。此番因张逆作乱，照亲属缘坐例，正应将他治罪，长龄反要朕释归阿布都里，不是老昏颠倒，哪里有这种谬论？但不知武隆阿什么计法，想总说长龄的不是呢。”随即将武隆阿奏折，续行展开，大略瞧道：

> 善后之策，留兵少则不敷战守，留兵多则难继度支。前次大兵进剿，贼即有外袭乌什，内由和阗直驱阿克苏之谋，幸克捷迅速，奸谋始息。臣以为西四城各塞，环逼外夷，处处受敌，地不足守，人不足臣，非如东四城为中路

必不可少之保障，与其糜有用兵饷于无用之地，不若归并东四城，不须西四城兵费之半，即巩若金瓯，似无需更守西四城漏卮。

道光帝不待览毕，将两奏折统行掷下，随召军机大臣入内道："长龄昏谬，欲归逆裔阿布都里，使长旧部，武隆阿趋奉长龄，亦是这样说话。你去拟旨，将他二人革职，暂时留任，另授直隶总督那彦成为钦差大臣，速赴回疆，代筹善后，方不误事。"军机大臣，当即照面谕拟定，由道光帝阅过，始行颁发。道光帝又道："阿布都里须发往边省监禁，你可咨文刑部，立即发配。"军机大臣唯唯而退。

长龄接到革职消息，大吃一惊，不由的坐立不安，谁叫你想出纵虎归山之策？忙请杨参赞商议，杨参赞想了一回，说出了一个反间的计策，长龄方喜形于色。忽忧忽喜，患得患失。看官！你道杨参赞的反间计，从何处入手？原来回徒向分两派，一派叫做白山党，一派叫做黑山党。张格尔是白山党首领，据喀城时，尝滥用威权，虐杀黑山党，黑山党大愤，多阴通清营，长龄奏折中所说的伊萨克玉素普等，统是黑山党徒，与白山党互有嫌隙。解释上文白回二字，笔不渗漏。杨芳遂就此生计，密遣黑山党出卡造谣，扬言官兵全撤，喀城空虚，诸回统望和卓转来。这语传入张格尔耳中，顿时喜出望外，遂纠合残众，复来窥边。先令侦骑入探，果不见官兵踪迹，遂潜入阿尔古回城。时近岁暮，张格尔拟待除夕日，袭喀什噶尔，昼夜整备军械，忙个不了。是夕，张格尔亲出巡城，遥见东北角上，隐隐有人马行动，不觉失声道："不好了！不好了！清兵来了！"急忙开城出走。后面已报清军杀到，为首大将，正是杨芳。张格尔无心恋战，拼命奔逃，杨芳也拼命追赶，至喀尔铁盖山，回徒奔散殆尽，只剩张格尔三十余骑，弃马登山。杨芳忙令副将胡超，都司段永福，绕出山后，堵住去路，自率亲卒从前面登山，兜拿张格尔。张格尔扒过山头，向山后乱跑，猛听得有人叫道："张贼快来受死！'张格尔心中一急，脚下一绊，向后便倒。正是：

准备铁笼擒虎豹，安排陷阱縶豺狼。

未知张格尔果否遭擒，容至下回叙明。

张格尔之倡乱，与大小和卓木不同。大和卓木有管辖回部之权，张格尔无之；小和卓木有主持回教之权，张格尔又无之。彼从挟唪经祈福之伎俩，传食部落，势不能徧惑愚民，捽而去之，本易事耳。乃斌静以后，继以永芹，永芹以后，继以庆祥，不能平乱，反致酿乱，数百回徒，直入玛杂，响应者以数万计。回疆西四城，接续被陷，何其速耶？庆祥死事，长龄继任，转战而前，连败回众，张格尔之无能可知。然浑河一役，长龄又欲折回，幸赖杨遇春之定计渡河，驱逐回酋，以次规复西四城，是长龄亦不过一庆祥之流亚，微杨忠武，吾知其亦无功也。厥后捐西守东之议，尤属悖谬，西四城为东四城之屏蔽，无西四城，尚可有东四城乎？宣宗严词诘责，迫令歼敌，而掩捕之功，复出杨芳，满员无材，事事仗汉将为之，而清廷犹以右满左汉为得计，亦安怪乱世之相寻不已耶。本回宗旨，实为二杨合传，以满员相较，尤见二杨功绩。

二杨固人杰矣哉！

第四十九回

征浩罕王师再出　剿叛傜钦使报功

却说张格尔失足坠地，就被清将捆缚而去，清将不是别人，就是杨芳所遣的副将胡超，都司段永福，当下红旗报捷，道光帝大喜，立封大学士长龄为二等威勇公，陕西固原提督杨芳，为三等果勇侯，命长龄率师凯旋，留杨芳驻扎回疆，与那彦成筹办善后事宜。乾隆中叶以来，久不行献俘礼，此次擒获张格尔，道光帝思绳祖武，踵行盛举，遣官告祭太庙社稷，亲御午门楼受俘，仪仗森严，不消细说。受俘后，廷讯张格尔罪状，着即寸磔枭示。又命庆祥子文辉，乌凌阿子忠泰，随监刑官同往市曹，看视行刑，并把张格尔心肺取出，交与文辉忠泰，到该父墓前致祭，用慰忠魂。威武极了。杨遇春、武隆阿等，亦传旨嘉奖，自长龄以下，得有功将士四十人，一律绘图紫光阁。并因军机大臣曹振镛王鼎玉麟诸人，办事勤劳，亦许附入紫光阁列像。

满廷官员，歌功颂德，合词请加上尊号，道光帝已渐骄盈，怎禁得这班饭桶又来拍马。奉旨："以康熙乾隆年间，尚未允行，势难俯准，惟念铭功偃武，皆由圣母福庇，国有大庆，允宜祇循令典，备极显扬，朕谨当躬率王大臣等，加上皇太后徽号，共伸贺悃，所有应行典礼，饬所司敬谨详议"等语。于是礼部又有一番忙碌，自夏至冬，筹备了好几月，方得举行恭上皇太后徽号，称作恭慈康豫安成皇太后。礼成颁诏天下，覃恩有差。越年，又亲制碑文，勒石大成殿外，比康熙乾隆两朝，尤觉得踵事增华，备极夸耀。共计出师至献俘，用去帑银约数千万两，节省多年不够一掷。正热闹间，那彦成奏本到京，略说："张逆就擒后，曾檄谕浩罕布哈尔等国，缚献逆裔家属，今浩罕遣使来贺，只言俘虏可返，和卓子孙不可献，究应如何处置？仰求圣训，以便遵行。"道光帝便提起朱笔，批在折后，其词道：

逆孳幺么，无关边患，那彦成杨芳等，只应严守卡伦，禁其贸易，俟夷计穷蹙，自将缚献求市，毋须檄索！

看这数句批示，便可见道光帝心思了。那彦成窥破意旨，先后奏善后章程数十条，什么安内策，什么制外策，说得津津有味，其实多是纸上谈兵，空中楼阁。纸糊中国。道光帝闻内外安静，遂召那彦成杨芳二大臣还朝。

二大臣于道光九年回京，安集延即于道光十年入寇。当时那彦成的制外策中，把浩罕留居内地的侨民，一概驱逐，且并他财产收没。倒是理财妙策，惜似盗贼行为。侨民愤甚，探知大兵已归，即一面禀报浩罕王摩诃末阿利，一面至布哈尔，迎奉张格尔兄摩诃末玉素普为和卓，纠众入边。浩罕王又遣将哈库库尔，及勒西克尔等，率兵策应。警报传到回疆，回郡王伊萨克，飞报参赞大臣札隆阿。札隆阿是个终日不醒的酒鬼，斌静第二。接到警报，恰糊糊涂涂道："张逆家属，统已授首，还有什么阿哥？这都是伊萨克贪功妄报，在本大臣手里，休使这般伎俩，"遂叱回来使，并恐伊萨克先行驰奏，也修好奏章，略言："南路如果有事，惟臣是问。"该死！过了数日，边城的告急文书，陆续递到，札隆阿被他吓醒，方命帮办大臣塔新哈，副将赖永贵，分路迎击。二将去讫，札隆阿复安然饮酒，昏昏沉沉的过了数天。忽外面又递到紧急公文，札隆阿恰有意无意的，取过一瞧，但见上面写着帮办大臣塔新哈，副将赖永贵，误中贼计，遇伏阵亡，顿时面如土色，把一张关公脸，变做了温元帅脸，趣语。好一歇儿不说话。外面又递进叶尔羌禀报，更觉惶急万分，展开一阅，乃是叶尔羌办事大臣璧昌，驰报胜仗，不禁失声道："还好还好。"于是督兵守城，方有一些兴会起来。

是时那彦成子容安，为伊犁参赞大臣，奉旨统伊犁兵四千。驰赴阿克苏督剿，闻敌兵势盛，拟俟乌鲁木齐兵至，然后进军。统是畏生怕死。叶尔羌又复被攻，幸亏璧昌决河灌敌，出城痛击，敌兵始不敢近城，只是沿途掳掠，转入喀什噶尔。见城上守兵，颇还严整，也无意进攻，专劫城外回庄，把子女玉帛，搜掠殆尽。札隆阿忙向阿克苏乞援，容安拥重兵八九千，反绕道乌什，趋向敌兵不到的和阗去屯驻了。会寻快活。清廷闻容安逗兵不进，下旨革职，命哈丰阿继任，又遣大学士公长龄，陕甘总督杨遇春，固原提督杨芳，参赞大臣哈朗阿，调兵赴援。哈丰阿先至喀什噶尔，敌兵解围而去，饱飏出塞。

迨杨芳哈朗阿等到喀城，已无一敌。

札隆阿恐朝廷问罪，与幕中老夫子商量一条诿过的法子，只说伊萨克通贼，潜袭南路，所以前此未曾闻知，有南路无事的奏报。及见了杨芳哈朗阿，仍把这样话儿，搪塞过去。杨、哈两人，被他蒙混，也代札隆阿上奏洗刷。札隆阿钻营之力，颇也不小。会大学士长龄，行至叶尔羌，接读上谕，令与伊犁将军玉麟，会审札隆阿伊萨克案，乃折回阿克苏。玉麟亦奉命而至，当下会谳，究出主谋草奏的幕友，得坐实札隆阿罪状，奏达清廷。部拟札隆阿斩监候，令先枷示阿克苏两月。长龄依议办法，把札隆阿枷出署门，连这位谋画刁狡的老夫子，也一律枷示。都赏他吃独桌，依旧是主宾相陪。调授璧昌为喀什噶尔参赞大臣。

长龄拟由伊犁乌什喀城三路，出讨浩罕，浩罕王慌张起来，亟通贡俄罗斯，乞兵相助。俄人拒绝去使，不许入境。浩罕王无奈，乃遣使臣三人到喀城，备述七十余年通商纳贡的旧好，及五年来闭关绝市的苦累，请修好如旧。长龄提出和议两条，第一条缚献叛酋，第二条放还被虏兵民。浩罕使臣，因未奉汗命，俟还报后，方与订约。长龄将来使留住一人，遣还二使，并命伯克霍尔敦同往。等了两月，霍尔敦始回，报言被虏兵民，可以释还，惟缚献回酋，回经所无，只可代为监守，惟要求通商免税，及给还侨民资产二事。长龄即上奏道：

臣闻安边之策，振威为上，羁縻次之。浩罕与布喀尔达尔丸斯喀拉提锦诸部落，犬牙相错，所属塔什及安集延等七处，均无城池，其临战皆以骑贼冲阵，然不能于马上施铳，倘遇连环鸟枪，则骑贼先奔。又卡外布鲁特哈萨克，皆受其欺凌，争求内徙。而卡内回众，亦俱恨其掳掠，遂欲声罪致讨，但选精锐三四万人，整旅而出，并于伊犁乌什边境，声称三路并进，先期檄谕布哈尔等部，同时进攻，则不待直捣巢穴，而其附近伪部，已群起乘衅，四面受敌，可一举扫荡。惟是一出塞后，主客殊形，自喀浪圭卡伦，至浩罕千六百余里，中有铁列克岭，为浩罕布鲁克交界，两山夹河，仅容单骑，两日方能出山，此路最险，不值劳师远涉。拟遣还所留来使一人，令伯克霍尔敦寄信开导，为相机羁縻之计，如此，则师不劳而浩罕亦就范矣。谨奏。

道光帝准奏，命长龄从浩罕要请，定了和约。浩罕大喜过望，又遣使至喀城，抱经立盟，通商纳贡，西城事总算了结。

后来喀什噶尔参赞大臣，移至叶尔羌，驻满汉兵六千，居中控驭，别留伊犁骑兵三千，陕甘步兵四千，分驻各城。回疆的防御，方渐渐稠密了。

偏偏国家多难，湖南永州傜目赵金龙，又纠众作乱。先是永州有一种奸民，结起一个天地会。强劫傜寨牛谷，傜民向官厅控诉，奈官署中的胥吏，统与天地会连结，不但状词不准，反加他诬告罪名。胥吏不杀，天下无治日。气得傜民发昏，个个去请教赵金龙。金龙倡言复仇，差他同党赵福才，招集广东散傜三百余人，湖南九冲傜四百余人，焚掠两河口，杀死会党二十多名。江华知县林光梁，永州镇左营游击王俊，率兵役往捕，被傜众击退。总兵鲍友智调兵七百，偕永州知府李铭绅，桂阳知州王元凤等，分头夹击，乘风纵火，毁坏傜巢，毙傜三百名。赵金龙收拾残众，窜往蓝山，所至虏胁，竟得二三千人。蓝山官吏，向省中告急，巡抚吴荣光，飞檄提督海凌阿往援，海凌阿点了五百名将士，风驰雨骤的赶援蓝山，见前面有去路两条，一是大路，一是小路，副将马韬等，请从大路进兵，海凌道："救兵如救火，大路总是迂回，不如由小路进去，较为直截。"正议论间，路旁有役夫数名，被海凌阿瞧见，传至军前，问大路通蓝山，与小路有无远近？役夫答称小路近十多里，海凌阿遂由小路进发，并令役夫前导，谁知役夫乃是傜民假扮，引海凌阿走入绝路，才走数里，两旁统是仄径，天又下起雨来，满路泥泞，狼狈不堪，只路旁役夫，却是很多，都愿替官兵代舁枪械，官兵乐得快活，弯弯曲曲，行将过去。好称作酆都城。一步狭一步，一路险一路，忽然山顶吹起胡哨，有无数傜匪，乘高冲下，官兵赤手空拳，如何对敌？忙教役夫转来。那班役夫，携着官兵枪械，反转身来杀官兵，官兵上天无路，入地无门，只好伸了头颈，一个个由他开刀。海凌阿以下，统被杀死。

赵金龙既得胜仗，声势张甚，桂阳常宁诸土傜，都来归附，号称数万。清廷急命湖广总督卢坤，湖北提督罗思举，督师往讨，又移贵州提督余步云助剿。增调常德水师，及荆州满骑数千，归卢坤节制。卢坤偕罗思举至永州，闻报赵金龙率八排傜，及江华锦田各寨傜为一路，赵福才率常宁桂阳傜为一路。还有赵文凤率新田宁远蓝山谷傜为一路，三路都出没南岭，互为犄角。罗思举遂献策道："傜皆山贼，倚山为窟，我兵与他山战，他长我短，定难取胜，看来只好诱入平原，逼归一路，令他技无可施，方可歼灭。"卢坤鼓掌称善，且道："照这样说，常德水师，荆州满骑，统是没用，不如改调镇筸苗疆兵，前来助剿方好。"罗思举道："大帅明见极是。但此处未设粮台，输运不便，现应派兵勇护送粮饷，步步为营，一面坚壁清野，檄将弁分路防堵。贼无可掠，自然散入平原，容易中计。"卢坤道："老兄谋略，本宪很是佩服，就请照行便了。"从善如流，可称良帅。当下奏罢常德荆州调兵，另调苗疆兵助剿，又将罗思举计议，统行列入，末说思举定能灭贼，不致有负委任等语。思举格外感激，卢坤且叫他便宜行事。将帅乘和，帅必有大功。

于是思举分兵进逼，将西南各路扼住，免他窜入两粤，单留东面一路，由他出来。当时三路傜四五千人，及虏胁妇女三四千，都被官兵驱逼出山，东窜常宁县属的洋泉镇。这镇为常宁水口，有溪通舟，市长数里，墙垣坚厚，叛傜把市民逐出，拥众占守。思举从后追至，笑道："虎落平原，虾遭浅水，不怕他不绝灭了。"忙檄各守隘兵，速来合围。适镇筸兵已调到，思举亲自督阵，率镇筸兵猛扑敌垣。镇筸兵素称矫捷，跳跃如飞，有数十名跃上墙头，乱砍叛傜，叛傜倒也了得，与镇筸兵相持，始终不退。镇筸兵前队伤堕，后队继登，毙傜数百，傜众兀自守住；争杀两日，各守隘兵统已到齐，傜众登墙，大呼乞降。思举不允，督攻益力。诸将道：“叛傜已降，何必再攻？”思举道：“这是明明诈计，他不缴军械，不献首逆，但凭一声呼降，便好允他么？我欲允他，他仍窜入山中，那时前功尽弃，还当了得。”诸将个个敬服，遂奉思举命令，合力进攻。毁墙巷战，叛傜虽是呼降，仍然死斗。究竟寡不敌众，被清兵击毙六千，只散傜八九百，拒守市内大宅。思举料宅内定匿匪首，禁用大炮；定要活擒该逆，将士冒死攻入，搜寻宅内。只获头目数十名，妇女数十名，单不见赵金龙。经思举当场讯问，方知赵金龙已中枪身死，急忙饬军士寻金龙尸首，一面饬人至卢坤处报捷。

卢坤忙即奏闻，过了三日，帐外报钦差大人到来，由卢坤出营相迎，钦差不是别个，乃是户部尚书宗室禧恩，盛京将军瑚松额。卢坤先请过圣安，随接钦差入营，寒暄已毕，禧恩先开口道：“兄弟奉命视师，到此已闻大捷，真是可贺。”卢坤道：“不敢不敢，这都仗皇上洪福，将士勤劳，所以一举成功呢。”禧恩道：“现在逆首赵金龙，想已擒住。”卢坤道：“这却尚未。据提督罗思举来报，已讯过赵逆妻子，说是中枪身死了。”禧恩道：“罗思举太也糊涂，未曾擒住赵金龙，如何报捷？老兄现已出奏否？”卢坤道：“坤已照思举来文，于三日前出奏。”禧恩道：“倘将来赵逆未死，反变了欺君罔上，兄弟定要得了真犯，方可复旨。”说现成话，最是容易。卢坤道：“现闻思举已搜访逆尸，不患不得确据。”瑚松额插嘴道：“卢制军亦太相信属将了。逆首未得，如何奏捷？”一吹一唱，无非妒功。卢坤默然不答。忽报罗思举回营求见，卢坤命即传入，思举入帐，向钦差前请了安。禧恩便问道：“你就是提督罗思举么？”思举答了一个“是”字，转对卢坤行礼。卢坤起立还礼，命他旁坐。思举未曾坐定，禧恩复问赵逆已拿住否？思举道：“赵逆已死，只有遗尸。”禧恩摇头道：“尸首哪里靠得住？”总要寻隙。思举道：“现已得了真尸，身上尚佩剑印，请钦差大人验明。”赖有此耳。禧恩便同瑚松额出帐验尸，并验剑印是实，再命俘虏细认，都说无讹。禧恩还想驳诘，只一时想不出话。

忽蓝山又来急报，由卢坤接过一瞧，捧交禧恩，禧恩阅毕，笑道：“赵金龙算是真死，赵仔青又来了。我说叛傜还没有净尽呢。”卢坤道：“幸逢大人到此，就请大人出令，坤亦愿效前驱。”禧恩道：“大家同去可好。”当下同至衡州，由禧恩命，仍令罗思举为前锋，余步云为后应，往剿蓝山。两人方领命前去，京中诏旨已到，卢坤罗思举平傜有功，赏戴双眼花翎，并世袭一等轻车都尉。禧恩见了此诏，免不得称贺一番。隔了几天，罗思举捷音已至，说是生擒赵仔青，禧恩便向卢坤道：“罗提督确是一员良将，不枉老兄青眼。”越是小人，越会转风。卢坤道：“这也全仗大人栽培！”自是置酒高会，朝夕谈心，与卢坤格外莫逆，卢坤也只得虚与周旋。及罗思举回到衡州，禧恩瑚松额，都出来相迎，非常客气。思举道：“赖钦差大人威灵，得活擒赵逆仔青。”禧恩道：“这是罗提督的功劳，何必谦逊。”前后大不相同。当下推出赵仔青，讯明确实，命即磔死。

忽京中又来诏旨，命禧恩瑚松额率余步云，赴广东剿连州八排傜。禧恩瑚松额不敢不去，只得与卢坤相别，移师广东。原来八排傜的作乱，也是为奸民衙役激迫而起。八排傜向有黄瓜寨，被奸民衙役劫夺，因到官厅起诉，连州同知蔡天培，断民役偿傜千二百金，民役不偿，寨傜遂出掠报复。天培即向粤督处告变，粤督李鸿宾，令提督刘荣庆，署按察使庆林，率兵二千堵御。荣庆主抚，庆林主剿，意见不合。会新任广东按察使杨振麟到省，闻楚师告捷，将士同膺懋赏，遂也起了贪利徼功的思想，怂恿李鸿宾出师。鸿宾遂偕提督率兵进剿，八排傜首八人，出山跪迎，愿将黄瓜寨逆傜献出，请即回师。鸿宾佯为应允，至逆傜缚献到军，一律斩讫，兵仍不退，反奏称："杀贼七百名。"傜众大愤，负嵎死拒，官兵进攻，峒险箐密，接连遇伏，自相惊溃。三路皆败，游击都司等官，死了数十。兵士死了千数。清廷因褫李鸿宾、刘荣庆职，命禧恩瑚松额移师往剿。

禧恩等到粤，初意也想奋力进攻，嗣后探得傜峒奇险，不易深入，只是虚报捷音，所奏杀贼，皆数百计，其实按兵不动，并未尝经过一仗。专会说人，要自己去做，却如此搪塞。会闻卢坤移督广东，计程将至，心中未免焦灼起来。他在湖南时诘责卢坤，未获首逆，此次恐卢坤要来报复，你也要慌了，然何不效阿林保的计策。忙令杨振麟赴傜寨招抚。傜众惩八人故事，不肯出来，官兵又惩李刘前败，不敢进去，旬日不见一傜，禧恩愈加着急，只催振麟克日招降，迟则严参。一派官话。振麟无法，只得把库内银子取来乱用，出示布告叛傜，如肯投诚，当有重赏。傜众还疑是诳言，振麟又令熟傜赴寨，作了抵质，傜众方有一二人出来尝试，果得银洋盐布，领受而归。于是傜众贪利踵至，十日间得数百人。并缚黄瓜寨附近傜三人出献，算作首逆。禧恩遂奏报肃清，不欺君者如是，不罔上者如是，令人可笑可恨。俟卢坤一到，交印即行。可称狡猾。

南北睽违，道光帝自称明察，终究被他瞒过，加封禧恩为不入八分辅国公，赏戴三眼孔雀翎，瑚松额余步云，均世袭一等轻车都尉。王大臣等，又上表庆贺，还有宫内的全妃钮祜禄氏，用了七巧板儿，排出"六合同春"四大字，献呈御览。道光帝大喜，即封钮祜禄氏为皇贵妃。后人有宫词一首道：

蕙质兰心并世无，垂髫曾记住姑苏。
谱成"六合同春"字，绝胜璇玑织锦图。

全贵妃得此宠遇，未知后来如何，下回再行续叙。

中国大患所在，第一项是个欺字。夸诞锢蔽，皆由自欺而致。宣宗一平西域，即铺张扬厉，行受俘礼，绘功臣像，上母后尊号，勒石大成殿外，夸耀达于极点，要之一欺人而已。上欲欺下，下亦欺上，札隆阿容安禧恩瑚松额等，无在非欺，即那彦成长龄诸人，当时称为功首，亦曷尝实事求是乎？幸而浩罕小国不足道，土傜乌合尤不足道，苟且即可了事，敷衍尚能塞责。宫廷上下，且以为河清海宴，可以坐享承平，庸讵知大患之隐伏其间耶？回傜平，宣宗愈骄，朝臣愈佞，上下愈以欺饰为务，而中国始多难，本回固一束上起下之转捩文也。

第五十回

饮鸩毒姑妇成疑案　焚鸦片中外起兵端

却说皇贵妃钮祜禄氏，系侍卫颐龄的女儿，幼时尝随官至苏州，苏州女子，多年慧秀，通行七巧板拼字，作为兰闺清玩，钮祜禄氏随俗演习，后来熟能生巧，发明新制，斫了木片若干方，随字可以拼凑，人人羡她聪明，称她灵敏，且生就第一等姿色，模样与天仙相似，天仙的容色如何？我欲一问作者。艳名慧质，传诵一时。道光时亲选秀女，颐龄便把女儿送入，这样如花似玉的芳容，哪得不中了圣意？当下选入宫中，就沐恩幸。美人承宠，天子多情，立即封为贵人。这钮祜禄氏，本是伶俐得很，侍侧承欢，善窥意旨，道光帝越瞧越爱，越爱越宠，不一年就升为嫔，再一年复升为妃，因她才貌双全，特赐一个“全”字的封号。偏老天亦怜爱佳人，特地下一个龙种，于道光十一年六月初九日，生了一子，取名奕詝，就是后来嗣位的咸丰帝。而且事有凑巧，皇后佟佳氏，竟尔病故，全妃钮祜禄氏，既封为皇贵妃，与皇后只差一级，皇后崩逝，自然由全妃补缺。

道光十三年，大行皇后百日服满，皇贵妃钮祜禄氏，奉皇太后懿旨，总摄六宫事务，越一年册为皇后，追封皇后父故乾清门二等侍卫，世袭二等男，颐龄为一等承恩侯，谥荣禧，由其孙瑚图哩袭爵，册后典礼，一律照旧。只道光帝心中恰比第一次册后时，尤为欣慰。

又过一年，皇太后六旬万寿，命礼部恭稽祝典，格外准备。届期这一日，道光帝率王公大臣，诣寿康宫行庆贺礼，皇后钮祜禄氏，亦率六宫妃嫔，诣太后前祝嘏，奉皇太后命，宫廷内外，一概赐宴。

道光帝素知孝养，见皇太后康健逾恒，倍加喜悦，亲制皇太后六旬寿颁十章。皇后钮祜禄氏，向来冰雪聪明，诗词歌赋，无一不能。这会因御制皇太后寿颂，她也技痒起来，恭和御诗十章，献上太后，道光帝越加快意。

独这皇太后别寓深衷，当时虽不露声色，后来恰与道光帝闲谈，说起皇后敏慧过人，未免有些惋惜模样。道光帝甚为惊异，细问太后。太后恰道出缘由。略说："妇女以德为重，德厚乃能载福，若仗着一点材艺，恐非福相。"太后未免迂腐，然也不无见识。这句话，亦不过一时评论，没甚介意，偏偏传到皇后耳中，竟不以为然。她想："本身已做国母，又生了一个皇子奕詝，虽是排行第四，然皇长子皇次子皇三子等，统已夭殇，将来欲立太子，总轮着自生的皇儿，皇儿嗣位，自己若是在世，便也挨到太后的位置，难道还算没福么？"为此一念，遂不知不觉的，与太后成了嫌隙。

胸中有了三分芥蒂，面上总要流露出来；每日遵着宫制，到太后前请安、说长道短的时候，不免含着讥刺。看官！你想太后是个帝母，又是钮祜禄氏的亲姑，岂肯受这恶气？有时当面训斥，有时或责道光帝不善教化。帝后两人，素来恩爱，道光帝得了懿旨，免不得通知皇后。那时皇后越加懊恼，见了皇太后，也越加挺撞。妇人多半固执，观此益信。两宫嫔监，又播弄是非，摇唇鼓舌，无风尚是生浪，况明明婆媳不和呢？

蹉跎数载，诽语流言，布满宫闱，到道光十九年腊月，皇后偶患寒热，皇太后亲自临视，详问疾苦，颇也殷勤。过了年已是元旦，皇后病已少瘥，起至太后前叩头贺喜。过了二日，太后特派太监，赐皇后一瓶旨酒，皇后谢过了恩，把酒酌饮，很是甘美，竟一饮而尽，到夜间不知怎么竟崩逝了。毕竟红颜薄命。当时宫中传出上谕道：

> 皇后正位中宫，先后事朕多年，恭俭柔嘉，壸仪足式，窃冀侍奉慈帏，藉资内佐，遽尔长逝，痛何可言！着派惠亲王绵愉，总管内务府大臣裕诚，礼部尚书奎照，工部尚书廖鸿荃，总理丧仪。钦此。

相传道光帝遇了后丧，非常痛悼，心中也很自动疑，但因家法森严，不便异论；且素性颇知孝顺，只好隐忍过去，皇太后却去亲奠三次。猫哭老鼠假慈悲。道光帝命皇四子奕詝守着苫块大礼，居侍梓宫。是年冬，封静贵妃博尔济锦氏为皇贵妃，就将皇四子交代了她，命她小心抚字。静贵妃奉了上命，自不敢违，又兼皇后在日，曾蒙皇后另眼相看，至此皇四子年甫十龄，一切俱宜照顾，便提起精神，朝夕抚养。只这位道光帝伉俪情深，时常哀戚，特谥大行皇后为孝全皇后，嗣后不另立中宫，暗报多年情谊。并拟立皇四子为皇太子，这是后话。后人却有宫词记孝全皇后事，其诗列后：

> 如意多因少小怜，蚁杯鸩毒兆当旋。
> 温成贵宠伤盘水，天语亲褒有孝全。

丧事才了，忽东南疆吏报称西洋的英吉利国，发兵入寇，为此一场兵祸，遂弄得海氛迭起，贻毒百年。堂堂华夏，竟被外人窥破，把我五千年来的古国，看做一钱不值呢。言之痛心。这英吉利是欧罗巴洲中的岛国，平时政策，专讲通商。本国内的交通，固不必说，他因环国皆水，造起许多商舶，驶出外洋，这边买卖，那边贩运，得了利息，运回本国，遂渐渐富强起来。

明末清初的时候，欧洲的葡萄牙国、荷兰国、西班牙国、法兰西国、美利坚国，多来中国海面互市，英吉利人，也扬帆载货，随到中国，适值亚洲西南的印度国，为了英人通商，互生嫌隙，两边开仗，印度屡败，英人屡胜，印度没法，竟降顺英国。印度的孟加拉及孟买地方，专产鸦片，英人遂把这物运到中国，昂价兜销。

这物含有毒质，常人吸了，容易上瘾，起初吸着，精神陡长，气力倍生，就使昼夜干事，也不疲倦；及至吸上了瘾，精神一天乏一天，气力一日少一日，往往骨瘦如柴，变成饿鬼一般，此时欲要不吸，倒又不能。半日不吸这物，眼泪鼻涕，一齐迸出，比死还要难过。因此上瘾的人，只会进步，不会退步，从前明朝晚年，已有此物运入，神宗曾吸上了瘾，呼为福寿膏，晏起晚朝，把国事无心办理。但输入不多，百姓还轮不着吸，到英国得了印度，遍地种植，专销别国，他自己的百姓，不准吸食，单去贻害外人。外洋的国度，晓得此物利害，无人过问，独我中国的愚夫愚妇，把它作常食品，你也吸，我也吸，吸得身子瘦弱，财产精光。既剥我财，又弱我种，英人真是妙算。嘉庆时，英国遣使至京，乞请通商，因不肯行跪拜礼，当即驱逐，通商事毫无头绪，应四十六回。只鸦片竟管进来。道光帝即位，首申鸦片烟禁，洋艘至粤，先由粤东行商，出具所进货船，并无鸦片甘结，方准开舱验货，如有欺隐，查出加等治罪。随又饬海关监督，有无收受鸦片烟重税，应据实奏闻；又申谕海口各关津，严拿夹带鸦片烟；又定失察鸦片罪名。三令五申，也算严厉得很，无如沿海奸民，专为作弊，包揽私贩，仍然不绝。且因清廷申禁，那包卖的窑口，反私受英人贿赂，于中取利，大发其财。自道光初年到了中叶，禁令无岁不有，鸦片烟的输入，无岁不增，每岁漏银约数千万两，于是御史朱成烈，鸿胪寺卿黄爵滋，先后奏请严塞漏卮，培固国脉。道光帝令各省将军督抚，各议章程具奏，当时没有一人不主张严禁。湖广总督林则徐，说得尤为剀切，大略言："烟不禁绝，国度日贫，百姓日弱，数十年后，不惟饷无可筹，并且兵无可用。"道光帝览奏动容，下旨吸烟贩烟，都要斩绞；并召林则徐入京，面授方略，给钦差大臣关防，令赴广东查办。

这位林公系福建侯官县人，素性刚直，办事认真，自翰林院庶吉士，历级升官，做到总督，无论何任，他总实心实力的办去，一点没有欺骗。实是难得。此番奉旨赴粤，自然执着雷厉风行的政策，恨不把鸦片烟毒，立刻扫除。两广总督邓廷桢，也是个正直无私的好官，与林则徐相见，性情相似，脾气相投，遂觉得非常莫逆。则徐问起鸦片事件，廷桢答称已奉廷旨，吸烟罪绞，贩烟罪斩，现在已拿得无数烟犯，禁住监中，专待钦使大人发落。则徐道："徒拿烟犯，也不济事，总要把鸦片趸船，一概除尽，绝他来源，方是一劳永逸呢。"廷桢道："讲到治本政策，原是要这般办理，但恐洋人不允，奈何?"则徐道："鸦片趸船，现有多少艘数?"廷桢道："闻有二十二艘，寄泊零丁洋中。"则徐道："零丁洋虽是外海，终究与内海相近。他不过是暂时趋避，将来总要把鸦片烟设法贩卖。据兄弟意见，先令在洋趸船，把鸦片悉数缴销，方准开舱买卖。"廷桢闻言，踌躇半晌，方答道："照这么办，非用兵力不可。"则徐道："这也何消说得。鄙见先令沿海水师分路扼守，然后与他交涉便了。"两人计议已定，随传令水师提督，派兵扼守港口。林则徐本有节制水师的全权，下了几个劄子，提镇以下，唯唯听命，顿时调集兵船，分布口门内外。

广东向有十三家洋行，贩运外洋货物，则徐把洋行司事，统同传到，叫他传谕洋商，限三日内尽缴出趸船内的鸦片。各司事领了谕帖，只得转递英商，英商忙禀知英领事义律，义律毫不着急，反到澳门出逛去了。狡猾。各英商观望迁延，你推我诿，只道中国官吏，都是虎头蛇尾，没甚要紧，谁料这个林钦差，言出法随，到三日期满，见英商没有复音，便移咨粤海关监督，封闭各商舶货物，停止贸易；又将洋人雇用的买办，拿捕下狱。此事沿海商船，不止一国，为了英人违禁，把别国也都停止，免不得埋怨英人，英领事义律，无可避匿，勉强来省，入洋馆中，照会中国，愿缴出鸦片烟一千零三十七箱。则徐又把义律来文，持与邓廷桢察阅，廷桢道："鸦片趸船有二十多艘，哪里止一千多箱。"则徐道："每艘趸船，约装若干?"廷桢道："每艘装载，差不多有一千箱。"则徐不禁愤怒起来，便道："英领事太觉可恶！取了二十分中的一分，想来搪塞，林某不比别人，难道任他戏弄?"遂发陆军千名；围住洋馆，又令水师出发，截住趸船饷道，凭他狡黠万端的义律，到此亦束手无法，愿将鸦片二万零二百八十三箱，一概缴出。林则徐遂会同邓廷桢，及粤抚怡良，赴虎门验收。零丁洋内的趸船，计二十二艘，陆续驶至虎门，缴出烟箱，每箱偿茶叶五斤，复传集外洋各商，令他具永不售卖鸦片甘结，如再营私贩卖，人即正法，货船入官。

则徐遂与邓怡两督抚，联衔入奏。将先后查办鸦片烟情事，据实陈明，并请将鸦片送京销毁。道光帝召集王大臣商酌，王大臣等，多说广东距京甚远，途中恐有偷漏抽换的弊端，不如就粤销毁为便。道光帝准奏，遂传谕道：

奏悉！所缴鸦片烟土，饬即在虎门外销毁完案，无庸解送来京，俾沿海居民，及在粤夷人，共见共闻，咸知震詟。该大臣等唯当仰体朕意，核实稽查，毋致稍滋弊混！钦此。

林则徐等奉到此旨，就令在虎门海岸，把鸦片二万零二百八十三箱，统共堆积，下令焚毁。这焚毁的法儿，并不是真用一把火，将鸦片一箱一箱的烧掉，他就虎门海岸，凿起两个方塘，直十五丈，横十五丈，前设涵洞，后通水沟，先将食盐投入，引水成滷，再加石灰，使水腾沸，方把鸦片一一投下，烟随灰燃。自然溶化，开了涵洞，令随潮出海，连烟灰都荡灭无踪了。海龙大王，未知爱吸鸦片否？若爱吸这福寿膏，这个机会，很是难得。

这次焚毁鸦片，沿海居民，统来瞧看，人潮人海，拥挤不堪，内中拍手称快的，倒有一大半；只上了烟瘾的愚夫愚妇，一时没得吸，未免难过；还有运售的洋商，私贩的奸民，心中更加怏怏。英领事义律，因英国商民，无端失此大利，痛恨得了不得。则徐布告各国商人，如愿通商，须具甘结，这甘结内，便是："此后如夹带鸦片，船货没官，人即正法"数语。别国统愿照约，惟义律不愿，由广州退出，航赴澳门，请则徐至澳门会议。则徐不许，禁绝薪蔬食物入澳，义律挈妻子及流寓英人五十七家，聚居尖沙嘴商船，潜招英国兵船数艘，借名索食，突攻九龙岛。被清参将赖恩爵用炮击沉一艘兵船，义律倒也有些惊慌。葡萄牙浼人出来转圜，愿遵清国新律，惟请削"人即正法"一语。则徐飞奏清廷，道光帝批回奏折云：

> 既有此番举动，若再示柔弱，则大不可。朕不虑卿等孟浪，但诫卿等不可畏葸，先威后德，控制之良法也，特此手谕。

林则徐接此谕后，回绝英领事义律。义律再派兵船，寄泊口外，拦住遵结各船，不准入口。则徐闻报，令水师提督关天培，率领兵船五艘，出洋查办。英船见中国兵船出口，先开炮轰击，天培发炮还应，击坏英船柁楼，死了好几个水手。英船转入官涌，由天培尾追，一阵击退。天培乘胜追至尖沙嘴，把英船逐出老万山外洋。清廷连闻胜仗，王大臣遂多半主战，大理寺卿曾望颜，且请封关禁海，尽停各国贸易。全然不知世事。道光帝令则徐议奏，则徐复陈英国违禁，与他国无与，现只有禁英通商，不便一例峻拒等语。道光帝乃只停英人贸易，谕旨如下：

英吉利夷人，自议禁烟后，反复无常，若准其通商，殊属不成事体，至区区关税，何足计较。我朝抚绥外国，恩泽极厚，英夷不知感戴，反肆鸱张，我直彼曲，中外咸知。自外生成，尚何足惜？其即将英吉利国贸易停止！钦此。

中英两国，自此绝交。

义律报达英国政府，请速发兵。英国政体，是君主立宪，向设上下两议院，当时即开议院会议，有几个力持正道的人，颇说鸦片贸易，殊不正当，若为此事开战，有损英吉利名誉。英政府因此踌躇三日，怎奈议员宗旨不一，彼此投票解决，主战派多占九票，遂下令印度总督，调集屯兵万五千人，令加至义律统陆军，伯麦统海军，直向中国进发。正是：

过柔则弱，　过刚必折；
滚滚海氛，　一发莫遏。

欲知后来胜负，待小子停一停笔，下回再行录叙。

鸩毒一案，千古传疑。不敢信其必有，亦不敢谓其必无。但钮祜禄氏挟才自恃，因宠生骄，姑妇之间，总不免有勃谿之隐，所以暴崩之后，遂生出种种疑议。宫中之疑团未释，而海外之战衅又开。宣宗始终自大，卒至海氛一发，不可收拾。古人有言："刑于寡妻，至于兄弟，以御于家邦。"刑于之化未端，无怪家邦之多事也。本回前后叙事，截然不同，而从夹缝中窥入隐微，实足互勘对证，宣宗之为君可知矣。

第五十一回

林制军慷慨视师　琦中堂昏庸误国

却说英国发兵的警报，传到中国，清廷知战衅已开，命林则徐任两广总督，责成守御；调邓廷桢督闽，防扼闽海。则徐留心洋务，每日购阅外洋新闻纸，阴探西事，闻英政府已决定主战，急备战船六十艘，火舟二十只，小舟百余只，募壮丁五千，演习海战；自己又亲赴狮子洋，校阅水师，军容颇盛。能文能武，是个将相材。道光二十年五月，特书年月，志国耻之缘起。英军舰十五艘，汽船四艘，运送船二十五艘，舳舻相接，旌旗蔽空，驶至澳门口外，则徐已派火舟堵塞海口，乘着风潮出洋，遇著英船，放起一把火来。英船急忙退避，已被毁去杉板船两只。

英将伯麦，贿募汉奸多名，令侦察广东海口，何处空虚，可以袭入。无奈去一个，死一个，去两个，死一对。最后有几个汉奸，死里逃生，回报伯麦，说海口布得密密层层，连渔船蜑户，统为林制台效力，不但兵船不能进去，就使光身子一个人，要想入口，也要被他搜查明白，若有一些形迹可疑，休想活着。看来广东有这林制台，是万万不能进兵呢。伯麦道："我兵跋涉重洋，来到此地，难道罢手不成？"汉奸道："中国海面，很是延长，林制台只能管一广东，不能带管别省，别省的督抚，哪里个个象这位林公，此省有备，好攻那省，总有破绽可寻；而且中国的京师，是直隶，直隶也是沿海省分，若能攻入直隶海口，比别省好得多哩。”为虎作伥，煞是可恨！伯麦闻言大喜，遂率舰队三十一艘，向北进驶。

则徐探悉英舰北去，飞咨闽、浙各省，严行防守。闽督邓廷桢，早已布置妥帖。预募水勇，在洋巡逻，见英船驶近厦门，水勇便扮做商民模样，乘夜袭击，行近英舰，突用火罐喷筒，向英舰内放入，攻坏英舰舵帆，焚毙英兵数十。英兵茫无头绪，还道是海盗偷袭，连忙抵敌，那水勇却荡着划桨，飞报内港去了。伯麦修好舵帆，复进攻厦门。金厦兵备道刘曜春，早接水勇禀报，固守炮台，囊沙叠垣，敌炮不能洞穿，那炮台还击的弹力，很是厉害，响了数声，把敌舰轰坏好几艘。伯麦料厦门也不易入，复趁着东北风，直犯浙海。

浙海第一重门户，便是舟山，四面皆海，无险可扼。浙省官吏，又把舟山群岛，看作不甚要紧的样子。英舰已经驶至，还疑外国商舶，毫不防备。当沿海戒严时，就使是外国商舶，亦须稽查，况明明是兵舰乎？英人经粤、闽二次惩创，还不敢陡然登岸，只在海面游弋。过了两三天，并没有兵船出来袭击，遂从群岛中驶入，进薄定海。定海就是舟山故地，因置有县治，别名定海，后来遂把定海舟山，分作两地名目。定海设有总兵，姓张名朝发，平时倒也怀着忠心，只谋略却欠缺一点，褒贬无私。不去袭击外洋，专知把守海口。英舰二十六艘，连樯而进，朝发方下令防御。中军游击罗建功，还说外洋炮火，利水不利陆，请专守城池，不必注重海口。越是愚夫，越说呆话。朝发道：“守城非我责任，我专领水师，但知扼住海口，不令敌兵登岸，便算尽职。”随督师出港口。

英将遣师投函，略说：“本国志在通商，并非有意激战，只因广东林、邓二督，烧我鸦片烟万余箱，所以前来索偿。若赔我烟价，许我通商，自应麾兵回国”等语。朝发叱回，令军士开炮轰击，英舰暂退。翌晨，英舰复齐至港口，把大炮架起桅樯上面，接连轰入，势甚凶猛。港内守兵，抵当不住，船多被毁。朝发尚冒死督战，左股上忽中一弹，向后晕倒，亲兵赶即救回，于是纷纷溃退。英兵乘胜登岸，直薄定海城下。定海城内无兵。知县姚怀祥，遣典史金福，招募乡勇数百，甫至即溃。怀祥独坐南城上，见英兵缘梯上城，奔赴北门，解印交仆送府，自刎死。朝发回至镇海，亦创重而亡。

败报到京，道光帝即命两江总督伊里布，赴浙视师。伊里布尚未抵浙，英将伯麦，复遗书浙抚，浙抚乌尔恭额，料知书中，没甚好话，不愿拆阅，竟将原书发还。伯麦方拟进攻，适领事义律至军，请分兵直趋天津。伯麦依言，遂与义律率军舰八艘，向天津进发。

道光帝因定海失守，未免忧虑，常召王大臣会议。军机大臣穆彰阿以谄谀道宠，平时与林则徐等，本不相和协，至是遂奏林则徐办理不善，轻开战衅，宜一面惩办林则徐，一面再定和战事宜。又是一个和珅。道光帝尚在未决，忽由直隶总督琦善，递上封奏一本，内称："英国兵船，驶至天津海口，意欲求抚。我朝以大字小，不如俯顺外情，罢兵息事为是。此等言语，最足荧惑主听。且粤督林则徐，办理禁烟，亦太操切，伏乞皇上恩威并济，执两用中"等语。道光帝览了奏牍，又去召穆彰阿商量。穆彰阿与琦善，本是臭味相投的朋友，穆彰阿要害林则徐，琦善自然竭力帮忙。况且这班奸臣，屈害忠良，是第一能手，欲要他去抵御外人，他却很是怕死，一些儿没能耐。

相传义律到津，直至总督衙门求见，琦善闻英领事来署，当即迎入，义律取出英议会致中国宰相书，交与琦善。琦善本由大学士出督直隶，展开细瞧，半字不识，随令通事译读。首数句无非说东粤烧烟，起自林、邓二人，春间索偿，被他诟逐，所以越境入浙，由浙到津。琦善听了，尚不在意。后来通事又译出要约六条，随译随报。看官！你道他要求的是什么款子？小子一一开录如下：

第一条　赔偿货价。

第二条　开放广州、福建、厦门、定海、上海为商埠。

第三条　两国交际，用平等礼。

第四条　索赔兵费。

第五条　不得以英船夹带鸦片累及居留英商。

第六条　尽裁洋商（经手华商）浮费。

琦善听毕，沉吟了好一会，方向义律道："汝国既有意修和，那时总可商议。明日请贵兵官来署宴叙便了。"义律别去，次日，琦善令厨役备好筵宴，专待客到。约至巳牌时候，英国水师将弁二十余人，统是直挺挺雄纠纠的走入署中。琦替接入，见他威武非凡，不由的心头乱跳。见了二十多人，便已畏惧，若多至十倍百倍，定然向他下拜了。英兵官虽不能直接与他谈论，然已瞧透他畏怯情状，便箕踞上坐，命随来的通事传说，"本国已发大兵若干万，炮船若干艘，即日可到中国。若中国不允要求，请毋后悔！"这番言语，吓得琦善面色如土，忙央通事说情，愿为转奏。英将弁眉飞色舞，乐得大嚼一回，吃他个饱。席散后，琦善便据事奏陈，当由穆彰阿一力推荐，道光帝便命琦善赴粤查办。琦善闻命，即与英领事义律，约定赴粤议款。义律等徐返舟出，琦善入京听训，造膝密陈，廷臣多未及闻知。迨琦善出京，部中接山东巡抚托浑布奏报，略称："义律等自津回南，路过山东，接见时很是恭顺。大约为自己写照。今因琦中堂赴粤招抚，彼亦返粤听命"云云。嗣又接到伊里布奏本，据说："与英人订休战约，愿还我定海"等语。部臣方识琦善、伊里布，统是一班和事老。有几个见识稍高，已料到后来危局，然内有穆彰阿，外有琦善、伊里布，内外朋比，说亦无益，还是得过且过，做个仗马寒蝉。这也难免误国之罪。

这且慢表，且说林则徐方加意海防，严缉私贩，每月获到贩烟人犯，总有数起，则徐一一奏闻。起初接到廷寄，多是奖勉的话头，一日，传到京抄，上载大学士琦善奉旨赴粤查办，则徐不禁浩叹，正扼腕间，又接批发奏折的硃谕道：

> 外而断绝通商，并未断绝；内而查拿犯法，亦不能净尽。无非空言搪塞，不但终无实济，反生出许多波澜。思之曷胜愤懑，看汝又以何词对朕也。特谕。

则徐览毕无语。幕友在旁瞧着，不禁气愤，随道："大帅这般尽力，反得这般批谕，令人不解。"则徐叹道："信而见疑，忠而被谤，古今来多出一辙。林某自恨不能去邪，所以遭此疑谤。现既奉谕申斥，不得不自去请罪。"随即磨墨濡毫，草拟请罪折子，并加附片，愿戴罪赴浙，投营效力，当下交给幕友誊清，即日拜发。甫发奏折，又来严旨一道：

> 前因鸦片烟流毒海内，特派林则徐驰往广东海口，会同邓廷桢查办。原期肃清内地，断绝来源，随地随时，妥为办理。乃自查办以来，内而奸民犯法，不能净尽；外而私贩来源，并未断绝。本年福建、浙江、江苏、山东、直隶、盛京等省，纷纷征调，糜饷劳师。此皆林则徐办理不善之所致。林则徐、邓廷桢着交部分别严加议处。两广总督，着琦善署理，未到任以前，着怡良暂行护理。钦此。

越数日，大学士署理两广总督琦善到任，此时粤督印信，已由林则徐交与怡良；怡良复交与琦善。琦善接印在手，别样事不暇施行，先查刺林则徐罪状，怎奈遍阅文书，无瑕可摘；随召水师提督关天培，总兵李廷钰等入见，责他首先开衅，此后须要格外谨慎，方可免咎。关、李等气愤填胸，只因总督系顶头上司，不好出言辩驳，勉强答应而退。琦善摆着钦差架子，也不出送。

忽巡捕传进英领事义律来文，琦善忙即展阅，阅罢，急下令将沿海兵防，尽行撤退；并旧募之水勇渔艇，一律解散。还是怡良闻着此信，赶到督署探问，琦善把义律来书，交与怡良瞧阅，口中却说道："兄弟并不是趋奉洋人，只圣上已经主抚，不得不从圆一点。照英领事的书中，要我退兵，我只得把兵撤退，推诚相与，方好成全抚议。"明明是畏敌如虎，反说得与己无涉。怡良道："夷情叵测，不可不防，还求中堂明察！"琦善拈须笑道："兄弟在直隶时，已与义律面约休战，还怕什么？"小骗碰着大骗。怡良无可再说，随即告别。

琦善方欣欣得意，专等义律来署议款。等了数日，毫无消息，只有属员来报，或说是获住汉奸，或说是捕到私贩，或说是英舰出入海口，侦探虚实。惹得琦善性起，大怒道："好好一个中国，都被这等混帐东西，闹成这种模样。是自己说自己。此后若再来尝试，定不姑贷！"属员碰着这个顶子，大家都回到衙中，吃着睡着，乐得安逸，不管闲帐。

琦善又招了一个粤人鲍鹏，作为翻译官，差他往来传信。鲍鹏曾在西商处，充过买办，为义律所奴视，琦中堂偏当他作奇材看待，言无不听，计无不从，因此义律越知琦善无能，日夜增船橹，造攻具，招纳叛亡，准备角战。琦善却一些儿不防，一些儿不备，只叫鲍鹏催促义律复音。

这日，鲍鹏带来复文一角，琦善即命鲍鹏译出，内说：

“前索六款，统求准议，还请割让香港一岛，畀英国兵商寄居，是否限三日答复！”这封书，便是外人所说哀的美敦书，是挑战的意思。琦善顿足道：“这都是林则徐闯出来的祸祟，他既要我准他六款，还要什么香港一岛，如何是好？”鲍鹏道：“香港是海口荒岛，就使允给了他，也没甚要紧。”分明是个汉奸。琦善道：“这个却未便照准。”鲍鹏道：“书中限期，只有三日，三日不复，他便要率兵进港来了。”琦善道：“你却去对英领事说，叫他静心伺候，待我出奏，再行答复。”鲍鹏应命而去。琦善却令幕宾修了一个模糊影响的奏折，拜发出去。

隔了两宿，鲍鹏回报义律不肯遵命，说是：“且开了仗，再好议和。”琦善大惊，正在慌张，沙角炮台将陈连升，赍文请援，琦善不愿发兵，仍遣鲍鹏赴英舰议和。鲍鹏阳虽应命，暗中却往别处耽搁了好几天，琦善还道他磋磨和议，不加着急，忽由飞骑来报：“陈副将连升，与英兵开战，轰毙英兵四百多人，后因火药倾尽，力竭身亡，连升子举鹏与千总张清鹤，统已阵殁。沙角炮台，已失陷了。”琦善道：“有这么事！”竟像作梦。接连又报：“大角炮台，亦被英人陷没，千总黎志安，受伤出走。”琦善皱眉道：“我已着鲍鹏去止英兵，什么鲍鹏不来，英兵只管进攻。”

语未毕，署外传进手本，乃总兵李廷钰求见。琦善道：“我没有传他回省，他来做什么？”真心昏蛋。传递手本的巡捕，答称李镇台说有紧急事情，因此进省禀见。琦善方命传入，相见毕，廷钰禀道：“沙角、大角两炮台，俱已陷落，英兵已进攻虎门，请大帅急速发兵，由卑镇带去把守！”琦善道：“我奉旨前来议抚，并不是与英开战，怎好添兵寻衅？”梦人说梦话。廷钰道：“英兵不愿就抚，奈何？”琦善道：“我已着鲍鹏前去相商，谅无不成，明后日便可没事，老兄不必过虑！”廷钰道："大帅不要过信鲍鹏，鲍鹏前曾私贩烟土，犯过罪案，倘再被他通洋舞弊，恐怕祸患不浅。"琦善闭着目，只是摇头。廷钰下泪道："虎门系粤东门户，虎门一失，省城万不能保。廷钰等死不足惜，大帅恐亦未便。"说到这一句，琦善方张目道："据你说来，是必要添兵的。现调兵二百名，给你带去，可好么？"廷钰道："二百名不够分布。"琦善道："再添三百，凑成五百，想总够了。"好像买卖人论价，可笑之至。廷钰方起身告辞，琦善又道："老兄带了五百兵出去，只可黑夜中潜渡，若被英人得知，责我添兵，那时万不肯就抚了。"廷钰又气又笑，告别出外，急赴虎门守威远炮台去了。

琦善正遣发廷钰出署，见鲍鹏进来，好像得了宝贝，忙问抚议如何？鲍鹏答称义律必欲照约，方许退兵。琦善道："你如何今日才来？"鲍鹏道："卑职前日奉命前去，义律只是不见，守候数日，方得见他，磋商许久，仍无成议。只是请大帅允准要约，非但把炮台归还，连定海亦即交付。"琦善道："你再去与他商议，前六款中，烟价偿他若干，广州可以开放，香港亦可婉商，余事待后再谈。"鲍鹏去了一会，又回报："义律已经首肯，请大帅出订和约。"琦善道："话虽如此，但我尚未奏准，如何与他订约？"鲍鹏道："可去订一草约，然后奏准未迟。"琦善从鲍鹏言，借查阅炮位为名，与义律会于莲花城，愿偿烟价七百万圆，并许开放广州，割让香港。义律亦许归还定海，及沙角、大角两炮台。双方议定草约，琦善还署，即咨伊里布接收定海，一面即据义律来文，说出不得不抚情形，奏达清廷。

道光帝未经大创，安肯遽允？即命御前大臣奕山为靖逆将军，提督杨芳、尚书隆文为参赞大臣，赴粤剿办，并降旨道：

览奏，曷胜愤懑。不料琦善怯懦无能，一至于此！该夷两次在浙江、粤东肆逆，攻占县城炮台，伤我镇将大员，荼毒生民，惊扰郡邑，大逆不道，覆载难容。无论缴还定海，献出炮台之语，不足深信。即使真能退地，亦只复我疆土，其被戕之官兵，罹害之民人，切齿同仇，神人共愤；若不痛加剿洗，何以伸天讨而示国威？奕山、隆文兼程前进，迅即驰赴广东，整我兵旅，歼兹丑类！务将首从各犯，通夷汉奸，槛送京师，尽法处治。至琦善身膺重寄，不能声明大义，拒绝要求，竟甘受其欺侮，已出情理之外；且屡奉谕旨，不准收受夷书，胆敢附折呈递，代为恳求，是何居心？且据称同城之将军、都统、巡抚、学政及司道府县，均经会商，何以折内阿精阿、怡良等，并未会衔？所奏显有不实，琦善着革去大学士，拔去花翎，仍交部严加议处！钦此。

琦善接旨，不由的身子发抖，又闻伊里布亦奉饬回任，料知朝廷变了和议，将来如何答复英人？惶急了数天，忽又接到京中家报，说是家产都要籍没了，心中一急，昏晕倒地，不省人事。家不可忘，国恰可卖。正是：

内家而外国，　义本同休戚；
误国即误家，　身败名亦裂。

未知琦善性命如何，请看下回分解。

焚烟之举，虽未免过激，然使省省有林、邓，则善战善守，英何能为？且但患畏葸，不患孟浪，本出自宣宗之口，林、邓二公，不过奉上而为之耳。何物穆彰阿，敢行炀蔽，妨贤病国，纵敌殃民，弛一日之大防，酿百年之遗毒。不知者谓鸦片之祸，起自林文忠，其知者则固谓在彼不在此也。琦善奸党，右穆左林，隳车实，长寇仇，莫此为甚。读此回，令人惋惜，又令人愤激；虽本事实之不平，亦由抑扬之得体。

第五十二回

关提督粤中殉难　奕将军城下乞盟

却说琦善闻家产籍没，顿时昏绝，经家人竭力施救，方渐渐苏醒，垂着泪道："早知英人这样厉害，朝局这样反复，穆中堂这样坐视，我也不出来了。"悔已无及。于是再召鲍鹏密议。鲍鹏道："大人不必着急！总叫得英人欢心，不与大人为难。后事归后人处置，大人即可脱然无累了。"琦善思前想后，亦没有救急法子，只得搜罗歌女，摆列盛筵，时常请英使享宴，迁延时日，这英领事义律，及英将伯麦等抱着始终不让的宗旨，外面却与琦善周旋，大饮大吃，酒酣耳热，还抱着歌女取乐。广东咸水妹，想是从此而起。正在花天酒地时候，朝旨已下，琦善接读朝旨，方悉家产籍没的原因，实是怡良一奏而起。小子先录登当时的上谕道：

香港地方紧要，前经琦善奏明，如或给与，必致屯兵聚粮，建台设炮，久之觊觎广东，流弊不可胜言；旋又奏请准其在广东通商，并给与香港泊舟寄住。前后自相矛盾，已出情理之外；况此时并未奉旨允行，何以该督即令其公然占踞。览怡良所奏，曷胜愤懑！朕君临天下，尺土一民，莫非国家所有，琦善擅予香港，擅准通商，胆敢乞朕格外施恩，且伊被人恐吓，奏报粤省情形，妄称地理无要可扼，军器无利可恃，兵力不坚，民心不固，摘举数端，危言要挟，不知是何肺腑？如此辜恩误国，实属丧尽天良。琦善著即革职拿问，所有家产，即行查抄入官！钦此。

琦善读毕，眼泪复如泉水涌下，随道："我与怡良，无仇无隙，如何把我参奏？且他的奏稿中，不知说的什么说话，真是可恨！"责人不责己。当下着人到抚署中，抄出怡良奏稿，回报琦善，由琦善接瞧道：

自琦善到粤以后，如何办理，未经知会到臣，忽外间传说："义律已在香港出有伪示，逼令彼处民人，归顺彼国"等语。方谓传闻未确，蛊惑人心，随据水师提督转据副将禀抄伪示前来，臣不胜骇异。惟大西洋自前明寄居香山县属之澳门，相沿已久，均归中国之同知县丞管辖，而议者犹以为非计，今该夷竟敢胁天朝士民，占踞全岛，该处去虎门甚近，片帆可到，沿海各州县，势必刻刻防闲，且此后内地犯法之徒，必以此为藏纳之薮，是地方既因之不靖，而法律亦有所不行；更恐犬羊之性，反复无常，一有要求不遂，必仍非礼相向，虽欲追悔从前，其何可及？伏思圣虑周详，无远不照，何待臣鳃鳃过计。但海疆要地，外夷公然主掌，并敢以天朝百姓，称为英国之民，臣实不胜愤懑！第一切驾驭机宜，臣无从悉其颠末，惟于上年十二月二十八日，钦奉谕旨，调集兵丁，预备进剿，并令琦善同林则徐、邓廷桢妥为办理，均经宣示。臣等晤见时，亦请添募兵勇，以壮声威，固守虎门炮台，防堵入省要隘。今英夷窥伺多端，实有措手莫及之势。现既见有夷文伪示，不敢缄默，谨照录以闻。

琦善瞧完，又气又惧，急得手足冰冷。忽有水师提督关天培，递来急报，说："英舰复来攻虎门，请派兵速援！"琦善此时，已如死人一般，还有什么心思去顾虎门？随把急报搁起，一概不管。

原来英领事义律，已闻清廷主战消息，与伯麦定议续攻，趁奕山、杨芳、隆文等未曾到粤，即调齐兵舰，高扯红旗，向虎门进发。水师提督关天培，正守靖远炮台，一面飞速请援，一面督军防御；遥见英舰如飞而至，天培督令军士开炮，炮声数响，倒也击着英舰数艘，可恨未中要害，只把铁甲上面，打破了几个窟窿。英舰冒险冲入，两下里炮声震天，轰个不住。天培手下，多中炮倒毙，只望援军前来接应，谁知相持多时，毫无援音。英舰得步进步，所发炮弹，越加接近，宛如雨点雷声，没处躲避，蓦然间一颗飞弹，从天培头上落来，天培把头一偏，那弹正中左臂，接连又是数颗弹丸，把天培身边几个亲兵，大半击倒。兵士便哗乱起来，你逃我走，个个要管自己的性命。天培左臂受伤，已忍痛不住，又见兵士纷纷溃败，大呼道："英人可恶，琦善可恨！天培从此殉国了。"一恨千古。就将手中的剑，向颈上一抹，一道魂灵，直升天府。

英人乘胜登岸，占据了靖远炮台，转攻威远、横档两炮台。两炮台上的守兵，已自闻风奔溃，总兵李廷钰，副将刘大忠，禁止不住，也只得退走。眼见得两炮台尽陷，虎门失守，英人将虎门各隘，所列大炮三百余门，及上年林则徐购得西洋炮二百余门，统行夺去；并且长驱直入，进薄乌涌。乌涌距省城只六十里，镇守员是总兵祥福，率同游击沈占鳌，守备洪连科，竭力拒战。杀了一两日，寡不敌众，弹药又尽，祥总兵及麾下二将，临敌捐躯，同时毕命，大帅怕死，裨将虽死无益。省城大震。幸亏参赞大臣杨芳，率湖南兵数千至城内，杨参赞素有威名，人心赖以少安。

是时畏懦无能的琦善，已由副都统英隆，奉旨押解进京，只怡良尚任巡抚，即与杨芳相见。当下谈起琦中堂议抚事情，怡良道："琦中堂在任时，单信任汉奸鲍鹏，堕了英领事义律诡计，一切措置，力反林制台所为。林制台处处筹防，琦中堂偏处处撤防，所以英人长驱直入。现在虎门险要，已经失去，乌涌地方，又复陷落，省城危急异常。幸逢参赞驰至，还好仗着英威，极力补救。"杨芳道："琦中堂太觉糊涂，抚议未成，如何就自撤藩篱？现在门户已撤，叫杨某如何剿办？看来只好以堵为剿，再作计较。"怡良道："英兵已入乌涌，海面不必讲了，现只有堵塞省河的办法。"杨芳道："省河有几处要隘？"怡良道："陆路的要隘，叫作东胜寺；水路的要隘，叫作凤凰冈。"杨芳道："这两处要隘，有无重兵防守？"怡良道："向来设有重兵，被琦中堂层层撤掉，琦中堂被逮，兄弟方筹议防守。但陆兵尚敷调遣，水师各船，被英人毁夺殆尽，弄到无舰可调，无炮可运，兄弟正在焦急哩。"杨芳道："舰队已经丧失，且扼守河岸要紧。"遂派总兵段永福，率千兵扼东胜寺；总兵长春，率千兵扼凤凰冈。

两将才率师前去，探马已飞报英舰闯入省河。杨芳拟自去视师，遂起身与怡良告别，带了亲兵数百名，亲到河岸督战；行近凤凰冈，遥闻炮声不绝，知已与英兵开仗，忙拍马前进到凤凰冈前，见总兵长春，正在岸上耀武扬威，督兵痛击，英舰已向南退去。杨芳一到，长春方前来迎接，由杨芳下马慰劳一番，再偕长春沿河巡视，远望南岸河身稍狭，颇觉险要，便向长春道："那边却是天然要口，为什么不见守兵？"长春答道："河身稍狭的区处，便是腊德及二沙尾，闻林制军督师时，曾处处驻兵，后来都由琦中堂撤去，一任英使出入，所以空空荡荡，不见一兵。"

杨芳刚在叹息，忽见南风大起，潮水陡涨，忙道："不好！

不好！”急传令守兵，一齐整队，排列岸上。杨果勇，不愧将材，可惜大势已去。长春问是何意？杨芳向南一指，便道：“英舰又乘潮来也。”长春望将过去，果见一大队轮船，隐隐驶入，比前次更多一二倍，连忙令军士摆好炮位，灌足火药，准备迎击。顷刻间，英舰已在眼前，即令开炮出去，扑通扑通的声音，接连不断，河中烟雾迷蒙，弹丸跳掷。那英舰仗着坚厚，只管冲烟前进，还击的飞炮火箭，亦很猛烈。杨芳、长春两人，左右督战，不许兵士少懈。两边轰击许久，潮亦渐退，英舰方随潮出去。杨芳道：“真好厉害！外人这般强悍，中国从此无安日了。”知几之言。是夜，即在凤凰冈营内暂宿。

次晨，美国领事，到营求见，由兵弁入报。杨芳道：“美领事有什么事情，要来见我？”迟了半晌，方命兵弁请美领事入营。两下相见，分宾主坐定，各由通事传话。美领事先请进埔开舱。杨芳道：“我朝与贵国，本没有失好意见，上谕原准贵国通商，只是英人猖獗异常，与我寻衅，所以连累贵国。这是英人不好，并非我国无情。”美领事道：“闻英人亦不欲多事，只因天朝不准通商，两边误会，才有此战。窃想通商一事，乃天朝二百年来恩例，何妨一例通融，仍循旧制。”杨芳道：“我朝原许各国通商，宁独使英人向隅？奈英人私卖违禁的鸦片，不得不与他交涉。且英人很是刁狡，今朝乞抚，明朝挑战，如何可以通融？”美领事道：“这倒不妨。英领事义律，已有笔据呈交呢。”随取出义律笔据，交与杨芳。杨芳瞧着，乃是几行汉文，有“不讨别情，惟求照常贸易，如带违禁货物，愿将船货入官”等语，便道：“照这笔据，似还可以商量。但英商再有贩运违禁货物，那便怎么处置？”美领事道：“英国商人，并未随同滋事，若准他通商，货船便即入口，就使英兵要战，英商也是不肯，反可制服兵船，岂不是敛兵息争的好事么？”杨芳道：“贵领事既与他说情，本大臣就替他奏请便是。只英舰不得无故闯入，须等上谕下来，或和或战，再行答复。”美领事应诺而去。

杨芳回省与怡良商议，彼此意见相同，遂联衔会奏，大旨以敌入堂奥，守具皆乏，现由美领事为英缓颊，姑借此羁縻，为退敌收险之计。此奏很是。这奏一上，总道廷旨允从，失之东隅，还可收之桑榆，谁知道光帝偏偏不依，真正气数。竟下旨严斥道：

览奏，愤懑之至！现在各路征调兵丁一万六千有余，陆续抵粤，杨芳乃迁延观望，有意阻挠，汲汲以通商为请，是复蹈琦善故辙，变其文而情则一，殊不可解。若如此了结，又何必命将出师，征调官兵。且提镇大员，及阵亡将弁，此等忠魂，何以克慰？杨芳、怡良等，只知迁就完事，不顾国家大体，殊失朕望，着先行交部严议。奕山、隆文经朕面谕一切，必能仰体朕意，现已到粤，兵多粮足，自当协力同心，为国宣劳，以膺懋赏，断不准提及通商二字，坐失机宜，此次批折，着发给阅看。钦此。

是时靖逆将军奕山，及参赞隆文，还有总督祁垻，俱已到粤，杨芳接见，便与叙起战事利害，及奏请羁縻缘由。奕山道：“皇上的意思是决计主剿，所以参赞出奏，致遭严斥。兄弟亦知粤东空虚，但难违上命，奈何?”祁垻道：“闻得前时林制军，办理的很是严密，何妨请他一议!”奕山点头称善，当由祁垻取出名刺，去请林则徐。

原来林则徐虽已被谴，尚未离粤，闻祁垻相邀，随即入见。祁垻引他见了奕山，奕山便问防剿事宜。则徐道：“现在寇入堂奥，剿堵两难。省城又是卑薄得很，无险可扼，欲要挽回大局，很不容易。只有暂时设法羁縻，计诱英舰，退至猎德二沙尾外面，连夜下桩沉船，用重兵大炮把守，令他无从闯入。一俟风潮皆顺，苇筏齐备，再议乘势火攻，方出万全。”奕山默然不答。意中还不以为然，想总要吃个败仗，方觉爽快。祁埙道：“闻省河一带，都有英船出没，如何诱他出去？”则徐道：“那总有法可想。”祁埙道：“这却还仗大力。”则徐道：“林某在粤待罪，恨不将英人立刻驱逐，奈因琦中堂处处反对，无能为力，负罪愈深。今日得公等垂青，林某敢不效死。”忠忱贯日。言未毕，外面报圣旨下来，要林公出接。则徐忙出去接旨，系授则徐四品京堂，驰赴浙江会办军务。则徐束装即行，粤东失了臂助。

义律待了多日，未见杨芳复音，复来催索烟价。奕山叱回，即欲发兵出战。杨芳谏道：“兵船未备，水勇未集，此时不宜浪战，还请固守为是！”奕山道：“各省兵士，已调集一万七千名，粤兵亦有数万，若再顿兵不战，上头亦要诘责，只好与他拼一死战便了。”若能与他拼一死战，也不失为忠臣，只怕是空说大话。于是令提督张必禄，屯西炮台，出中路，杨芳由泥城出右路，隆文屯东炮台，出左路；并遣四川客兵，及祁埙所募水勇三百名，驾着小舟，携火箭喷筒，驶出省河，突攻英船。英船不及防备，被焚桅船二只，舢舨船二只，小船五只，英兵亦毙了数百名，并误伤美人数十。又开罪美国了。奕山闻报，正欣喜过望，慢着！忽递到败耗，说是英兵来打回复阵，把我兵轮三艘毁去，我兵败退，英舰已闯入十三洋行面前，奕山又忧虑起来。忽喜忽忧，活绘出一个庸帅。次日，探马又飞报英兵大至，天字炮台守将段永福败走，炮台被陷，炮台上面的八千斤大炮，都被英人夺去；接着又报泥城炮台守将岱昌及刘大忠，亦已败退。奕山搓手道：“不得了！不得了！”何不出去死战？忙檄两参赞及张必禄回守省城。自己不敢出战，到也罢了，还要调回别人保护自己，真是没用的东西！

公文才发，又接到紧急军报，据称：“港内筏材油薪船，并水师船六十多艘，统被英兵及汉奸烧尽。现在英兵已进攻四方炮台了。”奕山此时，好像兜头浇下冷水，一盆又一盆身子都冷了半截，免不得上城了望。目中遥见火光烛天，耳中隐闻炮声震地，他在城上踱来踱去，急得愁肠百结，突见东南角上有旗号展出，后面随着许多人马，不觉大惊，险些儿跌下城来，仔细一瞧，乃是自已兵队，方略定了一定神。等到兵马已到城下，后队乃是两参赞押著，忙即下城，开门延人。杨芳道：“四方炮台，据省城后山，为全城保障，现闻英兵进攻，参赞等正思驰援，因奉调回来，不敢违命。好在城中尚无要事，待杨某出去救应。”奕山道：“不，不必。昨日闽中到有水勇，已由祁督遣调往援，此刻城中吃紧，全仗诸公保护，千万不要离城。”

正议论间，探报四方炮台，又被英人夺去。杨芳着急道：“怎么如此迅速！杨芳都着急起来，我知这位奕将军，恐怕连话都说不出了。四方炮台一失，敌兵据高临下，全城军民，如坐穽中，奈何奈何?”奕山道：“这这这，全仗杨杨果勇侯，出出力保全。”杨芳不暇答应，急率军士登城固守，布置才毕，城北的火箭炮弹，已陆续射来。杨芳亲至城北督防，兀坐危楼，当着箭弹，终日不退。老天恰也怜他忠心，镇日里大雨倾盆，把英人射来的火器，沾湿不燃。城中人心，稍稍镇定。

看官！你道英人何故这么强？粤兵何故这么弱？小子细查中外掌故，方知英领事义律，虽是求抚，暗中却屡向本国调兵。水军统帅伯麦，早到中国，经过好几次战仗，上文统已叙明；陆军统帅加至义律，亦到粤多日；这时候复来了陆军司令官卧乌古，带了好几千雄兵，来粤助阵，所以英兵越来得厉害。这边粤中将弁，因海口已失，心中早已惶惧；奕山又是个纸糊将军，名目新鲜。并不敢出去督战。大帅安坐省城，将弁还肯尽力么？因此英兵进一步，粤兵退一步；英兵越进得猛，粤兵越退得远。炮台失了好几个，兵船军械，夺去无数，将弁恰是一个不伤。应为将弁贺喜。奕山住在围城中，既不敢战，又不敢逃，只好虚心下气，向属员问计。苦极！还是广州知府余保纯，献了一个救急的妙法子，无非是"议和讲款"四字。当由余保纯出去议款，经了无数口舌，复由美利坚商人，居中调停，定了四条款子，开列如下：

第一条　广东允于烟价外，先偿英国兵费六百万圆，限五日内付清。

第二条　将军及外省兵，退屯城外六十里。

第三条　割让香港问题，待后再商。

第四条　英舰退出虎门。

余保纯回报奕山，奕山唯唯听命。遂搜括藩运两库，得了四百万圆，还不够二百万圆，由粤海关凑足缴付英人。一面又下令出城，退屯六十里外的小金山。杨芳敢怒而不敢言，只请留城弹压，奕山也没有工夫管他，径自出去。隆文随着出城，心中也愤恚万分。到了小金山，隆文生起病来，竟尔逝世。小子叙到此处，也叹息不置，随笔成一七绝道：

主和主战两无谋，庸帅何能建远猷？
城下乞盟太自馁，西江难濯粤中羞。

和议已定，英人曾否退兵？且待下回再详。

去了一个琦善，又来了一个奕山。清宣宗专信满人，以致专阃诸帅，多属庸驽，虽以老成历炼之杨芳，屡建奇绩，洊膺侯爵，至此发言建议，犹不能邀宣宗之信用；彼关天培辈，宁尚值宸衷一顾？忠愤者徒自捐躯，狡黠者专图幸免，边事之坏，自在意中。观琦善之被逮，为之一快；继任者为一奕山，又为之一叹。关天培等之殉难，为之一恸；杨芳、怡良会奏之被斥，尤为之一惜。至城下乞盟，愿允四款，更不禁涕泪交垂矣。书中自成波澜，阅者心目中，应亦辘轳不置。